KB083701

정판교집 상

鄭板橋集

Anthology of Zheng Ban-qiao(Zheng Xie)

저자 **정섭**(鄭燮, 1693~1765)은 청대의 저명한 문인이자 화가로, 자는 克柔, 호는 板橋, 江蘇 興化 사람이다. 乾隆 원년(1736) 진사에 합격해 山東 范縣과 濰縣에서 10여 년 동안 知縣을 지냈다. 관직 재임 기간 전후에는 주로 揚州에서 서화로 생활하면서 蘭·竹 그림과 '六分半體'라는 독특한 서체로 명성을 얻었고, 당시 개성적인 畵派였던 '揚州八怪' 중의 일원으로 활동했다. 문학 방면에서는 사촌아우에게 자신의 내면을 진솔하게 전한 '家書', 현실사회에 대한 분노와 삶에 대한 애환을 담은 詩·詞 작품들이 유명하다.

역자 **양귀숙**(梁貴淑, Yang Gui-sook)은 숙명여자대학교 중문과를 졸업하고, 타이완 푸런[輔仁]대학에서 『王安石 絶句詩 硏究』로 석사학위를, 성균관대학교에서 『鄭燮 文學 硏究』로 박사학위를 취득했다. 「梁啓超의 詩文에 나타난 朝鮮問題 인식」, 「중국 근대 시기 詩歌에 나타난 朝鮮問題 인식」 등 논문과 『상칭과 타오홍』(공역), 『중화무도지·안휘권』(공역) 등 저술이 있다.

해제 **이등연**(李騰淵, Lee Deung-yearn)은 한국외국어대학교 중국어과를 졸업하고, 타이완 푸런[輔仁]대학에서 『話本小說 世界觀 硏究』로 석사학위를, 한국외국어대학교에서 『晩明 小說理論 硏究』로 박사학위를 취득했다. 현재 전남대학교 인문대학 중어중문학과 교수로 재직하고 있다. 「중국문학사의 분기 문제 논의 과정 검토」, 「20세기 전반기 중국문학사 편찬 체제 변천 연구[關于20世紀前半期中國文學史編寫體例的演變]」 등 논문과 『중국소설사의 이해』(공저), 『연안문예강화』(역서), 『중국사상사』(공역) 등 저술이 있다.

정판교집鄭板橋集 상

1판 1쇄 인쇄 2017년 2월 25일 **1판 1쇄 발행** 2017년 3월 10일

지은이 정섭 **옮긴이** 양귀숙 **해제** 이등연 **펴낸이** 박성모 **펴낸곳** 소명출판
등록 제13-522호 **주소** 137-878 서울시 서초구 서초중앙로6길 15, 1층
대표전화 (02) 585-7840 **팩시밀리** (02) 585-7848
이메일 somyungbooks@daum.net **홈페이지** www.somyong.co.kr

ISBN 979-11-5905-137-1 94820 값 35,000원,
ISBN 979-11-5905-136-4 (전 2권)

이 번역도서는 2006년도 정부재원(교육인적자원부 학술연구조성사업비)으로 한국연구재단의 지원에 의하여 연구되었음.

1

鄭燮 畵像(『淸代學者像傳』 수록)

板橋先生行吟圖(北京 榮寶齋 소장)

鄭燮 墨跡「道情」一·二(夏行 소장)

2

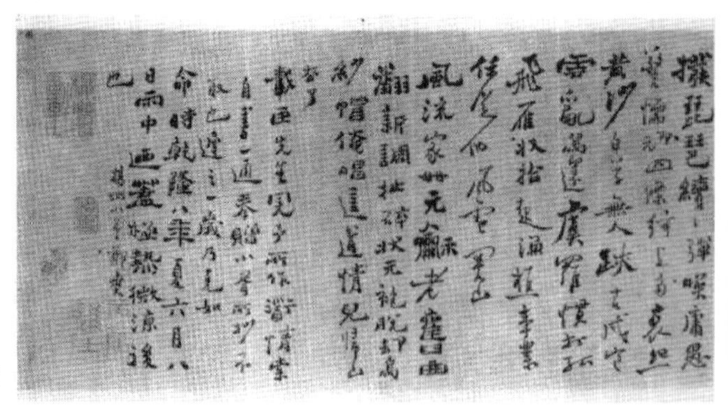

鄭燮 墨跡「道情」三·四(夏行 소장)

3

鄭燮 墨跡「板橋自序」一·二(徐平羽 소장)

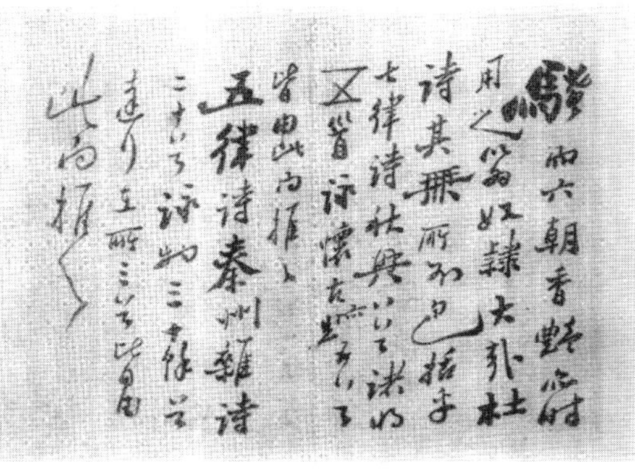

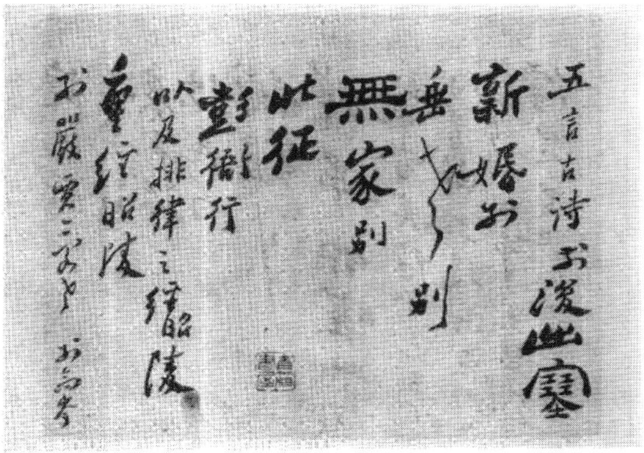

墨跡「板橋自序」三·四(徐平羽 소장)

鄭燮 墨跡「板橋自序」五 · 六(徐平羽 소장)

鄭燮 墨跡「板橋自序」七 · 八(徐平羽 소장)

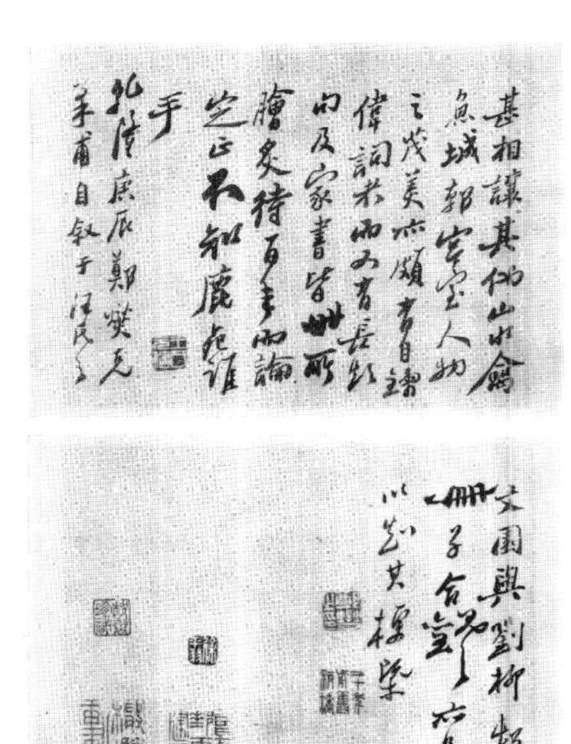

鄭燮 墨跡 「板橋自序」 九 · 十(徐平羽 소장)

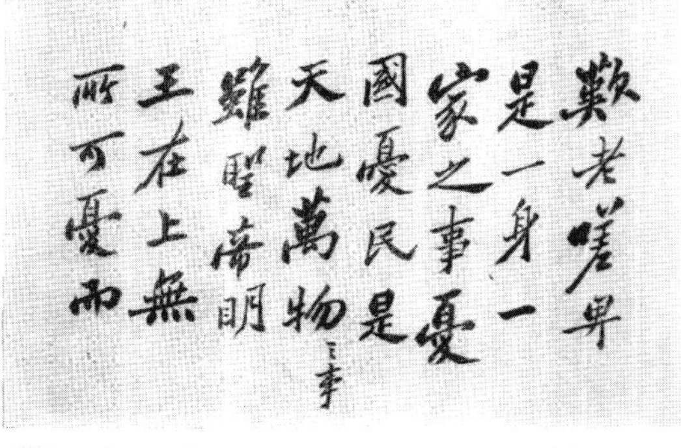

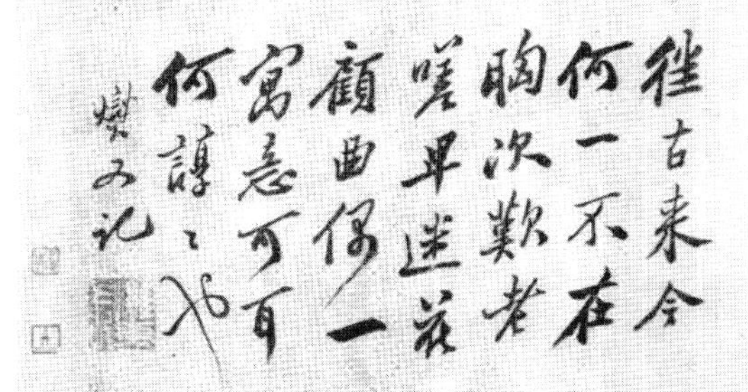

鄭燮 墨跡 「板橋自序」 十一 · 十二(徐平羽 소장)

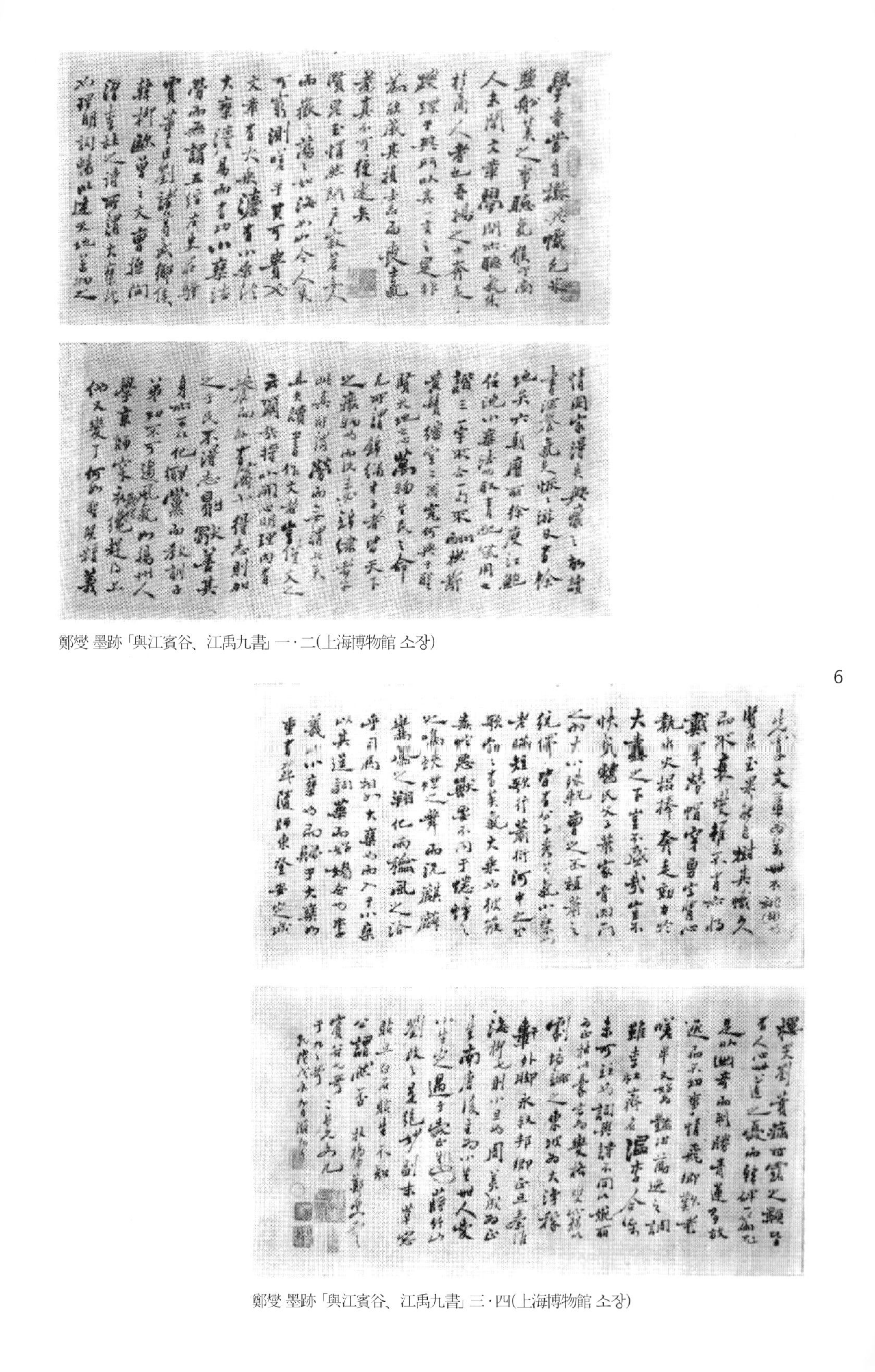

鄭燮 墨跡「與江賓谷、江禹九書」一·二(上海博物館 소장)

鄭燮 墨跡「與江賓谷、江禹九書」三·四(上海博物館 소장)

7

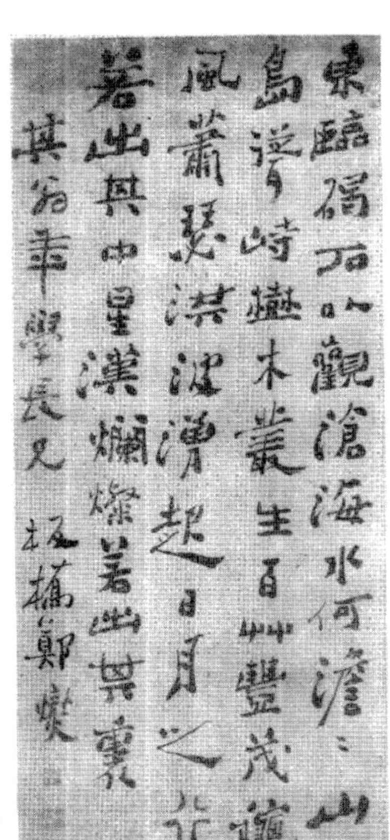

鄭燮 墨跡「曹操 : 觀滄海」(揚州博物館 소장)

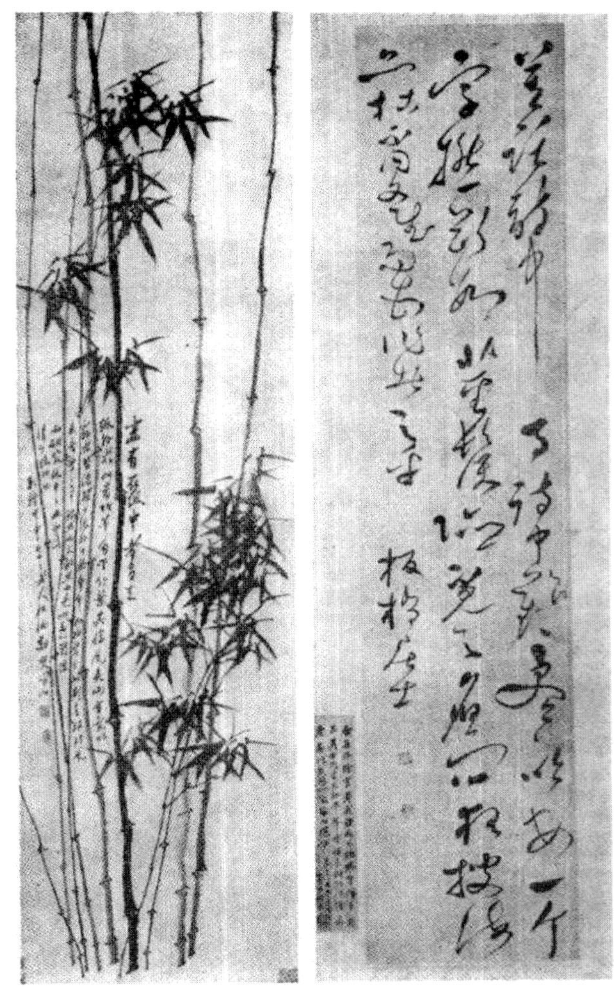

좌_ 鄭燮 題畵 〈畵有在紙者……〉(黃苗子 소장)
우_ 鄭燮 書法(上海博物館 소장)

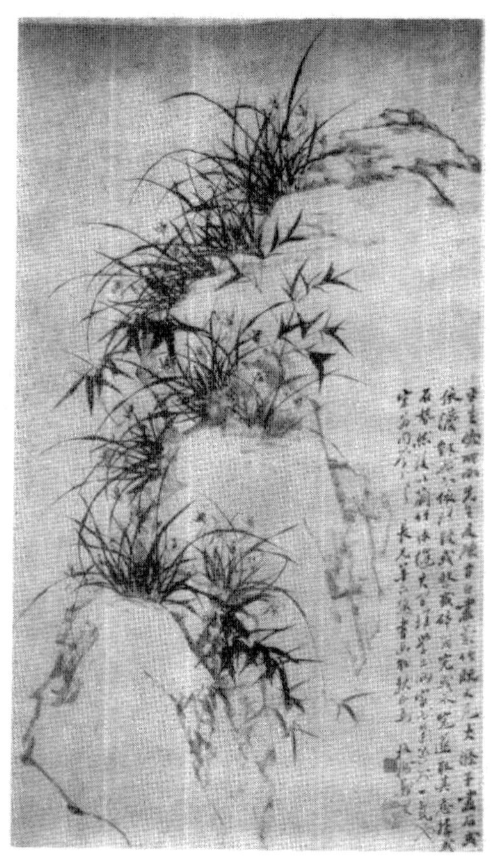

鄭燮 題畫 〈平生愛所南先生及陳古白　　〉(揚州博物館 소장)

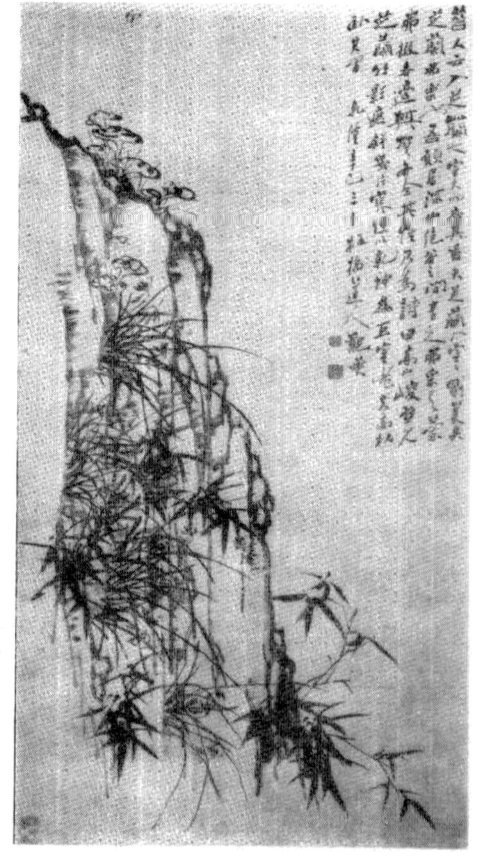

鄭燮 題畫 〈昔人云……〉(上海博物館子 소장)

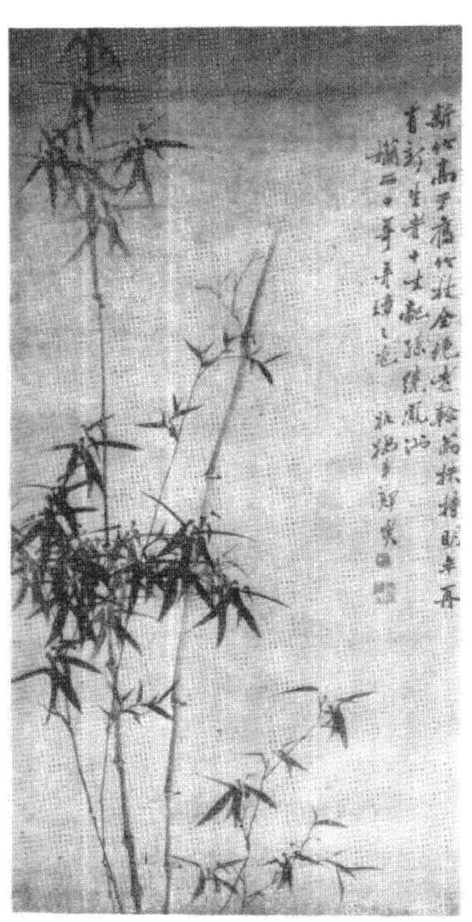

鄭燮 題畫 〈新竹高于舊竹枝……〉(揚州博物館 소장)

鄭燮 題畫 〈四時花草最無窮……〉(中國美術家協會 소장)

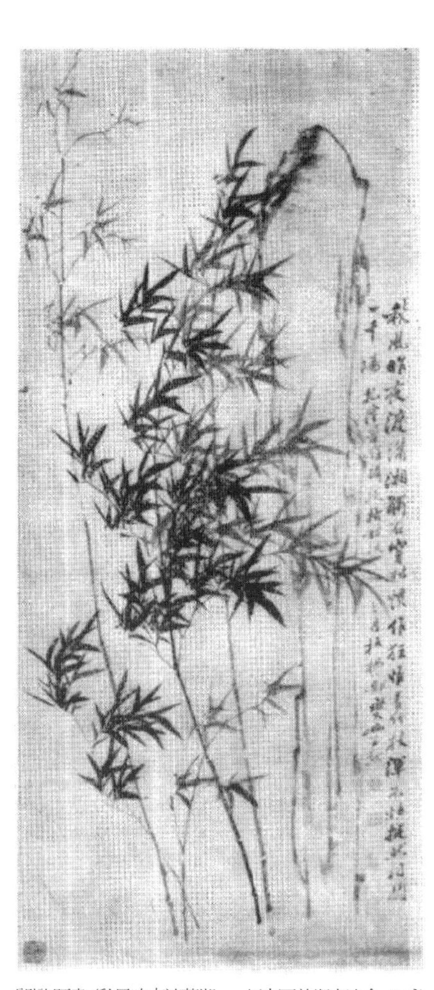

鄭燮 題畵 〈秋風昨夜渡瀟湘……〉(中國美術家協會 소장)

좌_ 鄭燮 書畵 〈曉春圖〉(揚州博物館 소장)
우_ 鄭燮 題畵 〈石依于竹……〉(中國美術家協會 소장)

정판교집 상

鄭板橋集

정섭 지음
양귀숙 옮김
이등연 해제

◆ 일러두기

1. 이 번역본은 1962년 中華書局에서 출간한 鄭燮 『鄭板橋集』을 저본으로 삼았다. 이 책은 板橋의 원래 自刻本에 근거하여 淸 乾隆 48년(1783)에 간행된 淸暉書屋 覆刻本 이래 기존 石印本 등에서 이어져온 일부 缺詩 부분을 복원시킨 후, 여기에 그동안 수집된 文 12편 · 書札 4통 · 詩 10제 · 題畵 111則(초판 기준) 등 '補遺' 부분과 『淸史列傳』 등 傳記文 8편 및 「鄭板橋年表」를 '부록'으로 추가하여 正字體 활자로 인쇄한 정본이다. 다만, '補遺'는 초판본 이후 재판 과정에서 계속 보충되었기에 이 부분은 1975년 重刊本에 따랐다. 한편, 上海古籍出版社에서 이 中華書局本을 簡體字本으로 출간(1979)하면서 일부 오자를 수정하고 '補遺'에 새로운 題畵詩文을 첨가했는데, 필요시 이 판본도 참고하였다.
2. 이 역서의 저본인 中華書局本 『鄭板橋集』에서는 전체 작품을 家書 · 詩鈔 · 詞鈔 · 小唱(道情) · 題畵 · 補遺 등 여섯 갈래로 나누어 수록했는데, 이 번역본에서는 이 여섯 갈래와 '補遺'를 1에서 7까지 숫자로 표시하고, 그 안의 개별 작품에 다시 번호를 붙여 그 작품의 소속을 쉽게 파악할 수 있게 했다.
3. 번역문 속에서 우리말의 직접적 대응이 아닌 한자를 표시하거나, 문맥의 자연스러움을 위해 역자가 보충해 넣은 표현은 [ ] 부호를 사용했다.
4. 주석은 원문에 다는 것을 원칙으로 삼고 우리말 번역문에서는 그 주석 내용을 적절히 풀어 옮겼기에 따로 주를 달지 않았다. 판교의 詩文에 관한 대표적인 주석서로 卞孝萱 編 『鄭板橋全集』(齊魯書社, 1985); 王錫榮 注 『鄭板橋集詳注』(吉林文史出版社, 1986); 華耀祥 箋注 『鄭板橋詩詞箋注』(廣陵書社, 2008); 王錫榮 著 『名家講解鄭板橋詩文』(長春出版社, 2009) 등이 있다. 이들 저서에서 참고한 주석 가운데 주석자의 독창적인 관점은 그 출처를 〖卞孝萱〗 〖王錫榮〗 〖華耀祥〗과 같이 약칭하여 밝혔다. 해제의 경우, 해당 작품 이해에 도움 될 수 있다고 판단되는 관련 사항이나 간단한 감상 의견을 제시했다.
5. 번역문에서는 한자를 괄호 속에 병기하였으나 주석과 해제에서는 번잡함을 피하기 위해 국한문을 혼용하였다. 고유명사의 독음은 한국 한자음으로 표기하는 것을 원칙으로 삼았다.
6. 원문의 현대식 문장부호는 번역 저본인 中華書局本 『鄭板橋集』의 체제에 따르되, 그 標點 방식에 동의할 수 없는 경우에는 역주에서 이를 따로 언급해 다루었다. 기타 문장부호 표기 등은 일반적인 관례에 따랐다.
7. 책머리에 있는 도판은 원래 中華書局本 『鄭板橋集』을 따랐고, 그 외 본문 속의 서화들은 역자가 따로 넣은 것임을 밝혀둔다.

역자 서문

삼천 년 부단히 이어져온 중국문학의 역사적 흐름을 다루는 중국문학사 저작들의 공통적 특징 가운데 하나는 '대표적' 작가, 작품, 갈래 중심의 '주류 위주' 시각이 깊고 넓게 자리 잡고 있다는 점이다. 물론 장구한 문학사의 흐름 속에 등장했던 수많은 작가, 작품, 갈래를 다룰 때 남다르게 두드러진 성과를 이룬 '대표'를 앞세우는 건 자연스런 일이다. 뭇별처럼 다양한 전통시기 작가들 가운데 굴원(屈原), 도연명(陶淵明), 이백(李白), 두보(杜甫), 백거이(白居易), 한유(韓愈), 소식(蘇軾), 구양수(歐陽脩), 탕현조(湯顯祖), 조설근(曹雪芹) …… 등 위대한 작가를 우선적으로, 핵심적으로 다루는 것에 달리 이의가 있을 수 없다. 그런데 비슷한 맥락에서, 문학의 '갈래' 변천을 살필 경우엔 흔히 '한 시대마다 그 시대의 문학이 있다[一代有一代之文學]'는 식으로 '대표적 갈래'를 강조하는 경향이 있다. 청말 문학이론가 왕국유(王國維)가 『송원희곡고(宋元戲曲考)』 서문에서 "무릇 한 시대마다 한 시대의 문학이 있다. 초의 이소, 한대의 부, 육조의 변려문, 당대의 시, 송대의 사, 원대의 곡은 모두 이른바 한 시대를 [대표하는] 문학으로, 후대에서 이어질 수가 없었던 것들이다[凡一代

有一代之文學：楚之騷, 漢之賦, 六代之駢語, 唐之詩, 宋之詞, 元之曲, 皆所謂一代之文學, 而後世莫能繼焉者也.」"라고 강조한 이래(사실은 그 이전에도 비슷한 주장을 한 사람들이 여럿 있었다), 후대 문학사들 대부분이 이런 관점의 자장(磁場)에서 자유롭지 못했던 것이다. 한 시대에 크게 흥성한 문학 장르를 강조하는 이 시각 자체가 잘못된 것은 아닐 것이다. 그러나 문제는 특정한 장르나 작품이 그 시대가 아닌 경우엔 '이어지지' 못했다고 단정하다 보니 후대 명·청 왕조의 작가·작품은 복고적 모방 외에 따로 볼만한 것이 별로 없다고 경시하게 된다. 그 결과, 두 시대에 나름대로 특별한 성과를 이룬 작가들도 이 시각의 자장 때문에 제대로 평가되지 못한 경우가 적지 않았다. 요컨대, 한 시대 문학성과를 특정 장르나 작품에만 독단적으로 한정하게 될 때 야기되는 편파성을 극복하여 문학사 흐름을 온전하게 복원하기 위해서는 그 동안 제대로 검토되지 못한 작가·작품의 실상을 새롭게 탐색할 필요가 있는 것이다.

바로 이런 문제의식 아래 역자는 청대 작가 가운데 시문·서화에서 독특한 성과를 이룬 판교(板橋) 정섭(鄭燮)에 주목하여 박사학위논문『정섭 문학 연구』(1996)에서 그의 시·문을 검토한 바 있다. '양주팔괴(揚州八怪)'의 대표적 인물로 유명한 정판교의 삶과 예술적 성과는 여러 가지 모순이 직조된 채 매우 다층적인 성격을 지닌다. 광기와 방일(放逸)이 넘쳐나는가 하면 전통 유자(儒者)로서의 경세(經世)와 인애(仁愛)를 잃지 않는다. 유가 전통의 애민(愛民)·인치(仁治) 정신을 바탕으로 당대 현실에서 몸부림치는 청관(淸官)이기도 하고, 그런 이상이 좌절된 상태의 곤궁한 생활과 분노 속에서도 탈속의 고고함을 견지하는 예술가였다. 역자는 무엇보다도 이처럼 인자한 청관이자 고고한 예술가, 전통·보수와 초월·창신(創新)이 대립, 공존하는 판교의 삶과 예술 세계에 깊은 흥미를 느꼈고, 이를 연구과정에서 새롭게 다뤄보고자 했던 것이다. 그러나 당시 개인적 한계 때문에 여러 문제점을 남긴 채 논문을 마무리해야만 했고, 내내 아쉬움이 적지 않았다. 그 뒤 마침 2006년 한국학술진흥재단(현 한국연구재단)의 '고전명저번역사업'에 『정판교집』이 포함되어 있어 그 미진함을 보완할 심정으로 이 역주 작업을 시작했다. 그러나 천성이 우졸(愚拙)한 탓으로 그로부터 거의 십 년 가까운 세월이 지난 이제야 겨우 간행하게 되었다. 번역 작업을 시작할 시점에는 판교 시문에 관한 문헌적 주석서로 변효훤(卞孝萱)의 『정판교전집(鄭板橋全集)』(齊魯書社, 1985), 주해서로 왕석영(王錫榮)의 『정판교집상주(鄭板橋集詳注)』(吉林文史出版社, 1986) 정도가 있었지만, 작업을 진행하는 사이 화요상(華耀祥)의 『정판교시사전주(鄭板橋詩詞箋注)』(廣陵書社, 2008)와 왕석영(王錫榮)의 앞 책 수정본 『명가강해정판교시문(名家講解鄭板橋詩文)』(長春出版社, 2009) 등이 더 출간되어 적지 않은 도움을 받을 수 있었다. 다만, 그들의 관점 가운데 일부 주관적·편향적 시각에 대해서는 비판적으로 검토해 수용 여부를 밝히고자 노력했다.

돌이켜 보면, 타이완 유학 시절에 우연히 알게 된 정판교 문학을 그동안 학문 대상으로 삼아 공부해오면서 줄곧 변하지 않는 느낌 한 가지는 판교는 참 치열하면서도 정겨운 삶을 살았다는 점이다. 이런 점은 민고(民苦)와 영사(詠史), 목민과 퇴은, 전원생활과 서화예술 등을 소재로 한 시사(詩詞)에서도 다양하게 확인되지만, 특히 사촌아우에게 보낸 '가서(家書)'에서 가장 직접적으로 드러난다. 자유롭게 쓴 열여섯 통 편지글마다 꾸밈없이 표현된 그의 고민과 인생철학을 읽을 때면 늘 잔잔한 울림이 느껴지곤 한다. 그런 울림 속에서 새삼 떠오르는 판교의 명구, '바보되기 어렵구나[難得糊塗]'. 스스로도 그 경지를 자못 체득할 날이 있을까.

긴 세월 동안 단속(斷續)을 거듭하며 작업을 진행하는 내내 늘 한 마음으로 격려해주면서, 특히 해제 부분을 맡아 함께 해준 동반자 등연에게 고맙다. 사실은 해제를 넘어서서 번역 초고를 놓고 줄곧 같이 논의했기에 이 책은 두 사람의 공동 작업이라 해도 과언이 아니다. 이 일로 함께 하는 시간이 적어졌어도 불평 없이 건강하게 제 길을 착실히 가고 있는 병윤, 윤원, 두은에게도 깊은 사랑을 전한다. 아울러, 처음 정판교 연구를 시작할 때 여러 모로 도움이 되었던 김미형·김인수 두 분께,

그리고 원고 편집하느라 애쓰신 소명출판 여러분께 두루 감사드린다.

이 책이 정판교에 관심 가진 국내 독자들께 조금이나마 도움이 되길 기원하며, 잘못된 부분에 대해 강호 제현의 아낌없는 질정을 바랄 뿐이다.

2017년 2월

역자

제2부 시초詩鈔

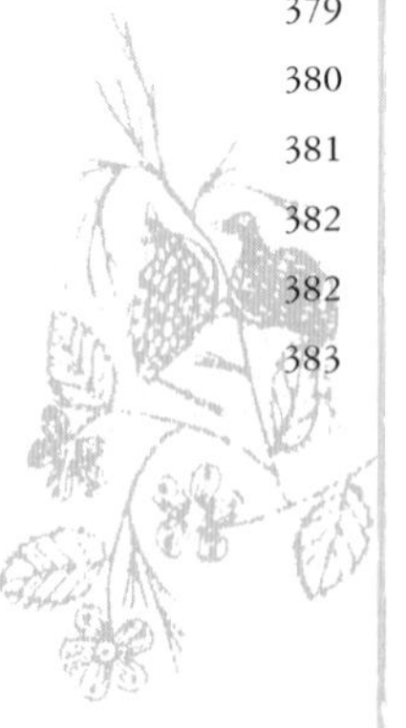

정판교집 전체 차례

해제 정판교 : 광방(狂放)의 예술가, 어진 청관(清官)

이동연

판교(板橋) 정섭(鄭燮)은 청(清) 강희(康熙) 32년(1693) 양주(揚州)에서 태어나 건륭(乾隆) 30년(1765) 73세의 나이로 세상을 떠나기까지 시(詩)·서(書)·화(畵) 등 여러 예술 방면에서 두루 빼어난 성과를 이뤄냈던 인물이다. 중국 문화사에서 이러한 판교의 삶과 예술을 거론할 때 가장 먼저 강조되는 바는 바로 '괴(怪)'란 표현일 것이다. 물론 이는 그가 이른바 청대 중엽 전통적 화풍(畵風)을 벗어나 새롭게 독창적 세계를 일궈냈던 '양주팔괴(揚州八怪)'의 핵심적 인물이기 때문에 당연한 일일지도 모른다. 그러나 우리가 정판교의 일생을 심층적으로 이해하게 되면, '양주팔괴'에 속하는 여러 인물 중에서도 정판교의 삶과 예술은 남다른 개성이 한층 두드러지기에 그의 '괴'를 '팔괴'의 자장(磁場) 안에서만 논할 수 있는 게 아니다. 실제로 화풍이나 화론에 한정해 '양주팔괴' 화가 가운데 '괴'의 특색이 가장 두드러진 인물을 들기로 한다면 상당수 논자들이 판교보다는 김농(金農) 등 다른 화가를 거론하는 경우도 많기 때문이다.

'괴(怪)'의 원래적 의미는 '이(異)', 즉 평상적인 것과 다름을 가리킨다. (『說文』: "怪, 異也.") 일반적인 것, 평상적인 것, 전통적인 것과 다르다는 점에서 '괴'는 경계와 비판의 대상이 될 수도, 선망과 중시의 대상이 될 수도 있는 양면적 성격을 지닐 수밖에 없다. 이런 측면에서 정판교에 대한 당대 및 후대의 평가 또한 긍정과 부정이 사뭇 엇갈려왔던 것이다. 어쨌든 '양주팔괴'라는 예술적 범주 안에서 판교의 '괴'를 이해할 때 대개는 그가 여러 예술 방면에서 이룬 특출한 성과를 가리키게 된다. 그는 시·서·화에서 고루 빼어난 성과를 이룩해 당대(當代)에 이미 '삼절(三絶)'과 '삼진(三眞)'이라는 평가를 얻은 바 있다.(장유병(張維屛) 『송헌수필(松軒隨筆)』: "판교에게는 세 가지 절묘함이 있으니 그림과 시와 글씨다. 세 가지 절묘함에는 다시 세 가지 참됨이 있으니 참된 기세요, 참된 뜻이요, 참된 정취다.[板橋有三絶, 曰畵、曰詩、曰書; 三絶之中又有三眞, 曰眞氣、曰眞意、曰眞趣.]") 이처럼 그는 '양주팔괴'의 일원으로서 그림과 서예 방면에서 독특한 경지를 일구었고, 시(詩)·사(詞) 등 운문과 가서(家書) 형태의 산문에서도 뛰어난 문학적 성과를 이룩했던, 다방면에 걸쳐 개성을 발휘한 예술가였다. 판교의 '괴'는 일단 이런 개성적 예술 성격을 아우르는 표현이라 하겠다.

그러나 판교에게 있어 '괴'는 이러한 예술적 성과에 한정되는 것만은 아니다. 사실, 예술적 성과와는 다른 측면에서 판교는 젊을 때부터 성격과 처신이 유별나 일찍이 '미치광이'로 정평이 났다. "선종 고승이나 귀족가문 자제들과 교유하기를 즐겼다. 날마다 고담준론을 거침없이 펼치면서 인물의 시시비비를 따졌기에 결국엔 미치광이란 별명까지 얻었다.[喜與禪宗尊宿及期門子弟遊. 日放言高談, 臧否人物, 以是得狂名.]"(『청사열전·정섭전(淸史列傳·鄭燮傳)』) 그리고 이 점은 그 스스로도 강조한 바 있다. "어렸을 때는 특별히 남과 다른 점이 없었으나, 장성하자 신체는 커졌지만 용모가 볼품이 없어 모두들 업신여겼다. 게다가 큰소리치기를 좋아하고, 지나친 자부심을 지닌 채 때를 가리지 않고 서슴없이 남을 꾸짖곤 했다. 그 바람에 여러 선배들은 다들 눈을 흘기며 [주위 사람들더러]

서로 내왕하지 말도록 막았다.[幼時殊無異人處, 少長, 雖長大, 貌寢陋, 人咸易之. 又好大言, 自負太過, 漫罵無擇. 諸先輩皆側目, 戒勿與往來.]”(「판교 자서(板橋自敍)」) 물론, 세상살이에서 이런 남다른 성격이 비난과 증오의 원천이 된다는 것을 몰랐던 게 아니기에 그 역시 나름대로 적응하고자 노력했지만, 근본적 성정의 변화는 가능한 게 아니었다. “이 어리석은 형은 평생 함부로 욕하고 무례하게 행동했다네. 그렇긴 하지만 사람마다 누구나 뛰어난 재주 한 가지나 기술 한 가지가 있고, 행동 하나 말 한 마디라도 아름다울 때가 있으니 혀를 내두르며 칭찬하지 않은 적이 없다네. …… 나이는 들어가고 몸도 외로워지니 마땅히 지나친 말을 삼가야겠지. 사람을 사랑하는 것은 좋은 일이고, 사람을 욕하는 것은 좋지 않은 일. 동파가 이로 인해 비판을 받았다는데, 하물며 이 판교는 어떻겠는가! 아우 또한 수시로 나에게 충고해주게나.[愚兄平生漫罵無禮, 然人有一才一技之長, 一行一言之美, 未嘗不嘖嘖稱道. …… 年老身孤, 當愼口過. 愛人是好處, 罵人是不好處. 東坡以此受病, 況板橋乎! 老弟亦當時時勸我.]”(「회안 배 안에서 아우 묵에게[淮安舟中寄舍弟墨]」); “끼 삭이고 처세해도 방종이라 미워하고 / 졸박한 문장 써보아도 특이하다 싫어하네.[束狂入世猶嫌放, 學拙論文尙厭奇.]”(「스스로를 달래며[自遣]」) 이처럼 시류에 적당히 휩쓸리지 않고 시비를 분명히 따져 타인을 통박(痛駁)하는 판교의 성격은 그야말로 세상과 어울리지 못하는 모난 문사(文士)의 전형인 셈이다.

그렇다고 판교의 ‘괴’의 성격이 태생적인 괴팍한 성격, 독특한 예술적 성과를 함께 아우르는, ‘광방(狂放)의 예술가’라는 의미로만 한정되는 것 또한 아니다. 그는 기인(奇人)적 예술가이면서도 관직에 있을 때는 보기 드문 인정(仁政)을 펼쳐 백성들이 생사당(生祠堂)을 세울 정도로 무한한 사랑을 받았던 어진 청관(淸官)이었다. 그러나 곤궁에 처한 백성을 위한 구재책(救災策)을 두고 상관의 비위에 거슬려 사직한 후 다시 고향에 돌아와 그림을 팔아 생활하게 된다. 시비를 분명하게 따지는 성격과 어진 청백리의 모습은 비슷한 맥락에 있는 것일지라도, ‘광방(狂放)의 예술가’

와 '어진 청관(淸官)'이라는 양면성은 쉽게 겹쳐질 수 있는 바가 아니기에 이 또한 판교의 '괴'를 이루는 중요한 요소다.*

1. 광명(狂名)과 난득호도(難得糊塗) – 삶의 곤궁(困窮)을 넘어서는 방식

그렇다면 이처럼 다양한 성격을 지니는 판교의 '괴(怪)'와 '광(狂)'의 뿌리는 어디에서 찾을 수 있는가? 이런 문제의식 아래 잠시 정판교 삶의 궤적을 정리해보기 하자.

판교가 생활했던 강희(康熙)에서 건륭(乾隆)에 이르는 사회는 청조(淸朝) 정권 수립 초기의 혼란이 수습되고 경제・사회적으로 차츰 안정기로 접어든 시기였다. '강희수재(康熙秀才), 옹정거인(雍正擧人), 건륭진사(乾隆進士)'라는 판교 자신의 말처럼 그의 삶은 세 황제를 거치며 독서와 매화(賣畵), 임관 등으로 이어졌는데, 주요 사건과 생활의 특징에 따라 유소년기・청장년기・중년기・임관기・노년기 등 다섯 시기 정도로 세분해 볼 수 있다.

먼저, 유소년기는 출생 후 학업을 위해 진주(眞州)로 떠난 17세까지(1693~1709)로, 남달리 불우한 환경에서 성장했던 시기이다. 판교의 선조는 원래 소주(蘇州)에 살았으나 명 홍무(洪武) 연간에 흥화현(興化縣)으로 옮겨와서 흥화(興化) 정씨(鄭氏)의 일맥을 이루었다. 증조부 신만(新萬)은 상생(庠生), 조부 식(湜)은 유관(儒官), 부친 지본(之本)은 늠생(廩生) 등 학력을 이루었는데, 이처럼 모두 독서 과정을 거쳤지만 관직에 나갔던 것은 아니었다. 부친은 인품과 학식이 뛰어났고, 모친 왕부인(汪夫人)은 정

* 이하 일부 내용은 본서 역자의 박사논문 『정섭 문학 연구』의 관련 부분을 토대로 다시 쓴 것이며, 이 글 성격상 이를 매번 따로 명시하지 않는다.

숙하고 총명한 여인이었다 한다. 부친은 학동을 가르쳐 생계의 수단으로 삼았으나 늘 궁핍을 면치 못했다. 판교의 생모 왕부인은 불행히도 그가 4세 때 일찍 타계했다. 일 년 후 부친은 학(郝)씨를 후처로 맞았는데, 판교는 조모 채부인(蔡夫人)의 시녀였던 유모 비(費)씨의 손에서 길러졌다. 모친을 잃은 판교에게 유모 비씨는 친어머니와 같은 사랑을 쏟아서 유년기의 성장과 인생관의 형성에 많은 영향을 주었다. 그 후 계모 학부인마저 판교가 14세 되던 해에 세상을 떠났다. 이처럼 그의 어린 시절은 생모와 계모를 차례로 잃는 고통이 이어졌고, 이는 판교의 인생관에 지대한 영향을 끼쳤다. 판교는 17세 때 진주에 가서 공부하게 되었는데, 그곳에서 훗날의 학문과 예술의 기초를 닦았다고 볼 수 있다.

둘째 시기는 17세(1709)부터 40세(1732)까지의 청장년기이다. 판교는 20세 무렵에 진주에서 흥화로 돌아와 23세에 서씨(徐氏)와 결혼해 슬하에 아들 순(犉)과 2녀를 두었다. 이 해에 처음으로 수도에 가서 세상을 돌아볼 기회를 얻었고, 24세 때 현(縣) 고시에 응시해 수재(秀才)가 되었다. 그가 25세 되던 해 숙부 지표(之標)의 아들 묵(墨)이 태어났다. 비록 사촌 간이지만 독자로 외롭게 자란 판교는 이 동생에게 남다른 애정을 쏟았고, 이러한 마음은 가서(家書)와 「사촌아우 묵을 그리며[懷舍弟墨]」란 시 등에 잘 드러나 있다. 26세엔 진주에 사숙을 열어 교관(教館) 생활을 시작하지만 몇 년 후 이 일을 그만둔다. 30세 되던 해 병고를 치르던 부친이 사망하면서 그는 어려운 집안의 가장이 되었다. 이때부터 생활고에 시달린 판교는 양주(揚州)로 나가 생계의 수단으로 그림을 그려 팔아야 했다. 양주는 번화한 도시로서 부를 누리던 염상(鹽商)과 관료들의 요구에 따라 그림을 팔기에는 좋은 시장이었지만, 당시 이름이 알려지지 않은 그로서는 여전히 어려운 생활을 면치 못했다. 32세 무렵 설상가상으로 외아들의 죽음을 맞이해야 했다. 그 비통함 속에서 판교는 33세 때 두 번째로 수도 연경(燕京)으로 떠났다. 가난한 수재가 관리가 되는 길을 알아보기 위해서였다. 이때는 옹정(雍正)황제가 즉위하여 통치를 공고히 하고자 적극적인 전제 정치를 펴던 때이라 문자옥으로 많은 사람이 죽어가는 상황이었다. 그는 이런 상황을 의식할 겨를도 없이 각계의 인물을 다방면으로 접촉하였지만 공명은 얻지 못한 채 '광명(狂名)'을 얻었고, 결국 34세 봄 다시 양주로 돌아오고 말았다.

36세에 그는 천녕사(天寧寺)로 가서 제예(制藝), 즉 팔고문(八股文)을 공부하며 과거를 준비하였다. 아울러 학업과 함께 그림을 팔아 생활을 하면서 서화계의 벗들과 넓게 교제하며 시문 창작을 계속했다. 이 시기 그의 시문 창작에는 약간의 변화가 보인다. 즉, 개인적 회재불우(懷才不遇)를 개탄하는 내용으로부터 사회문제로 진입하여 비분(悲憤)을 토로하고, 탐관오리나 통치자의 잔혹상에 대해 항의를 표출하는 경향이 보이는 것이다. 사실, 장기간의 역경 생활을 거치면서 만났던 문제들이 자연히 그를 자극하였을 것이며, 하층민들 특히 농민과의 접촉을 통해 깊은 이해가 이루어지면서 그의 눈에 비친 수많은 백성들의 고초가 작가적 양심을 불러일으켰다고 볼 수 있다.

39세 때 서씨 부인이 사망하였다. 16년간의 혼인생활 내내 지긋지긋한 가난을 면치 못했지만, 원망하는 일이 없었던 현숙한 아내였다. 당시까지 가세는 그야말로 맹물로 제사를 지내고 끼니를 제대로 잇지 못할 정도였다. 이듬해 40세에 판교는 금릉(金陵)의 향시(鄕試)에 응시하여 거인(擧人)이 된다. 이때가 바로 옹정 10년(1732)이다. 23세에 수재가 된 후 40세에야 거인이 되었으니 17년간의 긴 세월이었다.

셋째 시기는 41세(옹정 11년, 1733)부터 50세(건륭 7년, 1742) 때까지의 중년기이다. 거인에 합격한 후에도 판교의 생활은 거의 변함이 없었다. 그러나 이 무렵부터 서화가로서의 이름이 서서히 알려져서 교유의 폭이 넓어지고, 그림도 더 많이 팔리게 되었다. 옹정 12년, 42세에 곽씨(郭氏)와 재혼을 했고, 이듬해에는 과거 준비를 위해 초산(焦山)에 들어가 독서를 한다. 드디어 44세(건륭 1년, 1736)에 연경으로 가서 예부시(禮部試)에 합격하여 진사(進士)가 되었다. 그러나 관직이 바로 주어지지 않았으므로 「어르신께[呈長者]」와 같은 일종의 자천시(自薦詩)를 써서 관직을 구하면서, 문인과 승려 등 다양하게 왕래하였다.

진사가 된 후 1년 남짓 수도에 머물며 초조하게 관직을 기다리던 판교는 건륭 2년 다시 양주로 돌아왔고, 그 후 5년 여 동안 고향인 흥화와 양주를 오가며 생활한다. 기대에서 실망으로, 다시 격분으로 이어지는 복잡한 심정으로 4년이란 세월을 보내던 그는 49세가 되던 해에 다시 상경하였다. 그런데 이번 수도 생활은 판교의 인생에 전환점이 되었다. 강희제의 21자 신군왕(愼郡王) 윤희(允禧)를 알게 되고 그의 신임을 얻게 된 것이다.

넷째 시기는 드디어 관직에 나아가 활동하던 기간이다. 50세(건륭 7년, 1742) 봄, 판교는 처음으로 범현(范縣)의 지현(知縣 : 縣令)으로 부임해 관리 생활을 시작한다. 비록 작은 현의 관리였지만 그는 비로소 안정된 생활 속에서 그 동안 썼던 시·사를 정리하여 『시초(詩鈔)』·『사초(詞鈔)』로 엮어냈다. 이듬해에는 14년 만에 「도정 십수(道情十首)」를 완성하였다. 교우관계도 더욱 넓어졌고, 52세에는 첩 요씨(饒氏)에게서 아들을 얻는 경사도 있었다. 범현에서 관직을 지내는 4년 동안 판교는 공무에 철저하고 백성들의 고충을 깊이 이해하였다.

54세에 범현에서 유현(濰縣) 지현으로 이직하였다. 때마침 그 해에 큰 흉년이 들어 사람을 먹는 일까지 생겼다. 그는 굶주린 백성을 구하기 위해 창고를 열어 양식을 대출하고 대공사를 벌이며 부호들의 곡식 방매(放賣)를 요청하는 등 3가지 구민(救民) 정책을 적극적으로 펼쳤으나 근본적인 해결책이 될 수는 없었다. 이 재난은 건륭 14년까지 지속되었고, 이 과정을 통해 그의 관리생활은 일대 전환점을 맞게 된다. 백성에 대한 그의 태도는 더욱 애정이 깊어졌던 반면, 재난을 해결할 책임이 있는 관리들의 부패와 무능한 태도에서 깊은 환멸을 느끼게 된 것이다. 재난 당시 판교의 행동이 백성들에게는 더할 나위 없는 희망이었지만, 반면에 지방부호들의 재산을 축내는 일이기도 했으므로 그들의 질시를 받게 되었고, 이는 결국 판교가 관직에서 물러나게 된 원인 중의 하나가 되고 말았다.

56세(건륭 13년)에 건륭황제가 동순(東巡)할 때 황제의 '서화사(書畵史)'가 되어 태산(泰山)에서 40여 일 동안 수행했다. 그 이듬해에는 만년에 어렵사리 얻은 아들이 6세의 어린 나이로 병사(病死)하는 비통한 일이 발생했다. 59세 봄, 유현 북부에 수재(水災)가 발생하여 다시 이재민 구제에 심혈을 기울여야 했다. 이런 과정 동안 부패한 관리들에 대한 불만과 회의가 날로 커져서 관직을 떠나고자 하는 마음이 더욱 강해졌다. 그의 시 「귀향을 생각하며[思歸行]」와 사 「만강홍 · 집 생각[滿江紅 · 思家]」 및 「당다령 · 귀향 생각[唐多令 · 思歸]」 등에 그런 심경이 잘 드러나고 있다. 결국 61세(건륭 17년) 봄에 상부에 요청한 구재책이 상급 관리의 뜻에 거슬려서 좌절되자 그해 겨울 마침내 병을 핑계로 사직하였다.

12년간의 현령 생활 동안 전력투구하여 민사를 돌보았으므로, 당시 유현의 백성들은 그를 존경하여 '정청천(鄭青天)'이라 불렀다 한다. 그런 그가 관직을 그만두던 날, 백성들은 길을 막고 만류하였고, 떠난 뒤에는 심지어 집집마다 그의 초상을 걸어 덕을 기렸으며, 생사당(生祠堂)을 짓기도 하였다.

다섯째 시기는 귀향 후의 노년기이다. 판교는 다시 양주로 돌아왔으나 관직 생활 동안 청백리였으므로 재산이 있을 리 없었고, 수중엔 몇 권의 책만 남았을 뿐이었다. 결국 그는 다시 서화를 팔아 생활을 영위해야만 했다. 그러나 이때는 그의 일생 중 예술창작이 가장 왕성한 시기였다. 다행히 이전과는 달리 그의 명성이 높아져서 작품을 구하려는 사람이 많아졌다. 이후 판교는 오로지 은거하며 예술에 전념하는 여생을 보낸다. 68세 때에 쓴 「판교자서(板橋自序)」에서 "판교는 산수를 유람한 일이 많지는 않지만 적지도 않고, 읽은 책도 많지는 않지만 적지도 않으며, 또한 천하의 이름난 명사들과 교유를 맺는 일도 많지는 않지만 적지도 않다. 처음에는 그지없이 가난했으나 나중에는 다소 형편이 나아졌고, 그러다가 다시 조금씩 가난해졌다. 그러므로 판교의 시문 속에는 없는 것이 없다."고 하여 평생의 부침(浮沈)을 스스로 회고한 바 있다. 건륭 30년(1765) 12월 12일, 판교는 73세를 일기로 세상을 떠나 흥화현(興化縣) 관원장(管阮莊)에 묻혔다.

이상 판교의 평생 역정에서 특히 주목할 점 하나는 어린 시절부터 부단히 이어진, 가족을 잃는 고통과 가난이다. 그는 한참 어린 나이 4세에 생모를, 감수성 넘치는 성장기 14세에 계모를 잃었다. 가계의 곤궁이 부단히 이어지던 30세에 부친이 병사하자 그는 벼슬길을 위한 독서와 생계를 위한 매화(賣畵)의 길을 병행해야 했다. 이어 32세에 아들 순(犉)을, 39세에는 아내를 차례로 잃고, 56세에는 만년에 다시 얻은 아들까지 잃었다. 판교의 자전적 연작시 「일곱 노래[七歌]」에는 그동안 자신 삶의 과정에서 있었던 여러 애환, 즉 젊어서 공부할 때 학문에 집념하지 못했던 후회, 태어난 후 어머니가 곧장 세상을 떠나신 데 따른 아픈 추억, 자신을 인자하게 길러주셨던 계모에 대한 그리움, 자신의 잘못과 버릇없는 행위까지도 늘 감싸주시던 숙부의 인자한 모습, 외지에서 번번이 실패하고 귀가했을 때의 참담한 심정, 계속되는 가난 속에서 철없는 자식들에게 화풀이했던 고통, 스승 종원(種園) 선생과 두 동학과의 추억 등 갖가지 고통과 회한을 차례로 회상한 바 있다. 그런데 이 시를 쓴 30세 이후로도 그는 다시 두 아들과 아내를 잃는 고통을 더 당해야 했다. 이런 점에서 사랑하는 가족을 끊임없이 잃어야 했던 남다른 비극은 판교의 인생관을 이해하는 데 매우 중요한 요소라 생각한다.

여기서 판교가 평생 동안 가깝게 교류한 인물을 살펴보면, 그는 30세 전후와 60세 이후 양주에서 서화로 생활하는 과정에서 이른바 '양주팔괴'와 긴밀한 교류가 있었다. '양주팔괴'는 청 강희 · 옹정 · 건륭 시기에 걸쳐 양주에서 활동하면서 당시 화풍과는 사뭇 다른 여러 개성 때문에 '괴짜(怪)'로 평가되었던 화가 유파를 말한다. 그 구성원에 대해서는 여러 가지 주장이 있지만 대개 정섭(鄭燮)·왕사신(汪士愼)·황신(黃愼)·김농(金農)·고상(高翔)·이선(李鱓)·이방응(李方膺)·나빙(羅聘) 등을 꼽는다. 그들의 회화 풍격은 당시 정통 화가들과 크게 달랐고, 사상이나 행위 또한 당대 풍속과 같지 않았던 까닭에 일반 보수파들은 그 새로운 화풍에 대해 놀라고 비판하면서 이처럼 '괴(怪)'라는 명칭을 붙였던 것이다. 예술관과 창작방법 면에서 그들의 공통적인 특징은 창신(創新)을 주장하고 실천을 중시하려는 것이라 할 수 있다. 그들은 전통을 계승하되 혁신을 창조하여 양자를 결합시키고자 했다. '옛사람을 배우는[師古人]' 태도 면에서도 옛 법을 배우되 그것에 무조건 따르지 않고 전통의 속박을 과감히 탈피하여 정해진 양식을 돌파함으로써, 개성을 중시하여 자신만의 예술 풍격을 형성해냈다. 또한, 현실생활을 중시하여 '자연을 모범으로 삼는[以造化爲師]' 태도를 견지하고자 했다. 이는 단순히 현실을 반영하자는 것이 아니고, 자신의 심미 이상과 정서에 의거하여 자연을 관찰하고 이해하여 받아들이고 다시 만들어내려는 태도였다. 판교는 이처럼 당시 화단의 진보적 세력이었던 '양주팔괴'와의 긴밀한 교류를 통해 개성적 예술 풍격을 추구했던 것이다.

아울러, 판교의 교유에서 특이한 점은 정방곤(鄭方坤) 등 당시 문인이나 황족(皇族) 윤희와의 교류 외에도 불(佛)·도(道)에 관련된 인물과의 왕래가 상당히 많다는 사실이다. 『정판교집』 중에 들어있는 사람만 해도 무방상인(無方上人)·박야상인(博也上人) 등 20여 명에 달하고, 관련 시·사가 약 60수나 될 정도다. 원래 유가 경전을 공부해 관직에 들어선 판교였지만 실의에 빠질 때면 자주 이들 도사나 승려를 찾아갔으며, 그들 또한 늘 판교를 반겨주며 대화하고 시를 교류했다. 판교의 인생관이나 시·문 내용에 불교나 도교적 시각이 적지 않게 드러나는 점은 바로 이런 교류 과정과 밀접한 관련이 있다.

요컨대, 정판교의 삶과 교유 과정을 전체적으로 조망해볼 때, 유달리 "고담준론을 마음껏 펼치고 인물의 시시비비를 따지며 통매(痛罵)를 마다하지 않은" 그의 광괴(狂怪)적 언행의 저변에는 어려서 모친을 잃어 제대로 사랑을 받지 못한데다가 어른이 되어서는 다시 아들을 차례로 다 잃고만, 이 견딜 수 없는 개인적 비극의 고통이 자리하고 있다고 여겨진다. 그가 세상 사람들로부터 얻은 광명(狂名)은 그 누구에게서도 쉽사리 이해받을 수 없는 그 비극들을 넘어서기 위해 어쩔 수 없이 선택한, 내면적 갈등과 몸부림의 변형된 표출이라 볼 수 있는 것이다. 자신의 남다른 비극과 곤궁을 넘어서기 위해 그는 끊임없이 발분해 노력하면서 자신과 싸워나갔고, 그 결과가 극도의 자부심으로 표출되면서 결국 광명(狂名)으로 이어졌던 것이다. 그 스스로도 이렇게 고백한 바 있다. "판교는 너무도 곤궁하고 힘겨운 생활에 외모마저 볼품이 없어서 오랫동안 세상사람들과 어울리질 못했다. 그러나 발분하여 스스로의 웅지를 불사르고, 다른 사람과 경쟁하지 않고 나 자신 마음으로 겨루었다.[板橋最窮最苦, 貌又寢陋, 故長不合於時, 然發奮自雄, 不與人爭, 而自以心競.]"(「유류촌에게 써보낸 책자[劉柳邨冊子]」)

그러나 또한 다른 측면에서는, 이런 일련의 극단적 고통을 겪으면서 그는 누구보다도 인생의 무상함을 갈수록 깊이 체득한 결과, 결국 불·도 사상을 가까이하며 세상의 사소한 욕망에 구애받지 않는 광달(曠達)한 세계관을 지닐 수밖에 없었다. 정판교 하면 하나의 상징처럼 인구에 회자되는 말, '난득호도(難得糊塗)'란 표현 역시 바로 이런 인생의 온갖 애환을 남다르게 체득하고 나서 얻은 결과인 셈이다.

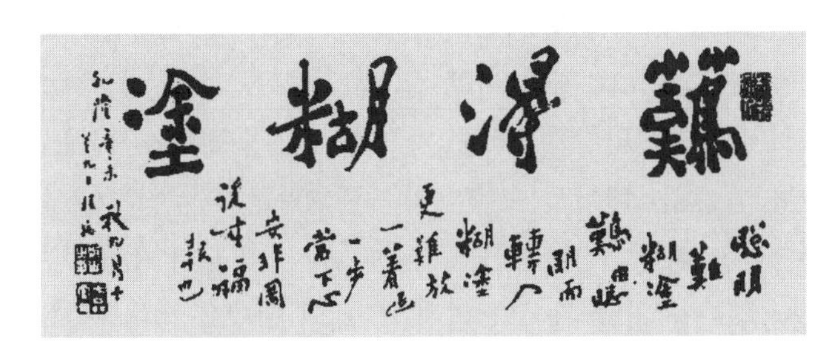

어리석기 어렵네[難得糊塗] : 총명하기 어렵고, 어리석기 어렵네. 총명함에서 어리석음으로 들어가기는 한층 어렵네. 한 수 내려놓고, 일보 물러나면 그 자리에서 마음 편안한 법, 훗날의 복 보답을 바라서가 아니라네.[聰明難, 糊塗難. 由聰明而轉入糊塗更難. 放一著, 退一步, 當下心安, 非圖後來福報也.]

2. 판교의 문예관-진보와 보수의 교직(交織)

이상 살펴본 바와 같이 정판교의 삶과 예술의 특징은 광방(狂放)의 예술가이자 어진 청관(淸官)이라는, 매우 다른 요소들이 공존하며, 심지어 서로 상반되는 요소들이 교직(交織)된다는 점이다. 말하자면 올바른 학문 연마에 힘써서 이를 실천에 옮기려는 온후하고 신중한 지식인의 성격과, 세속의 불합리한 관습에 구애 받지 않고 상궤(常軌)를 무시하며 광기어린 거침없는 행동을 벌이는 예술가의 성격이 함께 나타나는 것이다. 지식인의 성격은 특히 관직에 나갔을 때 두드러지고, 예술가적 성격은 관직 생활 전의 방황과 사직 후 매화(賣畵) 생활하는 시기에 두드러진다.

먼저, 예술가로서의 판교는 사회의 고루한 구속이나 사소한 예의범절을 의식하지 않는 자유분방한 의식을 지녔다. 사실, 그가 젊을 때부터 타인의 시비를 따져 그 자리에서 매도하는 바람에 얻은 '광명(狂名)' 또한 그 원천적 내면심리는 상술한 개인적 비극과 한계를 넘어서고자 하는 발분 의식과 그 결과로서의 자부심에 근거하지만, 그 표현 방식 자체는 이 자유분방한 성격과 밀접하게 연관된다. 이러한 의식세계는 예컨대 자신의 작품집에 한낱 명성의 후광을 위해 고관의 서문을 받아 넣지는 않겠다는 태도(「열여섯 통 집안 편지에 붙여[十六通家書小引]」), 자신의 시집에 "후일 호사가가 다른 작품을 함부로 끼어 넣어 편집한다면 무서운 귀신이 되어 그 자의 뇌를 갈겨버리겠다"(「후각시집 서[後刻詩序]」)고 경고하거나 자신의 서화 작품 가격을 구체적으로 제시하는(「판교의 가격 책정[板橋潤格]」) 해학적 모습, 새나 물고기를 '가두어' 기르는 일을 비난하는 입장(「유현 관아에서 아우 묵에게 보내는 두 번째 편지[濰縣署中與舍弟墨第二書]」), 부임 첫날 관아의 벽에 백 개의 구멍을 뚫어 구관(舊官)의 악습을 내보내고 민간의 소리를 듣고자 했다거나, 소송 때마다 법을 판에 박히게 적용하는 게 아니라 인성을 중시해 융통성 있게 판결하여 백성들에게 두고두고 칭송받았다는 일화(증연동(曾衍東) 「소두붕·잡기(小豆棚·雜記)」) 등 도처에서 다양하게 확인된다. 심지어 다른 사람이라면 결코 공개적으로 언급하길 꺼려할 남색(男色) 기호까지도 털어놓고(「판교자서(板橋自敍)」: "산수를 매우 좋아했고, 또한 색을 즐겼다. 특히 노래하는 동자나 연극하는 소년을 좋아했다. 그러나 자신이 나이 들어 늙고 추해도 저들이 다가오는 것은 그저 돈벌이를 위한 것일 뿐임을 알았다. 그들이 외부의 정사(政事)에 관련되는 말 한 마디라도 할 경우엔 그 자리에서 호통 쳐서 쫓았으니, 일찍이 그들에게 빠져 미혹된 적은 없었다.[酷嗜山水. 又好色, 尤多餘桃口齒, 及椒風弄兒之戲. 然自知老且醜, 此輩利吾金幣來耳. 有一言幹與外政, 卽叱去之, 未嘗爲所迷惑.]"), 실제로 「효렴 김조연에게[贈孝廉金兆燕]」·「현에 옛날 노복 왕봉과 비슷한 하급관리가 있어 매번 볼 때마다 마음 어두워[縣中小皁隸有似故僕王鳳者, 每見之黯然]」 등 시작품에서도 그런 취향을 그대로 드러내기도 했다.

이러한 자유분방한 의식세계가 판교의 문예관에서는 무엇보다도 개성과 창신(創新)을 강조하는 형태로 나타난다. 그는 여러 시·문에서 자주 "학자는 마땅히 스스로의 기치를 세워야 하며[學者當自樹旗幟.]"(「강빈곡·강우구에게 보낸 편지[與江賓穀、江禹九書]」) 이전 사람들의 틀을 그대로 본떠서는 안 된다고 강조했다. "요컨대, 글을 읽는 데에는 특별한 식견이 있어야 하는데, 그저 옛 사람을 따르기만 하는 자는 올바른 안목을 갖출 수가 없는 법이지. …… 결국 어리석은 유학자들의 말 같은 건 결코 들을 필요가 없으며, 공부하는 사람은 스스로의 눈으로 보고 자신만의 뼈대를 세우는 독서를 해야만 할 것이야.[總是讀書要有特識, 依樣葫蘆, 無有是處. …… 總之, 豎儒之言, 必不可聽, 學者自出眼孔、自豎脊骨讀書可爾.](「범현 관청에서 아우 묵에게 보낸 세 번째 편지[范縣署中寄舍弟墨第三書]」), "글을 쓸 때 필히 옛사람을 본받고자 한다면 / 마님 흉내 내는 하녀처럼 헛되이 애만 쓸 뿐[作文必欲法前古, 婢學夫人徒自苦.]"(「반동강에게[贈潘桐岡]」)이며, 그러한 짓은 "그저 여기저기서 옮겨오고 빌려오거나, 고치고 덧붙인 것으로 이름을 얻어 세상을 기만하는 일"(「유현 관아에서 아우 묵에게 보내는 네 번째 편지[濰縣寄舍弟墨第四書]」)이라 비판했다. 그러기에 그는 자신의 시에 대해 "때로 '스스로 고상하고 예스럽지만 당·송(唐宋)에 가깝다고 한다'고 논하는 이가 있으면, 판교는 번번이 이런 자를 싫어하며 꾸짖어 말한다. '나의 글이 만약 전해진다면 바로 청대의 시, 청대의 문장으로서 그러한 것이고, 만약 전해지지 않는다면 결코 청대의 시, 청대의 문장이 될 수 없기에 그러한 것이리라. 어찌 옛것 운운하며 여러 말 할 필요가 있단 말인가!'[或有自云高古而幾唐宋者, 板橋輒呵惡之. 曰 : 吾文若傳, 便是清詩清文; 若不傳, 將並不能爲清詩清文也. 何必侈言前古哉?]"(「판교 자서(板橋自敍)」)라고 토로했다. 옛 것을 기준으로 삼을 게 아니라 자신만의 독창성을 중시해야 한다고 재삼 강조한 것이다.

이처럼 시·서·화 등 여러 예술 분야에서 개성과 창신을 주장했지만, 그렇다고 그가 전인(前人)의 성과를 계승하는 일 자체를 반대하거나, 과거 전통을 전면 부정하여 새로운 것만을 추구하려 했던 것은 아니었다. 그가 줄곧 창신을 주창했던 이유는 단지 당시 문단·화단의 몰개성적 복고주의 풍조를 극복하고자 하는 데서 출발한 것이었을 뿐, 전통문화의 계승 자체를 무의미한 것으로 여겼던 것은 아니었기 때문이다.

한편, 판교의 이러한 자유분방한 성격은 표면적으로는 '기인(奇人)'으로 평가될 만큼 당대 사회에 충격적으로 나타났으나, 결국엔 현실에 뛰어 들어 맡은 바 소임을 다하고자 하는 독서인으로서의 의식 범주 안에 존재했다고 봐야 한다. 그리고 자신이 연마한 학문의 세계를 현실 사회에서 실천하고자 하는 독서인으로서의 이러한 성격은 애민(愛民) 의식으로 대표된다. 판교는 관직에 있는 동안 청백리로서 평상시나 재난시를 막론하고 백성을 위해 노심초사하며 일했다. 관직에 있을 때 판교가 백성을 사랑한 정도는 그가 떠난 후 그를 위해 생사당(生祠堂)을 짓거나 '정청천(鄭青天)'으로 존숭했다는 백성들의 반응을 통해 잘 드러난다. 또한, 그는 실제로 고생하는 농민을 존중하고 사랑하는 마음으로 사·

농·공·상이라는 전통적 위계질서 대신 농·공·상·사라는, 당시로서는 파격적이라 할 관점을 제시하기도 했다.(「범현 관아에서 아우 묵에게 보내는 네 번째 편지[范縣寄舍弟墨第四書]」) 뿐만 아니라 그는 사회 밑바닥에서 비인간적인 처우를 받는 노비·고아·승려·과부 등 소외계층에 대해서도 항상 인간적인 배려를 아끼지 않았다. 이런 맥락에서 그는 스스로 집안의 노비 문서를 불태워 버리거나(「옹정 10년, 항주 도광암에서 아우 묵에게[雍正十年杭州韜光庵中寄舍弟墨]」), 불교의 승려를 이단으로 배격해서는 안 된다고 주장했고(「초산에서 독서하며 아우 묵에게[焦山讀書寄舍弟墨]」), 「고아의 노래[孤兒行]」 등 일련의 시·문에서 고아와 같은 약자에 대한 애정을 구체적으로 표현한 바 있다. 이런 점에서 그는 참다운 인정(仁政) 사상의 소유자요 실천자였으며, 진정한 애민의 관념을 견지했던 독서인이었다.

이처럼 진정한 애민 의식을 바탕으로 현실에 참여했던 판교였기 때문에 학문하는 태도에 있어서도 학문한다는 구실로 무위도식하거나, 과거 급제하여 치부에만 골몰하는 수재(秀才)·명사(名士)를 심히 혐오했다. 이 때문에 그의 문예관 또한 "병을 고치는 약처방처럼 시사(時事)를 마음껏 토로하고 분석하는" 문장을 으뜸으로 치고, 알듯 모를 듯한 명사의 글이나 실효성이 없는 학문은 매우 비판적으로 대했다. 구체적으로, 그는 『시경』의 시교(詩教) 전통을 잇는 경세(經世)적 문학관을 중시하고 음풍농월식의 감상적인 시문을 배격한다. 문장이란 넓게는 "제왕의 사업을 펼쳐 설명하고, 백성의 수고와 고통을 노래하고, 성현의 오묘한 이치를 밝히고, 영웅호걸의 풍모와 계략을 묘사하는"(「유현 관아에서 아우 묵에게 보내는 다섯 번째 편지[濰縣署中寄舍弟墨第五書]」) 것이라 여기며, 이 중에서도 특히 백성의 수고와 고통을 노래하는 일, 즉 그들의 현실 상황을 밝혀내는 일을 중시하였다. 그의 많은 시·사 작품이 백성들의 현실적 고통을 소재로 삼은 것은 바로 이러한 문학관의 실천적 결과인 것이다. 아래 시가 오랫동안 대중에게 널리 애송되어온 연유 또한 바로

이 점을 가장 잘 드러내주는 작품이기 때문일 것이다.

> 관아 서재에서 누워 듣는 쏴아쏴아 대나무 소리, 衙齋臥聽蕭蕭竹,
> 백성들 질고에 시달리는 소리일런가. 疑是民間疾苦聲.
> 우리는 하찮은 주현의 벼슬아치지만 些小吾曹州縣吏,
> 가지마다 잎새마다 모두가 관심이로세. 一枝一葉總關情.

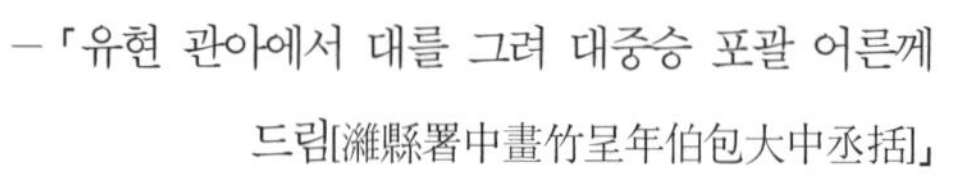

―「유현 관아에서 대를 그려 대중승 포괄 어른께 드림[濰縣署中畫竹呈年伯包大中丞括]」

이처럼 문인화의 주요 소재인 대나무조차 판교에게는 현실 속에서 고통당하는 백성들의 신음소리로 연상될 수 있다. 즉, 대나무를 달이나 바람과 연결시켜 '우아한' 분위기나 연출하는 데 만족하는 음풍농월의 태도에서 벗어나 "가지마다 잎새마다" 서린 백성들의 현실에 관심을 쏟는 눈과 귀로 그 대바람 소리를 듣는 것이다. 같은 맥락에서 그는 한 제화시에서 "무릇 내가 난을 그리고, 대나무를 그리고, 바위를 그리는 것은 이로써 천하의 수고하는 사람들을 위로하고자 함이지, 세상에서 편안하게 즐기는 사람들에게 바치려는 게 아니다.[凡吾畫蘭畫竹畫石, 用以慰天下之勞人, 非以供天下之安享人也.]"(「근추전의 그림 요청[靳秋田索畫]」)고 강조하기도 했다. 요컨대, 판교는 시·문·서·화 창작은 기본적으로 백성에게 이로움이 되어야 하므로 그들의 생활을, 소리를 표현해야 하는 것이지, 그저 풍화설월(風花雪月)·한정일치(閑情逸致)에 머무는 작품이서는 안된다고 주장했던 것이다.

이러한 현실 반영이라는 기준에 의거, 판교는 예술을 '아(雅)'와 '속(俗)' 두 가지로 구분해 역대 문장가들을 평가하기도 했다. "글씨 쓰고 그림 그리는 것은 우아한 일이면서도 또한 속된 일이지. 대장부가 천지에 공을 세우거나 백성들을 부양할 수 없어서 보잘 것 없는 필묵으로 사람들에게 눈요깃거리나 제공하는 것이 속된 일이 아니고 무엇이겠는가? 동파거사(東坡居士)는 시시각각 천지만물로서 중심을 삼고, 그 나머지 여가에 고목과 대나무와 돌을 그렸으니 해가 되지 않았지. 왕마힐(王摩詰) · 조자앙(趙子昂) 같은 무리는 그저 당 · 송대의 두 '화가'에 지나지 않을 뿐이라네. 그들이 평생 동안 쓴 시문을 보면 단 한 구절이라도 민간의 고통과 어려움을 말한 적이 있었던가?(寫字作畫是雅事, 亦是俗事. 大丈夫不能立功天地, 字養生民, 而以區區筆墨供人玩好, 非俗事而何? 東坡居士刻刻以天地萬物爲心, 以其餘閒作爲枯木竹石, 不害也. 若王摩詰、趙子昂輩, 不過唐、宋間兩畫師耳! 試看其平生詩文, 可曾一句道着民間痛癢?)(「유현 관청에서 아우 묵에게 보낸 다섯 번째 편지(濰縣署中與舍弟第五書)」) 이렇게 '아'와 '속'을 구분하는 관건은 예술가의 창작 동기와 목적이 어떠한가, 누구를 위해 쓰는가에 달려 있다. 그림을 그릴 때도 "천하 만물을 중심으로 삼아", "천지에 공을 세우고, 백성들을 부양하는" 마음으로 해야 '아'의 경지인 것이고, 그저 사람들의 애완용으로 제공하는 것에 만족하는 그런 예술은 '속'의 경지일 뿐이라는 것이다. 이런 기준에 의하면, 소식(蘇軾)을 전자의 대표로 삼을 수 있고, 왕유(王維)와 조자앙(趙子昂)은 후자의 표본이 된다. 왕유와 조자앙을 참된 문장가로 보지 않고 그저 '화가'로 치는 것은 "민간의 고통과 어려움을 말한" 시문이 전혀 없기 때문이라는 것이다. 이는 철저히 현실 중시 문예사상에서 나온 것임을 알 수 있다. 이런 맥락에서 판교는 이 글 앞부분에서 왕유 · 맹호연(孟浩然)과 같이 현실과는 비교적 거리가 먼 산수 · 은일시(山水隱逸詩)와 그들을 추종하며 '맛 너머 맛(味外味)'을 주창한 사공도(司空圖)를 모두 첨예하게 비판했던 것이다.

이와 같이 경세적 문장관을 중시했기에 그는 문장의 풍격 문제를 다룰 때 그 기세(氣勢)에 따라 대승법(大乘法) · 침착통쾌(沈著痛快) 등의 용어를 사용해 설명하였다. 기탁한 뜻이 깊고 현실적인 내용이 풍부하여 세상을 구제할 수 있는 작용을 일으킬 수 있는 작품은 대승법에 속하고, 어휘를 조탁하여 풍월이나 읊어 현실 내용이 결핍된 작품은 소승법에 속한다는 것이다. 아울러, 역대 문장을 영웅의 문장·명사의 문장·소유(小儒)의 문장 등으로 나누어 비교하면서 이 가운데 "혈기를 그대로 드러낸, 필묵 밖에 주장이 있는" 영웅의 문장을 가장 중시했다. 대승법과 소승법, 영웅·명사·소유의 문장 구분 방식은 결국 국가 흥망성쇠의 이치를 밝혀 현실에 도움이 되는 '혈기 어린', '기가 넘치는' 문장을 최고로 평가한다는 점에서는 그 기본 취지가 서로 통한다.

비슷한 맥락에서 판교는 또한 문장의 최고 경지를 '침착통쾌(沈著痛快)'에 두었다. '침착통쾌'란 말은 작자 가슴 속의 감회를 남김없이, 강하고 직설적인 기세로 토로하였을 때의 문장의 기세를 가리킨다. 판교는 이러한 '침착통쾌' 개념을 당시 유행하던 '다하지 못한 말[不盡之言]'·'말 너머 뜻[言外之意]'과 같은 용어의 상반된 개념으로 상정하였고, '침착통쾌'가 가장 잘 나타나는 예로 『좌전(左傳)』·『사기(史記)』·『장자(莊子)』·『이소(離騷)』·두보 시[杜詩]·한유 문장[韓文] 등 '육군자(六君子)'의 문장을 들었다.

한편, 그는 상술한 바와 같이 개성과 창신을 중시하는 문예관을 강조하면서도 당시 과거시험용 형식주의 문장인 팔고문(八股文)에 대해서는 오히려 적극적으로 긍정하며 이를 통한 입사(入仕)를 중시했다. 참다운 정치를 구현하기 위해서는 '올바른' 독서를 통해 관리가 되는 게 급선무라 여기며, 그 과정에서 필수불가결한 팔고문 학습 자체를 부정하지는 않았던 것이다.

이상 살펴본 것처럼 판교의 의식세계는 자기만의 개성을 추구하는 자유분방함, 전통적인 사인(士人) 관념, 파격적인 애민(愛民) 사상이 공존하고, 문예관에서는 개성과 창신의 추구, 음풍농월이 아닌 현실 중시의 경세적 관점 등을 강조하면서도 당시 폐해가 극심하던 팔고문(八股文)을 적극적 수용했다는 점에서 진보성과 보수성이 공존하고 있다. 그러나 이러한 공존 현상에도 불구하고 총체적으로 볼 때 그의 의식세계와 문예관의 주조(主潮)는 결국 시대의 관습에 안주하지 않는 진보적 측면에 있다고 보아야 할 것이다.

이런 전제 아래 중화서국본 『정판교집』에 수록된 시 · 사 · 도정 등 운문에 한정해 그 소재를 구분해보면, 민고(民苦)의 대변, 목민과 퇴은, 전원과 경물, 영사, 증여시 및 기타 등 몇 가지로 나눠볼 수 있다. 첫째 '민고의 대변' 갈래는 당대 사회의 각종 폐단 및 백성의 질고를 다루거나 윤리도덕의 상실 현상을 지적한 시들로, 전체 약 500수 정도의 작품 가운데 30수 정도다. 분량이 결코 많은 것은 아니지만 그 사회성 때문에 판교 작품의 대표로 상찬(賞讚)되어온 작품들이라 할 수 있다. 두 번째 '목민과 퇴은' 갈래는 관직에 나아가기 전의 포부에서부터 실제 목민 생활에서의 고충 및 퇴은의 갈망, 가족에 대한 애정과 생활의 고달픔 및 한적달관의 심정을 노래한 작품들로, 130수 정도다, 셋째는 전원 · 경물을 노래한 작품들로, 90수 정도이고, 넷째는 과거 역사 인물 · 사건의 공과를 따지거나 이를 빌어 당대 민족의식을 표출한 영사시로, 90수 정도다. 나머지는 작자가 문인 · 승려 · 도사 · 관원 등 여러 인물들과 교류하면서 주고받은 증여시 140여 수와 기타 소재 작품 50여 수 정도다. 판교는 기본적으로 "평생 한 편의 글도 짓지 않을지언정 한 글자라도 구차하게 읊어서는 안 된다"는 엄격한 창작 태도를 내세웠으며, 투철한 현실 의식을 지닌 인물이었다. 이러한 엄격한 창작 태도와 현실 의식은 그의 작품의 전반적인 기조를 이루는 것임에 틀림이 없다. 현실을 직접 다룬 민고와 목민, 기타 일상생활을 묘사한 작품은 말할 것도 없고, 전원 · 경물 · 영사를 다루면서도 그는 단순한 음풍농월을 지양(止揚)하고 풍경 속에도 자신의 현실적 인생관을 담아내고자 하였던 것이다. 그렇다고 이 말은 그의 모든 시가 현실을 반영하고 있다는 의미는 아니다. 현실주의 작가의 대표인 두보(杜甫)나 백거이(白居易)의 시 대부분이 사회시가 아닌 것처럼 판교의 시 또한 사회시의 양적 비중은 많지 않은 편이다. 그러나 두보나 백거이가 중국 시사(詩史)에서 위대한 현실주의 시인으로 꼽히는 것은 그들 시의 '본령(本領)'이 현실 중시에 있기 때문이듯 판교 시의 '기조' 역시 사회 현실의 진실한 반영에 있다는 점에서 그 성과를 높이 평가하게 되는 것이다.

그러나 이러한 기조의 중요성에도 불구하고, 『정판교집』에 수록된 전체 작품을 검토해 볼 때 그의 작품은 소재 면에서 협소한 감도 없지 않다. 판교 스스로는 "나의 시에는 없는 것이 없다"고 소재가 다양함을 자부하기도 했지만, 그도 찬탄해 마지않았던 두보의 시가 갖춘 광범하고 다양한 성격에는 여전히 미치지 못하는 바가 있다. 이러한 소재의 협애성(狹隘性)은 판교 문학이 지닌 '아쉬운' 면이다. 그러나 그의 대표작으로 꼽을 수 있는 「포악한 관리[悍吏]」·「사형의 해독[私刑惡]」·「기황의 유랑 노래[逃荒行]」·「귀가의 노래[還家行]」·「고아의 노래[孤兒行]」·「고아의 노래·속편[後孤兒行]」·「악독한 시어머니[姑惡]」·「유현 죽지사(濰縣竹枝詞)」 등 일련의 사회시는 두보의 삼리(三吏)·삼별(三別)과 비견될 수도 있는 성과를 지녔다는 점에서 이는 근본적 한계라기보다는 '아쉬운' 측면으로 파악되는 것이다.

3. 정판교의 삶과 예술에 대한 평가 문제

판교는 예술가로서의 자유분방함과 반항적 태도라는 탈속적·진보적 측면과 더불어 유가 인의(仁義) 정신에 따른 애민(愛民) 의식, 팔고문(八股文) 등 입사(入仕) 제도에 대한 적극적 수용 등 전통적·보수적 면모가 공존했기에 그에 대한 당대와 후대의 평가 역시 다양한 시각이 엇갈려 왔다. 그는 시·문과 서·화 등 여러 예술 방면에서 두루 독특한 성과를 이뤘기에 장유병(張維屏)이 '삼절(三絶)'이라 강조한 이래 당시나 후대 사람들 역시 이 말을 자주 원용하여 판교의 예술 세계를 평가하곤 했다. 그러나 역대 평론을 종합해 보면 논자에 따라 그의 시·서·화 또는 시·사·도정·가서 등 각 갈래마다의 예술적, 문학적 성과를 비교하며 그 우열에 대한 평가가 다른 경우도 많았다.

문학적 성과의 경우, 근대 이전 평자들의 평가는 대부분 판교 시·사의 격앙강개·자유분방한 풍격을 중시했지만, 혹자는 호방(豪放)에 치우쳐 정련에 힘쓰지 않은 점을 들어 비판하기도 했다. 20세기초부터 본격적으로 등장한 여러 문학사들의 경우, 정진탁(鄭振鐸)의 『중국속문학사(中國俗文學史)』(1938)에서 판교의 '도정'을 간단히 언급한 것을 제외하고는 1940년대까지 거의 모든 문학사에서는 판교의 문학 자체를 언급하지 않았다. 이러한 현상이 나타난 원인은, 첫째 이들 문학사들이 '귀고천금(貴古賤今)'의 시각 아래 청대 또는 청대 시인은 별로 고려하지 않았던 점, 둘째 당시까지 판교 문학에 대한 개별적 연구가 충분히 이루어지지 못한 상황 등을 들 수 있다. 반면, 1940년대에 들어서면서 유대걸(劉大杰)의 『중국문학발전사(中國文學發展史)』(상권, 1941·하권, 1949) 이래 대부분의 문학사에서 판교 문학이 어느 정도 언급되기 시작했는데, 그 주된 시각은 판교를 '하층 사회의 이해와 민중에 대한 동정심'을 바탕으로 한 인도주의적·현실주의적 시인으로 평가하는 쪽이었다. 특히 1960년대에 들어서서 판교를 새롭게 중시하면서 상당히 활발한 연구가 전개된 바 있는데, 이는 당시의 정치적 상황과 깊은 관련이 있다. 이 무렵은 1949년 이른바 '신중국' 건설 후 10여 년 동안 좌우 이데올로기 논쟁이 계속되다가 결국 반우파·반수정주의를 내세운 극좌적 운동이 심화되던 시기이다. 이런 사회적 분위기에서 '민중의 고통에 관심을 쏟은' 작가 중의 한 사람으로서 판교가 자연스럽게 부각되었던 것이다. 그 결과, 판교에 대한 연구가 양적으로는 크게 증가했지만 질적으로는 대부분 정치이데올로기 위주의 편파적 시각이라는 한계가 드러난다. 즉, 적지 않은 연구 문장에서 미사여구를 동원해 판교에 대해 과도하게 찬양할 뿐 그의 역사적 한계성에 대해서는 고의적으로 회피하거나, 그의 작품을 평론할 때 대부분 '구미에 맞는' 현실 반영적 시문만을 극대화해 논술했던 것이다.

이런 맥락에서 1962년 중화서국에서 『정판교집』을 간행하면서 앞부분에 실은 화가 부포석(傅抱石)의 '전언—정판교시론'이란 해제 성격의 글 또한 당시 연구 시각을 일정 정도 반영하고 있다는 사실에 주목할 필요가 있다. 그는 판교의 삶과 예술을 소개, 평가하면서 판교의 '괴'의 원천으로 개인적 곤궁과 시대와의 불화 등을 거론하면서도 종합적인 평가는 주로 그의 문예에 담긴 '현실주의 정신'과 '인민성' 쪽을 강조했다. 예를 들어, 판교의 「포악한 관리[悍吏]」·「사형의 해독[私刑惡]」·「기황의 유랑 노래[逃荒行]」·「귀가의 노래[還家行]」·「고아의 노래[孤兒行]」·「고아의 노래·속편[後孤兒行]」·「악독한 시어머니[姑惡]」 등 일련의 현실주의적 작품을 예시하고 그 성과를 높이 평가하면서, "종합해 살펴보건대 '팔괴' 가운데 판교를 제외한 어느 '괴'가 당시 황음무치하고 민생을 돌보지 않는 현실을 향해 백성을 동정하는 말 몇 마디라도 쏟아내는 '괴'를 드러냈던가!", "우리가 판교를 논할 때는 그가 나머지 '칠괴'와 다른 점을 생각해볼 필요가 있을 것인데, 그것은 바로 그가 당시 정치에 대해서 이처럼 '괴'를 지녔다는 점이다. 비록 그러한 정치에 그가 어떤 힘을 쓸 수 없었을지라도."라고 강조해 같은 '양주팔괴' 중에서도 판교를 가장 높이 평가해야 하는 이유로서 인민성을 크게 내세웠다. 심지어 판교 그림의 소재가 주로 난과 대나무인 점을 지적하면서 "'매·난·죽·국'은 송대 이래, 특히 남송 이래로 '사군자'로 불려왔다. 왕권통치 사회 지식인으로서 문인 사대부들은 국가와 민족이 핍박을 받고 있지만 자신은 유약하여 항거할 힘이 없을 때, 이들 자연 속 몇 가지 사물을 형상화 시키고, 자리 잡게 하고, 필묵을 써서 어떤 새로운 사상이나 감정을 불어넣어줌으로써, 현실에 대한 불만과 통치계급에 협조할 의지가 없음을 표출하였다. 청고(淸高)·유결(幽潔)·허심(虛心)·은일(隱逸) 따위 특정한 기본 내용 외에 다시 많은 다른 의미들이 거기에 부여되었다.

이는 중국회화사상 애국주의 화가들의 우수한 전통이기에 충분히 추앙할 가치가 있다. 판교가 이런 몇 가지 것들만 전문적으로 그린 까닭은 바로 이것이 그의 사상 감정의 요구에 부합되었기 때문이라 생각한다." 고 하여 소재 선택 문제까지도 '애국주의 정신'과 연결시켰다. 참고로, 이보다 앞서 중화민국 24년(1935) 국학정리사(國學整理社)(出版)·세계서국(世界書局)(發行)에서 간행한 영인본 『정판교집』 앞부분에도 왕치진(王緇塵)의 「정판교집 읽기[讀鄭板橋集]」란 해제 성격의 글이 들어있다. 이 글에서는 판교의 삶과 시·문의 가장 중요한 특징을 진실한 감정, 인도주의 정신, 높은 식견, 난해하지 않은 언어 등 몇 가지 기준으로 높이 평가한 바 있다. 이처럼 서로 다른 시기 두 해제의 평가 기준은 사뭇 다른데, 바로 이런 대비를 통해서도 1960년대 부포석의 시각이 지닌 정치 편향적 관점의 특징이 재삼 확인되는 것이다. 이렇듯 1962년 중화서국 간행 『정판교집』에 실린 부포석의 해제는 당시 판교에 대한 상당히 종합적인 소개·평가의 글이라는 점에서 나름대로 의의가 있지만, 반세기가 지난 오늘날의 시각에서 볼 때는 정치 편향적 관점 등 연구 시각의 한계가 지적되지 않을 수 없다. 그러나 1962년 중화서국 간행 『정판교집』을 본 역주본의 저본으로 삼은 이상 그 전체 내용과 구성 자체를 손대는 것 또한 바람직하지 않다고 생각했기에 본 역주본에서는 원래 중화서국본 앞부분의 부포석의 글을 부록 부분으로 옮겨 실어 독자로 하여금 여전히 저간의 상황을 참고할 수 있게 했다.

이후, 1980년대에 들어서서 '문화대혁명'을 포함한 이전 시기 극좌적 시각에 대한 비판과 더불어 개방·개혁 정책에 따른 사상적 해빙의 물결 속에서 판교에 대한 연구도 한층 다양하게 전개되었고, 특히 80년대 중반은 양적·질적으로 최고조를 이루었다. 그러나 이전의 정치이데올로기 시각 또한 완전히 불식된 것은 아니었다. 흥미로운 점은 1990년대 이래의 문학사에서는 판교를 오히려 다시 간략하게 다루는 편이다. 이 점은 기존의 일부 연구에서 이데올로기 편향에 따라 현실주의 작가를

'특별우대'하는 과정에서 판교를 '민중을 대변한 전사(戰士) 시인' 식으로 과도하게 평가한 것에 대한 반성의 결과로 볼 수 있을 것이다. 이처럼 근래의 문학사에서 판교를 이전에 비해 상대적으로 간략하게 축소 언급하는 현상이 이른바 '탈이데올로기'적 경향의 새로운 반영이라면, 이는 이전의 이데올로기 추수에서 나온 '정판교 열기'의 이상(異常) 현상을 극복하려는 대안일 수도 있다. 그러나 이데올로기 추수적인, 극단적 연구 '열풍'도 바람직하지 않지만, 그러한 현상에 대한 반발 또는 반작용으로 판교의 예술적 성과를 '의도적'으로 축소·경시·배제하는 것이라면 이 또한 교각살우(矯角殺牛)의 처방이 아닌지 숙고해야 할 것이다.

그런데 한 가지 주목할 점은, 전체적으로 볼 때 판교의 삶과 예술에 관한 후대 연구는 사실 상술한 문학적 성취 쪽보다는 서·화 방면과 그의 생활에 얽힌 일화 위주로 전개되었다는 사실이다. 이 점은 우선 정병순(鄭炳純)의 『정판교외집(鄭板橋外集)』(山西人民出版社, 1987)과 변효훤(卞孝萱)의 『정판교전집(鄭板橋全集)』(齊魯書社, 1985)에 수록된 후대 평어(評語)의 분류에서도 잘 드러난다. 또한, 이 글 뒷부분에 첨부된 한국·중국·대만의 석사·박사학위논문 50여 편의 연구 대상 중 시·문과 서·화의 비중을 살펴봐도 유사한 현상이 확인된다. 이처럼 판교가 문인으로서보다는 서화 분야에서 한층 관심을 받았던 이유는 무엇보다도 '양주팔괴' 일원으로서의 새로운 화풍, '육분반체(六分半體)'라는 유별난 서체와 이를 활용한 제화시문의 독특한 개성 때문일 것이다. 판교와 동시대 인물인 장사전(蔣士銓)이 판교의 난 그림에 쓴 제화시는 바로 이런 맥락을 잘 보여준다.

판교가 글씨 쓸 때는 난을 그리듯	板橋作字如寫蘭,
물결치고 갈라지며 기이하고 예스러운 모습이 날아오르네.	波磔奇古形翩翻;
판교가 난을 그릴 때는 글씨 쓰듯 하니	板橋寫蘭如作字,
아름다운 잎 성근 꽃이 그 멋진 자태 드러내네.	秀葉疎花見姿致.

붓을 휘두를 때 스스로 남다른 일가를 이루었으매	下筆別自成一家,
서화를 두고 보통사람들의 칭찬을 원치 않네.	書畵不願常人誇.
무너지고 쓰러지고 일어서서 저마다 모습 갖췄는데	頹唐偃仰各有態,
사람들마다 온통 '괴짜 판교'라 비웃는다네.	常人盡笑板橋怪.

이처럼 후대 연구자들이 판교의 시・문보다는 서・화 쪽에 더 치중했다면, 일반인들은 그의 남다른 행적에 얽힌 일화에 유독 관심이 많았다. 중국 기간(期刊) 논문 데이터베이스(中國知網, CNKI)에서 정판교에 관해 검색하면 1,000편이 넘는 단편논문이 제시되는데, 이 가운데 그에 관한 일화 소개가 거의 절반 분량이나 되는 것도 우연한 일이 아니다. 이 점과 관련해 그동안 판교를 소재로 한 텔레비전 연속극 몇 편의 특징을 살펴보기로 하자.

먼저, 〈양주팔괴(揚州八怪)〉(周康渝 감독, 1999, 총 20집)는 서화를 즐기는 건륭 황제가 남순 길에 양주에서 정판교・김농 등 양주팔괴의 재능을 알게 되면서 이야기가 전개된다. 건륭 황제의 인정을 받은 두 사람은 상경해 과거에 응시해 합격하지만 궁중 서화를 관장하는 김민지(金敏之) 등의 농간으로 관직에 나가지 못한다. 10년이 지나 판교는 건륭 황제가 내린 수수께끼를 풀어 마침내 산동 유현지현에 임용되지만, 재난에 빠진 유현 백성을 위해 양식을 내어주다가 결국 파직되고, 결국 '난득호도(難得糊塗)' 네 글자를 남긴 채 유랑의 길로 떠나간다. 이런 기본 줄거리 속에 억울하게 유배당하게 된 직예총독(直隸總督) 종문규(鍾文奎) 딸 종소매(鍾小梅), 여색을 밝히는 양주통판(揚州通判) 마삼귀(麻三貴)의 손아귀에 들어가게 된 판교의 사촌누이 왕일저(王一姐) 등 두 여인과 관련된 풍류고사가 첨가된다. 집안이 파탄난 뒤 종소매는 양주의 기루에 팔려가고, 그곳에서 이전에 수도에서 알게 되었던 정판교 등 양주팔괴 화가들의 도움을 받아 온갖 고난을 견뎌내다가 나중에 사면된 부친의 품으로 돌아가게 된다. 한편, 마삼귀의 첩으로 팔려가게 된 왕일저를 판교가 온갖 방도를 다해 구출해면서 둘 사이에 애정이 깊어지지만 그녀는 이미 결혼해 있던 판교를 떠나 끝내 불가에 귀의하게 된다. 일부 고사는 판교를 포함한 양주팔괴의 일화를 원용하기도 했지만 전체 줄거리는 이들과 김민지 · 마삼귀 등 여러 악인과의 반복적 대립이 중심이 되고, 종소매 · 왕일저 두 여인과의 관계가 상당 부분을 차지한다는 점에서 통속적 흥미 위주의 분위기가 농후하다.

홍콩에서 제작된 〈정판교(鄭板橋)〉(일명 〈難得糊塗〉, 영어 제목: Doomed to Oblivion, 香港電視廣播有限公司(TVB), 2005, 총 30집)의 경우, 판교가 집을 떠나 양주로 가는 배에서 부호 집안의 규수 왕일저와 우연히 만나는 데서 시작된다. 후에 그녀가 악한들의 소행으로 기루에 팔려가는 어려움에 처하자 김농(金農) · 황신(黃愼) 등의 도움 아래 판교가 그녀를 구해온다. 이 과정에서 두 사람의 애정이 싹트지만 그녀 모친의 반대로 혼인이 어긋난 채 판교는 생각지도 않게 그녀의 하녀 서춘향(徐春香)과 결혼한다. 후에 판교는 자신을 위해 온갖 어려움을 감내하다가 병으로 죽게 된 서씨의 유언에 따라 소매치기 출신의 요오매(饒五妹)와 결혼하지만, 판교 때문에 가정이 파탄났다고 여기는 왕일저 모녀의 모함으로 참수될 지경에까지 이른다. 그러나 왕일저의 회심(回心)으로 판교는 어렵사리 죽음에서 벗어나 마침내 '난득호도'의 이치를 깨닫고 귀향하고 만다. 이처럼 김농 · 황신 등 양주팔괴 구성원이나 왕일저 등 판교 문집에 언급된 인물(「하신랑 · 왕일저에게[賀新郎 · 贈王一姐]」)이 등장하지만, 전개되는 사건이나 인물의 성격은 실제와는 너무나 거리가 멀어 황당하기 짝이 없을 정도다. 특히 건륭 황제가 판교와 함께 감옥에 갇혀 생사를 넘나드는 대목이나 양주팔괴 일원인 나빙(羅聘)이 왕일저의 몽매한 하수인처럼 행동하는 대목 따위는 황당무계의 극치를 보여준다. 물론 매 회마다 앞부분 크레딧 자막에 "이 이야기는 완전히 허구임[本故事純屬虛構]"이라고 밝히긴 했지만, 아무리 대중을 위한 통속극인지라 흥미 유발을 위해 원래 일화를 재구성하거나 새로운 허구를 창작한다 할지라도 결과적으로는 실제 인물의 근본적 성격 자체까지 크게 변형시켜버리고 말았다. 즉, 주요 인물의 이름만 끌어왔지 그들 정신의 원형 자체는 전혀 고민하지 않은, 그야말로 '양두구육(羊頭狗肉)'의 어처구니없는 왜곡이 아닐 수 없다.

이어 나온 〈정판교외전(鄭板橋外傳)〉(鄭泉寶 감독, 2006, 총 26집)에서는 판교가 산동 유현에서 현령으로 근무할 때의 여러 일화를 다루었다. 판교는 백성을 위해 줄곧 선정(善政)을 펼쳤지만 그 지방 염상 안의태(安儀泰)를 중심으로 하는 토호와 여러 향신(鄉紳)들과의 갈등 끝에 결국 파관 후 '난득호도'의 이치를 체득하며 귀향한다는 줄거리다. 주요 인물 이름은 대부분 실제 사실에서 끌어왔고, 일부 줄거리는 판교와 관련해 전승된 민간 일화를 재구성하기도 했지만 전체적으로는 허구에 속한다. 특히 노래를 팔아 살아가는 소녀 초가(招哥)와 얽힌 애정 풍류 고사의 경우, 그녀의 이름이 판교의 문집에 보이기는 하지만 줄거리 자체는 역시 완전히 허구다. 앞의 홍콩판 〈정판교〉에 비해 상대적으로 판교의 정신 면모를 어느 정도는 반영하고 있지만, 전체적으로 유사한 갈등을 반복적으로 대립시키는 줄거리 속에 이 또한 흥미 위주의 희화(戱畵)적 분위기가 농후한 편이다.

이들과 비슷한 맥락에서 일부 서적에서도 판교의 '난득호도'를 철저히 처세나 경영·상술의 묘방(妙方)으로 삼아 내세우는 경우도 적지 않다. 대표적인 경우가 사성(史晟)의 『鄭板橋難得糊塗經 : 處世大智慧』·『鄭板橋難得糊塗經 : 經商大智慧』·『鄭板橋難得糊塗經 : 做官大智慧』(中國盲文出版社, 2003) 시리즈다. 책표지에 정판교를 '호도경 종사(糊塗經宗師)'라 대서특필하고 있지만, 그 내용은 판교의 사상과는 전혀 상관없는 온갖 처세술 소개일 뿐이다. 그 일부는 국내에서도 『정판교의 바보경 : 후퇴를 전진으로 삼은 인생지혜의 보고(寶庫)』(정판교 지음·스성[史晟] 편저·한정은 옮김, 파라북스, 2005), 『바보철학에서 배우는 거상의 도』(정판교 지음·스성[史晟] 편저·강경이 옮김, 파라북스, 2005) 등으로 소개된 바 있다.

이상 대중용 연속극이나 저작에서 판교를 다룰 때 무엇보다도 '난득호도'라는 명패를 앞세우는 처사는 이 말이야말로 일반 대중에게 가장 잘 알려진, 판교를 대표하는 명언이라는 것을 반증하는 일이기도 하다. 그러나 판교의 삶과 예술을 어느 정도라도 이해하는 사람이라면 이 말에 담긴 그의 고통과 갈등, 투쟁과 체념의 함축된 의미를 되새기면서 그처럼 경박하게 '난득호도'를 호도하는 처사를 황당하게 여기지 않을 수 없을 것이다.

4. 연구 관련 자료

본 역주본은 정판교 문학 작품을 국내에 처음으로, 본격적으로 소개하는 작업이기에 이곳에 그의 삶과 예술에 관해 현재까지 이루어진 국내외 연구 관련 자료 목록을 첨부하고자 한다. 단편논문이나 문장은 수량의 번다함 때문에 제외하고 단행본과 학위논문 위주로 정리했으며, 일부 국가·지역에서 이루어진 자료 목록은 보완이 필요한 상태임을 밝혀둔다.

1) 原典類

(1) 原刻本『板橋集』

판교 작품이 생전에 편집 출판된 과정은 대략 다음과 같다. ① 乾隆 7년 范縣에서 出仕 이전에 쓴 시를 묶어『詩鈔』(楷字本 46쪽,「前刻詩序」는 이때 썼음)를 간행했다. ② 이어 乾隆 8년에「道情」(小唱) 10수를 간행했다. ③ 乾隆 14년 濰縣에서 「家書」 16통과 「詞鈔」(이상 35쪽), 「詩鈔」(范縣作, 47쪽에서 76쪽, 단 65쪽과 66쪽은 1쪽), 「詩鈔」(濰縣作, 1쪽에서 14쪽, 14쪽 書口에 '卷三'이라 했음) 등을 같이 간행했다. ②와 ③은 판교가 '六分半體'로 직접 쓴 것을 판각했고, 시 가운데 '范縣作'과 '濰縣作'을 대상으로 「後刻詩序」를 썼으며, 이때 앞서 판각했던 「詩鈔」를 일부 수정했다. 오늘날 전하는 「詩鈔」의 마지막 15쪽부터 19쪽까지는 楷字體로 된 「眞州雜詩」 등이 들어있는데, 이들은 濰縣을 떠난 이후에 쓴 시들이다. 「題畫」 65則(총 26쪽)은 '六分半體'로 쓴 手稿를 판각했는데, 卷端에 '鄭燮克柔甫著', '靳畬秋田甫校'란 2행이 보인다. 이 「題畫」 부분은 애초 詩·詞·家書·小唱 등과 함께 간행한 것이 아니다. 卞孝萱과 王錫榮 등은 이 「題畫」 부분에 대해 판교 자신이 선정한 게 아니라 그가 세상을 떠난 후 후인 靳畬가 편집한 것으로 본다.(卞孝萱, 『鄭板橋全集』, 齊魯書社, 1985, 前言 4쪽; 王錫榮, 『名家講解鄭板橋詩文』, 長春出版社, 2009, 13쪽) 반면, 鄭炳純은 판교의 '六分半體' 글씨체라는 점을 들어 그가 직접 선정한 것이 맞다고 주장한다.(鄭炳純 輯, 『鄭板橋外集』, 山西人民出版社, 1987, 359쪽) 향후 논의와 연구가 더 필요한 문제라 하겠다. 이상 初印本 전체는 오늘날 쉽사리 구해볼 수 없는 실정이다.

(2) 乾隆 48년(판교 사후 18년) 清暉書屋 覆刻本

오늘날 일반적으로 접할 수 있는 『판교집』 刻本으로, 말미에 '延陵 茶坨子'의 重刻 跋文이 있다. 근래 『續修四庫全書』(上海古籍出版社, 2002) 1425冊 集部·別集類에 『板橋集』을 수록하면서 이 刻本을 사용하고, 표지 부분에 "遼寧省圖書館藏 淸清暉書屋刻本影印, 原書 높이 156mm, 넓이 256mm"라 밝혔다. 목록은 一篇 古今體詩 188수, 二篇 古今體詩 251수, 三篇 詞 77수, 四篇 道情 10수, 五篇 題畫 65則, 六篇 家書 16통으로 되어 있다.

맨 앞에 「紫瓊崖道人愼郡王題詞」가 '六分半體'로 따로 들어 있고, 이후 1쪽부터 46쪽까지 '板橋詩鈔'라는 제목 아래 「鉅鹿之戰」부터 「僧壁題張太史畫松」까지 楷書體로 수록했다. 47쪽부터 76쪽까지는 '板橋詩鈔·范縣作'이란 표제 아래 版心엔 쪽수만 표기하고 「音布」부터 「江七姜七」까지 '六分半體'로 수록했다. 그 다음 쪽은 「板橋詩鈔·濰縣刻」이란 표제 아래 版心에 '卷三'이란 표기와 함께 쪽수를 표기하여 1쪽부터 14쪽까지 「逃荒行」부터 「贈陳際靑」까지 시들을 역시 '六分半體'로 수록했다. 이어 15쪽부터 19쪽까지는 版心에 '三卷'이라 표기하고 쪽수는 앞부분을 이어 「眞州雜詩八首倂及左右江縣」부터 「贈袁枚」까지 시들을 楷書體로 수록했다.

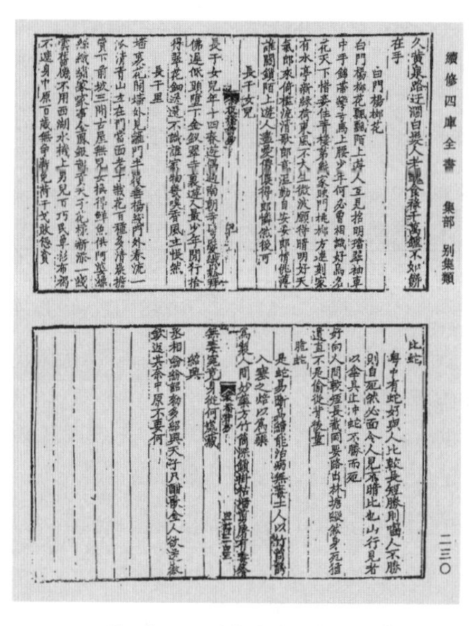
續修四庫全書 集部 別集類

二三〇

①-1 「紹興」 이후 삭제 시작 부분

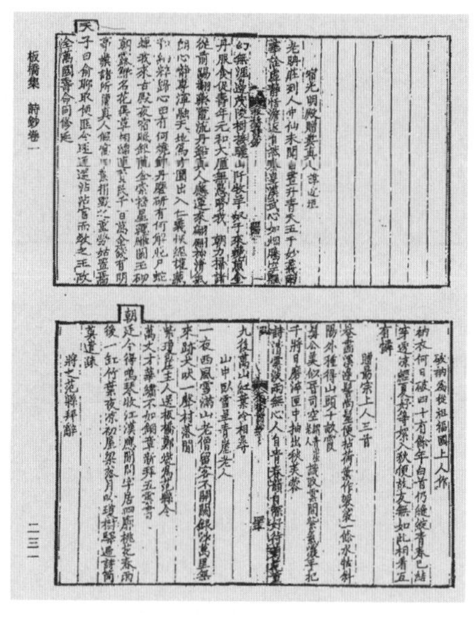
板橋集 詩鈔卷一

二三一

①-2 「宿光明殿贈婁眞人」 앞 삭제 끝 부분

그런데 이 책을 포함해 이후 다른 여러 출판사의 覆刻本들은 모두 「詩鈔」 중의 일부 板刻 부분을 제거한 현상이 있다. ① 「紹興」 이후

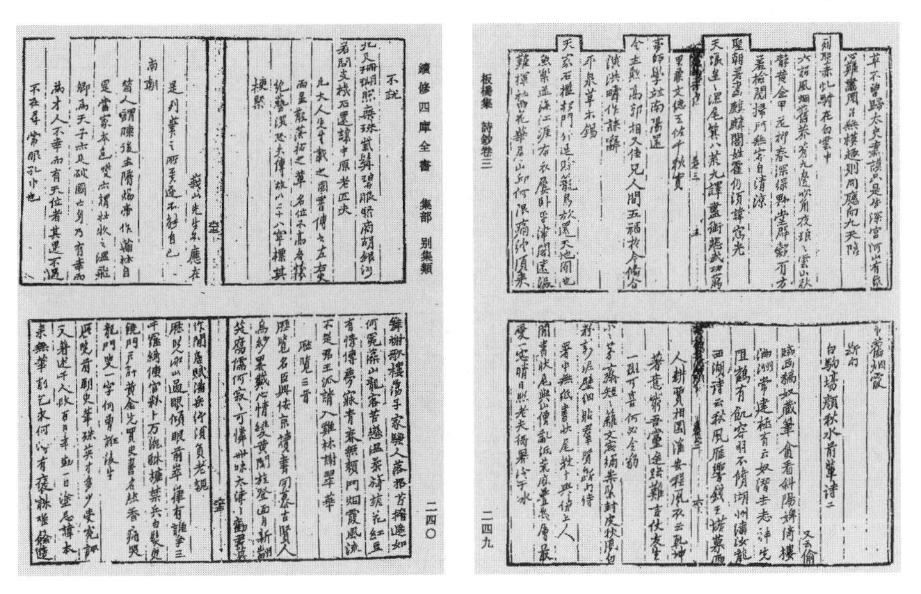
續修四庫全書 集部 別集類

二四〇

板橋集 詩鈔卷三

二四九

② 「絶句二十三首」 跋語 삭제 부분　　　③ 「斷句」 小序 삭제 부분

「宿光明殿贈婁眞人」 이전까지 「遊白狼山」·「客焦山袁梅府送蘭」·「宿野寺」·「遊焦山」·「雪晴」·「六朝」·「題張賓鶴西湖送別圖」·「贈孝廉金兆燕」·「焦山贈袁四梅府」·「江晴」·「羅隱」·「文章」·「李商隱」·「金蓮燭」·「四皓」 등 15題 19首를 없앴다. 이 때문에 版心의 41쪽 표시 부분에 42쪽과 43쪽을 함께 묶어 표기했다. ② 「絶句二十三首」란 제목 아래 2수가 빠진 채 21수만 들어있으며, 跋語 '故以二十八字標其梗槪' 뒤 '峨山先生不應在是列' 앞에 30자 정도가 빠졌다. ③ 「斷句」 小序 '白駒場顔秋水前輩詩韻' 이후 14자가 빠졌다. ④ 「題屈翁山詩劄石濤石谿八大山人善水小幅並白丁墨蘭共一卷」이란 제목 중 '屈翁山'이란 3자가 빠졌다. 또한, 일부 판본에서는 「七歌」 제7수 自註의 '王國棟' 세 글자를 지웠다. 이는 覆刻本 출판 당시에는 이 시들 가운데 관련 인물이나 내용이 文字獄에 관련되었거나 그럴 가능성이 있었기에 이를 우려해 제거한 것으로 보인다.

다음으로, 「詞鈔」는 맨 앞에 '自序'가 두 쪽이고, '板橋詞鈔 · 興化縣鄭燮著, 上元司徒文膏刻'이란 표제 아래 1쪽부터 35쪽까지 「漁家傲 · 王荊公新居」부터 「瑞鶴仙 · 帝王家」까지 사를 '六分半體'로 수록했다.

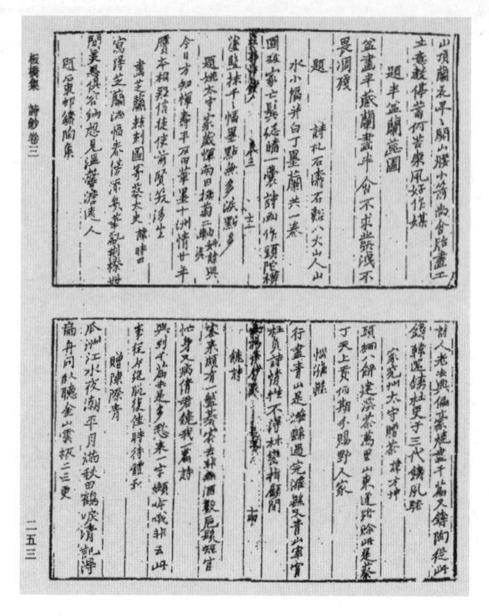

④「題屈翁山詩 ……」 제목 屈翁山 삭제 부분

「小唱」은 "道情十首 · 板橋鄭燮著"란 표제 아래 총 5쪽에 걸쳐 '六分半體'로 수록했다.

「題畵」는 '板橋題畵 · 鄭燮克柔甫著, 靳畬秋田甫校'란 표제 아래 版心에 '板橋題畵'라 표기했고, 쪽수를 다시 1쪽부터 시작해 총 26쪽에 걸쳐 「竹」부터 「八畹蘭」까지를 '六分半體'로 수록했다.

「家書」는 '與舍弟書十六通 · 興化縣鄭板橋氏著'란 표제 아래 版心에 '板橋家書' 또는 '板橋家信'(1쪽, 23쪽, 24쪽, 25쪽, 30쪽, 32쪽, 36쪽 등)이라 표기했고, 그 밑에 쪽수를 달아 총 37쪽에 걸쳐 '六分半體'로 수록했다. 말미 쪽에 '乾隆丁巳'에 '板橋自題'라 한 '小引'이 들어 있고, 판면 마지막 부분에 '十六通家書小引 · 司徒文膏刊'이라 표기했다. 다음 쪽에는 '延陵茶坨子'의 '重刻跋文'이 들어있다.

(3) 石印本

먼저, 宣統 원년(1909)과 中華民國 12년(1923)에 掃葉山房에서 이전 刻本을 축소한 石印本『鄭板橋全集』4책을 간행했다. 순서 역시 一篇 古

今體詩 188수, 二篇 古今體詩 151수, 三篇 詞 77수, 四篇 道情 10수, 五篇 題畵 65則, 六篇 家書 16通 등으로 엮되 원래 1판 2면으로 된 板式을 양분하여 각 半版을 한 쪽으로 독립시켜 인쇄했다. 다만 「家書」 부분에서는 원래 마지막에 있던 '板橋自題'의 '小引'을 맨 앞부분으로 옮겼다. 이 石印本 역시 「詩鈔」 부분 41쪽 후반부에 6행이 비어있고, 書口에 "四十一 · 四十二 · 四十三" 식으로 함께 표기했으며, 44쪽 앞부분도 7행이 비어있다. 앞 清暉書局 覆刻本처럼 「遊白狼山」에서 「四皓」까지 15題 작품이 여전히 빠진 상태인 것이다. 1985년 中國書店에서 이 石印本의 影印本을 출간한 바 있다.

그 뒤로 中華民國 24년(1935) 國學整理社(出版) · 世界書局(發行)에서 간행한 『景印眞蹟鄭板橋集』은 위 石印本의 罫線 · 欄線을 제거하고 圈點으로 標點해 精裝 1冊으로 재구성했다. 앞부분에는 「清代學者像傳」의 板橋像, 王緇塵의 「讀鄭板橋集」이란 해제를 새로 넣었다. 아울러 원본에 있던 印章의 위치를 이동시키고, 내용의 순서도 家書 · 詩鈔 · 詞鈔 · 小唱 · 題畵 식으로 바꿨다. 그러나 이 책에서도 「遊白狼山」에서 「四皓」까지 15題 시는 여전히 빠져있다. 1992년 中州古籍出版社에서 이 책을 다시 영인 출판한 바 있다.

그 후, 1993년 北京師範大學出版社에서 北京師範大學圖書館 소장 善本을 影印한 『鄭板橋集』을 출간했다. 이 판본은 鄭板橋 自定 初刻本과 후대 翻刻本 사이의 중간 刻本으로, 詩抄 301首, 詞抄 81首, 小唱10首, 家書 16通, 題畫詩文 50篇으로 구성되어 있다.

(4) 현대식 표점 활자본

『정판교집』의 본격적인 신식 표점 활자본은 1962년 中華書局에 간행한 『鄭板橋集』에서 이루어졌다고 할 수 있다. 여기서 '본격적'이라 말한 것은, 이에 앞서 中華民國 15년(1926) 上海 梁溪圖書館에서 沈蘇約이 표점한 활자본 1책을 출간한 바 있기 때문이다.(鄭炳純 輯, 『鄭板橋外集』, 山西人民出版社, 1987, 361쪽 참조. 필자는 이 책을 직접 확인하지 못했다) 中華書局本의 작품 배열과 내용은 위 世界書局本과 같지만, 기존 작품 외에 새롭게 '補遺'와 '附錄'을 첨가했다. '補遺'에는 文 12편, 書札 4편, 詩 10題, 題畫 111則을 추가해 넣었고, 부록에는 「清史列傳」 등 판교의 事跡에 관한 자료 8편과 「鄭板橋年表」를 수록했다. 아울러 책 앞부분에 「清代學者像傳」의 板橋像과 판교 서화 도판을 18쪽에 걸쳐 영인해 넣었고, 傅抱石의 '前言'을 해제 형식으로 수록했다. 이 책은 1962년 初刊 이후로 몇 차례 重刊되면서 '補遺' 부분에 일부 새로운 자료가 추가되었는데, 1975년 重刊本에 의거하면 文 16편, 書札 12편, 詩 13題, 題畫 133則 등으로 늘어났다.

이 책은 현재까지 출간된 『鄭板橋集』 가운데 가장 충실한 활자 刊本으로 평가된다. 하지만, 처음 편집 과정에서 발생한 일부 오탈자가 이후 重刊本에서도 제대로 수정되지 못한 면이 있다. 예컨대, 「詩鈔」의 「大中丞尹年伯贈帛」 제목 아래 '諱會一'이 世界書局本과 마찬가지로 빠졌고, 「懷舍弟墨」 중 "我年四十二"를 "四十一"로 오식했다.(鄭炳純, 『鄭板橋外集』에서는 이 두 가지 외에 「偶成」 시의 마지막 구 "煙柳閑州城"에서 '閑'은 원래 '閨'자로, 世界書局本이 인쇄 과정에서 '王'의 마지막 아래 획수를 잘라내는 바람에 생긴 오자라 지적했는데, 그러나 이보다 앞서 乾隆 48년에 판각된 清暉書屋刻本에도 '閑'로 되어 있기에 논의의 여지가 있다) 이 책은 후에 臺灣의 여러 출판사에서 저본으로 삼아 재출간하기도 했는데, 예컨대 臺灣의 漢京文化事業有限公司에서 1982년 출간한 '四部刊要·集部·別集類' 『標點本鄭板橋集』은 위 中華書局本을 저본으로 삼은 것이다. 다만, 원래의 '編例' 내용 가운데 그림의 출처와 도움에 대한 감사를 담은 7조와 8조를 제거하는 등 일부 차이도 있다.

한편, 이 中華書局本을 토대로 1979년 上海古籍出版社에서 簡體字로 된 수정·보충본을 간행했다. 이 책에서는 기존의 '補遺'의 題畫 부분에

10則 정도를 더 추가하면서 문장 순서를 소장자끼리 모아 다시 배열하였다.(이 책 "重印說明"에서 '새로 수집한 10則을 추가했다'고 했지만 실제 標題에 따르면 9則이다. 鄭炳純, 『鄭板橋外集』에서는 "앞부분 도판에 증감이 있고, '補遺'에 문 4편, 서찰 7편, 시 2수, 제화 25則을 추가했다. …… 또한 「懷程羽宸」 시 가운데 '世人開口易千金' 중의 '世'자가 빠졌다"고 지적했는데, 대조 과정에서 착오가 있었던 것 같다) "重印說明"에서 저본의 일부 오자를 수정했다고 밝혔지만 앞에서 지적한 원서의 두세 가지 오식은 여전히 수정되지 않았다. 이와 같이 이 책은 기본적으로 中華書局本을 저본으로 삼아 원래의 正體字(繁體字)를 簡體字로 바꾸고, 일부 새로 수집했다는 題畵詩文 몇 則을 추가하며 순서를 다시 배열한 점이 다를 뿐이다. 그런데 새로 추가한 10則은 대부분 단편적 題畵詩文에 지나지 않고, 그 가운데 일부는 진위 문제를 더 따져봐야 할 것도 있는 실정이다. 이런 점을 고려해 본 譯註本은 中華書局本(1962, 단 '補遺'는 1975년 重刊本 기준)을 기본 텍스트로 삼고, 필요시 上海古籍出版社 簡體字本을 참고한 것이다.

한편, 鄭炳純 輯 『鄭板橋外集』(山西人民出版社, 1987)은 이상 『鄭板橋集』에 수록되지 않았던 판교 작품을 추가로 정리해 수록하고, 당대 및 후인의 판교 평가 관련 자료와 1915년 國學維持社에서 출간했던 16회 소설 『揚州夢』을 校訂해 첨부했다. 전체 구성은 家書·尺牘·文·詩·詞·對聯·題畵·板橋印跋·板橋用印錄·判詞選錄·板橋作品待訪錄·板橋法書選錄·諸家題贈評論·雜識·『揚州夢』小說 등인데, '板橋作品待訪錄' 이전은 각종 판교 작품이고, 이후는 후인의 관련 자료인 셈이다. 기존의 『정판교집』 이외의 여러 자료를 수집·정리한 데 의의가 있지만, 일부 작품은 진위 문제가 여전히 남아있기에 선정의 타당성에 관해서는 더 논의가 필요한 실정이다.

(5) 註釋本

『정판교집』 주석본의 초기 형태로는 중화민국 15년 掃葉山房楷字體 石印本 4책에 雷瑨이 附註한 것을 들 수 있다. 내용 순서는 상술한 掃葉山房 石印本과 같고, 앞부분에 '鄭板橋先生事跡彙編'을 첨가해 『揚州府志』 등에 들어있는 傳記文 9則과 『天地偶聞』에 들어있는 판교의 서신 7통을 수록했다.(이후 臺灣의 臺南新世紀出版社에서 重印했다는데, 이들을 필자는 직접 확인하지 못했다)

근래에 와서 卞孝萱 編 『鄭板橋全集』(齊魯書社, 1985)에서는 原刻本 『板橋集』을 토대로 현존 묵적들과 대조해 異文을 교감하여 상세하게 주석을 달았고, 여기에 '板橋集外詩文' · '板橋研究資料' 등을 보충해 덧붙였다. 이처럼 각종 異文을 세밀하게 교감해 주석한 작업이라는 점에서 특별한 의의가 있다. 단행본이었던 이 책은 이후 관련 자료를 다수 보충해 총 3권의 增補本으로 재출간되었다.(卞孝萱 · 卞岐 編, 鳳凰出版社, 2012)

王錫榮의 『鄭板橋集詳注』(吉林文史出版社, 1986)는 수록 작품이 앞 中華書局本과 기본적으로 동일하지만 詩鈔 · 詞鈔 · 小唱(道情) · 家書 · 題畵 순서로 작품을 배열했고, 모든 작품마다 빠짐없이 단어 풀이는 물론 관련 내용이나 고증을 포함해 상세하게 주석을 달았다. 첫머리 주석은 대개 해당 작품의 해제 성격을 띠고 있기에 『정판교집』에 대한 본격적이면서도 충실한 註解 작업으로 평가된다. 이 책을 바탕으로 저자는 후에 『名家講解鄭板橋詩文』(長春出版社, 2009)을 다시 출간했다. '第一篇 鄭板橋集' 부분은 기존 『鄭板橋集詳注』 내용을 수정한 것이고, '第二篇 鄭板橋集外詩文'은 그동안 卞孝萱 등 몇 학자가 정리한 작업을 참고하여 새롭게 '集外' 시문을 선정하고 주석한 작업이다.

華耀祥 箋注 『鄭板橋詩詞箋注』(廣陵書社, 2008)는 판교의 시 · 사 작품에 상세한 箋注를 달고, '評點' 부분에 해당 작품에 대한 저자 나름대로의 해제와 평가를 제시했다. 시 · 사에 한정된 작업이긴 하지만 위 王錫

榮의 주석 작업과 마찬가지로 주해가 아주 상세하다. 다만, 주석이나 평가 부분에서 일부 지나치게 주관적인 시각이 보이는 경우도 있다.

이상 3종 주석본 외에 단어나 인물 사적에 관한 비교적 간단한 주석을 가한 시문 선집들로 다음과 같은 것들이 있다.

鄭燮 著, 立人 選注, 『鄭板橋詩詞文選』, 作家出版社, 1997 : 詩詞卷 · 題畵卷 · 書信卷 · 雜著卷으로 구분한 選集으로, 간단한 문자 주석을 달았다.

張敬 校訂, 廖玉蕙 選注, 『一竿煙雨—鄭板橋詩詞文選』, 臺灣時報文化出版公司, 2000 : 詩鈔 · 詞鈔 · 題畵 · 家書의 選集으로 간단한 문자 주석을 달았다.

鄭板橋 著, 吳澤順 編注, 『鄭板橋集』, 岳鹿書社, 2002 : 편자 나름대로 시 · 사 · 문(書箚 · 序跋碑記 · 題畵文)을 선정한 후 주석을 단 형태로, 中華書局本 외의 작품도 일부 들어있다. 부록에 傳記와 年譜를 실었다.

鄭燮 著, 劉光乾 · 郭振英 編注, 『鄭板橋文集』, 安徽人民出版社, 2002 : 家書 · 詩鈔 · 詞鈔 · 小唱 · 板橋題畵 순서로 엮고 간단한 주석을 달았다. 부록에 板橋偶記 · 板橋自序 · 板橋書目 등 8종 자료를 실었다.

牟德武 主編, 『鄭板橋詩書畫精品集』, 中國社會科學出版社, 2004 : 판교의 생애와 사상에 관한 해설과 함께 詩 · 書 · 畫를 수록하고, 간단한 註解를 달았다.

曹惠民 · 李紅權 編注, 『鄭板橋詩文書畵全集』, 中國言實出版社, 2006 : 丹青卷 · 書法卷 · 詩文卷으로 구성해 간단한 주석을 달았다. 회화 · 서법 · 시문을 종합한 책으로, 詩文卷은 다시 序跋篇 · 詩鈔篇 · 詞鈔篇 · 小唱篇 · 家書篇 · 題畵篇으로 구분했는데, 그 내용은 中華書局本과 동일하다. 부록을 史評篇 · 軼事篇 · 年表篇으로 구성해 관련 자료를 수록했다.

鄭燮 著, 毛妍君 解評, 『鄭板橋集』, 三晉出版社, 2008 : 詩 · 詞 · 小唱(道情) · 文 등으로 구분한 選集으로, 題解 · 新解 · 新評과 함께 '文' 부

분에는 간단한 문자 주석도 달았다.

이 외에, 일반대중을 위해 통속적으로 편집한 선집이 다수 있는데 예를 들어 吳可 校點, 『鄭板橋文集』(巴蜀書社, 1997)은 아무런 주석 없이 書箚·序跋碑記文·板橋題畵·詩鈔·詞鈔·道情十首 순서로 편집한 형태다. 이들에 관한 소개는 생략한다.

아래는 시사·가서·서화 등을 따로 뽑아 주해한 선집이다.

시사 · 가서 선집

王大錯 編注, 『鄭板橋家書』, 建文書社, 1926.

陳書良 選注, 『板橋詩詞擷英』, 廣西人民出版社, 1983.

夏承壽 主編, 趙慧文 校, 『板橋詞』, 廣東人民出版社, 1991.

華耀祥·顧黃初 譯注, 『板橋家書譯注』, 人民文學出版社, 1994.

唐漢 譯注, 『板橋家書』, 中國對外飜譯出版公司, 2001.

木子 譯注, 『板橋家書』, 上海學林出版社, 2002.

童小暢 譯注, 『鄭板橋家書』, 中國書籍出版社, 2004.

陳書良·周柳燕 評點, 『鄭板橋家書評點』, 岳麓書社, 2004.

張素琪 編注, 『板橋題畵』, 西冷印社出版社, 2006.

王其和 點校 纂注, 『板橋論畵』, 山東畵報出版社, 2009.

서화 선집

何恭上 編, 『鄭板橋書畵選』, 臺北藝術圖書公司, 1978.

余毅 編, 『鄭板橋書畵拓片集』, 臺灣中華書局, 1983.

本社 編, 『鄭板橋題畵詩冊』, 臺北湘江出版社, 1984.

山東省文物局·濰坊地區出版協會公室 編, 『鄭板橋書畵』, 山東美術出版社, 1984.

周積寅 編著, 『鄭板橋書法集』, 江蘇美術出版社, 1985.

編輯部 編, 『鄭板橋畵選』, 北京榮寶齋, 1989.

周積寅 編, 『鄭板橋書畵集』, 人民美術出版社, 1991.

興化鄭板橋藝術節組織委員會 編,『鄭板橋書畫精品選』, 文物出版社, 1993.
編輯部 編,『鄭板橋四子書眞蹟』, 江蘇廣陵古籍刻印社, 1993.
解紀・安然 外 選輯,『鄭板橋書法精選』, 當代中國出版社, 1995.
編輯部 編,『揚州畵派書畵全集・鄭燮』, 天津人民出版社, 1998.
賈德江 主編,『中國畵名家經典畵庫・鄭板橋』, 河北美術出版社, 2002.
殷德儉 編,『鄭板橋書畵集』, 中國民族攝影藝術出版社, 2003.
編輯部 編,『中國十大名畵家畵集・鄭板橋』, 北京工藝美術出版社, 2003.
單國强 編,『中國古代名家作品叢書・鄭燮』, 人民美術出版社, 2004.
秦金根 編,『中國書法家全集・鄭板橋』, 河北教育出版社, 2004.
牟德武 編,『鄭板橋詩書畵精品集』, 中國社會科學出版社, 2004.
劉方明 編,『鄭板橋藝術珍品集』, 廣陵書社, 2006.
楊櫻林 編,『中國書畵名家畵語圖解・鄭板橋』, 中國人民大學出版社, 2006.
李林林 編,『中國藝術大師圖文館・鄭板橋』, 山西教育出版社, 2006.
馬季戈 編,『鄭燮』, 臺北石頭出版, 2006.
齊淵 編著,『鄭板橋書畫編年圖目』, 人民美術出版社, 2007.
單國强 編,『鄭板橋精品集』, 印刷工業出版社, 2012.

서법의 字典 형식 선집

王誠龍 編,『碎玉集・鄭板橋書法』, 湖南美術出版社, 1986.
王誠龍 編,『碎玉集續集・鄭板橋書法』, 湖南美術出版社, 1988.
王成龍 編,『鄭板橋書法字典』, 湖南美術出版社, 1999.
韓鳳林・宮玉果 編,『鄭板橋書法字典』, 中國青年出版社, 2006.
黄冬梅 編,『鄭板橋書法字典』, 黑龍江美術出版社, 2006.

對聯・判牘 선집

任祖鏞 編,『板橋對聯』, 山西人民出版社, 1990.
刁駿 編,『鄭板橋對聯』, 上海文化出版社, 1991.

黨明放 著,『鄭板橋對聯賞析』, 岳麓書社, 2006.

李一氓 編,『鄭板橋判牘』, 文物出版社, 1987.

참고로, 한국에서는 松園文化社에서 '韓中日名筆書藝叢書' 시리즈로 『鄭板橋 : 漁邨 · 夕照』와 『鄭板橋法書』(이상 松園文化社, 1975)를 영인 출판한 바 있다. 일본에서는 다음과 같은 선집이 출간되었다.

『板橋詩鈔』, 江左 萬屋兵四郎, 慶應 元年(1865).

山本有所 編『板橋集』, 原市町(群馬縣) 山本有所, 1881.

『鄭板橋畵竹冊』, 東京 清雅堂, 1955 · 1990.

『清鄭板橋懷素自敘帖/峋嶁碑』, 東京 二玄社, 1970.

廣津雲仙 監修,『鄭板橋墨蹟』, 大阪 八紘社, 1986.

小野勝也 監修、解說,『鄭板橋書畫集』, 東山村 日本公企, 1994.

2) 평전과 연구논저

(1) 평전 · 연보 · 일화

평전과 연보

陳東原,『鄭板橋評傳』, 商務印書館, 1928.

王幻,『鄭板橋評傳』, 臺灣商務印書館, 1972.

王家誠,『鄭板橋傳』, 臺北藝術圖書公司, 九歌出版社, 1978(初版); 百花文藝出版社, 2008(簡體字 修訂本).

潘茂,『中國畵家叢書 · 鄭板橋』, 上海人民美術出版社, 1980.

鬱愚,『鄭板橋外傳』, 臺北世界文物出版社, 1981.

何瓊崖 · 潘寶明,『鄭板橋』, 天津人民出版社, 1982.

謝一中,『鄭板橋傳』, 臺北國際文化事業有限公司, 1984.
許鳳儀,『怪人鄭板橋』, 山西人民出版社, 1985.
房文齋,『鄭板橋』, 貴州人民出版社, 1988.
陳書良,『鄭板橋評傳』, 巴蜀書社, 1989.
楊士林,『鄭板橋評傳』, 安徽人民出版社, 1992.
吳洪激,『鄭板橋』, 武漢大學出版社, 1995.
徐改,『鄭板橋』, 臺北錦繡出版事業股份有限公司, 1995.
房文齋,『鄭板橋外傳』, 中國美術學院出版社, 1998.
李雲彥,『難得糊塗 : 鄭板橋正傳』, 臺北實學社, 1999.
丁家桐,『揚州八怪傳記叢書・鄭燮傳』, 上海人民出版社, 2001.
蔣星煜,『鄭板橋』, 少年兒童出版社, 2001.
王同書,『鄭燮評傳』, 南京大學出版社, 2002.
韓紅,『鄭板橋傳』, 京華出版社, 2002.
劉中建・林存陽,『落拓狂傲糊塗叡智 : 鄭板橋的狂怪人生』, 北京古籍出版社, 2002.
文源 編,『鄭板橋全傳』, 光明日報出版社, 2003.
秦金根,『鄭板橋』, 河北教育出版社, 2004.
紫都 主編,『鄭板橋』, 中央編譯出版社, 2004.
張錫庚,『難得糊塗 : 鄭板橋和他的書法藝術』, 上海書畫出版社, 2005.
孫霞 編著,『鄭板橋畵傳』, 中國文聯出版社, 2005.
康橋・葉笑敏,『難得糊塗是一生—鄭板橋』, 上海世紀出版公司, 2009.
黨明放,『鄭板橋』, 南京大學出版社, 2011.
周積寅・王鳳珠,『鄭板橋年譜』, 山東美術出版社, 1991.
黨明放,『鄭板橋年譜』, 首都師範大學出版社, 2009.

판교에 관한 전설・일화

許鳳儀,『鄭板橋的故事』, 中國民間文學出版社, 1981.
高寶慶,『鄭板橋軼事』, 山東人民出版社, 1983.

楊惠臨,『鄭板橋傳說』, 中國民間文藝出版社, 1984.
高寶慶,『鄭板橋與饒五姑娘』, 山東文藝出版社, 1990.
婁本鶴,『鄭板橋逸聞趣談』 山東友誼書社, 1990.
李自存 外,『鄭板橋與范縣詩文趣事』, 河南人民出版社, 1991.
陳書良・李湘樹,『絶世風流鄭板橋』, 湖南出版社, 1993.
李金新,『鄭板橋在濰縣』, 濰坊市新聞出版局, 1993.
吳洪激,『風流神判—鄭板橋』, 武漢大學出版社・臺灣漢欣文化事業有限公司, 1995.

(2) 연구서

王建生,『鄭板橋研究』, 曾文出版社, 1986(增訂本, 文津出版社, 1998).
沈賢愷,『鄭板橋研究』, 臺北新文豐出版公司, 1988.
周積寅 編,『鄭板橋書畫集』, 人民美術出版社, 1991.
黃俶成,『鄭板橋小傳』, 百花文藝出版社, 1993.
周積寅,『明淸中國畵大師硏究叢書・鄭板橋』, 吉林美術出版社, 1996.
吳根友,『鄭板橋的詩與畫』, 南京出版社, 1998.
許圖南,『鄭板橋事跡考』, 中國文聯出版社, 1998.
金實秋,『鄭板橋與佛教禪宗』, 宗教文化出版社, 2001.
卞孝萱,『鄭板橋叢考』, 遼海出版社, 2003.
紫都 趙麗,『鄭板橋生平與作品鑑賞』, 遠方出版社, 2005.
楊櫻林・黃幼鈞,『中國書畵名家畵語圖解・鄭板橋』, 中國人民大學出版社, 2006.
莫其康,『鄭板橋研究』, 南京鳳凰出版社, 2012.
明淸文人研究會 編著, 內山知也 監修,『鄭板橋』, 東京 藝術新聞社, 1997.

(3) 學位論文

① 中國

王靈芝,『論鄭板橋的多重人格與詩詞創作』, 河北師範大學 碩士論文, 2003.

蔣國林,『鄭板橋詩歌硏究』, 暨南大學 碩士論文, 2005.

張靖,『鄭板橋書法硏究』, 首都師範大學 碩士論文, 2005.

秦泗岩,『板橋散文—被忽略的精神空間』, 黑龍江大學 碩士論文, 2005.

張璐,『從性靈文學思潮看鄭板橋詩歌』, 湘潭大學 碩士論文, 2006.

張帆,『鄭板橋詩詞文硏究』, 四川大學 碩士論文, 2006.

陳曉燕,『鄭板橋文學綜論』, 西北師範大學 碩士論文, 2006.

龔天雁,『鄭板橋藝術實踐及美學思想特徵』, 山東大學 碩士學位論文, 2007.

吳志允,『鄭板橋題畵詩文硏究』, 山東師範大學 碩士論文, 2007.

張曉娟,『論鄭板橋的君子觀』, 延邊大學 碩士論文, 2008.

趙雪梅,『鄭板橋散文硏究』, 山東師範大學 碩士論文, 2009.

任克兵,『鄭板橋書法與繪畵的關係探究』, 山東理工大學 碩士論文, 2010.

朱曉偉,『基於鄭板橋的藝術特點探索現代文人畵的價值』, 合肥工業大學 碩士論文, 2010.

趙紅,『鄭燮詞硏究』, 暨南大學 碩士論文, 2010.

王芳,『論鄭板橋的“正”與“怪”』, 靑島大學 碩士論文, 2012.

蘇東澤,『鄭板橋詩歌意象硏究』, 延邊大學 碩士論文, 2012.

劉婉,『鄭板橋詩畵中的道家思想硏究』, 華僑大學 碩士論文, 2013.

王劍蘭,『金農與鄭燮題畵書法比較』, 福建師範大學 碩士論文, 2013.

高秀明,『鄭板橋的仕途生涯對其繪畵藝術的影響』, 揚州大學 碩士論文, 2014.

② 臺灣

邱亮,『鄭板橋及其詩』, 臺灣大學 碩士論文, 1970.

金美亨,『鄭板橋詩硏究』, 輔仁大學 碩士論文, 1987.

衣若芬,『鄭板橋題畫文學研究』, 臺灣大學 碩士論文, 1989.
李秀華,『鄭板橋書法之硏究』, 臺灣師範大學 碩士論文, 1990.
胡倩茹,『鄭板橋詩歌研究』, 中正大學 碩士論文, 1992.
陳瑋琪,『鄭板橋文藝理論及詞作研究』, 中興大學 碩士論文, 1999.
全瑨珠,『鄭板橋繪畵研究』, 成功大學 碩士論文, 2001.
張瓊如,『鄭燮及其書法研究』, 高雄師範大學 碩士論文, 2002.
巫素敏,『枝葉關情—論鄭板橋墨竹書畫之一致性』, 中國文化大學 碩士論文, 2002.
謝秀吟,『鄭板橋家書研究』, 高雄師範大學 碩士論文, 2003.
鍾隆榮,『鄭板橋生平及其書藝研究』, 臺灣師範大學 碩士論文, 2004.
蔡炘亞,『鄭板橋思想研究』, 高雄師範大學 碩士論文, 2004.
薛慧枝,『鄭燮詞文藝美學研究』, 銘傳大學 碩士論文, 2006.
李秀芳,『鄭板橋的文學藝術理論研究』, 東海大學 碩士論文, 2007.
陳淑娟,『鄭板橋文人畫質之研究—兼述水墨畫創作』, 臺灣藝術大學 碩士論文, 2008.
陳灝,『黃永熙[陽關三疊]與[板橋道情]之研究』, 東吳大學 碩士論文, 2012.
洪麗雯,『鄭板橋詩學理論與實踐』, 東海大學 碩士論文, 2012
陳美暖,『鄭燮書文研究』, 佛光大學 碩士論文, 2012.

③ 한국

金容元,『鄭板橋의 藝術思想』, 한양대 교육대학원 석사논문, 1983.
文鳳宣,『板橋鄭燮의 墨竹畵 硏究』, 홍익대 석사논문, 1985.
金仁洙,『鄭板橋詩 硏究』, 연세대 석사논문, 1987.
李惠媛,『鄭燮의 繪畵觀 硏究 : 題跋 中心으로』, 숙명여대 석사논문, 1990.
李仁淑,『板橋 鄭燮의 繪畵世界와 우리나라 書畵界에 끼친 영향』, 영남대 석사논문, 1996.
梁貴淑,『鄭燮 文學 硏究』, 성균관대 박사논문, 1996.
金英美,『鄭板橋의 繪畵 硏究』, 원광대 석사논문, 1998.
徐水晶,『板橋 鄭燮의 四君子 畵題에 나타난 藝術觀 硏究』, 원광대 석사논문, 2001.

車英心, 『鄭板橋의 繪畵思想 硏究』, 동국대 석사논문, 2003.
김화선, 『鄭燮의 自然詩 硏究』, 경기대 교육대학원 석사논문, 2005.
曺仁淑, 『板橋 鄭燮 書藝의 老莊美學的 考察』, 성균관대 석사논문, 2005.
박귀순, 『鄭燮의 繪畵 硏究—墨竹畵·墨蘭畵 중심으로』, 계명대 석사논문, 2006.
강영순, 『鄭燮의 藝術論 硏究 : 胸無成竹 槪念을 중심으로』, 서울대 석사논문, 2006.
玄惠淑, 『鄭燮의 繪畵世界 硏究 : 墨竹을 중심으로』, 수원대 석사논문, 2007.
申英淑, 『板橋 鄭燮 硏究 : 畵論 및 墨竹의 造形性을 중심으로』, 동방대학원대학교 석사논문, 2007.
徐水晶, 『板橋 鄭燮의 書畵美學思想 硏究』, 성균관대 박사논문, 2007.
장정영, 『鄭燮 繪畵의 '怪' 美學思想에 關한 硏究』, 성균관대 석사논문, 2008.

④ 서양

Tchong-hong Wou, "La vie et l'oeuvre de Tcheng Pan-k'iao", Thesis(Dr. A.), L'Universite de Paris, Sorbonne, Paris, 1956.
Karl-Heinz Pohl, *Cheng Pan-ch'iao poet, painter and calligrapher*, Nettetal Steyler Verl. Zugl. : Toronto, Univ., Diss., 1982.
Mingfei Shi, "Poetry-calligraphy-painting : the aesthetics of Xing in Zheng Xie (1693～1765) and Zhu Da(1626～1705)", Thesis(Ph. D.), Indiana University, 1996.
Karl-Heinz Pohl, "Cheng Pan-ch'iao : poet, painter and calligrapher", Thesis (M.A.), California State University, Long Beach, 1999.
Suet Ying Chiu, "The political views of Zheng Xie(1693~1765) : an analysis through his literary and artistic works", Thesis(M.A.), California State University, Long Beach, 1999.

(4) 번역

저우스펀(周時奮) 저 · 서은숙 역, 『양주팔괴』, 도서출판 창해, 2006.[周時奮, 『揚州

八怪畵傳』(山東畵報出版社, 2003)의 한국어 번역본. 제6장에 정판교를 다룸]

福本雅一, 『鄭板橋詩鈔』, 京都 同朋舍出版, 1994.

中國江蘇省民間文學工作者協會, 中國江蘇省揚州市文學芸術會聯合會 編, 李惠然・李進守 譯, 『鄭板橋外伝』, 東山村 日本公企, 1995.[江蘇省民間文學工作者協會・江蘇省揚州市文學藝術界聯合會 編, 『鄭板橋傳說』(中國民間文藝出版社, 1984)의 일본어 번역본]

Lin, Yutang, "Family Letters of a Chinese Poet," in The Wisdom of China and India, New York, 1942.(판교 家書의 영어 선역본. 후에 아래와 같이 대만, 중국에서 重印되었음)

Family letters of a Chinese poet, by Zheng Banqiao, [et al.] deng zhu; Lin Yutang ying yi; Li Ming bian jiao, Zheng zhong shu ju in Taibei Shi, 1994.

林語堂 譯, 『板橋家書』(英漢對照), 百花文藝出版社, 2002.

Poèmes, translated by Isabelle Bijon; Annie Curien; K'ang-ch'iang Shih, Montereau, France : Les Cahiers du confluent, 1985.

Zheng Banqiao et l'affaire de la pierre, Hua Shiming.; Wang Mengqi. Beijing : Aurore-Zhaohua, 1986.

Zheng Banqiao : selected poems, calligraphy, paintings and seal engravings, edited and translated by Anthony Cheung and Paul Gurofsky. Hong Kong : Joint Pub. Co. (HK), 1987.

Sixteen letters to my cousin, translated by Shih Bong Tseng, Singapore : Intellectual Pub., 1991.

Lettres familiales, translated by Jean-Pierre Diény, La Versanne : Encre marine, 1996.

Zheng Xie : notes from Yangzhou : li shu, edited by Jan Walls; Yvonne Walls; Shengyuan Zhang; Xinglin Peng, Vancouver : North America Fine Arts Pub. House, 2006.

중화서국 『鄭板橋集』 편찬 범례

1. 본집은 모두 여섯 부분으로 구성했다. 家書 · 詩鈔 · 詞鈔 · 小唱 · 題畵 등 다섯 부분은 정판교 自刻本에 근거하여 조판 인쇄했다. '補遺' 부분은 공공기관이나 개인 소장가, 관련 신문 · 잡지 · 서적 · 탁본에 수록된, 『鄭板橋集』 이외의 작품을 묶었다.

2. 『鄭板橋集』은 그 자신의 寫刻本이 있으나 仿刻本이나 翻刻本 또한 아주 많다. 우리는 이에 대해 자세한 교감을 진행했다. 아울러 일반적으로 후대 인쇄본에서는 빼버렸던 일부 시를 최초 인쇄본에 근거하여 보충해 넣었다. 각 판본별 개별 문자의 異同은 일일이 열거하지 않았으며, 그 중에서 가장 적절한 글자를 골라 실었다. 각 판본에서 공통적으로 빠진 글자는 □ 처리하여 표시하였으며, 분명하게 오류라 판단하는 곳은 그 글자 밑에 괄호로 어떤 글자라고 주석하여 밝혔다. 개별 편장들은 우리가 본 정판교 묵적과 대조 교감했고, 글자가 다를 경우 원문 아래에 주를 달아 설명했다.

3. '補遺' 부분은 각 방면의 기록들을 수집하여 엮었는데, 대조 검토하는 데 편리하도록 문장마다 끝부분에 원래 출처나 소장자의 이름을 수록

하였다. 일부 여러 사람을 전전하여 그 출처를 간단히 밝히기 어렵지만 내용이나 풍격 등 여러 측면으로 검토하여 판교의 작품으로 확신할 수 있는 경우에는 이를 수록하여 누락을 피하고자 했다. 명백하게 믿을 수 없는 것은 일괄적으로 제외하고 수록하지 않았다. 판교가 쓴 소소한 구절이나 대련 같은 것들은 연구 가치가 크지 않아 일괄적으로 제외시켰다.

4. 본집의 體例는 정판교 原刻本의 이전 형식을 그대로 따랐고, '補遺' 부분 역시 원각본 분류에 의거하여 편집하였다. 그 중 연대를 알 수 있는 것은 연대순에 따라 배열하였고, 연대를 알 수 없는 것은 말미 부분에 두었다.

5. '補遺' 중의 詩・文・題畵 등은 거의 대부분 제목이 없어서 그 내용에 따라 분류한 다음 그 위에 각각 표제를 달아 찾아보기 쉽게 하였다.

6. '附錄' 부분에 정판교에 관한 小傳과 年表를 포함시켰다. 연표는 興化 任乃賡 선생의 遺著『鄭板橋先生年譜』手稿本을 참고하여 편집・교정하였다. 小傳은 후인들의 옛 문장을 채록하여 판교 생애와 작품을 연구하는 사람들에게 참고가 되도록 하였다.

7. 그림 사진은 中國美術家協會・上海博物館・揚州博物館과 夏衍・徐平羽 선생 등이 제공한 것으로, 이 자리를 통해 감사드린다.

8. 이 책의 편찬 과정에서 여러 공공 및 개인 소장자와 독자께서 뜨거운 지지와 함께 자료를 제공해준 데 대해 깊이 감사드린다. 이제 책을 엮어내게 되었지만 견문의 한계 때문에 부족한 부분이 많을 것이고, 특히 작품의 진위가 뒤섞였을 수도 있다. 이에 삼가 전국의 전문가와 학자 여러분의 큰 가르침을 고대하며, 재판을 출간할 때 수정・보충할 수 있도록 도움 주시기 바란다.

중화서국 편집부

1961년 11월

제1부 집안편지家書

家書

1. 집안편지家書

1.0 열여섯 통 집안편지에 붙여[十六通家書小引]

판교는 시문을 두고 다른 사람에게 서문 써달라고 부탁하는 일을 가장 싫어한다. 왕족이나 고관에게 부탁해 그 덕을 보고자 함은 부끄러운 일이요, 강호의 명사에게 부탁해도 필경 조롱을 당할 것이다. 그런 비방을 당해 어찌해야 좋을지 모를 바에야 아예 서문을 쓰지 않는 게 낫겠다. 여기 집안편지 몇 통은 원래 문장이랄 것도 없겠으나 일부 좋은 대목이 있다면 여러분이 한 번 읽어보시고, 만일 좋은 대목이 없으면 그저 창호지나 벽지로 삼아 바르거나 항아리와 동이 덮는 데 쓰면 그만이다. 무슨 서문을 [따로] 써야 하리!

건륭(乾隆) 기사(己巳)년, 정섭(鄭燮) 직접 쓰다.

원문

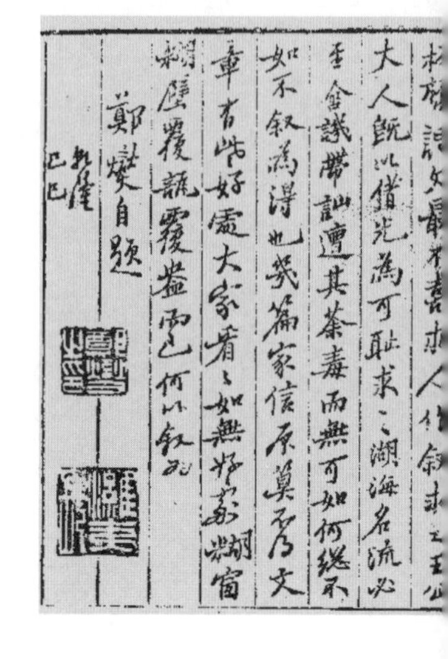
板橋詩文最不喜求人作敘求之王公
大人既以借光爲可恥求之湖海名流必
至含譏帶訕遭其荼毒而無可如何總不
如不敘爲得也幾篇家信原算不得文
章有些好處大家看看如無好處糊窗
糊壁覆瓿覆盎而已何以敘爲
鄭燮自題
乾隆己巳

十六通家書小引

板橋詩文, 最不喜求人作敍. 求之王公大人[1], 旣以借光爲可恥; 求之湖海名流, 必至含譏帶訕, 遭其荼毒而無可如何, 總不如不敍爲得也. 幾篇家信, 原算不得文章, 有些好處, 大家看看; 如無好處, 糊窓糊壁, 覆瓿覆盎[2]而已, 何以敍爲!

乾隆己巳[3], 鄭燮自題.

역주

1 王公大人 : 『左傳 · 昭公七年』의 내용에 따르면, 사람을 王 · 公 · 大夫 · 士 · 皂 · 輿 · 隸 · 僚 · 僕 · 臺 등 열 등급으로 구분했다. 王公은 왕과 귀족을, 大人은 높은 벼슬아치를 뜻한다.

2 覆瓿覆盎(복부복앙) : 장이나 술을 담은 항아리를 덮다. 이런 용도로나 쓸 만큼 著作이 난해하거나 가치 없음을 비유한 표현. 『漢書 · 揚雄傳』에 劉歆이 揚雄의 『太玄經』을 두고 "내 생각에 후인들이 [그 내용을 이해하지 못하는 탓에] 장 담은 항아리를 덮는 데나 쓰지 않을까 걱정이오[吾恐後人用覆醬瓿也]"라 했다는 대목이 보인다. 원래는 '이해받지 못해 버려진다'는 취지였으나 후대에서는 대개 著者의 謙辭로 쓰인다.

3 乾隆己巳 : 乾隆은 淸 高宗皇帝(愛新覺羅弘曆, 1711~1799) 때의 연호(1736~1795). 乾隆己巳는 서기 1749년.

해제

정판교가 乾隆 14년(1749)에 그동안 자신이 썼던 16통의 家書를 정리, 출판하면서 쓴 서문 형식의 글이다. 겸손과 유머가 섞인 짧은 글이지만, 시류에 적당히 따르기보다는 자신의 개성을 지키려는 태도가 자연스레 드러난다.

1.1 옹정 10년, 항주 도광암에서 아우 묵에게雍正十年杭州韜光庵中寄舍弟墨

그 누구라도 황제(黃帝)・요순(堯舜)의 자손이 아니랴마는 지금에 이르러 불행하게도 노비가 되고 비첩이 되고 하인이 되고 천한 사람이 되어 곤궁 속에 핍박을 받아가며 어찌할 도리가 없게 되었다네. 허나 그들이 수십 세대 이전부터 바로 노비나 비첩이나 하인이나 천한 사람이었던 것은 아니지. 어느 날 분발하여 무슨 일인가 이루고, 게으르지 않고 근면하게 생활하면 그 자신 대에 부귀해지기도 하고, 그 자손 대에 이르러 부귀해지는 자가 있기도 한 것이니, 어찌 왕이나 제후, 장군이나 재상의 씨가 따로 있겠는가.

허나 뜻을 못 이룬 명문가나 곤궁해진 귀족의 후예 한 두 사람은 조상을 빌어 남을 업신여기고 선조를 들어 우쭐거리곤 하지. 그러면서 늘 말하곤 한다네. "저 사람은 어떠어떠한 사람이었는데 오히려 하늘같은 위치에 있고, 나는 이러저러한 사람이었는데 반대로 진창길에 있다니! 천도(天道)를 의지할 수 없고, 인사(人事)를 따져 물을 수 없구나." 아아! 이것이 바로 이른바 천도와 인사임을 모르기 때문이라네. 천도, 즉 하늘의 이치는 선한 자에게 복을 내리고, 방탕한 자에게는 화를 내리는 법이니, 저쪽은 선하여 부귀하고 이쪽은 도리에 어긋나서 빈천하게 된 것, 이것이 바로 이치인데 어찌 속상할 일이란 말인가? 하늘의 이치란 [화복이] 서로 순환하는 것이라네. 저쪽 조상은 빈천했으나 지금은 부귀하게 되었고, 이쪽 조상은 부귀했으나 지금은 빈천하게 된 것, 이것이 바로 이치이거늘 또한 무엇이 속상할 일이란 말인가? 하늘의 이치가 이와 같으니 사람의 일도 바로 그 가운데 있는 법이라네.

이 형이 '수재(秀才)'가 되었을 때, 집안의 오래된 책상자를 살펴보다가 조상 때의 집안 노비문서를 발견했는데, 이를 즉시 등잔불에 태워버리고 그 사람들에게 돌려주지 않았다네. 그들에게 공개적으로 되돌려주었을 경우, 오히려 그들의 [노비] 전력이 그대로 되살아나 수치심이 그만큼 더해질까 염려해서였지. 내가 하인을 부릴 때는 줄곧 문서를 쓰지 않았고, 마음이 맞으면 머물게 하고 맞지 않으면 떠나게 했을 뿐이라네. 무엇 때문에 애써 그런 문서조각을 남겨 내 후손이 그들을 착취하고 억누르는 구실로 삼게 한단 말인가? 이런 마음을 갖는 것은 다른 사람을 위하는 일이면서 또한 바로 자신을 위하는 일이기도 하지. 만일 매사에 구실을 남겨 그 올가미에 집어넣고 빠져나올 수 없게 한다면, 그 곤궁함이 심해지는 만큼 화가 바로 들이닥치게 될 것이네. 그 자손은 분명 따져볼 길도 없는 일을 품고, 가늠할 수도 없는 근심에 처하게 될 것이네. 세간에서 계산을 잘한다는 사람을 보게나. 다른 사람을 조금이라도 생각하는 적이 어디 있던가? 오로지 자신 것만 따질 뿐 아니던가. 슬프고 한탄할 노릇이라네. 아우는 이를 잘 새겨둬야 하리.

원문

雍正十年[1]杭州韜光庵[2]中寄舍弟墨[3]

誰非黃帝堯舜[4]之子孫, 而至於今日, 其不幸而爲臧獲、爲婢妾、爲輿臺、皁隸[5], 窘窮迫逼, 無可奈何. 非其數十代以前卽自臧獲婢妾輿臺皁隸來也. 一旦奮發有爲, 精勤不倦, 有及身而富貴者矣, 有及其子孫而富貴者矣, 王侯將相豈有種乎[6]! 而一二失路名家, 落魄貴冑, 借祖宗以欺人, 述先代而自大. 輒曰 : 彼何人也, 反在霄漢; 我何人也, 反在泥塗. 天道不可憑, 人事不可問. 嗟乎! 不知此正所謂天道人事也. 天道福善禍淫, 彼善而富貴, 爾淫而貧賤, 理也, 庸何傷? 天道循環倚伏, 彼祖宗貧賤, 今當富貴, 爾祖宗富貴, 今當貧賤, 理也, 又何傷? 天道如此, 人事卽在其中矣. 愚兄爲秀才[7]時, 檢家中舊書簏, 得前代家奴契券, 卽於燈下焚去, 幷不返諸其人. 恐明與之, 反多一番形跡, 增一番愧恧. 自我用人, 從不書券, 合則留, 不合則去. 何苦存此一紙, 使吾後世子孫, 借爲口實, 以便苛求抑勒乎! 如此存心, 是爲人處, 卽是爲己處. 若事事預留把柄, 使入其網羅, 無能逃脫, 其窮愈速, 其禍卽來, 其子孫卽有不可問之事、不可測之憂. 試看世間會打算的, 何曾打算得別人一點, 直是算盡自家耳! 可哀可歎, 吾弟識之.

역주

1 雍正十年 : 雍正은 淸 世宗(愛新覺羅胤禛, 1678~1735) 때의 연호(1723~1735). 雍正十年은 서기 1732년.

2 杭州韜光庵 : 杭州는 浙江에 위치한 古都. 韜光庵은 杭州의 靈隱寺 부근 北山에 있는 암자.

3 舍弟墨 : 판교는 친형제가 없었고, 숙부 省庵公에게서 태어난 사촌아우 墨이 있었다. 鄭墨은 자가 克己, 호는 五橋로 판교보다 24세나 적었다. 판교의 시 「집안 아우 묵을 생각하며[懷舍弟墨]」에서 "내 나이 마흔둘, 아우 나이 열여덟"이라 한 것에 따른다면 그는 康熙 56년 丁酉年(1717)에 태어났다.(「정판교 연표」 참고) 친동생이 없었던 판교는 나이 차이가 적지 않은 이 사촌아우에게 각별한 관심을 가졌다. 과거 공부를 위해 집을 떠나있거나 관직에 나가 있는 동안 자주 편지를 왕래하면서 이를 통해 자기 생각과 가르침을 전하거나 집안일을 부탁했고, 「집안 아우 묵을 생각하며[懷舍弟墨]」·「관청에서 아우 묵에게[懷舍弟墨]」 등과 같은 시를 통해 깊은 형제애를 표현했다.

4 黃帝堯舜 : 黃帝는 전설 속 임금. 少典의 아들로, 姓이 公孫이며, 軒轅의 언덕에 살았기 때문에 軒轅氏라고도 불린다. 堯는 전설 속 五帝 중의 한 분으로, 성은 伊祁, 陶唐氏, 名 放勳. 善政을 펼친 후 舜임금에게 선양했다. 舜은 성은 虞 또는 有虞. 이름 重華. 유덕한 성인으로 유명하다.

5 爲臧獲、爲婢妾、爲輿臺、皁隷 : 예전 여러 하층민의 갈래. 揚雄 『方言』에 따르면, 荊(지금의 湖北)·淮(지금의 湖南)·海(지금의 江蘇와 浙江)·岱(지금의 山東) 일대에서는 남자 하인을 臧, 여자 하인을 獲이라 한다고 했다. 婢妾은 하녀. 또한, 옛날에 사람을 王·公·大夫·士·皂·輿·隷·僚·僕·臺 등 열 등급으로 구분했는데, 皂 이하의 여섯 등급은 지위가 낮은 계층이었다. 앞 「1.0 열여섯 통 집안편지에 붙여[十六通家書小引]」 주석 참고.

6 王侯將相豈有種乎 : 『史記·陳涉世家』에서 陳涉이 병사들에게 봉기를 선동하며 "왕과 제후, 장군과 재상에 어디 씨가 있단 말인가! 王侯將相寧有種乎!"라고 강조하는 대목이 보인다. 王侯 : 왕과 제후. 將相 : 장군과 재상.

7 秀才 : 漢代에는 孝廉과 더불어 선비를 추천하는 科名이었다가 唐代에 와서 明

經科·進士科와 더불어 과거의 한 科名이 되었다. 宋代에는 과거에 응시하는 선비를 모두 수재라 칭하였지만, 명·청조에 이르러서는 주로 縣學에 입학한 '生員'을 가리켰다.

해제

판교는 40세(雍正 10년, 1732)에 南京 鄕試를 준비할 때 杭州 北山에 있는 韜光庵에서 지냈는데, 이 편지는 그때 쓴 것이다. 부자나 신분 높은 이들이 가난하거나 천한 사람들을 업신여기는 것을 비판하면서 자신이 집안의 노비 문서를 불태운 일을 언급한 내용에서 그의 독특한 삶의 태도가 드러난다.

1.2 초산에서 독서하다가 넷째아우 묵에게焦山讀書寄四弟墨

스님이 온 천하에 두루 가득한데, 이들이 모두 서역(西域)에서 들어온 사람들은 아니라네. 바로 우리 중국의 아버지나 형제, 자식들 가운데 가난하여 귀속될 곳이 없는 탓에 [승적에] 들어선 후 다시 돌아오기 어려웠던 사람들이지. 우리가 머리를 삭발하면 바로 저들이 되고, 저들이 머리를 기르면 다시 우리인 셈이지. 미간을 찌푸리고 눈을 부릅뜬 채 이단이라고 질타하고 극도로 미워하는 일은 너무 지나치다고 여겨진다네. 부처는 주(周) 소왕(昭王) 때 태어나서 입적할 때까지 그 발자국이 일찍이 중국땅에 닿은 적이 없었다네. 그로부터 800년 후, 한(漢) 명제(明帝)가 이상한 꿈 이야기를 하며 [불교가 전래되는] 이 일이 시작된 것이지만, 부처 [스스로는] 사실 듣지도, 알지도 못했을 것이네. 오늘에 와서 명제는 책망하지 않고 이구동성으로 부처를 욕하는데, 부처가 무슨 죄인가? 하물며 한유(韓愈)가 불교를 배척한 이래 공자의 도는 크게 드러나고 불교는 불꽃이 차츰 꺼져가서, 제왕과 재상은 오로지 육경과 사서의 서적만 높이 받들며 집안과 나라를 다스리고 천하를 평안케 하는 이치로 생각하니, 이런 때 불교 배척을 이야기하는 것 자체가 아무 의미도 없는 일이지. [근래에 와서] 스님이 부처의 죄인이 된다네. 살인하고 도적질하고 음란하고 망령된 채 권세와 재리를 탐욕스럽게 구하니, 다시는 마음을 밝혀 본성을 찾는[明心見性] 법도를 찾지 못하게 되었네. 수재 역시 공자의 죄인이라네. 어질지도 못하고 지혜롭지도 못하며, 예도 없고 의도 없으니 더 이상 선대의 것을 지켜 후대를 기약하려는 의지를 지니지 못하지. [그런데도] 수재는 스님을 욕하고, 스님은 수재를 욕한다네. "각자 자기 계단 앞 눈이나 치울 것이지 남의 지붕 위 서리를 상관치 말라"는 말이 있는데, 아우는 그렇다고 생각지 아니하는가? 우연히 느껴지는 바 있어 자네에게 적어 전하며, 아울러 무방(無方)대사에게도 보여 한 바탕 웃게 하고자 함일세.

원문

焦山讀書寄四弟墨[1]

僧人徧滿天下, 不是西域[2]送來的. 卽吾中國之父兄子弟, 窮而無歸, 入而難返者也. 削去頭髮便是他, 留起頭髮還是我. 怒眉瞋目, 叱爲異端而深惡痛絶之, 亦覺太過. 佛自周昭王時下生[3], 迄於滅度, 足跡未嘗履中國土. 後八百年而有漢明帝, 說謊說夢, 惹出這場事來[4], 佛實不聞不曉. 今不責明帝, 而齊聲罵佛, 佛何辜乎? 況自昌黎[5]闢佛以來, 孔道大明, 佛焰漸息, 帝王卿相, 一遵六經四子之書, 以爲齊家治國平天下之道, 此時而猶言闢佛, 亦如同嚼蠟而已. 和尚是佛之罪人, 殺盜淫妄, 貪婪勢利, 無復明心見性之規. 秀才亦是孔子罪人, 不仁不智, 無禮無義, 無復守先待後之意. 秀才罵和尙, 和尙亦罵秀才. 語云:『各人自掃階前雪, 莫管他家屋瓦霜.』老弟以爲然否? 偶有所觸, 書以寄汝, 幷示無方師[6]一笑也.

역주

1 焦山 : 원 이름은 譙山 혹은 樵山, 江蘇 鎭江市 東北의 큰 강 가운데 있다. 전하는 바로는 東漢 焦光이 일찍이 여기에 거주했기에 이런 이름이 있게 되었다 한다. 판교는 진사에 합격하기 전 여러 차례 여기에서 공부하였다. 四弟墨 : 판교의 다른 시문에서는 모두 '舍弟墨'으로 되어 있는데 이곳에서만 '四弟'라 했다. 〖王錫榮〗

2 西域 : 漢代에 玉門關 밖 서쪽 지역에 대한 통칭이었지만, 나중에는 서역을 거쳐 이를 수 있는 지역까지 두루 지칭하게 되었다. 여기서는 불교 발상지인 印度를 가리킨다.

3 佛自周昭王時下生 : 석가모니는 B.C. 565년에 태어나 B.C. 486년에 입적했다고 하는데, 이 시기는 중국에서 周 靈王(B.C. ?~B.C. 545)과 敬王(B.C. ?~B.C. 477) 무렵이다. 周 昭王(B.C. ?~B.C. 977)의 재위 시기는 B.C. 10세기이므로 이 내용은 사리에 맞지 않는 부분이라 하겠다.〖王錫榮〗

4 這場事 : 『魏書 · 釋老志』에 의하면, 東漢 明帝가 꿈에 '金人'을 보았는데, 신하들은 이 '金人'이 바로 부처라 여겼다. 이에 明帝는 郎中 蔡愔(부) 등을 서역으로 파견해 42장 불경과 석가모니 立像을 구했다고 한다.

5 昌黎 : 唐代 문인 韓愈(768~824). 문학 방면에서는 종래의 對句를 중심으로 짓는 騈文에 반대하여 柳宗元 등과 함께 古文운동을 이끌었고, 사상 부분에서는 유가 사상을 존중하고 도교 · 불교를 배척하여 『諫迎佛骨表』 등 불교를 배척하는 문장을 썼다.

6 無方師 : 판교의 스님 친구로 여겨지나 자세한 사적을 확인할 수 없다. 판교의 시 「2.25 옹산 무방상인에게 드리는 두 수[贈甕山無方上人二首]」에 따르자면, 그는 처음에는 江西 廬山에 거주하다가 후에 수도의 甕山으로 옮겨와 甕山寺에서 거주했으며, 板橋가 廬山을 여행할 때 알게 된 것으로 보인다.

해제

雍正 12년(1734)에 판교는 40세 나이로 擧人에 합격했고, 13년에 다음 해에 있을 會試를 준비하기 위해 鎭江 焦山에 가서 공부했다. 焦山은 揚州 맞은편 강 속의 작은 섬으로 된 산으로, 판교는 처음에는 그곳의

別峰庵에, 나중에는 雙峰閣에 거처했는데, 이 편지는 이때 쓴 것이다.

1.3 의진현 강촌 찻집에서 아우에게儀眞縣江村茶社寄舍弟

강에 내리던 비 막 개이니 지난밤의 안개가 깨끗이 걷히고, 즐비한 꽃들과 푸른 버드나무마다 목욕을 마치고 아침햇살을 기다리는 듯하네. 게다가 귀여운 새들이 사람을 부르고, 미풍은 물결을 일으킨다네. 오(吳)・초(楚) 지역 푸른 산들은 환하고 아름다운 모습으로 마치 강을 건너올 것만 같군. 이 순간 수상 누각에 앉아 용봉차를 끓이고 협전향(夾剪香)을 구워가며 벗에게는 피리로 「매화가 진다[落梅花]」 한 가락 불게 하니, 정말이지 인간세상의 신선 경지로세.

아아, 문장 쓰는 이라면 마땅히 이러해야 하지 않겠는가! 신선하면서도 빼어나고 활발한 기운이 있어야 과거장에도 알맞고 과거라는 그 명성에도 보탬이 될 것이네. 그런 사람들은 부귀와 복을 누리며 어려움 없이 평안하게 살아갈 것이네. 왕일소(王逸少)・우세남(虞世南)의 글은 글자마다 아름답고 시원스러워, 두 분 모두 나이 지긋하도록 두터운 복을 누렸지. 시인 이백(李白)은 신선의 품격이요, 왕유(王維)는 귀인의 품격이고, 두목(杜牧)은 재인의 품격이라네. 왕유와 두목은 둘 다 이름을 크게 떨쳤고, 나이 들어 각각 망천(輞川)과 번천(樊川)으로 돌아갔을 때도 수레며 말을 탄 손님들이 날마다 줄을 섰다지. 왕유의 아우 진(縉), 두목의 아들 순학(荀鶴) 또한 후대사람들 중에서 출중하였다네. 오로지 태백(太白)만이 오랫동안 야랑(夜郎) 유배처럼 [어려운] 처지에 있었지. 그러나 그는 말을 탄 채 금란전(金鑾殿)에 들어갔고, 천자께서 손수 국맛을 가늠해

주시고 귀비가 먹 가는 시중까지 들었으며, 최종지(崔宗之)와 더불어 궁중 비단옷을 입고 강 위에서 놀았으니 신선이나 다를 바 없었지. 양주(揚州)를 지날 때는 한 달이 채 못 되는 동안에 조정에서 내린 돈 삼십육만 냥을 몽땅 써버렸다네. 무릇 실의에 빠진 명사와 곤궁에 처한 귀공자들에게 후하게 나눠주었던 게지. 그렇다면 그의 처지가 과연 어떠했다고 봐야겠는가? 태백의 야랑 유배 일을 실패로만 여길 수는 없지 않겠는가?

지난 명 왕조의 동사백(董思白), 우리 왕조의 한모려(韓慕廬)는 모두 참신한 필력으로 팔고문을 지어 당대(當代)에 중용되었다네. 동사백 옹은 융경(隆景)·만력(萬曆) 연간의 형식을 갖추었고, 모려는 이전 것을 일소한 채 구애됨 없이 자유로웠던 바, 정연하지 않을수록 한층 빼어나고 정묘하다고 여겨졌지. 두 사람 모두 나이가 들자 대종백(大宗伯)의 신분에서 물러나 강산을 벗삼고 자녀들과 여생을 즐겼다네. 방백천(方百川)·영고(靈皐) 두 선생은 모려의 문하에서 배출되어 그 문장을 배웠으나 생각을 지나치게 가다듬었지. 그러나 하나같이 원망의 말들이고, 종이마다 처량한 분위기가 가득했다네. 결국 백천은 일찍 세상을 떴고 영고는 늦게서야 뜻을 이루었으니 그 기구함이나 고생 또한 오죽했겠는가. 이는 모두 그 [생각이 지나쳤던] 문장의 필연적인 소치인 게야. 아우는 문장을 지을 때 반드시 봄 강의 멋진 경지를 생각하고 선배들의 아름다운 구절을 중시하여 사람들 마음과 눈을 즐겁게 할 수 있어야 하네. 그러면 자연히 과거 합격에 이롭고 복록도 넉넉히 누릴 수 있을 것이네.

어떤 이가 내게 "선생께서는 문장을 논하실 때는 늘 생기발랄이며, 고아·심오며, 초탈·기이(奇異)며, 담백·심원(深遠) 등을 말씀하시더니 어찌 갑자기 이처럼 아름다운 언어를 거론한단 말입니까?" 하고 묻는다면, 나는 이렇게 대답하겠네. "문장을 논하는 것은 공정한 도리에 바탕을 둔 것이고, 자손에게 훈계하는 것은 사사로운 정에 의거한 것이오. 어찌 내 자손이 부귀를 누리고 장수하기를 바라지 않을 수 있겠소! 그러므로 한비(韓非)・상앙(商鞅)・조착(晁錯)의 문장은 가혹하고 각박하여 나는 자손들이 이를 배우기를 원치 않습니다. 저하남(褚河南)・구양솔경(歐陽率更)의 글은 괴팍하고 험준하여 또한 자손들이 이를 배우기를 원치 않습니다. 맹교(孟郊)는 차갑고 가도(賈島)는 메말랐으며, 이장길(李長吉)은 귀신의 말로 그 시가 교묘하지 않은 바는 아니나, 나는 자손들이 이를 배우기를 원치 않습니다. [이 생각은] 사사로운 정에서 나온 것인지라 결코 공정한 이치는 아니지요."

오늘, 허기백(許旣白)이 배를 빌려 누각 아래 묶어두고 강 풍경을 구경하면서 일창항(一戧港)을 유람하자고 초대했다네. 편지를 다 쓰고 나면 배에 올라 떠날 것이라네.

원문

儀眞縣江村茶社寄舍弟[1]

江雨初晴, 宿烟收盡, 林花碧柳, 皆洗沐以待朝暾; 而又嬌鳥喚人, 微風疊浪, 吳、楚[2]諸山, 靑葱明秀, 幾欲渡江而來. 此時坐水閣上, 烹龍鳳茶[3], 燒夾剪香[4], 令友人吹笛, 作落梅花[5]一弄, 眞是人間仙境也. 嗟乎! 爲文者不當如是乎! 一種新鮮秀活之氣, 宜場屋利科名, 卽其人富貴福澤享用, 自從容無棘刺. 王逸少、虞世南[6]書, 字字馨逸, 二公皆高年厚福. 詩人李白, 仙品也[7], 王維[8], 貴品也, 杜牧[9], 雋品也. 維、牧皆得大名, 歸老輞川、樊川, 車馬之客, 日造門下[10]. 維之弟有縉, 牧之子有荀鶴[11], 又復表表後人. 惟太白長流夜郞[12]. 然其走馬上金鑾, 御手調羹, 貴妃侍硯, 與崔宗之著宮錦袍遊遨江上, 望之如神仙, 過揚州未匝月, 用朝廷金錢三十六萬, 凡失路名流, 落魄公子, 皆厚贈之[13], 此其際遇何如哉! 正不得夜郞爲太白病. 先朝董思白[14], 我朝韓慕廬[15], 皆以鮮秀之筆, 作爲制藝[16], 取重當時. 思翁猶是慶、曆規模, 慕廬則一掃從前, 橫斜疎放, 愈不整齊, 愈覺妍妙. 二公並以大宗伯[17]歸老於家, 享江山兒女之樂. 方百川、靈皐[18]兩先生, 出慕廬門下, 學其文而精思刻酷過之; 然一片怨詞, 滿紙悽調. 百川早世, 靈皐晚達, 其崎嶇屯難亦至矣, 皆其文之所必致也. 吾弟爲文, 須想春江之妙境, 挹先輩之美詞, 令人悅心娛目, 自爾利科名, 厚福澤. 或曰: 吾子論文, 常曰生辣、曰古奧、曰離奇、曰淡遠, 何忽作此秀媚語? 余曰: 論文, 公道也, 訓子弟, 私情也. 豈有子弟而不願其富貴壽考乎! 故韓非、商鞅、晁錯[19]之文, 非不刻削, 吾不願子弟學之也; 褚河南、歐陽率更[20]之書, 非不孤峭, 吾不願子孫學之也; 郊寒島瘦, 長吉鬼語[21], 詩非不妙, 吾不願子孫學之也. 私也, 非公也. 是日許生旣白買舟繫閣下, 邀看江景, 幷遊一戲港. 書罷, 登舟而去.

역주

1 儀眞縣: 지금의 江蘇省 儀徵市.

2 吳、楚: 지금의 長江 중·하류 남쪽 지역 일대. 여기서는 근처의 長江 주위를 가리킴.

3 龍鳳茶: 龍鳳 모양으로 만든 고급 차.

4 夾剪香; 여러 가지 향료를 배합해 만든 전병.

5 落梅花: 漢代 악부 橫吹曲의 한 가지. 「梅花落」이라고도 한다.

6 王逸少、虞世南: 逸少는 東晉 저명한 서예가 王羲之(307~365)의 字. 해서·행서·초서의 각 서체를 완성하여 예술로서의 서예의 지위를 확립함으로써 고금의 첫째가는 書聖으로 존경받고 있다. 虞世南(558~638)은 唐代 서예가. 왕희지 서법을 익혀 歐陽詢·楮遂良과 함께 唐初 3대가로 일컬어지며, 특히 楷書의 일인자로 평가된다. 「공자묘당비(孔子廟堂碑)」가 유명하다.

7 李白: 701~762. 자는 太白. 호는 靑蓮居士. 杜甫와 함께 '李杜'로 병칭되는 중국 최대의 시인으로, 흔히 詩仙이라 불린다.

8 王維: 699?~759. 자 摩詰. 唐代 자연시인의 대표. 시는 산수·자연의 청아한 정취를 노래하고, 그림 쪽에서는 산수화에 뛰어났다. 관직이 尙書右丞이란 높은 지위까지 이르렀기에 본문에서 '貴品'이라 한 것 같다.

9 杜牧: 803~853. 晚唐 시인. 자는 牧之, 호는 樊川이다. 李商隱과 더불어 '李杜'로 병칭되며, 작품이 杜甫와 비슷하다 하여 小杜로도 불린다.

10 歸老輞川、樊川: 왕유는 은퇴 후 장안 부근의 輞川에 별장을 짓고 지냈는데, 王昌齡 등 문객이 자주 찾았다. 두목도 고향 樊川에 별장을 마련해 지냈다.

11 維之弟有縉, 牧之子有荀鶴: 왕유의 아우 王縉(700~781)은 '安史의 난' 평정에 공을 세워 벼슬이 올랐고, 杜牧의 아들 杜荀鶴(846~907)은 한미한 출신으로 여러 차례 과거에 낙방하다가 당시 세력가이자 후에 後梁 건국 황제가 된 朱溫을

칭송하는 시로 高官에 올랐다.

12 太白長流夜郎 : 『唐書·李白傳』에 의하면, 이백은 永王 李璘과 연루되어 夜郎(지금의 貴州 일대)으로 유배가게 되었고, 도중에 사면되어 돌아왔다.

13 走馬上金鑾 …… 皆厚贈之 : 李陽冰 『草堂集序』에 따르면, 이백이 長安에 이르자 당 현종은 七寶床에 음식을 내리고, 친히 국간을 맞춰 식사하게 했다 한다. 또한, 『唐書』 本傳에 "황제께서 금을 내려 돌아오게 했다. …… 일찍이 달밤에 최종지와 더불어 채석에서 금릉까지 갔는데 궁정 비단 도포를 입고 배 안에 방약무인의 모습으로 앉아 있었다[帝賜金還. …… 嘗乘舟與崔宗之自采石至金陵, 著宮錦袍坐舟中, 傍若無人]"는 내용과, 李白 「上安州裵長史書」에 "이전에 동으로 維揚을 유람할 때 일 년도 못되어 삼십 여 만 냥을 써버렸는데, 어려운 처지의 귀공자들을 두루 구제해 주었답니다[曩昔東遊維揚, 不逾一年, 散金三十餘萬. 有落魄公子, 悉接濟之]"는 내용이 보인다.

14 董思白 : 명말의 저명한 서화가 董其昌(1555~1636). 思白은 그의 호. 『畵禪室隨筆』에서 南宗畵를 北宗畵보다 더 정통적인 화풍으로 여긴다는 尙南貶北論을 주창했다.

15 韓慕廬 : 청대 韓菼. 자는 元少, 별호는 慕廬이다. 집안이 가난했으나 학문에 힘써 문장으로 이름이 있었다.

16 制藝 : 명·청 시대 과거시험 문장인 八股文.

17 大宗伯 : 周代에 제사·전례를 맡아 보던 벼슬. 후대 禮部尙書에 해당된다.

18 方百川、靈皐 : 方百川은 청대 桐城人으로 이름은 方舟(1665~1701), 호가 百川이며, 팔고문으로 유명했다. 靈皐는 方舟의 아우 方苞(1668~1749)의 호, 桐城古文派의 창시자이다.

19 韓非、商鞅、晁錯 : 韓非(B.C. 280?~B.C. 233)는 전국시대 법가의 대표적 인물. 商鞅(?~B.C. 338)은 춘추시기 衛나라 사람으로 秦 孝公의 변법을 도왔다. 晁錯(B.C. 200?~B.C. 154)은 西漢 文帝·景帝 때 인물로, 제후 세력의 약화를 적극 주장했다. 이 세 사람은 모두 논변에 뛰어났지만, 비명에 죽었다.

20 褚河南、歐陽率更 : 두 사람 모두 唐代의 유명한 서예가. 褚河南은 唐初의 大臣이자 서예가인 褚遂良(596~658 또는 659), 자는 登善이고, 錢塘 사람이다. 太宗 때 관직이 中書令에 이르렀고, 高宗 즉위 후 河南郡公에 봉해졌기에 '褚河南'이라 부른다. 그 서법은 二王(羲之·獻之)과 歐(陽詢)·虞(世南)의 뒤를 이어 새로운 지평을 열었다고 평가된다. 歐陽率更은 唐代 서예가 歐陽詢(557~641), 湖南 臨湘 사람이다. 일찍이 太常博士·太子率更令 등을 맡았기에 '歐陽率更'이란 지칭이 있게 되었다. 이상 褚河南·歐陽詢 두 사람과 虞世南·薛稷 등을 병칭해 흔히 '唐初四大書家'로 부른다.

21 郊寒島瘦, 長吉鬼語 : 중당 시인 孟郊(751~814)와 賈島(779~843)의 시 풍격은 '淸冷瘦硬'이란 특징 때문에 '郊寒島瘦'로 병칭되며 '苦吟'으로 유명하다. 長吉은 중당 시인 李賀(790~816)의 字, '奇詭冷艶'한 시 풍격 때문에 흔히 '詩鬼'·'鬼才'라 불린다.

해제

雍正 13년(1735), 다음 해에 있을 會試를 준비하기 위해 鎭江 焦山에서 공부할 때 아우에게 보낸 편지이다. 판교의 학생으로 여겨지는 許旣白이 그를 강 유람에 초대했을 때 배에 오르기 전 강촌의 찻집에서 쓴 것으로, 이 편지에서 판교는 문예의 풍격이 그 사람의 운명과 관련된다는 점을 지적하며 아름답고 유려한 문장을 써야 과거급제에 용이하니 아우가 문장 쓸 때 이 점에 유의하기를 당부하고 있다.

1.4 초산 별봉암에서 비오는 날 일이 없어 아우 묵에게焦山別峯庵雨中無事書寄舍弟墨

진시황이 책을 불태웠는데 공자 역시 책을 불태웠다네. [이전의] 글을 정리하면서 요(堯)·순(舜)시대부터 잘라 기록했으니, 그렇다면 요·순 이전의 것은 공자가 구했어도 불살라버렸던 것이라네. 시 삼천 편 가운데 삼백십일 편만 남겼으니 나머지 이천육백팔십구 편은 구했어도 불살라버린 셈이지. 공자는 그것들이 태워버릴 만한 것이기에 태웠던 것일 테니, 결국 재로 사그라져 더 이상 보존되지 못했지. 그러나 보존된 것들은 경전이 되어 [공자는] 존중받고 그 이치는 널리 퍼져 후세 천하의 법이 되었다네. 진시황은 그 마음이 호랑이나 이리처럼 잔악하고, 그 성품이 벌이나 전갈 같아 경전을 불사르고 성인을 없애 하늘의 눈[天眼]을 도려내고 사람들 마음을 흐려놓고자 했다네. 그런 까닭에 그 자신은 죽고 종실은 망하고 나라는 멸망하였지만, 오히려 남겨진 경전은 다시 [세상에] 드러나게 되었지. 진시황의 불태움은 그야말로 공자의 불태움과는 같지 않은 것이라네.

한대 이래로 책을 구하고 짓는 일을 이루어내지 못할까 봐 하나같이 급급했다네. 위·진 이후 당·송 때까지 책을 짓는 이는 수 천 수 백에 이르렀지. 허나 그 중에는 음풍농월의 글, 이치를 어지럽히고 도의를 상하게 하는 작품이 부지기수였으니, 매번 진시황이 나타나 이것들을 불살라버리지 않음을 한탄할 지경이었네. 그렇다고 또한 꼭 그래야만 했던 것은 아니라네. 그런 책들은 진시황이 불사를 필요도 없이 장차 저절로 불살라질 것이기 때문이네. 옛날 구양영숙(歐陽永叔 : 歐陽脩)이 [궁중의] 비각(祕閣)에서 독서할 때 수 천 수 만 권 서적을 보았는데 모두가 곰팡이 슬고 너덜너덜해져서 정리할 도리가 없었다네. 또한 서목 수십 권이 있었으나 그것마저 이미 문드러져버린 채 그저 몇 권만 보존되고 있을 뿐이었지. 저자 이름을 전혀 알아볼 수 없었고, 책이름도 하나도 보이지가 않았네. 무릇 구양 선생께서 박학하지 않은 게 아니었고, 비각에 보관될 수 있었던 그 책들 또한 필시 무명인의 것은 아니었겠지. 그런데도 목록 여러 권 중에서 끝내 저자 한 명, 책 한 권도 알아볼 수가 없었으니, 이것이야말로 [저자나 책들이] 제 스스로 태워서 없애버린 게 아니고 무엇이란 말인가? 새삼 타인이 불 들고 오기를 기다릴 필요가 뭐 있었겠는가? 근래 보존된 한·위·진 총서나 당·송 총서, 『진체비서(津逮秘書)』, 『당류함(唐類函)』, 『설부(說郛)』, 『문헌통고(文獻通考)』, 두우(杜佑)의 『통전(通典)』, 정초(鄭樵)의 『통지(通志)』 같은 것들은 모두가 권책(卷冊) 분량이 실로 방대하여 다시 간행할 수가 없는 것들인데, 수백 년을 지나며 전란을 거치다 보면 십중팔구가 소실될 것이라네. 유향(劉向)의 『설원(說苑)』과 『신서(新序)』, 『한시외전(韓詩外傳)』, 육가(陸賈)의 『신어(新語)』, 양웅(揚雄)의 『태현(太玄)』과 『법언(法言)』, 왕충(王充)의 『논형(論衡)』, 채옹(蔡邕)의 『독단(獨斷)』 등은 모두 한대 유학자들의 빼어난 저작들이지. 허나 일부 자잘한 도리들을 담고 있다 할지라도 저 육경(六經)에 비하자면 여전히 쉬파리 소리 같을 따름이니, 그 어찌 하늘을 운행하는 해와 달, 땅을 관통하는 장강과 황하가 될 수 있겠는가! 아우는 독서할 때 사서(四書) 위에 육경(六經)이 있고, 육경 아래 『좌전(左傳)』·『사기(史記)』·『장자(莊子)』·『이소(離騷)』·가의(賈誼)·동중서(董仲舒)의 『책략(策略)』, 제갈량(諸葛亮)의 『표장(表章)』, 한유(韓愈)의 문장과 두보(杜甫)의 시가 있을 뿐임을 알아야 하네. 이러한 책들만 가지고도 평생토록 읽어도 다 읽지 못하고, 죽을 때까지 받아들여도 끝나지 않는다네. 『이십일사(二十一史)』와 같이 한 조대의 일을 기록한 책들의 경우, 결코 등한시해서는 안 되겠지. 그러나 위수(魏收)의 더러운 책, 송자경(宋子京)의 『신당서(新唐書)』는 간략하고 생기도 없으며, 탈탈(脫脫)의 『송서(宋書)』는 쓸데없이 길고 번잡하다네. 그러니 이것들이 어찌 한유의 문장이나 두보의 시처럼 인구에 회자될 수 있기를 바라겠는가! 이것이 이른바 [다른 사람이] 태우지 않아도 [저절로] 태워진다는 이치니, 진시황의 재로 될까 두려워하기도 전에 결국 공자의 불길 속으로 들어가고 만다는 것이네. 육경의 문장이야말로 지극하고도 완전한 것이지. 하지만 그런 지극함 중에서도 한층 지극한 것을 담아 혼융·성대하고 광대하며 정밀·오묘하면서도 오히려 집안의 일용이 되는 것이 있으니 바로 [『상서(尙書)』의] 「우공(禹貢)」·「홍범(洪範)」, [『예기(禮記)』의] 「월령(月令)」, [『시경(詩經)』의] 「칠월엔 대화성(大火星)이 기울고[七月流火]」 등과 같은 작품들이라네. 마땅히 시시각각 따져 생각하고 관통하여 한 순간도 멀리해서는 아니 될 것이네. 장횡거(張橫渠)의 「서명(西銘)」 한 편은 육경을 이어 우뚝 지어졌으니, 오호라, 참으로 빼어난 것일세.

옹정(雍正) 십삼년 오월이십사일, 형 씀.

원문

焦山別峯庵雨中無事書寄舍弟墨

秦始皇燒書, 孔子亦燒書. 刪書斷自唐、虞[1], 則唐、虞以前, 孔子得而燒之矣. 詩三千篇, 存三百十一篇, 則二千六百八十九篇, 孔子亦得而燒之矣.[2] 孔子燒其可燒, 故灰滅無所復存, 而存者爲經, 身尊道隆, 爲天下後世法. 始皇虎狼其心, 蜂蠆其性, 燒經滅聖, 欲剜天眼[3]而濁人心, 故身死宗亡國滅, 而遺經復出[4]. 始皇之燒, 正不如孔子之燒也. 自漢以來, 求書著書, 汲汲每若不可及. 魏、晉而下, 迄於唐、宋, 著書者數千百家. 其間風雲月露之辭, 悖理傷道之作, 不可勝數, 常恨不得始皇而燒之. 而抑又不然, 此等書不必始皇燒, 彼將自燒也. 昔歐陽永叔讀書祕閣中[5], 見數千萬卷, 皆黴爛不可收拾, 又有書目數十卷亦爛去, 但存數卷而已. 視其人名皆不識, 視其書名皆未見. 夫歐公不爲不博, 而書之能藏祕閣者, 亦必非無名之子. 錄目數卷中, 竟無一人一書識者, 此其自焚自滅爲何如! 尙待他人擧火乎? 近世所存漢、魏、晉叢書, 唐、宋叢書[6], 津逮祕書, 唐類函, 說郛, 文獻通考, 杜佑通典, 鄭樵通志之類[7], 皆卷冊浩繁, 不能翻刻, 數百年兵火之後, 十亡七八矣. 劉向說苑、新序, 韓詩外傳, 陸賈新語, 楊雄太玄、法言, 王充論衡, 蔡邕獨斷[8], 皆漢儒之嬌嬌者也. 雖有些零碎道理, 譬之六經[9], 猶蒼蠅聲耳, 豈得爲日月經天, 江河行地哉! 吾弟讀書, 四書[10]之上有六經, 六經之下有左、史、莊、騷, 賈、董策略[11], 諸葛表章[12], 韓文杜詩[13]而已, 只此數書, 終身讀不盡, 終身受用不盡. 至如二十一史[14], 書一代之事, 必不可廢. 然魏收穢書[15]、宋子京新唐書[16], 簡而枯; 脫脫宋書[17], 冗而雜. 欲如韓文杜詩膾炙人口, 豈可得哉! 此所謂不燒之燒, 未怕秦灰, 終歸孔炬耳. 六經之文, 至矣盡矣, 而又有至之至者 : 渾淪磅礴[18], 闊大精微, 却是家常日用, 禹貢、洪範、月令、七月流火[19]是也. 當刻刻尋討貫串, 一刻離不得. 張橫渠西銘一篇[20], 巍然接六經而作, 嗚呼休[21]哉! 雍正十三年五月廿四日, 哥哥字.

역주

1 刪書斷自唐、虞 : 唐、虞는 고대 전설 속의 두 聖王 堯와 舜을 가리킨다. 堯는 姓은 伊祁, 名은 放勳, 唐 지역을 다스렸기에 '唐堯'라 부른다. 舜은 號가 虞氏, 姓은 姚, 名은 重華, 다스린 國名이 '虞'이기 때문에 虞舜이라 부른다. 일설에

『尙書』는 공자가 상고 문헌에 의거해 편수했다고 전하는데 『堯典』·『舜典』에서 시작해 『泰誓』에서 끝난다. 이처럼 堯·舜 이전의 자료는 들어있지 않기에 '刪書斷自唐、虞'라 말한 것이다.

2 詩三千篇, 存三百十一篇, 則二千六百八十九篇, 孔子亦得而燒之矣 : 『史記·孔子世家』에서 『詩經』은 원래 삼천 여 편이었으나 공자가 삼백오 편으로 정리했다고 하여 이른바 '孔子刪詩說'을 제기한 이래, 후대에 계속 찬반 논의가 이어졌다. 현재는 이를 부정하는 것이 학계의 대세이다.

3 天眼 : 대개 日月의 비유로 쓰이지만, 여기서는 '天道를 밝히는 광명정대한 눈'이라는 뜻.

4 遺經復出 : 秦의 焚書坑儒가 있고 난 후 漢代 초기에 유생들의 口述 傳授로 경서를 복원한 것을 말한다. 이렇게 이루어진 것이 이른바 '今文經'이다. 후에 선진 고문자로 된 장서, 즉 '古文經'이 발견되자 '古今文經' 논의가 이어졌다.

5 昔歐陽永叔讀書祕閣中 : 歐陽永叔은 歐陽修(1007~1072), 자 永叔, 호 醉翁·六一居士, 吉州 永丰(지금의 江西省 吉安市 永丰縣) 사람. 北宋의 저명한 정치가, 문학가. 祕閣은 진귀한 도서를 소장, 관리하는 궁중 도서관.

6 漢、魏、晉叢書, 唐、宋叢書 : 명대 출간된 漢魏 著作 총서인 『漢魏叢書』는 그 안에 晋·梁·陳·隋 시기 저작도 일부 들어 있기에 판교는 漢、魏、晉叢書라 표현한 듯하다. 萬曆 20년(1592) 程榮이 子目 38종, 251권으로 편찬했고, 이를 이어 何允中이 『廣漢魏叢書』 76종을 출간한 후, 청 乾隆 56년(1791) 王謨(1731?~1817)가 『增訂漢魏叢書』 86종, 448권으로 확대했다. 『唐宋叢書』는 明 鐘人傑이 唐宋 서삭 103種을 168卷으로 편찬한 총서나.

7 唐類函, 說郛, 文獻通考, 杜佑通典, 鄭樵通志之類 : 『津逮祕書』 : 명 崇禎 연간 毛晉(1599~1659) 刻, 752권, 수록 서적 144종. 『唐類函』 : 명 萬曆 연간 俞安期가 『藝文類聚』·『初學記』 등을 모아 정리 편찬. 『說郛』 : 송말 원초 陶宗儀(1329~1412?) 輯刻, 100권, 漢魏에서 宋元의 책 600여 종을 수록. 『文獻通考』 : 원대 馬端臨(1254~1323) 편찬, 348권, 상고에서 남송까지 역대 典章제도의 연혁을 기록. 杜佑 『通典』 : 당 杜佑(735~812) 편찬, 200권, 상고에서 당 天寶 연간까지의 전장제도의 연혁을 기록. 鄭樵 『通志』 : 남송 鄭樵(1104~1162) 편찬, 200권, 三皇에서 隋까지의 통사.

8 劉向說苑、新序, 韓詩外傳, 陸賈新語, 楊雄太玄、法言, 王充論衡, 蔡邕獨斷 : 劉向『說苑』、『新序』 : 서한 劉向(B.C. 77?~B.C. 6) 撰, 역대 佚事를 채록해 편찬. 『韓詩外傳』 : 서한 韓嬰 撰, 역사 遺文을 인용해 『詩經』을 해석. 陸賈 『新語』 : 서한 陸賈(B.C. 240?~B.C. 170) 撰, 『春秋』 『論語』의 대의를 밝힘. 楊雄 『太玄』、『法言』 : 楊雄(B.C. 53~18)이 『易經』 『論語』를 모방해 쓴 책. 王充 『論衡』 : 동한 王充(27~97?)의 철학서. 蔡邕 『獨斷』 : 동한 蔡邕(133~192)의 예악 제도에 관한 책.

9 六經 : 『詩經』·『尙書』·『儀禮』·『樂經』·『周易』·『春秋』 등 유가의 여섯 경전. 이 가운데 『樂經』은 失傳되어 대개 "五經"을 든다.

10 四書 : 『大學』·『中庸』·『論語』·『孟子』 등 유가의 네 경전. 송 朱熹의 『四書集注·朱熹集注』에서 시작된 표현이다.

11 左、史、莊、騷, 賈、董策略 : 左는 左丘明(B.C. 502?~B.C. 422?)이 편찬했다는 『春秋左傳』. 史는 서한 司馬遷(B.C. 145 또는 135~B.C. 87?)이 편찬한 『史記』, 莊은 전국 시대 莊子의 『莊子』, 騷는 전국 시대 屈原의 『離騷』. 賈는 서한 賈誼(B.C. 200~B.C. 168), 董은 董仲舒(B.C. 170 ?~B.C. 120 ?). 賈誼에게는 그의 政論을 담은 『新書』 58편이 전하고, 董仲舒는 당시의 大儒로 유학 존숭에 큰 영향을 끼친 政論을 펼쳤다.

12 諸葛表章 : 諸葛은 삼국 시대 蜀漢의 정치가 諸葛亮(181~234). 자 孔明, 호 臥龍, 徐州 琅琊 陽都(지금의 山東 臨沂市 沂南縣) 사람. 劉備 사후 後主에게 올린 「前後出師表」가 빼어난 산문으로 유명하다.

13 韓文杜詩 : 韓文은 당대 고문운동을 이끌었던 韓愈(768~824)의 산문, 杜詩는 당대 사회시로 유명한 杜甫(712~770)의 시를 가리킨다.

14 二十一史 : 명 萬曆 연간 國子監에서 宋·遼·金·元 4史와 송 英宗 때 刊刻한 十七史를 合刻해 '二十一史'라 불렀다.

15 魏收穢書 : 魏收(507~572)는 北齊 사학가. 조정의 명에 의해 『魏書』를 편수하면서 개인적 恩怨 관계의 사적을 다수 끼어 넣은 탓에 '穢書'라 비판한 것이다.

16 宋子京新唐書 : 宋子京은 북송 문학가이자 사학자인 宋祁(998~1061). 자 子京, 安州安陸(지금의 湖北 安陸) 사람. 歐陽修 등과 함께 『新唐書』를 찬수했다.

17 脫脫宋書 : 脫脫(1314~1355)은 元末 정치가. 托克托·脫脫帖木兒라고도 표기하며, 자 大用, 蒙古族 蔑兒乞 사람. 元 至正 3年(1343年) 『遼史』·『宋史』·『金史』 등 史書를 주편했다.

18 渾淪磅礴(혼윤방박) : 渾淪 : 자연스럽고 질박하다. 磅礴 : 기세가 드높다. 충만하다.

19 禹貢、洪範、月令、七月流火 : 「禹貢」·「洪範」은 『尙書』의 편명. 月令은 『禮記』의 편명. 七月流火는 『詩經·豳風·七月』을 가리킨다.

20 張橫渠西銘一篇 : 張橫渠는 북송 철학자 張載(1020~1077), 陝西 橫渠 사람이다. 「西銘」은 원래 『正蒙·乾稱篇』 중의 일부분이었는데, 張載가 그것을 따로 적어 학당 창문 오른쪽에 걸어두고 「訂頑」이라 하였다. 훗날 성리학자 程頤가 「西銘」이라는 독립된 篇名으로 고쳐 불렀다. 張載는 「西銘」에서 "백성은 내 동포요, 사물은 내 동료다[民吾同胞, 物吾與也]"라고 하였는데, 후에 二程(程顥·程頤)가 「河南程氏遺書」에서 "맹자 이후로 이 분에 미칠 수 있는 사람이 없다[孟子以後, 未有人及此]"고 그를 칭송한 바 있다. 이 '民胞物與' 사상은 鄭板橋에게도 적지 않은 영향을 끼쳤는데, 이 글에서 극찬한 것 외에도 「6.4.1 대나무 그림에 적은 글 67종[題畫竹六十七則]」에 "「서명」에 이런 말 있지 않았나, 만물은 모두 다 동포라고[『西銘』原有說, 萬物總同胞]"라는 대목이 보인다.

21 休 : 멋지다. 아름답다.

해제

이 편지 역시 雍正 13년(1735) 會試를 준비하기 위해 鎭江 焦山에서 공부할 때 쓴 것이다. 이 시기는 판교의 창작과 사상이 한창 무르익은 때로서, 논의하는 내용도 기개와 개성이 넘친다. 이 편지에서 판교는 독서할 때 어떤 서적, 문장을 취사선택해야 할 것인가를 논하며, 구체적 실례를 들어 제시하고 있다.

1.5 초산 쌍봉각에서 아우 묵에게焦山雙峯閣寄舍弟墨

학가장(郝家莊)에 묘지터 한 자락이 있었는데, 가격이 열두 냥이었지. 선친께서 일찍이 그것을 사두려고 하셨지만 그 터 안에 주인 없는 외로운 무덤 하나가 있어 파내야 할 상황이었다네. 선친께서 말씀하시기를, "안타깝구나, 다른 사람의 무덤을 파내고 거기에 자기 무덤을 쓰는 법이 어디 있겠는가!" 하시고는 마침내 [살 생각을] 버리셨지. 그러나 우리 집안에서 사지 않는다 해도 분명 다른 사람이 사게 될 것이니, 그렇게 되면 그 무덤은 결국 보존될 수 없겠지. 난 학씨네 아우에게 편지를 써서 그 땅이 어떻게 되었는지를 알아보고, 아직 팔리지 않았다면 열두 냥을 부쳐 우리 부부의 장지로 사달라고 할 생각이네. 그 무덤은 그 자리에 남겨둔 채 장지의 동반자로 삼을 것이니, 이를 비석에 새겨 자손에게 알려 앞으로도 없애지 않게 하려 하네. 이 어찌 선친의 진실되고 온후한 도의를 한층 도탑게 하는 일이 아니겠는가! 풍수 선생의 얘기야 또한 어디 믿을 게 있겠는가. 우리들이 마음을 쓸 때 언제든지 각박함을 버리고 후덕함을 간직한다면, 설사 풍수가 나쁘다 하더라도 분명 좋은 땅으로 바뀔 것인즉, 이는 결코 변함없을 이치라네. 후대 자손들이 청명절에 묘지를 찾을 때 그 무덤에도 제사를 올리도록 하고, 술 한 잔, 닭 한 마리, 밥 한 그릇, 지전(紙錢) 백 냥을 [마련할 것을] 관례로 삼으라고 적어두어야 하겠네.

옹정(雍正) 십삼년 유월 십일, 형 씀.

원문

焦山雙峯閣寄舍弟墨

郝家莊有墓田一塊, 價十二兩, 先君曾欲買置, 因有無主孤墳[1]一座, 必須刨去. 先君曰:『嗟乎! 豈有掘人之塚以自立其塚者乎!』遂去之. 但吾家不買, 必有他人買者, 此塚仍然不保. 吾意欲致書郝表弟[2], 問此地下落, 若未售, 則封去十二金, 買以葬吾夫婦. 卽留此孤墳, 以爲牛眠[3]一件, 刻石示子孫, 永永不廢, 豈非先君忠厚之義而又深之乎! 夫堪輿家[4]言, 亦何足信. 吾輩存心, 須刻刻去澆存厚, 雖有惡風水, 必變爲善地, 此理斷可信也. 後世子孫, 清明上塚, 亦祭此墓, 卮酒、隻鷄、盂飯、紙錢百陌[5], 著爲例.

雍正十三年六月十日, 哥哥寄.

역주

1 孤墳: 연고가 없는 무덤.
2 郝表弟: 판교 계모의 성이 郝씨이니, 아마 계모의 조카를 가리키는 것 같다.
3 牛眠: 葬地의 별칭. 『晉書·周訪傳』附周光: "처음 陶侃이 이름 없을 때 부친상을 당해 장사를 지내려는데 집안에서 갑자기 소를 잃어 간 곳을 알 수 없었다. 한 노인을 만났는데 그가 말하기를, '앞에 있는 나무에서 소 한 마리가 산구덩이에서 자고 있는 것을 보았는데 그 땅을 장지로 삼는다면 (후손의) 지위가 가장 높은 관직에까지 이를 것이다'라고 했다.[初, 陶侃微時, 丁艱, 將葬, 家中忽失牛而不知所在. 遇一老父, 謂曰: 前樹見一牛眠山汚中, 其地若葬, 位極人臣矣]."
4 堪輿家: 風水 선생.
5 陌: 100文의 돈. 여기서 紙錢은 저승길의 노잣돈인 冥錢을 가리킨다.

해제

이 편지 역시 雍正 13년(1735) 會試를 준비하기 위해 鎭江 焦山에서 공부할 때 쓴 것이다. 그가 장지로 구입하려는 터에 있는 주인 없는 묘의 처리 방식을 말하는 과정에서 '仁義'에 대한 독특한 시각이 드러난다.

1.6 회안 배 안에서 아우 묵에게淮安舟中寄舍弟墨

남을 사랑하는 사람은 자신도 사랑스럽게 여기며, 남을 혐오하는 사람은 자신 또한 혐오스럽게 여긴다네. 동파(東坡)는 일생 동안 세상에 좋지 않은 사람은 없다고 생각했는데, 이게 그의 가장 큰 장점이지. 이 어리석은 형은 평생 함부로 욕하고 무례하게 행동했다네. 그렇긴 하지만 사람마다 누구나 뛰어난 재주 한 가지나 기술 한 가지가 있고, 행동 하나 말 한 마디라도 아름다울 때가 있으니 혀를 내두르며 칭찬하지 않은 적이 없다네. 자루 안 수 천금을 손길 닿는 대로 다 나누어주는 것은 사람을 아끼기 때문이지. 부족한 것이 있을 때나 재난이나 위험에 처했을 때는 왕왕 다른 사람의 도움을 받기도 하는 법이네. [그러나] 나는 남 욕하기를 좋아하고, 특히 수재(秀才)를 욕하기 좋아했지. 곰곰이 생각해 보면, 수재의 병폐는 한사코 마음을 활짝 열어젖히지 못하는 것이라네. 만일 활짝 열어젖힌다면 그 또한 수재가 아닐 것이지. 거기다가 내가 특별히 더 수재를 욕해대니 [그들로서는] 억울하고 원통할 일이겠지. 요즘 같은 세상에 과연 누가 마음을 그리 넓게 열어젖힐 수 있겠는가? 나이는 들어가고 몸도 외로워지니 마땅히 지나친 말을 삼가야겠지. 사람을 사랑하는 것은 좋은 일이고, 사람을 욕하는 것은 좋지 않은 일. 동파가 이로 인해 비판을 받았다는데, 하물며 이 판교는 어떻겠는가! 아우 또한 수시로 나에게 충고해주게나.

원문

淮安舟中寄舍弟墨

以人爲可愛, 而我亦可愛矣; 以人爲可惡, 而我亦可惡矣. 東坡一生覺得世上沒有不好的人[1], 最是他好處. 愚兄平生漫罵無禮, 然人有一才一技之長, 一行一言之美, 未嘗不嘖嘖[2]稱道. 槖中數千金, 隨手散盡, 愛人故也. 至於缺阨欹危[3]之處, 亦往往得人之力. 好罵人, 尤好罵秀才[4]. 細細想來, 秀才受病, 只是推廓不開, 他若推廓得開, 又不是秀才了. 且專罵秀才, 亦是冤屈. 而今世上那箇是推廓得開的? 年老身孤, 當愼口過. 愛人是好處, 罵人是不好處. 東坡以此受病[5], 況板橋乎! 老弟亦當時時勸我.

역주

1 東坡一生覺得世上沒有不好的人 : 東坡는 북송의 저명한 문인 蘇軾(1037~1101), 자는 子瞻 또는 和仲, 호는 東坡居士 또는 雪堂·端明·眉山謫仙客·笑髥卿·赤壁仙 등. 宋 高文虎 『蓼花洲閑錄』에서 "소동파는 천하의 선비를 두루 좋아해 못난 사람들도 똑같이 좋아했다. 그가 일찍이 말하길 '위로는 옥황상제를 모실 수 있고 아래로는 시골 거지와도 함께 할 수 있다'고 했다. (아우) 蘇轍이 [듣고] 한 동안 말이 없다가 동파에게 상대를 골라 교유하라는 경계의 말을 한 적이 있었다. 이에 동파가 대답하기를 '내 눈에 천하에는 좋지 않은 사람이 하나도 없다'고 했다.[蘇子瞻泛愛天下士, 無賢不肖歡如也. 嘗言 : '自上可以陪玉皇大帝, 下可以陪田院乞兒.' 子由晦默少許可, 嘗戒子瞻擇交. 子瞻曰 : '吾眼見天下無一不好人.']"(『說郛』 卷四十一)

2 嘖嘖(책책) : 경탄 또는 조소로 혀를 차는 소리.

3 缺阨欹危(결액의위) : 힘들고 곤궁하거나 위험한 상태.

4 秀才 : 漢代 이래 科名 중의 하나였으나 명·청조에 이르러서는 주로 縣學에 입학한 '生員'을 가리켰다.

5 東坡以此受病 : 東坡는 벼슬길이 순탄치 않고 여러 차례 유배길에 올라야 했는데, 판교는 이를 그가 성격이 솔직해서 할 말이 있으면 다 하고, 시를 쓸 때도

다른 사람을 올리거나 깎아내리기 즐겨한 탓으로 본 것이다.

해제

이 편지는 乾隆 6년(1741), 판교가 49세 되던 해 가을 9월 缺席된 관직에 들어가고자 揚州에서 수도로 가는 도중 淮安을 지날 때 쓴 것이다. 이때는 그가 進士가 된 지 5년이 지난 시기였다. 그런 배경에서 보자면, '愛人'을 말하면서 '秀才'의 병폐를 거론하고, 그런 수재의 모습을 痛罵해 온 자신의 지금까지의 언행을 반추하는 내용에서 새로운 생활, 관직으로 나아가는 작자의 마음가짐이 느껴진다.

1.7 범현 관아에서 아우 묵에게范縣署中寄舍弟墨

사찰의 조상 묘소는 동문(東門) 일가의 공동 소유로, 나는 부모님 장지가 없었기에 그 모퉁이에 모셨던 것이라네. 풍수에 맞았는지 진사가 되고 관직에 있는 몇 해 동안 별 탈이 없었지. 그러나 이는 여러 사람들의 부귀와 복록을 나 한 사람이 빼앗은 격이니 마음이 어찌 편했겠는가? 불쌍한 우리 동문 사람들은 고기 잡고 새우 건지며, 상앗대질도 하고 그물도 짜서 생활한다네. 쓰러져가는 집에서 겨나 기울을 먹거나 보리죽을 홀짝거리며, 마름 같은 물풀 잎이나 줄기 끝이며 꼭대기를 끊어다가 끓이고, 메밀개떡이라도 곁들이면 그야말로 맛있는 음식으로 여겨 어린 아이들이 서로 먹으려고 싸웠지. 매번 그 생각이 날 때마다 정말이지 눈물이 쏟아지려고 하네. 자네가 봉급을 가지고 남쪽으로 돌아가게 되면 집집마다 얼마씩 나눠주게나. 남문(南門)의 일가 여섯 집, 죽횡

항(竹橫港)의 일가 열여덟 집, 하전(下佃)의 일가 한 집은 집안으로는 먼 친척뻘이지만 한 혈통이니 당연히 나눠줘야 하네. 기린(麒麟) 작은 할아버님께서는 어찌 계신가? 아버지도 어머니도 없는 고아들은 마을에서 제일 멸시당하기 마련이니 마땅히 찾아가 위로해주고 살펴줘야 하네. 증조부로부터 우리 형제 4대 친척까지 오래 지나 서로 면식이 없는 사람들에게도 각각 두 냥씩을 보내 서로 사이를 이어나가야 앞으로도 왕래하기 좋을 걸세. 서종우(徐宗于)와 육백의(陸白義) 같은 사람들은 예전에 나와 함께 공부하던 벗으로, 조석으로 찾고 따르던 사이였네. 오래된 묘당에서 문장을 논하던 일이 아직도 기억나네. 무너진 회랑에 낙엽이 쏴아쏴아 굴러다니는데 이경 삼경이 되도록 헤어질 줄을 몰랐지. 때로는 돌사자 등허리에 올라타고 손짓 발짓 해가며 병법을 논하고 천하의 일을 마음껏 이야기했지. 하지만 지금은 다들 불우한 처지로 살고 있으니 그들에게도 또한 봉급을 나누어 옛날의 우정을 돈독히 해야 하겠네. 보통사람들은 대개 자신의 문장이나 학문이 뛰어나 과거에서 쉽게 이름을 날렸다고 여기면서, 그 모두가 요행인 것은 알지 못한다네. 내가 지금까지도 과거에 합격하지 못했다면 어디 가서 그 억울함을 털어놓겠는가. 어찌 그 일로 벗들에게 교만하게 대할 수 있단 말인가! 분중사람들에게 정답게 대하고, 친인척과 화목하고, 옛날에 사귀던 벗들을 생각해준다면 크게 헤아려야 할 일은 어느 정도 해낸 셈이네. 그 나머지 이웃사람들 도와주는 일은 자네가 잘 알아서 하게나. 금전을 남김없이 다 쓸 때까지 애써주기 바라네. 이 형이 더 이상 구구하게 말할 필요는 없겠지.

원문

范縣[1]署中寄舍弟墨

剎院寺祖墳, 是東門一枝[2]大家公共的, 我因葬父母無地, 遂葬其傍. 得風水力, 成進士, 作宦數年無恙. 是衆人之富貴福澤, 我一人奪之也, 於心安乎不安乎! 可憐我東門人, 取魚撈蝦, 撑船結網; 破屋中吃粃糠, 啜麥粥, 搴取荇葉蘊頭蔣角煮之, 旁貼蕎麥鍋餅, 便是美食, 幼兒女爭吵. 每一念及, 眞含淚欲落也. 汝持俸錢南歸, 可挨家比戶, 逐一散給; 南門六家, 竹橫港[3] 十八家, 下佃一家, 派雖遠, 亦是一脈, 皆當有所分惠. 麒麟小叔祖亦安在? 無父無母孤兒, 村中人最能欺負, 宜訪求而慰問之. 自曾祖父至我兄弟四代親戚, 有久而不相識面者, 各贈二金, 以相連續, 此後便好來往. 徐宗于、陸白義輩[4], 是舊時同學, 日夕相徵逐者也. 猶憶談文古廟中, 破廊敗葉飕飕[5], 至二三鼓不去;或又騎石獅子脊背上, 論兵起舞, 縱言天下事. 今皆落落未遇, 亦當分俸以敦夙好. 凡人於文章學問, 輒自謂己長, 科名唾手而得, 不知俱是徼倖. 設我至今不第, 又何處叫屈來, 豈得以此驕倨朋友! 敦宗族, 睦親姻, 念故交, 大數旣得; 其餘鄰里鄉黨, 相賙相恤[6], 汝自爲之, 務在金盡而止. 愚兄更不必瑣瑣矣.

역주

1 范縣 : 河南省 동북부 황하 중하류에 있는 지명으로, 山東省과 인접해 있다. 판교는 50세(乾隆 7년, 1742)되던 봄에 范縣 知縣(縣令)으로 관리 생활을 시작하여 이곳에서 5년을 보낸다.

2 東門一枝 : 「6.5 판교 자서(板橋自敍)」에서 "판교 거사는 성이 정(鄭), 이름이 섭(燮)이며, 양주(揚州) 홍화(興化) 사람이다. 홍화에는 '철 정(鐵鄭)'과 '당 정(糖鄭)', 그리고 '판교 정(板橋鄭)' 등 세 정씨가 있었다. 거사는 스스로 '판교 정'이란 이 명칭을 좋아했기에 세상 사람들은 모두 그를 '정판교(鄭板橋)'라 부르게 되었다.[板橋居士, 姓鄭氏, 名燮, 揚州興化人. 興化有三鄭氏, 其一爲『鐵鄭』, 其一爲『糖鄭』, 其一爲『板橋鄭』. 居士自喜其名, 故天下咸稱爲鄭板橋云]"고 했는데, 여기 '東門一枝'란 작자가 속한 '板橋鄭' 支派를 가리키는 것으로 보인다.

3 竹橫港 : 興化縣에 있는 마을.

4 徐宗于、陸白義 : 徐宗于에 관해서는 잘 알 수 없다. 陸白義는 이름이 駿, 자는 左軒으로, 江蘇 興化縣 사람이다. 서예가로 행서와 해서를 잘 썼고, 狂草에 정통했다 한다. 『興化縣志』·『揚州畫舫錄』 참고.

5 飕飕(수수) : 쏴아쏴아. 의성어.

6 相賙相恤(상주상휼) : 재물로 어려운 사람을 서로 돕다.

해제

판교는 50세(乾隆 7년, 1742) 되던 해 范縣 知縣으로 부임하며 관리생활을 시작했는데, 이 편지를 포함해 아래 몇 통의 편지는 이곳 관아에서 쓴 것이다. 관직에 들어가 봉록을 받는 처지이기 때문에 약간의 경제적 여유가 생긴 그는 고향의 아우에게 생활이 어려운 집안 친척은 물론, 옛날 친구에게까지 도움을 주라고 부탁한다. 그저 도리를 지키기 위해 형식적으로 그렇게 하려는 게 아니라, 자신의 진심을 담은 이 비용을 '다 쓸 때까지' 노력하라고 거듭 당부했다.

1.8 범현 관아에서 아우 묵에게 보내는 두 번째 편지范縣署中寄舍弟墨第二書

아우가 산 집은 오밀조밀하고 단단해 살기에 아주 좋겠더군. 다만 뜰이 너무 작아 쳐다볼 수 있는 하늘이 크지 않은 게 흠이야. 마음가짐을 드넓게 가지려는 형으로서는 살기에 마땅찮게 느껴졌네. 그 집에서 북쪽으로 앵무교(鸚鵡橋)까지는 백 걸음 정도이고, 앵무교에서 행화루(杏花樓)까지는 서른 걸음 밖에 되지 않는데, 그 좌우로 빈 땅이 아주 많다네. 젊었을 적 그 언저리에서 술을 마실 때, 황폐한 성, 제방 중간쯤 선 오래된 버드나무, 부서진 다리 아래 흐르는 물, 쓰러진 집 뜰에 그득한 꽃을 보며 남몰래 좋아하곤 했지. 금전 오만 냥이 있다면 널찍하게 그 땅 한 자락을 사두어 나중에 초가라도 한 채 올릴 텐데 하고 말야. 난 흙담으로 된 집 한 채를 짓고 싶은 생각이 있다네. 문 안에는 대나무와 화초를 많이 심고, 벽돌 조각을 깐 구불구불한 길을 내어 중문까지 잇는 거지. 그 안쪽에 초가집 두 칸을 지어 한 칸은 손님을 맞이하고, 한 칸은 작업실로 삼아 경사 서적, 필묵과 벼루, 술병과 다기를 놓아두는 거야. 좋은 친구, 후배나 아이들이 문장을 논하고 시를 읊는 공간으로 쓰는 거지. 그 뒤편엔 살림집을 두려네. 안방 세 칸에 부엌 두 칸, 일꾼방 한 칸, 이렇게 여덟 칸을 모두 초가지붕으로 하는 거야. 그러면 충분한 것이지. 맑은 새벽 해가 아직 나오기 전 동쪽 바다에 펼쳐진 붉은 노을을 바라보고, 어스름 저녁 기우는 햇살이 나무에 그득 찰 때면 뜰 안쪽 높다란 곳에 서서 물안개 낀 다리를 내다보겠지. 집안에서 손님을 대접할 때면 담장 밖 사람들도 집안의 등불을 볼 수 있게 해야지. 남쪽으로 자네 집까지는 백 서른 걸음, 동쪽으로 작은 정원까지는 물 한 줄기 사이일 뿐이니 참 편리할 거야. 어떤 이는 말하겠지. 그런 집은 살기엔 편할지 몰라도 도적이 걱정된다고 말야. 도적 또한 곤궁한 백성임을 몰라서 하는 말이지. 문을 열고 불러들여 상의해서 나눠주되, 있는 대로 그냥 가져가게 하면 되는 거야. 정 아무 것도 가져갈 게 없다면 왕헌지(王獻之)의 '청색 남요'처럼 집안 대대로 내려오는 물건이라도 가져가 전당포에서 급전으로 바꾸게 하면 되겠지. 동생은 그곳을 마음에 잘 담아두었다가 이 미치광이 형이 늘그막을 즐길 터전으로 마련해 주게나. 과연 이 소원이 이루어질 수 있을지 모르겠네 그려.

원문

范縣署中寄舍弟墨第二書

吾弟所買宅, 嚴緊密栗, 處家最宜, 只是天井[1]太小, 見天不大. 愚兄心思曠遠, 不樂居耳. 是宅北至鸚鵡橋不過百步, 鸚鵡橋至杏花樓[2]不過三十步, 其左右頗多隙地. 幼時飲酒其旁, 見一片荒城, 半堤衰柳, 斷橋流水, 破屋叢花, 心竊樂之. 若得制錢[3]五十千, 便可買地一大段, 他日結茅有在矣. 吾意欲築一土牆院子, 門內多栽竹樹草花, 用碎磚鋪曲徑一條, 以達二門.

其內茅屋二間[4] : 一間坐客, 一間作房, 貯圖書史籍筆墨硯瓦酒董茶具其中, 爲良朋好友後生小子論文賦詩之所. 其後住家主屋三間, 廚屋二間, 奴子屋一間, 共八間. 俱用草苫, 如此足矣. 清晨日尙未出, 望東海一片紅霞, 薄暮斜陽滿樹. 立院中高處, 便見烟水平橋. 家中宴客, 牆外人亦望見燈火. 南至汝家百三十步, 東至小園僅一水, 實爲恒便. 或曰 : 此等宅居甚適, 只是怕盜賊. 不知盜賊亦窮民耳, 開門延入, 商量分惠, 有甚麽便拿甚麽去; 若一無所有, 便王獻之青氈[5], 亦可攜取質百錢救急也. 吾弟當留心此地, 爲狂兄娛老之資, 不知可能遂願否?

역주

1 天井 : 정원에 대한 속칭. 중국의 전통 가옥 형태인 四合院의 정원으로, 사면 또는 삼면으로 된, 방과 담 사이에 있는 빈 공간. 네모 모양의 우물과 같고 하늘이 보이기 때문에 부르는 말이다.

2 鸚鵡橋, 杏花樓 : 당시 興化 성내의 지명. 『興化縣志』 참고.

3 制錢 : 明清 시대 관부에서 법제에 따라 주조한 동전.

4 二門 : 중문(中門).

5 王獻之青氈 : 『晉書 · 王獻之傳』 : "(왕헌지가) 밤에 서재에 누워 있는데 도둑이 들어 그 방에 들어왔다. 물건을 다 훔치고 나자 왕헌지가 천천히 말했다. '이보게 도둑, 청색 담요는 우리집 오래된 물건이니 특별히 좀 남겨두게나.' 이에 도둑들이 놀라 달아났다.[(獻之)夜臥齋中, 而有偸人入其室, 盜物都盡. 獻之徐曰 : '偸兒, 青氈我家舊物, 可特置之.' 群偸驚走.]" 이후로 '청색 담요'는 선비 집안에 내려오는 옛 물건을 가리키는 말로 쓰인다.

해제

이 편지는 판교가 자신이 나중에 고향에 집을 지을 때 하고 싶은 설계를 적고 있다. 예술가로서의 판교의 안목과 성격, 운치가 잘 담겨있다. 도둑이 들게 되면 곤궁 때문에 그런 짓을 하게 된 그에게 집안 대대로 내려오는 물건이라도 거리낌 없이 나눠주겠다는 대목에서 남다른 그의 성격이 거듭 확인된다.

1.9 범현 관아에서 아우 묵에게 보내는 세 번째 편지范縣署中寄舍弟墨第三書

우(禹)가 도산(塗山)에서 제후들을 회견했을 때 비단과 옥을 올린 나라가 만이나 되었다 하네. 그러나 하(夏)와 은(殷) 사이에 이르러서는 겨우 삼천에 지나지 않았으니 칠천이나 되는 그들은 도대체 어디로 갔단 말인가? 주(周) 무왕(武王)은 동성(同姓)과 이성(異姓)을 가리지 않고 제후로 봉해 이전 시대의 제후와 합하니 그 숫자가 불어나 천 팔백이나 되었다는데, 그렇다면 저들 천이 넘는 나라들은 또 어디로 갔단 말인가? 당시는 강자가 약자를 강탈하고, 수가 많은 쪽이 적은 쪽을 침략하는 시대였지. 그 과정에 칼에 찔리거나 창에 맞아서 눈이 멀고 사지를 못 쓰게 된 자들은 멀리 도망가 숨거나 심지어는 죽더라도 장사도 지내지 못했던 무리가 부지기수였다네. 그저 공자의 『춘추』나 좌구명의 전(傳)에 수록되지 않았기에 세상에 전해지지 못했을 따름이지. 세속의 유학자들은 이러한 상황은 알지 못한 채 춘추가 매우 혼란기였다고만 하니, 이들과 더 말해 뭣하겠는가? 저들은 또 춘추 이전의 상고 사회는 민풍이 질박하고 평안했다고들 하는데, 참으로 가소로운 말이라네. [그런 식으로 본다면] 성인의 지혜를 갖춘 주(周) 태왕(太王)마저도 오랑캐에게 침략을 당했을 때 [백성을 위해] 응당 나라를 그들에게 바치고 전쟁을 포기했을 것이라는 뜻이거든. 그렇다면 천자가 [불의를] 응징하지 못하고, 제후가 [난을] 토벌하지 못했던, 즉 온통 뺏고 빼앗기며 혼란스러웠던 하·은 말기 같은 시기는 어떠했겠는가? 정녕 안정되고 평안했다고 말할 수 있단 말인가? 『춘추』라는 책은 [제후국들이] 서로에게 알렸던 문서에 지나지 않았으나 [공자께서] 이를 책으로 엮어 포폄의 기준을 정했던 것일세. 좌씨는 이 경전에 의거해 전을 지었던 것이지. 그 당시 제후국끼리 서로 전하지 않았던 문서 가운데 도리에 위배되고 이치에 어긋나서 없어지고 사라진 것이 『좌전』의 열 배는 되겠지만 고증할 길이 없을 뿐이지. 예컨대, "한양의 여러 희(姬)씨들, 초나라가 실로 다 없앴다"는 대목을 보자면 '여러 희(姬)씨'는 과연 몇 나라나 되었던가? 초(楚)나라는 몇 년 몇 월 몇 일에 어떻게 그들을 다 없애버렸던가? 이 또한 증거를 찾을 길이 없다네. 학자들은 『춘추』 경과 전을 읽을 때 매우 혼란된 시기였다고 여길 뿐, 거기 기록된 것이 열 가운데 하나, 천 가운데 백에 지나지 않음을 여전히 알지 못한다네.

슬프구나! 우리가 이 시대에 뜻을 얻지 못해 산중이나 바닷가에 숨어 사는 처지이기는 하지만, 옛 고전들을 뒤적이다 보면 길이 음송하고 깊이 탄식하며, 때로는 기뻐 노래하고 때로는 슬퍼 눈물 떨군다네. 진실로 책 가운데 책이 있고, 책 밖에 책이 있음을 알게 된다면, 마음이 훤히 밝아지고 이치가 분명하게 통하게 되는 법, 어찌 여전히 옛사람의 속박 아래 자신의 주장이라고는 펼쳐낼 수 없단 말인가! 어찌 더 이상 후세의 하찮은 유학자들에게 전도되고 미혹되어 옛사람의 참 뜻을 잃을 수 있단 말인가! 비록 제왕이나 장군, 재상 같은 권력은 없을지라도 백대 제왕의 진퇴를 가늠하고 천고의 역사를 따질 수는 있으니, 이 또한 상쾌하고도 즐거운 일이라네.

다시 노(魯)나라 역사인 『춘추』를 예로 들자면, 어리석은 유학자에게 이를 다시 쓰게 한다면 분명 백금(伯禽)부터 시작하여 책을 지을 걸세. 머리통에 든 것도 없는 저들이 어떻게 도중에서 은공(隱公)부터 시작할 수 있겠는가? 성인께서는 이치를 분명히 해 세상에 규범을 세우기만 하면 [체례의] 구속에 얽매일 필요가 없었음을 전혀 모르기 때문이라네. 그 서책에서는 고증할 수 있는 것은 고증하고, 고증할 수 없는 것은 버려두었지. 만약 은공(隱公)을 전혀 고증할 수 없었다면 아예 환공(桓公)·장공(莊公)에서 시작해도 되었던 것이라네. 어떤 이들은 『춘추』가 은공에서 시작되는 것은 선양(禪讓)을 중시했기 때문이라 하지. 『상서』를 정리하면서 요(堯)·순(舜)에서 시작하도록 끊은 것 또한 선양을 중시한 때문이라고도 말하네. 이는 어린아이의 생각과 전혀 다를 바가 없네. 그들에게 묻건대, 요·순 이전 천자 가운데 어떤 분이 [그 자리를] 빼앗아 천자가 되었던가? 대저 『상서』를 정리하면서 요·순에서 시작하도록 끊은 것은 요·순 이전은 너무 요원하여 믿을 수가 없었기 때문이고, 『춘추』를 은공에서 시작한 것은 은공 이전은 온전치 못한 자료라 고증할 수 없었기 때문이라네. 이른바 '역사 자료의 결핍'인 셈이지. 요컨대, 글을 읽는 데에는 특별한 식견이 있어야 하는데, 그저 옛 사람을 따르기만 하는 자는 올바른 안목을 갖출 수가 없는 법이지. 그러나 특별한 식견 또한 지극한 이치와 도리 안에 있는 것이니, 왜곡하거나 모호하게 숨기는 자는 그 올바른 안목을 얻을 수 없다네.

사람들은 『사기』에서 오태백(吳太伯)을 '세가(世家)'의 첫 번째에 둔 것이나, 백이(伯夷)를 '열전(列傳)'의 첫 번째에 둔 것이 모두 나라의 선양을 중시한 때문이라고 여긴다네. 그러나 '오제본기(五帝本紀)'는 황제(黃帝)를 첫 번째에 두었다네. 이는 치우(蚩尤)를 죽여 무력을 사용한 최초의 예인데, 그렇다면 또한 전쟁을 중시한 때문이란 말인가? 앞과 뒤가 모순되니 이렇게 보아서는 안 되는 것이라네. 요컨대, 어리석은 유학자들의 말 같은 건 결코 들을 필요가 없으며, 공부하는 사람은 스스로의 눈으로 보고 자신만의 뼈대를 세우는 독서를 해야만 할 것이야.

건륭(乾隆) 구년 유월 열닷새, 형 씀.

원문

范縣署中寄舍弟墨第三書

禹會諸侯於塗山, 執玉帛者萬國,[1] 至夏、殷之際[2], 僅有三千, 彼七千者竟何往矣? 周武王[3]大封同異姓, 合前代諸侯, 得千八百國[4], 彼一千餘國又何往矣? 其時强侵弱, 衆暴寡, 刀痕箭瘡, 薰眼破脇, 奔竄死亡無地者,何可勝道. 特無孔子作春秋[5], 左丘明爲傳記[6], 故不傳於世耳. 世儒不知, 謂春秋爲極亂之世, 復何道? 而春秋以前, 皆若渾渾噩噩, 蕩蕩平平, 殊甚可笑也. 以太王[7]之賢聖, 爲狄所侵, 必至棄國與之而後已. 天子不能征, 方伯不能討, 則夏、殷之季世, 其搶攘淆亂爲何如, 尙得謂之蕩平安輯哉! 至於春秋一書, 不過因赴告之文, 書之以定褒貶. 左氏乃得依經作傳. 其時不赴告而背理壞道亂亡破滅者, 十倍於左傳而無所考. 卽如『漢陽諸姬, 楚實盡之』[8], 諸姬是若干國? 楚是何年月日如何殄滅他? 亦尋不出證據來. 學者讀春秋經傳, 以爲極亂, 而不知其所書, 尙是十之一, 千之百也. 嗟乎! 吾輩旣不得志於時, 困守於山椒海麓之間, 翻閱遺編, 發爲長吟浩嘆, 或喜而歌, 或悲而泣. 誠知書中有書, 書外有書, 則心空明而理圓湛, 豈復爲古人所束縛, 而略無張主乎! 豈復爲後世小儒所顚倒迷惑, 反失古人眞意乎! 雖無帝王師相之權, 而進退百王, 屛當[9]千古, 是亦足以豪而樂矣. 又如春秋, 魯國之史也,[10] 使豎儒爲之, 必自伯禽[11]起首, 乃爲全書, 如何沒頭沒腦, 半路上從隱公[12]說起? 殊不知聖人只要明理範世, 不必拘牽. 其簡冊可考者考之, 不可考者置之. 如隱公幷不可考, 便從桓、莊[13]起亦得. 或曰 : 春秋起自隱公, 重讓也; 刪書斷自唐、虞, 亦重讓也.[14] 此與兒童之見無異. 試問唐、虞以前天子, 那箇是爭來的?大率刪書斷自唐、虞, 唐、虞以前, 荒遠不可信也. 春秋起自隱公, 隱公以前, 殘缺不可考也, 所謂史闕文耳. 總是讀書要有特識, 依樣葫蘆, 無有是處. 而特識又不外乎至情至理, 歪扭亂竄, 無有是處.

人謂史記以吳太伯爲『世家』第一, 伯夷爲列傳第一, 俱重讓國[15]. 但五帝本紀以黃帝爲第一, 是戮蚩尤用兵之始,[16] 然則又重爭乎? 後先矛盾, 不應至是. 總之, 豎儒之言, 必不可聽, 學者自出眼孔、自豎脊骨讀書可爾. 乾隆九年六月十五日, 哥哥字.

역주

1 禹會諸侯於塗山, 執玉帛者萬國 : 이 문장은 『左傳·哀公七年』에 보인다. 禹는 전설에서 夏后氏 부락의 首領으로, 夏王朝의 첫 번째 君主. 姓은 姒, 名은 文命, 大禹·夏禹·帝禹라고도 불린다. 그의 계보에 관해서는 史書마다 약간씩 차이가 있다. 玉帛 : 옥으로 된 그릇과 비단으로 고대 典禮에 사용하였으며, 여기서는 제후들이 임금을 알현할 때 올리던 예물을 뜻한다.

2 夏、殷之際 : 폭정을 일삼던 夏의 桀王(B.C. 1818~B.C. 1766 재위)을 商湯(?~B.C. 1588)이 토벌하고 商을 건국(B.C. 1783)한 시기를 말한다.

3 周武王 : 西周의 創建者(약 B.C. 1087~B.C. 1043), 姬 姓, 名 發, 諡號 武王. 周 文王의 次子로 商의 폭군 紂王을 정벌하며 西周를 세웠다.

4 得千八百國 : 『漢書·地理志』 : "周나라 작위는 다섯 등급으로, 公侯는 백리(의 땅), 伯은 칠십 리, 子와 南은 오십 리였고, 다 차지 않는 곳은 附庸으로 삼았다. 무릇 천 팔백 나라였다.[周爵五等 : 公侯百里, 伯七十里, 子、男五十里, 不滿爲附庸. 蓋千八百國.]"

5 孔子作春秋 : 춘추 시대 魯國의 역사서 『春秋』는 隱公 元年(B.C. 722년)에서 시작해 哀公 十四年(B.C. 481년)에 끝난다. 공자가 魯 나라 史料에 의거해 썼다고 전해진다.

6 左丘明爲傳記 : 左丘明은 春秋 시대 魯國의 史官으로 생졸 연대 미상. 『春秋左氏傳』·『國語』의 저자로 일컬어진다. '左丘失明'이라는 사마천의 말에 의하여 후세 사람은 그를 가리켜 '盲左'라고도 한다.

7 太王 : 周 武王의 증조부 古公亶父. 이 대목에 관련된 『史記·周本紀』의 내용은 아래와 같다. "…… 公叔祖類가 죽자 아들 古公亶父가 즉위했다. 古公亶父가 后稷과 公劉의 사업을 다시 익히고 덕을 쌓고 의를 행하자, 온 나라 사람들이 모두 그를 받들었다. 薰育 戎狄이 공격하여 재물을 요구하자 그들에게 재물을 내주었다. 얼마 안 있어 그들이 다시 공격하여 땅과 백성을 요구하자 백성들은 모두 분개하여 싸우고자 했다. 그러자 고공단보는 '백성이 군주를 옹립하는 것은 자신들을 이롭게 하기 위한 것이오, 지금 융적이 우리를 공격하는 까닭은 우리의 땅과 백성 때문이오. 백성이 나에게 속하든 그들에게 속하든 무슨 차이가 있겠소? 백성들이 나를 위해서 싸우고자 한다면 이는 그들의 아버지나 아들을 죽여가면서 그들의 군주가 되는 것이니, 나는 차마 그렇게는 하지 못하겠소'라고 말하였다. 그리고는 병사들을 거느리고 豳을 떠나 漆水·沮水를 건너고 梁山을 넘어서 岐山 아래에 정착했다.[…… 公叔祖類卒, 子古公亶父立. 古公亶父復脩后稷、公劉之業, 積德行義, 國人皆戴之. 薰育戎狄攻之, 欲得財物, 予之, 已復攻, 欲得地與民. 民皆怒, 欲戰. 古公曰 : "有民立君, 將以利之. 今戎狄所爲攻戰, 以吾地與民. 民之在我, 與其在彼, 何異. 民欲以我故戰, 殺人父子而君之, 予不忍爲." 乃與私屬遂去豳, 度漆、沮, 踰梁山, 止於岐下.]"

8 "漢陽諸姬, 楚實盡之" : 이 말은 『左傳·僖公廿八年』에 보인다.

9 屏當 : 수습하다. 여기서는 '비평하다'의 뜻.

10 春秋, 魯國之史也 : 中華書局本(1962)에서는 "春秋、魯國之史也" 식으로 標點했는데, 수정했다. 참고로, 上海古籍出版社 수정본(1979)에서는 이와 같이 수정되어 있다.

11 伯禽 : 周公 姬旦의 長子로 魯國의 첫 번째 國君이 되었다. 『史記・魯周公世家』 : "(武王은) 周公 旦을 少昊의 옛터인 曲阜에 책봉하여 魯公으로 삼았다. 周公은 봉지로 가지 않고 남아서 武王을 보좌하였다. …… 마침내 함께 成王을 도왔고, 그의 아들 伯禽으로 하여금 봉지인 魯 땅으로 가도록 하였다.[(武王)封周公旦於少昊之虛曲阜, 是爲魯公. 周公不就封, 留佐武王. …… 於是卒相成王, 而使其子伯禽代就封於魯.]"

12 隱公 : 魯隱公(B.C. 722~B.C. 712 재위), 名 息姑, 魯國의 제13대 國君.

13 桓、莊 : 魯 桓公과 莊公.

14 『春秋』起自隱公, 重讓也;删書斷自唐、虞, 亦重讓也. : 隱公과 桓公은 魯 惠公의 이복 자식들이다. 隱公은 惠公의 繼室 聲子 소생이고, 桓公보다 나이가 많았다. 그는 부친의 유지에 따라 桓公을 임금으로 세우고 자신은 보좌역할을 하였다. 누군가 桓公을 살해할 것을 권했어도 그는 듣지 않았다. 『左傳・隱公傳』과 『史記・魯周公世家』 참고. 唐・虞는 전설 속 五帝에 속하는 堯・舜. 두 사람 모두 후손보다는 능력과 인품을 고려하여 왕위를 선양한 것으로 유명하다. 이 구절은 고대 역사서인 『尙書』가 「堯傳」・「舜傳」에서 시작되는 것을 가리킨다.

15 史記以吳太伯爲『世家』第一, 伯夷爲列傳第一, 俱重讓國 : '讓國'과 관련된 『史記』 내용은 아래와 같다. "吳太伯과 太伯의 동생 仲雍은 모두 周 太王의 아들이며, 王 季歷의 형이다. 季歷은 현명했으며, 더욱이 그에게는 덕성과 지혜가 지극히 훌륭한 姬昌이라는 아들이 있었다. 太王이 季歷을 옹립하고 장차 姬昌에게 왕위를 전해주려고 하자, 太伯과 仲雍 두 사람은 荊蠻 지방으로 도망가서 몸에 문신을 새기고 머리를 잘라 임금이 될 수 없다는 것을 표시함으로써 季歷을 피하였다.[吳太伯, 太伯弟仲雍, 皆周太王之子, 而王季歷之兄也. 季歷賢, 而有聖子昌, 太王欲立季歷以及昌, 於是太伯、仲雍二人乃餎荊蠻, 文身斷髮, 示不可用, 以避季歷.]"; 『史記・伯夷列傳』 : "伯夷와 叔齊는 孤竹君의 두 아들이었다. 아버지가 叔齊를 왕으로 세우려 했다. 아버지가 죽은 뒤 叔齊는 왕위를 형 伯夷에게 양여하였다. 이에 伯夷는 '아버지의 명령이었다'고 말하면서 마침내 피해 가버렸고, 叔齊도 왕위에 오르려 하지 않고 피해 가버렸다.[伯夷、叔齊, 孤竹君之二子也. 父欲立叔齊, 及父卒, 叔齊讓伯夷. 伯夷曰 : '父命也.' 遂逃去. 叔齊亦不肯立而逃之.]"

16 五帝本紀以黃帝爲第一, 是戮蚩尤用兵之始 : 黃帝가 蚩尤를 죽인 전쟁과 관련된 『史記・五帝本紀』의 내용은 이러하다. : "蚩尤가 난을 일으키며 황제의 명을 듣지 않자 이에 황제는 제후들로부터 군대를 징집하여 涿鹿의 들판에서 싸워 결국은 蚩尤를 사로잡아 죽였다.[蚩尤作亂, 不用帝命. 於是黃帝乃徵師諸侯, 與尤戰於涿鹿之野, 遂禽殺蚩尤.]"

해제

이 편지는 독서, 특히 史書를 읽는 안목에 대해 집중적으로 논의하고 있다. 춘추는 매우 혼란된 시기였고, 춘추 이전의 상고 사회는 민풍이 질박하고 평안했다고 보는 세속 유학자들을 겨냥해 그렇게 볼 수 없다는 자신의 시각을 강조하고 있다. 요컨대, 판교는 독서의 요체로서 "옛사람의 속박 아래 자신만의 식견, 안목을 갖추지 못한 모습"이나 "후세의 하찮은 유학자에게 미혹되어 옛사람의 참뜻을 잃는 자세여서는 안 된다"는 점을 강조했다.

1.10 범현 관아에서 아우 묵에게 보내는 네 번째 편지范縣署中寄舍弟墨第四書

시월 스무엿샛날 집 편지를 받아 새로 산 농지에서 양식을 오백 곡(斛)이나 수확했다는 소식을 듣고, 몹시 기뻤다네. 이제부터는 진정 농부로 세상을 마칠 수 있게 된 것이 아닌가! 확도 준비하고, 맷돌도 준비하고, 키와 소쿠리와 광주리, 크고 작은 빗자루, 되와 말과 곡(斛)과 같은 도량 기물도 마련해야만 하겠네. 집안 부녀자들은 하녀들을 이끌고 방아 찧고 키질하는 법들을 익히게 해야겠지. 그것이 바로 땅에 의지해 자손을 키워내는 중요한 힘이라고 생각하네. 날은 춥고 땅이 얼 때 가난한 친척이나 친구가 찾아오면, 우선 큰 사발에 볶은 밥을 차려 손에 들려주고, 간장에 담근 생강 한 접시라도 곁들여 내야겠지. 노인네나 가난한 사람들을 푸근하게 대접하는 최선의 도리로 말야. 한가한 때라면 싸래기로 떡을 만들거나 걸쭉한 죽이라도 쑤어 두 손으로 대접해 올리면, 그분들은 목을 당겨가며 맛나게 드실 거야. 서리 내린 새벽이나 눈 쌓인 아침, 그렇게 식사를 든든히 하시면 온몸이 두루 따뜻해지지 않겠는가. 아아, 기쁘고 기쁘다네! 내가 오래도록 농부로 살다 세상을 마칠 수 있게 되다니!

나는 천지간에 으뜸가는 사람은 농부 뿐이며, 선비는 [사·농·공·상] 네 등급 백성 중에서 꼴찌라고 생각하네. 농부 가운데 부자는 백 무(畝) 땅에 곡식을 심고, 그 다음은 칠팔십 무, 그 다음은 오륙십 무 정도일 것인데, 다들 부지런히 힘들게 고생하면서 농사지어 천하의 사람들을 기른다네. 천하에 농부가 없다면 온 세상은 다 굶어죽게 되는 거야. 우리 독서인들은 들어서서는 효도하고 나가서는 화목하며, 선조의 뜻을 지켜 후손에게 전수하며, 뜻을 이루면 백성을 잘 다스려 혜택을 주고 그러지 못했으면 몸을 수양해 세상에 드러내야 하는 법, 그렇기에 농부보다 한 등급 높다 하는 것이었네. 그러나 지금은 그렇지가 않다네. 책을 부여잡는 순간, 그저 거인(擧人)에 합격하고, 진사(進士)에 합격하고, 관리가 되어 어찌하면 더 많은 돈을 벌어들여 큰 저택을 짓고 많은 전답을 마련할 것인가만 생각하지. 처음 시작할 때부터 잘못된 길로 나아갔으니 나중에는 점점 더 못되게 되어 결국 좋은 결말이 있을 리 없다네. 그 가운데 뜻을 이루지 못한 자는 향리에서 나쁜 짓이나 하는데, 그 작은 머리통에다 좀스럽게 생긴 얼굴로는 더더군다나 감당할 길이 없지. 무릇 자신을 단속하며 사는, 제대로 된 이들이 어찌 없다고야 할 수 있겠는가? 세상을 경영하여 백성을 구제할 날을 기약하며 천고의 도리를 간직하고 사는 사람들 또한 적지 않은 법이네. 그러나 그런 좋은 사람은 나쁜 사람들과 싸잡아 연루되고 말아 결국 우리들은 입조차 뗄 수 없게 되고 말았네. 입을 열기라도 할라치면 사람들은 금세 비웃으며 말할 걸세. "너희 서생들은 늘상 말이야 잘하지. 하지만 이 다음에 관직에 앉게 되면 지금 말하는 것과는 완전 딴판일 걸?" 그러니 그저 분을 삭이고 말을 삼킨 채 사람들의 비웃음과 매도를 견딜 수 밖에 없다네. 기술

자들은 기구를 만들어 생활을 이롭게 하고, 상인들은 생산된 곳 물건을 없는 곳에 가져다주니 다들 백성을 편리하게 하는 면이 있지. 허나 유독 선비만은 백성들을 심히 불편하게 하는 자들이니, 저 네 등급 백성 가운데 끝에 놓아도 이상할 게 없지 않는가! 아니 네 등급 사람 가운데 과연 끝에라도 놓일 수 있을까 할 정도이지. 이 형은 평생 동안 이처럼 농부를 가장 중시해온 사람이니 새로 농지를 소작할 사람을 구할 때 반드시 예의를 갖춰 대하기 바라네. 그들은 우리를 주인이라 부르고 우리는 그들을 객호(客戶)라 부를 것인즉, 주인과 객은 원래 서로 대우한다는 뜻이니 어찌 나는 귀하고 저들은 천하다 하겠는가? 그러니 그들을 인정해주고 연민으로 대해야 하네. 그들이 빌리고자 하는 것이 있으면 마땅히 들어주고, 상환하지 못할지라도 넓은 마음으로 이해해줘야 하네. 일찍이 당나라 사람의 「칠석」 시에서 견우·직녀를 노래하면서 온통 만남과 이별의 애달픈 말들만 쓰고 있어 실소를 금치 못한 적이 있다네. 그 제목의 본뜻을 완전히 잃어버렸기 때문이지. 직녀는 입는 옷의 원천이고, 견우는 먹는 음식의 바탕이기에 하늘의 별 가운데 가장 귀한 존재라네. 하늘이 이 때문에 이들을 중히 여기는데, 사람들이 어찌 오히려 중히 여기지 않을 수 있단 말인가? 근본에 힘쓰도록 백성들을 권면하기 위하여 그들의 빛나는 모습을 드러내어 귀감이 되도록 하려는 것일세. 우리 마을 부녀자들이 실을 잣고 베를 짜지는 못할지라도 집안에서 음식을 장만하고 바느질을 익히니 또한 근면함은 잃지 않았다 할 수 있었네. 그런데 요즘에는 북치며 벌이는 이야기꾼의 이야기를 듣거나 골패노름을 즐기는 일도 많아져 풍속이 흐트러지고 있으니, 이는 엄중히 경계해야 할 일이네. 우리 집안 토지로 삼백 무가 있긴 하지만 결국엔 다른 사람의 전당물이니 장기적으로 의지할만한 건 못되네. 그러니 앞으로 이백 무를 매입해야겠네. 우리 형제 두 사람이 각각 백 무씩이면 충분할 것이니, 그야말로 예로부터 한 가장이 백무의 농지를 받으면 된다는 뜻에 맞지 않겠나. 만약 더 많기를 바란다면 이는 곧 다른 사람의 재산을 가로채는 일로, 그 죄가 크다 하겠네. 천하에 농지도 일자리도 없는 사람이 많은데 나 혼자 뭐 대단한 사람이라고 그리 탐욕스럽게 차지한단 말인가. 가난한 백성들은 어찌되고 말 것인가! 어떤 사람은 말하겠지. "세상에는 논두렁 밭두렁이 이어져 수백 경이 넘는 자들도 있는데, 그대는 그걸 어찌 생각하는가?" 하고 말일세. 난 이렇게 대답하려네. "그 사람은 그 집안일을 하는 것이고, 난 내 집안일을 하는 것이오. 세상의 도가 흥하면 한결 같은 덕행으로 왕도를 따르고, 풍속이 이리저리 흔들리면 그런 악과는 함께 하지 않을 것이니, 이 또한 판교의 가법(家法)이라오"라고 말이야.

형 씀.

원문

范縣署中寄舍弟墨第四書

十月二六日得家書, 知新置田穫秋稼五百斛[1], 甚喜. 而今而後, 堪爲農夫以沒世矣! 要須製碓、製磨、製篩羅簸箕[2]、製大小掃帚、製升斗斛. 家中婦女, 率諸婢妾, 皆令習舂揄蹂簸[3]之事, 便是一種靠田園長子孫氣象. 天寒冰凍時, 窮親戚朋友到門, 先泡一大碗炒米送手中, 佐以醬薑一小碟, 最是煖老溫貧之具. 暇日咽碎米餅, 煮糊塗粥, 雙手捧碗, 縮頸而啜之, 霜晨雪早, 得此週身俱煖. 嗟乎!嗟乎! 吾其長爲農夫以沒世乎! 我想天地間第一等人, 只有農夫, 而士爲四民之末[4]. 農夫上者種地百畝, 其次七八十畝, 其次五六十畝, 皆苦其身, 勤其力, 耕種收穫, 以養天下之人. 使天下無農夫, 擧世皆餓死矣. 我輩讀書人, 入則孝, 出則弟, 守先待後, 得志澤加於民, 不得志修身見於世, 所以又高於農夫一等. 今則不然, 一捧書本, 便想中擧、中進士、[5]做官, 如何攫取金錢、造大房屋、置多田産. 起手便錯走了路頭, 後來越做越壞, 總沒有箇好結果. 其不能發達者, 鄕里作惡, 小頭銳面[6], 便不可當. 夫束修自好者, 豈無其人;經濟[7]自期, 抗懷[8]千古者, 亦所在多有.

而好人爲壞人所累, 遂令我輩開不得口; 一開口, 人便笑曰 : 汝輩書生, 總是會說, 他日居官, 便不如此說了. 所以忍氣吞聲, 只得捱人笑罵. 工人製器利用, 賈人搬有運無, 皆有便民之處. 而士獨於民大不便, 無怪乎居四民之末也, 且求居四民之末而亦不可得也! 愚兄平生最重農夫, 新招佃地人, 必須待之以禮. 彼稱我爲主人, 我稱彼爲客戶, 主客原是對待之義, 我何貴而彼何賤乎? 要體貌[9]他, 要憐憫他; 有所借貸, 要周全他; 不能償還, 要寬讓他. 嘗笑唐人七夕詩, 詠牛郞織女, 皆作會別可憐之語, 殊失命名本旨. 織女, 衣之源也, 牽牛, 食之本也, 在天星爲最貴. 天顧重之, 而人反不重乎! 其務本勤民, 呈象昭昭[10]可鑒矣. 吾邑婦人, 不能織綢織布, 然而主中饋, 習針線, 猶不失爲勤謹. 近日頗有聽鼓兒詞[11], 以鬥葉[12]爲戲者, 風俗蕩軼, 亟宜戒之. 吾家業地雖有三百畝, 總是典產, 不可久恃. 將來須買田二百畝, 予兄弟二人, 各得百畝足矣, 亦古者一夫受田百畝之義也. 若再求多, 便是佔人產業, 莫大罪過. 天下無田無業者多矣, 我獨何人, 貪求無厭, 窮民將何所措足乎! 或曰 : 世上連阡越陌, 數百頃有餘者, 子將奈何? 應之曰 : 他自做他家事, 我自做我家事, 世道盛則一德[13]遵王, 風俗偸則不同爲惡, 亦板橋之家法也.

哥哥字.

역주

1 斛(곡) : 5斗. 1斗를 12斤으로 칠 때 1斛은 60斤인 셈이다.
2 篩羅簸箕(사라파기) : 체와 키로 곡식을 고르다.
3 舂揄蹂簸(용유유파) : 방아 찧고 키질하다.
4 士爲四民之末 : 예전에는 백성을 士·農·工·商 등 네 등급으로 나누어 구분했고, 이 가운데 士를 가장 높이 여겼는데, 판교는 이를 뒤집어 말하고 있다.
5 中擧中進士 : '擧'는 擧人. 원래 거인은 漢나라 때 지방관들이 조정에 천거한 인재를 가리키는 말이었다. 唐·宋 시대에는 과거시험의 채점관[司貢]에게 추천을 받은 이들을 통틀어 '거인'이라고 불렀다. 그러나 明·淸 시대에는 鄕試에 급제한 이들을 가리켰고, 이들이 조정에서 치르는 會試에 급제하면 '進士'가 되었다.
6 小頭銳面 : 작은 머리통과 각박한 얼굴. 좀스럽게 생긴 용모를 가리킨다.

7 經濟 : 經世濟民.
8 抗懷 : 高懷. 고상한 이치를 추구하는 마음.
9 體貌 : 체모. 체면. 여기서는 예의로 대한다는 뜻.
10 昭昭 : 환히 빛나는 모양.
11 鼓兒詞 : 북으로 반주해가며 이야기를 講唱하는 민간 예술.
12 鬥葉 : 화초 이름이나 수량·우열 등으로 하는 내기 놀이. 紙牌 노름.
13 一德 : 한결 같은 덕행.

해제

이 편지는 새로 마련한 농지의 수확 소식을 듣고, '진정 농부로 세상을 마칠 수 있게 된 것'을 기뻐하는 판교의 심정이 잘 드러나 있다. 또한 자신은 이른바 士·農·工·商 가운데 첫 번째인 독서인이지만, 오히려 농사지어 사람들을 기르는 농부야말로 천하에서 가장 중요한 사람이라 강조함으로써 상식을 뛰어넘는 독특한 시각을 보여준다.

1.11 범현 관아에서 아우 묵에게 보내는 다섯 번째 편지范縣署中寄舍弟墨第五書

시를 짓는 게 어려운 일이 아니라 제목 붙이는 게 어려운 법이라네. 제목의 수준이 높으면 시 수준도 높아지고, 제목이 왜소하면 시도 왜소한 법이니 신중하지 않으면 안 될 것일세. 소릉(少陵 : 杜甫)의 시가 천고에 높이 뛰어남은 새삼 말할 필요조차 없지만, 그 제목 붙인 것을 보면 이미 백 척 누대 위에 올라선 듯 [고민한] 것임을 알 수 있다네. 전체를 다 열거할 수는 없고 한 둘만 들어 말해봄세. 「강에서 슬퍼하며[哀江

頭]」·「왕손을 슬퍼하며[哀王孫]」는 망국을 슬퍼한 것이고, 「신혼의 이별[新婚別]」·「집 없는 이별[無家別]」·「늙그막의 이별[垂老別]」·「변새로 출정하여[前、後出塞]」 등의 작품은 변방의 전쟁을 비통해한 것이라네. 「병거의 노래[兵車行]」·「미녀의 노래[麗人行]」 등은 전란의 시작을 그린 것이고, 「행재소에 이르러[達行在所三首]」 세 수는 중흥을 경축한 것이지. 또 「북정[北征]」·「병마를 씻기며[洗兵馬]」 등은 나라의 수복을 기뻐하며 태평성세를 바라는 것이라네. 일단 책을 펼쳐 그 제목의 차례만 보아도 국가와 백성을 근심하여 때로는 슬퍼하고 때로는 기뻐하는 감정과, 황폐해진 종묘나 변방 요새에서 수고하는 고통이 확연히 눈에 들어온다네. 그 제목이 이와 같은데 그 시가 어찌 가슴 아프지 않을 것이며, 뼈에 사무치지 않을 수 있겠는가! 사람들과 오가며 주고받은 시, 술에 흠뻑 취해 쓴 경우에도 모두 한 시대의 호걸로서 근본 있고 쓸모 있는 사람의 것인지라, 그 시들은 당시부터 믿음을 얻고 후세에 전해졌으니 결코 사라질 수 없는 것이지. 하지만 방옹(放翁 : 陸游)의 시는 이와는 다르다네. 시는 참으로 많지만 제목은 매우 적다네. 「산에서 살며[山居]」·「촌에서 살며[村居]」·「봄날[春日]」·「가을날[秋日]」·「즉흥적으로[卽事]」·「흥에 부쳐[遣興]」 정도일 뿐이지. 방옹이 시를 지을 때 어찌 소릉과 다른 상황이었겠는가? 무릇 안사(安史)의 변란에 천하가 무너지자 곽자의(郭子儀)·이광필(李光弼)·진원례(陳元禮)·왕사례(王思禮) 같은 이들이 뛰어난 충성심과 용기 있는 계략으로 한 시기를 이끌어 마침내 당의 사직을 회복했었지. 「여덟 가지 슬픔[八哀]」에서 그 사람들을 약술하고 「병마를 씻기며[洗兵馬]」에서 다시 그 전체를 아우르며 찬양했던 것이니, 소릉은 결코 함부로 썼던 게 아니었다네. 남송 시절은 임금이 [오랑캐 땅에] 갇힌 채 사람들은 월(越)땅 항주에 잠시 거주해야 하는 치욕과 위기가 극에 달했다네. 이학을 강론하는 자들은 아주 자잘한 것까지 따지고 들면서도 시대의 변란을 구제할 재주라고는 없었다네. 조정의 여러 대신들은 하나같이 시와 음주에 빠지거나 산수 풍광을 즐기느라 나라의 대사는 돌아보지도 않았다네. 이러고도 인재를 구할 수 있었겠는가? 이러고도 어찌 자신의 시가를 욕되게 하면서 증답시나 쓰느라 애쓸 수 있었단 말인가? [방옹의] 「산에서 살며[山居]」·「촌에서 살며[村居]」·「봄날[春日]」·「가을날[秋日]」 등은 시인의 채무를 갚기 위한 것일 뿐이었네. 나라가 망하게 될 때는 분명코 해서는 안 될 일들이 많아지고, 걸(桀)·주(紂)의 폭정을 실행할 때는 언제나 요(堯)·순(舜)을 앞세우면서 탕(湯)·무(武)보다 뛰어나다고 강조하는 법이지. 송은 소흥(紹興) 연간 이래로 화의를 주창하며 [오랑캐에게 보내는] 세납품을 늘리고, 오랑캐 나라를 높여 부름으로써 스스로를 신하의 나라로 낮추었으며, 백성의 피땀을 약탈하고 유능한 장수를 죽이는 등 온갖 악행을 저지르고 온갖 추한 일들을 서슴지 않았다네. 온 백성이 감히 말로 토로하지 못할 때 방옹이라고 어찌 감히 문장에 담아 스스로 허물을 자초할 수 있었겠는가! 이런 까닭에 두보 시 가운데 사람이 있음은 진실로 [그런] 사람이 있었던 때문이고, 육방옹 시 가운데 사람이 없음은 진실로 [그런] 사람이 없었기 때문이라네. 두보가 그 시대의 일을 역력하게 펼쳐 보인 것은 그것을 빌어 간언하려던 까닭이고, 육방옹이 입을 다문 채 말하지 않은 것은 모함을 면하고자 했던 까닭이지. 설령 방옹의 시 제목을 소릉의 것과 나란히 열거한다 한들 어찌 안 될 일이야 있겠는가! 하지만 근세 시인들의 제목은 꽃 감상 아니면 연회 모임이고, 만남의 즐거움 아니면 전송의 시로, 종이 가득 인명이 이어지고, 무슨 헌(軒), 무슨 원(園), 무슨 정(亭), 무슨 재(齋), 무슨 루(樓), 무슨 암(巖), 무슨 촌(村), 무슨 서(墅) 따위로서 하나같이 시정의 저속하기 짝이 없는 자들이 오늘 만든 별호를 다음날이면 당장 시편에 올려 쓴 것이라네. 그 제목이 이와 같으니 그 시도 그러하고, 그 인품 또한 알만한 것이라네. 동생이 이 일에 종사하고자 한다면 차라리 일년 내내 [한 편도] 짓지 않을지언정 한 글자라도 함부로 읊지 말아야 할 것이네. 제목의 신중함은 인품을 단정히 하고 풍속의 가르침을 잘 지키게 하는 바이기 때문이라네. 한 동안 좋은 제목이 없다면 지나간 옛날을 논하고 다가올 앞날을 말하면 되는 것, 저 악부(樂府)의 옛 제목이 다 쓸 수 없을 정도인데 어찌 이를 가져다 쓰지 않는단 말인가?

형 씀.

원문

范縣署中寄舍弟墨第五書

作詩非難, 命題爲難. 題高則詩高, 題矮則詩矮, 不可不愼也. 少陵[1]詩高絶千古, 自不必言, 卽其命題, 已早據百尺樓上矣. 通體不能悉擧, 且就一二言之 : 哀江頭、哀王孫[2], 傷亡國也;新婚別、無家別、垂老別[3]、前後出塞[4]諸篇, 悲戍役也; 兵車行、麗人行[5], 亂之始也; 達行在所三首[6], 慶中興也; 北征、洗兵馬[6], 喜復國望太平也. 只一開卷, 閱其題次, 一種憂國憂民忽悲忽喜之情, 以及宗廟邱墟, 關山勞戍之苦, 宛然在目. 其題如此, 其詩有不痛心入骨者乎! 至于往來贈答, 杯酒淋漓, 皆一時豪傑, 有本有用之人, 故其詩信當時、傳後世, 而必不可廢. 放翁[8]詩則又不然, 詩最多, 題最少, 不過山居、村居、春日、秋日、卽事、遣興而已. 豈放翁爲詩與少陵有二道哉? 蓋安史之變[9], 天下土崩, 郭子儀、李光弼、陳元禮、王思禮[10]之流, 精忠勇略, 冠絶一時, 卒復唐之社稷. 在八哀[11]詩中, 旣略叙其人;而洗兵馬一篇, 又復總其全數而贊嘆之, 少陵非苟作也. 南宋時, 君父幽囚, 棲身杭越[12], 其辱與危亦至矣. 講理學者, 推極于毫釐分寸, 而卒無救時濟變之才;在朝諸大臣, 皆流連詩酒, 沉溺湖山, 不顧國之大計. 是尙得爲有人乎! 是尙可辱吾詩歌而勞吾贈答乎! 直以山居、村居、夏日、秋日[13], 了却詩債[14]而已. 且國將亡, 必多忌, 躬行桀、紂[15], 必曰駕堯、舜而軼湯、武[16]. 宋自紹興[17]以來, 主和議、增歲幣、送尊號、處卑朝、括民膏、戳大將, 無惡不做, 無陋不爲. 百姓莫敢言喘, 放翁惡得形諸篇翰以自取戾乎! 故杜詩之有人, 誠有人也; 陸詩之無人, 誠無人也. 杜之歷陳時事, 寓諫諍也; 陸之絶口不言, 免羅織[18]也. 雖以放翁詩題與少陵並列, 奚不可也! 近世詩家題目, 非賞花卽宴集, 非喜晤卽贈行, 滿紙人名, 某軒某園, 某亭某齋, 某樓某巖, 某村某墅, 皆市井流俗不堪之子, 今日纔立別號, 明日便上詩箋. 其題如此, 其詩可知, 其詩如此, 其人品又可知. 吾弟欲從事于此, 可以終歲不作, 不可以一字苟吟. 愼題目, 所以端人品, 厲風敎也. 若一時無好題目, 則論往古, 告來今, 樂府舊題[19], 盡有作不盡處, 盍爲之. 哥哥字.

역주

1 少陵 : 唐代 저명한 시인 杜甫(712~770). 河南 鞏縣(지금의 鞏義市) 사람. 字는 子美, 호는 少陵野老·杜少陵·杜工部 等이다.

2 哀江頭、哀王孫 : 「哀江頭」는 唐 肅宗 至德 元年(서기 757년), 두보가 亂軍에게 점령된 수도 長安에서 봄에 曲江에 유람 나갔다가 쓴 시국을 애통해 하는 내용이다. 「哀王孫」은 至德 元年(서기 757년), 장안이 安祿山에게 점령되자 일부 왕손은 직접 피해를 입었고, 나머지는 이름을 숨기고 사방으로 피신하였는데, 이러한 상황을 애도하는 내용이다.

3 新婚別、無家別、垂老別 : 전란 때문에 생긴 신혼부부의 이별, 집 잃은 백성의 이별, 늙은 백성의 이별 등을 소재로 한 두보의 시 3편. 흔히 '三別'로 불린다.

4 前後出塞 : 「出塞」는 원래 한대 악부 곡명의 하나인데, 두보는 이를 빌어 당시 용병을 묘사했다. 앞 9수는 天寶 연간의 哥舒翰의 吐蕃에 대한, 뒤 5수는 安祿山의 거란에 대한 용병을 각각 담아 前·後 「出塞」로 불린다.

4 兵車行、麗人行 : 「兵車行」은 출정 장면과 병사의 추억을 통해 해마다 이어지는 전쟁의 고통을 묘사했다. 「麗人行」은 楊貴妃 자매가 3월 3일 장안 曲江에서 벌이는 사치 넘치는 잔치를 묘사했다.

5 達行在所三首 : 至德 2년 4월, 두보가 장안의 임시 피난처인 鳳翔으로 피난 가서 그곳의 홍성한 분위기를 그린 시.

6 北征、洗兵馬 : 「北征」은 至德 2년 가을, 두보가 鳳翔에서 북향해 가족을 만났을 때의 심경을 그린 시. 「洗兵馬」는 장안이 수복된 후 생기와 희망을 그려낸 시.

7 放翁 : 남송 애국 시인 陸游(1125~1210), 자는 務觀, 호는 放翁. 抗金 주장을 했기 때문에 계속 투항파의 억압을 받았고, 이때 많은 시가를 창작했다.

9 安史之變 : 玄宗(712년부터 756년까지 재위) 때 국력이 절정에 달하였고 전통문화도 집대성되어 외형적으로는 화려하였으나, 내면적으로는 초기의 지배체제를 지탱해온 律令制의 변질, 均田制 및 租庸調 세제의 이완, 府兵制의 붕괴 등으로 사회적 혼란이 가중되었다. 이러한 과정 중에 세력을 잡은 문벌·귀족 출신의 재상 李林甫 등은 苛斂誅求에 여념이 없었고, 세력 유지를 위해 변방 절도사로

이민족이나 평민 등도 등용시켰다. 安祿山은 이러한 배경 하에서 현종・이임보・양귀비 등에게 신임을 받아 幽州・平盧・河東의 절도사를 겸임할 정도로 세력이 막강하게 되었다. 당시 중년을 넘기면서 정무에 지쳐 楊貴妃와의 애욕생활로 나날을 보내던 현종 밑에서 재정을 장악한 양귀비의 일족인 재상 楊國忠은 동북 국경 방비를 맡아 대병을 장악한 蕃將 안녹산과 대결하는 실력자로 등장하게 되었다. 양국충은 현종에게 안녹산이 모반하려 하므로 소환하도록 요구하였다. 그러자 天寶 14년(755) 11월, 안녹산은 20만 대군을 이끌고 간신 양국충 토벌을 구실로 거병하여 東都 洛陽으로 진격하였다. 수십 년 동안 태평세월을 누려왔기 때문에 아무 방비가 없던 낙양은 안록산의 군대에 함락되고 말았고, 長安 동쪽의 요충지 潼關도 그의 수중으로 들어가고 말았다. 현종은 친위군의 호위 아래 서남쪽 蜀 땅으로 향했는데, 수행하던 장병들은 굶주리고 피로에 지쳐 '사태가 이 지경에 이른 것은 모두 재상 양국충의 잘못 때문이다'라고 분개하여 양국충의 목을 베고 이어 현종의 거처를 포위하였다. 그리고 '양귀비를 주벌하라'고 외쳐댔다. 이에 현종도 어찌할 도리가 없어 눈물을 삼키며 양귀비에게 스스로 목메어 죽을 것을 명하였다. 양귀비가 죽은 뒤 10여 일 후에 장안도 함락되었고, 현종은 촉 땅으로의 피난길을 재촉할 수밖에 없었다. 결국 태자 李亨이 현종 황제에게 上皇天帝라는 존호를 받들어 올리고 天寶 15년(756)에 즉위하니 그가 肅宗이다. 한편 안녹산은 건강이 악화된 데다 횡포해져 757년 1월, 아들에게 암살되었고, 숙종은 朔方軍과 위구르 원군 도움으로 장안과 낙양 탈환에 성공하였다. 그 후 안록산 휘하에 있던 史思明이 758년 반란을 일으켜 스스로 제위에 올라 토벌군을 대파한 안록산의 아들 安慶緖를 죽이고 낙양을 점령하였다. 그러나 761년 2월 사사명도 아들에게 살해되었고, 반란군은 763년 1월에 타도되었다. 이로써 9년여에 걸친 대란은 종결되었다.

10 郭子儀、李光弼、陳元禮、王思禮 : 郭子儀(697~781) : 唐의 대장으로, 安史의 난을 평정하고 장안과 낙양을 수복하는 공을 세웠다. 李光弼(708~764) : 唐의 대장으로, 곽자의와 함께 반란군을 격퇴하고 뺏긴 땅을 수복했다. 陳元禮 : 안록산의 반란 때 玄宗을 보위하고 촉으로 피난 갔다. 군대가 馬嵬驛에 이르렀을 때 더 이상 나아가지 못하자 그는 楊國忠과 楊貴妃를 참수해 군중의 분노를 가라앉혀야 한다고 간언했다. 王思禮(?~761) : 唐 營州의 고려인으로, 安史의 난 평정에 공을 세웠다.

11 八哀 : 王思禮 등의 공을 찬양한 두보의 시 8수.

12 君父幽囚, 棲身杭越 : 송 欽宗 靖康 元年(1127) 겨울, 金이 汴京을 함락시키고 그 다음해 欽宗 황제와 太上皇 徽宗을 포로로 끌고 가 북송이 멸망하게 된다. 이 해에 휘종의 아들 康王 趙構가 南京에서 즉위한 후, 臨安으로 수도를 옮긴다.

13 山居、村居、夏日、秋日 : 전원생활을 노래한 陸游의 시편들.

14 詩債 : 다른 사람이 요청했으나 아직 지어주지 못한 시 작품.

15 桀、紂 : 폭정을 일삼다가 망국에 이르렀던 夏의 桀王과 商의 紂王.

16 駕堯、舜而軼湯、武 : 堯와 舜은 고대 전설 속의 두 聖王. 湯은 夏의 폭군 桀王을

정벌했던 殷 湯王. 武는 商의 폭군 紂王을 정벌하고 西周를 창건했던 周 武王.

17 紹興 : 남송 高宗 趙構의 연호(1131~1162). 이 대목과 관련된 사적은 송은 소흥 11년, 金과 화친을 맺고 동으로 淮河, 서로 大散關을 국경으로 삼은 후 금에게 신하로 자칭했고, 매년 은 25만 냥, 비단 25만 필 등을 바치게 되었다. 또한 투항의 성의를 표시하기 위해 이 해 겨울 抗金 대장 岳飛를 처형했다. 이듬해 봄, 금은 趙構를 宋의 황제로 책봉했다.

18 羅織 : 없는 일을 날조하다. 모함하다.

19 樂府舊題 : 漢 樂府詩의 제목은 후대 시인들이 그 작품을 쓸 때는 똑같은 제목을 사용하도록 해왔기 때문에 '舊題' 또는 '古題'라 한다.

해제

이 편지는 시를 지을 때 제목을 취하는 일의 어려움과 중요함을 논의하면서, 다 같이 현실 비판과 망국의 고통을 제재로 삼은 杜甫와 陸放翁의 경우를 대비시켜 가며 제목과 제재, 내용의 관계를 설명했다. 즉, 두보와 육방옹 모두 시대적인 아픔을 어렵게 그려냈지만, 두보 시는 제목만 보아도 그 고통들을 확연히 느낄 수 있는 반면, 방옹의 시 제목에서는 그런 아픔을 느끼기 어렵다는 것이다. 판교는 이를 두 사람이 가지고 있는 백성에 대한 애정의 차이에서 비롯되었다고 규정하고 있다. 이런 전제 아래 근세 시인들의 천편일률적인 제목과 내용의 시를 비판하였다.

1.12 유현 관아에서 아우 묵에게 보내는 첫 번째 편지濰縣署中

寄舍弟墨第一書

독서할 때 눈으로 스쳐 읽어가며 외울 수 있는 것을 무슨 능력으로 여기는데, 이는 참으로 쓸 데 없는 일이라네. 눈으로 보자마자 마음에서 서둘러 지나가고 마니 마음에선 그 얼마 되지도 않는 순간 제대로 접할 틈도 없는 일이지. 마치 무대 위의 미녀를 보는 것처럼 눈 깜짝하는 순간 지나가고 만다면 나와 무슨 연관이 있겠는가? 아주 오랜 옛날부터 눈으로만 스쳐보고 암송하는 이들 가운데 그 누가 공자와 같은 사람이 있었던가? 그분은 『주역』을 읽어 [책 묶은] 끈이 세 번이나 끊어졌으니 참으로 몇 천 번 몇 백 번 읽고 또 읽었는지 모를 일이라네. 미묘한 언어, 깊은 의미가 탐구할수록 드러나고, 연구할수록 깊이 들어가서 나아갈수록 그 끝 가는 바를 알 수 없었던 것이지. 비록 태어나면서부터 어떻게 행동해야 할 줄 아는 성인이었을지라도 부지런히 애써 배우려는 노력을 버리지 않았던 것이라네. 동파(東坡)는 독서할 때 두 번 읽을 필요가 없었다고 하네. 그러나 그가 한림원에서 「아방궁부(阿房宮賦)」를 읽을 때 사경(四更)이 되도록 그만두지 않아 [도서관의] 관리자가 힘들어했는데, 동파는 오히려 말짱하게 피곤한 기색이라곤 없었다 하네. 어찌 한 번 보고나면 기억하여 그 일을 다 이해했던 것이겠는가? 오로지 우세남(虞世南)·장저양(張雎陽)·장방평(張方平) 같은 사람들은 평생 책을 두 번 읽지 않았다는데, 결국 빼어난 문장을 남긴 것이라곤 없지. 더군다나 눈으로 스치기만 해도 외울 수 있다면 또한 무엇이든 모조리 암기할 수밖에 없는 병폐가 있게 되지.

『사기』 백삼십 편 가운데 「항우본기(項羽本紀)」가 가장 좋고, 「항우본기」 중에서도 '거록(鉅鹿)의 전투', '홍문(鴻門)의 잔치', '해하(垓下)의 만남'이 최고라네. 반복해서 읽고 암송하다 보면 기뻐하다가 울다가 하게 되는 것은 결국 이 몇 단락일 걸세. 만약 『사기』 한 질을 펀마다 다 읽고 글자마다 모조리 다 기억한다면 그 어찌 사리를 가늠치 못하는 멍청이가 아니겠는가? 더군다나 소설가의 이야기, 각종 전기(傳奇)와 형편 없는 곡본(曲本), 통속적이고 해학적인 시사(詩詞) 또한 눈에 닿는 대로 다 기억해 두기로 한다면, 이는 곧 부서져 너덜거리는 부엌 찬장 속에 냄새나는 기름, 썩은 간장을 한껏 쌓아 둔 꼴과 같으니 그 더럽고 지저분

한 노릇 또한 견딜 수 없는 일이 아니겠나.

원문

濰縣署中寄舍弟墨第一書

讀書以過目成誦爲能, 最是不濟事. 眼中了了, 心中匆匆, 方寸無多, 往來應接不暇, 如看場中美色, 一眼卽過, 與我何與也. 千古過目成誦, 孰有如孔子者乎? 讀易至韋編三絶[1], 不知翻閱過幾千百徧來, 微言精義, 愈探愈出, 愈研愈入, 愈往而不知其所窮. 雖生知安行之聖, 不廢困勉下學之功也. 東坡讀書不用兩徧, 然其在翰林讀阿房宮賦[2]至四鼓, 老吏苦之, 坡灑然不倦. 豈以一過卽記, 遂了其事乎! 惟虞世南、張睢陽、張方平[3], 平生書不再讀, 迄無佳文. 且過輒成誦, 又有無所不誦之陋. 卽如史記百三十篇中, 以項羽本紀[4]爲最, 而項羽本紀中, 又以鉅鹿之戰、鴻門之宴、垓下之會[5]爲最. 反覆誦觀, 可欣可泣, 在此數段耳. 若一部史記, 篇篇都讀, 字字都記, 豈非沒分曉的鈍漢! 更有小說家言, 各種傳奇惡曲, 及打油詩詞[6], 亦復寓目不忘, 如破爛廚櫃, 臭油壞醬悉貯其中, 其齷齪亦耐不得.

역주

1 讀易至韋編三絶 : 공자가 『易』을 숙독하느라 책 묶은 가죽끈을 세 번이나 갈았다고 하는 내용이 『史記·孔子世家』에 보인다.

2 阿房宮賦 : 唐 杜牧(803~853)이 쓴, 진시황의 아방궁에 관한 내용의 시.

3 虞世南、張睢陽、張方平 : 虞世南(558~638)은 唐代 저명한 서예가. 「1.3 의진현 강촌 찻집에서 아우에게[儀眞縣江村茶社寄舍弟]」 주석 참조. 張睢陽은 唐代 명장 張巡으로 南陽人. 안록산의 난 때 睢陽太守로 있으면서 성이 함락되었을 때도 굴복하지 않아 해를 당했다. 『新唐書·張巡傳』에서 "책을 읽는데 세 번을 넘지 않았고, 이를 평생 잊지 않았다. 讀書不過三複, 平生不忘"고 했다. 張方平은 자가 安道, 북송 南京人. 책을 한 번 읽은 후엔 다시 읽지 않았다고 전한다. 『宋史·張方平傳』 참고.

4 項羽本紀 : 『史記』 12本紀 가운데 하나. 항우가 秦에 항거하고 劉邦과 겨루며

천하를 쟁탈하는 과정을 매우 생동감 넘치는 필치로 기록했다.

5 鉅鹿之戰、鴻門之宴、垓下之會 : '鉅鹿之戰'은 項羽(B.C. 232~B.C. 202)가 秦과의 전투에서 포위된 趙나라를 도와 鉅鹿에서 싸웠던 전투. 그는 이 전투를 통해 예전 楚가 秦에게 멸망당할 때 자신의 조부 項燕과 숙부 項梁이 모두 진에 의해 죽임을 당했던 일을 복수했다. '鴻門之宴'은 항우와 유방이 咸陽 쟁탈을 둘러싸고 鴻門에서 회동한 사건. 反秦의 전투에서 항우는 北路에서, 유방은 南路에서 함양으로 진격하게 되었는데, 이때 楚 懷王은 먼저 關中에 들어간 사람을 關中王으로 삼을 것을 약속했다. 항우가 鉅鹿에서 秦軍을 쳐부수고, 진 나라 장수 章邯을 항복시키는 등 河南 지방의 곳곳에서 싸움을 하고 있을 때 유방은 그보다 한발 앞서서 武關을 돌파하여 함양을 점령하고 秦王 子嬰을 항복시켜 관중을 지배했다. 이에 격노한 항우는 총력을 기울여 단번에 函谷關을 돌파하고 鴻門에 진을 쳤다. 이 험악한 양자의 대립을 해결하기 위해 유방이 사과하는 형식으로 열린 會見이 역사상 유명한 '鴻門之會'다. 항우 쪽에서는 이 기회에 유방을 죽일 계획이 세워져 있었다. 그러나 항우의 우유부단한 태도로 말미암아 그 기회를 잃었으며, 유방은 부하의 필사적인 활약으로 손쉽게 호랑이 굴을 벗어나 그 후의 운명을 크게 바꾸어 놓을 수 있었다. '垓下之會'는 항우와 유방이 垓下에서 벌인 전투. 항우가 이끄는 초군이 垓下에서 유방이 이끄는 한나라군의 포위망에 갇혀있게 되었을 때 한나라군은 이른바 '四面楚歌' 계책으로 초군 병사들의 전투력을 잃게 만들어 대승했고, 이 전투 끝에 항우는 결국 대부분의 將兵을 잃고 자진하고 만다. 자세한 과정은 『史記・項羽本紀』 참고.

6 小說家言, 各種傳奇惡曲, 及打油詩詞 : 打油詩는 율격의 구애를 받지 않고 해학적인 내용을 속어로 쓴 시. 전통 시기에 이들 소설・희곡・打油詩와 같은 문학 장르는 통속적 문체 때문에 이른바 '大雅之堂'에 오르지 못한 채 정통 문인들에게 경시되었다.

해제

판교는 54세 때 范縣에서 濰縣으로 전임되었는데, 이 편지는 濰縣으로 옮겨간 후 아우에게 쓴 첫 번째 편지다. 독서할 때 눈으로 보자마자 외우는 능력과 방법보다는 뛰어난 문장을 골라 '반복해서 읽고 암송하는' 즐거움이 낫다는 관점을 제시했다.

1.13 유현 관아에서 아우 묵에게 보내는 두 번째 편지濰縣署中寄舍弟墨第二書

내 나이 쉰둘에 아들을 얻게 되었으니 어찌 사랑스럽지 않을 수가 있겠는가! 허나 그 아이를 사랑하는 일 또한 도리에 맞게 해야겠네. 그 아이가 즐겁게 장난치며 놀 때일지라도 성실하고 온후하며 동정하는 마음을 지니도록 힘쓰게 하고, 각박하지 않게 길러야겠지. 나는 평생 새장 속에 새를 기르는 것을 아주 싫어했다네. 내 즐겁자고 저들을 가두어 놓으니, 그 무슨 인정 도리란 말인가! 생물의 본성을 기어이 거슬러 가면서 어찌 내 성정에만 맞출 수 있겠는가! 머리카락으로 잠자리를 잡아매고 실로 게를 묶어 어린아이 장난감으로 삼지만, 잠시 한 순간만 지나면 망가져 죽어버리고 말지. 무릇 천지가 생물을 나게 하고 힘들여 길러냄에 있어 개미 한 마리 벌레 한 마리일지언정 모두 음양오행의 기운이 모여 이루어진 것이지. 상제(上帝) 또한 온 마음으로 두루 아끼고 생각하신다네. 그 만물의 본성 가운데 사람이 가장 귀한 것으로, 우리가 한결같이 하늘의 마음을 체득하여 우리 마음으로 삼지 아니한다면 만물은 그 어디에 운명을 맡긴단 말인가! 독사며 지네, 승냥이와 이리, 호랑이와 표범은 동물 가운데 가장 흉악한 것들이지만 하늘이 여전히 그것들을 기르시니 내가 어찌 죽여버릴 수 있단 말인가! 만약 모조리 죽여 없애기로 한다면 천지가 무엇 때문에 저들을 생겨나게 했겠는가? 다만 멀리 가도록 쫓아내고 해를 입지 않도록 피하면 될 뿐이지. 거미가 그물 치는 일이 인간에게 무슨 죄가 되는가? 어떤 이들은 그것들이 밤중에 인가의 담장이 무너지라고 달에게 저주를 보낸다고 여기면서 남김없이 때려죽인다네. 이 이야기는 어느 경전에서 나왔는지 몰라도 이런 식으로 생물의 목숨을 없애는 게 마땅한 일인가? 정말로 마땅한 일이겠는가?

내가 집에 없으니 아이들을 아우가 단속해야겠네. 부디 성실하고 온후한 감정을 길러주고 잔인한 성질을 없애주게나. 절대로 조카라고 해서 그저 버릇없게 귀여워만 해서는 안 되네. 집안 일꾼의 자녀도 모두가 천지간 같은 사람이므로 똑같이 사랑하고 아끼고, 우리 아이들이 그 애들을 못살게 굴게 해서는 안 되네. 생선이나 과일, 떡 같은 것은 똑같이 나눠주고 모두가 함께 기뻐 뛰어놀게 하게나. 만약 우리 아이는 앉아서 좋은 음식을 먹고 있는데 일꾼 아이들이 멀리 서서 바라보며 한 점 맛도 보지 못하게 한다면 그 부모는 안쓰러워도 어쩔 도리가 없어 저리 가거라 소리치겠지. 하지만 그 어찌 심장을 도려내고 살을 베어내는 심정이 아니겠는가! 무릇 책을 읽어 거인(擧人)에 합격하고, 진사(進士)에 합격하고, 관직에 오르게 되는 것이야 하찮은 일이며, 가장 중요한 것은 도리를 분명히 알고 참한 사람이 되는 일이네. 이 편지를 곽(郭)씨 형수, 요(饒)씨 형수 두 분에게도 읽어드려 자식 사랑하는 이치가 바로 이런 데 있지 어디 다른 곳에 있지 않음을 일깨워주게나.

원문

濰縣署中寄舍弟墨第二書

余五十二歲始得一子[1], 豈有不愛之理! 然愛之必以其道, 雖嬉戲玩耍, 務令忠厚悱惻, 貫爲刻急也. 平生最不喜籠中養鳥, 我圖娛悅, 彼在囚牢, 何情何理, 而必屈物之性以適吾性乎! 至于髮繫蜻蜓, 線縛螃蟹, 爲小兒玩具, 不過一時片刻便䙰拉而死. 夫天地生物, 化育劬勞, 一蟻一蟲, 皆本陰陽五行之氣絪縕而出. 上帝亦心心愛念. 而萬物之性人爲貴, 吾輩竟不能體天地之心以爲心, 萬物將何所託命乎? 蛇蚖蜈蚣豺狼虎豹, 蟲之最毒者也. 然天旣生之, 我何得而殺之? 若必欲盡殺, 天地又何必生? 亦惟驅之使遠, 避之使不相害而已. 蜘蛛結網, 于人何罪, 或謂其夜間咒月, 令人牆傾壁倒,遂擊殺無遺. 此等說話, 出于何經何典, 而遂以此殘物之命, 可乎哉? 可乎哉? 我不在家, 兒子便是你管束. 要須長其忠厚之情, 驅其殘忍之性, 不得以爲猶子[2]而姑縱惜也. 家人兒女, 總是天地間一般人, 當一般愛惜, 不可使吾兒凌虐他. 凡魚飧果餅, 宜均分散給, 大家歡嬉跳躍. 若吾兒坐食好物, 令家人子遠立而望, 不得一霑唇齒; 其父母見而憐之, 無可如何, 呼之使去, 豈非割心剜肉乎! 夫讀書中擧中進士[3]作官, 此是小事, 第一要明理作個好人. 可將此書讀與郭嫂、饒嫂[4]聽, 使二婦人知愛子之道在此而不在彼也.

역주

1 余五十二歲始得一子 : 판교는 본처 徐씨와의 사이에서 아들 犉兒를 얻었지만, 요절하고 말았다. 徐씨와 사별한 후 얻은 후처 郭夫人에게서는 자식이 없었다. 그러므로 여기서 말하는 아들은 판교 나이 52세에 첩 饒氏에게서 얻은 아들일 것이다.

2 猶子 : 조카. 『禮記』: "형제의 자식은 (내) 자식과 같다.[兄弟之子, 猶子也.]"

3 中擧中進士 : 明·淸 시대에 鄕試에 급제하면 擧人, 조정에서 치르는 會試에 급제하면 進士가 되었다.

4 郭嫂、饒嫂 : 판교의 후처 郭씨와 첩 饒씨.

해제

이 편지는 판교가 부임지 濰縣에서 집에 남겨 두고 온 아들의 교육 방식을 아우에게 당부하는 내용이다. 늘그막에 얻은 귀한 아들이지만, 무조건 총애하기보다는 '즐겁게 장난치며 놀 때일지라도 성실하고 온후한 심성, 남을 동정하는 마음을 지니도록' 힘써달라고 강조했다. 특히 하인의 자식들 또한 자기 자식과 똑같이 대해주라는 당부에서 그의 남다른 인생관이 잘 드러난다.

1.13.1 쓰고 나서 다시 한 장 덧붙이는 글書後又一紙

편지에서 새장 속에서 새를 기르지 않겠다고 했지만 나 또한 새를 좋아하지 않는 것은 아니고, 다만 기르는 것에도 방도가 있다는 뜻일 뿐이네. 새를 기르고자 한다면 나무를 많이 심어야 하네. 집을 둘러 수백 그루 빽빽하게 심어 새의 나라, 새의 집이 되게 만드는 것이네. 새벽 동이 틀 때 꿈에서 막 깨어나 아직 이불 속에서 뒤척이는데 째액짹 소리 한 자락 들려오면 운문(雲門) 함지(咸池)의 연주가 뭐 따로 있겠나. 옷을 걸치고 일어나 얼굴 씻고 입 헹구고 차를 마시며 오색 깃털 휘날리며 이리저리 훨훨 나는 새들을 보면, 그 눈부신 광경은 이미 새장 하나, 새 한 마리의 즐거움이 아닐세. 대저 평생의 즐거움은 천지를 정원으로 삼고 장강(長江)·한수(漢水)를 연못으로 삼아 저마다 그 본성에 맞춰 살게 하는 것이니, 이것이야말로 크나큰 즐거움이 아니겠나. 어항의 물고기, 새장의 새에 비교해 볼 때, 그 크고 작음, 인애(仁愛)와 잔인함이 과연 어떠한가!

원문

書後又一紙

所云不得籠中養鳥, 而予又未嘗不愛鳥, 但養之有道耳. 欲養鳥莫如多種樹, 使繞屋數百株, 扶疏茂密, 爲鳥國鳥家. 將旦時, 睡夢初醒, 尙展轉在被, 聽一片啁啾, 如雲門咸池[1]之奏; 及披衣而起, 頮面漱口啜茗, 見其揚翬振彩[2], 倏往倏來, 目不暇給, 固非一籠一羽之樂而已. 大率平生樂處, 欲以天地爲囿, 江漢[3]爲池, 各適其天, 斯爲大快. 比之盆魚籠鳥, 其鉅細仁忍何如也!

역주

1 雲門咸池 : 둘 다 周代의 樂舞라 전해온다.
2 揚翬振彩 : 오색 깃털을 휘날리며 훨훨 날다.
3 江漢 : 크고 길기로 유명한 長江과 그 가장 큰 지류인 漢水.

해제

이 편지에서는 앞에서 "새장 속에서 새를 기르지 않겠다"고 한 말은 사실 새 기르기 자체를 싫어해서가 아니라 구속하여 기르는 방식을 싫어함을 강조했다. 그가 새를 기르고자 하는 방식은 새의 본성을 충분히 발휘할 수 있도록 숲을 조성해 자유스럽게 살게 만들겠다는 것이다.

1.13.2 쓰고 나서 다시 한 장 덧붙이는 글書後又一紙

일찍이 요(堯)와 순(舜)이 같지 않음을 논한 적이 있었네. 요가 첫째고, 순은 그 다음이라 했지. 사람들이 모두 놀라며 이상하게 여기더군. 사실 여기엔 심오한 이치가 담겨 있다네. 공자께서 말씀하시길, "위대하도다, 요의 임금됨이여! 오로지 하늘이 위대하시니 요임금은 그것을 따랐네"라 했다네. 공자께서는 일찍이 하늘에 사람을 비교한 적이 없었고, 또한 사람을 위대하다고 칭찬한 적이 없었는데, 오로지 요 임금만은 생각과 입으로 아낌없이 강조하신 유일무이한 모습이지. 무릇 비 오고 해 뜨고 춥고 무더운 것은 하늘이 그렇게 주재한 것이라네. 그러나 때로는 광풍과 장마가 몇 십일 몇 달 동안 이어져서 곡식을 상하고 망치게 해서 어쩔 도리가 없게 만들고, 때로는 벌건 가뭄이 수천 리나 이어져 온갖 메뚜기 떼 해충이 번지고 초목이 시들어 죽게도 한다네. 그렇다고 이것이 하늘의 위대함을 손상시키는 일은 못된다네. 하늘은 기린·봉황 · 영지 · 선초 · 오곡 · 꽃과 열매를 내기도 하지만, 뱀 · 호랑이 · 나나니벌 · 지네 · 가시나무 · 피 · 잡초 따위도 함께 무성하게 자라게 하시지. 하지만 이 또한 하늘의 인자함을 손상시키는 일은 아니라네. 요(堯)는 천자가 되어 완전하고 성대하게 사방을 빛내고 상하의 규범을 세우셨지. 공공(共工)과 환두(驩兜)도 그대로 조정에 남았고, 또한 구 년 동안 치수를 이루지 못한 곤(鯀)도 남아있었지만 이 모든 게 요 임금의 위대함을 손상시키지는 않았다네. 그 덕이 하늘처럼 두터웠다네!

허나 순(舜)은 그렇지 않았네. 공공을 유배시키고, 환두를 추방했으며, 삼묘(三苗)와 곤(鯀)을 죽였지. 물론 이런 사람들의 죄를 물은 것은 응당 해야 할 일이었지. 우백(禹伯)을 사공(司空)으로 명했고, 설(契)을 사도(司徒)로 삼았고, 직(稷)에게 농사일을 가르치게 했고, 고요(皐陶)에게 형을 관장하게 했고, 백익(伯益)에게 불을 관장하게 했고, 백이(伯夷)에게 전례를 맡겼고, 후기(后夔)에게 악을 관장하게 했고, 수공(倕工)에게 구공(鳩工)을 맡겼고, 수장(殳戕) · 주호(朱虎) · 웅파(熊羆) 등도 모두 직책을 맡지 않은 경우가 없었으니, 인재 임용 또한 성공했다고 할 수 있겠네. 임금으로서의 도리도 한 치 오차 없이 잘해냈다고 할 수 있네. 그러므로 『맹자』에 "임금이시로다, 순이시여!", "순은 큰 지혜를 지닌 분이시다!"고 했던 것이라네. 무릇 선을 표창하고 악을 징벌하는 것, 이것은 사람의 이치라네. 선과 악을 남김없이 용납하는 것, 이것은 하늘의 이치라네. 요 임금이여, 요 임금이여! 이것이 바로 천자가 되었던 까닭이리라! 그 뒤로 순의 자손은 진(陳) 땅에 봉해졌지만 뛰어난 사람이 하나도 없었다네. 후대에 제(齊)나라를 차지했지만 역시 빼어난 사람이 없었지. 오로지 전횡(田橫)이 죽었을 때 오백 사람이 그를 따라 죽었는데, 이것이 선조의 유풍에 부끄럽지 않게 된 일이었다네. 하늘이 순을 각박하게 대하여 후손을 내리지 않은 것이 아니라 그 도가 이미 다하였고, 그 책략도 이미 다하여서 더 이상 발전해 나갈 수가 없기 때문이었지. 요 임금의 후대를 볼 것 같으면, 아주 멀리까지 이어졌다네. 용을 다뤘던 환룡(豢

龍) 이래로 중산(中山)의 유루(劉累)를 거쳐 한(漢) 고조(高祖)에 이르러서는 천하의 찬란한 빛이 되었다네. 이백 년이 지나서는 광무제(光武帝)의 중흥이 있었지. 다시 이백 년이 지나 선제(先帝 : 劉備)가 촉(蜀)에 들어가 제갈량(諸葛亮)을 재상으로 삼고 관우(關羽)·장비(張飛)를 장수로 삼아 충의를 천고에 넘치게 하고 도덕이 성현을 잇게 하였다네. 이 어찌 요 임금이 남기신 덕이 후대로 이어져 발휘된 것이 아니겠는가! 대저 순 임금과 요 임금은 같은 마음, 같은 덕, 같은 성인일진대 내가 이렇게 말하는 것은 성인된 분도 너무나 끝까지 밀어붙인 허물이 있을 수 있다고 여겨지는 때문이라네. 끝까지 밀어붙여 [끝장내고 말] 일이란 게 어디 있겠는가! 다 해낼 수 없는 곳엔 약간의 여지를 남겨두는 것, 이것이 바로 그 만큼의 [덕을] 쌓는 일, 하늘의 도리란 바로 이런 것이 아니겠는가! 하지만 하늘 또한 지나치게 [힘을] 소진한 병폐가 있기도 한 법이지. 하늘이 성인을 내심 또한 여러 차례였지만 일찍이 공자와 같은 이를 내리신 적은 없으셨지. 공자께서 태어나시자 천지의 기운도 이 분을 위해 온 힘을 다하느라 쇠진해졌고, 다시는 더 이상 성인을 내리지 못하셨던 것이지. 하늘도 이처럼 그 병폐에서 벗어나지 못하신대 하물며 인간의 경우는 더 말해 뭐하겠는가!

이상 논의는 이전 범현(范縣)에서 진사 전종옥(田種玉), 효렴(孝廉) 송위(宋緯)와 더불어 이야기를 나눈 바 있었고, 유현(濰縣)에 와서는 제생(諸生) 곽위적(郭偉勣)과 담론하기도 했는데 모두들 충격적으로 여기고 감동하며 일찍이 들어본 적이 없는 말씀이라 하였네. 이에 여기 함께 적어 아우에게 부치네. 문갑 속에 넣어 두었다가 우리 아이들이 조금 자란 연후에 그들에게 들려주면 [앞의] 편지 속뜻과 연결되어 서로 분명해질 수 있지 않을까 한다네.

원문

書後又一紙

嘗論堯舜[1]不是一樣, 堯爲最, 舜次之. 人咸驚訝. 其實有至理焉. 孔子曰: "大哉, 堯之爲君, 惟天爲大, 惟堯則之."[2] 孔子從未嘗以天許人, 亦未嘗以大許人, 惟稱堯不遺餘力, 意中口中, 却是有一無二之象. 夫雨暘寒燠時若者, 天也. 亦有時狂風淫雨, 兼旬累月, 傷禾敗稼而不可救; 或赤旱數千里, 蝗蝝螟特肆生, 致草黃而木死, 而亦不害其爲天之大. 天旣生有麒麟、鳳凰[3]、靈芝、仙草、五穀、花實矣, 而蛇、虎、蜂蠆、蒺藜、稂莠、蕭艾之屬, 卽與之俱生而幷茂, 而不亦害其爲天之仁. 堯爲天子, 旣已欽明文思, 光四表而格上下矣,[4] 而共工、驩兜[5]尙列于朝, 又有九載績用弗成之鮌, 而亦不害其爲堯之大. 渾渾乎一天也! 若舜則不然, 流共工、放驩兜、殺三苗、殛鯀, 罪人斯當矣.[6] 命伯禹作司空、契爲司徒、稷敎稼、皐陶掌刑、伯益掌火、伯夷典禮、后夔典樂、倕工鳩工[7], 以及殳戕、朱虎、熊羆之屬[8], 無不各得其職, 用人又得矣. 爲君之道, 至毫髮無遺憾. 故曰: "君哉舜也!"[9] 又曰: "舜其大智也!"[10] 夫彰善癉惡者, 人道也; 善惡無所不容納者, 天道也. 堯乎, 堯乎! 此其所以爲天也乎! 厥後舜之子孫, 賓諸陳[11], 無一達人. 後代有齊國, 亦無一達人. 惟田橫之卒, 五百人從之[12], 斯不愧祖宗風烈. 非天之薄于大舜而不予以後也, 其道已盡, 其數已窮, 更無從蘊而再發耳. 若堯之後, 至迂且遠也. 豢龍御龍, 而有中山劉累[13], 至漢高而光有天下[14]. 旣二百年矣, 而又光武中興.[15] 又二百年矣, 而又先帝入蜀[16], 以諸葛[17]爲之相, 以關、張[18]爲之將; 忠義滿千古, 道德繼賢聖. 豈非堯之留餘不盡, 而後有此發泄也哉! 夫舜與堯同心同德同聖, 而吾爲是言者, 以爲作聖且有太盡之累, 則何事而可盡也? 留得一分做不到處, 便是一分蓄積, 天道其信然矣. 且天亦有過盡之弊. 天生聖人亦屢矣, 未嘗生孔子也. 及生孔子, 天地亦氣爲之竭而力爲之衰, 更不復能生聖人. 天受其弊, 而況人乎! 昨在范縣與進士田種玉、孝廉宋緯[19]言之, 及來濰縣, 與諸生郭偉勣[20]談論, 咸鼓舞震動,以爲得未曾有. 幷書以寄老弟, 且藏之匣中, 待吾兒少長, 然後講與他聽, 與書中之意互相發明也.

역주

1 堯舜 : 고대 전설 속의 두 聖王. 堯는 姓은 伊祁, 名은 放勳, 唐 지역을 다스렸기에 '唐堯'라고도 불린다. 鯀에게 홍수를 다스리도록 하는 등 善政을 펼쳤고, 舜을 추대하여 후계자로 삼았다. 舜은 號가 虞氏, 姓은 姚, 名은 重華. 堯 임금에 이어 제위에 오른 뒤 '四凶', 즉 鯀·共工·驩兜(환두)·三苗를 제거한 후 禹에게 치수를 맡기는 등 善政을 펼쳤다.

2 孔子曰 : "大哉, 堯之爲君! 惟天爲大, 惟堯則之." : 『論語·泰伯』에 보인다.

3 麒麟、鳳凰 : 기린과 봉황은 상상 속 짐승과 새로, 이들의 출현은 상서로운 조짐이라 여겼다.

4 欽明文思, 光四表而格上下矣 : 『尙書·堯典』 : "예전의 堯帝로 말할 것 같으면 '放勛'이라 하셨으며, 완전하고 성대하고 편안하게 하셨고, 공손함과 양보로 사방을 빛내고 상하의 규범을 세우셨다.[曰若稽古帝堯, 曰放勛. 欽明文思安安, 允恭克讓, 光被四表, 格於上下.]"

5 共工、驩兜 : 堯 때의 두 신하라 전해온다. 아래 부분에 나오는 三苗·鯀(곤) 등과 함께 四凶으로 불렸는데, 이들은 당시 왕권에 항거하던 지방 世族으로 보인다. 『尙書·堯典』 참고.

6 流共工、放驩兜、殺三苗、殛鯀, 罪人斯當矣 : 『尙書·舜典』 : "共工을 幽州에 유배하고, 放驩을 崇山에 묶어두고, 三苗를 三危에서 제거하고, 鯀을 羽山에서 죽여 네 죄를 다스리시니 천하가 다 순복하였다.[四罪而天下咸服.流共工於幽州, 放驩兜於崇山, 竄三苗於三危, 殛鯀於羽山. 四罪而天下咸服.]" 『孟子·萬章上』에도 비슷한 내용이 보인다.

7 命伯禹作司空、契爲司徒、稷教稼、皐陶掌刑、伯益掌火、伯夷典禮、后夔典樂、倕工鳩工 : 伯禹·契·稷·皐陶·伯益·伯夷·后夔·倕工 등은 舜의 신하로 전해온다. 司公 : 『尙書』 蔡忱 注 : "水土를 평정하는 이가 司公이다.[平水土者, 司公.]" 司徒 : 『尙書』 蔡忱 注 : "司徒는 교육을 관장하는 관직이다.[司徒, 掌教之官.]"

8 殳戕、朱虎、熊羆 : 역시 舜의 신하로 전해온다. 殳·戕·朱·虎·熊·羆 등 6인이라는 설도 있다. 『尙書·舜典』, 『史記·五帝本紀』 등 참고.

9 "君哉舜也!" : 『孟子·滕文公上』에 보인다.

10 "舜其大智也!" : 『禮記·中庸』에 보인다.

11 賓諸陳 : 陳歷公의 아들 陳完이 陳 宣公 十二年에 齊로 도망오자 齊 桓公이 그를 노동자를 지휘 감독하는 工正으로 삼고, 田氏로 성씨를 바꿔주었다. 후에 田乞·田常 등이 차츰 국정을 도맡았고, 田和에 와서 齊의 제후가 된 후 마침내

齊國이 되었다. 『史記・田敬仲完世家』 참고.

12 田橫之卒, 五百人從之 : B.C. 203년 齊王 田廣이 漢 장군 韓信에게 잡혀 죽자 齊의 재상 田橫이 스스로 齊王에 올랐지만, 후에 전쟁에 패해 彭越에게 귀순한다. 漢이 楚를 멸망시키자 彭越은 漢에 귀속하게 되고 田橫은 죽게 될까 두려워 부하 500여 명과 함께 섬으로 들어갔다. 劉邦이 제왕에 오르자 田橫의 죄를 사면하고 洛陽으로 불러들였지만, 그는 도중에 자진해 죽었다. 섬에 남은 500여 명의 사람들은 田橫의 죽음 소식을 전해 듣고 모두 자살했다 한다. 『史記・田儋列傳』 참고.

13 豢龍御龍, 而有中山劉累 : 『潛夫論・志氏姓』: "요 임금의 후대는 陶唐씨가 되었다. 후에 劉累가 있어 용을 기를 줄 알았으므로 孔甲이 성을 내려 御龍씨로 삼아 豕韋의 후손으로 바꿨다.[帝堯之後, 爲陶唐氏. 後有劉累, 能畜龍, 孔甲賜姓爲御龍, 以更豕韋之後.]"; "이로부터 요임금 후대로 陶唐豕와 劉氏가 …… [由此, 帝堯之後由陶唐豕、劉氏 …… .]" 中山은 河北에 있는 지명.

14 至漢高而光有天下 : 漢 高祖는 漢을 건국한 제1대 황제 劉邦(재위 B.C. 202～B.C. 195). 秦나라 말기에 군사를 일으켜 秦王으로부터 항복을 받았으며, 4년간에 걸친 項羽와의 쟁패전에서 항우를 대파하고 천하통일의 대업을 실현시켰다.

15 旣二百年矣, 而又光武中興 : 漢 高祖 劉邦의 建元(B.C. 206년)부터 漢 光武帝 中興(서기 25년) 때까지 230년간을 어림수로 200년이라 말한 것이다.

16 又二百年矣, 而又先帝入蜀 : 先帝는 삼국시대 蜀漢의 군주 劉備. 東漢 말 각지 군벌이 할거하며 난이 일어났을 때 劉備는 서기 221년 西蜀에서 帝位에 올랐는데 光武帝로부터 194년 후였다. 劉備(161～223)는 자가 玄德이고, 漢 中山 靖王 劉勝의 후예라 전한다. 동한 말 황건적 토벌로 세력을 얻어 후에 蜀에 들어가 西蜀 昭烈帝가 되고, 사후에 先主로 불렸다.

17 諸葛 : 이름은 亮, 자는 孔明(181～234). 삼국시대 蜀漢의 정치가 겸 전략가. 명성이 높아 臥龍先生이라 일컬어졌다.

18 關、張 : 劉備의 장수 關羽와 張飛. 關羽는 자가 雲長(?～219), 劉備와 의형제를 맺어 보좌했고, 후에 荊州를 지키다가 東吳 군대에 피살되었다. 후세에 그를 신으로 추존했다. 張飛는 자가 翼德(?～221). 역시 劉備와 의형제를 맺어 보좌했고, 후에 유비를 따라 吳를 공격할 때 불만을 품은 部將에게 피살되었다.

19 進士田種玉、孝廉宋緯 : 田種玉은 자가 藍田, 雍正 甲辰년에 進士가 되어 新城・靑縣知縣을 지냈고, 늙은 모친 봉양을 위해 사임한 후 白衣堂을 세워 교육에 힘썼는데, 팔고문에 능했다. 『范縣志』 참고. 宋緯는 자가 星周, 집이 가난하였으나 끊임없이 문장을 읽고 암송했고, 판교가 금전을 제공했으나 받지 않았다 한다. 范縣 秀才, 乾隆 12년 擧人에 합격했다.

20 諸生郭偉勣 : 山東 濰縣 사람으로 字가 熙虞(1710～1789). 호는 芸亭・柏園・松筠道人 등이며, 篆書와 隸書에 능했으며, 乾隆 庚戌년 翰林院檢討를 하사받았다. 집에 좋은 정원이 있었는데, 판교가 濰縣에 있을 때 자주 그 정원에 가서 쉬었다 한다. 『濰縣志稿』 참고.

해제

이 편지에서 판교는 堯와 舜에 대한 역사적 평가의 대비를 통해 德治의 중요함을 강조했다. 舜과 堯는 같은 성인이지만, 두 분의 차이는 "여지를 남겼는지 여부"에 있다. 악착같고 각박한 것이 능사는 아니며, 여지를 남기는 여유가 德治로 이어진다는 것이다.

1.14 유현 관아에서 아우 묵에게 보내는 세 번째 편지濰縣寄舍弟墨第三書

부귀한 집에서는 스승을 모셔 자제를 교육시키는 데 매우 정성스럽고 간절하다네. 그러나 뜻을 세워 노력하여 성공하는 경우는 대부분 곁에 따라 앉아 공부했던 가난한 집 아이들이며, 오히려 그 집 자제들은 그렇지 못하지. 몇 년 지나지도 않아 부귀한 집 사람들은 빈천한 처지가 되어 어떤 이는 다른 집에 얹혀살고, 어떤 이는 거리를 유랑하며 거지로 살게 된다네. 또 어떤 이는 어떻게 어렵사리 가업을 지켜 먹고 입는 데는 별 어려움이 없지만 아예 일자무식꾼으로 살아간다네. 때로 백 명 가운데 하나 정도 성공한 경우도 있지만 그들이 쓴 문장을 보면 '깊이가 있고 거침이 없는[沈着痛快]' 경지나 '뼈와 가슴에 사무치는[刻骨鏤心]' 경지에 이르러 널리 전해지는 경우란 없다고 봐야 하네. 이 어찌 부귀야말로 사람을 멍청하게 만들고, 가난함이 오히려 뜻을 키우고 지혜를 창출해주기 때문이 아니겠는가? 나는 관직이 미천한 사람이긴 하지만 내 아이 또한 부귀한 집의 자제라 할 수 있으니, 그가 성공할 수 있을지 여부를 여기서 거론하고 싶지는 않네. 다만 그 아이 곁에서 따라 앉아 공부했던 우수한 자제가 학문에서 성과가 있게 된다면 이 또한 나의 가장 큰 바람일세. 스승을 모시는 일과 동학을 대하는 일이란 신중하지 않을 수가 없는 문제라네. 내 아들은 여섯 살이라 [동학 중에서] 나이가 가장 어린 셈이지. 나이가 저보다 상당히 차이가 나는 동학은 아무개 선생이라 부르고, 차이가 조금 나는 동학은 아무개 형이라 부르며, 그들 이름을 직접 불러서는 아니 되겠지. 종이와 묵과 붓과 벼루 등은 우리 집에 다 있으니 언제라도 동학들에게 나눠줄 수 있을 게야. 가난한 집의 자식, 과부의 자식들은 열 전 남짓한 돈으로 천련지(川連紙)를 사서 겨우 습자용 공책을 마련하는데, 열흘씩이나 가져오지 못하는 아이들을 자주 보게 될 걸세. 그럴 때는 마땅히 그 사연을 살펴 아무렇지도 않게 종이를 내줘야겠지. 큰 비가 와서 바로 돌아가지 못할 때는 [우리 집에] 머물게 해서 밥을 먹이고, 저녁 무렵에는 [집안의] 낡은 신발을 신겨 돌려보내게. 부모의 자식 사랑으로 보아 비록 좋은 옷은 입히지 못할지라도 분명 새 신과 양말을 신겨서 학당에 보냈을 터인데, 진흙탕에 한 번 빠지면 다시 장만하기 어려울 노릇 아니겠는가.

무릇 스승을 모시는 일은 어려운 일로, 스승을 존경함이 참으로 중요하다네. 스승을 선택할 때는 세심하게 생각하지 않을 수 없지만, 일단 선택했다면 그분을 존중하고 받들어야 한다네. 어찌 새삼 그분의 잘못을 꼬집어낼 수 있단 말인가? 우리 독서인은 일단 관직에 들어서면 스스로 자기 자식을 가르칠 수 없는 법이라네. 초빙하고자 하는 스승은 대부분 한 지역의 우수한 인재이지 전국적인 유명 인사일 리는 없을 것이네. 때로 은근히 그 분의 잘못을 비웃거나, 때로 면전에서 그의 결점을 지적한다면 스승으로서 불안할 뿐만 아니라 교육 방법에 대해서도 온전히 마음을 쏟을 수 없을 걸세. 아이들 또한 스승을 경시하고 함부로 대하면서 공부에 힘쓰지 않을 것이니, 이것이야말로 큰 병폐라네. 스승의 좋은 점을 더 많이 찾아내어 우리 아이들의 부족함을 가르치는 게 마땅한 일이지. 그래도 진정 맞지 않은 경우라면 다음해까지 기다렸다가 다른 스승을 새롭게 초빙해야 하겠지. 그렇지만 그 한 해 동안은 여전히 예의와 존경을 게을리 해서는 안 되네.

여기 적은 오언 절구 네 수는 아이들이 입으로 낭랑하게 읽기 좋을 거네. 이걸로 우리 아이들이 읽어가며 노래하도록 가르치게나. 달빛 아래 문지방에 앉아 노래해서 둘째 할머님, 두 모친, 숙부·숙모에게 들려 드리면 간식거리라도 받아먹을 수 있겠지.

2월부터 새 실 내다팔고 5월부터 새 곡식 찧는다네.
급한 눈병 고치다보니 심장을 파내게 되었다네.

김매는데 해는 중천이라, 구슬땀이 논자락에 뚝뚝.
어느 누가 알리오, 접시 속 음식 알알이 피땀인 것을.

어제는 저자에 갔다가 손수건 흥건히 눈물지었네.
온 몸에 비단옷 두른 이들, 양잠하는 사람은 없다네.

구구는 팔십일, 가난뱅이 죗값을 다 치렀거늘.
겨우 발 뻗고 자려는데 모기 벼룩이 달려드네.

원문

濰縣寄舍弟墨第三書

富貴人家延師傳教子弟, 至勤至切, 而立學有成者, 多出於附從貧賤之家[1], 而己之子弟不與焉. 不數年間, 變富貴爲貧賤: 有寄人門下者、有餓莩乞丐者. 或僅守厥家, 不失溫飽, 而目不識丁. 或百中之一亦有發達者, 其爲文章, 必不能沉著痛快[2], 刻骨鏤心[3], 爲世所傳誦. 豈非富貴足以愚人, 而貧賤足以立志而濬慧乎! 我雖微官, 吾兒便是富貴子弟, 其成其敗, 吾已置之不論; 但得附從佳子弟有成, 亦吾所大願也. 至於延師傅, 待同學, 不可不愼. 吾兒六歲[4], 年最小, 其同學長者, 當稱爲某先生, 次亦稱爲某兄, 不得直呼其名. 紙筆墨硯, 吾家所有, 宜不時散給諸衆同學. 每見貧家之子, 寡婦之兒, 求十數錢, 買川連紙[5]釘倣字簿, 而十日不得者, 當察其故而無意中與之. 至陰雨不能卽歸, 輒留飯; 薄暮, 以舊鞋與穿而去. 彼父母之愛子, 雖無佳好衣服, 必製新鞋襪來上學堂, 一遭泥濘, 復製爲難矣. 夫擇師爲難, 敬師爲要. 擇師不得不審, 旣擇定矣, 便當尊之敬之, 何得復尋其短?吾人一涉宦途, 卽不能自課其子弟. 其所延師, 不過一方之秀, 未必海內名流. 或暗笑其非, 或明指其誤, 爲師者旣不自安, 而教法不能盡心;子弟復持過忽心而不力於學, 此最是受病處. 不如就師之所長, 且訓吾子弟之不逮. 如必不可從, 少待來年, 更請他師, 而年內之禮節尊崇, 必不可廢.

又有五言絶句四首, 小兒順口好讀, 令吾兒且讀且唱. 月下坐門檻上, 唱與二太太、兩母親、叔叔、㜷娘聽[6], 便好騙果子吃也.

二月賣新絲, 五月糶新穀; 醫得眼前瘡, 剜卻心頭肉.[7]
耘苗日正午, 汗滴禾下土; 誰知盤中餐, 粒粒皆辛苦.[8]
昨日入城市, 歸來淚滿巾; 徧身羅綺者, 不是養蠶人.[9]
九九八十一[10], 窮漢受罪畢; 纔得放脚眠, 蚊蟲獦蚤出.

역주

1 多出于附從貧賤之家 : 옛날 시골에서는 부잣집에서 가정교사를 초빙해 아이들을 가르치게 되면 빈곤한 아이들도 함께 와서 공부하게 하는 경우가 있었는데, 이를 '附學'이라 했다.
2 沈着痛快 : 깊이가 있고 거침이 없음.
3 刻骨鏤心 : 뼈와 가슴에 새긴 듯한 깊은 감정.
4 吾兒六歲 : 첫아들 犉이 어려서 죽은 후, 판교는 나이 52세에 첩 饒氏 소생의 아들을 얻었다. 그 아들의 나이가 여섯 살이라 한 것을 보면 이 편지는 그의 나이 57세에 쓴 것이다.
5 川連紙 : 四川에서 생산되는 백지. 四川에서 생산되었으므로 川連이라고 부른다. 색은 粉紙보다 약간 누렇고 백색의 제품도 있다. 이 글에서는 글씨 연습용

종이, 즉 習字紙를 가리킨다.

6 二太太、兩母親、叔叔、嬸娘 : 二太太는 판교의 숙모, 兩母親은 판교의 처 郭氏와 첩 饒氏, 叔叔·嬸娘은 鄭墨 부부를 가리킨다.

7 二月賣新絲, 五月糶新穀; 醫得眼前瘡, 剜却心頭肉 : 唐 시인 聶夷中「咏田家」의 앞부분. 참고로 뒷부분은 이렇다. "임금님 마음이, 빛나는 촛불 같기 바란다네. 비단옷 입은 이들 잔치일랑 비추지 말시고, 그저 도망한 우리네 집 비춰주시길. [我願君王心, 化作光明燭. 不照綺羅筵, 只照逃亡屋.]"

8 耘苗日正午, 汗滴禾下土; 誰知盤中餐, 粒粒皆辛苦 : 唐 시인 李紳「憫農」 2수 중의 한 부분. '耘苗日正午'가 '鋤禾日當午'로 표기된 곳도 있다.

9 昨日入城市, 歸來淚滿巾; 徧身羅綺者, 不是養蠶人 : 北宋 시인 張兪의「蠶婦」.

10 九九八十一 : 冬至 후 추위가 계속되는 81일간을 의미한다. 이 노래는 명·청 시기 북경 지대에 전해온 민요의 일종이다. 明 劉侗·于奕正『帝京景物紀略』참고.

해제

이 편지는 자식의 교육 방법에 대해 판교가 아우에게 몇 가지를 당부하는 내용이다. 그는 늦게 얻은 아들이 학당에서 나이가 가장 어릴 것을 염려하면서도, 집에 넉넉하게 준비된 문방구를 가난한 동학들과 나눠쓰도록 강조하는 등 항상 약자를 배려하는 자상한 면을 보여준다. 또한 愛民을 다룬 옛 시인들의 시나 민요를 전하여 아들이 일반 백성들의 수고로움을 알도록 가르치게 하라는 대목에서도 그의 민본 사상이 잘 드러난다.

1.15 유현 관아에서 아우 묵에게 보내는 네 번째 편지濰縣署中寄舍弟墨第四書

보통 사람들의 독서는 본디 큰 성공을 기약할 수 있는 방도는 아니라네. 그러나 크게 성공하지 못한다 할지라도 독서는 하지 않을 수 없는 것이니, 주관을 똑바로 세울 일일세. 과거에서 공명을 얻지 못했을지라도 학문은 이미 내 안에 들어와 있으니 기본적으로 손해 보는 장사는 아니란 말이지. 이 형이 관직에 들어서니 다른 사람들은 형더러 공부를 잘했다고 칭찬하지만, 나는 오히려 스스로에게 물어본다네. 가슴 속에 책을 과연 몇 권이나 지녔다고 할 수 있는가? 그저 여기저기서 옮겨오고 빌려오거나, 고치고 덧붙인 것으로 이름을 얻어 세상을 기만하는 건 아닌가? 사람이 책을 속일 뿐이지 책이 어찌 사람을 속인단 말인가! 예전에 누군가 심근사(沈近思) 시랑(侍郎)에게 가난을 벗어날 좋은 방도를 묻자 그는 바로 '독서'라 대답했다네. 물은 이는 너무 비현실적인 답변이라 여겼겠지만, 사실은 그렇지가 않다네. 사람이 동분서주 기웃거리며 시간을 낭비하고 학업을 팽개치다 보면 그 품격을 잃어버릴 뿐 아니라 결국 아무런 쓸모없이 되고 말 걸세. 하지만 서적 속을 유유자적하다보면 애써 구하지 않아도 생기는 능력이 바로 눈앞에 있지 않던가! 이 말을 믿으면 부귀하게 되고, 믿지 못하면 가난해지리니, 이 또한 그 사람이 식견이 있는지, 결심을 했는지, 또 인내심이 있는지에 달려 있을 뿐이네.

원문

濰縣寄舍弟墨第四書

凡人讀書, 原拿不定發達[1]. 然即不發達, 要不可以不讀書, 主意便拿定也. 科名不來, 學問在我, 原不是折本的買賣. 愚兄而今已發達矣, 人亦共稱愚兄爲善讀書矣. 究竟自問胸中擔得出幾卷書來?不過挪移借貸, 改竄添補, 便爾釣名欺世. 人有負于書耳, 書亦何負于人哉! 昔有人問沈近思侍郎[2], 如何是救貧的良法? 沈曰 : 讀書. 其人以爲迂闊. 其實不迂闊也. 東投西竄, 費時失業, 徒喪其品, 而卒歸于無濟, 何如優遊書史中, 不求獲而得力在眉睫間乎! 信此言, 則富貴, 不信, 則貧賤, 亦在人之有識與有決并有忍耳.

역주

1 發達 : 功名을 이루는 것, 즉 顯達을 의미한다.
2 沈近思侍郎 : 자는 位山이며 浙江 仁和 사람이다. 康熙 연간에 進士에 들었고, 雍正 연간에 吏部侍郎 등 관직을 역임했다. 『夙陽錄』 등 저서가 있다.

해제

이 편지는 독서할 때 공명을 얻지 못하더라도 학문 그 자체의 즐거움을 추구하다 보면 자연스럽게 좋은 결과에 이를 것임을 강조하고 있다.

1.16 유현 관아에서 아우 묵에게 보내는 다섯 번째 편지濰縣

署中寄舍弟墨第五書

팔고문과 고문, 시가와 사부를 막론하고 다 문장이라 일컫는다네. 지금 사람들은 팔고문을 천하게 여겨 거의 문장 범위 밖으로 제켜두고자 하는데, 이 어찌 심각한 노릇이 아니겠는가! 그 형식은 나쁘지 않지만 그 내용은 살필 것이 없다는 말인가! 나는 우리 왕조 문장 가운데 방백천(方百川)의 팔고문을 첫째로, 후조종(侯朝宗)의 고문을 그 다음으로 친다네. 나머지 시가와 사부는 여기저기서 이 사람 저 사람 것을 끌어오고 덧붙인 것으로, 모두 옛사람의 찌꺼기를 모은 꼴이지. 일관되지도 못할 뿐더러 참된 기백이 없기 때문이야. 백천의 팔고문은 아주 정련되고 순수하면서도 깊이가 있다네. 마음의 싹을 틔워내고 오묘한 뜻을 표현해내며, 사물의 자태를 묘사하고 인정을 그려내는데 백 번 천 번 구비 돌아 마침내 평이하고도 친숙한 경지를 이루지. 조종의 고문은 새로

움과 기이함을 표방한다네. 눈앞의 것을 그려내면서 결코 옛사람의 구속을 받고자 하지 않지. 그러나 언어에 힘이 없고 기세가 약한 편이라 결국 백천에게 첫째 자리를 양보하게 된다네. 기억하기로, 내가 어렸을 적 밖에 나갈 때면 책가방에 서천지(徐天池)의 『사성원(四聲猿)』, 방백천의 팔고문 두 가지만 넣고 다니며 수십 년을 읽었고, 큰 도움을 얻지는 못했을지라도 끝내 손에서 떼지 않은 채 끝까지 함께 했지. 세상 사람들이 『모란정(牧丹亭)』을 읽으면서 『사성원』은 읽지 않는데, 대체 무슨 연유일까?

문장은 침착통쾌(沈着痛快)를 최고로 치는데, 『좌전(左傳)』·『사기(史記)』·『장자(莊子)』·『이소(離騷)』·두보의 시·한유의 고문이 바로 이런 부류에 속한다네. 이들 가운데 간혹 한두 군데 '(뜻을) 다 드러낼 수 없는 말'이나 '말 밖의 뜻'이 있어 그런 일부가 다른 대다수 부분보다 나은 경우도 있지만, 이것은 지엽적인 장점일 뿐 이들 여섯 군자의 본색은 아니라네. 그러나 세간의 소심하고 하찮은 자들은 오로지 이것을 능사로 삼고 말지. 그리하여 문장이란 [뜻을] 남김없이 설파해서도 안 되고, 끝까지 다 드러내서도 안 된다고 여기며 사람들이 말을 너무 늘어놓는다고 헐뜯지. 이른바 계속 늘어놓는다는 것은 무익한 말, 본 취지에서 벗어난 말이라는 뜻이겠지. 그러나 제왕의 사업을 펼쳐 설명하고, 백성의 수고와 고통을 노래하고, 성현의 오묘한 이치를 밝히고, 영웅호걸의 풍모와 계략을 묘사하는 데 어찌 한 두 마디 말로 다 해낼 수 있겠는가? 어찌 '말 밖의 말[言外有言]', '맛 너머의 맛[味外取味]'이나 추구하는 자들이 붓을 쥐고 거침없이 써내려 갈 수 있겠는가? [그런 일들을 쓰려 할 때] 저들은 분명 눈과 마음이 어지러워 갈팡질팡 혼란 속에서 그 손발을 어찌해야 좋을지 몰라 쩔쩔매리라는 것을 난 안다네. 왕유(王維)·맹호연(孟浩然)의 시는 튼실하여 분명 마멸될 수 없는 점이 있지만, 오로지 정결한 수사만을 드러내는 데 힘썼기 때문에 이백(李白)·두보(杜甫)의 깊이와 기백에는 미치지 못한다네. 사공표성(司公表聖)은 스스로 '맛 너머 맛[味外味]'을 얻었다고 여겼지만 역시 왕(王)·맹(孟)보다 한두 수 아래 등급이지. 오늘날 하찮은 문인들이 왕·맹·사공에 전혀 이를 수 없으면서도 오로지 '뜻 밖의 뜻', '말 밖의 말'만을 내세우며 그 천박함을 가리고자 꾸며대는데, 참으로 가소로운 일일세. 절구시, 소령사(小令詞)의 경우라면 [그 편폭이 짧기에] '뜻 밖의 뜻', '말 밖의 말'로 장점을 삼아야 하겠지.

"꿈자리가 뒤숭숭하여 대문에 '대길' 글씨 걸었네." 구양수(歐陽修) 공이 이 문구로 타인을 풍자한 것은 정확했으나 또한 지나치게 평이하다는 병폐가 있다네. "멋진 말이 길에서 개를 치어 죽였네." 이는 구양수 공의 간결, 정련된 경지를 보여주지만 또한 [그가 편찬한] 『오대사(五代史)』는 또한 너무 간략하다는 병폐가 있다네.(원주: 고밀(高密)이 선랑(單烺) 진사에게 "고인을 탓하기 좋아해서가 아니라, 그 바른 것을 구하려는 것일 뿐"이라 말한 적이 있지.)

글씨 쓰고 그림 그리는 것은 우아한 일이면서도 또한 속된 일이지. 대장부가 천지에 공을 세우거나 백성들을 부양할 수 없어서 보잘 것 없는 필묵으로 사람들에게 눈요깃거리나 제공하는 것이 속된 일이 아니고 무엇이겠는가? 동파거사(東坡居士)는 시시각각 천지만물을 중심으로 삼고, 그 나머지 여가에나 고목과 대나무와 돌을 그렸으니 해(害)가 되지 않았지. 왕마힐(王摩詰)·조자앙(趙子昂) 같은 무리는 그저 당·송대의 두 '화가'에 지나지 않을 뿐이라네. 그들이 평생 동안 쓴 시문을 보면 단 한 구절이라도 민간의 고통과 어려움을 말한 적이 있었던가? 만일 방현령(房玄齡)·두여회(杜如晦)·요숭(姚崇)·송경(宋璟) 등을 앞에 두고, 한기(韓琦)·범중엄(范仲淹)·부필(富弼)·구양수(歐陽修) 등을 그 뒤에 두고서, 이 두 사람을 그 중간에 끼워 넣어야 한다면 나는 이들을 어떤 등급, 어떤 위치에 놓아야 할지 잘 모르겠네. 서당선생의 재주와 감정, 문객의 기량으로는 그저 나무 가지나 자르고, 정자나 짓고, 골동품을 판별하고, 차맛을 품평하고, 소제하는 하인들의 우두머리나 되기에 알맞을 따름이지. 어디 내세울 수 있겠는가! 어디 평가할 게 있겠는가! 이 형이 젊어서는 학업이 없어서, 장성해서는 이룬 게 없어서, 나이 들어서는 빈궁하기에 어쩔 수 없이 이 필묵을 빌어 호구지책으로 삼았지만 사실은 부끄럽고 천한 일일세. 아우는 발분하고 힘을 길러 부디 이 형의 전철을 밟지 말게나. 옛 사람이 "제갈 선생이야말로 진짜 명사(名士)다"고 했는데, 정말이지 명사라는 두 글자는 제갈량의 경우에나 어울리는 말일세. 근래 글씨 쓰고 그림 그리는 자들이 거리에 넘쳐나며 다들 명사라는데, 이 어찌 제갈량을 부끄럽게 만들고, 고상한 사람들의 비웃음을 살 일이 아니겠는가?

원문

濰縣署中寄舍弟墨第五書

無論時文[1]、古文、詩歌、詞賦, 皆謂之文章. 今人鄙薄時文, 幾欲摒諸筆墨之外, 何太甚也? 將毋醜其貌而不鑑其深乎! 愚謂本朝文章, 當以方百川[2]制藝爲第一, 侯朝宗[3]古文次之; 其他歌詩辭賦, 扯東補西, 拖張拽李, 皆拾古人之唾餘, 不能貫串, 以無眞氣故也. 百川時文精粹湛深, 抽心苗, 發奧旨, 繪物態, 狀人情, 千廻百折而卒造乎淺近. 朝宗古文標新領異, 指畫目前, 絶不受古人羈紲, 然語不遒, 氣不深, 終讓百川一席. 憶予幼時, 行匣中惟徐天池四聲猿[4]、方百川制藝二種, 讀之數十年, 未能得力, 亦不撒手, 相與終焉而已. 世人讀牡丹亭[5]而不讀四聲猿, 何故?

文章以沈着痛快爲最, 左、史、莊、騷、杜詩、韓文是也[6]. 間有一二不盡之言, 言外之意, 以少少許勝多多許者, 是他一枝一節好處, 非六君子本色. 而世間娓娓纖小之夫, 專以此爲能, 謂文章不可說破, 不宜道盡, 遂訾人爲剌剌不休. 夫所謂剌剌不休者, 無益之言, 道三不着兩耳. 至若敷陳帝王之事業, 歌詠百姓之勤苦, 剖晰聖賢之精義, 描摹英傑之風猷, 豈一言兩語所能了事? 豈言外有言、味外取味者, 所能秉筆而快書乎? 吾知其必目昏心亂, 顚倒拖沓, 無所措其手足也. 王、孟[7]詩原有實落不可磨滅處, 只因務爲修潔, 到不得李、杜[8]沈雄. 司空表聖[9]自以爲得味外味, 又下于王、孟一二等. 至今之小夫, 不及王、孟、司空萬萬, 專以意外言外, 自文其陋, 可笑也. 若絶句詩、小令詞, 則必以意外言外取勝矣.[10]

『宵寐匪禎, 札闥洪庥.』[11]以此訾人, 是歐公正當處, 然亦有淺易之病. 『逸馬殺犬于道』[12], 是歐公簡煉處, 然五代史亦有太簡之病. 【高密單進士烺[13]曰 : 『不是好議古人, 無非求其至是.』】

寫字作畫是雅事, 亦是俗事. 大丈夫不能立功天地, 字養生民, 而以區區筆墨供人玩好, 非俗事而何? 東坡居士[14]刻刻以天地萬物爲心, 以其餘閒作爲枯木竹石, 不害也. 若王摩詰、趙子昂輩[15], 不過唐、宋間兩畫師耳! 試看其平生詩文, 可曾一句道着民間痛癢? 設以房、杜、姚、宋[16]在前, 韓、范、富、歐陽在後[17], 而以二子側乎其間, 吾不知其居何等而立何地矣! 門館才情, 游客伎倆, 只合剪樹枝、造亭榭、辨古玩、鬥茗茶, 爲掃除小吏作頭目而已, 何足數哉! 何足數哉! 愚兄少而無業, 長而無成, 老而窮窘, 不得已亦借此筆墨爲糊口覓食之資, 其實可羞可賤. 願吾弟發奮自雄, 勿蹈乃兄故轍也. 古人云 : 『諸葛君眞名士.』[18]名士二字, 是諸葛才當受得起. 近日寫字作畫, 滿街都是名士, 豈不令諸葛懷羞, 高人齒冷?

역주

1 時文 : 當代 유행하는 문체. 여기서는 明淸 시기 과거시험을 위한 八股文을 가리킴. 뒤에 나오는 制藝도 같은 의미다.

2 方百川 : 청대 문인 方舟(1665~1701), 호가 百川이며, 팔고문으로 유명했다. 「1.3 의진현 강촌 찻집에서 아우에게[儀眞縣江村茶社寄舍弟]」 주석 참조.

3 侯朝宗 : 이름은 方域(1618~1655), 명말 청초 河南 商丘人이다, 고문에 뛰어났고, 저서로 『壯悔堂文集』이 있다.

4 徐天池四聲猿 : 徐天池는 명대 문인이자 서화가 徐渭(1521~1593). 자는 文長이고, 호는 靑藤老人 · 靑藤道士 · 天池生 · 天池山人 등이다. 浙江 山陰(지금의 浙江 紹興) 사람으로, 書畫 · 詩文 · 戲曲 등에서 각각 일가를 이룬, 천재적인 예술가였다. 20세에 諸生(秀才)이 된 후 여러 차례 鄕試에 응시했으나 합격하지 못하다가 40세에 擧人이 되었다. 후에 總督 胡宗憲 幕僚를 지내며 倭寇에 항거해

공격할 것을 주장하고 嚴嵩 반대 투쟁을 전개했다. 胡宗憲이 하옥되자 그는 연루를 두려워해 발광하여 自害하였으나 죽지는 않았다. 그 후에도 발광 증세가 있어 수차례 자살을 기도하기도 했고, 후처를 죽여 수년 간 감옥살이도 했다. 초서에 뛰어났으며, 회화 방면에서도 독특하고 참신한 필치로 기존 花鳥畵나 산수화의 한계를 뛰어넘어 훗날 八大山人이나 揚州八怪에 큰 영향을 미쳤다. 『徐文長全集』·『南詞叙錄』과 희곡 『四聲猿』 등이 전한다.

5 『牡丹亭』: 명 湯顯祖의 극본. 杜麗娘과 柳夢梅의 애정 고사이다.

6 左、史、莊、騷、杜詩、韓文: 左丘明의 『春秋左傳』, 司馬遷의 『史記』, 莊子의 『莊子』, 屈原의 『離騷』, 杜甫의 詩, 韓愈의 散文을 가리킨다.

7 王·孟: 唐代 자연시인 王維(699?~759)와 孟浩然(689~740).

8 李、杜: 唐代의 저명한 시인 李白(701~762)과 杜甫(712~770).

9 司空表聖: 이름은 圖(837~908), 만당 시인이자 평론가. 시론에서 '韻外之致', '味外之旨'(「與李生論詩書」)를 제시했다. 그의 『二十四詩品』은 이런 관점으로 시의 풍격을 논한 저서이다.

10 若絶句詩、小令詞, 則必以意外言外取勝矣: 絶句詩와 小令詞는 형식이 매우 짧으므로 적은 언어로 많은 내용을 담는다는 의미에서 '韻外之致', '味外之旨'를 추구하는 것이 가능하다는 뜻.

11 宵寐匪禎, 札闥洪庥: 전하는 바로 北宋 宋祁가 歐陽脩와 함께 『唐史』를 편수할 때 송기가 너무 어려운 글자만을 사용하여 거의 읽을 수가 없을 정도로 어려웠다. 이에 구양수가 송기에게 "宵寐匪禎, 札闥洪庥"란 글귀를 보내니 송기는 그 뜻을 이해하지 못했다. 이에 구양수가 쉬운 언어로 설명해주자 송기는 그제야 쉬운 내용을 어렵게만 쓰려는 자신을 풍자한 줄 깨닫고 한 바탕 웃었다고 한다.

12 逸馬殺犬于道: 『宋稗類鈔』의 기록에 의하면, 어떤 사람이 달리는 말에 치여 죽은 개를 기록하여 "有犬臥于通衢, 逸馬蹄而殺之"라 하자 구양수가 "저 사람에게 역사 편수를 맡기면 만 권에도 끝내지 못할 게야"라 하며 "逸馬殺犬于道"라 고쳤다는 이야기가 전한다.

13 高密單進士焞: 청대 관원 單焞(1708~1776), 자 曜灵, 高密 사람. 1732년(雍正 10년)에 擧人이 되고, 1736년(乾隆 元年) 會試에 합격한 후 여러 지방의 知縣과 知府 등을 지냈다.

14 東坡居士: 東坡는 북송의 저명한 문인 蘇軾(1037~1101)의 호.

15 王摩詰、趙子昂輩: 王摩詰은 王維. 趙子昂(1254~1322)은 송말 화가로, 호는 松雪道人. 송나라 종실이었으나 원나라에서 翰林學士承旨를 지냈다. 행서와 해서, 산수화와 인물화 등에 능했고, 저서로 『松雪齋集』 10권이 있다.

16 房、杜、姚、宋: 唐代 유명한 재상 네 명. 房玄齡은 자 또는 이름이 喬(578~648)로, 唐의 개국공신. 杜如晦는 자가 克明(585~630). 당 太宗 貞觀 연간에 두 사람이 장기적으로 집권하면서 이른바 '貞觀之治'에 중요한 역할을 했다. 姚崇(650~721)과 宋璟(663~737) 두 사람은 당 玄宗 開元 연간에 차례로 재상이 되어 정치 폐단을 제거하고, 어진 인재를 선발해 이른바 '開元之治'에 중요한 역할

을 했다.

17 韓、范、富、歐陽 : 북송의 유명한 재상 네 명. 韓琦는 자가 稚圭(1008~1075). 范仲淹은 자가 希文(989~1052). 두 사람은 仁宗 寶元 康定 연간 사이에 외부의 침략을 막고, 관제와 법도 부분에서 중요한 개혁을 단행했다. 富弼은 자가 彦國(1004~1083). 범중엄과 함께 개혁을 단행했다. 歐陽修(1007~1072)는 초기에 범중엄 등의 개혁을 지지했고, 당시 정치와 문학에서 큰 영향을 끼쳤다.

18 諸葛君眞名士. : 『語林』: "제갈무후(제갈량)과 宣王(司馬懿)이 渭河 강변에서 전투를 벌이려고 할 때, (선왕은) 전투복을 입고 준비한 후 사람을 시켜 제갈량 쪽을 알아보게 했다. 제갈량은 꾸미지 않은 수레를 탄 채 갈포 머리수건에 깃털부채를 들고 三軍을 지휘하니 그들이 각기 그 진퇴 명령을 따랐다. 이 소식을 들은 선왕은 탄식하며 '참으로 명사라 할만하다'고 했다.[諸葛武侯與宣王(司馬懿)在渭濱, 將戰, (宣王)戎衣蒞事, 使人視武侯, 乘素輿, 葛巾毛扇, 指揮三軍, 各隨其進止. 宣王聞而嘆曰 : 可謂名士矣.]"

해제

이 편지에서 판교는 역대 문장 가운데 참다운 경지를 이룬 작가와 작품을 논했다. 당시 사람들이 과거 시험을 위해 평생 노력하며 공부하면서도 천하게 여기는 時文, 즉 팔고문을 과감히 긍정하는 한편, 문장 가운데 최고는 '沈着痛快'의 경지에 다다른 것으로 보았다. 이런 전제에서 『左傳』·『史記』·『莊子』·『離騷』·두보의 시·한유의 고문이야말로 가장 뛰어난 시문이라고 강조했다. 그는 "제왕의 사업을 펼쳐 설명하고, 백성의 수고와 고통을 노래하고, 성현의 오묘한 이치를 밝히고, 영웅호걸의 풍모와 계략을 묘사하는" 시문을 중시하기 때문에 '말 밖의 말', '맛 너머의 맛'을 추구하는 문인들은 탐탁지 않게 여긴다. 이런 기준으로 볼 때 당대 시인 가운데 왕유·맹호연보다는 이백·두보가 한층 뛰어나고, '맛 너머의 맛'을 특히 강조한 司空圖는 더 말할 것이 없다. 그림에 대한 관점에서도 우아함을 추구하는 예술 세계이지만, 결국엔 "천지에 공을 세우거나 백성들을 부양할 수는 없는 눈요깃거리라는 점에서 속된 일이면서, 그런 문제의식이라고는 없이 자칭 명사라고 자부하는 자들이 넘쳐나는 당대 문단을 비판한다. 그 자신 시·서·화에 두루 뛰어난 문인으로서 이처럼 음풍농월이나 韻味의 추구보다는 침착통쾌라는 기준으로 예술을 평가하는 시각이 주목된다.

제2부 시초詩鈔

詩鈔

2. 시초詩鈔

2.01 전각시집 서前刻詩序

내 시의 품격은 하찮기만 하고, 특히 칠언율시는 육방옹(陸放翁)의 습성이 많다. 잘 아는 벗 두 셋은 자주 이를 탓하고 비난했지만, 호사가는 그와는 달리 나더러 이를 출판하도록 재촉하는 것이었다. 내 스스로 가늠컨대 앞으로도 꼭 나아질 수 있을 것 같지 않아 잠시 부추기는 말을 따르고자 하나, 등에서는 부끄러움의 땀줄기가 흘러내린다. 무슨 할 말이 더 있겠는가!

판교가 직접 쓰다.

원문

前刻詩序[1]

余詩格卑卑, 七律尤多放翁習氣[2]. 二三知己屢詬病之, 好事者又促余付梓. 自度後來亦未必能進, 姑從諛而背直慚愧汗下, 如何可言! 板橋自題.

前刻詩序
余詩格卑卑七律尤多放翁習氣二三知己屢詬
病之好事者又促余付梓自度後來亦未必能進
姑從諛而背直慚愧汗下如何可言板橋自題
後刻詩序
古人以文章經世吾輩所爲風月花酒而已逐光
景慕頹色嗟困窮傷老大雖刳形去皮搜精抉髓
不過一騷壇詞客爾何與於社稷生民之計三百
篇之旨哉屢欲燒去平生吟弄不忍棄之况一行
作吏此事又束之高閣姑更定前稿復刻數十首

역주

1. 前刻詩序 : 板橋는 「6.17 유류촌에게 써보낸 책자[劉柳村冊子]」에서 "나이 마흔에 향시에서 擧人이 되고, 마흔넷에 진사가 되고, 쉰에 范縣令이 되어 보잘 것 없는 문집을 판각했다. 이때가 乾隆 칠 년이었다[四十擧于鄕, 四十四成進士, 五十歲爲范縣令, 乃刻拙集. 是時乾隆七年矣]"고 했다. 이로 보아 그의 문집 초각(즉 前刻)은 乾隆 七年(1742)에 이루어졌고, 이 서문도 그때 쓴 것임을 알 수 있다.
2. 放翁習氣 : 放翁은 송대 시인 陸游의 호. 「1.11 범현 관아에서 아우 묵에게 보내는 다섯 번째 편지[范縣署中寄舍弟墨第五書]」 주석 참고. 『儀徵志・文藝』에서도 판교를 두고 "시를 짓는데 體格에 구애되지 않았고 흥이 나면 완성했는데 香山(白居易)・放翁(陸游)에 자못 가까웠다[作詩不拘體格, 興至則成, 頗近香山、放翁]"고 했다.

해제

판교는 50세(乾隆 7년, 1742)되던 봄에 范縣 知縣으로 관리 생활을 시작한다. 이에 어느 정도 안정된 생활 속에서 그 동안 썼던 詩詞를 정리하여 『詩鈔』・『詞鈔』・『小唱』 등으로 엮어냈는데, 이 서문은 그때 쓴 것으로 짧은 謙辭가 특징이다.

2.02 후각시집 서後刻詩序

옛사람들은 문장으로 세상을 다스렸는데 우리 시대 사람들이 하는 짓이란 음풍농월로 술이나 꽃을 노래할 뿐이다. 경치를 찾아다니고, 미인을 그리워하고, 곤궁함을 한탄하고, 늙음이나 상심하고 있으니 비록 그 외형을 쪼개고 껍데기를 벗겨서 정수를 골라 모은다 하더라도 그저 한낱 '시단의 문객'에 불과할 따름이다. 그 어찌 나라와 백성을 살피는 일을 도모하려는 '삼백편'의 취지와 함께 할 수 있겠는가! [그리하여 이 원고를] 여러 차례 태워버리고자 했으나 평생 읊어온 것인지라 차마 버릴 수가 없었다. 그러다가 벼슬길로 나아가게 되자 이 일을 또 미뤄두고 말았다. 이제 잠시 이전 원고를 수정하고, 그 뒤에 다시 수십 수를 보태 판각하는 바이니 이후로는 다시 하지 않을 것이다. 판교가 다시 쓰다.

판교 시의 판각은 여기에서 그친다. 사후(死後)에 만일 내 이름을 빌어 다시 판각하거나 평상시의 별 볼일 없는 응수(應酬) 작품을 고쳐 몰래 뒤죽박죽 끼어 넣으면, 내 반드시 무서운 귀신이 되어 그 자의 머리통을 갈겨 버리겠다!

원문

後刻詩序[1]

古人以文章經世, 吾輩所爲, 風月花酒而已. 逐光景, 慕顔色, 嗟困窮, 傷老大, 雖刳形去皮, 搜精抉髓, 不過一騷壇詞客爾. 何與於社稷生民之計, 三百篇[2]之旨哉! 屢欲燒去, 平生吟弄, 不忍棄之. 況一行作吏, 此事又束之高閣. 姑更定前稿, 復刻數十首於後, 此後更不作矣. 板橋又題.

板橋詩刻止於此矣, 死後如有託名翻板, 將平日無聊應酬之作, 改竄爛入, 吾必爲厲鬼以擊其腦![3]

역주

1 後刻詩序 : 『鄭板橋集』의 『詩鈔』 가운데 제2부분 머리에 '范縣作'이라는 글자가 보이고, 제3부분 머리에 '濰縣作'이라는 글자가 보이는데, 이 두 부분은 濰縣에서 추가 판각한 것으로 판단된다.〚王錫榮〛 이 서문에서 "이제 잠시 이전 원고를 수정하고, 그 뒤에 다시 수십 수를 보태 판각하는 것이니 ……"라 한 것은 이런 맥락이다. 이 시기는 대략 乾隆 十三年(1746) 전후로 추정된다.

2 三百篇 : 『詩經』을 가리킨다. 원래는 삼천 편 정도였다고 하나 후대에 전하는 작품은 삼백 여 편이기 때문에 흔히 '詩三百'이라 일컫는다.

3 板橋詩刻止於此矣, …… 吾必爲厲鬼以擊其腦! : 原刻 初印本에는 38자로 된 이 추가 부분이 들어있지 않다.〚卞孝萱〛

해제

范縣에서 이루어진 시집 初刻을 보충해 엮은 濰縣 판각본에 쓴 이 서문은 매우 짧은 前刻 서문에 비해서는 좀 더 길다. 이 서문에서 그는 吟風弄月에 빠진 당시 文壇을 거론하면서, 詩文을 짓는 작자가 지녀야 할 올바른 문학관으로 『詩經』 三百篇의 전통과 같이 '문장으로 세상을 다스리는' 經世의 관점을 취했다.

2.03 자경애도인 신군왕 제사紫瓊崖道人愼郡王題詞[1]

고수의 오묘한 뜻 알아보지 않으면	高人妙義不求解,
뱃속에서 물고기나 게처럼 썩어질지니.	充腸朽腐同魚蟹.[2]
이런 정리 고금에 누가 다시 알려고나 했던가,	此情今古誰復知,
혼돈에 구멍 뚫으면 진정한 주재자 놀란다면서.	疏鑿混沌驚眞宰.[3]
오래되고 새로운 것 다 다뤄 굵직한 대의 펼치고,	振枯伐萌陳厥粗,[4]

고기잡이며 사냥까지 두루 담아 없는 것이 없구나. 浸淫漁畋無不無.[5]

가락 맞춰 쓴 시 멀리 달 궁전 노래 전하고, 按拍遙傳月殿曲,

분방하게 써내려간 시 교룡 궁전의 구슬일세. 走盤亂瀉蛟宮珠.

십 년 세월 알고 지낼 때 늘 길에서 떠돌았고, 十載相知皆道路,[6]

깊은 밤이면 책 들고 집안 가을을 읊었네. 夜深把卷吟秋屋.

밝은 눈 가진 이도 암수 새 구별 못하는데 明眸不識烏雌雄,

부질없이 맹인에게 까마귀 고니를 가르게 하네. 妄與盲人辨烏鵠.

역주

1 愼郡王 : 康熙 황제의 스물한 번째 아들, 이름은 愛新覺羅 允禧(1711~1758), 자 謙齋. 紫瓊崖道人은 自號이다. 愼靖郡王에 봉해졌고, 문집으로 『花間堂詩鈔』가 있다. 시·서·화를 즐겨 판교와 교류가 깊었다.

2 高人妙義不求解, 充腸朽腐同魚蟹 : 고수의 좋은 시에 대해 깊이 파고들지 않는다면 진정으로 그 시의 좋은 점을 느낄 수 없다는 의미.

3 疏鑿混沌驚眞宰 : 『莊子·應帝王』에 南海의 제왕 儵(숙)과 北海의 제왕 忽이 중앙의 제왕 混沌의 보살핌에 보답하기 위해 그의 몸에 날마다 구멍 하나씩을 뚫어주자 7일 뒤에 混沌이 죽었다는 우언에서 나온 표현이다. 眞宰는 우주만물의 주재자.

4 振枯伐萌陳厥粗 : 振枯伐萌은 시든 것이나 막 싹이 나오는 것을 펼쳐내다. 즉, 이 구의 의미는 옛 것이나 새로운 것 모두를 아울러서 굵직한 대의를 담아낸 것을 뜻한다.

5 浸淫漁畋 : 물고기 잡는 것과 사냥하는 것까지 깊이 들어감. 浸淫 : 깊이 젖어들다. 漁畋 : 고기잡이와 사냥. 바로 앞 구와 함께 판교 시의 내용이 옛 것부터 지금까지, 고기잡이나 사냥 같은 소소한 소재까지 그야말로 다루지 않은 것이 없을 정도로 풍부하다는 말이다.

6 十載相知 : 愼郡王과 판교가 알고 지낸 지 10년이라는 뜻이지만, 이는 시구를 위한 대략적인 숫자일 뿐이다. 판교는 과거를 통해 관직에 나가기 위해 雍正 三年(1725), 乾隆 元年(1736)과 六年(1741) 등 세 차례 수도에 머물렀고, 이 과정에서 愼郡王 允禧를 만나 교류하게 되었다. 乾隆 十一年(1746)에 板橋가 范縣에서 濰縣으로 전근하면서 愼郡王에게 보낸 편지를 두고 쓴 「喜得板橋書濰縣寄到」에는 "이십년 전 정공을 만났으니, 재미난 담소에 옛사람 풍모를 지녔었지[二十年前晤鄭公, 談諧親風古人風]"란 구절이 보인다. 雍正 三年(1725)에 처음 만났으니 대략 20년이 되는 셈이다.

해제

紫瓊崖道人 允禧는 황실 사람이면서 평생 詩畵를 아주 좋아했고 文士와 교류하기를 즐겼다. 판교와의 교류도 매우 깊었던 것으로 보인다. 允禧와 판교의 우정은 평범치 않은 교류였다. 당시 당당한 郡王과 보잘 것 없는 일개 현령이 서로 존중하며 막역한 사이로 지낸 것은 흔한 경우가 아니기 때문이다. 두 사람이 처음 만났을 때는 윤희 나이 15세, 판교 나이 이미 33세(1725)였다. 그후 판교가 乾隆 7년(1742) 봄 范縣知縣으로 부임하기에 앞서 「2.135 범현 부임에 앞서 자경애주인을 찾아 작별하며[將之范縣拜辭紫瓊崖主人]」란 시를 지어 그에게 증여했고, 允禧도 답시를 보낸 바 있다. 판교는 스스로 高官名士의 이름을 빌어 서문을 받고자 하지 않는 성격이라 했으나, 이렇게 允禧의 題詞를 수록한 점을 통해 두 사람의 친밀한 관계를 엿볼 수 있다. 允禧는 이 題詞에서 시를 파들어가 논의하는 것을 마치 혼돈에 구멍을 뚫는 일처럼 금기시하는 경우도 있지만 판교의 시는 깊이 탐색해야 그 주옥같음을 알 수 있다고 강조하였다. 특히 '振枯伐萌陳厥粗, 浸淫漁畋無不無.' 두 구에서는 판교 시의 내용이 다루지 않은 부분이 없을 만큼 섬세하다고 하였고, '按拍遙傳月殿曲, 走盤亂瀉蛟宮珠.' 두 구는 판교시의 형식을 말한 대목으로, 음률이나 언어 또한 몹시 아름답다고 평가하였다.

2.1 거록의 전투鉅鹿之戰

회왕이 관문 너머 진(秦)에 간 건 눈멀고 귀먹은 탓, 懷王入關自聾瞽,
초군은 한없이 졸렬하고 진군은 범처럼 용맹스러웠지. 楚人太拙秦人虎,[1]

팔만 병사 죽이고 한중 땅 차지했을 때 　　殺人八萬取漢中,[2]
강변의 귀신 곡소리에 비바람도 쓰라렸었네. 　　江邊鬼哭酸風雨.
창 빼들고 조(趙)나라 구하러 오는 항우, 　　項羽提戈來救趙,
뇌성벽력 거센 기세 하늘마저 쓸어버릴 듯. 　　暴雷驚電連天掃,
신하는 나랏님 원수, 자식은 부모 원수 갚으니 　　臣報君讐子報父,
풀 베이듯 깡그리 스러져버린 진 나라 병사. 　　殺盡秦兵如殺草.[3]
통쾌한 전투에 기세충천 함성소리 드높고, 　　戰酣氣盛聲喧呼,
성벽 위 놀란 제후 혼 빠지게 도망치네. 　　諸侯壁上驚魂逋,
항우가 구태여 천자 될 필요 있었으랴, 　　項王何必爲天子,
이런 통쾌한 결전은 천고에 없었거늘! 　　只此快戰千古無.
온갖 교활한 꾀로 포악함 가슴에 숨기고 　　千姦萬黠藏兇戾,[4]
조조와 주온 모두 황제라 칭했지만 　　曹操朱溫盡稱帝,[5]
저들이 어찌 영웅 준마 미인 생각에 　　何似英雄駿馬與美人,
오강 지나는 이들 눈물 떨구는 경우와 같으리! 　　烏江過者皆流涕![6]

역주

1 懷王入關自聾瞽, 楚人太拙秦人虎 : B.C. 299년, 秦 昭王이 楚 懷王을 속여 武關에서 동맹을 맺고자 하니 懷王이 秦에 들어갔다가 억류된 채 그곳에서 객사하고 말았다. 진나라로부터 회왕을 초대하는 사신이 왔을 당시, 屈原이 진은 믿을 수 없으니 초청에 응해서는 안 될 것이라 하며 반대하였지만 회왕은 막내아들 子蘭의 말에 따라 진나라로 갔다가 결국 객사했고, 초나라는 태자가 왕위에 오르고 자란이 재상이 되었다. 굴원이 회왕의 죽음에 대한 책임을 자란에게 물었으나 오히려 추방당하고 말았다. 『史記 · 屈原列傳』 참고.

2 殺人八萬取漢中 : B.C. 312년, 秦과 楚가 丹陽 등지에서 싸울 때 초에게 크게 승리한 진이 漢中 지역을 차지했다. 『史記 · 屈原列傳』 참고.

3 臣報君讐子報父, 殺盡秦兵如殺草 : 項羽(B.C. 232~B.C. 202)는 楚의 명장 項燕의 후예로, 진나라 말 反秦 전쟁에서 탁월한 공을 세웠다. 진을 멸망시킨 후 西楚霸王이라 자칭했으나 漢과의 전쟁에서 劉邦에게 격파당해 自盡하고 말았다. 초가 진에게 멸망당할 때 항우의 조부 項燕과 숙부 項梁이 모두 진에 의해 죽임을 당한 바 있다. 이 대목은 項羽가 秦과의 전투에서 포위된 趙나라를 도와 鉅

鹿에서 싸워 예전 선조의 일을 복수한 것을 말한다. 자세한 과정은 『史記・項羽本紀』 참고.

4 千姦萬黠 : 온갖 교활한 계책. 兇戾 : 포악하다.

5 曹操朱溫盡稱帝 : 曹操(155~220)는 한 獻帝 때 승상이었지만 사후 魏朝를 건립한 아들 조에 의해 武帝로 추존되었다. 朱溫(852~912)은 五代十國 시기 後梁의 開國皇帝. 黃巢의 난에 참가했다가 당에 투항한 후, 907년 梁朝를 건립하며 稱帝하였다.

6 烏江 : B.C. 202년, 項羽는 垓下에서 유방 군대에 포위되자 烏江에서 자진하였다. 당시 그에게는 愛妾 虞姬와 騅라는 駿馬가 함께 했다. 『史記・項羽本紀』 참고.

해제

項羽가 江東 子弟를 이끌고 鉅鹿에서 벌인, 전례 없던 싸움을 소재로 삼은 詠史詩다. 판교는 「1.12 유현 관아에서 아우 묵에게 보내는 첫 번째 편지[濰縣署中寄舍弟墨第一書]」에서 "『사기』 백삼십 편 가운데 「항우본기(項羽本紀)」가 가장 좋고, 「항우본기」 중에서도 '거록(鉅鹿)의 전투', '홍문(鴻門)의 잔치', '해하(垓下)의 만남'이 최고라네. 반복해서 보고 암송하다 보면 기뻐하다가 울다가 하는 것은 결국 이 몇 단락일 걸세"라고 강조한 바 있다. 특히 그는 마지막 구 "烏江過者皆流涕"를 통해 비운의 영웅 항우를 깊이 동정하는 시각을 드러냈다. 項羽가 烏江에서 철수하여 江東으로 돌아와 捲土重來하여 天下를 차지하지 못한 것을 따지는 일이야 이미 부질없는 일, 이 鉅鹿之戰 하나만 하더라도 千古에 빛나는 快戰으로서 이미 그의 기개가 높이 드러난다는 것이다. 그러나 판교는 항우를 소재로 한 다른 시 「2.20 항우」에서는 그가 鉅鹿의 전투에서 승리했을 때 진나라 병사들을 잔인하게 생매장했던 잘못을 들어 그 실패 원인을 지적하기도 했다.

2.2 남새 심는 노래種菜歌

상연령 공을 위해 짓다.
爲常公延齡作.[1]

명나라 만력 천계 바로 그 시절에	有明萬歷天啓間,[2]
세상사 어지러우니 모진 인간 나타났네.	時事壞爛生兇頑,[3]
구천세 위충현(魏忠賢)이 현인들을 살육하고	群賢就戮九千歲,[4]
궁중에선 천자 용안 더는 뵐 수 없었다네.	宮中不復尊龍顔.
숭정 황제 떨쳐 일어나 마침내 분노하며	烈黃帝起震而怒,[5]
한 자락 비단으로 그 흉악한 자 처단했네.	練帛一條殪兇孺,
하늘의 기운 무너진 채 돌이킬 수 없었고	天荒氣敗不可回,
거북과 솥 옮겨지고 아홉 묘당 엎어졌네.	龜鼎潛移九廟仆.[6]
개평왕(開平王) 후손이신 창곡 선생 상연령(常延齡) 공,	蒼谷先生開平嗣,
여러 차례 상소문 올려 하늘의 뜻 아뢰었지.	屢疏交章稱天意,
예리한 칼 차고 궁중 문 지키면서	提將白刃守宮門,
황금 다 써가면서 나라 위할 인재 구했네.	散盡黃金酬死事.
도성이 함락되고 남방으로 피난한 뒤	都城陷沒走南邦,[7]
악랄한 완대성(阮大鋮)과 마사영(馬士英)이 등장했지.	惡孽桐城馬貴陽,[8]
새로운 임금 밤마다 춘몽에 빠져있을 때	新王夜夜酣春夢,[9]
수루의 병사 날마다 새벽서리에 서있구나.	戍卒朝朝立曉霜.
두 간신 참수하라는 상소문 버려진 지 이미 오래,	上方請劍長號唾,[10]
충신의 직언 무시하여 다시 성이 무너졌네.	忠讜不聞城又破,[11]
호랑이 아가리 두 간신을 겨우 벗어나자마자	虎口纔離二黠奸,
강물 한층 거세지며 외로운 배 뒤집히려네.	孤舟欲覆江流大.[12]
밭뙈기나 장만해 남새 심어 살고자 하니	買田種菜作生涯,

봄바람에 떨어진 눈물 들꽃에 뿌려지고,	淚落春風迸野花,
머뭇대며 오의항의 옛집을 찾았건만	嬾尋舊第烏衣巷,[13]
종산의 석양노을 쳐다보기 두렵구나.	怕看鐘山日暮霞.
호미 메고 짐 지는 일꾼이 되었으니	荷鋤負擔爲傭保,
나물국에 현미밥, 거친 풀과 함께 하네.	菜羹糲食隨荒草,
수시로 효릉 앞에 보리밥 올려드릴 때	時供麥飯孝陵前,[14]
긴 통곡 그 소리에 소나무 가래나무 쓰러지네.	一聲長哭松楸倒.
집안의 현숙한 부인 위국공(魏國公)의 후손이라	家有賢媛魏國孫,[15]
부서진 사립문 속 가난과 고통 참아가며	甘貧茹苦破柴門,
옛날의 원앙 비단 다 불태워 없앴고	燒殘昔日鴛鴦錦,
예전의 비취 흔적 다 씻어내고 말았다네.	滌盡從前翡翠痕.
채소 한 두렁 다 자라면 다시 한 두렁 또 심고	一畦菜熟一畦種,
봄술 단지 들고 가서 시시때때 물을 긷네.	時時汲水提春甕,[16]
고운 손으로 하도 당겨 우물 밧줄 끊어질 듯,	玉纖牽斷井邊繩,
초가지붕에 내내 눌려 봉황 금비녀 납작하네.	茅棚壓扁釵梁鳳.[17]
얼마 지나 근심하던 선생께서 떠나시니	幾年毷氉先生死,[18]
염하고 입관할 돈 이웃에서 구걸하자	含飯無資乞鄰里,[19]
하늘가에 협객 있어 따로 금전 제공함에	天涯有客獨揮金,[20]
관 덮을 천과 장식, 두루 갖추게 되었다네.	棺衾畵翣皆周視.[21]
인심이 죽지 않음은 고금이 마찬가지,	人心不死古今然,
금릉에 가려거든 채전을 물으시게나.	欲往金陵問菜田,
어디서 초혼할까, 외로운 신하의 무덤,	招魂何處孤臣墓,
만리 춘풍에 두견새만 저리 울어대는구나.	萬里春風哭杜鵑.

역주

1　常延齡 :『國朝耆獻類證 · 隱逸』: "懷遠侯 常延齡은 字가 喬若, 號가 蒼谷으로 開

平(明 개국공신 常遇春으로 開平王에 봉해졌음)의 十二世孫(『明史』에서는 十世孫이라 했음)이다. 기상이 드높았고, 봉지를 세습 받아 관직은 錦衣指揮에 있었다. 일이 있을 때면 서슴지 않고 발언했고, 崇禎 때 時政에 관해 열두 가지를 상소해 황제가 흔쾌히 받아들였다. …… 福王이 들어선 후, 馬士英이 阮大鋮을 추천하면서 給事中 羅萬象・應天府丞 郭維 등과 함께 그를 탄핵했다. 이에 (조정에) 고하지 않고 그대로 관직을 떠나갔다. 乙酉年 이후로는 徐中山 上公의 딸인 아내 徐씨와 함께 金陵 호숫가 집에 숨어 살며 남새를 가꾸며 안분자족의 생활을 해나갔다. 그가 죽은 후 염할 경비가 없자 친구들이 추렴하여 雨花臺 옆에 장사지냈다.[懷遠侯常延齡, 字喬若, 號蒼谷, 開平(明開國勛臣常遇春封開平王)十二世(『明史』作十世)孫. 有大志, 襲封, 官錦衣指揮. 遇事敢言, 崇禎中疏陳時政, 凡十二上, 帝爲嘉納. …… 福王立, 馬士英薦起阮大鋮, 乃與給事中羅萬象、應天府丞郭維等具疏劾之. 不報, 卽掛冠去. 乙酉後, 與妻氏徐中山上公女偕隱金陵湖塾, 種菜爲生, 晏如也. 歿後無以殮, 友人醂金葬之雨花臺側.]"

2 明萬歷天啓間 : 萬歷은 明 神宗 朱翊均 때의 연호(1537~1620). 天啓는 明 熹宗 朱由校 때의 연호(1621~1627).

3 凶頑 : 魏忠賢(?~1627)을 가리킴. 明나라 말기의 宦官 魏忠賢은 熹宗 때 총애를 받았고 司禮秉筆 태감이 되었다. 동림파의 관료를 탄압하고 전권을 휘둘러 공포정치를 행함으로써 명나라 멸망을 촉진하였다. 희종을 이어 즉위한 思宗이 그의 죄를 물어 鳳陽으로 유배보냈는데, 가는 도중에 죄를 추궁당할 것을 두려워하여 자살하였다. 그의 시신은 사지를 찢어 죽이는 형벌인 磔刑을 받았다.

4 群賢 : 魏忠賢에게 殺害된 揚漣・左光斗・魏大中 등 조정의 신하를 가리킴. 九千歲 : 魏忠賢, 그는 萬歷 연간에 宦官으로 入宮하여 天啓 연간에 熹宗의 乳母와 결탁해 國政을 농단했는데, 당시 九千歲라 불렸다.

5 烈皇帝 : 崇禎帝(1610~1644). 횡포를 일삼던 환관 위충현을 물리치고 정계를 숙정하여 만력 연간 이후 궁정 안에 뿌리박고 있던 동림당을 둘러싼 정쟁을 종식시켰다. 1644년 李自成 군대가 北京을 함락시키자 그는 煤山에서 목을 맸고, 후에 莊烈帝라는 시호가 내려졌다.

6 龜鼎 : 옛날 占卜할 때 쓰인 大龜와 음식할 때 쓰인 大鼎으로 국가를 상징했다. 두 가지가 옮겨 갔다는 것은 왕조가 바뀌었음을 말한다. 九廟 : 제왕의 여러 선조를 모시던 묘당.

7 都城陷沒走南邦 : 崇禎皇帝가 목매 자진하자 福王 朱由菘이 南京에서 즉위(1645)하여 南明을 세웠다.

8 惡孽桐城馬貴陽 : 桐城은 明末 정치가 阮大鋮(1587~1646). 자는 集之, 호는 圓海・石巢・百子山樵 등. 그의 籍貫에 대해 『明史』와 張岱 『石匱書後集』 등에서는 '懷寧'이라 했고, 溫睿臨 『南疆逸史』에서는 '桐城'이라 했다. 馬貴陽은 馬士英(1691?~1646). 자는 瑤草. 貴陽人으로, 崇禎末 鳳陽總督에 임명되었다. 명말 당시 이 두 사람이 결탁하여 국사를 농단하였다.

9 新王夜夜酣春夢 : 明朝를 南明으로 새롭게 이은 福王 朱由崧은 즉위한 후 밤낮

으로 술이나 마시고 정사를 돌보지 않았다.

10 上方請劍 : 阮大鋮과 馬士英을 참수하라는 상소문.

11 忠讜 : 충신의 직언. 城又破 : 1645년 남경이 淸軍에 함락당한 일을 가리킨다.

12 孤舟欲覆江流大 : 孤舟는 南明 조정을, 江流는 청군을 비유한다. 즉, 남명이 청군에게 멸망당하게 되었다는 의미.

13 嬾尋舊第烏衣巷 : 烏衣巷은 금릉성 밖 東晉 재상 王導·謝安의 저택이 있던 곳. 여기서는 常延齡의 옛집이 있던 金陵을 가리킨다. '嬾'은 망설이다, 머뭇거리다.

14 孝陵 : 明 開國皇帝 朱元璋과 皇后 馬氏를 合葬한 陵墓. 皇后의 諡號가 '孝慈'였기에 孝陵이라 불린다.

15 家有賢媛魏國孫 : 常延齡의 아내 徐씨가 明初 大臣 中山王 徐達의 후손이라는 뜻. 徐達은 후에 魏國公으로 봉해졌다.

16 春甕 : 봄에 담근 술을 담은 항아리. 여기서는 단순히 항아리란 뜻으로 쓰였다.

17 茅棚壓匾釵梁鳳 : 고귀한 출신의 서씨가 이제는 우물에서 자주 물 긷느라 두레박 끈이 끊어질 상황이고, 낮은 초가지붕 밑을 오가느라 비녀가 납작하게 변할 정도라는 뜻.

18 毷氉(모소) : 실의에 빠져 근심하다.

19 含飯 : 殮할 때 죽은 이의 신분에 따라 玉·璧·珠·琄·米·貝 등을 입에 넣어 주는데 이를 '飯含'이라 한다.

20 天涯有客獨揮金 : 常延齡이 세상을 떠났을 때 장례비용이 없자 友人들이 추렴해 도왔던 일을 말한다.

21 畫翣(화삽) : 상례 지낼 때 쓰는 관의 장식.

해제

明末 충신 常延齡의 忠貞과 節操를 칭송한 영사시다. 시작 부분부터 8구 "龜鼎潛移九廟仆"까지는 먼저 간신 위충현 등의 등장과 함께 진행된 명조 멸망 과정과 원인을 서술했다. 이어 "孤舟欲覆江流大"까지 12구는 상연령이 조정의 위기에 처해 청정한 관리로서 강직하게 간언한 사적을, "一聲長哭松楸倒"까지 8구는 그가 시골로 숨어들어가 채소나 가꾸며 나라를 걱정하는 모습을 서술했다. "茅棚壓匾釵梁鳳"까지 8구는 현숙한 아내 서씨가 남편을 따라 온갖 고생을 마다하지 않는 모습을 그렸고, 마지막 8구는 상연령의 죽음과 외로운 혼백을 위한 작자의 애도를 담았다.

2.3 두 미인 그림에 부쳐題雙美人圖

패옥고리 흔들리고 연노랑 비단치마 차가운데	珮環搖動湘裙冷,[1]
살랑대는 바람 비단 저고리 깃 속으로 숨어드네.	俏風偸入羅衫領,
두 고운 여인 서로 기대어 남은 온기 나누는데	美人相倚借餘溫,
속삭이는 소리 들리지 않고 흰 목덜미 맞닿은 듯.	細語無聲親素頸.
가느다란 섬섬옥수 어디를 가리키는지?	玉指尖纖指何許,[2]
항아가 짝 없음을 비웃는 건가?	似笑姮娥無伴侶;[3]
아니면 하늘가 저 엷은 구름이	又似天邊笑薄雲,
차가운 밤, 굵은 빗줄기 되지 못함을 비웃는 건가?	夜寒不得成濃雨.[4]

역주

1 珮環 : 허리에 차는 구슬의 고리. 湘裙 : "緗裙"이라고도 하며, 연노랑 비단으로 만든 치마.
2 何許 : 何處. 여기서 許는 '所'의 뜻.
3 姮娥(항아) : '嫦娥'라고도 쓴다. 신화전설 속 后羿의 아내. 后羿의 靈藥을 훔쳐 먹고 月宮으로 날아가 선녀가 되었다는 전설이 전한다. 『淮南子·覽冥訓』 참조.
4 濃雨 : '密雲濃雨'의 뜻. 참고로, '雲雨'는 남녀의 情事를 상징한다.

해제

달빛 아래의 두 아름다운 여인을 그린 그림을 두고 쓴 제화시로 보인다. 두 여인의 자태를 그린 첫 수에 이어 동작과 표정을 그린 두 번째 수에서 "항아가 짝 없음을", "엷은 구름이 굵은 빗줄기 이루지 못함을 비웃는다"는 대목은 艶情의 분위기가 짙다.

2.4 스스로를 달래며自遣

저편에 인색하고 내편에 후한 이치 바뀌지 않아	嗇彼豐玆信不移,[1]
나는 이미 곤궁함을 마다하지 않는다네.	我于困頓已無辭;
끼 삭이고 처세해도 방종이라 미워하고	束狂入世猶嫌放,[2]
졸박한 문장 써보아도 특이하다 싫어하네.	學拙論文尙厭奇.
달 마주하면 사람들 모두 가버려도 무방하고	看月不妨人去盡,
꽃 마주한 채 그저 술 더디 오는 걸 탓할 뿐.	對花只恨酒來遲;
우습구나, 흰 비단에 글씨 받으려는 무리들,	笑他縑素求書輩,[3]
선생이 만취할 때만 기다렸다 졸라대누나.	又要先生爛醉時.

역주

1 嗇彼豐玆 : 자기편 사람은 후대하고 다른 쪽 사람은 박대하는 편파적 세상 이치.

2 束狂入世猶嫌放 : 鄭方坤의 「7.5 정섭소전」(『國朝耆獻類徵』 初編 卷二百三十三)에 "젊어서는 수도에 머물며 선종 고승이나 귀족·고관 자제들과 교유하기를 즐겼다. 날마다 고담준론을 마음껏 펼치고 인물의 시비를 따지면서 거리끼는 바가 없었기에 이에 미치광이란 이름을 얻었다"는 대목이 보인다.

3 縑素 : 書畵에 쓰이는 흰 비단 천.

해제

이리저리 이익에 따라 수시로 변하는 세상인심, 그런 세상의 틀에 스스로를 맞추기 어려웠던 심사를 담았다. 시 내용으로 보아 擧人 합격 이전 33세 무렵에 북경에 갔다가 실의한 채 돌아와 揚州에서 그림을 팔며 생활하던 때에 쓴 것으로 보인다.

2.5 산색山色

동틀 무렵 산색을 바라보니	山色淸晨望,
보일 듯 말 듯 어둑한 정경.	虛無杳靄間;[1]
안개 따라 사라질까 걱정하노니	直愁和霧散,[2]
아마도 구름이 끌어가겠지.	多分遣雲攀.[3]
강물은 담담히 흘러가고	流水澹然去,
쪽배 하나 한가로이 돌아오누나.	孤舟隨意還;
낡은 도롱이에 삿갓 쓴 어부,	漁家破蓑笠,
하늘이 그를 쉬게 하시려는 건지.	天肯令之閒!

역주

1 杳靄 : 자욱하고 어두컴컴하다.
2 直愁 : 直盼. 다만 바라기로는. 和霧散 : 山色과 안개가 함께 걷히다.
3 多分 : 多半. 아마.

해제

동틀 무렵 비가 내릴 듯한 산과 강, 어부의 풍경을 담은 시로, 한 폭의 선연한 산수화로 다가온다.

2.6 사언시詩四言

한밤중에 그 사람 죽여 놓고	夜殺其人,
벌건 대낮에 그 집에 앉아 있네.	明坐其家;
일 해치우고 마무리 짓더니	處分息事,
소란피우지 말라 사람들을 호통치네.	咤衆毋譁.
주인은 모르고	主人不知,
심복이라 의지하네.	托爲腹心;
정직함을 내세우지 않는 간사한 자 없고,	無奸不直,
중후함을 내세우지 않는 경박한 자 없는 법.	無淺不深.
어질고 의로운 말은	仁義之言,
성스런 입에서 나오는 것이거늘.	出于聖口;
그럴 듯이 위장한 간신	奸邪竊似,
추악한 줄 모르고 앞장서네.	濟欲忘醜.[1]
충효를 널리 부르짖으며	播談忠孝,
처량한 말투에 눈물까지 쏟는구나.	聲淒淚痛,
성현을 비웃고 기만하는데,	咍誑賢明,
하물며 우매한 중생쯤이야.	況汝愚衆.
봄이 와도 꽃피우지 않고	當春不華,
속내 감추고 가을 기다리네.	蓄意待秋;
가을에도 열매 맺질 못하면	秋又不實,
이제는 또 그 누굴 탓하리?	行將誰尤?
무성한 풀엔 뱀이 숨어들지만	茸蔓藏蛇,
오동나무엔 봉황이 깃든다네.	梧桐巇鳳;

모양과 성품이 다르니　　象分性別,
저마다 끼리끼리 모이는 법.　　各以類賁.
뾰쪽한 가시 같은 너희들이야　　況汝棘刺,
부엉이와 올빼미조차 피하거늘,　　鴟鴞避之;
너희가 난새와 봉황을 꿈꾼들　　乃思鸞鳳,[2]
말라 죽어가면서도 모르리라.　　槁死不知.

땅에서 무엇을 얻으려면　　求利于地,
베 짜면서 농사 지어야하고,　　絲枲稼穡;
하늘의 도움 받으려면　　求利于天,
욕심 버리고 덕을 쌓아야지.　　鋤慾植德;[3]
자연에서 무엇을 얻으려면　　求利于物,
그물과 낚시와 창이 있어야 하고.　　網罟釣弋;[4]
남에게 이득을 취하려면　　求利于人,
왜곡된 일 눈감고 바른 일은 등져야지.　　面曲背直,
그 마음 짐승 같고　　有禽其心,
그 힘이 금수 같아　　有獸其力;
현자를 꾸짖고 우매한 자 희롱하며　　詆賢玩愚,
위태로운 곳에서 잠자고 기운 곳에 눕는구나.　　寢危臥仄;
하늘이 잠시 널 가련히 여길지라도　　天亦汝憐,
큰 도리는 끝내 가만두지 않으리라.　　大道不塞.

역주

1　濟 : 도달하다. 채우다.
2　鸞 : 봉황과 더불어 등장하는 전설 속의 새.
3　鋤欲植德 : 私欲을 없애고 美德을 쌓다.
4　網罟釣弋 : 짐승이나 물고기를 잡는데 쓰이는 도구. 罟(고)는 그물이고, 弋(익)은

끈이 달린 화살.

해제

우언의 색채를 짙게 띤 풍자시다. 네 수는 각기 다른 일을 소재로 삼아 전개된다. 첫째 수는 살인하고도 오히려 좋은 사람인 척 위장하여 주인의 신임을 얻게 되는 위선을, 둘째 수는 간사한 사람일수록 입으로는 인의를 내세우며 사욕을 채우는 현실을, 셋째 수는 악인이 오히려 좋은 결과를 기대한다는 망상을, 넷째 수는 이들 악인들이 처음엔 하늘의 동정을 받을 수는 있지만 결국 大道에 따라 처단될 것임을 강조하였다. 이처럼 시는 전체적으로 허위와 위선, 선을 가장한 악에 대한 비판으로 이어진다. 마지막 부분에서 짐승처럼 생활하는 악한 자들을 비판하면서 하늘은 이들을 가련히 여겨 개과천선의 길을 열어두었음을 강조하였는데, 이는 그가 쓴 家書 가운데 「1.13.2 쓰고 나서 다시 한 장 덧붙이는 글[書後又一紙]」에서 "무릇 선을 표창하고 악을 징벌하는 것, 이것은 사람의 이치라네. 선과 악을 남김없이 용납하는 것, 이것은 하늘의 이치라네"라고 한 말을 연상시킨다.

2.7 우연히 짓다偶然作

영웅이 어찌 꼭 경서 사서 읽어야 하리,	英雄何必讀書史,
그 혈기 곧장 드러내면 문장이 되는 법.	直攄血性爲文章;
신선도 부처도 성인도 아니지만	不仙不佛不聖賢,
필묵을 넘어서서 주장이 드러나네.	筆墨之外有主張,

종횡의 의론으로 시사(時事)를 분석함이	縱橫議論析時事,
의사가 진료하여 처방을 내리는 듯.	如醫療疾進藥方.
명사(名士)의 글이란 깊고도 아득하여	名士之文深莽蒼,
가슴에 담은 만 권에 패도 왕도 다 겸했네.	胸羅萬卷雜霸王,[1]
적용함에 반드시 실효는 없다 해도	用之未必得實效,
고담준론에 강개함이 이미 가득하다네.	崇論閎議多慨慷.
물고기와 새 그려내고 풍광을 묘사해도	雕鐫魚鳥逐光景,
그 풍취 또한 즐겁고 분방함이 넘친다네.	風情亦足喜且狂.
하찮은 유학자 글, 무슨 좋은 점 있다던가?	小儒之文何所長,
경서 베끼고 사서에서 추려 온갖 말 늘어놓아	抄經摘史餖飣强;[2]
화려한 단어 놀리는 게 뛰어나다 할지라도	玩其詞華頗赫爍,[3]
그 의미 따져 보면 취할 것은 하나 없네.	尋其義味無毫芒.
제자가 스승 칭송하고 객들도 거드노니	弟頌其師客談說,
우뚝 기치 앞세우고 문단에 등단하네.	居然拔幟登詞場.
처음에만 반짝하다 비루하고 적막해져	初驚旣鄙久蕭索,
몸과 기운 성성하나 명성 이미 사라졌네.	身存氣盛名先亡.
비석에 문장 새겨 대로변에 세웠건만	輂碑刻石臨大道,
오가는 사람 읽지 않고 무너진 담장에 기대었네.	過者不讀倚壞牆.
오호라, 문장이란 자고로 [자연] 조화와 통할지니	嗚呼文章自古通造化,
마음 다스려 뜻 낮추고 조급하지 말게나.	息心下意毋躁忙.

역주

1 雜霸王 : 霸道와 王道가 융합된 정치 견해.

2 餖飣(두정) : 나란히 진열된 여러 가지 음식. 여기서는 문장에서 여러 가지 말들을 늘어놓는 일을 비유했다.

3 赫爍(혁삭) : 화려하게 반짝이다.

해제

經世에 도움이 되는 영웅의 혈기 찬 문장, 명사의 강개한 문장, 하찮은 선비의 수식 위주의 문장 등을 대비시켜 좋은 글이 나아가야 할 바를 제시했다.

2.8 초산으로 독서하러 가는 벗을 보내며送友人焦山讀書

초산은 상산 거쳐 이르게 되는 곳,	焦山須從象山渡,[1]
강변 가득 들쭉날쭉 위아래로 뻗은 나무들.	參差上下一江樹;
높은 가지 휘늘어져 흘러가는 구름 잡고	高枝倒挽行雲住,
낮은 가지 성난 강물 내리치고 있다네.	低枝搏擊江濤怒.
오래된 등나무 뱀 되어 담장 기어오르고	枯藤盤拏蛇走壁,
협곡의 기암괴석 귀신처럼 튀어나왔네.	怪石崚嶒鬼峽路.
해 지면 물안개 피어올라 강은 어둑해지고	日落烟生江霧昏,
가물거리는 별빛들이 강촌 따라 반짝이네.	微茫星火沿江村;
문득 둥근 쟁반 동쪽 바다에서 솟구치니	忽然飛鏡出東海,[2]
만 리 가득 푸른빛이 하늘과 땅을 가르네.	萬里一碧開乾坤.
고요한 밤 다가와 산중은 더욱 적막해지고	夜悄山中更淒肅,
물새떼 고요히 앙상한 숲에 깃들었네.	鸛鶴無聲千樹禿.
근처 암자에서 이따금 노승의 기침 소리,	鄰屋時聞老僧咳,
산 원숭이는 저 멀리 구름 끝에서 우는구나.	山魈遠在雲端哭.[3]
몇 년 동안 큰 강은 가보지도 못했건만	幾年不到大江濱,
꽃가지 새소리에 봄이 가고 다시 왔구나.	花枝鳥語春復春.

책 안고 입산하려는 그대를 보내노니	抱書送爾入山去,
쌍봉에서 내가 시 짓던 곳 찾아보게나.	雙峰覓我題詩處.[4]

역주

1 焦山 : 원 이름은 譙山 혹은 樵山. 江蘇 鎭江市 東北의 큰 강 가운데 있는 산. 「1.2 초산에서 독서하다가 넷째아우 묵에게[焦山讀書寄四弟墨]」 주석 참고. 象山 : 일명 石公山, 형태가 두 마리 코끼리와 같기에 얻은 이름이다. 鎭江市 東北 강변에 위치해 있고, 강을 건너 焦山과 마주하고 있다. 江北에서 焦山에 갈 때는 먼저 江南까지 배로 건넜다가 다시 象山에서 焦山으로 건너가야 한다.

2 飛鏡 : 달을 비유한 표현.

3 雙峰 : 焦山 봉우리 이름. 동서 두 봉우리가 40여 장(丈) 높이로, 판교가 여기서 시를 짓곤 했다.

해제

판교는 옹정 13년, 다음해 봄에 거행될 과거를 준비하느라 焦山으로 들어가 공부하여 마침내 진사에 합격한다. 이 시는 자신과 마찬가지로 공부하기 위해 焦山으로 떠나는 벗을 전송하며, 그곳의 풍광과 생활의 추억을 적었다.

2.9 해릉 유씨 열부가海陵劉烈婦歌[1]

열부의 남편이 무과에 급제한 후 좌량옥(左良玉)을 따라 전쟁에 나가 전사했으나 후사가 없었다. 부인은 시부모님이 돌아가실 때까지 봉양하고는 바로 목을 매고 죽었다. 고을 사람들이 부인을 애도하여 '유

(劉)씨 열부'라 칭송했다.

烈婦夫武擧, 從左良玉陣亡[2], 無後. 婦侍奉公姑, 待其終年, 卽自縊死. 州人哀之, 稱爲劉烈婦云.

비구름 내려와 창가 등불 꺼지려하는데	濕雲壓牕燈欲死,
어린 새댁 북을 놓고 옷 털고 일어나네.	少婦停梭拂衣起;
애달픈 밤 외로운 마음, 힘겨워 모로 누우니	夜慘心孤倦欹臥,
깊은 규방 꿈속으로 전쟁터가 밀려오네.	沙場夢入深閨裏.[3]
망가진 갑옷 찢어진 깃발에 핏자국 선명하고	破甲殘旗裹血痕,
부서진 북을 손에 들고 원혼이 통곡하네.	手提敗鼓號冤魂;[4]
하시는 말씀, 전장 떠돌다 죽게 되어	自云轉戰身陷沒,
잘려진 유해 황하 따라 헤맨다 하네.	斷骸漂骨黃河奔.
새댁이 놀라 깨어 황망히 배회하니	倉皇躑躅婦驚覺,
가을 울바자에 개 울음소리 요란하네.	羣犬亂吠秋籬根.
깊은 밤에 소리 내어 울 수도 없는지라	深夜欲啼啼不得,
구슬 같은 눈물만 비단 이불에 젖어드네.	淚珠迸落羅衾濕.
연지 화장 지우고 새벽 단장 그만둔 채	抹去胭脂罷曉粧,
귀밑머리 머리장식 온통 빛을 잃었다네.	翠翹雲鬟無顏色.
전쟁에서 패했다는 나쁜 소식 전해오니	兇問傳來敗散軍,
정말이지 지난밤 꿈과 다를 바가 없어라.	果然與夢無差分.
차분히 따뜻하게 시부모님 위로하고	溫言緖語慰翁媼,
깊숙한 규방에서 비단 치마 찢는구나.	幽閨裂破綉羅裙;
가슴 치며 울부짖고 몇 되 피를 쏟아내며	椎心一哭數斗血,
저승길 지전 태워 가을 구름에 보내드리네.	紙錢飄去回秋雲.[5]
사립문 적막한 채 날다람쥐들만 싸워대고	柴門寂寞鼪鼯鬪,
병든 부인 집안 거두나 가문은 기울었네.	病婦把家門戶瘦;
밤마다 차가운 베틀에서 새벽을 맞이하고	夜夜寒機達曙光,

아침마다 무너진 우물에서 물 길어 나르네. 朝朝破井提鶩甃.[6]
황폐해진 십 묘 전답 수확도 좋지 않고 十畝荒田歲不收,
정원의 꽃과 버들 자수마냥 부질없네. 一園花柳空如繡.
시부모님 돌아가시자 부인도 자진하니 翁歿媼歿婦卽歿,
'대 이을 자식 없는데 내 어찌 살아갈까?' 宗祠無人妾何立?
새하얀 목을 붉은 비단에 맡기고 拚將皓頸委紅羅,
꽃 같은 영혼으로 전쟁터를 찾아가네, 要使芳魂覓沙磧.[7]
순국한 남편 따라 아내도 죽으려니 丈夫死國妻死夫,
충의에 어긋날까 잠시 숨을 고르네. 忠義不得轉呼吸;
자칫 머뭇거리다 실패로 끝나고 말면 一念徘徊事則敗,
그 수치 안은 채 어찌 저승에 이르리오! 包羞泉壤何嗟及.[8]
지금도 무덤가 나무 밤마다 슬피 울부짖고 至今墳樹晩悲號,
황량한 강가 흰 풀들, 가을 언덕 드높은데 荒河白草秋原高;
겨울 까마귀 외로운 둥지 밤마다 배회하며 寒鴉孤棲夜不定,
제 무리 찾아 달 향해 애처로이 울고 있네. 哀鳴向月求其曹.

역주

1 海陵 : 江蘇 揚州 부근에 위치한 고대 縣名으로, 淸代에는 泰州에서 다스렸다. 이 시 내용과 관련해 淸 道光刊本『泰州志 · 烈女』부분에 아래 기록이 보인다. "劉氏는 劉莊場에 살았고, 武擧 許珍의 妻이다. 珍이 陝西千總을 제수받아 떠나면서 부모를 아내 劉씨에게 부탁하니 유씨가 기쁘게 그 소임을 맡았다. 張獻忠의 亂을 만나 左良玉의 군대가 太原에서 맞서 싸울 때 전세가 불리해 許珍이 전사하고 말았다. 죽은 소식이 전해오자 유씨는 울면서 말했다. '남편이 나라를 위해 죽은 것은 忠이고, 아내가 남편을 따라 죽는 게 義이다. 하지만 두 노인네를 내게 부탁하셨던 그 말씀이 아직도 남아있으니 어찌 이를 잊을 수 있단 말인가!' 후에 시부모가 돌아가시자 그 장례를 다 마친 다음, '내가 이제 내 뜻을 실천할 수 있겠다'고 하며 마침내 자진했는데, 나이 스물 둘이었다. 후사가 없었기에 사적이 차츰 잊히게 되었다. 우리 왕조 康熙 연간에 擧人 唐恕가 劉씨 마을 父老를 탐방하여 비로소 그 상세한 사적을 얻을 수 있었고, 마침내 이를 전하게 되었다. 興化의 鄭燮에게「海陵劉烈婦歌」가 있다.[劉氏, 住劉莊場, 武擧許

珍妻. 珍受陝西千總, 瀕行, 以父母屬劉, 劉慨然任之. 值張獻忠亂, 左良玉師抵太原, 失利, 珍戰死. 訃至, 劉泣曰 : '夫死國, 忠也;妻死夫, 義也. 然以二老屬我, 言猶在耳, 其可忘耶?' 及翁姑歿, 營葬既畢, 乃曰 : '吾今可以行吾志矣.' 遂自經, 年廿二. 以無後, 事漸湮沒. 國朝康熙間, 擧人唐恕訪之劉莊父老, 始得其詳, 乃爲之傳. 興化鄭燮有「海陵劉烈婦歌」.]"

2 左良玉 : 자가 昆山, 明末 山東 臨清人, 農民軍을 토벌한 공으로 南寧伯을 수여받고, 후에 侯爵에 올랐다. 南明 弘光 元年(1645년)에 南京으로 진군해 馬士英을 토벌하려다가 중도에서 병사했다.

3 沙場 : 전쟁터.

4 號 : 통곡하다.

5 紙錢 : 죽은 이가 저승에서 쓰도록 태워서 바치는 종이 돈. 冥錢.

6 鴛甃(원추) : 서로 맞보도록 쌓은 우물벽.

7 沙磧(사적) : 위 '沙場'과 같은 뜻. 남편이 죽은 전쟁터.

8 泉壤 : 저승.

해제

남편이 전쟁에 나가 전사한 후 시부모님이 돌아가실 때까지 봉양하고는 자신도 자진하여 죽은 '유(劉)씨 열부'를 칭송하는 시이다. 사건의 전개 과정을 소박한 언어로 생동감 있게 펼쳐나가는 서사성이 돋보인다.

2.10 양주揚州[1]

놀잇배가 봄빛 따라 아침안개를 가를 때면	畫舫乘春破曉煙,
성안 가득 음악 소리 느릅열매를 스치네.	滿城絲管拂榆錢.[2]
집집마다 여자아이 노래 먼저 가르치고	千家養女先教曲,
십 리 길가 꽃을 심어 농사짓듯 돌보누나.	十里栽花算種田.[3]
수제는 비 지나도 전혀 젖지 않는 곳,	雨過隋堤原不濕,[4]

붉은 소매 펄럭이니 신선 되어 올라갈 듯.　風吹紅袖欲登仙.[5]
시인들이 오래 전부터 백발 슬퍼했느니　詞人久已傷頭白,
따스한 술 부드러운 향기에 슬픔만 깊어지네.　酒暖香溫倍悄然.

이십사교 다리 옆길 풀들이 수북하고　廿四橋邊草徑荒,[6]
새로 난 작은 나루 뇌당으로 이어지네.　新開小港透雷塘.[7]
보일 듯 말 듯 안개 너머 아득한 기루,　畫樓隱隱烟霞遠,
서늘한 나무 그늘 아래 쟁쟁거리는 철판 반주.　鐵板錚錚樹木涼.[8]
문장으로 태수 일들을 어찌 다 전할 수 있을까,　文字豈能傳太守,[9]
풍류라면 수나라 황제가 충분히 즐겼었지.　風流原不礙隋皇.[10]
고금을 살펴봐도 감정 어찌 눌렀던가,　量今酌古情何限,
동풍을 핑계 삼아 잠시라도 즐기려네.　願借東風作小狂.

서풍이 다시금 세장루로 불어드니　西風又到洗粧樓,[11]
시든 풀 하늘에 닿고 석양에 근심이네.　衰草連天落日愁.
예전 기왓장 쌓인 곳엔 나무꾼의 저녁 노래,　瓦礫數堆樵唱晚,
찬 구름 조각 이룬 가을 소식에 제비 놀라네.　涼雲幾片燕驚秋.
사람들 화려했던 순간들 못내 그리워하지만　繁華一刻人偏戀,
오열했던 천년 세월, 강물 멈춘 적이 있었던가.　嗚咽千年水不流.
묻노니, 겹겹이 누워있는 황폐한 무덤 속에서　借問累累荒塚畔,
[옛 궁녀의] 옥비녀를 파낸 사람이 몇이던가?　幾人耕出玉搔頭?[12]

맑은 강물 가을 되니 한층 더 맑아지고　江上澄鮮秋水新,
며칠째 내린 눈에 한구 나루터 흐릿하네.　邗溝幾日雪迷津.[13]
천 년 동안 전쟁만 백 여 차례,　千年戰伐百餘次,[14]
해마다 변하는 게 어찌 사람뿐이랴.　一歲變更何限人.
모두가 황금 쥐고 권세와 통하려는 세상,　盡把黃金通顯要,

청빈한 사람은 그저 백안시당할 뿐.	惟餘白眼到清貧.
가련하다, 길 가의 춥고 배고픈 사람이여,	可憐道上饑寒子,
지난날 화려한 집 비단자리에 누웠지 않았던가.	昨日華堂臥錦茵.

역주

1 揚州 : 長江 하류 北岸에 위치한 도시. 隋 때 이름은 江都이다. 煬帝가 개통한 대운하가 이곳을 지나기에 예전부터 진상용 소금의 집산지가 되어 상업이 발달하고 도시가 번화했다. 煬帝가 일찍이 江都에 행차했었기에 관련 遺迹과 傳說이 지금까지 전한다.

2 楡錢 : 느릅나무 열매, 모양이 동전처럼 생겨 가운데를 꿸 수 있기에 이렇게 표현했다.

3 十里栽花算種田 : 『揚州畫舫彔』 卷四 : "양주사람은 귀천을 가리지 않고 모두 꽃을 매다는데, 開明橋에는 매일 아침 꽃시장이 열린다. 성 밖 禪智寺와 성 안 개명교는 모두 옛날의 꽃시장이다. 근래에는 梅花嶺·傍花村·堡城·小茅山·雷塘 등지에 두루 화원이 있고, 매일 아침이면 성으로 모여 들어 시장을 이루어 꽃을 판다.[揚人無貴賤皆戴花, 開明橋每旦有花市. 蓋城外禪智寺, 城中開明橋, 皆古之花市也. 近年梅花嶺、傍花村、堡城、小茅山、雷塘皆有花院, 每旦入城聚賣于市.]"

4 隋堤 : 『揚州府志』 : "수나라 때 邗溝(한구)를 열어 장강으로 통하게 하고, 양 옆으로 물길을 막아 제방을 쌓아 수양버들을 심으니, 이를 隋堤라고 불렀다. 오늘날 강소와 강북 운하에 위치한다.[隋開邗溝入江, 傍築御河, 樹以楊柳, 謂之隋堤. 在今江蘇江北運道上.]" 이 구절은 수제의 수양버들은 비가 내려도 땅이 젖지 않을 만큼 빽빽하다는 뜻이다.

5 紅袖 : 춤추는 젊은 여성의 소매를 가리킨다.

6 廿四橋 : 揚州의 다리 이름. 吳家磚橋, 또는 紅藥橋라 한다. 일설에는 24곳에 다리가 있었다 한다. 沈括 『補筆談』 卷三 참고.

7 雷塘 : 연못 이름, 양주의 북쪽에 있었다. 唐 나라 때 강남을 평정한 후 수 양제를 이곳으로 移葬했는데 송 이후로는 점차 황폐해져 지금은 민간의 논밭이 되고 말았다.

8 鐵板 : 歌板. 악기 반주를 맞추기 위한 작은 쇠판. 박달나무로 만든 것은 '檀板'이라 한다.

9 太守 : 宋 나라 때 歐陽修와 蘇軾이 揚州太守를 지낸 적이 있었는데, 그들의 정치적 업적이 탁월하여 문장으로 전할 수 없을 정도라는 뜻.

10 隋皇 : 隋 煬帝 楊廣, 隋의 제2대 황제(재위 604~618). 만리장성을 수축하고 대운하를 완성하였으며, 3차례 고구려를 침입하였으나 대패하는 등 줄곧 백성들

을 혹사시켰다. 만년까지 사치스러운 생활을 하다가 결국 신하에게 살해되었다. 이 시구는 그가 여러 차례 揚州를 유람하면서 많은 경비를 탕진했음을 뜻한다.

11 洗粧樓 : 隋 宮人들이 씻고 화장하던 곳. 江都 西北 7里 쯤 되는 大儀鄕에 있다.

12 幾人耕出玉搔頭 : 玉搔頭는 玉簪. 옥비녀. 揚州의 玉溝斜는 수나라 宮人들의 무덤이 모여 있던 곳으로, 농부들이 이곳에서 밭을 갈 때면 이전 궁중의 물건들을 파내게 된다고 한다.

13 邗溝(한구) : 옛날 運河 이름. 春秋 吳王 夫差가 뚫기 시작해 江淮를 통하게 했다. 수나라 때 다시 이를 개통하여 揚州가 그 중심이 되었다. 남쪽 江水에서 시작해 서북으로 淮安까지 이른다.

14 千年戰伐百餘次 : 揚州는 東南 지역 水陸의 요충지라 예로부터 전쟁이 있을 때면 반드시 이곳을 차지하고자 했음을 가리킨다.

해제

양주는 교통의 요충지이기 때문에 상업이 매우 발달하고 문화가 번창했던 곳이다. 판교를 포함해 '揚州八怪'가 이곳에서 활동했던 것도 우연이 아니다. 이 시는 양주의 수려한 풍광과 화려한 문화를 네 계절로 나누어 묘사했고, 이곳에서 생활하는 시인의 느낌을 담았다. 전체적으로는 화려하고 번화한 생활의 뒷면에 古今이 대비되는 애상감이 어려 있다.

2.11 새벽 진주 가는 길에曉行眞州道中[1]

일꾼 아이 아득해져 찾을 길 없는데	僮僕飄零不可尋,
나그네는 거문고 벗 삼아 먼 길 이어가네.	客途長伴一張琴.
오경에 말에 올라 이슬 바람 맞으니	五更上馬披風露,
새벽달도 사람 따라 숲을 나서네.	曉月隨人出樹林,

보리싹은 안개에 싸여 봄 성곽을 휘감고	麥秀帶煙春郭廻,
기슭 너머 산색 비치니 강물 더욱 짙어지네.	山光隔岸大江深.
힘들기 만한 세상 무슨 일을 이룰 수 있나,	勞勞天地成何事,
말채찍 휘두르며 애써 시를 읊어보네.	撲碎鞭梢爲苦吟.

역주

1 眞州 : 오늘날의 江蘇省 儀徵縣에 해당하는 고을 이름. 長江 北岸에 위치한 동남쪽 운하의 요충지로서 송나라 때는 양주보다 더 번성했다 한다.

해제

판교는 젊었을 때 眞州의 毛家橋에서 공부한 적이 있었고, 나중에는 眞州 江村에 학당을 열어 학생들을 가르치기도 했다. 그 뒤로도 몇 차례 이곳을 찾았는데, 이 시는 이 과정에서 썼던 것으로 보인다.

2.12 허설강에게 보내는 세 수寄許生雪江三首[1]

시로 내 뜻을 펼쳐 보내고	詩去將吾意,
편지로 그대 마음 읽는다네.	書來見爾情.
지난 삼 년 문득 꿈속처럼 흘렀지만	三年俄夢寐,
몇 마디 편지 글은 평소와 마찬가지.	數語若平生.
가랑비 내리는 창문엔 환한 불빛,	雨細窗明火,
까마귀 깃든 버드나무 무성한 성.	鴉棲柳暗城.

작은 누각 아늑하니 좋았던 그 밤, 　小樓良夜靜,
책 읽던 소리 아직도 쟁쟁하네. 　還憶讀書聲.

관직은 인간 세상의 일, 　金紫人間事,[2]
우리는 독서로 살아야지. 　縹緗我輩需.[3]
한가하게 음송하면 속기를 면하고 　閒吟聊免俗,
아주 안 풀려도 유학자는 된다네. 　極賤到爲儒.
오묘한 붓질은 '물 샌 흔적'의 필법인 듯, 　妙墨疑懸漏,[4]
기백 넘치는 재주로 멋진 문장 지어야지. 　雄才欲唾珠.[5]
나는 늘 저 은하수를 바라보며 　時時盼霄漢,
그대 큰 관직에 들기 기원한다네. 　待爾入雲衢.[6]

강가의 정취 버리지 못해 　不捨江干趣,
여러 해 강촌에 눌러 산다네. 　年來臥水村.
구름이 휘감으니 산색이 환해지고 　雲揉山欲活,
넘실대는 강물에 빗줄기는 내달리는 듯. 　潮橫雨如奔.
가을 오면 논의 게가 살지고 　稻蟹乘秋熟,
돼지 족발이 탁주 맛을 돋운다네. 　豚蹄佐酒渾.
시골 사는 이 사람 웃고 즐긴 다음, 　野人歡笑罷,
배 빌려 타고 그대 한 번 보러 가려네. 　買棹會相存.

역주

1 許雪江 : 시 내용과 작자가 그를 '生'으로 부르는 것으로 보아 판교가 江村에서 학당을 열었을 때 가르친 학생으로 보인다.

2 金紫 : 한대 고관들이 金印과 자수를 찼고, 당대 고관에게는 紫金御帶를 하사했기에 이후 '金紫'는 관직의 뜻으로 쓰였다.

3 縹緗 : 서적을 가리키는 말. 縹는 옥색 비단, 緗은 담황색 비단. 대개 이 두 가지

로 책상자를 만들었다.

4 懸漏 : 서예 기법 중의 하나인 '屋漏痕'을 가리킴. 草書 필법의 한 가지로, 붓을 움직일 때 筆鋒을 숨기는 방식이다. 참고로, 華耀祥 『鄭板橋詩詞箋注』에서는 이 단어를 '물시계'로 해석하고, "허생의 문장이 뛰어난지라 읽다보니 깊이 빠져 들어 밤이 늦도록 시간을 알리는 물시계 소리를 잊고 말았다는 뜻"이라 설명했다. 그러나 아래 '唾珠(뛰어난 문장)'와의 對偶를 고려하면 '빼어난 필법' 쪽으로 보는 게 더 자연스럽지 않은가 한다.

5 唾珠 : 큰 물방울과 같은 침. 재능이 커서 입에서 나오는 대로 훌륭한 문장이 되는 것을 가리킨다.

6 雲衢 : 높은 관직.

해제

자신의 학생으로 보이는 許雪江에게 주는 이 시에서 판교는 사제 간의 따뜻한 정서를 바탕으로 제1수에서는 예전 학당에서 같이 책 읽던 추억을, 제2수에서는 그가 학문에 더 힘써서 공명을 얻기를, 제3수에서는 자신의 근래 상황과 앞으로 만날 기약을 적었다.

2.13 석 도사에게 贈石道士[1]

누대의 아리따운 소리 고요한 초목에 전해지고	樓殿玲瓏草木閒,
퉁소 가락은 푸른 구름 너머로 퍼져가리.	洞簫吹徹碧雲間.
시 지어봐야 답례 없을 거라 생각진 않겠다오.	歌成莫擬無投贈,
새로 다듬은 양지백옥(羊脂白玉) 고리가 있겠지.	新洗羊脂白玉環.

역주

1 石道士 : 未詳.
2 羊脂白玉 : 옥의 일종. 양 기름처럼 하얗기 때문에 붙여진 이름.

해제

寺廟에서 생활하는 석 도사에게 보내는 시로, 앞 두 구에서는 도사의 생활을, 뒤 두 구에서는 자신의 생각을 그렸다.

2.14 한가한 생활閒居

게으른 탓에 손님 접대 언제나 드물고	嬾慢從來應接疎,
문 닫고 마당 쓸며 한가롭게 지내노라.	閉門掃地足閒居.
아내는 벼루 씻어 먹 새로 갈아 오고	荊妻拭硯磨新墨,[1]
어린 딸은 종이 들고 와 해서체를 달라하네.	弱女持牋索楷書.
감잎에 서리 뿌려 점점이 붉어지고	柿葉微霜千點赤,
석양은 반쯤 열린 창 망사휘장에 비쳐드네.	紗廚斜日半窗虛.[2]
강남에선 가을 채소가 그야말로 일품인데	江南大好秋蔬菜,[3]
자줏빛 죽순에 붉은 생강 넣고 붕어를 삶는다네.	紫筍紅薑煮鯽魚.

역주

1 荊妻 : 타인에게 자신의 처를 낮추어 부르는 표현. 옛날 가난한 집 부녀자의 복장은 대개 '나무 비녀와 천 치마(荊釵布裙)'이었기에 나온 말이다.
2 紗廚 : 침대 주위의 망사 휘장.

3　江南: 작자의 고향이 江蘇 興化이기에 이렇게 썼다. 『青史稿 · 地理志』에 의하면 江蘇는 清 順治 2년 江南省에 소속되었다가 康熙 6년 다시 지금의 이름으로 고쳤다 한다.〖王錫榮〗

해제

판교는 23세에 결혼했는데, 이 시 가운데 '어린 딸'이란 표현이 있는 것으로 보아 30세 전후에 쓴 작품으로 보인다. 成家 후의 한가한 생활의 즐거움을 담담하게 그렸다.

2.15 종자상 무덤宗子相墓[1]

쓸쓸한 백화주 모래섬,	寥落百花洲,[2]
낡은 집 부서진 채 그 자리에 남아 있네.	老屋破還在.
먼 강물 굽이쳐 돌아 띠를 이루고	遠水如帶環,
동풍은 야채밭으로 불어오누나.	東風吹野菜.

역주

1　宗子相: 명대 문인 宗臣(1525~1560), 자가 子相, 호는 方城山人, 江蘇 興化人. 嘉靖 때 進士에 합격했고, 문학가로서는 '嘉靖後七子' 중의 한 사람이다. 詩文은 復古를 위주로 했고, 「報劉一丈書」에서 관청의 포악함을 폭로한 것으로 유명하다. 문집으로 『宗子相集』이 있다.

2　百花洲: 『興化縣志 · 城池圖』에 따르면, 百花洲는 興化 南關 밖에 있고, 사면이 물로 둘러싸여 있다고 했다. 『興化縣志 · 古迹』 "百花洲" 條: "명대에 고을사람 宗周와 그의 아들 臣이 독서하던 곳으로…… 신이 閩에서 죽었는데 그 시신을 옮겨와 그 아래에 장사지낸 후 사당을 세우고 제사지낸다.[明邑人宗周與其子臣

讀書處…… 臣歿于閩, 歸葬其下, 立祠祀之.」"

해제

자신의 고향에 있는, 명대 선비 宗子相의 무덤 주위 풍경을 그렸다. 백화주라는 모래섬과 낡은 집의 퇴락함, 들꽃조차 보이지 않는 이곳에서 동풍은 야채밭에 불기에 그 쓸쓸함이 한층 두드러진다.

2.16 일곱 노래七歌

정생 나이 삼십에 뭐 하나 이룬 게 없이	鄭生三十無一營,
글 공부 무예 공부 하나같이 그르쳤네.	學書學劍皆不成;
저자에서 술 마시며 젊은이를 잡아끌어	市樓飮酒拉年少,
종일토록 북 치고 생황이나 불었다네.	終日擊鼓吹竽笙.
금년에 부친 돌아가시자 남기신 책 판 뒤에	今年父歿遺書賣,
남은 책들 보자니 마음 편치 못하네.	剩卷殘編看不快.
썰렁한 아궁이 땔나무는 떨어졌고	爨下荒涼告絶薪,
문 앞에선 문 두드리며 빚 독촉을 해대네.	門前剝啄來催債.
아아, 첫째 노래여, 노랫소리 옹색하구나.	嗚呼一歌兮歌偪側,[1]
황망히 책 펼쳐도 읽히지가 않는구려.	皇遽讀書讀不得![2]

내 태어난 지 세 살에 어머니 돌아가시며	我生三歲我母無,
강보 속 어린 아이 차마 떼놓지 못하셨네.	叮嚀難割襁中孤.
침대 올라 젖 찾아 어머니 안고 누웠을 때	登牀索乳抱母臥,

어머니 돌아가신 줄 모르고 여전히 불러댔네!　　不知母歿還相呼!
아이가 그렇게 밤새 울고 울어대니　　兒昔夜啼啼不已,
어머니 병중에도 그 울음에 일어나셨네.　　阿母扶病隨啼起;
도닥거려 얼러주시니 아이 깊이 잠들고,　　婉轉噢撫兒熟眠,
희미한 등불 차디찬 창 안 어머니 기침소리.　　燈昏母咳寒窗裏.
아아! 둘째 노래여, 밤은 깊어 가는데　　嗚呼二歌兮夜欲半,
뜰 홰나무 부러져 까마귀 깃들 곳 없어라!　　鴉棲不穩庭槐斷!

부질없이 눈물 콧물 줄줄줄 흘려가며　　無端涕泗橫闌干,[3]
새어머니 생각하자니 이 마음 찢어지네.　　思我後母心悲酸.
십 년 동안 집안 살림에 온갖 고생하시면서　　十載持家足辛苦,
이 내 몸 춥거나 배고프게 안하셨네.　　使我不復憂饑寒.
수시로 한 되 반 되 부족한 쌀이었는데　　時缺一升半升米,
아이는 밥 적다고 투정하고 고집부렸네.　　兒怒飯少相觸觝;
땅바닥에 뒹굴며 울고 얼굴이 더러워져도　　伏地啼呼面垢汙,
어머니는 그 옷 가져다 깨끗이 빨래했네.　　母取衣衫爲澣洗.
아아! 셋째 노래여, 방황하는 노래여,　　嗚呼三歌兮歌彷徨
북풍이 휘휘 불어와 내 옷을 휘감는구나!　　北風獵獵吹我裳![4]

숙부님, 내 숙부님, 이 조카 편애하셨지.　　有叔有叔偏愛姪,[5]
잘못 가리고 장점 칭찬하며 늘 감싸주셨네.　　護短論長潛覆匿;
공부는 태만, 약 피해 도망치는 이 골칫거리를　　倦書逃藥無事無,
품에 안고 등에 업고 달리시고 감춰주셨네.　　藏懷負背趨而逸.
이불은 얇고 얇아 빈 자루나 다름없고　　布衾單薄如空橐,
낡은 솜 엉성하여 함께 눕기 고약했네.　　敗絮零星兼臥惡;
아무렇게나 오줌 싸놓고 전혀 알 바 없는지라　　縱橫溲溺漫不省,
젖은 곳 마른 데로 옮기느라 한밤에 깨셨다네.　　就濕移乾叔夜醒.

아아, 넷째 노래여, 휘잉휘잉 바람 불고	嗚呼四歌兮風蕭蕭,
온 하늘 차가운 비에 닭 우는 소리 들리누나!	一天寒雨聞鷄號.
몇 년 동안 실의에 찬 채 강호를 떠돌았지.	幾年落拓向江海,
하는 일마다 하나같이 열에 아홉 실패했네.	謀事十事九事殆.
장탄식하며 주막에 앉아 술잔을 들이키며	長嘯一聲沽酒樓,
사람들 떠나 홀로 앉아 하늘에 물어본다.	背人獨自問眞宰.[6]
마른 쑥 바람에 쓸려 뿌리 끊긴 지 오래지만	枯蓬吹斷久無根,
고향 생각 아직도 남아 그 뜨락 그리웠네.	鄕心未盡思田園;
천릿길 귀가하자니 도리어 두려운 마음,	千里還家到反怯,[7]
문에 들며 계면쩍은데 아내는 별 말 없네.	入門忸怩妻無言.
오호라, 다섯째 노래여, 머리카락 곤두서네.	嗚呼五歌兮頭髮竪,
장부의 의기가 규방에서 꺾이는구나!	丈夫意氣閨房沮.
이 내 몸 딸 둘에 아들 하나 두었는데	我生二女復一兒,
추워도 솜옷 없고 굶주려도 죽도 없네.	寒無絮絡饑無糜;
징징대며 우는 소리에 성 내며 매질하다가	啼號觸怒事鞭朴,
불쌍한 마음에 손 떨구고 슬픔으로 바뀌네.	心憐手軟飜成悲.
쏴아쏴아 내리는 밤비 섬돌 그득 적시는데	蕭蕭夜雨盈階戺,
텅 빈 침상 낡은 이불, 썰렁한 가을비라니.	空床破帳寒秋水;
이 새벽 무슨 수로 전병이라도 구해올까,	淸晨那得餠餌持,
일찍 깰 것 없이 더 자라고 달래나 보네.	誘以貪眠罷早起.
아아! 눈앞의 아이들아, 아비 그만 부르거라,	嗚呼眼前兒女兮休呼爺,
여섯째 노래 끝나기도 전에 집 떠날 생각하네!	六歌未闋思離家.
종원 선생께서는 우리의 스승이셨고	種園先生是吾師,[8]
죽루와 동봉 두 벗은 문장이 빼어났지.	竹樓、桐峰文字奇,[9]

십 년을 고향에서 함께 어울려 지내면서	十載鄉園共遊憩,
건장한 마음 큰 배포로 안 해본 것 없었네.	壯心磊落無不爲.
두 친구 집 떠나 필묵 놀려 생활할 때	二子辭家弄筆墨,
사람에게 부탁할 땐 숨이 먼저 막혔다네.	片語干人氣先塞;
스승님 가난과 병에 늙어서도 자식이 없어	先生貧病老無兒,
문 닫고 오동 그늘 북쪽으로 영원히 누우셨네.	閉門僵臥桐陰北.
오호라, 일곱째 노래여, 거침없는 기세여.	嗚呼七歌兮浩縱橫,
푸른 하늘은 만고에 무정하기만 하구나.	青天萬古終無情!

種園先生은 陸震, 竹樓는 王國棟, 桐峰은 顧于觀을 가리킨다.
種園先生陸震、竹樓王國棟、桐峰顧于觀.【原註】

역주

1 偪側(핍측) : '逼仄'으로도 쓰며, 옹색하다는 뜻.
2 皇遽 : 두렵고 당황해서. 皇을 遑으로 쓴 곳도 있다.
3 闌干 : 이리저리 넘쳐나는 모양.
4 獵獵 : 바람소리.
5 有叔 : 판교 숙부의 이름은 之標, 자는 省庵.
6 眞宰 : 造物主.
7 千里還家到反怯 : 李頻 「渡漢江」의 "고향에 가까워지니 마음이 한층 겁나네[近鄉情更怯]"라는 詩意를 바꿔 썼다.〖王錫榮〗
8 種田先生 : 『興化縣志 · 文苑』: "陸震, 字가 仲子, 一字로 種園이 있다. …… 젊어서 재기를 믿고 오만방자하였으나 속 좁게 작은 일에 집착하지 않았고 명리에 연연해하지 않았다. 팔고문을 싫어했으며, 고문사와 행 · 초서에 힘썼다. …… 시에서는 구절을 절취해 쓰기를 좋아했으며, 사는 동년배 가운데 빼어났다. 鄭燮이 그에게서 사를 배웠다.[陸震, 字仲子, 一字種園. …… 少負才氣, 傲睨狂放, 不爲齷齪小謹. 震淡于名利, 厭制藝, 攻古文辭及行草書. …… 詩工截句, 詩餘妙絶等倫, 鄭燮從之學詞焉.]"
9 竹樓、桐峰 : 두 사람은 板橋 소년 시절의 동창. 『興化縣志 · 文苑』: "王國棟은 字가 殿高, 다른 字로 竹樓가 있다. 乾隆 6년 과거 급제하였다. 시에 능하고, 특히 서예에 뛰어났다. 양주 · 통주 · 윤주 등지에서 머물렀는데, 매일 글씨를 구

하려는 사람이 아주 많았다. 황신·이선 등과 왕래하며 시사를 증답하였다. 저서로 『秋吟閣詩鈔』가 있다.[王國棟, 字殿高, 一字竹樓. 乾隆六年付榜, 工詩, 尤善書. 客居揚、通、潤等州, 每日求書者甚多. 嘗與黃愼、李鱓等往還酬唱. 著『秋吟閣詩鈔』.]" 『興化縣志·文苑』: "顧于觀, 字가 萬峰이다.[顧于觀, 字萬峰.]" 桐峰은 아마 그의 별호인 듯하다.

해제

'七歌'라는 詩體는 西漢 枚乘의 「七發」 이래 이른바 '七體'라는 흐름과 관련된다. 특히 唐代 杜甫의 「同谷七歌」는 七歌體의 대표적이면서도 빼어난 작품으로, 형식적으로는 張衡 「四愁詩」나 蔡琰 「胡笳十八拍」을 본받아 定格聯章의 방식을 취했고, 내용면에서는 鮑照 「擬行路難」의 예술적 경지를 흡수해 한층 승화시킨 작품으로 평가된다. 판교 이전에 명말 泰州 시인 吳嘉紀의 「七歌」가 있어 '嗟哉我父逝不還'으로 시작해 父·母·叔·兄·妹·友·我 등의 고통을 비극적으로 서술한 바 있다. 판교의 이 시 형식은 바로 이 吳嘉紀 「七歌」의 영향을 받은 것으로 보인다. 실제로 판교의 스승 陸種園의 부친과 吳嘉紀는 가까운 친구였다 한다. 판교 역시 이 연작시에서 자신 삶의 과정에서 있었던 여러 애환을 자전적으로 서술했다. 젊어서 공부할 때 학문에 집념하지 못했던 회한, 태어난 후 어머니가 곧장 세상을 떠나신 데 따른 아픈 추억, 자신을 인자하게 길러주셨던 계모에 대한 그리움, 자신의 잘못과 버릇없는 행위까지도 늘 감싸주시던 숙부의 인자한 모습, 외지에서 번번이 실패하고 귀가했을 때의 참담한 심정, 계속되는 가난 속에서 철없는 자식들에게 화풀이했던 고통, 스승 種園 선생과 두 동학과의 추억 등을 차례로 회상하였다.

2.17 순아에 대한 통곡 다섯 수哭犉兒五首[1]

흉년들어 죽 먹는 것조차 어려웠을 때	天荒食粥竟爲長,
내 자식 앞에서 참담한 눈물줄기 떨구었지.	慚對吾兒泪數行.
오늘은 숟가락 가득 네게 밥 뿌려주는데	今日一匙澆汝飯,[2]
부르면 다시 와서 맛볼 수 있겠느냐?	可能呼起更重嘗!
비틀어진 쪽머리에 꽃 꽂기 좋아하고	歪角鬏兒好戴花,
누나들처럼 너도 따라 묶어보려 했었지.	也隨諸姊要盤鴉.[3]
이제 그 거울은 색을 잃은 채로구나,	於今寶鏡無顔色,
아침햇살 푸른 사창(紗窓)에 그득하건만.	一任朝光滿碧紗.
무덤의 풀 파랗고 맑은 강물 차가운데	墳草青青白水寒,
홀로된 영혼 겁 많은 너는 풍파가 무섭겠지.	孤魂小膽怯風湍.
황천길엔 무서운 귀신이 마구 빼앗아 간다는데	荒塗野鬼誅求慣,
가난하여 지전(紙錢) 드리기 어렵다고 하소연하렴.	爲訴家貧楮鏹難.[4]
삼엄하기 그지없는 열 개 세계 열린다는데	可有森嚴十地開,[5]
네 영혼은 한 번 가면 언제 올 수 있다더냐?	兒魂一去幾時回?
울면서라도 불쌍한 응석일랑 부리지 말거라,	啼號莫倚嬌憐態,
못된 악귀가 네 부모처럼 대해줄 리 없으니.	邏刹非而父母來.[6]
촛불 탄 자리에 재 아직 남았건만	蠟燭燒殘尚有灰,
지전은 날아가서 티끌이 되었구나.	紙錢飄去作塵埃.
부처님에게는 삼생의 말씀 있다던데	浮圖似有三生說,[7]
전생 인연 남았으니 꼭 다시 만나자꾸나.	未了前因好再來.[8]

역주

1 犉兒 : 요절한 板橋의 長子.
2 澆飯 : 무덤에서 음식을 마련해 祭를 지낸 후 무덤가에 술이나 음식을 뿌려주는 일.
3 盤鴉 : 여성의 검은 머리를 묶어 올린 타래.
4 楮鏹 : 지전. 죽은 이에게 보내는 冥錢.
5 十地 : 梵語의 意譯. '十住'라고도 번역한다. 불교에서 大乘의 보살 수행 과정상에서 거치게 되는 열 단계 境地로, 歡喜地·離垢地·發光地·燄慧地·難勝地·現前地·遠行地·不動地·善慧地·法雲地 등이다. 歡喜地란 中道의 지혜를 깨달아 일체의 見惑을 끊고 환희가 넘쳐나는 경지. 離垢地란 인간의 번뇌를 다 끊고 더러움을 씻어 깨끗해진 경지. 發光地란 明地라고도 하는데, 모든 번뇌를 끊어 지혜의 광명이 발현되는 경지. 燄慧地란 燄地라고도 하는데, 번뇌가 사라지고 지혜가 불꽃처럼 솟아나는 경지. 難勝地란 번뇌를 모두 끊음으로써 俗智와 眞智가 잘 조화를 이루게 된 경지. 現前地란 번뇌를 끊고 無爲眞如가 드러나는 경지. 遠行地란 二乘의 覺의 영역을 넘어서 원대한 眞諦의 세계에 이른 경지. 不動地란 완전한 眞如를 얻어 조금도 동요를 일으키지 않는 경지. 善慧地란 부처의 十力을 얻어 때와 경우[根機]에 따라 중생을 교화하는 지혜를 터득한 경지. 法雲地란 많은 공덕으로써 많은 이들에게 大悲心 같은 존재가 된 경지를 말한다.
6 邏刹 : '羅刹'이라고도 한다. 범어 '阿落刹娑'를 줄여 번역한 말로, 악귀라는 뜻이다. 慧琳 『一切經音義』 第二十五 : "羅刹은 악귀를 말한다. 사람의 혈육을 먹으며, 허공을 날거나 땅에 다닐 때 무서울 정도로 빠른 속도이다.[羅刹此云惡鬼也, 食人血肉, 或飛空或地行, 疾捷可畏也.]" 而 : 爾. 너라는 뜻.
7 浮圖 : 浮屠, 불타. 범어의 음역으로, '깨달은 자'라는 뜻. '부처'로 통한다. 나중에는 '佛塔'으로 잘못 쓰이기도 했다. 三生 : 불교에서 말하는 前世와 現世와 來世.
8 未了前因好再來 : 불교에서는 이승의 인연은 전생에서 뿌린 인연이고, 이승에서 이루지 못한 인연은 내세에서 이룰 수 있다고 여기기 때문에 이렇게 표현한 것이다.

해제

板橋에게는 두 아들이 있었으나 모두 일찍 죽고 말았다. 30세 때 쓴 시 「2.16 일곱 노래[七歌]」에서 "나는 딸 둘에 아들 하나를 두었는데[我生二女復一兒]"라 했는데, 이 아들은 본부인 徐氏 소생으로 바로 여기 나오는 犉兒이다. 「1.13 유현 관아에서 아우 묵에게 보내는 두 번째 편지[濰

縣署中與舍弟墨第二書」에서 "내 나이 쉰둘에 아들을 얻게 되었으니 어찌 사랑스럽지 않을 까닭이 있겠는가![余五十二歲始得一子, 豈有不愛之理?]"라 한 부분에서 나오는 아들은 妾 饒氏 소생으로, 후에 역시 요절하고 말았다. 이 시에서 그는 어린 자식을 잃은 아버지의 비통한 심정, 저승에 가서 못된 악귀에게 시달릴지 모를 것에 대한 걱정을 애절하게 담았다.

2.18 시골 서당에서 생도들에게村塾示諸徒

곤궁한 유생으로 표류한 지 몇 해던가,	飄蓬幾載困青氈,[1]
문득 시골에서 다시 일 년을 보내네.	忽忽村居又一年.
시구 얻어 기쁘면 꽃잎 뜯어 써두고	得句喜撚花葉寫,
보던 책 싫증나면 베개 삼아 잠드네.	看書倦當枕頭眠.
쓸쓸한 생활 곤궁한 처지, 한이 자꾸 치솟고	蕭騷易惹窮途恨,
제멋대로 사는 나날 학비 받기가 부끄럽네.	放蕩深慚學俸錢.
조각배 마련하여 낚시 노인네 따라나설까,	欲買扁舟從釣叟,
삿대 하나, 도롱이 하나, 봄 비 안개 속으로.	一竿春雨一蓑煙.

역주

1 青氈: 선비 집안에 대대로 전해오는 옛 물건. 「1.8 범현 관아에서 아우 묵에게 보내는 두 번째 편지[范縣署中寄舍弟墨第二書]」 주석 참조. 이 시에서는 선비를 상징했다.

해제

板橋는 26세 때 眞州 江村에 학당을 열어 학생들을 가르쳤는데, 이 시는 그때 쓴 것이다. 생활의 실망감을 토로하면서 차라리 은거하며 살고 싶은 심정을 드러냈다.

2.19 회음 변수민의 위간서옥淮陰邊壽民葦間書屋[1]

변 선생 집은 달팽이껍질처럼 작아도	邊生結屋類蝸殼,
문득 창을 열면 드넓은 하늘과 통한다네.	忽開一窗洞寥廓;
갈대와 물억새 몇 줄기 안개와 서리를 막아섰고	數枝蘆荻撑煙霜,
한 줄기 강물 맑은 노을에 정자는 고요하네.	一水明霞靜樓閣.
싸늘한 밤, 별들이 희미한 빛 드리우고	夜寒星斗垂微茫,
서풍이 발 속으로 쳐들어와 촛불을 흔드네.	西風入簾搖燭光.
강 건너 어렴풋이 들리는 추위 속 개 울음소리,	隔岸微聞寒犬吠,
수염 쓰다듬어가며 시 짓는 밤은 길기만 하네.	幾撚吟髭更漏長.[2]

역주

1 淮陰 : 江蘇省 북부에 있는 縣 이름으로, 지금의 淮安이다. 邊壽民 : (1684~1752). 이름은 維祺, 자는 壽民 또는 頤公, 호는 葦間居士이며 淮安人이다. 詩詞를 잘했고, 書畵에 정통했다. 특히 전에 없었던 '潑墨蘆雁法'을 개발했으며, 부귀를 추구하지 않고 날마다 그림에만 몰두했다 한다. 「2.149.9 절구 21수 · 변유기(絶句廿一首 · 邊維祺)」 부분 참고.

2 幾撚吟髭(기연음자) : 옛사람들이 시를 짓거나 문장을 쓸 때 수염을 만지작거리며 생각을 다듬는 형상을 표현한 것.

해제

화가 邊壽民 선생의 아주 협소한 거처 모습과, 그곳에서 밤 내내 시 짓는 일에 몰두하는 정경을 그렸다. 서옥의 안쪽에서 밖으로, 새벽 풍경에서 저녁 정경으로 이어지다가 마지막으로 주인의 '夜吟'을 부각시켰다.

2.20 항우項羽[1]

이미 장함을 쳐부순 그 기세 당할 자 없어	已破章邯勢莫當,[2]
팔천 장정 이끌고 함양에 당도했다네.	八千子弟赴咸陽.[3]
신안에선 어찌 그리 진의 병사 생매장했던가!	新安何苦坑秦卒,[4]
패상에선 어찌 차마 유방을 죽일 수 있었겠는가!	壩上焉能殺漢王![5]
아름다운 휘장 속, 깊은 밤에 준마는 슬피 울고	玉帳深宵悲駿馬,[6]
초나라 노래는 사방에서 미녀 죽음 재촉했다네.	楚歌四面促紅粧.[7]
오강의 물은 차디차고 가을바람 휘몰아치는데,	烏江水冷秋風急,[8]
적막한 들꽃만이 전쟁터에 피어났네.	寂寞野花開戰場.

역주

1 項羽 : 楚의 명장 項燕의 후예로, 진나라 말 反秦 전쟁에서 탁월한 공을 세웠다. 진을 멸망시킨 후 西楚霸王이라 자칭했으나 漢과의 전쟁에서 劉邦에게 격파당해 자진하고 말았다. 「2.1 거록의 전투[鉅鹿之戰]」 주석 참조.

2 已破章邯勢莫當 : 항우가 趙를 구하기 위해 鉅鹿에서 秦兵과 싸워 그 주력군을 부수자 秦 나라 장수 章邯이 투항한 사건.

3 八千子弟 : 항우는 부하 팔천 명을 이끌고 숙부 項梁과 함께 江東에서 군사를 일으켰다.

4 新安何苦坑秦卒 : 章邯이 투항한 후 秦 군대 병사들이 자꾸 수군거리며 이야기하자 항우가 이를 의심해 밤중에 투항한 秦 병사 20만 명을 新安 성 남쪽에 생매장해버린 사건.

5 壩上焉能殺漢王 : 항우는 鉅鹿에서 진의 주력군을 무너뜨린 후 군대를 函谷關에 투입하여 秦의 수도 咸陽을 공격하려고 했다. 이때 劉邦의 군대가 懷王의 명을 받고 이미 함양을 공격해 점령한 후 壩上에 주둔하면서 파병하여 함곡관을 수비했다. 항우는 대노하여 유방을 없애고자 했고, 유방은 매우 놀라 鴻門의 잔치에서 항우 숙부 項梁의 주선으로 빠져나올 수가 있었다.

6 玉帳深宵悲駿馬 : 秦이 멸망한 후 유방과 항우가 천하를 다툴 때, B.C. 202년 항우는 垓下에서 유방의 군대에 포위되었다. 그날 밤, 유방의 軍中 사방에서 楚歌가 들리니 항우는 楚의 군사가 대부분 漢에 귀순한 것으로 알고, 대세가 기울었다고 여겨 「垓下歌」를 지어 불렀다. 노래 가사에 '時不利兮騅不逝'라는 구절이 있다.

7 紅粧 : 항우의 애첩 虞姬를 가리킨다. 항우의 패배가 다가오자 미리 자진했다.

8 烏江 : 항우가 자살한 강. 지금의 安徽省 和縣에 있다. 「2.1 거록의 전투[鉅鹿之戰]」 주석 참고.

해제

이 詠史詩는 항우가 秦의 병졸을 생매장하거나 漢王 유방을 철저히 없애지 못했던 역사적 사실을 들어 그 잘못을 비판하였다. 즉, 항우가 실패했던 원인에 대해 결국 죽이지 않아야 할 대상은 죽이고, 죽여야 할 대상은 죽이지 못한 일에 있었다고 강조했다.

2.21 업성鄴城[1]

차가운 구름 가르며 장수는 흐르는데	劃破寒雲漳水流,[2]
새벽별 아래 화각 소리 망루를 흔드네.	殘星畫角動譙樓.[3]
외로운 성에 해가 솟자 소와 양떼 드러나고	孤城旭日牛羊出,

처음 내린 서리에 온천지 초목은 가을빛이네. 萬里新霜草木秋.
황량한 동작대엔 기왓장만 남아 있고 銅雀荒涼遺瓦在,[4]
비바람 치는 서릉엔 석상만 근심 가득. 西陵風雨石人愁.[5]
향 나눈 그 저녁에 영웅심 사라졌으니 分香一夕雄心盡,[6]
묘비에는 여전히 '한 철후'라 적혔구나. 碑版仍題漢徹侯.[7]

역주

1 鄴城 : 고대 都邑地. 建安 18년(서기 213년) 曹操가 魏王이 되어 이곳에 수도를 정했다. 舊址(지금의 河北省 臨漳 西南 지역)는 漳水와 이어졌고, 城 서북쪽에 冰井·銅爵·金虎 등 세 누대가 있었다.

2 漳水 : 衛河의 支流로, 河北、河南 두 省의 邊境을 흘러 길이가 400여 里에 달한다.

3 畵角 : 고대 관악기의 일종. 西羌에서 들어왔고, 겉에 채색을 했기에 이런 이름으로 부른다. 譙樓 : 고대 城門 위에 지은 望樓. 후에 鼓樓도 譙樓라 불렀다.

4 銅雀 : 銅爵으로도 쓴다. 曹操가 建安 15년에 세운 누대로, 지금의 하북성 邯鄲市 동남쪽에 위치해 있다.

5 西陵 : 曹操의 묘지. 曹操는 『遺令』에서 "너희들은 수시로 동작대에 올라 내가 있는 서릉의 묘지를 바라보아라[汝等時時登銅雀臺, 望吾西陵墓田]"고 했다.

6 分香一夕雄心盡 : 曹操는 『遺令』에서 "남은 향은 여러 부인에게 나눠주고, 희첩들이 일이 없으면 신발 만들기를 배워 팔아라[餘香可分與諸夫人; 諸舍中無所爲, 學作履組賣也]"고 했다. 이처럼 조조가 임종 전에 자질구레한 유언을 한지라 雄心이 다 사라졌다고 표현한 것이다.

7 徹侯 : 秦의 20등급 작위 가운데 최고의 등급. 漢은 진의 제도를 이었는데, 후에 무제 이름과 諱 때문에 通侯라 바꿔 불렀고, 다시 列侯라 바꿨다. 曹操는 『述志令』에서 자신의 사후 묘명을 '漢故征西將軍曹侯之墓' 정도로 하면 만족할 수 있겠다고 했다. 이 구절은 임금으로 불리고자 했던 조조의 의지가 죽어서도 실현되지 못했음을 지적한 것이다.

해제

三國 시대 曹操의 遺迹에 대해 쓴 詠史詩로, 사소한 일까지 관여했던 그의 인품을 비판적 시각으로 담아냈다. 아래 「2.22 銅雀臺」와 같은 맥락의 작품이다.

2.22 동작대銅雀臺[1]

동작대, 열 길 높이로 치솟아	銅雀臺, 十丈起,
가을별을 매단 채 차가운 강물을 내려다본다.	掛秋星, 壓寒水.
장하는 끊임없이 흘러가는데	漳河之流去不已,
조조의 풍류 또한 그럴 듯 했지.	曹氏風流亦可喜.
서릉의 송백은 새로 심은 것이로되	西陵松柏是新裁,[2]
솔 아래 미인들 모두 예전의 가기(歌妓)였네.	松下美人皆舊妓.[3]
그때 받들던 이들에겐 본시 정이 없었으니	當年供奉本無情,
사후에 어찌 억지로 곡소리 낼 수 있었으리?	死後安能强哭聲.
팔 척 높이 휘장 치고 가무를 재촉해도	繐幃八尺催歌舞,[4]
귀밑머리 틀어 올려 단장할 생각 없었다네.	嫩慢盤鴉鬢不成.
신발장식 팔게 하고 향 나눠준 후에라도	若教賣履分香後,[5]
민간에서 좋은 짝을 만나게 했더라면	盡放民間作佳偶.
훗날까지 도량향을 자원해서 살라가며	他日都粱自撿燒,[6]
고개 돌려 임금 은혜에 소매를 적셨겠지.	回首君恩淚霑袖.

역주

1 銅雀臺 : '銅爵臺'로도 쓴다. 曹操가 建安 15년에 세운 누대. 앞 시 「2.21 업성(鄴城)」 참고.

2 西陵 : 조조의 무덤. 앞 시 「2.21 업성(鄴城)」 참고.

3 松下美人 : 당시 조조의 무덤에서 제를 올리던 여러 여인들.

4 繐幃八尺催歌舞 : 曹操는 『遺令』에서 "나의 궁녀들과 기녀들은 모두 동작대에 와서 그곳 영전에 팔 척의 휘장을 치고, 신시(申時)에는 제찬을 올리고 보름에는 영전 앞에서 기예를 펼쳐라[吾婕妤妓人, 皆著銅雀臺. 于臺上施八尺床, 穗帳, 朝晡上脯糒之屬, 月朝十五輒向帳作伎]"고 했다. 이 대목은 이처럼 조조가 자신의 사후에도 여러 궁녀들이 무덤을 찾아 정기적으로 휘장 앞에서 가무를 공연하라고 했던 것을 가리킨다.

5 賣履分香 : 曹操는 『遺令』에서 "남은 향은 여러 부인에게 나눠주고, 희첩들이 일이 없으면 신발 만들기를 배워 팔아라[餘香可分與諸夫人; 諸舍中無所爲, 學作履組賣也]"고 했다. 앞 시 「2.21 업성(鄴城)」 주석 참고.

6 都梁 : 都梁香. 사월 초파일 灌佛會 때 불상에 뿌리는 오색 향수 중의 하나로, 푸른색을 띤다.

해제

三國 시대 曹操가 세운 銅雀臺와 그의 무덤의 풍광을 묘사한 詠史詩로, 조조가 처첩과 궁녀들에게 남긴 영웅답지 못한 유언을 풍자적으로 그렸다. 앞 「2.21 鄴城」과 같은 맥락의 작품으로, 雍正 3년 북경으로 여행갈 때 쓴 작품이다.

2.23 지수泜水[1]

얕게 흐르는 지수는 맑기도 해라,	泜水淸且淺,
조약돌조차 훤히 셀 수 있구나.	沙礫明可數.
찰랑찰랑 가벼운 물결 이루며	漾漾浮輕波,
멀리 아득한 포구로 흘러간다네.	悠悠匯遠浦.
수많은 산들 푸른 허공에 매달렸고	千山倒空靑,
들쭉날쭉 바위들은 벼랑에 둘러섰네.	亂石兀崖堵.
내 여기 와서 마음껏 헤엄치며	我來恣游泳,
호탕한 노래로 옛일을 그려보네.	浩歌懷往古.
정형의 산길은 좁고도 좁은지라	偪側井陘道,[2]
병사들이 대오지어 지날 수가 없었다네.	卒列不成伍.

[한신이] 배수진으로 기묘한 전략 세워	背水造奇謀,
조나라 영토에 붉은 깃발 꽂았다네.	赤幟立趙土.[3]
한신은 좌거를 금전으로 잡았는데	韓信購左車,[4]
장이는 벗에게 몹쓸 짓 했구나.	張耳陋肺腑.[5]
어찌 [고향의 벗] 진여를 사면시켜	何不赦陳餘,
더불어 한나라 왕을 섬기지 않았던가?	與之歸漢主?

역주

1 泜水 : 지금의 泜河. 河北省 南部에 있으며, 內丘 서북에서 발원하여 동으로 滏陽河로 흘러 들어간다. 『史記·張耳陳餘列傳』: "(漢 3년), 張耳와 韓信을 파견해 趙陘을 격파하고, 陳餘를 泜水에서 참수했다.[(漢三年)遣張耳與韓信擊破趙陘, 斬陳餘泜水上.]" 일설에는 지금의 槐河라고도 한다.

2 偪側 : 매우 좁다. 「2.16 일곱 노래[七歌]」 주석 참조. 井陘 : 지금의 河北省 서쪽 井陘縣. 縣의 북쪽에 井陘山이 있고, 산 위로 井陘關(土門關이라고도 함)이 있다. 縣 서쪽에 故關이 있어 井陘의 서쪽 출구로서, 太行山 지역은 華北 平原으로 들어가는 관문이다.

3 背水造奇謀, 赤幟立趙土 : 『史記·淮陰侯列傳』에 따르면, 劉邦이 韓信과 張耳로 하여금 병력 수만 명을 이끌고 동쪽 井陘으로 내려가 조 나라를 공격하게 했다. 趙王 歇과 安君 陳餘는 병력을 모아 井陘의 입구에서 수비했다. 韓信은 배수진을 치고 趙 나라 병사 전체가 출격하게 만들고, 동시에 輕騎兵 이천 명을 보내 텅 빈 조 나라 군영에서 조 나라 깃발을 모두 뽑아버리고 대신 漢의 붉은 깃발을 꽂게 했다. 趙 나라 병사들은 혼란에 빠져 결국 패하고 말았다. 陳餘는 泜水에서 처형되었고, 趙王 歇 또한 사로잡혀 죽었다.

4 韓信購左車 : 당초에 趙 廣武君 李左車가 기병을 출동시켜 몰래 漢의 輜重을 칠 것을 건의했으나, 陳餘가 듣지 않았던 탓에 韓信의 계책이 성공하게 되었다. 『史記·淮陰侯列傳』에 따르면, 漢軍이 趙 나라에 승리한 후 韓信은 廣武君을 죽이지 말라고 군령을 내렸으며, 생포하여 온 자에게 천 냥을 주겠다고 현상금을 걸었다. 이에 한 병사가 廣武君을 잡아 바치자, 한신은 그 결박을 풀어주고 예의를 갖춰 대했다.

5 張耳陋肺腑 : 張耳와 陳餘는 같이 魏 나라 大梁人으로, 일찍이 刎頸之友의 교유를 맺었으나 나중에 사이가 벌어졌다. 張耳는 劉邦 휘하로 들어갔고 陳餘는 趙王 歇을 보좌했다. 『史記·張耳陳餘列傳』 참고.

해제

泜水를 여행하면서 이 강에서 전개되었던 韓信과 趙王, 張耳와 陳餘 사이의 전쟁 사적을 회고하고, 특히 동향 친구였던 陳餘를 회유하지 않고 처형해버린 張耳의 처사를 비판적으로 그렸다. 앞 시와 마찬가지로 雍正 3년 북경으로 여행갈 때 쓴 작품이다.

2.24 역수易水[1]

장자방은 철퇴로 [진시황을] 공격하고,	子房既有椎,[2]
고점리 또한 축으로 내리쳐 죽이려 하고,	漸離亦有筑,
형가는 예리한 비수로 찌르고자 했으나	荊卿利匕首,[3]
세 사람 모두가 헛수고만 하였다네.	三人徒碌碌.
세상은 혼탁하여 봉황 기린 사라졌고	世濁無鳳麟,
어그러진 운세 속에 독사가 판을 쳤네.	運否縱蛇蝮;
뇌성벽력도 그 위세를 피해갔거늘	雷霆避其威,
인간의 계략으로 어찌 성공할 수 있었으리!	人謀焉得速!
쏴아쏴아 부는 바람에 역수는 차디차고	蕭蕭易水寒,
구슬프게 이어지는 연단의 통곡소리.	悄悄燕丹哭.
호랑이 꼬리 밟은 듯 정황은 다급한데	事急履虎尾,[4]
수레끌채도 복토도 부서지고 말았다네.	僨轅終敗輹.[5]
술 얼큰해 저자에서 나누었던 그 우정,	酒酣市上情,[6]
다시는 돌아올 길이 영영 없게 되었구나.	一往不可復.

역주

1 易水 : 大清河 상류의 한 갈래. 河北省 서쪽에 있다.

2 張良 : 자 子房(?~B.C. 168), 戰國 시대 韓 나라 사람. 秦이 六國을 멸하자 張良이 韓을 위해 복수하고자 力士를 구해 秦始皇을 博浪沙에서 쇠몽둥이로 치게 했으나 다른 수레를 잘못 공격하는 바람에 실패했다.

3 漸離亦有筑, 荊卿利匕首 : 高漸離와 荊軻 두 사람 모두 燕太子 丹의 賓客으로, 荊軻는 자객으로 秦始皇을 죽이고자 했으나 미수에 그쳐 피살되었다. 漸離는 자신이 잘 다루는 악기 筑 안에 납을 넣어 秦始皇을 공격했으나 역시 실패해 피살되었다. 荊軻 : 호 卿, 衛나라 사람. 燕에 가서 太子 丹을 위해 秦始皇을 죽일 계획에 참여했다.『史記・刺客列傳』: "당시 태자는 일찍이 천하에서 가장 예리한 비수를 구하려던 중 조 나라 사람 서부인의 비수를 찾아내어 황금 100근을 주고 그것을 사들였다. 工人을 시켜 칼날에 독약을 묻혀 사람을 찔러보니, 한 방울의 피만 흘려도 그 자리에서 죽지 않은 자가 없었다. 그래서 짐을 챙겨 荊軻를 진나라에 보내기로 하였다.[于是太子預求天下之利匕首, 得趙徐夫人匕首, 取之, 百金. 使工以藥淬, 以試人, 血濡縷, 人無不立死者. 乃裝爲遣荊卿.]"

4 履虎尾 : 매우 위급한 상황을 비유한 말.『易・履』六三 : "이호미는 사람을 깨무는 것으로, 불길하다.[履虎尾, 咥人, 凶.]" 王弼注 : "이호미는 위급함을 말한다.[履虎尾者, 言其危也.]"

5 僨轅(분원) : 부서진 끌채.

6 酒酣市上情 :『史記・刺客列傳』: "형가가 연나라로 갔을 때, 그곳에서 개백정과 축을 잘 타는 고점리를 좋아하게 되었다. 형가는 술을 즐겨 날마다 개백정, 고점리와 어울려 연나라 저자에서 술을 마셨다. 술이 얼큰해지면 고점리가 축을 타고 형가는 그 소리에 맞춰 저자 가운데서 노래를 부르며 서로 즐기기도 하고, 서로 울기도 하며, 마치 옆에 사람이라곤 없는 듯하였다.[荊軻旣至燕, 愛燕之狗屠及善擊筑者高漸離. 荊軻嗜酒, 日與狗屠及高漸離飮於燕市. 酒酣以往, 高漸離擊筑, 荊卿和而歌於市中, 相樂也; 已而相泣, 傍若無人.]"

해제

易水를 여행하면서 예전 이 강에서 전개되었던 역사를 회고하였다. 秦始皇 19년(B.C. 228년), 燕太子 丹이 荊軻를 보내 秦始皇을 암살하여 했으나 실패했다. 荊軻가 秦에 들어갈 때 燕丹은 그를 바로 여기 易水까지 전송하였는데, 이때 荊軻는 비분강개한 심정으로 "쐬아쐬아 부는 바람에 易水는 찬데, 장사는 한 번 가면 다시 돌아오지 않으리![風蕭蕭兮易

水寒, 壯士一去兮不復還!”라 노래한 후 떠나 결국 진에서 죽었던 것이다. 후에 高漸離의 계획도 수포로 돌아가자 조국을 위해 복수하려던 燕太子 丹 또한 비분의 눈물을 뿌렸던 것이니, 작자는 이러한 壯士 義人들의 우정에 대한 회고를 통해 역사의 의미를 되새기고 있다.

2.25 옹산 무방상인에게 드리는 두 수贈甕山無方上人二首[1]

산은 도성 북쪽을 품고 있고	山裹都城北,
스님은 어원 서쪽에 거처한다네.	僧居御苑西.[2]
비 개이니 천 개 봉우리가 푸르고	雨晴千嶂碧,
만 그루 소나무 아래로 구름이 이네.	雲起萬松低.
대궐 음악은 바람에 날려 멀어지고	天樂飄還細,
궁중 뜰은 깔끔히 다듬고 가꾸어졌네.	宮莎剪欲齊.[3]
주방 아이는 콩만한 말을 몰고 있고	菜人驅豆馬,[4]
길게 누운 제방만 뚜렷이 이어지누나.	歷歷俯長堤.

처음 만나 세속 먼지 털어내고	一見空塵俗,
서로 그리며 지낸 지 어언 십 년,	相思已十年.
기운 옷에는 여전히 이곳저곳 헤진 곳,	補衣仍帶綻,
한가한 말씀에도 깊은 선의 이치 담겼네.	閑話亦深禪.
안개비 속 강남은 꿈속이었나,	烟雨江南夢,
춥고 황량한 계북에서 밭갈이하네.	荒寒薊北田.[5]
틈나면 남새밭에 물을 주고	閑來澆菜圃,

날마다 산의 샘물 길어온다네. 日日引山泉.

역주

1 瓮山 : 지금의 北京 頤和園 안에 있고, 清 乾隆 때 萬壽山이란 이름을 하사했다. 無方 : 판교와 교류하던 스님. 호는 剩山, 속가의 성은 盧씨이며, 江西 사람이다. 처음에 강서 廬山寺의 스님이었으나 훗날 수도의 瓮山 圓靜寺에 거주하였다. 무방은 불법에 조예가 깊고 시화와 전각에도 뛰어난 스님이었다. 그는 교류를 중시하여 蓮峰·顧萬峰·朱青雷·成雪田·成桂·保祿 등 문인·화가들과 자주 贈答하였다. 雍正 2년(1724), 板橋가 江西에 있을 때 廬山에서 무방을 만나게 된 후 교류가 깊었고, 가장 오랫동안 만남을 가졌던 스님이었다. 판교의 작품 중에 無方 스님에 관한 것으로는 이 시 외에도 여러 수가 보이는데, 乾隆 원년에 쓴 것으로 보이는 「2.78 옹산 무방상인에게[甕山示無方上人]」, 山東에서 관리로 있을 때 지은 「2.104 무방산인을 그리며[懷無方上人]」, 제화시 「무방산인을 위해 그린 대나무[爲無方上人寫竹]」와 「盆蘭을 그려 무방산인이 남쪽으로 돌아오길 권함[畵盆蘭勸無方上人南歸]」 등이다. 上人 : 스님에 대한 존칭. 『圓覺要覽』: "안으로 덕과 지혜를, 밖으로 빼어난 행적이 있어 다른 사람의 위에 있으니 '上人'이라 한다.[內有德智, 外有勝行, 在人之上, 曰上人.]"

2 御苑 : 乾隆 때 이름은 清漪園, 清末에 이를 확대해 頤和園으로 만들었다. 瓮山은 이곳 서쪽에 있다.

3 天樂 : 皇家에서 演奏되던 音樂. 宮莎 : 宮中의 초원. 둘 다 御苑 안에서만 볼 수 있는 것들이다.

4 豆馬 : 멀리서 볼 때 말이 콩알처럼 작게 보인다는 뜻. 茱人은 보조 요리사.

5 荒寒薊北田 : 「2.104 무방산인을 그리며[懷無方上人]」에서 "옛날 띠풀 울타리에 말리던 가을 약초, 나는 저자거리에 뒤섞여 있을 때 그대가 심어 가꾼 것이지[伊昔茅棚曬秋藥, 我混屠沽君種作]"라 했다. 무방상인과 만났던 강남이 마치 꿈속이었던 듯 하고, 지금은 황량한 薊北에서 살고 있다는 의미. 薊北 : 예전의 薊 지역. 지금의 北京市 西南 지역.

해제

無方上人과의 질박한 우정을 담은 시로, 그에 대한 존경심과 친근함이 잘 드러난다. 乾隆 원년, 板橋가 會試에 참가하러 京城에 왔을 때 無方上人과 재회하고 쓴 것으로 보인다.

2.26 막수호의 피서를 추억하며追憶莫愁湖納涼[1]

장강에서 이름난 호수인 막수호,	江上名湖號莫愁,
피서 가면 강남의 가을을 먼저 알린다네.	納涼先報楚江秋.
바람은 푸른 두약 향초 가지 끝을 흔들고	風從綠若梢頭響,[2]
구름은 푸른 산 빈 자락으로 흘러들었지.	雲向青山缺處流.
대나무 이슬에 비단옷자락 젖던 기억 여전한데	尙憶羅襟霑竹露
시원한 꿈은 모래톱 갈매기 저편으로 가버렸구나.	可堪淸夢隔沙鷗.[3]
안타까워라, 멀리 황혼 너머 초승달 아래	遙憐新月黃昏後,
둥근 부채 들고 누대에 기대 선 여인이여.	團扇佳人正倚樓.[4]

역주

1 莫愁湖 : 江蘇省 南京 水西門 밖에 있는 호수 이름. 淸 시기에는 '金陵第一名勝'으로 손꼽혔다. 이 호수의 유래에 관해서는 「3.30.5 막수호(莫愁湖)」 참조.
2 綠若 : 若은 향초인 杜若. 다년생 풀로, 잎이 짙은 녹색이다.
3 沙鷗 : 모래톱에 날아든 갈매기.
4 團扇 : 자루가 달린 둥근 모양의 작은 부채. 원래 宮中에서 나왔기에 '宮扇'이라고도 부른다.

해제

장강 하류 지역에서 가장 이름난 호수인 莫愁湖에 피서하러 놀러갔던 추억을 담은, 서정적 작품이다. 판교가 진사 급제 후 남경을 유람할 때 쓴 것으로 보인다.

2.27 전원으로 돌아가는 직방원외 손 선생을 전송하며送職方員外孫丈歸田[1]

휘는 조규다.
諱兆奎.

선생께서는 유월에 강남으로 가신다는데	先生六月江南去,
저 또한 가을바람에 귀향할 생각이랍니다.	敝橐秋風亦徑歸.
농어회 먼저 맛보실 때 응당 저를 기억하시고	鱸膾先嘗應憶我,[2]
고사리로 배 채우시며 대문 열지 않으시리.	蕨薇堪飽莫開扉.[3]
옛 친구 몇 사람도 머리 모두 희었을 테고	故人幾輩頭俱白,
후학들을 보더라도 아는 사람 드물겠지요.	後學相看識者稀.
회해 진관 선생처럼 자유롭게 문장 쓰시고	淮海文章終自在,[4]
강단 여는 일 같은 거야 신경 쓰지 마세요.	任渠披謁絳紗幃.
학아만 물가에는 연꽃 향기 그윽하고	鶴兒灣畔藕花香,
용설진 나루터에는 메벼가 익겠지요.	龍舌津邊粳稻黃.[5]
작은 배에 올라서서 안개 속 일출 보시고	小艇霧中看日出,
청동전 건네어 버들 아래 물고기 맛보세요.	青錢柳下買魚嘗.
시골 언덕, 옛 묘당, 붉은 담장 서 있는 곳,	村墟古廟紅牆立,
하늘 끝 외로운 구름 하얗게 이어지겠지요.	天末孤雲白帶長.
어부의 집에서 새 대삿갓 잠시 빌려	借取漁家新箬笠,
낚싯대 하나, 안개비 낀 강에나 들지요.	一竿烟雨入滄浪.

역주

1 職方員外 : 兵部 職方司主官, 地圖와 四方職貢의 일들을 관장한다. 孫兆奎 : 자가 斗文, 다른 자는 鶴浦이며, 江蘇 興化人이다. 학식이 淵博하고 評文에 능했다. 康熙 42년 進士가 되어 知縣, 兵部職方司主事, 吏兵二部則例館纂修官 등의 관직을 역임했다. 『興化縣志』 참고.

2 鱸膾先嘗 : 晋人 張翰(季鷹)의 고사에서 나온 표현. 張翰이 大司馬東曹椽의 관직에 있을 때, 가을 바람이 부는 것을 보고 고향 吳中의 죽순과 순채, 농어회가 생각나 관직을 버리고 귀향해버렸다고 한다. 『晋書·張翰傳』 참고.

3 蕨薇堪飽 : 殷나라 말엽 伯夷 叔齊가 周에 귀순하기를 거부하고 수양산에 들어가 고사리로 연명했다는 고사에서 나온 표현. 여기서는 자연에서 은거한다는 의미.

4 淮海 : 秦觀(1049~1100), 자 少游. 北宋 揚州 高郵人. 詩詞에 뛰어났고, 문집으로 『淮海集』이 전한다. 이에 淮海先生이라 부른다.

5 鶴兒灣 : 興化城 西北 七里에 있다. 『興化縣志·山水』 참고. 龍舌津 : 東溪라고도 하며, 興化 東門 밖에 있다. 『興化縣志·城池圖』 참고.

해제

이 시는 아마 板橋가 32세 무렵 북경에 머물 때 쓴 것으로 보인다. 당시 孫 선생은 이미 50이 넘었기에 '孫丈'이라 호칭한 것이다. 고향의 선배가 귀향한다는 소식을 듣고 고향 풍광과 생활을 추억하는 심정을 담았다.

2.28 역산嶧山[1]

서주의 오색 흙은	徐州五色土,[2]
역산 아래서 난다네.	乃在嶧山下;

울퉁불퉁한 땅에서 청색 황색 드러나고,	凸凹見靑黃,
부서지고 깨트려져 붉은 흙이 떨어지네.	崩裂墮赤赭.
높다란 바위 십 리나 이어지면서	偃蹇十里石,[3]
거친 기세로 소나 말처럼 누워있네.	蓄怒臥牛馬;
이끼는 오래 묵은 구리동전처럼 피었고	苔斑古銅鑄,
검은 골격은 무쇠가 쌓인 듯하네.	黑骨積鐵冶.
싸악 갈라져서 하늘까지 닿았고	砉然觸穹蒼,
천 개 봉우리는 구름 속에 큰 집 지었네.	千峰搆雲廈,[4]
산길은 구불구불 맴돌아 이어지고	曲徑回腸盤,
폭포는 천둥번개인양 쏟아져 내리네.	飛泉震雷瀉.
오래된 비석엔 잘려나간 문자들,	古碑斷蟲魚,[5]
낡은 가옥엔 부서진 벽돌과 기왓장들.	老屋頹甓瓦.
가을 강물이야 마음대로 마실 수 있고	秋河舀可竭,
차가운 겨울별도 한 아름 딸 수가 있네.	寒星摘盈把.
슬픈 까마귀떼 무리지어 울부짖고	悲烏百群叫,
외로운 학은 만 년 내내 혼자라네.	孤鶴萬年寡.
띳집을 엮어 이곳에 살게 되면	結茅此間住,
어지러운 세상만사 없어지겠네.	萬事棼可捨.
산중의 오래된 신선 중에는	山中古仙人,
용 부리며 사시는 이도 계시다는데.	或有騎龍者.[6]

역주

1 嶧山 : 鄒山이라고도 하며, 山東省 鄒縣 東南 쪽에 있다. 예전에는 徐州에 속했다.

2 五色土 : 『尙書 · 禹貢』 : "바다에서 岱와 淮까지 徐州이다. …… 五色土를 공물로 바쳤다.[海岱及淮惟徐州 …… 厥貢惟五色土.]" 蔡忱注 : "徐州 땅은 비록 적토이나 오색토가 섞여 있어서 공물로 제정되었다.[徐州之土雖赤, 而五色之土亦間有之, 故制以爲貢.]"

3 偃蹇(언건) : 높이 솟은 모양.
4 雲廈 : 하늘의 구름 속으로 솟은 큰 건물.
5 蟲魚 : 문자를 비유한 말.
6 山中古仙人, 或有騎龍者 : 도교의 전설에 득도한 신선은 용을 타고 승천한다고 한다는 말이 있는데, 이를 인용한 것이다.

해제

산동의 嶧山을 여행하면서 쓴 시로, 이 산의 장엄한 모습과 여러 가지 독특한 형상을 그린 후, 번잡스런 현실에서 벗어나 차라리 이곳에서 은거하며 신선처럼 살고 싶은 작자의 심정을 곁들였다.

2.29 산사山寺

산꼭대기 언제 지은 절인가,	山頂何年寺,
한기 밀려드는 담장은 구름 잘라 때웠구나.	寒牆補破雲.[1]
오래된 범종엔 참새가 둥지를 틀었고	古鐘雀巢鈕,
부서진 석비에는 이끼가 문장 이루었네.	斷石蘚成文.
스님 말씀은 통역이 있어야 알아듣겠고	僧話從敎譯,[2]
향로는 오래도록 향 피운 적 없다네.	爐香久不焚.
맴도는 바람 감나무 잎에 불어 제키니	回風吹柿葉,
처량한 소리 어지럽게 피어난다.	淒響正紛紛.

역주

1 寒牆補破雲: 의미상 '寒雲補破牆'이 되어야 맞겠으나 압운 때문에 이렇게 표현한 것이다.〖王錫榮〗 그럼에도 불구하고 위 번역에서는 문학적 표현을 살리기 위해 문구 그대로 새겼다.

2 僧話從教譯: 노스님이 속세와 오랫동안 떨어져 있어 말이 잘 통하지 않는다는 뜻.

해제

퇴락한 산사의 황량한 풍광을 담은 시로, "스님 말씀은 통역이 있어야 알아듣겠다僧話從教譯"는 표현에서 오랫동안 속세와 단절된 채 무너져가는 이 절의 분위기가 한결 도드라진다.

2.30 서 나라 군왕 무덤徐君墓[1]

무덤가 나무에서 담로 명검 한밤중에 우니	湛盧夜哭墳頭樹,[2]
하늘의 온갖 귀신과 영령들이 다 모여드네.	天神百怪精靈聚.
달빛 서린 부용검에는 차가운 이슬 맺혔고	月射芙蓉冷露凝,[3]
찬 서리에 칼집은 은빛 뱀을 토해 놓네.	霜寒鞞琫銀蛇吐.[4]
은은한 소리 물 속 용을 불러도 보고	殷殷時呼水底龍,
기세도 힘차게 산 속 호랑이를 꿈꾼다네.	熊熊欲化山頭虎.
연릉은 만고에 불변의 마음 지녔으니	爲表延陵萬古心,[5]
서 나라 임금 무덤에서 어찌 약속 어겼으리.	忍負徐君三尺土.[6]
세인에게서 얻고 싶었던 것 얻지 못했을 때	世人投贈不及身,
수백 수천 장사 비용도 그대에게는 부질없는 일.	百千賻布空爾情;

계자가 품은 아쉬움 가슴과 골수에 새겨졌으니　　季子抱恨刻心骨,
정성스레 걸었던 검은 이미 헛된 이름일 뿐이네.　　區區掛劍徒虛名.
눈앞에서 좋아하니 싫은 내색 어려웠겠으나　　眼前眷戀情難厭,
사후에 연연해함은 부질없는 생각일 뿐.　　死後相思空寄念;
자리에서 어루만질 때 그대로 드렸다면　　席上摩挲便贈之,
그 검 한 자루 바로 저 관 위에 놓였으리.　　一條秋水橫棺殮.[7]

역주

1 徐君墓: 이 무덤과 관련된 고사는 『史記·吳太伯世家』와 『新序·節士』 등에 보인다. 春秋 吳王 諸樊의 少弟 札이 晉에 사신으로 나갈 때 寶劍을 지니고 徐國을 지나게 되었는데, 徐나라 임금이 보검을 보고 퍽 좋아했다. 季子는 사신의 명을 띠고 있는지라 그 사실을 알면서도 徐나라 임금에게 드리지 못했지만, 마음으로는 나중에라도 드리리라 생각했다. 季子가 명을 완수하고 다시 徐나라를 지나가게 되었을 때, 임금은 이미 세상을 떠난 뒤였다. 이에 季子는 그 검을 임금의 묘 나무 위에 걸어 이전의 바치고자 했던 결심을 표현했다고 한다.

2 湛盧(담로): 寶劍의 일종. 전하는 바로는 春秋 시대의 명장 歐冶子가 만든 것이라 한다.

3 芙蓉: 寶劍의 일종. 『越絶書·越絶外傳記·寶劍』: "손에 잡고 휘두르며 그 화려함을 드러내는데, 막 피어난 부용을 잡은 듯하다. …… 마치 별들이 늘어선 것처럼 빛난다.[手振拂, 揚其華, 捽如芙蓉始出; …… 爛如列星之行.]"

4 鞸(필): 칼집. 琫(봉): 칼집의 장식.

5 延陵: 春秋 吳王 諸樊의 아우 札로서, 延陵에 책봉되었다. 호는 延陵季子, 또는 季札이라 했다.

6 三尺土: 분묘를 가리키는 말.

7 秋水: 보검. 혹은 그 보검의 날카로운 빛을 형용하는 말.

해제

徐君墓에 여행가서 그 무덤에 걸렸다는 보검에 관한 역사를 되새긴 懷古詩다. 季子가 자신의 검에 애착을 느낀 徐君의 바램을 들어주지 않다가 정작 徐君이 죽은 후 그의 무덤에 가서 검을 걸었던 태도를 부질없는 행위라고 여겼다.

2.31 박야상인에게贈博也上人[1]

문 걸어 닫으면 어디라도 깊은 산 아닐런가,	閉門何處不深山,
비좁은 정사(精舍)는 팔 구 칸 밖에 되지 않네.	蝸舍無多八九間.
인적은 드물어 봄풀만 파랗고	人跡到稀春草綠,
제비둥지 틀고 나니 꾸민 들보 한가롭네.	燕巢營定畵梁閑.
작은 황토아궁이에 육우(陸羽)의 차를 끓이고	黃泥小竈茶烹陸,[2]
폭우 속 아늑한 창 아래 안진경(顔眞卿)의 글씨 연습하네.	白雨幽窗字學顔.[3]
노승은 홀로 살며 아무 일이 없으니	獨有老僧無一事,
꾸룩꾸룩 저 시냇가 물새 소리나 듣는다네.	水禽沙鳥聽關關.

역주

1 博也上人 : 未詳. 上人은 스님에 대한 존칭.
2 陸 : 唐 시인 陸羽(733~804). 차에 관한 『茶經』을 썼다.
3 顔 : 唐의 저명한 서예가 顔眞卿(709~785). 白雨 : 폭우.

해제

판교는 유학을 공부한 士人이면서도 적지 않은 스님들과 친근하게 지냈다. 특히 시・서・화를 즐기는 스님들과 예술적 교류가 활발했는데, 여기 博也上人도 그 중의 한 사람으로 보인다. "작은 황토아궁이에 육우(陸羽)의 차를 끓이고, 폭우 속 아늑한 창 아래 안진경(顔眞卿)의 글씨 연습하네[黃泥小竈茶烹陸, 白雨幽窗字學顔]” 부분에 이런 교류의 모습이 잘 드러난다.

2.32 허형산에게寄許衡山[1]

강회땅의 풍류 시인 허형산,	江淮韻士許衡州,
요즘도 옛날처럼 적막하신가?	近日蕭疏似昔不?
일 좋아해 봄이면 차 끓일 아궁이 보수하고	好事春泥修茗竈,
정 많아 작은 사발 시운(詩韻) 종이로 채운다네.	多情小碗覆詩鬮.[2]
잠도 밥도 줄어든 채 지는 꽃 걱정할 때	食眠消減緣花瘦,
꾀꼬리 제비 지절대며 흐르는 강물 원망하네.	鶯燕商量怨水流.
내게 새로 완성해둔 제목 없는 시가 있어	我有無題新脫稿,
그대 작은 붉은 누대로 읊어보라 보낸다네.	寄君吟向小朱樓.

역주

1 許衡山 : 자는 衡山 또는 衡州, 이름은 湘. 그림에 능했다. 판교의 동향·동학으로 보인다. 다른 작품 「2.181 어려운 상황에서 허형주를 위하여[窮況爲許衡州賦]」 참고.

2 詩鬮(시구) : 詩題와 韻의 제한을 종이에 써두고 고르게 하는 것.

해제

고향의 동학 許衡山에게 보내는 교유시. 제2구의 ‘蕭疏’는 ‘구속 받지 않고 자유롭게 지내다’, ‘적막하다’ 등 여러 가지 뜻이 있으나 다른 작품

「2.181 어려운 상황에서 허형주를 위하여[窮況爲許衡州賦]」를 참고해 볼 때 '적막하다, 어렵게 지내다'는 쪽으로 보는 게 더 자연스러울 것 같다. 즉, 어려운 처지에서도 계절의 변화에 감정을 담아 열심히 시를 짓는 벗의 모습을 그렸다고 보았다.

2.33 송풍상인에게寄松風上人[1]

어찌하여 천 개 만 개 산이 가로막혀서	豈有千山與萬山,
이별은 쉽더니만 다시 만남은 이리 어렵나.	別離何易來何難!
하루 또 하루 흐르는 물처럼 세월은 가고	一日一日似流水,
타향과 고향에서 부질없이 난간에 기대섰네.	他鄉故鄉空倚闌.
구름 걸린 끊어진 다리에는 유월의 비,	雲補斷橋六月雨,
소나무가 받치고 선 옛 전각엔 한여름의 한기.	松扶古殿三時寒.[2]
말린 죽순에 차유(茶油)며 새 보리로 지은 밥,	笋脯茶油新麥飯,[3]
언제나 원숭이와 학이 함께 먹으러 오게 될까!	幾時猿鶴來同餐![4]

역주

1. 松風上人 : 未詳. 上人은 스님에 대한 존칭.
2. 三時 : 夏至 뒤 15일간. 上 3일, 中 5일, 末 7일 세 시기의 총칭이며, 장강 중·하류 지역에서 비가 많이 내리는 시기이다.
3. 笋脯茶油 : 笋脯는 말린 죽순. 茶油는 油茶樹에서 나는 식용유.
4. 幾時猿鶴來同餐 : 은거 생활을 원숭이·학과 함께 사는 것으로 표현했다.

해제

松風上人 스님에게 보내는 교유시. "타향과 고향에서 각자 부질없이 난간에 기대선" 채 떨어져 살아가는 서로의 생활과 그리움을 담았다. 특히 마지막 구에서 은자처럼 사는 스님을 다시 만나 회포를 풀고 싶은 기원을 강조했다.

2.34 반가운 비喜雨

밤새 내내 비바람이 사립문을 흔들더니	宵來風雨撼柴扉,
아침에 처마 살피니 물방울이 성글구나.	早起巡簷點滴稀.
한 줄기 안개구름 뜨는 해에 피어오르고	一徑烟雲蒸日出,
모 사러 갔던 배는 신록 가득 돌아오네.	滿船新綠買秧歸.
논바닥에 잠긴 물엔 햇빛 맑게 빛나고	田中水淺天光淨,
논둑의 흙 말랑말랑 제비가 날아드네.	陌上泥融燕子飛.
하나같이 말하네, 올 농사는 풍년이요,	共說今年秋稼好,
푸른 호수에선 붉은 벼에 잉어가 살지리.	碧湖紅稻鯉漁肥.

해제

기다리던 비가 내려 모내기로 한해 농사를 시작하는 강남 농촌 풍경을 담은 시로, 특히 마지막 두 구에서 풍년을 기약하는 농부의 소망이 생동적이다.

2.35 홍량상인의 정사弘量上人精舍[1]

아득한 가을 물결 나무뿌리에서 넘실대고	渺渺秋濤湧樹根,
서풍에 낙엽이 사립문에 부서지네.	西風落葉破柴門.
들까마귀떼 날 저물자 제 세상 만났는지	蠻鴉日暮無人管,
앞마을로 뒷마을로 들락날락거리네.	飛起前村入後村.
산문의 조용한 밤 소리쳐 부를 수도 없어	山門夜悄不能呼,
가을 배에 차가운 촛불로 갈대 포구에서 묵네.	冷燭秋船宿葦蒲.
지는 달 반쪽 하늘에 걸린 채 차가운 서리 기운,	殘月半天霜氣重,
새벽 종소리에 닭 울음소리 동쪽 호수를 채우네.	曉鐘鷄唱滿東湖.

역주

1 弘量上人 : 興化人으로, 학문을 닦았던 스님이다. 雍正황제가 '超廣'이란 호와 자주색 가사를 내렸고, 乾隆황제도 시를 내린 바 있다. 건륭 10년에 세상을 떠났다. 精舍 : 서재나 학당, 불교나 도교에서 講經하거나 생활하던 장소이다.

해제

첫 수에서 가을날 황혼 무렵 精舍의 주위 풍경을, 둘째 수에서 자신이 밤중에 스님을 찾아가게 되었을 때의 정황을 담았다.

2.36 그림에 적은 시題畫

가을 산, 가을 나무, 가을 강,	秋山秋樹秋水,
비쩍 마르고 털 빠진 순색 버새.	蒼瘦禿落淸駃.[1]
예전에 유람한 듯 아련한데	舊曾游望依稀,
멀리 모래곶에 기러기 날아가네.	渺渺雁行沙嘴.[2]

역주

1 淸駃 : 한 가지 색 털로 된 버새. 버새는 암나귀와 숫말 사이에 난 잡종.
2 沙嘴 : 육지에서 바다 쪽으로 길게 돌출된 모래 곶.

해제

판교의 시 중에서는 보기 드문 6언 형식의 고체시다. 秋山, 秋樹, 秋水, (蒼瘦禿落)淸駃과 같이 대상 자체를 그대로 열거해 나간 전반부에서 제화시의 성격이 잘 드러난다.

2.37 포악한 관리悍吏

현령이 장정 조직하여 병제를 만들겠다는데	縣官編丁著圖甲,[1]
혹독한 아전은 마을에 들어와 거위·오리만 잡아 가네.	悍吏入村捉鵝鴨.
현령은 노인 공양으로 의복과 고기 내렸는데	縣官養老賜帛肉,

난폭한 아전은 마을을 뒤져 곡식을 훑어가네.	悍吏沿村括稻穀.
승냥이와 이리처럼 어디라도 그냥 지나침 없이	豺狼到處無虛過,
사람들 숨통을 끊어놓지 않으면 눈을 후비네.	不斷人喉抉人目.
현령이 선행을 좋아해도 백성은 근심에 젖거늘	長官好善民已愁,
하물며 바르지 못하게 백성을 다스린다면야!	況以不善司民牧.
산밭엔 혹독한 가뭄으로 잡초가 무성하고	山田苦旱生草菅,
무논엔 물난리에 물결소리만 콸콸 들리네.	水田浪闊聲潺潺.
인후한 성군이 관청 곡식 나눠주지만	聖主深仁發天庾,[2]
탐욕스런 아전들이 농간을 부린다네.	悍吏貪勒爲刁奸.
세금 닦달에 흉흉하기 호랑이 날개 단 듯,	索逋洶洶虎而翼,
울부짖고 매 맞는 소리, 편안할 순간 없다네.	叫呼楚撻無寧刻.
마을마다 닭 잡고 밥 짓기 바쁘니	村中殺雞忙作食,
앞마을 뒷마을 모두 이미 숨을 죽였네.	前村後村已屛息.
오호라! 현령은 정말이지 이 사태 모를까,	嗚呼長吏定不知,
알고서도 놔둔다면 사람 할 짓 아니리!	知而故縱非人爲.

역주

1 圖甲 : 옛날 지방을 나눠 戶口를 편제하던 단위. 淸 제도에서는 남방 각 省에 縣 아래 鄕을, 鄕 아래에 圖를 두었고, 圖 아래를 열 개 莊으로 나누었다.

2 天庾 : 首都의 양식 창고.

해제

관청 관리들이 고을 백성들을 마구잡이로 수탈하는 광경을 서술하면서, 이들의 해악을 엄중하게 비판하고 있다. 뒤에 나오는 시 「2.38 사형의 해독[私刑惡]」과 짝을 이루는 작품이라 하겠다.

2.38 사형의 해독私刑惡

위충현(魏忠賢)이 뭇 현인들을 고문하면서부터 혹형이 백출하여 그 해독이 아직 세상에 남아 있다. 아전들은 혹독하게 재물을 착취하는데 관청의 우두머리는 혹 그런 사실을 모르기도 한다. 이에 현인과 군자는 지극히 마음이 아플 수밖에 없다.

自魏忠賢[1]拷掠羣賢, 淫刑[2]百出, 其遺毒猶在人間. 胥吏以慘掠取錢, 官長或不知也. 仁人君子, 有至痛焉.

관청 형벌이야 개인 형벌 혹독함에 비길 바 아니니	官刑不敵私刑惡,
아전은 사람 잡아 돼지인양 두들겨 패네.	掾吏搏人如豕搏;[3]
힘줄 끊고 골수 후비고 모발까지 뽑아내고	斬筋抉髓剔毛髮,
도둑이라 장물 찾겠다고 학대하기 예사일세.	督盜搜贓例苛虐.
큰소리에 그대로 곤두박질 샛노래지더니	吼聲突地無人色,
문득 아무 소리 없더니 사지가 뻣뻣해지네.	忽漫無聲四肢直;
떠도는 넋은 죽지도 못해 이리저리 맴돌다가	游魂蕩漾不得死,
어렵사리 소생하니 천지가 깜깜 어지러워라.	婉轉迴甦天地黑.
본시 헐벗고 배고파 나쁜 짓 하게 된 것,	本因凍餒迫爲非,
제 배만 채우려는 간악한 자 만났다네.	又值姦刁取自肥;
한 올 한 톨까지 깡그리 훑어갔으니	一絲一粒盡搜索,
피골만 남은 몰골로 그 위엄에 응하네.	但憑皮骨當嚴威.
처자식들 예외 없이 줄줄이 묶더니만	纍纍妻女小兒童,
남김없이 잡아다가 한 감옥에 가두었네.	拘囚繫械網一空;
열에 예닐곱은 무고한 이까지 연루시켜	牽累無辜十七八,
야밤에 다시 와서 이웃집 노인 잡아가네.	夜來鎖得鄰家翁.
저 이웃집 노인 나이가 일흔이건만	鄰家老翁年七十,

몽둥이로 한사코 더 세게 후려치네.	白梃長椎敲更急.
우뢰마저 그 위세에 겁먹어 숨죽이고	雷霆收聲怯吏威,
어두운 비구름, 하늘도 우시는구나.	雲昏雨黑蒼天泣.

역주

1 魏忠賢 : 萬曆 연간의 宦官으로, 入宮한 후 天啓 연간에 熹宗의 乳母와 결탁해 國政을 농단했다. 「2.2 남새 심는 노래[種菜歌]」 참조.

2 淫刑 : 가혹하게 남용하는 형벌.

3 豖搏 : 원래는 '搏豖'로 써야 하나 압운 때문에 도치시켰다.

해제

무지막지한 아전의 악독함과 가엾은 백성의 고통을 대비시키면서 私刑의 악독함을 고발한 시다. 아전이 범인에게 가하는 각종 가혹한 형벌에 대한 묘사로부터 시작해, 범인이 추위와 기아에 못 이겨 어쩔 수 없이 죄인이 되었음을, 범인의 가족과 이웃집 노인까지 연루된 채 칠십 노인까지도 胥吏의 혹형을 피해가지 못함을, 마지막으로 우뢰와 하늘마저도 아전을 두려워하여 어찌하지 못함을 차례로 담아냈다.

2.39 고아를 위무하는 노래撫孤行

십 년 전에 남편 잃고 잠가놨던 책상자,	十年夫歿扃書簏,
해마다 햇볕 쏘이다가 책 끌어안고 운다네.	歲歲曬書抱書哭;
책갑(冊匣)은 헐었고 네모진 비단표지엔 얼룩투성이,	縹緗破裂方錦紋,

옥 권축(卷軸), 상아첨대, 무늬대쪽, 다 부러졌구나.	玉軸牙籤斷湘竹.[1]
과부의 의리로도 이 책들 팔 수 없고	孀婦義不賣藏書,
어린 유복자 생각하면 더더욱 안 될 일!	況有孤雛是遺腹.
사방 벽에 온통 낙서, 성을 내도 소용없고	四壁塗鴉嗔不止,[2]
열흘이면 먹을 찾고 닷새에는 종이 찾네.	十日索墨五日紙;
학비 낼 돈 없으니 훈장님께 면목 없어	學俸無錢愧塾師,
바느질 해대느라 열 손가락 애를 타네.	線脚鍼頭勞十指.
희미한 등불 짧은 불꽃, 쓸쓸한 방 어두운데	燈昏焰短空房黑,
아이는 글 읽다 말고 어미는 연신 베 짠다네.	兒讀無多母長織.
쏴아쏴아 부는 바람에 낙엽 땅에 뒹구는데	敗葉走地風沙沙,
아이 이불 덮어주며 새벽 까마귀 소리 듣는다.	檢點兒眠聽曉鴉.

역주

1. 玉軸 : 卷軸. 예전에 책을 묶던 軸. 대나무로 만들어 양 끝을 옥으로 만든 뼈대로 묶었다. 牙籤 : 짐승 이빨이나 뼈로 만든 책갈피. 湘竹 : 湘水 부근에서 나는 대나무의 일종으로, 흑색 반점이 있어 斑竹이라고도 한다. 舜 임금이 죽었을 때 娥皇과 女英 두 妃가 슬피 울어 떨어진 눈물 자국이라고 하는데, 여기서는 죽은 남편의 유품을 두고 흘리는 아내의 눈물에 대한 묘사이다.
2. 塗鴉 : 글씨가 형편없음을 가리키는 표현.

해제

남편을 여의고 어렵게 유복자를 키우는 과부의 고통을 묘사한 시로, 내용은 크게 두 부분으로 나누어진다. '十年' 이하 6구는 죽은 남편을 그리워하며 수절하는 과부의 처지를, '四壁' 이하 8구는 아이를 기르면서 겪는 구체적 고달픔을 담았다. 전반부에 등장하는 책상자 · 비단 표지 · 옥 卷軸 · 상아 첨대 등은 첫 구의 '십 년 전에 죽은 남편'과 호응되면서, 그것을 팔지 못하고 고이 간직하는 과부의 변함없는 남편에 대한 그리움을 잘 나타내준다. 후반부는 철없는 개구쟁이 유복자를 키우기 위해 잠을 줄여가며 고생하는 과부의 모습을 생동적으로 묘사했다.

2.40 거담상인에게 세 수贈巨潭上人三首[1]

검푸른 산바위 차갑게 옛 담장 내리누르고	山骨蒼寒壓古牆,
무너진 회랑 구비 돌아 승방으로 이어지네.	壞廊拳曲入僧房.
십만 냥 거금을 그 누가 시주했을꼬?	金錢十萬誰來施,
여기저기 솟은 누대 석양빛을 차지하네.	多起樓臺占夕陽.

먹 접시, 납 수저 한두 개,	墨碟鉛匙一兩三,[2]
반쯤 열린 창, 강남을 그려 담을 뜻.	半窗畵意寫江南.
어느 집에서 보낸 비단인가, 그림을 재촉하니	誰家絹素催人急,
우선 공중 멀리 저 산기운부터 시작한다네.	先向空中作遠嵐.

차가운 안개 하늘하늘 외로운 마을 맑게 두르고	寒烟裊裊淡孤村,
서리꽃 한 줄기 기와에 서려 경계가 뚜렷하네.	一綹霜華界瓦痕.
단잠 뒤의 아침 창가 별다른 일 있을 리 없고	睡足曉窗無一事,
온 산 가득 맑은 햇살, 문은 여전히 닫힌 채.	滿山晴日未開門.

역주

1 巨潭上人 : 未詳.
2 墨碟鉛匙 : 그림 그릴 때 쓰이는 도구들.

해제

판교가 교유했던 스님으로 추정되는 巨潭上人에게 보내는 증여시이다. 시 내용으로 볼 때 이 스님 또한 그림을 그렸던 듯하다.

2.41 매감상인과 헤어지며別梅鑑上人[1]

해릉 남쪽 성곽엔 사는 사람 드문데	海陵南郭居人少,[2]
고목 사이 부서진 절 누대로 석양 깃드네.	古樹斜陽破佛樓.
길 가득 저녁 안개, 울바자엔 국화 시들고	一徑晚烟籬菊瘦,
인가마다 누런 콩대시렁에도 가을이 내렸네.	幾家黃葉荳棚秋.
구름 아래 산엔 언약하는 가련한 광객(狂客),	雲山有約憐狂客,[3]
종루에는 정 다 내려놓은 늙은 스님.	鐘鼓無情老比邱.
고개 돌려 예전에 머무르던 방 바라보니	回首舊房留宿處,
어둑한 창 차가운 창호지로 바람만 쏴아쏴아.	暗窗寒紙颯颼颼.

역주

1 梅鑑上人 : 江蘇 泰州(海陵) 彌陀庵 주지 스님. 道光刊本『泰州(海陵)志 · 寺觀』: "彌陀庵은 光孝寺 암자로 南山寺 동남쪽에 있으며, 興化 사람 鄭燮의 시가 있다.[彌陀庵, 一屬光孝寺; 一在南山寺東南, 興化鄭燮有詩.]" 興化에서 揚州로 통하는 海陵에는 적지 않은 지인들이 있었기에 판교는 자주 海陵을 유람하였고, 梅檻上人도 그 중의 한 사람이다.

2 海陵 : 江蘇 海陵은 泰州의 옛 명칭으로, 興化와 연접해 있고 揚州에서 동쪽으로 백 리 떨어져 있다. 「2.9 해릉 유씨 열부가[海陵劉烈婦歌]」 주석 참고.

3 狂客 : 구속 없이 떠도는 나그네. 작자 자신을 가리킨 표현한 말이다.

해제

판교는 雍正 초년과 11년 등 두 차례 海陵을 여행했는데, 그때마다 이곳 彌陀庵에 거처했다. 이 시는 두 번째로 여행한 옹정 11년에 쓴 것으로 보인다. 십년 전 다른 사람들이 판교를 '狂客'이라 손가락질할 때 梅鑑上人만은 그의 재능을 알아주었기에 이 스님에게는 남다른 감정을 느꼈을 것이다. 시에서는 세월이 흘러 다시 南山寺 弥陀庵을 찾아 스님의 나이 든 모습과 십년 전에 묵었던 방을 되돌아보는 감회를 표현하였다. 참고로, 그는 「6.3.2 매감화상에게[贈梅鑑和尙]」라는 시의 自註에서 "이 시는 옹정 십일 년 구월 구일 매감화상과 헤어지며 쓴 것으로, 이때는 서로 사귄 지 이미 십년이 넘었다"고 적은 바 있다.

2.42 양주에서 나그네 된 채 서촌에 갈 수 없어 쓰다客揚州不得之西村之作[1]

청산을 떠나온 뒤 옛 기약 어긋났는데	自別青山負夙期,[2]
우연히 가까이 오니 한층 더 그립구나.	偶來相近輒相思.
하교에서 내내 마시던 술 지금은 구할 길 없지만	河橋尙欠年時酒,[3]
주점의 벽에 취해 썼던 그 시는 여전히 남았으리.	店壁還留醉後詩.
지는 해는 말이 없고 가을 방안 썰렁한데	落日無言秋屋冷,
꽃가지마다 서린 한, 어리석은 새벽 꾀꼬리.	花枝有恨曉鶯癡.
농사꾼은 지난 세월 내 얘기를 나누면서	野人話我平生事,
그때 심은 수양버들 열 길 자랐다 하겠지.	手種垂楊十丈絲.

역주

1 西村 : 江蘇 眞州의 강촌. 판교는 26세 때 여기에서 학당을 열어 생활했다. 판교는 사 「3.16 하신랑·서촌에서 옛일을 생각하다[賀新郎·西村感舊]」에서 "강촌은 독서하기 참 좋았던 곳. 널다리 아래 흐르는 물과 울타리, 물안개로 온통 둘러싸인 두약 있었지[最是江村讀書處, 流水板橋籬落, 繞一帶烟波杜若]"라 노래했다.

2 夙期 : 옛 기약. 판교는 시 「2.18 시골 서당에서 생도들에게[村塾示諸徒]」에서 "조각배라도 사서 낚시하는 노인네 따라나설까, 삿대 하나, 도롱이 하나, 봄 비 안개 속으로[欲買扁舟從釣叟, 一竿春雨一蓑烟]"라고 이곳에 돌아와 은거할 꿈을 적은 바 있다.

3 河橋 : 서촌에서 주점들이 있는 곳. 판교의 사 「3.32 당다령·유도사를 그리며, 그리고 주점의 서랑에게[唐多令·寄懷劉道士幷示酒家徐郞]」: "하교의 그 많은 술, 꼭 남겨두라 부탁하네. 옛 벗이 외상으로 마실 것이니.[分付河橋多釀酒, 須留待, 故人賒.]"

해제

판교는 젊었을 때 眞州의 西村이라는 江村에 학당을 열어 생활했다. 그 후 관리로 있을 때나 사직하고 양주에서 살 때에도 西村 생활에 대한 그리움을 자주 시로 적었는데, 이 시도 그 가운데 하나다.

2.43 다시 서촌에 와서 再到西村

청산은 내게 언제 돌아올까 물었는데	青山問我幾時歸,
봄비 내린 산중에 고사리가 자라나네.	春雨山中長蕨薇.
흰 구름더러 지친 나그네 잡아두기 부탁하니	分付白雲留倦客,[1]
송죽들은 여전히 사립문에 그득하네.	依然松竹滿柴扉.

꽃 건넸던 이웃집 아가씨 벌써 시집갔어도　　送花鄰女看都嫁,
술 팔던 마을 노인네 흥은 여태 변치 않았네.　　賣酒村翁興不違.
가을바람 불어와 나락농사 익어 가면　　好待秋風禾稼熟,
기우는 햇살 아래 낡은 집 고치리라.　　更修老屋補斜暉.[2]

역주

1　分付 : 참고로 『王錫榮』은 이 대목을 靑山이 白雲에게 분부하는 것으로 풀었다.
2　斜暉 : 斜輝. 저녁 무렵 서쪽으로 기울며 비치는 햇살.

해제

雍正 13년 전후, 판교가 焦山에서 공부할 때 쓴 시로 보인다. 이 기간에 그는 서촌을 재차 찾았으며, 「1.3 의진현 강촌 찻집에서 아우에게[儀眞縣江村茶社寄舍弟]」도 이때 쓴 것이다.

2.44 선달그믐 전날 중존 왕선생께 올림除夕前一日上中尊汪夫子[1]

자잘한 일이 가난한 집에선 날마다 생겨나고　　瑣事貧家日萬端,
헤진 갖옷은 꿰매어도 추위를 막지 못합니다.　　破裘雖補不禁寒.
병 속 맹물로 조상께 제사올리고　　瓶中白水供先祀,[2]
창 밖 매화를 아침거리로 삼지요.　　窗外梅花當早餐.
그물 짜며 부지런히 애써보지만 강물은 또 얼고　　結網縱勤河又沍,[3]
서화 팔려 해도 살 사람 없이 한 해가 또 갑니다.　　賣書無主歲偏闌.[4]

내년에 다시 인재 뽑는 시험 있을 것인데	明年又值掄才會,
가을바람에 날개 빌릴 수 있기만 고대합니다.	願向秋風借羽翰.[5]

역주

1 中尊汪夫子 : 당시 興化縣令 汪芳藻. 雍正 9년 敎習知縣事로 3년 동안 근무했다.

2 白水 : 고대 제사에서 물로 술을 대신했는데, 이를 '玄酒'라 했다.〖王錫榮〗 그러나 여기서는 제사지낼 술이 없을 정도로 빈한하여 어쩔 수 없이 물로 대신한다는 맥락으로 보는 게 더 자연스럽겠다.

3 結網 : 〖王錫榮〗은 예전에는 고기 잡는 일로 공명 추구를 비유했으므로, 이 부분은 과거 시험에서 순조롭지 못함을 의미한다고 했다. 그러나 여기서는 생활을 위해 갖가지로 노력했다는 원래 의미대로 보는 게 더 낫겠다.

4 偏闌 : '闌'은 '막다, 더디다' 등 여러 가지 다른 뜻이 있으나 여기서는 '끝나가다'로 새겼다.

5 秋風借羽翰 : 羽翰은 날개 또는 公文의 뜻. 참고로, 〖王錫榮〗은 羽翰을 '날개'의 의미로 풀면서 이 구절은 내년 과거를 준비할 수 있는 날개, 즉 금전을 빌려달라는 의미가 내재되어 있다고 보았다. 그러나 내년 가을에 거행될 향시에서 합격을 나타내는 '문서'를 받겠다는 의미로 볼 수도 있다.

해제

雍正 9년 辛亥年 섣달그믐 하루 전날에 쓴 시로, 다음해 壬子年에 향시가 있을 예정이었다. 전하는 바로는 판교가 이 시로 汪夫子에게 입시 전 가난을 호소하자 汪이 금전을 보냈고, 판교가 진사에 합격한 후 이 일은 고을의 미담으로 전해졌다 한다.

2.45 가을밤 벗 생각秋夜懷友

좁은 장막에 한기 넘치는데 얇기만 한 이불,	斗帳寒生夾被輕,[1]
드문 별들이 초롱초롱 창 너머로 반짝이네.	疏星歷歷隔窗明.
계단에 그득 쌓인 파초잎과 오동잎,	滿階蕉葉兼梧葉,
밤새도록 바람소리가 빗소리로 울리네.	一夜風聲似雨聲.
변방 북쪽 높아진 하늘에 기러기떼 멀어지고	塞北天高鴻雁遠,[2]
회수 남쪽 나뭇잎 떨어지고 초강은 맑아지네.	淮南木落楚江淸.[3]
나그네 길에서 역시 하늘가 나그네인 그대 생각,	客中又念天涯客,
서로 그리워만 하다가 한평생 보내는구려.	直是相思過一生.

역주

1 斗帳 : 비좁은 장막. '斗'는 사물의 작은 것(예 : 斗室) 또는 큰 것(예 : 斗膽)을 함께 비유한다.

2 塞北 : 장성 이북 지역. 또한 북방 지역을 두루 가리키기도 한다. 판교가 수도 북경에 머물 때 쓴 「6.1.1 花品跋」에서도 "나는 강남의 도망자, 북방의 나그네다[僕江南逋客, 塞北羈人]"라는 표현이 보인다.

3 淮南木落楚江淸 : 淮南은 양주 일대를, 楚江은 장강 하류를 가리키며, 여기서는 강남을 표현하는 말들이다.

해제

"변방 북쪽 높아진 하늘에 기러기떼 멀어지고, 회수 남쪽 나뭇잎 떨어지고 초강은 맑아지네"라는 내용에서 알 수 있듯이 각기 고향을 떠나 남과 북으로 멀리 떨어진 벗을 생각하며 쓴 시이다. 판교가 수도 北京에 머물던 시절 揚州 쪽 벗을 그리며 쓴 작품이 아닌가 한다.

2.46 파초芭蕉

파초는 잎새마다 듬뿍한 정일러니	芭蕉葉葉爲多情,
한 잎 펼쳐지자 다시 한 잎 생겨나네.	一葉纔舒一葉生.[1]
그리움은 펼쳐내고 펼쳐내도 끝날 길 없건만	自是相思抽不盡,
비바람은 가을 소리가 원망스럽기만 하다네.	却教風雨怨秋聲.[2]

역주

1 舒 : 식물의 잎이 처음 나올 때는 접혀 모여 있다가 차츰 펴지는 모습을 표현한 말.

2 怨秋聲 : 가을 비바람이 파초잎에 떨어져 들리는 소리가 그리움을 배가시켜 원망스럽다는 뜻.

해제

처음에는 둥글게 말려진 채 있다가 차츰 펼쳐지면서 피어나는 파초의 잎을 빌어 갈수록 짙게 피어오르는 시인의 그리움을 묘사하는 방식이 흥미롭다.

2.47 오동梧桐

백 척 높이 오동나무 밤중에도 짙푸른데	高梧百尺夜蒼蒼,
가을별 다 쓸어 모아 새벽 서리로 떨구네.	亂掃秋星落曉霜.

어찌해 서편 땅 쪽으로 심지 않았을까, 如何不向西州植,[1]
푸른 깃털 작은 봉황새 깃들 수 있을 텐데. 倒挂綠毛幺鳳凰.[2]

역주

1 西州 : 『晋書 · 謝安傳』, 『世說新語 · 賞譽』, 『宋書 · 張邵傳』, 『元和郡縣志 · 江南道』 등 관련 기록에 따르면 晋 · 宋 때 揚州 공관은 南京 臺城 서쪽에 있어 西州라 했다 한다. 때문에 이 시에서는 양주나 남경을 가리키는 게 아닌가 한다.〖王錫榮〗 그러나 아래 주석 내용을 참고한다면 成都를 염두에 둔 것으로 볼 수도 있다.

2 幺鳳凰 : 일명 桐花鳳. 唐 李德裕 「畵桐花鳳扇賦序」 : "성도 민강 강변에는 자주색 오동나무가 많이 있어 매번 늦은 봄이면 오색의 신비한 새가 깃들인다. 제비보다 작은데, 오동꽃에 모여들어 아침이슬을 마신다.[成都夾岷江磯岸多植紫桐, 每至春暮, 有靈禽五色, 小于玄鳥, 來集桐花, 以飮朝露.]" 嶺南에서는 倒挂子라고 불린다.

해제

판교가 수도 북경에 머물 때 쓴 것으로 보인다. 제 땅이 아닌 곳에 자란 오동나무에 관직(봉황)을 얻기 위해 객지를 떠도는 자신의 심정을 기탁한 것으로 이해할 수도 있겠다.

2.48 남위에서 온 희소식을 듣고得南闈捷音[1]

빛나는 금방(金榜)이 문득 부서진 울타리에 드니 忽漫泥金入破籬,[2]
온 집안 즐겁건만 비애 또한 더해지네. 擧家歡樂又增悲.
한 가지 계수나무 그림자에 하잘 것 없는 공명, 一枝桂影功名小,[3]

십 년 동안 갈구한 길에서 더디게도 이루었네. 十載征途發達遲.
어디서 어버이를 찾아뵈리, 그저 묘 앞에 곡할 뿐. 何處寧親惟哭墓,[4]
거울 보는 이 없으니 휘장 엿볼 마음 생길 리 없네. 無人對鏡嬾窺帷.[5]
훗날 설사 관리가 되는 임명장 받아 他年縱有毛公檄,[6]
환한 관청에 들어선들 뉘에게 위로가 되나? 捧入華堂却慰誰?

역주

1 南闈 : 남경에 설치된 鄕試 試院. 북경에 설치된 것은 北闈. 捷音 : 과거 합격 소식.
2 泥金 : 喜慶 첩자 글씨 쓸 때 사용하는 금색 물감.
3 桂影 : 擧人 합격을 뜻한다. 예전에는 '계수나무를 꺾음[折桂]'으로 과거 급제를 비유했는데, 거인 합격은 進士 급제의 준비일 뿐이므로 '계수나무의 그림자'라 표현했다.
4 何處寧親惟哭墓 : 「칠가(七歌)」에 의하면 작자는 네 살 때 생모를, 열네 살 때 계모를, 서른 살에 아버지를 잃었다. 그렇기에 무덤에 가서 합격 소식을 아뢴다 했다.
5 無人對鏡嬾窺帷 : 아내 徐씨가 이에 앞서 일년 전 세상을 떴음을 말한다.
6 毛公檄 : 後漢의 효자 毛義에 관한 전고에서 나온 말로, 관직임명장을 가리킨다. 毛義는 자가 少節로, 집안이 가난하고 모친이 연로하신 상태에서 安陽令으로 추천되는 공문을 받게 되자 크게 기뻐하며 나아갔다. 이때 南陽 張奉이 그의 명성을 듣고 방문했다가 이 상황을 보고 속으로 천시하였다. 후에 毛義는 모친이 세상을 뜨자 관직을 버렸고, 다시 천거되어도 끝내 나아가지 않았다. 이에 張奉은 당시 毛義가 연로한 모친을 위해 자신을 낮추어서라도 기쁘게 관직에 나아갔음을 비로소 이해하게 되었다.

해제

「6.1.5 판교 자서(板橋自敍)」에서 "판교는 강희(康熙) 연간에 수재(秀才), 옹정(雍正) 임자년에 거인, 건륭(乾隆) 병진년에 진사가 되었다"고 했으니 이 시는 옹정 10년 향시에 합격했을 때 쓴 것으로, 당시 그의 나이 마흔이었다.

2.49 산중에 눈 내린 후山中雪後

새벽에 일어나 문 밀치니 온 산 그득한 눈,	晨起開門雪滿山,
눈 개이고 구름 맑은데 햇살은 차갑네.	雪晴雲淡日光寒.
처마에 물방울 뵈지 않고 매화는 얼어붙은 채	簷流未滴梅花凍,
맑고 고독한 이 기운 특별하구나.	一種清孤不等閒.[1]

역주

1 等閒 : 일반. 보통.

해제

산중 생활의 일면을 그린 이 시를 〖王錫棨〗은 작자의 신세를 기탁한 것으로 보았는데, 지나친 감이 있다.

2.50 그림에 붙여題畫

양쪽 언덕 푸른 산은 쌀더미처럼 늘어서고	兩岸青山聚米多,[1]
긴 강에는 가늘디가는 통나무 배.	長江窄窄一條梭.
천추의 전쟁에서 [이 산천은] 누가 가져갔는가?	千秋征戰誰將去,
모두 어부의 헤어진 그물 속으로 들어온다네.	都入漁家破网羅.

역주

1 聚米 : 강 양쪽 산들이 쌀더미처럼 높지 않게 줄곧 이어진다는 뜻.

해제

산수를 그린 그림에 붙인 제화시로, 산수 정경을 그린 앞 두 구에 이어 심사를 기탁한 뒤 두 구의 발상이 독특하다.

2.51 그러지 말게나莫爲

진비를 생각하며 쓸쓸히 여기지 말게나,	莫爲甄妃感寂寥,[1]
원씨, 조씨 총애 속에 풍요롭게 살았거늘.	袁曹寵幸舊曾饒.[2]
주유는 일찍 가고 손책 또한 요절했으니	周郎早世孫郎夭,[3]
애가 끊었던 강동의 두 교씨 여인들이여.	腸斷江東大小喬.[4]

역주

1 甄妃 : 魏 文帝 曹丕의 황후. 처음에는 袁紹의 아들 袁熙의 아내였다가 원소가 패하자 조비에게 바쳐졌다. 조비가 황제로 즉위한 후 총애를 잃어 黃初 2년 죽임을 당했다.
2 袁曹寵幸 : 袁熙와 曹丕의 총애.
3 周郎早世孫郎夭 : 周郎은 周瑜(175~210), 자는 公瑾. 스물넷에 삼국 시기 吳의 建威中郎將이 되었으나 서른여섯에 죽었다. 孫郎은 吳 군주 孫權의 형 孫策(175~200)으로, 자는 伯符. 스물여섯에 자객에게 살해당했다.
4 大小喬 : 東吳 士族 喬玄의 두 딸. 큰 딸 大喬는 孫策에게 시집갔고, 작은딸 小喬는 周瑜에게 시집갔다.

해제

삼국시대 東吳의 두 여인 大喬와 小喬는 각각 당대의 두 영웅 孫策과 周瑜에게 사랑받았으나 두 영웅 모두 요절하는 바람에 불운한 처지로 살았음을 담았다.

2.52 작은 주랑小廊

작은 주랑에서 끓는 차, 연기 이미 사라졌고	小廊茶熟已無煙,
추위 속 꽃 꺾고 보니 가냘픈 모습 애처롭네.	折取寒花瘦可憐.[1]
적적한 사립문 너머 가을 강 아득한데	寂寂柴門秋水闊,
까마귀떼 어지러이 저녁하늘에 흩어지네.	亂鴉揉碎夕陽天.

역주

1 寒花 : 추운 가을에 피어나는 국화를 가리킨다.

해제

가을 강촌의 정경을 그린 시로, 마지막 구에서 '잘게 부수다'는 뜻의 '揉碎'의 쓰임이 매우 참신하게 느껴진다.

2.53 사촌아우 묵을 생각하며懷舍弟墨[1]

나는 친형제라곤 없이	我無親弟兄,
사촌과 단 둘 뿐이네.	同堂僅二人;[2]
위로 아버님과 숙부님 계시니	上推父與叔,
어찌 한 몸이 아니겠는가!	豈不同一身!
이어진 가지처럼 한 몸으로	一身若連枝,
잎끼리 서로 의지한다네.	葉葉相依因;
나무가 크면 가지와 잎 풍성하고	樹大枝葉富,
나무가 작으면 가지와 잎 빈약한 법.	樹小枝葉貧.
하물며 우리 둘은 약한 줄기로	况我兩弱幹,
거친 강 덩굴풀 물가에서 자랐다네.	荒河蔓草濱;
말 모는 사람은 잘라다가 채찍 만들고	走馬折爲鞭,
나무꾼은 도끼질해 땔나무로 삼는다네.	樵斧摧爲薪;
슬픔에도 서리 눈발 견뎌내고	含凄度霜雪,
노력하며 세월을 아낀다네.	努力愛秋春.
내 나이 마흔 둘,	我年四十二,[3]
아우 나이 열여덟.	我弟年十八.
예전 어렸을 때 생각해보면	憶昔幼小時,
비쩍 말라 살집이라곤 없었지.	淸癯欠肥肭.[4]
아버님께서 극진히 아끼시면서	老父酷憐愛,[5]
숙부의 늦둥이라 말씀하셨지.	謂叔晩年兒;
떡을 그 손에 쥐어주시고	餅餌擁其手,
배불러 탈날지라도 배고플까 염려하셨지.	病飽不病飢.
문 나설 때면 몇 번씩이나 돌아보시고	出門幾回顧,
문 들어서실 땐 가장 먼저 안아주셨지.	入門先抱持.

몇 년 사이 아버지와 숙부 다 돌아가시니	年來父叔歿,
다른 집을 빌려 이사해 나가야만 했네.	移家僦他宅;[6]
다행히 낡은 초가집을 구했지만	幸有破茅茨,
식량 때문에 넉넉히 먹지 못했지.	而無飽糠覈.
이 형은 재주가 있는 것 같으나	老兄似有才,
한사코 규범을 받들지 못했네.	苦不受繩尺;
현명한 아우는 재주가 짧은 듯 하며	賢弟才似短,
순순히 도움 되는 바를 받아들였지.	循循受謙益.[7]
지난해 할아버지 장례 치를 때	前年葬大父,[8]
무덤에 금빛 두꺼비가 나타났네.	壙有金蝦蟆,
귀한 징조라 말하는 이도 있고	或云是貴徵,
집안 흥성의 징조라고도 했다네.	便當興其家.
집안 흥성이야 아우에게 기대하네,	起家望賢弟,
이 형은 너무 함부로 살거든.	老兄太浮誇.
집은 가난해도 경서 사서 풍부하고	家貧富書史,
또한 나는 아들 두지 못했다네.	我又無兒子;
아들을 얻게 되면 함께 나누고	生兒當與分,
아들 없으면 다 아우에게 주겠네.	無兒盡付爾.
집 떠난 지 한두 달인데	離家一兩月,
자네 생각 떠나질 않네.	念爾不能忘.
객지 뜰에 고목 한 그루,	客中有老樹,
가지와 잎이 울창하다네.	枝葉鬱蒼蒼.
동쪽 가지는 처마에 다가섰고,	東枝近簷屋,
서쪽 가지는 이웃 담장 넘었네.	西枝過鄰牆;
두 가지가 서로 돌보지 않는다면	兩枝不相顧,
잘라질 때 뉘 있어 보호해줄까?	剪伐誰護將?
그 슬픔 생각하며 내 마음 적으니	感此傷我懷,

어떤 고락도 둘이서 함께 하세나. 　　苦樂須同嘗!

역주

1　舍弟墨 : 숙부 省庵公에게서 난 판교의 사촌아우. 자가 克己, 호는 五橋, 판교보다 나이가 24세 적었다. 「1.1 옹정 10년, 항주 도광암에서 아우 묵에게[雍正十年杭州韜光庵中寄舍弟墨]」 주석 참조.
2　同堂 : 사촌.
3　我年四十二 : 中華書局本과 上海古籍出版社本 모두 "我年四十一"로 誤印되어 있으나 이전 板刻本을 토대로 이렇게 수정하였다.
4　淸癯欠肥朒 : 癯(구)는 瘦, 마르다. 朒(눌)은 肥, 살찌다.
5　老父 : 판교의 부친을 가리킨다.
6　移家僦他宅 : 사촌아우 묵이 이사나간 일을 가리킨다.
7　受謙益 : 『周易』 「謙」 卦에서 겸손이 길함을 말했고, 『尙書』에서도 "겸손에서 이로움을 받는다 受謙益"고 했다.
8　大父 : 조부.

해제

판교는 나이 차이가 적지 않은 사촌아우 묵에게 각별한 관심을 가졌고, 집을 떠나 있는 동안 자주 편지를 왕래하면서 이 시 외에 「2.165 관청에서 아우 묵에게[懷舍弟墨]」 등과 같은 시를 통해 깊은 형제애를 표현했다.

2.54 한낮이 너무 짧기만 하구나晝苦短

한낮이 너무 짧기만 하구나, 　　晝苦短,
밤은 진정 길지가 않구나. 　　夜正不長.

맑은 노래 멋진 춤 다 보지도 못했건만	清歌妙舞看未足,
누대 끝 새벽 북소리 재촉하듯 울리네.	樓頭曙鼓聲皇皇.[1]
새벽별 지상에서 겨우 몇 자 솟았건만	明星拔地纔數尺,[2]
태양이 흔들거리며 부상에서 올라오네.	日光搖動來扶桑.[3]
한낮이 너무 짧지만,	晝苦短,
한낮이 또한 짧기만 한 것은 아닐세라.	晝亦不短.
산중의 한가한 하루는 일 년에 가깝고	山中暇日如小年,[4]
속세의 시간은 화살처럼 빠르다네.	塵世光陰疾如箭.
예로부터 나라 세운 수많은 성자와 현자,	古來開國多聖明,
온갖 고난 거치고 수많은 전쟁 치렀다네.	歷盡艱難身百戰;
하루아침에 평정하여 지존이라 불렸지만	一朝勘定稱至尊,[5]
황궁에 올라서는 머리 색깔 변했다네.	承明殿上頭毛變.[6]
안기생의 대추 먹고도 여위고 병들었으니	安期棗盡還瘦羸,[7]
적송자와 황제의 무덤 겹겹이 누웠구나.	赤松黃帝墳累累,[8]
신선과 부처를 배워도 다 부질없는 일,	學仙學佛空爾爲.
한낮은 너무 짧기만 하구나,	晝苦短,
서쪽으로 해는 날아만 간다.	西日飛.

역주

1 皇皇 : 喤喤. 북소리.〖王錫榮〗

2 明星 : 새벽에 나타나는 啓明星, 즉 金星이다. 太白星이라고도 한다.

3 扶桑 : 신화에서 태양이 산다는 동방의 큰 나무. 『山海經 · 海外東經』: "湯谷 위에 扶桑이 있는데 열 개의 태양이 목욕하는 곳이다. 黑齒의 북쪽 居水 안에 큰 나무가 있어 태양 아홉 개가 아래가지에, 태양 한 개가 윗가지에 산다.[湯谷上有扶桑, 十日所浴, 在黑齒北, 居水中, 有大木, 九日居下枝, 一日居上枝.]"

4 小年 : 일년에 가깝다는 뜻.

5 勘定 : 천하를 평정했다는 뜻.

6 承明殿 : 漢代 未央宮 안의 궁전으로, 저술을 하는 곳. 여기서는 황궁의 범칭.

7 安期棗 : 安期는 安期生으로, 도교의 신화적 인물. 산에서 나무하다가 신선이 바

둑 두는 걸 보았는데, 신선이 내려준 대추 두 알을 먹고 집에 와보니 이미 백년이 지났음을 알게 되었다고 한다. 『說郛』 卷三十一에 인용된 『賈氏說林』: "옛날 어떤 사람이 대하의 남쪽에서 安期生의 큰 대추를 구했다. 3일 동안을 계속 삶자 겨우 익었는데, 그 향기가 십리나 퍼져 나가 죽은 자가 살아나고 병자가 일어났다. 그 사람이 먹자 대낮에 하늘로 올라갔다.[昔有人得安期生大棗, 在大河之南. 煮之三日始熟, 香聞十里, 死者生, 病者起, 其人食之, 白日上升.]" 이처럼 '安期棗'는 특별한 효능을 지닌 대추이다.

8 赤松黃帝: 赤松은 赤松子. 고대 신화 인물로, 비의 신 神農이다. 『列仙傳』: "赤松子는 神農 때 雨師였다. …… 炎帝의 딸이 그를 쫓아가니, 또한 신선이 되어 함께 떠났다.[赤松子者, 神農時雨師也. …… 炎帝少女追之, 亦得仙俱去.]" 黃帝 또한 후에 도교에서 장생불사의 仙人으로 추앙되었다.

해제

인생이 짧음을 한탄하는 시로, 한 나라의 지존인 제왕도 결국은 늙어 죽는 것은 피할 수 없는 이치이며, 이를 벗어나기 위해 온갖 선약을 먹고 "신선과 부처를 배워도 다 부질없는 일"이라 강조했다.

2.55 고우 부명부에게 드림. 아울러 왕정역 선생에게도 보여 드린다 贈高郵傅明府, 並示王君廷瀠[1]

부 선생의 휘는 춘이다.
傅諱椿.

목민에 나서서는 마땅히 세상을 밝히고	出牧當明世,
마음에는 옛 현자를 흠모하여 새긴다네.	銘心慕古賢;
백성을 편안히 함은 공발해와 같고	安人龔渤海,[2]

법 집행에서는 황청천이라 하겠네. 執法況青天.[3]
잘고 세밀한 것, 깊은 곳까지 살펴서 瑣細知幽奧,
훤히 잘 다스려 안정과 편함 얻었다네. 高明得靜便.
별 궤도가 배 바닥에 펼쳐있고 星躔羅腹底,
빙설이 눈썹 끝까지 빛난다네. 冰雪耀眉端.
이전에 회수 제방 쌓으면서 昔守淮隄摠,[4]
일찍이 여름 홍수 걱정하셨네. 曾憂暑雨濺.
마로 엮은 신발에 삼태기와 삽을 쥐고 麻鞋操畚鍤,
백 가구를 배에 실어 두루 구하셨네. 百口寄舟船.
그토록 백성들과 생사 같이 했으나 生死同民命,
기구해라, 세인의 시기 받고 말았네. 崎嶇犯世嫌.
상관이 막았던 둑 트기를 재촉했으나 上官催決塞,
작은 관리는 그저 논밭 지킬 생각 뿐. 小吏只壅田.[5]
때마침 서풍이 거센 시절인지라 時値西風急,
대나무 제방을 그대로 엎었다네. 憑翻竹楗編.
외로운 성 보존할 수 없게 된 판에 孤城將不保,
한 목숨 어찌 감히 보전코자 하리. 一命敢求全.
통곡 소리에 푸른 하늘 감응하였고 痛哭蒼天應,
향불 연기에 거센 물길 잠잠해졌네. 焚香巨浪恬.
수신 무지기가 진노를 거두시고 支祁收震怒,[6]
하백이 결국 자취를 감추었네. 河伯效淵潛.[7]
운하 물길 마침내 편안케 되니 運道終無恙,[8]
주민들도 한 해 농사 거두었다네. 居民亦有年.
벼와 수수 천릿길에 익어가고 稻粱千里熟,
춤과 노래 고을마다 이어졌다네. 歌舞數州連.
게와 물고기가 수도 없이 넘쳐나고 魚蟹多無算,
닭과 돼지는 계산할 수도 없었네. 鷄豚不計錢.

푸른 발 걸린 다리 근처 술잔치,	青帘橋畔酒,
가랑비는 숲에서 안개로 피어나네.	細雨樹中烟.
어르신네들 마을마다 축하드리니	父老村村祝,
전형의 결과에서 천천히 천거되었네.	銓衡緩緩遷.[9]
봄 강물이 문유대를 적실 때	文游春水湛,[10]
옹사호에 야광주가 걸렸다네.	甓社夜珠懸.[11]
장계의 수조를 공물로 올리고	願獻長溪藻,[12]
숙항편 고기를 바치고자 했네.	還供縮項鯿.[13]
이웃 고을 모두 이 법 따르게 되니	鄰邦咸取法,
제 작은 마을도 그 은혜 입었지요.	下邑賜矜憐.[14]
황량한 성북으로 절 찾아주시며	訪我荒城北,
억새 강변에 배를 정박하시었네.	停舟荻岸邊.
한 번 담소에도 흉금을 털어놓고	一談胸吐露,
몇 잔 술에 서로의 뜻 두루 통하였네.	數盞意周旋.
특별히 왕군이란 제자가 있어	頗有王生者,
일찍이 스승으로 모시게 되었다네.	曾經絳幄延.[15]
좋은 재목으로 잘라지고 다듬어졌고	美材承斲削,
고상한 뜻으로 난제를 해결해주셨네.	高義破迍邅.[16]
대충하는 단속은 좋은 가르침 못되고	約束神應阻,
화로에서 제련해야 그릇이 견고한 법.	爐錘器益堅.
가을바람에 남쪽 지방 놀라게 하고	秋風動南國,
여섯 깃촉으로 훨훨 날아오르겠지요.	六翮會翩躚.[17]

역주

1 高郵傅明府 : 乾隆 48년에 修撰된 『高郵州志』에 따르면, "溥椿은 호가 毅齋이고, 滿洲 鑲黃旗人이다. 監生으로 州事를 맡아 청렴하고 성실히 일했다. …… 高郵 마을이 이때 수재로 고통 받았는데 溥는 온 정성을 다해 살피고 대처하면서

「籌淮八議」一冊을 저술했다. 또한 성 동쪽 물구덩이가 물이 넘치면 바다처럼 되니 이에 성곽을 따라 제방을 쌓아 구불구불 몇 리나 이어졌다. 여기에 버드나무 수 백 그루를 심었는데, 이곳 사람들이 이를 '溥公堤'라 부른다. 후에 太倉州知州로 승진했고, 兵部郎中으로 관직을 마쳤다.[溥椿, 號毅齋, 滿洲鑲黃旗人, 監生, 任州事廉明勤幹 …… 郵邑時苦水災, 溥悉心察訪, 著籌淮八議一冊. 又以城東地窪下, 水溢則一望汪洋, 乃沿城壕築堤, 蜿蜒數里, 植柳百餘株, 郵人至今稱溥公堤云, 後升太倉州知州, 官終兵部郎中.]" 그는 雍正 9년 高郵知州로 부임해 乾隆 5년 떠날 때까지 이곳에서 10년을 재임했다. 王君廷爕 : 『高郵州志』에 따르면, 그는 高郵人으로, 乾隆 16년 歲貢生(府州縣學 중의 生員으로 國子監에 들어가 독서하게 된 사람)이었다 한다.

2 龔渤海 : 龔遂. 자는 少卿, 西漢 山陽 南平陽(지금의 山東 鄒縣) 사람. 宣帝 때 渤海郡에 흉년이 들자 그를 渤海太守로 임명했다. 그는 좋은 관리를 선발해 농업을 장려하고 救災金을 푸는 등 신속히 대처하여 백성들이 편안히 살 수 있게 되었다 한다. 『漢書・循吏傳』 참고.

3 況靑天 : 況鍾. 자는 伯律, 명 江西 靖安사람. 宣德 5년 蘇州知府에 임명되자 포악한 관리들과 부호들을 엄히 다스리고 법 집행에서 권세가나 귀족에 빌붙지 않아 당시 사람들이 '靑天'이라 불렀다 한다. 『明史・況鍾傳』 참고.

4 淮隄撼 : 淮河에 쌓은 제방이 큰 물난리를 막은 것을 뜻한다.

5 上官催決塞, 小吏只壅田 : 『高郵州志』에 따르면, "옹정 8년 가을, 북쪽 강물이 크게 불어나자 河憲에서는 격문을 내려 강을 막은 보를 열어 제방을 보전하고자 했다. 이때는 동쪽 논에서 벼가 막 익으려는 시기였다. 현령 黃廷銓은 상황을 자세히 파악하여 보를 일단 그대로 두게 한 후 추수가 끝난 다음에야 南關・車邏 두 보를 열게 하니 백성들이 이 때문에 편안케 되었다.[雍正八年秋北水大漲, 河憲馳檄開壩保堤. 時東下田禾將熟, 知州黃廷銓詳情力保, 至中禾盡獲, 始開南關、車邏兩壩. 民賴以安.]"

6 支祁 : 즉 無支祁. 巫支祁라고도 하며, 淮水의 水神.

7 河伯 : 고대 신화에서 말하는 황하의 신. 淵潛 : 깊이 숨다.

8 運道 : 운하 길. 대운하는 北京에서 杭州로 이어지는데, 중간에 高郵를 지난다.

9 銓衡 : 이전에 吏部에 속한 관직. 관리의 선발・승진을 담당했다.

10 文游 : 누대 이름. 『高郵州志』에 따르면, 高郵城 동쪽으로 2리 떨어진 東岳廟 뒤에 있으며 아래로 越塘과 만난다. 북송 때 지은 것으로, 전하는 바로는 蘇軾이 고우를 지날 때 마을의 王玑・孫覺・秦觀 등과 이곳에서 술 마시며 문장을 논했기에 이 이름을 얻었다 한다.

11 甓社 : 호수 이름. 高郵城 서쪽으로 30리에 있으며 艾陵湖・邵伯湖와 함께 揚州의 3대 어류 생산지다. 夜珠 : 『高郵州志』에 따르면, 宋 仁宗 嘉佑 연간에 甓社에 '神珠'가 출현했는데, 이를 보게 되면 길흉의 결과가 있게 된다고 했다. 乾隆 원년 정월 오일에도 나타났는데, 그 해 가을에 강물 범람으로 수재가 있었다.

12 長溪藻 : '藻'는 신에게 바치는 제사용품으로 썼다. 『左傳』 隱公 3년 부분 참고.

13 縮項編 : 담수어의 일종.
14 下邑 : 작은 고을. 판교의 고향인 興化를 가리킨다.
15 頗有王生者, 曾經絳幄延 : '絳幄延'은 붉은 휘장을 치고 스승을 초빙하다. 동한 마융이 붉은 휘장을 치고 학생들에게 강의를 했다는 고사에서 나온 말이다. 여기서는 王廷㯭이 溥椿을 스승으로 모신 일을 가리킨다.
16 迍邅 : 걷기 힘든 모양. 여기서는 제자의 難題를 비유했다.
17 秋風動南國, 六翮會翩躚 : 가을에 거행되는 향시에서 그가 합격할 것임을 나타낸 표현이다. 「2.44 섣달그믐 전날 중존 왕선생께 올림[除夕前一日上中尊汪夫子]」 주석 참조.

해제

乾隆 초 작자가 진사에 합격하고 집에 머물 때 太守 溥椿이 제자 王廷㯭과 함께 배를 타고 건너와 방문했을 때 응수해 쓴 작품이다. 치수를 잘한 일 등 부태수의 善政과 愛民의 덕을 칭송했다.

2.56 실의의 나그네落拓

스님의 절간에서 걸식하고 乞食山僧廟,
노래 파는 기녀집에서 옷을 꿰맨다. 縫衣歌妓家.
해마다 강 위에서 나그네 됨은 年年江上客,
그저 꽃을 보기 위함일 뿐. 只是爲看花.

해제

가난과 실의 속에서 강호를 떠도는 나그네 생활을 그린 시로, 작자의 경험을 그대로 담아낸 듯한 묘사가 간결하면서도 핍진하다.

2.57 반동강에게 贈潘桐岡[1]

독서에서 필히 다섯 수레 책 읽고자 한다면	讀書必欲讀五車,
가슴 속 막혀 있는 게 꼭 난마와 같다네.	胸中撑塞如亂麻.
글을 쓸 땐 필히 옛사람을 본받고자 한다면	作文必欲法前古,
마님 흉내 내는 하녀처럼 헛되이 애만 쓸 뿐.	婢學夫人徒自苦.[2]
우리들 붓놀림은 구름과 안개 넘나들면서	吾曹筆陣凌雲烟,
가린 운무 쓸어 없애고 푸른 하늘에 펼쳐내지.	掃空氛翳鋪青天;
한 줄 두 줄 몇 글자 써나가다 보면	一行兩行書數字,
남기성 북두성처럼 별자리로 늘어서네.	南箕北斗排星躔.[3]
때로는 먹물방울 아리땁고 어여쁜 게	有時滴墨嬌且姸,
새벽 꽃에 맺힌 이슬 봄바람에 영롱하듯.	曉花浮露春風鮮;
눈썹 고운 열네 살 아가씨가	畫眉女郎年十四,
꺾고 싶어도 꺾지 못한 채 마음으로만 좋아하듯.	欲折不折心相憐.
용 베고 호랑이 죽이려고 펼쳐든 용천검인 듯,	斬龍殺虎提龍泉,[4]
따뜻하고 부드러운 정 담은 도화편지지인 듯.	定情溫細桃花箋.
천고 이래 드물고 드문	蕭蕭落落自千古,
그대 진정 인간 속 신선이라.	先生信是人中仙.
하늘께서 그대를 억지로 구속하여	天公曲意來縛縶,
양주땅에 묶어두고 고생하게 만드셨네.	困倒揚州如束濕.[5]
부질없이 화조 그려 시정 장사꾼 비위맞추니	空將花鳥媚屠沽,
근심이란 악마가 유독 영재를 붙잡았네.	獨遣愁魔陷英特.
그대 의지 그렇다고 눌릴 수는 없었고	志亦不能爲之抑,
기세 또한 이 때문에 막힐 수는 없었네.	氣亦不能爲之塞.
만 냥으로 술을 사서 평산당에서 취하면	十千沽酒醉平山,[6]
구양수와 소식 끌어와 함께 울며 노래하네.	便拉歐蘇共歌泣.[7]

그대 보지 못하는가, 미루의 수제 한껏 방탕했다지만

君不見迷樓隋帝最荒淫,[8]

천추에 이곳 풍류만은 제대로 차지했음을. 千秋優占烟花國;[9]

아리따운 여자들 백 줄로 비파 타고 名姬百琲試琵琶,

빼어난 말 위해 천 근 안장 사주었네. 駿馬千斤買鞍勒.

대장부 뜻을 얻음에 때를 만나야 하느니 丈夫得志會有時,

인생의 의지와 기개 언제 끝에 이를 건가. 人生意氣何終極.

양주의 사월 싱그럽게 맑은 하늘 아래 揚州四月嫩晴天,

죽순과 준치 사서 우리 같이 맛보세나. 且買櫻筍鰣魚相啖食.

역주

1 潘桐岡 : 이름은 西鳳, 浙江 新昌人으로, 대나무 판각에 뛰어났다. 양주에 살 때 판교와 알고 지냈다. 「2.148.6 절구 21수 · 반서봉(潘西鳳)」 참고.

2 婢學夫人 : 하녀가 대갓집 마님을 흉내내듯 어색하다. 袁昻 『書評』에 "羊欣의 글씨는 마치 대갓집 하녀가 마님 흉내를 낼 때 그 지위는 차지했을지라도 행동은 어색해 부끄러워하는 것처럼 끝내 참되지 못하다[羊欣書如大家婢爲夫人, 雖處其位而擧止羞澁, 終不似眞]"란 대목이 보인다.

3 南箕北斗排星躔 : 하늘의 큰 별자리인 南箕星과 北斗星. 南箕星은 東方 七宿 중 마지막 별자리. 北斗星은 北方 七宿 중의 첫 번째 별자리. 星躔(성전) : 별자리의 운행 순서.

4 龍泉 : 寶劍 이름.

5 束濕 : 젖은 물건을 묶었을 때처럼 단단히 구속되다.

6 平山 : 平山堂. 揚州 蜀岡 法淨寺 원내에 있으며, 宋 歐陽脩가 揚州太守로 있을 때 지었다 한다. 「2.92 평산연회에서 모은 시[平山宴集詩]」 주석 참고.

7 歐蘇 : 歐陽脩와 蘇軾. 두 사람 모두 양주태수를 지냈고, 소식은 평산당에서 연회를 연 적이 있다.

8 迷樓 : 隋 煬帝가 지은 누대. 매우 화려하고 내부가 복잡하여 잘못 들어서면 나오지 못할 정도라 해서 이 이름을 얻었다 한다.

9 烟花國 : 풍류에 넘치는 揚州를 가리킨다.

해제

潘桐岡의 학문과 재능을 높이 사면서, 그의 불우한 처지를 깊이 동정하는 마음을 담았다. 처음 부분에서는 시인의 독서・작문에 관한 독특한 관점을 제시하면서 반동강이 知音이라는 점을 강조했고, 이어 그가 서법과 화법에서 뛰어나지만 곤궁한 처지라는 점, 그러나 풍류를 이해하는 예술가임을 강조하였다.

2.58 조수 구경 노래觀潮行[1]

은빛 용 오르락내리락 강 속으로 파고드니	銀龍翻江截江入,[2]
수많은 물결 치달리며 온 강이 다급하네.	萬水爭飛一江急.
구름 우레 바람 천둥 앞장서서 몰아대니	雲雷風霆爲先驅,
치솟던 물결들이 푸른 산과 마주선다.	潮頭聳幷靑山立.
백 리 밖까지 치달리는 눈부신 빛살,	百里之外光熒熒,
끊어진 듯 이어진 듯 참으로 장관이로세.	若斷若續最有情.
쿠르르릉 부딪히는 소리 들리는가 싶더니	崩轟喧豗倏已過,
만 마리 말 소산성을 날아서 넘어오는 듯.	萬馬飛渡蕭山城.[3]
전당강변에 오십 척 암석 높이 치솟고	錢塘岸高石五丈,
늙은 소나무 커다란 상수리나무 숲을 둘렀네.	古松大櫟盤森塽.
푸른 누대 붉은 난간 달려온 조수에 맞서고	翠樓朱檻衝波翻,
새털깃발 쇠갑옷 병사 운해 속에 서 있구나.	羽旗金甲雲濤上.
오자서와 문종 두 장군이 나서서	伍胥文種兩將軍,[4]
곤이, 악어, 고래, 타룡, 이무기 몰아 지휘하니	指揮鯤鱷鯨鼉蟒.

항주 백성들이야 감히 활도 쏘지 못하고 杭州小民不敢射,[5]
돼지 잡고 삶아내어 함께 제사 올린다네. 盪猪擊兔來相享.
이 내 몸 평생 동안 답답한 게 많았는데 我輩平生多鬱塞,
거침없는 저 기세가 통쾌하게 풀어주네. 豪情逸氣新搔癢.
바람 잦고 달 높이 솟자 물결 차츰 잠잠해지더니 風定月高潮漸平,
한밤중 늙은 물고기 울음에 교룡 궁전 흔들리네. 老魚夜哭蛟宮盪.

역주

1 觀潮 : 浙江 최대의 강인 錢塘江은 강 입구가 나팔 모양이라 바다 물살이 밀려 들어 이른바 '전당의 조수 錢塘潮'를 형성해 구경거리로 유명하다. 「錢塘候潮圖」: "조수는 팔월 보름에 가장 크게 된다. 멀리서 보면 백 리에 걸쳐 흰 비단이 강에 걸린 듯하고, 조금 가까이서 보면 조수가 몇 장이나 되게 높이 구름과 눈을 말아 올릴 듯 뒤섞이면서 우레 같은 소리가 난다. 매년 이 날이면 원근의 士人과 부녀자들이 와서 구경하고 뱃사람들은 조수를 거스르며 맞서는데, 이를 '조수 맞기 迎潮'라 한다.[潮惟八月十五獨大常潮. 遠觀數百里若素練橫江, 稍近見潮頭高數丈, 捲雲擁雪, 混混庉庉, 聲如雷鼓. 每年是日, 遠近士女來觀; 舟人漁子泝濤觸浪, 謂之迎潮.]"

2 銀龍 : 바다 조수가 전당강 강물과 만나 부딪히며 생기는 흰 물보라를 이처럼 은빛 용으로 비유했다.

3 蕭山城 : 杭州 동쪽과 전당강 남쪽 강변에 있는 성. 강물이 이곳을 통해 杭州灣으로 들어온다.

4 伍胥文種 : 伍胥(B.C. 559~B.C. 484), 이름은 員, 자는 子胥. 춘추 시대 吳나라 대부. 太宰嚭의 간언으로 억울하게 죽었는데, 당시 그의 시신 머리를 말껍질로 된 자루에 담아 전당강에 던졌다 한다. 文種(?~B.C. 472) : 자는 少禽, 춘추 시대 越나라 대부. 越王 句踐이 간언을 듣고 검을 내려 자살하게 했다. 후세 전설에 의하면, 자서와 문종은 전당강 수신이 되었다 한다.(『吳越春秋』 참고) 『揚州畫舫錄』: "절강 (전당)강의 조수는 춘추 때부터 이미 그러했는데, 오자서와 문종이 백마를 타고 조수를 만들어 이렇게 된다고 한다.[浙江江潮, 在春秋已然, 觀伍胥文種皆乘白馬而爲濤, 是也.]"

5 射 : 조수에 활을 쏜다는 뜻. 五代 吳王 錢鏐가 바다에 둑을 막으니 강 물결이 밤낮으로 여기에 밀려와 나가지 못했다. 그는 사병으로 하여금 조수에 활을 쏘게 하며 수신과 전쟁을 벌였다 한다. 백성들은 감히 그렇게는 하지 못하고 제사를 드린다는 뜻이다.

해제

유명한 전당강 조수를 구경하며 쓴 시로, 雍正 10년 작자가 40세 때 항주로 여행을 갔을 때 쓴 것으로 보인다. 아래 2.59 「조수타기 노래 弄潮曲」와 짝을 이룬다.

2.59 조수 타기 노래弄潮曲

전당강에선 어린애도 조수 타는 법 배우니	錢塘小兒學弄潮,[1]
단단한 상앗대, 긴 노를 팔에 끼고 묶는다네.	硬篙長楫捺復捎.
방향 잡는 사람은 단단한 무쇠 같지만	舵樓一人如鑄鐵,
잿빛 안색에 눈동자도 흔들림 없네.	死灰面色睛不搖.
산마루 같은 조수가 배에 부딪혀 덮쳐오니	潮頭如山挺船入,
돛대와 상앗대 치켜들고 배는 곧추선다네.	艢艕掀翻船竪立.
홀연히 흔적도 없이 사라졌다가	忽然滅沒無影蹤,
천천히 조수 타고 배들이 모여드네.	緩緩浮波衆船集.
물결 잔잔해지면 갈매기 몰고 가면서	潮平浪滑逐沙鷗,
푸른 산과 푸른 물결 웃음으로 노래하네.	歌笑山青水碧流.
세상 사람들, 험난한 일 이렇게 대처하여	世人歷險應如此,
참고 견뎌내면 평탄한 길 따라오리니.	忍耐平夷在後頭.

역주

1 錢塘小兒學弄潮 : 전당강 조수 구경과 뱃사람들의 조수 놀기에 대해서는 앞 시 「2.58 조수 구경 노래[觀潮行]」 주석 참조.

해제

전당강에서 벌어지는 뱃사람들의 조수 놀이를 구경하며 쓴 시로, 역시 雍正 10년 작자가 항주로 여행을 갔을 때 쓴 것으로 보인다. 위의 「2.58 조수 구경 노래[觀潮行]」와 짝을 이룬다.

2.60 숙종肅宗[1]

온갖 힘든 전쟁 끝에 두 수도 수복했는데	百戰艱難復兩京,
범양에선 남은 반군 여태 기승부린다네.	范陽餘孽尙縱橫.[2]
태평한 천자야 근심걱정 없는지	太平天子無愁思,
궁중에선 오로지 딱따기소리만 들린다네.	內殿惟聞打子聲.[3]

역주

1 肅宗 : 唐 玄宗 天寶 14년(서기 755년), 范陽 등 三鎭節度使 安祿山이 반란을 일으켜 東京 洛陽과 西京 長安을 차례로 공격했다. 현종은 四川으로 도피하였고, 그 다음해 아들 亨이 靈武에서 즉위하니 그가 바로 肅宗이다. 후에 반군 수령들끼리 서로 죽이는 과정에서 장안과 낙양은 당 장군 郭子儀에 의해 수복되었다.

2 范陽餘孽 : 안록산의 아들 安慶緖와 部將 史思明 등을 가리킨다.

3 打子聲 : 打子는 '投子'가 아닐까 한다. '投子'는 주사위(骰子 · 色子)로, 당 明皇은 이 놀이를 즐겼다고 한다. 던질 때 기합 넣는 소리를 내기에 그 소리가 들린다는 뜻이다.〖王錫榮〗

해제

당 현종과 숙종 때의 역사적 명암을 그린 영사시로, 아래 「2.61 남쪽 안채[南內]」와 짝을 이룬다.

2.61 남쪽 안채南內[1]

남쪽 안채 처량하고 서쪽 안채 황량한데	南內淒淸西內荒,[2]
맑은 구름 가을 나무 궁전 담장에 그득하네.	淡雲秋樹滿宮墻.
알고 보면 백대에 남을 영명한 천자였으니	由來百代明天子,
태상황 신세 되는 걸 원치는 않았으리.	不肯將身作上皇.

역주

1 南內 : 당대 황궁은 장안성 안에 세 곳이 있어 皇城 안 太極宮을 西內, 동북의 大明宮을 東內, 동남의 興慶宮을 南內라 했다. 唐 玄宗이 四川으로 이궁했을 때 그의 아들 숙종이 즉위하고, 현종은 上皇天帝로 모셨다. 현종은 回宮 후 南內에서 거처하다가 나중에 西內로 옮겨갔다.

2 南內淒淸西內荒 : 현종은 회궁 후 南內에 거주하였는데, 후에 숙종은 南內가 황성에서 떨어져 있어 외부와 왕래가 용이하므로 이롭지 못하다는 환관 李輔國의 간언을 들어 현종을 西內 甘露殿으로 옮겨 살게 했다. 하지만 이는 연금과 다를 바 없었으므로, 이렇게 표현한 것이다.

해제

당 현종과 숙종 대의 역사적 명암을 그린 영사시로, 위 「2.60 숙종(肅宗)」과 짝을 이룬다.

2.62 도광암韜光[1]

오래된 도광암 깊고 험한 산속에 있나니	韜光古庵嵌山巘,
북쪽 창으로는 곧바로 여항현이 들어오네.	北窗直吸餘杭縣.[2]
갈홍의 산은 아담하여 봉우리 낮게 깔리고	葛洪小兒峯嶺低,[3]
남병산은 하나같이 가을부채로 늘어섰네.	南屛一片排秋扇.[4]
전당의 눈보라가 서호를 내리치니	錢塘雪浪打西湖,[5]
항주가 겨우 한 줄기 너머로구나.	只隔杭州一條線.[6]
바다에서 솟은 해 구름 비춰 축축한 기운 사라지고	海日烘雲濕已乾,
하계에선 치달리는 우레에 뱀모양 번개가 이어지네.	下界奔雷作蛇電.
산중의 노승은 기이하고 예스러운 생김새,	山中老僧貌奇古,
십년 동안 서냉교 땅을 밟은 적이 없다네.	十年不踏西冷土;[7]
호수의 노랫소리 악기조차 듣기 싫은데	厭聽湖中歌吹聲,
관아의 문 북소리 따라 조아리고 싶겠는지?	肯來伺候衙門鼓?
내실 너머 그윽한 계곡엔 신묘한 물고기 자라고	曲房幽澗養神魚,[8]
오래된 비석 이끼 벗겨내면 올챙이 같은 글씨들.	古碑剔蘚蝌蚪書;
구리병 속엔 들꽃, 검은 탁자는 고요하고	銅瓶野花烏几靜,
상죽 주렴 대걸상엔 맑은 바람 고즈넉하네.	湘簾竹榻淸風徐.
내게 마시게 하고 먹여주고 이끌어주는	飮我食我復導我,
산 좌측 몇 칸짜리 초가집이라네.	茅屋數間山側左;
집 나누어 거처하고 땅 나누어 경작하고	分屋而居分地耕,
밤이면 이곳에서 남포등 함께 밝히네.	夜燈共此琉璃火.
내 이미 집이 없어 돌아가지 않으려니	我已無家不願歸,[9]
부디 전생의 업보가 여기서 끝나기를.	請來了此前生果.

역주

1 韜光 : 암자 이름. 杭州 靈隱山 북쪽 봉우리 중턱에 있다. 전하는 바로는 당 穆宗 때 韜光禪師가 지었다 한다. 田汝成 『西湖遊覽志』에 자세한 설명이 보인다.
2 餘杭縣 : 杭州에서 동북쪽으로 약 60리 떨어진 곳에 있는 현.
3 葛洪小兒峯嶺低 : 葛嶺에 대한 묘사다. 葛嶺은 항주 북쪽 산으로, 전하는 바로는 晋의 도사 葛洪이 이곳에 초가를 짓고 살았다 한다. 봉우리 고적 중에 葛仙翁墓가 있다.
4 南屏 : 南屛山. 항주 북쪽 산의 일부.
5 錢塘雪浪打西湖 : 錢塘江의 조수에 대해서는 「2.58 조수 구경 노래[觀潮行]」와 「2.59 조수 타기 노래[弄潮曲]」 참고. 西湖 : 항주성 서쪽에 있는 호수. 사방 30리로, 삼면이 산에 둘러싸인 아름다운 경치로 유명하다.
6 只隔杭州一條線 : 항주는 전당강 입구 북쪽 강변, 전당강과 북산 사이에 위치해 있다. 북산의 도광암에서 전당강 쪽을 바라다보면 항주성은 한 줄기 선처럼 그 사이에 있게 된다는 뜻.
7 西冷 : 서호에 있는 다리 이름. 북산에서 이 다리를 통해 서호로 가게 된다.
8 曲房 : 일반적으로는 내실, 밀실의 뜻으로 쓰이지만, 여기서는 글자 그대로 제대로 지어지지 않아 구부러진 모습의 집을 표현한 것이다. 神魚 : 길상을 상징하는 물고기.
9 我已無家不願歸 : 판교가 서른아홉 살 때 본처 徐씨가 병사했는데, 그 무렵 항주 여행길에 쓴 시이기에 이런 喪妻의 상황을 표현한 것이다.

해제

내용 가운데 "내 이미 집이 없어 돌아가지 않으려니[我已無家不願歸]"라 했는데 판교가 서른아홉 살 때 본처 徐씨가 병사했고, 그 다음해 항주를 여행했으므로 이 시 역시 판교가 40세에 항주를 유람하면서 쓴 시로 판단된다.

2.63 우연히 짓다偶成

비 지나자 하늘은 온통 엷은 빛,	雨過天全嫩,
누대는 새롭고 제비는 사랑스럽다.	樓新燕有情.
맑은 강엔 봄기운 드넓기만 한데	江晴春浩浩,
잔잔한 물결에 꽃이 지고 있구나.	花落水平平.
월나라 여인 생황 불며 앉은 곳,	越女吹笙坐,
오나라 남아는 말 잡고 떠난다.	吳兒撥馬行.[1]
고개 돌리자 서로 마음만 전해지는데	回頭各含意,
안개 낀 버드나무 마을을 둘러 있다.	烟柳閈州城.[2]

역주

1 越女吹笙坐, 吳兒撥馬行 : 장강 하류 지역은 예전 吳·越 땅이었으므로 越女·吳兒라 표현했다.

2 閈州城 : 〖王錫榮〗은 '담장'이란 의미의 '閈(한)'이 여기서는 '둘러싸다'는 의미의 동사로 쓰였다고 설명하면서도 해제 부분에서는 '이 시는 潤州(지금의 鎭江)의 봄 경치를 묘사한 것이다'라고 했다. 한편, 鄭炳純 『鄭板橋外集』에서는 판각본 『板橋詩鈔』에 '閏'으로 된 이 부분이 이후 石印本 인쇄 과정에서 '閏'자 속 '王'자 하단 부분 한 획이 잘려나간 채 '閈'으로 잘못 표기되고 있다고 보았다. 그러나 『續修四庫全書』에 수록된 淸暉書屋刻本(판교 사후 얼마 되지 않은 시점인 건륭 48년에 판각됨)의 해당 부분을 확인해보면 '閈'으로 되어 있다.

해제

내용 가운데 越女·吳兒라는 표현을 보면 이 시 또한 40세 때의 강남 여행길에 쓴 작품으로 추측된다.

2.64 이복당 집에서 술 마시다가 지어 드리다飮李復堂宅賦贈[1]

사월의 보름달은 나무에 걸렸고	四月十五月在樹,
고요한 바람 맑은 그림자가 창가에 흔들리네.	淡風淸影搖窗戶;
술잔 들어 마시려하니 심사가 치밀어 올라	擧酒欲飮心事來,
주객이 말 잃은 뒤 객 홀로 떠나려 하네.	主客無言客起去.
주인은 어렸을 때부터 집안을 일으켜서	主人起家最少年,
준마 타고 처음으로 산호채찍 들어봤네.	驊騮初試珊瑚鞭;
황제 수레 호위하며 고북구를 출입했고	護蹕出入古北口,[2]
자루에 붓 담고 인황제 앞에서 대기했지.	橐筆侍直仁皇前;[3]
웅대한 재능 세상에서 시기를 받았기에	才雄頗爲世所忌,
입으론 칭찬하지만 마음은 전혀 달랐네.	口雖贊歎心不然.
힝힝 우는 필마로 서울을 떠나간 뒤	蕭蕭匹馬離都市,
비단옷 입은 채로 강가의 가기(歌妓) 찾았다네.	錦衣江上尋歌妓;
노래와 여색으로 방탕생활 이십년,	聲色荒淫二十年,
그림이나 그리며 삼천리를 떠돌았네.	丹靑縱橫三千里.
세상의 법령 두 차례에 집안 다 부서지고	兩嬰世網破其家,[4]
황금을 탕진하니 처자들은 불만 가득.	黃金散盡妻孥嫌;
문전에선 세금 독촉 관리들이 이어지고	剝啄催租惱吏頻,
무논 천 무 그대로 빚더미에 넘어갔네.	水田千畝翻爲累.
곤궁 속에 그림 팔아도 하잘 것 없는 돈,	途窮賣畵畵益賤,
심부름꾼 장사치가 시비 따지며 달려드네.	傭兒賈豎論非是;
어제 그리던 두 소나무 반도 더 남았는데	昨畵雙松半未成,
술 취하자 화가 치솟아 증심지 찢고 마네.	醉來怒裂澄心紙.[5]
여전히 이리저리 관직 길을 생각하나니	老去翻思踏軟塵,[6]
관직 하나면 이 몸이라도 챙길 수 있을까.	一官聊以庇其身;

상림궁원 나무의 꽃은 몇 차례나 피었는지,	幾遍花開上林樹,[7]
십 년 동안 서울의 봄을 구경도 못했다네.	十年不見京華春.[8]
그런 생활 물맛처럼 아무 느낌 없긴 해도	此中滋味淡如水,
좋은 인재 곤궁 속에 버려두진 않으시리.	未忍明良徑賤貧.[9]

역주

1 李復堂 : (1686~1762) 李鱓. 자는 宗揚, 호가 復堂이며, 江蘇 興化人이다. 청대 저명한 화가로 '揚州八怪' 중의 한 명이다. 康熙 연간에 擧人에 합격해 康熙侍從을 지냈다. 후에 궁정에서 그림을 그렸으나 款式이 맞지 않은 일로 축출되었다. 후에 滕縣知縣으로 부임했다가 관직에서 물러난 후 양주에서 그림을 팔며 살았다. 구속되지 않은 자유로운 성격으로, 花鳥畵 영역에서 새로운 시법을 시도하여 필력이 강건하고 생동감이 풍부한 것으로 평가된다.

2 護蹕 : 황제 수레를 호송해 따르는 일. 古北口 : 북경 密雲縣 동북에 있는 장성의 중요 입구 중의 하나로, 밖으로 熱河에 통한다.

3 橐筆 : 『漢書 · 趙充國傳』 顔師古注 : "橐(탁)은 자루를 진다는 뜻이다. 근신이 붓을 담은 자루를 지고 (임금을 위한) 자문에 대비하니, 혹시 기록할 바가 있으면 바로 쓰기 위함이다.[橐, 契囊也. 近臣負囊簪筆, 從備顧問, 或有所紀也.]" 仁皇 : 康熙의 시호 '聖祖仁皇帝'의 줄임말.

4 兩嬰世網 : 李復堂이 두 차례 서울을 떠났던 상황을 가리킨다. 한번은 궁정 화가직에서 물러난 것이고, 다른 하나는 건륭 2년에서 5년 사이 滕縣知縣으로 재직했으나 기근이 들어 물러난 일이다. 그 후 몇 차례 금전으로 관직을 얻으려 하는 바람에 집안의 돈을 다 탕진해버려 가난을 면키 어려워졌다.

5 澄心紙 : 『蜀箋紙譜』 : "南唐 李後主가 만든 澄心堂紙는 얇고 광택이 나서 당시에 최고가 되었다.[南唐李後主造澄心堂紙, 細薄光潤, 爲一時之甲.]"

6 踏軟塵 : '軟塵'은 관직을 가리키는 말. 李復堂이 乾隆 삼년 53세에 다른 사람의 추천으로 다시 山東 滕縣知縣으로 나간 것을 가리킨다.

7 上林 : 한 무제가 만든 정원. 여기서는 궁정의 汎稱.

8 十年 : 李復堂이 일찍이 수도로 가서 高其佩에게 그림을 배웠는데, 그로부터 다시 10년이 되었다는 뜻.

9 明良 : 현명한 군주와 선량한 관료. 復堂이 관직을 얻기 바라는 마음을 표현한 말이다.

해제

興化 출신의 동향 벗이자 같이 '揚州八怪'로 활동했던 李復堂의 성품과 생애, 예술가적 기질 등을 동병상련의 입장에서 그렸다. 작품 후반부에서 작자는 생활고로 인해 언제든지 다시 관직에 나갈 생각을 하고 있는 李復堂의 사고를 깊이 이해하면서도 관료생활은 결국 무료한 일이라고 말하고 있다.

2.65 단관하의 화산루에 쓰다題團冠霞畫山楼[1]

세로 화폭 가로 그림 온통 산을 담았으니	竪幅横披總畫山,
누대 가득 푸른 하늘, 젖은 안개 둘렀다네.	滿樓空翠滴烟鬟.
내일 아침 배를 사서 맑은 강에 가려는데	明朝買棹清江上,
그대 집 그림 속에 이미 다 있음에랴.	却在君家圖畵間.

역주

1 團冠霞 : 이름은 昇, 호는 鶴筱. 康熙·乾隆 연간 揚州府 儀徵(일설에는 泰州) 사람. 강희 庚子年 향시에 합격해 碭山訓導를 지냈다. 시화에 능했고, 저서로 『畫山樓詩文』 10여 권이 있다. 畫山樓는 그의 거처에 있는 누대 이름. 道光刊本 『儀徵縣志』 참고.

해제

자신과 마찬가지로 詩畫를 즐기는 團冠霞를 위해 쓴 교유시로, 후반 2구에서 그가 그린 그림의 逼眞을 강조했다.

2.66 윤 대중승 어르신께서 비단을 보내와서大中丞尹年伯贈帛[1]

휘는 회일이다.
諱會一.[2]

실의에 젖어 헤진 갖옷 하나로 양주 떠돌며	落拓揚州一敝裘,
푸른 버드나무 절에 자주 숨어들곤 했었네.	綠楊蕭寺幾淹留.[3]
너무나도 뜻밖에 고운 비단 보내주셨기에	忽驚霧縠來相贈,[4]
곧장 봄 옷 지어입고 즐거이 놀러나갔네.	便剪春衫好出游.
꽃 아래선 이슬방울에 젖지 않게 조심했고	花下莫教霑露滴,
등 앞에선 옷 말리는 등롱을 걸게 했다네.	燈前還擬覆香篝.[5]
흥이 나서 수제 위를 몇 걸음 걸어 나가니	興來小步隋堤上,[6]
소매 가득 봄바람, 나그네 근심 풀어주노라.	滿袖東風散旅愁.

역주

1. 大中丞尹年伯 : 尹會一(1691~1748), 자는 元孚, 直隸 博野(지금의 河北) 사람. 雍正 2년 진사가 되어 襄陽・揚州 등에서 知府를 지냈다. 乾隆 2년 廣東巡撫를 맡았고, 후에 河南巡撫로 전근했다. 11년에는 侍郎으로 江南學政을 감독했고, 13년에 세상을 떴다. 문집으로 『健餘詩稿』가 있다. 中丞 : 청대에 巡撫를 부르던 표현.
2. 諱會一 : 이 부분은 中華書局本에는 빠져 있으나 역자가 다른 판본과 대조해 넣은 것이다.
3. 蕭寺 : 梁 武帝 蕭衍이 불교를 좋아해 많은 절을 지었기에 나온 표현이다.
4. 霧縠 : 안개처럼 아주 얇은 비단.
5. 香篝 : 燻籠. 옷을 말리는 데 쓰이는 등롱.
6. 隋堤 : 수양제가 쌓은 둑. 「2.10 양주(揚州)」 주석 참고.

해제

판교가 진사가 된 후인 건륭 2년부터 范縣知縣으로 나갔던 건륭 7년 사이 양주에서 어렵게 생활할 때 지은 것으로 보인다. 大中丞 尹會一이 빈한한 그에게 옷을 선물하자 이에 대한 감사의 마음을 담았다.

2.67 유협도에 쓰다 題遊俠圖[1]

폭설이 온 천지를 뒤덮었는데	大雪滿天地,
어찌해 검과 함께 떠도는 건가?	胡爲仗劍游?
마음 속의 일들 나누고 싶어	欲談心裏事,
더불어 술집에 오른다네.	同上酒家樓.

역주

1 遊俠 : 『史記 · 遊俠列傳序』 : "오늘의 유협은 그 행동이 비록 바른 길에서 벗어나지만 그 말은 반드시 믿음이 있고, 그 행동에는 반드시 결과가 있으며, 자신의 몸을 돌보지 않고 선비의 어려움에 나아간다.[今遊俠, 其行雖不軌於正義, 然其言必信, 其行必果, 不愛其軀, 赴士之厄困.]"

해제

온 천지에 눈이 덮인 한 겨울에 강호를 떠도는 한 협객이 知己를 만나 주점에 오르는 광경을 그린 그림에 붙인 제화시로, '천지를 뒤덮은 대설'은 현실의 온갖 억울한 고통을 비유한 것으로 읽을 수도 있겠다.

2.68 정우신의 '황산시권'에 쓰다題程羽宸黃山詩卷[1]

황산이 푸른 허공 가를 때	黃山擘空青,[2]
조화옹은 과연 어떤 솜씨였나.	造化何技癢?
음양이 아직 나뉘지 않았고	陰陽未判割,
정기가 서로 넘실댔다네.	精氣互滉瀁.
모여 엉긴 기세는 길게 돌며 이어지고	團結勢綿迂,
솟구쳐 나온 바위가 버텨 막아섰다네.	抽拔骨撐掌.
해와 달이 비로소 환히 빛나고	日月始明白,
구름 속 용이 차츰 오고갔다네.	雲龍漸來往.
헌원씨(軒轅氏)와 광성자(廣成子)의 끝 후예들,	軒成末苗裔,[3]
연단으로 숨겨진 경계 깨트렸다네.	煉丹破幽廠.[4]
천도는 억지 이름,	天都强名目,
부용은 그릇된 명예,	芙蓉謬借獎.[5]
진한 때는 굳게 닫혔고	秦漢封錮深,
당송 때는 유람 발길 많았다네.	唐宋游屐廣.
구름바다가 시심을 요동치게 만들고	雲海盪詩肺,
소나무 물결 소리가 하늘에 키질하듯 울리네.	松濤簸天響.
휘날리는 샘물 수백 번 끊어졌다 이어지고	飛泉百斷續,
괴석마다 수만 가지 정령이 깃들었네.	怪石萬魍魎.
드문드문 탑과 묘당 열려 있는데	少少塔廟開,
작고 작은 금빛 비취빛 편액 걸었네.	微微金翠榜.
높은 절벽에 매달린 누대와 사묘,	岑崿裹樓殿,
용의 자태에 관목과 잡초가 숲을 이루네.	龍象森灌莽.
송골매, 학, 두견새, 비둘기, 자고새,	鶻鶴鵑鳩鴣,
개암, 비자, 대추, 밤, 상수리.	榛榧棗栗橡.

바위엔 열매가 주렁주렁 달려 있고,	巖果垂纍纍,
선경의 새들이 눈부시게 날아간다네.	仙禽翩晃晃.
산허리 아래로 우레와 번개,	山腰矮雷電,
봉우리 끝엔 왕골과 줄풀이 솟아났네.	峯頂聳蒲蔣.[6]
표토는 한 치로 얇아 금과 같은데	膚土寸若金,
풍라가 그물보다 빽빽이 우거졌네.	風蘿密於網.
돌아가는 좁은 길 떨어질 것만 같고	轉徑窄欲墮,
중턱을 오르자니 어지럽고 캄캄하다.	陟巘眩還惘.
내 높고 뾰족한 산꼭대기 오르려하니	我欲躋顚嶠,
꿈속에도 부질없이 걱정부터 앞선다네.	夢寐徒悵怏.
땅에서는 고숙(姑熟)의 나귀를 타겠고	陸騎姑熟驢,[7]
강에서는 전당강 배로 건넌다지만	波泛浙江槳.[8]
떠날 수 없는 것은 집안 혼사 남았기에	羈遲婚嫁累,[9]
구차하고 속되게도 부귀공명 생각하기에.	苟賤簪笏想.[10]
산신령께선 내내 거절하시느라	山靈久拒斥,
바위 날려 속된 자 이마를 때리시리.	飛砂擊俗顙.
그대는 맘껏 유람하고 쉬게 하시니	輸君飽遊憩,
맑은 이내 푸르고 상쾌하게 둘렀다네.	晴嵐披翠爽.
샘물 뜨니 뼛속 맥박 깊이 전해지고	澡泉暢骨脈,
눈밭에 누워 이슬을 마신다네.	臥雪飮瀣沆.
귀를 울리는 건 졸졸대는 소리,	聒耳流琮琤,
몸을 세워 봉우리를 우러러보네.	聳身峯仄仰.
별을 따려고 창문을 열어두고	摘星揭戶牖,
해를 씻느라 물동이를 헹궈뒀네.	洗日滌盆盎.
읊은 시가 그야말로 수십 편,	賦詩數十篇,
재주와 생각이 어찌 넓고 시원한지!	才思何闊朗!
빼어난 묘사 금석보다 낭랑하고	刻畫寵金石,

쟁쟁한 가락 운율에 어우러지네.　鏗鏘叶平上.
주사가 용광로에 들어간 듯　硃砂入爐竈,
천마에 굴레와 뱃대끈 채운 듯.　天馬受羈鞅.
중후한 기골 무성한 기세 맴돌고　骨重勢鬱紆,
청려한 신기 빼어난 기운 넘치네.　神淸氣英蕩.
기록해 지은 수천 마디 글들,　作記數千言,
섬세하게 그윽한 경지를 전한다네.　瑣細傳幽賞.
같이 교유하는 이들 누가 있는가?　同遊誰何人,
우리 집안 정건(鄭虔)과 정곡(鄭穀)이 있네.　吾宗虔穀黨.[11]
경치에 임해서는 마음껏 즐거워하고　當境欣淋漓,
떠나와서는 그 시간들 그리워한다네.　離懷惜疇曩.
이전에 내가 따라가지 못했던 것,　昔我未追逐,
지금은 진실로 애석하기만 하구나.　今我實慨慷.
숲과 계곡 유람은 누구나 첫째가는 소원,　萬願林壑最,
휴녕과 흡현의 관직자리는 너무 좋은 일.　一官休歙儻.[12]
함께 유람 가자 다시 초청한다면　當復邀同遊,
그댈 위해 지팡이 새털기라도 들고 나서리.　爲君負筇氅.[13]

역주

1 程羽宸 : 이름은 子鵕, 자는 羽宸이며, 江西人이다, 일설에는 江南 歙縣(지금의 安徽) 사람. 작품으로 『黃山詩卷』이 있다. 「2.105 程羽宸을 그리며[懷程羽宸]」 참고.

2 黃山 : 安徽省 남부에 있는 명산. 주봉인 光明頂과 蓮花峯 · 天都峯 · 始信峯 등 여러 봉우리가 있다.

3 軒成 : 軒轅氏와 廣成子, 도교의 시조들로 전해온다.

4 煉丹 : 도교의 수련법. 丹砂(朱砂)를 화로에 넣어 연소시킨 후 복용하는 것을 '煉外丹'이라 하고, 精功과 氣功으로 精 · 氣 · 神을 단련하는 방법을 '煉內丹'이라 한다. 破幽廠 : 은폐된 경계를 부수다. '廠'은 원래 막사를 가리키나 여기서는 '경계'란 확대된 의미로 쓰였다.

5 天都强名目, 芙蓉謬借獎 : 天都는 황산에서 가장 높은 天都峯, 芙蓉은 蓮花峯을 가리킨다. 天都峯과 蓮花峯이란 이름만으로는 그 높이와 아름다움을 다 담아낼 수 없다는 뜻.

6 蒲蔣 : 부들(창포)과 줄풀. 둘 다 물에서 자라는 식물인데, 황산 봉우리에는 물이 고여 있어 이런 수생식물이 자란다는 뜻.

7 姑熟 : 옛날 성 이름. 유적이 지금의 安徽省 當塗縣에 있다.

8 浙江 : 浙江省의 錢塘江을 가리킨다.

9 羈遲婚嫁累 : 자신이 이곳을 빠져나가지 못하는 이유는 자식들의 혼사가 아직 남았기 때문이라는 뜻. 『後漢書 · 逸民傳』 : "향장은 자가 자평으로, 은거하며 벼슬에 나가지 않았다. 건무 연간에 아들딸 혼사가 다 끝나자 마침내 오악 명산을 유람했는데, 그 마지막은 모른다.[向長, 字子平, 隱居不仕. 建武中, 男女婚嫁既畢, 遂遊五岳名山, 不知所終.]"

10 簪笏 : 華簪과 笏板. 높은 관직의 표지.

11 虔穀 : 鄭虔과 鄭穀. 鄭虔, 자 弱齊, 鄭州 滎陽人. 唐代 시인이자 화가. 당시 '鄭虔三絶'이란 명성이 있었다. 이백 · 두보와 술과 시로 교유했다. 鄭穀 : 자 守愚, 唐 僖宗 때 진사가 되어 都官郎中에 임명되었기에 '鄭都官'이라 불린다. 「鷓鴣詩」로 이름이 났기에 '鄭鷓鴣'라고도 불린다. 판교는 이 두 시인이 같은 가문 조상이란 점 때문에 명예롭게 인용하곤 했다.

12 休歙 : 休寧과 歙縣. 둘 다 安徽에 있고, 황산 주봉이 두 현 서북쪽에 걸쳐 있다.

13 笻氅 : 笻杖과 羽氅. 도사가 쓰는 지팡이와 옷을 가리킨다.

해제

程羽宸이 명산 황산을 소재로 쓴 『黃山詩卷』에 발제한 시로, 황산에 대한 판교 자신의 묘사와 두 시인 사이의 교류 감정이 잘 드러나고 있다. 「2.105 정우신을 그리며[懷程羽宸]」의 앞머리에 "내가 실의에 빠져 강호 떠돈 지 수십 년, 오직 정자준이 천금을 내려 곤궁의 근심을 다 씻을 수 있었다"고 했는데, 程羽宸이 판교를 도와준 일은 「雜書四則卷」에 보인다. "우신이 …… 곧 오백 금을 내어 판교가 요씨를 맞기 위한 혼인자금으로 [요씨 집에] 보냈다. 다음 해 판교가 돌아오자 다시 오백 금을 내어 판교가 아내를 맞을 때의 경비로 주었다." 이로써 볼 때 판교의 程羽宸에 대한 감정은 매우 특별할 것이며, 이 시도 그런 맥락에서 이해할 필요가 있다.

2.69 장초삼에게贈張蕉衫[1]

회남에서 다시 그대 장 공을 만났으니	淮南又遇張公子,[2]
푸른 적삼에 만취하니 날 이미 저물었지.	酒滿青衫日已曛;
손 부여잡고 옥구사 언덕 올라서서	攜手玉勾斜畔去,[3]
서풍에 요랑 무덤에서 함께 울었지.	西風同哭窈娘墳.

역주

1 張蕉衫 : 이름은 達, 자가 蕉衫이며, 安徽 蕪湖人이다. 가난했지만 성품이 곧고, 시에 능했다. 眞州에서 10여 년 머물면서 여러 詩友들과 시를 주고받았고, 시집을 간행했다. 道光刊本 『儀徵縣志』 참고.

2 淮南 : 淮水 이남 지역, 여기서는 揚州를 가리킨다.

3 玉勾斜 : 지명. 지금의 江蘇省 江都縣 자락에 있다. 『廣陵志』 : "부의 치소 서북쪽에 옥구사가 있는데, 수양제가 궁인들을 묻은 곳이라 일명 궁인사라고도 한다.[府治西北有玉勾斜, 隋煬帝葬宮人處. 一名宮人斜.]" 한편, 『桂苑叢談』·『揚州府志』 등 기록에 의하면, 江蘇 銅山縣 南戲馬臺 아래에도 玉勾斜란 지명이 있는데, 銅山은 淮北에 있으므로 이 시에서 말하는 곳이 아닐 것이다.〖王錫榮〗

4 窈娘墳 : 당 武后 때 左司郎中 喬知之가 총애하던 하녀 窈娘을 權臣 武承嗣에게 빼앗겼다. 喬知之는 비분 때문에 병이 나서 시를 지어 窈娘에게 보냈고, 이에 그녀는 우물에 빠져 죽었다. 喬知之 또한 武承嗣에게 해를 입었다. 孟棨 『本事詩』 참고.

해제

양주에서 불우한 시인 張蕉衫과 함께 지냈던 추억을 담은 시로, 옛날 수양제 궁인들이 묻힌 옥구사와 교지지의 애첩 교낭을 함께 찾아 눈물 짓는 풍류에 두 사람 사이가 잘 드러나고 있다.

2.70 강남 대방백 안 노선생께 드림上江南大方伯晏老夫子[1]

휘는 사성이다.

諱斯盛.

호감봉 높이 솟아 구름 뚫고 올랐고	虎瞰峰高逈出雲,
봉황지 이른 봄에 굽이굽이 물결 이네.	鳳池春早曲流紋.[2]
재능은 궁중에 들어 인재 숲에서 빼어나고	才充上苑千林秀,[3]
기세는 강서 압도하며 아홉 갈래로 나뉘네.	氣壓西江九派分.[4]
뱃길로는 장가로 내려가 거친 바다를 열고	舟下牂牁開漲海,[5]
산길로는 동고에 다가가 남풍을 떨치네.	山臨銅鼓拂南薰.[6]
무후가 천 년 전 오랑캐 정벌한 후	武侯千載征蠻後,[7]
선생에 이르러서 인문 크게 펼쳤네.	直待先生展大文.

공은 신유사람이며, 한림원에서 귀주시학으로 나갔다.

公新喩人, 由翰院視學貴州.【原註】[8]

조정에 돌아와 경대부 반열로 승진하여	歸朝晉秩列卿班,[9]
조정 위의를 점검하고 패환을 정돈했네.	檢點彤儀肅佩環.
호위대 천 명이 궁궐에 늘어섰고	虎旅千人排象闕,
구품 대열에서 용안을 배알했네.	鵷行九品拜龍顏.
문병을 다시 잡으니 마음 더욱 삼가고	再持文柄心逾下,[10]
특별한 은총 누차 입어도 뜻을 날로 다잡았네.	屢沐殊恩意轉閒.
재주 없이 가르침 받게 되어 부끄럽지만	慚愧無才經拂拭,
제자 되어 높은 산 같은 분 뵙게 되었네.	也隨桃李謁高山.[11]

공께서는 홍려사소경이란 큰 직책으로 예부를 관장하셨다.
公以大鴻臚分校禮闈.【原註】[12]

유성 같은 수레 타고 멀리 남쪽 내려갈 때	星軺渺渺下南邦,
칼집이며 서책자루 행장 새벽길 떠나셨네.	劍匣書囊動曉裝.
여섯 조대 풍경이 부절 지닌 분 맞았고	六代煙花迎節鉞,[13]
온 강 조수마다 무늬 어리며 솟구쳤네.	一江波浪湧文章.
하늘 끝 변방 수비로 종산을 여시니	雲邊保障開鍾阜,[14]
천하의 군수물자 건강으로 향한다네.	天下軍儲仰建康.[15]
혹독한 가뭄에 여태껏 근심 줄지 않으니	赤旱於今憂不細,
넓은 그림에 저 유랑민을 어찌 다 그려낼까!	披圖何以繪流亡![16]

회남의 큰 지방 오래된 양주,	淮南大郡古揚州,
작은 현의 이 사람, 바다 가까이 살지요.	小縣人居薄海陬.[17]
책꽂이에 알록달록 모두 옛 서책들이나	架上縹緗皆舊帙,
베갯머리 계책은 새로 마련한 조치라네.	枕中方略問新猷.
파호의 조수 거세게 양자강으로 들어가고	鄱湖浪闊輸洋子,[18]
광부의 구름 흘러와 석두성을 적신다네.	匡阜雲來潤石頭.[19]
손에 든 이 보검 전혀 써보지 못한 채	手把干將渾未試,[20]
얼마나 흐르는 저 강에 담금질을 해왔던가!	幾回磨淬大江流.

역주

1 江南大方伯晏老夫子 : 晏斯盛(?~1752). 자가 虞際, 江西 新喻人. 雍正・乾隆 연간에 翰林院檢討・貴州學政・鴻臚寺少卿・安徽布政使・山東巡撫・湖北巡撫 등을 지냈다. 大方伯 : 청대에 布政使에 대한 지칭. 당시 安徽布政使는 江寧(南京)에 寄住했기 때문에 '江南大方伯'이라 했다.

2 鳳池 : 鳳凰池. 옛날 中書省에 대한 지칭, 여기서는 翰林院을 가리킨다.

3 上苑 : 황궁 화원. 여기서는 翰林院을 가리킨다.

4 西江 : 江西. 九派 : 江西 일대 장강의 많은 지류.

5 牂牁(장가) : 貴州의 옛 지명. 한나라 때 郡을, 수나라 때 縣을 설치했다. 漲海 : 南海.

6 銅鼓拂南薰 : 貴州 貴陽縣 동쪽에 銅鼓崖가 있는데, 민간 전설에 따르면 제갈량이 이곳에 銅鼓를 숨겨놓았다 한다.

7 武侯 : 삼국시기 蜀의 재상 제갈량이 사후 武鄕侯에 봉해졌기 때문에 줄여 일컫는 말이다. 征蠻 : 제갈량은 蜀漢 정권의 후방을 공고히 하기 위해 남쪽 지방을 정벌하여 高定을 죽인 후 다시 南中(지금의 雲南 曲靖)으로 진격해 孟獲을 사로잡는다.

8 翰院視學貴州 : 晏斯盛이 한림원에서 귀주학정으로 나간 일을 가리킨다. '視學'의 원래 뜻은 천자가 國學에 친히 왕림하거나 有司를 파견해 학자의 고시를 진행하는 일을 말한다.

9 列卿班 : 九卿의 반열에 서다. 여기서는 晏斯盛이 鴻臚寺少卿에 임명된 일을 가리킨다.

10 再持文柄 : 晏斯盛이 貴州學政과 鴻臚寺少卿을 맡은 일을 가리킨다.

11 隨桃李謁高山 : 명청 과거제도에서 사인이 과거에 합격하면 시험관을 스승으로 모시는데 이를 '座師'라 한다. 晏斯盛은 건륭 원년 丙辰科 會試 시험관으로 있었기 때문에 판교는 그를 스승으로 모신다고 한 것이다. '桃李'는 제자를, '高山'은 스승을 가리키는 표현이다.

12 大鴻臚分校禮闈 : 鴻臚寺少卿은 九卿의 하나로, 조정의 禮儀·贊導 일을 주관했다. 禮闈 : 禮部. 鴻臚寺는 옹정 4년 이후로 예부에 속했다.

13 六代煙花 : 강남 또는 남경의 경치와 풍물. 東吳·東晋·宋·齊·梁·陳 등 여섯 조대가 남경에 수도를 두었던 일을 가리킨다.

14 鍾阜 : 鍾山. 紫金山이라고도 하며, 남경 동편에 있다. 변방 군대의 수요를 감당하려고 남경에 후방 기지를 열었다는 의미. 鍾山은 남경을 뜻한다.

15 建康 : 남경의 옛 이름. 건륭 25년 이전까지는 安徽布政使가 江寧(남경)에 있었고, 25년 이후로 安慶으로 갔기 때문에 이 시에서는 남경의 풍물을 주로 다루었다.

16 赤旱於今憂不細, 披圖何以繪流亡! : '赤旱'은 건륭 3년 강남의 큰 가뭄을 말한다. '披圖'는 北宋 神宗 때 安上門監 鄭俠이 流民圖를 그려 황제에게 바쳐 재민의 고통을 新法에 돌린 일을 가리키는데, 여기서는 재민이 너무 많아 그림으로 그릴 수도 없음을 강조했다.

17 小縣 : 판교의 고향 興化를 가리킨다.

18 鄱湖 : 鄱陽湖. 江西省 북부에 있으며, 그 물이 양자강으로 흘러든다. 洋子 : 양자강.

19 匡阜 : 廬山. 匡廬라고도 부른다. 石頭 : 石頭城. 남경을 가리킨다. 晏斯盛이 江西人이기에 鄱陽湖와 廬山으로 그를 묘사했다.

20 干將 : 보검. 춘추 시대 오나라에 干將·莫邪(막야) 부부가 검을 잘 만들었는데, 闔閭를 위해 陰陽劍을 주조해 陽劍을 '干將', 陰劍을 '莫邪'라 했다. 漢 趙曄『吳越春秋·闔閭內傳』 참고. 晉 干寶『搜神記』卷十一·『太平御覽』卷三四三引『列異志』 등에 기재된 고사는 이와 다르다. 초나라 干將·莫邪 부부가 楚王을 위해 雌雄 두 검을 삼년 만에 완성했다. 干將은 왕에게 바치러 가면 기한을 어겼기에 죽게 될 것을 알고 당시 임신한 아내에게 부탁하길, 사내아이를 낳으면 숨겨둔 雄劍의 소재를 알려주라 한다. 그 아들이 장성해 협객의 도움 아래 부친의 복수를 한다는 비극적 내용이다.

해제

乾隆 3년, 판교가 진사가 되었으나 아직 관직을 받지 못한 때 쓴 것이다. 晏斯盛은 건륭 원년 丙辰科 會試 시험관으로 있었기 때문에 판교가 스승으로 모시는 관계였다. 당시 安徽布政使로 나갔던 그에게 판교는 이 시로 관직 추천을 부탁하는 심정을 간곡히 표현했다.

2.71 홍화에서 맴돌아 고우에 이르며 쓴 일곱 수由興化迂曲至高郵七截句

백 육십 리 이어진 연꽃 밭 사이　百六十里荷花田,[1]
수천수만 집집마다 물고기 오리 키우네.　幾千萬家魚鴨邊.
뱃사람 상앗대를 밀고 나가지 못하는 건　舟子搦篙撑不得,
붉은 연꽃 비쳐든 모습 너무 아리땁기에.　紅粉照人嬌可憐.[2]

안개에 도롱이, 비에 삿갓, 물과 구름 더불어　煙蓑雨笠水雲居,
신발 모양 배에 우렁이 같은 오막살이.　鞋樣船兒蝸樣廬.

청동전 팔아 술 사다가 賣取青錢沽酒得,
대충 편 연잎에 생선 담았네. 亂攤荷葉擺鮮魚.

호수에서 고기 사면 그 고기 가장 맛나 湖上買魚魚最美,
그 고기 끓이는 건 바로 저 호수의 물. 煮魚便是湖中水.
천지간에 노 저은 지 십 년이라면 打槳十年天地間,
해오라기 나를 두고 어부로 여기겠지. 鷺鷥認我爲漁子.[3]

농어 서너 조각 사들고 와서 買得鱸魚四片腮,
순채국에 된장 곁들여 술 한 잔 넘겨보네. 蓴羹點豉一尊開.
요즘의 장한은 무심하게 나갔다가 近來張翰無心出,
가을바람 아니어도 금세 돌아온다네. 不待秋風始卻回.[4]

버들 언덕 오이 마을엔 녹색이 짙은데 柳塢瓜鄉老綠多,
연하게 붉은 한 점은 가을 국화로구나. 幺紅一點是秋荷.
저녁 구름 사라지는 곳 석양이 번져나고 暮雲卷盡夕陽出,
하늘가 차가운 바람에 잔물결 일어나네. 天末冷風吹細波.

부들 못 하나 지나가면 다시 연꽃 못 하나, 一塘蒲過一塘蓮,
마름 잎과 줄기가 벼논에 가득하네. 荇葉菱絲滿稻田.
강남의 가을 팔월에는 무엇보다도 最是江南秋八月,
가시연밥 열매 맺어 진주보다 둥글어지네. 雞頭米賽蚌珠圓.

선창에선 하릴없어 귀뚜라미 키우는데 船窗無事哺秋蟲,
시절은 금세 지나 또다시 찬바람 부네. 容易年光又冷風.
수놓은 이불 쓸쓸하고 둥근 부채 소용없어 繡被無情團扇薄,[5]
어쩌랴, 서리 내려 뜨락 홍시 물들이네. 任他霜打柿園紅.

역주

1 百六十里荷花田 : 興化와 高郵는 서로 인접한 縣이지만 강남의 낮은 지역이라 구불구불 수로로 이어지기에 '백육십리' 길이라 했고, 水鄕인지라 연꽃이 많기에 이렇게 표현한 것이다.
2 紅粉 : 연꽃을 가리킨다.
3 打槳十年天地間, 鷺鷥認我爲漁子 : 〖華耀祥〗은 이 두 구를 假定으로 보았고, 〖王錫榮〗은 뱃사람이 해오라기에게 어부로 오인된 비유를 통해 스스로는 미친 듯 공명을 추구하면서 오히려 다른 사람을 무고하는 사람을 풍자했다고 보았다. 후자의 해석은 지나친 감이 있다고 본다.
4 近來張翰無心出, 不待秋風始卻回 : 張翰이 大司馬東曹椽이란 관직에 있을 때 가을바람이 불자 고향 吳中의 죽순과 순채, 농어회 맛이 생각나 그대로 귀향해버렸다는 고사를 가리킨다. 『晋書 · 張翰傳』 참고. 「2.27 전원으로 돌아가는 직방 원외 손 선생을 전송하며[送職方員外孫丈歸田]」 주석 참조.
5 繡被無情團扇薄 : 수놓은 이불은 같이 덮을 사람이 없어 쓸쓸하고, 얇은 부채는 추위를 더 조장할 뿐이니 아무 소용없다는 뜻. 판교는 39세에 喪妻했는데, 그런 고독감이 담긴 듯하다.

해제

판교 나이 마흔 전후에 쓴 게 아닌가 한다.〖王錫榮〗 판교는 서른 이후로 양주에서 그림을 팔며 생활했는데, 시 내용 중의 "천지 간에 노 저은 지 십 년"이란 대목은 그런 생활을 가리킨 것처럼 보인다. "수놓은 이불 쓸쓸하고 둥근 부채는 얇은데"라는 대목은 그의 喪妻를 의미할 것이다. 또한 "요즘의 장한은 무심하게 나갔다가, 가을바람 아니어도 금세 돌아온다네"라는 대목을 통해 그가 관직에 나갔던 50세 전후도 아니고, 관직을 그만두었던 60세 전후도 아님을 알 수 있다. 그러나 이 책의 부록 「정판교 연표(鄭板橋年表)」에서는 乾隆 22년 丁丑年 그의 나이 65세 때 이 시를 쓴 것으로 보았다.

2.72 국자감학정 후가번 아우에게 贈國子學正侯嘉璠弟[1]

읽은 책 수만 권이니	讀書數萬卷,
흉중에 주인이 따로 없다네.	胸中無適主;
그야말로 벼락부자가	便如暴富兒,
어디부터 돈 쓸지 모를 바처럼.	頗爲用錢苦.
크구나, 후생의 시여,	大哉侯生詩,
그 폐부를 그대로 쏟아냈네.	直達其肺腑;
고인에게 묶인 바 없이	不爲古所累,
기세와 의지 함께 어우러졌네.	氣與意相輔.
시원시원 구슬을 꿰놓은 듯	灑灑如貫珠,
척척 규칙 법도에 들어맞네.	斬斬入規矩,
오늘날 문인 선비 마당에서	當今文士場,
그대 같은 이 어떻게 찾나!	如公那可睹!
사는 집은 절동 끝자락,	家住浙東頭,[2]
높은 산골짜기 물가에 있네.	山凹水之滸;[3]
안봉이 하늘 위로 늘어서고	雁峯天上排,[4]
천태산 뿌리 바다 아래로 이어진 곳.	台根海底柱.
나무 빽빽해 용의 기운 깊이 서리고	樹密龍氣深,
구름 자욱해 바위는 화가 난 듯,	雲霾石情怒.
어떻게 그대를 따라 나서서	安得從君遊,
휘파람 노래로 천무산에 가볼까!	嘯歌入天姥![5]
용추폭포 만 장 높이로 걸려있으니	龍湫萬丈懸,[6]
마주앉아 마음을 씻어 볼까나.	對坐濯靈府.[7]
내 시는 격률을 따질 것 없이	我詩無部曲,[8]
산만한 졸병처럼 늘어섰을 뿐.	瀰漫列卒伍.

연신 싸우다 번번이 다칠 뿐,	轉鬪屢蹶傷,
그래도 맹호를 맨손으로 잡으려네.	猶思暴猛虎.[9]
내 집은 산 없는 물가 마을,	家非山水鄉,[10]
반평생 소금이나 먹고 살았네.	半生食鹽鹵,
무딘 돌과 나무뿌리 뒤섞였으니	頑石亂木根,
그대가 도끼질 크게 고쳐주시게.	凭君施巨斧.

역주

1 國子學正侯嘉璠 : 侯嘉璠, 자 元經, 台州(지금의 浙江 臨海) 사람. 사부 짓기에 능했으나 과거에는 여러 차례 실패했고, 나이 오십에야 江寧縣丞에 나갔다. 袁子才는 그를 두고 "시문 짓기에 빨라 붓을 적시자마자 쓰기 시작해 종이가 다할 때 되어서야 마치는데, 붓을 휘둘러 내려 보며 순식간에 백 번 변했다[詩文迅疾, 始於筆染, 終於紙盡, 揮霍睥睨, 瞬息百變]"고 했다. 『國朝耆獻類徵』 참고. 學正 : 國子監 學官.

2 浙東 : 侯嘉璠의 고향 台州는 浙江 동부 연해 지방이다.

3 山 : 그의 고향에 있는 天台山을 가리킨다.

4 雁峯 : 雁蕩山, 浙江 동남부에 있고, 산맥은 남북으로 향한다. 전하는 바로는 산 꼭대기에 蕩이 있어 가을 기러기가 돌아와 그곳에 많이 머물기에 이런 이름을 얻었다 한다.

5 天姥 : 天姥山. 浙江 동북부에 있고, 括蒼山 餘脈이다. 道家 서적에서는 열여섯 번째 洞天福地라 한다.

6 龍湫 : 大龍湫. 雁蕩山의 폭포 이름.

7 靈府 : 마음을 가리키는 말. 『莊子 · 德充符』 : "그러므로 (이런 것들이) 마음의 조화를 어지럽히거나 마음 속 깊이 들어오게 할 수 없습니다.[故不足以滑和, 不可入於靈府.]" 成玄英疏 : "靈府者, 精神之宅, 所謂心也."

8 部曲 : 군대의 편제. 여기서는 시가의 章法이나 격률을 가리킨다.

9 暴 : 맨손으로 공격하다. 『詩 · 鄭風 · 大叔於田』 : "단석이 맨손으로 호랑이 잡아 공에게 바쳤다네.[襢裼暴虎, 獻於公所.]" 毛傳 : "暴虎, 空手以搏之." 馬瑞辰通釋 : "暴、搏一聲之轉."

10 家非山水鄉 : 판교의 고향 興化는 지대가 낮아 물이 많고 산이 적다는 뜻.

해제

판교가 북경에 머물렀던 시기에 만난 후가번에게 써준 교유시다. 판교가 북경에 들어간 것은 건륭 원년 마흔네 살 때 진사 시험을 치르기 전후, 건륭 6년 마흔아홉 살 때 임관을 기다리는 시기 등 두 차례였다. 作詩 시기를 『王錫榮』은 전자로 보았고, 『華耀祥』은 후자로 보았다.

2.73 호천유 아우에게 贈胡天游弟[1]

억지로 글을 쓰려 애쓰다보면	作文勉强爲,
가시가 목구멍에 걸린 듯하네.	荊棘塞喉齒.
영감이 일어나기 시작할 때면	乃興勃發處,[2]
안개구름 종이 가득 피어오르지.	烟雲拂滿紙.
규범을 어찌 생각지 않을까마는	檢點豈不施,
물결 넘실대듯 드넓기 그지없네.	濤瀾浩無涘.
어제는 '추림부'를 읽고 있는데	昨讀秋霖賦,[3]
손길마다 오묘한 이치 피어났지.	觸手生妙理.
옛날의 시시비비 지워버리고	塗抹古是非,
세인이 좋아하는 것 던져버렸네.	排撻世歡喜.
구름 그림자 밖에서 생각 모으고	抽思雲影外,
바위 골격 속에서 말을 다듬지.	造語石骨裏.
'비장군'이라 불리던 이광 장군,	李廣飛將軍,
자연스레 성벽 보루 이루었지.	自然成壁壘;[4]
열자는 바람 타고 노니는데	列子御風行,[5]

범부는 바퀴자국만 찾는다네. 庸夫尋轍軌.
전당강 비는 푸른빛, 錢塘江雨青,[6]
회음의 물이끼는 자줏빛, 山陰石髮紫.[7]
어찌 꼭 영지를 따려 하는가, 何必采靈芝,
천길 절벽에나 보이는 새싹인 것을. 千崖看秀起.
산신령은 자유분방 좋아하고 山靈愛狂逸,
정령은 재기를 알아본다네. 魑魅識才技.
잡다한 내 고향 양주는 雜沓吾揚州,
풍경이 너무 부끄러울 뿐. 烟花欲羞死.[8]

역주

1 胡天游 : 자는 稚成, 浙江 山陰人. 雍正 향시에 합격했으나 乾隆 초의 거인 시험에는 낙방했다. 독서량이 매우 많았고 변려문에 능했으며 시 또한 웅건하여 기이한 기세를 지녔다. 山西 蒲州에서 세상을 떴다. 저서로 『石笥山房集』이 있다.

2 勃發處 : 창작의 영감을 가리킨다.

3 秋霖賦 : 호천유가 쓴 부 작품. 『石笥山房集』에 실려 있다. 그 서문에 "건륭 병진(원년) 겨울, 나는 장안(수도)에 가게 되어 그 다음 해 여름을 다 보내게 되었다. 오래 머물고 보니 감개가 서려 귀향하고자 했지만 찬바람 부는 가을에 큰 장마를 만나 뜻을 이루지 못했다. 이에 사마장경・동생을 빌어 서술한 바를 묶어 부를 이루었다[乾隆丙辰冬, 余被徵詣長安, 迨明年盡夏, 費留且久, 慨然思歸. 値涼風散秋, 淫潦洪集, 意不自得, 乃假司馬長卿、董生, 綴述爲賦]"고 했다.

4 李廣飛將軍, 自然成壁壘 : 李廣은 서한의 명장. 흉노족이 그를 '飛將軍'이라 불렀다 한다. 그는 작전에서 엄격한 부대 배치를 요구하지 않은 채 주로 사병의 주동성을 고려함으로써 자연스럽게 적을 막는 강한 보루를 형성할 수 있었다.

5 列子御風行 : 列子는 자가 御寇, 전국 시대 鄭나라 사람이라 전한다. 『莊子・逍遙遊』・『列子・黃帝篇』 등에서 열자는 바람을 타고 다닐 수 있다고 했다.

6 錢塘 : 錢塘江. 浙江 최대의 강. 「2.58 조수 구경 노래[觀潮行]」 참고.

7 山陰 : 지금의 浙江 紹興. 會稽山 북쪽(陰) 지역이기에 이렇게 불린다. 石髮 : 강변 바위에서 자라는 물이끼. 『爾雅』 注 : "水苔也, 一名石髮."

8 烟花 : 아지랑이 속 꽃. 풍류나 풍경을 빗댄 말.

해제

이 시는 건륭 2년 가을 무렵 수도에서 쓴 것으로 보인다. 호천유의 힘 있는 문장과 개성적인 인품을 강조했다.

2.74 연경 잡시燕京雜詩

장생의 단약 굽거나 참선으로 피할 생각 없고	不燒鉛汞不逃禪,[1]
오사모 좋아하거나 돈을 바라지도 않는다네.	不愛烏紗不要錢;
그저 원하는 건 맑은 가을날과 긴 여름날,	但願清秋長夏日,
강호에서 늘 미가선(米家船) 띄우는 일이라네.	江湖常放米家船.[2]
문득 번잡한 마음에 집 생각 들건만	偶因煩熱便思家,
천리 밖 강남 길은 멀기만 하다네.	千里江南道路賖;
문밖으로 푸른 버들 삼천 경인데	門外綠楊三千頃,[3]
서풍에 백련꽃 온통 흔들리겠지.	西風吹滿白蓮花.
파란 비단창 밖으로 푸르른 파초,	碧紗窗外綠芭蕉,
책 덮고 짙은 그늘에 적막히 앉았네.	書破繁陰坐寂寥.
젊은 처자는 소갈증 연신 염려해	小婦最憐消渴疾,[4]
옥쟁반에 붉은 복숭아 담아 올리리.	玉盤紅顆進冰桃.[5]

역주

1 燒鉛汞 : 煉丹術을 가리킨다. 도교에서는 鉛汞을 화로에 구워 '靈丹妙藥'을 만들 수 있다고 한다.
2 米家船 : '米家'는 宋대의 저명한 書畵家인 米芾(미불, 1051~1107)과 米友仁(1086~1168) 父子를 가리킨다. '米家船'이란 米芾이 書畵 모으기를 좋아하여 江淮에 배를 띄워 운반할 때 표지판을 세우고 다녀 이를 '米家書畵船'이라고 했던 데서 나온 말이다.
3 頃 : 논밭의 면적 단위. 1頃은 100畝로서 약 2만 평이다. 본문의 삼천 頃은 가늠하기 어려운 넓이라는 뜻.
4 小婦 : 판교의 첩 饒씨를 생각하며 쓴 것이 아닌가 한다.〖王錫榮〗 饒씨는 京師人으로 乾隆 2년에 판교에게 시집왔다. 卞孝萱「板橋家書四十六通辨僞」 참고.
5 冰桃 : 仙果의 일종. 『書言故事』 : "주 목왕이 방사들을 춘소궁에 모이게 하자 왕모께서 봉새수레를 타고 내려와 옥휘장 안에서 만났는데, 만 년 된 冰桃와 천년 된 雪藕를 올렸다.[周穆王集方士春霄宮, 王母乘鳳輦而來, 玉帳交會, 進萬歲冰桃, 千年雪藕.]" 참고로, 〖王錫榮〗은 앵도를 가리킨다고 보았다.

해제

판교는 임관 전 몇 차례 수도에 갔었는데, 이 연작시는 아마 건륭 1년에서 2년 사이, 진사 합격 후 수도에 머물 때 쓴 것으로 보인다.

2.75 어르신께 드림呈長者

황궁 물가 버드나무 수천만 가지,	御溝楊柳萬千絲,[1]
비 지나자 짙은 안개에 여린 햇살 더디구나.	雨過烟濃嫩日遲.[2]
한 가지 꺾어보려니 아직은 꺾이지 않아	擬折一枝猶未折,
봄 제비처럼 교태 심하다고 남 탓만 하네.	罵人春燕太嬌癡.[3]

연한 복숭아꽃 찧어 만든 싱싱한 꽃물로	桃花嫩汁搗來鮮,[4]
규방에서 쓸 작은 편지지 물들인다네.	染得幽閨小樣箋.
낭군에게 부치려니 자천 시집에 부끄러워	欲寄情人羞自嫁,[5]
시를 태워 박산향로 연기에 날려버리네.	把詩燒入博山煙.[6]

역주

1 御溝 : 황궁 안의 물도랑.

2 雨過烟濃嫩日遲 : 中華書局本에서는 "(전하는) 墨跡에서 이 구는 '가랑비 짙은 안개, 해는 더디 떠오르네'라 되어있다[墨跡此句作細雨濃煙日上遲]"고 주석을 달았다.

3 嬌癡 : 천진난만하여 사리가 없다. 바보인양 아양 부리다.

4 桃花嫩汁搗來鮮 : 中華書局本에서는 "(전하는) 墨跡에서 이 구는 '수정 같은 휘장 속 비취 꽃비녀'라 되어있다[墨跡此句作水晶帘幕翠花鈿]"고 주석을 달았다.

5 欲寄情人羞自嫁 : 옛날 혼사는 반드시 중매를 통해 이뤄져야 했는데, 스스로 추천하는 게 부끄럽다는 뜻. 앞의 '擬折一枝猶未折'과 연결되어 작자가 관직을 구하고 있지만 또한 自薦하기 어려운 심정을 비유적으로 담은 표현이라 하겠다.

6 把詩燒入博山煙 : 博山은 博山爐의 뜻. 山東省에 있는 博山의 모양을 본떠 만든 銅製 향로. 밑은 접시모양으로 물을 담게 되어 있고 위는 산 모형으로, 六朝시대부터 唐代까지 불상 앞 향로로 사용하였다. 中華書局本에서는 "(전하는) 墨跡에서 이 구는 '멋진 청년 망설이다 어쩌면 좋을까'라 되어있다[墨跡此句作不知擔擱好青年]"고 주석을 달았다.

해제

건륭 1년에서 2년 사이, 진사 합격 후 수도에 머물 때 쓴 것으로 보인다. 관직을 구하고자 하는 작자의 심정을 비유적으로 담았다.

2.76 중서사인 방초연 아우에게酬中書舍人方超然弟[1]

돌가루 분칠한 오색 궁전 편지지에	砑粉宮箋五色裁,[2]
토끼털붓 휘둘러 자연매먹 닳도록 글씨 쓴다네.	兎毫揮斷紫煙煤.[3]
다 쓰고 나니 그야말로 난정집을 옮겨온 듯,	書成便擬蘭亭帖,[4]
새삼 소랑 시켜 변재에게 구할 필요 있을까!	何用蕭郎賺辨才![5]
그대 집안 두 세대나 문장 명망 높았으나	君家兩世文名盛,[6]
관료 길은 드물었으니 공평하게 나뉜 셈.	宦況蕭條分所宜.
내 붓 재주 벌써 쇠진했다고 웃는 것인가,	笑我筆花枯已盡,[7]
반평생 울분 안고 가난하게만 지냈다네.	半生冤枉作貧兒.

어르신 문주선생의 존함은 목여다.

老伯文輈先生, 諱棨如.【原註】

역주

1 中書舍人方超然 : 中書舍人은 청 내각에서 문서 쓰기를 관장하는 관원. 方超然의 구체적 행적은 미상.

2 砑粉宮箋五色裁 : '砑粉'은 종이에 색칠한 후 돌절구로 문질러 빛을 내는 것. '宮箋五色'은 오색 빛깔의 궁전용 종이.

3 紫煙煤 : 소나무 그을음을 이겨 만든 고품질의 먹.

4 蘭亭帖 : 王羲之가 쓴 「蘭亭集序」 묵적. 원본은 없어졌고, 唐 褚遂良 등의 모본이 전한다.

5 蕭郎賺辨才 : 王羲之의 「蘭亭集序」를 전수받은 7세손 永禪師가 이를 그의 제자 辨才에게 주었는데, 왕희지의 글씨를 매우 좋아했던 唐 太宗이 감찰어사 蕭翼에게 명해 구해오게 했다 한다.

6 君家兩世文名盛 : 方超然의 조부 方士穎은 浙江 諄安人, 자가 伯陽이다. 順治末 수재로, 『恕齋偶存』이 있다. 그의 아들 方桊如는 자가 藥房, 저서로 『周易通義』·『毛詩通義』·『尙書通義』 등이 있다. 다른 아들 方棨如는 자가 若文, 다른 자로 文輈가 있고, 호는 朴山. 康熙 진사로 경학을 깊이 연구하고 고문에 뛰어

나 桐城의 方舟・方苞 형제와 더불어 '三方'으로 불렸으며 『集虛齋集』이 있다. 方超然은 바로 그의 아들이다.

7 筆花枯: 李白과 江淹의 고사를 원용했다. 이백이 젊었을 적에 붓에서 꽃이 피어나는 꿈을 꾸었는데, 후에 문장이 빼어나 천하에 이름이 났다고 한다.(王仁裕 『開元天寶遺事・夢筆頭生花』) 江淹은 시부에 빼어났는데, 어느 날 밤 郭璞이 그에게 오색 붓을 되돌려달라고 하는 꿈을 꾼 후 문필이 둔감해져 좋은 글을 짓지 못하게 되었고, 이에 당시 사람들이 강씨의 재주가 다했다고 한다.(『南史・江淹傳』)

해제

이 작품도 앞 작품들과 마찬가지로 건륭 1년에서 2년 사이, 진사 합격 후 수도에 머물 때 쓴 교유시로 보인다.

2.77 창려의 '재상에게 올린 글'을 읽고, 집정께 올림讀昌黎上宰相書因呈執政[1]

창려를 세상의 영웅이라 칭함이 괴이했는데	常怪昌黎命世雄,
공명이 그만큼 절박한 일이기 때문이겠지요.	功名之際太匆匆;[2]
또한 다른 길로는 나아가려 하지 않은 채	也應不肯他途進,
오직 글을 써서 상공께 올렸던 것이지요.	惟有修書謁相公.[3]

역주

1 昌黎上宰相書: 당 고문가 韓愈는 昌黎郡의 명망 있는 집안이었기에 昌黎선생이라 불린다. 그의 저서 『昌黎先生集』 속에는 재상에게 올린 문장 세 편이 들어 있다. 執政: 국사를 관장하는 재상, 대신.

2 功名之際太匆匆 : 한유가 당시의 영웅임에도 불구하고 '자천하는 글'을 세 번씩 이나 써서 재상에 올린 일은 관직에 나아가는 일이 그만큼 중차대한 일이기에 탓할 게 못된다는 뜻.
3 相公 : 재상.

해제

唐代 문단의 영수로 유명했던 한유가 구직을 위해 재상에게 세 번씩이나 문장을 올렸다는 옛일을 빌어 판교 자신도 당시 한 상공에게 관직을 구하려는 심경을 표현했다.

2.78 옹산 무방상인에게甕山示無方上人[1]

소나무 끝 기러기 그림자 맑은 가을 스쳐가고	松梢鴈影度淸秋,
엷은 구름 빈 산에 옛 절은 고적하네.	雲淡山空古寺幽.
낙엽 쌓인 길마다 귀뚜라미 시끄럽고	蟋蟀亂鳴黃葉徑,
오이덕은 석양 누대에 반이나 기울었네.	瓜棚半倒夕陽樓.
객 불러 차 마시자 하니 흥겹게 따라 나와	客來招飮欣同出,
스님이 차 끓이러 간 사이 잠시 기다리네.	僧去烹茶又小留.
장안의 말과 수레 가득한 길에 말 전하노라.	寄語長安車馬道,
호수(濠水)에서 물고기 보는 게 천유(天遊)라고.	觀魚濠上是天游.[2]

역주

1 甕山示無方上人 : 甕山은 지금의 北京 頤和園 안에 있는 산 이름. 無方 : 판교와

교류하던 스님. 호는 剩山, 속가의 성은 盧씨이며, 江西 사람이다. 자세한 것은 「2.25 옹산 무방상인에게 드리는 두 수[贈甕山無方上人二首]」 참고.

2 觀魚濠上是天游 : 전국 시대 莊子와 惠施가 濠梁 물가에서 물고기를 보면서 '물고기는 즐거울 것인가, 인간은 물고기의 즐거움을 알 수 있는가'를 화두로 논의했는데, 이 대화 중에 오묘한 분위기가 넘쳐났다는 고사를 원용했다. 『莊子 · 秋水』 참고.

해제

板橋가 수도에 과거 응시하러 갔을 때 엷은 구름 빈 산 속의 오래된 사찰에서 無方上人을 만난 일을 담았다. 건륭 원년 무렵에 쓴 것으로 보인다. 말미의 세상을 향한 말에는 격분보다는 오히려 유유자적하고자 하는 심정이 담겨있다.

2.79 청애화상에게寄青崖和尚[1]

산중의 와불은 언제 일어나시나,	山中臥佛何時起,
절 안 앵두는 지금 한창 붉다네.	寺裏櫻桃此日紅.
소나기에 절벽 아래 계곡 금세 불어나	驟雨忽添崖下水,
샘물소리마다 저녁 바람 담겨오네.	泉聲都作晚來風.
정중한 자주색옷 임금 은혜 담겼고	紫衣鄭重君恩在,[2]
기운 넘친 나랏님 묵적 절에서 모시네.	御墨淋漓象教崇.[3]
유가 경전 수만 축 다 털어버리고	透脫儒書千萬軸,
마침내 참선으로 참된 공(空)을 얻었구려.	遂令禪事得眞空.

역주

1 青崖和尙 : 北京 香山 臥佛寺 승려. 자세한 사적은 알 수 없다.
2 紫衣鄭重君恩在 : 青崖和尙에게는 황제께서 하사하신 자주색 가사가 있다는 뜻.
3 御墨淋漓象教崇 : 御墨은 雍正 · 乾隆 두 황제가 쓴 이 사찰의 편액. 象教 : 불교를 가리키는 말. 코끼리를 귀히 여기기 때문이다.

해제

이 작품도 앞 일부 작품들과 마찬가지로 건륭 1년에서 2년 사이, 진사 합격 후 수도에 머물 때 쓴 교유시로 보인다.

2.80 청애화상을 방문해 건너편 청람학사 · 허정시독의 운에 창화함訪青崖和尙和壁間晴嵐學士虛亭侍讀原韻

청람 공의 이름은 장약애, 허정 공의 이름은 악용안이다.
晴嵐, 張公若靄; 虛亭, 顎公容安.[1]

서풍이 온갖 산들 인연 맺게 하려는지	西風肯結萬山緣,
짙은 구름 흩뜨려 찬 안개로 만들었네.	吹破濃雲作冷煙.
말 몰아 길 따라 누런 단풍 절 찾으니	匹馬徑尋黃葉寺,[2]
비 개이고 벼는 익어 이른 가을이라네.	雨晴稻熟早秋天.

갈증이 생겨나도 해소하기 쉬워라,	渴疾由來亦易消,
산 앞 주막깃발 그리 멀지 않으니.	山前酒旆望非遙.

깊은 밤 가을 연못 다시 마실 적,	夜深更飮秋潭水,
달도 별도 한 바가지 함께 담았네.	帶月連星舀一瓢.

사찰 주위 계곡물 졸졸 흐르고	屋邊流水勢潺湲,
기암절벽엔 폭포가 천 갈래.	峭壁千條瀑布繁;
노승이 불력을 구한 이래로	自是老僧饒佛力,
지팡이 세운 곳마다 영험한 샘이라지.	杖頭撥處起靈源.

안개노을 담은 문장 본디 그 사람 감정이라	煙霞文字本關情,
관직 산림 어디에 있건 두루 맑기만 하다네.	袍笏山林味總淸.[3]
짝 이룬 봉황이 하늘 밖에서 우는데	兩兩鳳凰天外叫,
인간세상 작은 새가 무슨 소리 내겠나.	人間小鳥更無聲.[4]

역주

1 靑崖和尙和壁間晴嵐學士虛亭侍讀 : 靑崖和尙은 北京 香山 臥佛寺 승려. 앞 시 「2.79 청애화상에게[寄靑崖和尙]」 참고. 張若靄(1713~1746) : 자 晴嵐, 大學士 張廷玉의 아들. 雍正 때 진사가 되었고, 乾隆 연간에 內閣學士를 지냈으며, 서화에 능했다. 鄂容安(1714~1755) : 자가 休如, 호는 虛亭이며, 大學士 鄂爾泰의 장자이다. 雍正 때 진사가 되었으며, 乾隆 초 編修·侍讀에 제수되었다. 乾隆 5년에 詹事府詹事를, 8년에 國子監祭酒에 제수되었다. 후에 侍郞·巡撫·總督 등 관직을 역임했고, 新疆 阿睦而撒納 반란을 막는 전투에서 전사했다. 시호는 剛烈이다.

2 黃葉寺 : 靑崖和尙이 거주하는 臥佛寺(당시에는 十方普覺寺로 불림) 동편으로는 正白旗村이라는 마을이 있는데, 사방으로 은행나무와 감나무가 많아 가을이면 노랗게 물든 단풍으로 뒤덮였다. 그래서 판교는 노랗게 덮인 와불사를 '황엽사'라고 표현한 것이다.

3 袍笏山林味總淸 : 張若靄·鄂容安 두 사람이 관직에 있지만 이곳 산림에서 지은 시의 정취는 하나같이 맑다는 뜻.

4 兩兩鳳凰天外叫, 人間小鳥更無聲 : 張若靄·鄂容安 두 사람의 문장 앞에서 다른 사람들은 붓을 내려놓아야 한다는 뜻. 梅聖兪 「題老人泉寄蘇明允」 : "해와 달은 늙는 법 없고, 집에는 봉황이 있다네. 뭇 새들 날개를 접고, 감히 무늬 자랑 못 하네.[日月不知老, 家有雛鳳凰. 百鳥戢羽翼, 不敢言文章.]"

해제

〖王錫榮〗은 이 작품도 앞 작품 「2.79 청애화상에게[寄靑崖和尙]」와 마찬가지로 건륭 1년에서 2년 사이, 진사 합격 후 수도에 머물 때 북경 香山의 臥佛寺에서 쓴 시로 보았다. 〖華耀祥〗은 張若靄가 侍講學士를 맡은 것은 건륭 4년에서 8년 사이이고, 鄂容安이 侍讀을 맡은 것은 건륭 3년의 일이므로 이 시는 판교가 건륭 6년에 북경에 들어가 구직할 때 쓴 것으로 보았다. 후자가 더 타당성이 있다고 본다.

2.81 법해사로 인공을 방문하다法海寺訪仁公[1]

작년에 이곳에서 빈파열매 따느라고	昔年曾此摘蘋婆,[2]
위험한 바윗길 푸른 담쟁이 부여잡았지.	石徑欹危挽綠蘿.
금빛 푸른빛으로 새로이 단장했건만	金碧頓成新法界,[3]
거칠고 소박했던 맛 줄어 애석하구나.	惜他荒朴轉無多.
들쭉날쭉 누대와 전각 그득히 산을 가리고	參差樓殿密遮山,
까마귀 참새 소리 없이 나무 그늘 한가롭다.	鴉雀無聲樹影閑.
문밖으로 가을바람 낙엽을 때리니	門外秋風敲落葉,
누군가 붉은 쇠문고리 두드렸나 싶었네.	錯疑人叩紫金環.
빈 산 가득 나무들, 주랑 가득 낙엽들,	樹滿空山葉滿廊,
차디찬 북풍 불어 가사 안에 스며드네.	袈裟吹透北風涼.
가을 정취 어떠한지 궁금하다면	不知多少秋滋味,
상죽주렴 들추고 석양에게 물어보게.	卷起湘簾問夕陽.

역주

1 法海寺 : 『宸垣識略』 : "법해사 · 법화사는 만안산에 있다. 두 절이 앞뒤로 이어지는데, 홍교사 유지라 전해온다. 우리 왕조 순치 17년에 수리해 현재 이름으로 바꿨다. 황제가 쓰신 편액이 있다.[法海寺、法華寺在萬安山, 二寺前後相連屬, 相傳爲弘教寺遺址. 本朝順治十七年修建, 改今名. 有御書聯額.]" 弘教寺는 元 世祖 때 지은 절로, 明代 때 龍泉寺로 개축했고 清初에 다시 法海寺로 개축했다. 仁公 : 미상.

2 蘋婆 : 梧桐科 蘋婆屬 喬木. 七姐果 · 鳳眼果라고도 하며, 주로 중국 남부 지방에서 자란다. 열매는 삶거나 구워 먹을 수 있으며, 독특한 향기가 난다.

3 法界 : 불교 용어이지만 여기서는 새로 단장한 법해사의 휘황찬란한 외형을 가리킨다.

해제

이 작품도 아래 작품 「2.82 기림상인과 함께 다시 인공을 방문하다(同起林上人重訪仁公)」와 함께 판교가 건륭 초 진사 합격 후 수도에 머물 때 쓴 교유시로 보인다.

2.82 기림상인과 함께 다시 인공을 방문하다同起林上人重訪仁公[1]

며칠 보지 못한 사이	幾日不相見,
시를 한 자루나 채웠다네.	作詩盈一囊.
앉은 채 구름 너머로 날이 새는데	立殘雲外漏,[2]
입정 속에 향 다 타서 스러져가네.	銷盡定中香.[3]
비 그치자 사방 하늘 푸르고	雨歇四天碧,
바람 높아 가을걷이 누레지네.	風高秋稼黃.

격양가를 부를 수가 있으리니　可應歌擊壤,[4]
도당의 시절 이을 수가 있겠네.　更爲繼陶唐.[5]

객과 주인 시 읊는 소리 어우러지고　賓主吟聲合,
어두운 창가엔 등불만 피어오르네.　幽窗夜火燃.
풍경소리 무슨 말 전하는 듯,　風鈴如欲語,
나무 위 학은 잠 못 이루네.　樹鶴不成眠.
달 기우니 산안개 내려오고　月轉山沉霧,
꽃 짙어 새들이 안개 속에 깃드네.　花深鳥入煙.
길 가득 내려앉은 아침노을,　朝霞鋪滿徑,
잘라다가 촉(蜀)편지지나 만들까.　裁取作蠻牋.[6]

빼어난 이곳 지난 왕조 때 일구었지,　勝地前朝辟,[7]
청산에 군주의 마음 담겨있다네.　青山帝主情,[8]
한 가지라도 가벼이 여길 수야 없지,　莫敎輕一物,
다음 세상 보답 받을 수 있으리니.　可待報他生.
절의 죽은 천자 창고에서 나온 것,　齋粥分天庾,[9]
접시의 채소는 공물 그릇에서 나온 것.　盤蔬列貢罌.
가을바람 소나무 계곡에 가득하니　秋風滿松壑,
그윽한 절에 맑은 새벽이 찾아왔다네.　幽梵曉來清.

역주

1 起林上人 : 미상.
2 殘漏 : '漏'는 옛날 시간을 재던 물시계. '殘漏'는 날이 곧 밝아질 무렵을 뜻한다.
3 定中 : 스님이 정신을 집중해 조용히 앉아있는 '入定' 중이라는 뜻.
4 擊壤 : 태평성대를 상징하는 擊壤歌. 『帝王世紀』: "요임금 때 세상이 아주 평화로워 백성들이 일이 없었다. 어떤 노인이 擊壤하면서 노래했다. '해가 뜨면 일

하고, 해가 지면 쉬고, 우물 파서 마시노니, 임금의 힘이 내게 무슨 필요 있으랴![帝堯之世, 天下太和, 百姓無事. 有老人擊壤而歌 : '日出而作, 日入而息, 鑿井而飮, 帝力於我何有哉!']" 이후로 '擊壤'은 태평성대를 뜻하게 되었다.

5 陶唐 : 帝堯의 시기를 가리킨다. 堯는 전설 속 五帝 중의 한 분으로, 성은 伊祁, 陶唐氏, 名 放勳. 善政을 펼친 후 舜임금에게 선양했다.

6 蠻牋 : 촉 지방에서 만든 편지지.

7 勝地前朝辟 : 법해사가 원·명 시대에 만들어졌음을 가리킨다. 「2.81 법해사로 인공을 방문하다[法海寺訪仁公]」 참고.

8 帝主情 : 황제가 글씨를 내린 편액이 있음을 가리킨다. 「2.81 법해사로 인공을 방문하다[法海寺訪仁公]」 참고.

9 天庾 : 원래는 하늘의 창고라는 '天倉南四星'을 가리키지만, 여기서는 황제의 창고를 뜻한다.

해제

앞 「2.81 법해사로 인공을 방문하다[法海寺訪仁公]」를 쓴 후 다시 법해사를 방문했을 때 쓴 작품이다. 제3수 내용으로 볼 때 법해사는 제왕의 은총을 받는 절이니 仁公은 정치력이 있는 주지라 추측해볼 수 있다. 밤늦도록 "객과 주인 시 읊는 소리 어우러지는" 광경을 통해 두 사람이 교유하게 된 과정을 알 수 있다.

2.83 산중에서 밤에 앉아 기상인과 더불어山中夜坐再陪起上人作[1]

산 위 안개 속에 사람소리,	人語山上煙,
가을나무 아래 달이 뜨네.	月出秋樹底.
밝은 빛 영롱히 비치는데	淸光射玲瓏,
가파른 절벽 찬 물이 맑네.	峭壁澄寒水.

둥지 안 새의 배가 보이는데　棲鳥見其腹,
또렷이 가리킬 수도 있겠네.　歷歷明可指.
풀섶 사이 가을벌레 소리,　秋蟲草際鳴,
애절한 그 슬픔 끊이지 않네.　切切哀不已.
차가운 선심(禪心)은 얼어버릴 듯,　禪心冷欲冰,
담백한 시심은 갈수록 맛이 나네.　詩懷淡彌旨.
읊어 지었으나 어디 써둘 곳 없어　吟成無牋麻,[2]
찢어진 창호지나마 적어본다네.　書上破窗紙.

게으른 사람 차 끓이기 무심해　頑奴倦烹茶,
물 끓일 불도 이미 사그라졌네.　湯沸火已滅;
가을 샘물 차갑게 그냥 마시니　冷然酌秋泉,
심장이 그야말로 써늘하구나.　心肺總寒冽.
꽃들은 밤이슬에 자라나서　叢花夜露滋,
여리고 아리땁게 돌 위로 싹 피었네.　細媚石上茁.
늙은 홰나무 기력을 믿고　老槐恃氣力,
바람 맞서다가 뻐대가지 부러졌네.　排風骨正折.
달이 중천 오도록 오래 앉아 있자니　坐久月當中,
차가운 빛 머리카락에 스며든다네.　寒光射毛髮.
가을 샘물 마셔서만 이러할까,　不但飮秋泉,
어찌해야 이 마음 열기 얻을까.　此心何得熱.

새벽에 일어나 뭇산들 보니　晨起望諸山,
안개와 이내 가득 막아섰구나.　煙嵐漭漲塞.
이제 막 바다 위로 솟구치는 해,　陽烏初出海,[3]
기운이 약한지 힘이 부치네.　氣弱不得力.
검은 구름 하늘을 가로지르자　墨雲橫亘天,

엷어진 노을은 빛깔 거두네.	稚霞斂顔色.
두꺼운 솜옷이나 어찌 한기 막으랴,	重帛那禁寒,
털옷을 움켜 안고 바위에 앉았네.	擁裘坐岩蒨.
짙어진 안개는 가랑비인 듯	霧重如小雨,
가파른 길 미끄러워 디디기도 어렵네.	徑危滑難陟.
신 대추 주렁주렁 매달려 있고	酸棗垂累累,
과일 열매 겨울 가시 타고 올랐네.	瓜果蔓寒棘.
손 흔들어 산 까마귀 불러 모아	招手謂山烏,
저들과 더불어 맘껏 포식하리라.	與爾得飽食.
시 짓자 나더러 쓰게 하더니	詩成令我寫,
쓰고 나면 금세 덧칠한다네.	寫就復塗抹.
뼈대 맥락 희미하고 들쭉날쭉해	骨脈微參差,[4]
아끼는 마음이나 잘라버리네.	有愛忍心割.
시구 얻지 못했을 땐 누에 실 뽑듯,	未得如抽繭,
털옷 속 바늘 찾듯 힘이 든다네.	針尖隱毛褐.
좋은 구절 얻게 되면 육탈한 시체,	既得如屍解,
쇠똥구리 껍질 벗듯 개운하다네.	蜣螂忽蟬脫.
문밖에서 들어온 주인,	主人門外來,[5]
시 재주 나날이 호탕해지네.	詩才日豪闊.
빠르고 더딤은 각자의 성정,	遲疾各性情,
내 기세 먼저 뺏겨버렸네.	維余氣先奪.

역주

1 起上人 : 起林上人, 자세한 사적은 미상. 앞 시 「2.82 기림상인과 함께 다시 인공을 방문하다[同起林上人重訪仁公]」 참고.

2 牋麻 : 고운 종이와 거친 종이.

3 陽烏 : 태양. 신화에서는 태양 속에 황금 까마귀가 산다고 했다.
4 參差(참치) : 고르지 못하고 들쭉날쭉한 모양.
5 主人 : 주지스님인 仁公을 가리킨다.

해제

앞 시 「2.82 기림상인과 함께 다시 인공을 방문하다[同起林上人重訪仁公]」에 이어 쓴 교유시다. 마지막 대목에서 仁公의 시 쓰는 재능을 높이 칭송했다.

2.84 도목산에게[贈圖牧山][1]

휘는 청격이다.
諱淸格.

내 도목산 찾아	我訪圖牧山,
사과문을 나섰네.	步出沙窩門.[2]
빽빽하니 백 그루 나무,	臃腫百本樹,
이어질 듯 말 듯 천 장 높이 담장 이루었네.	斷續千丈垣.
들판의 절 그 속에 들어있어	野廟包其中,
절뚝대는 스님이 밭에 물주고 있네.	蹣跚僧灌園.
일꾼이 수십 명,	僮奴數十家,
닭과 개들도 마을 이루었구나.	雞犬自成村.
청포 신발로 새벽이슬 밟을 때	靑鞋踏曉露,

작은 누각에 아침 해 비추어드네.	小閣延朝暾.
차가 이미 다 끓었으니	烹茶亦已熟,
잔 씻어 조심스레 닦는구나.	洗盞猶細捫.
평생 서화에 뜻을 두었으나	平生書畫意,
입 닫은 채 한 마디도 않네.	決口不一言.
강남은 아득한데 소식 드물어	江南渺音耗,
그대 여전한지 궁금하다네.	不知君尙存.[3]
원컨대 천만 폭 편지를 써서	願書千萬幅,
남쪽 가는 수레에 보내주시게.	相與寄南轅.

역주

1 圖牧山 : 淸格. 호는 牧山, 月坡, 卜筑易州之牧山, 牧山老人 등이 있고, 滿州人이다. 大同知府를 지냈으며, 시 · 서 · 화에 능했다. 산수화는 石濤和尙에게서 배웠다. 「2.85 다시 목산에게[又贈牧山]」, 「2.148 절구 21수 · 圖淸格」 참고.

2 沙窩門 : 『京兆地理志』에 의하면 북경 남쪽 采育鎭 부근에 沙窩營이란 마을이 있다고 했는데, 그곳을 가리키는 게 아닐까 한다.〖王錫榮〗

3 江南渺音耗, 不知君尙存 : 편지가 드물어 멀리 강남의 벗이 圖牧山이 아직 건재함을 모른다는 뜻. 그러므로 이를 이어서 곧 "願書千萬幅, 相與寄南轅"이라 했다.

해제

乾隆 초 작자가 수도에 머물 때 그림 그리는 벗 圖牧山에게 써준 시로, 산중에서 서화에 열중하는 화가의 생활과 그에 대한 작자의 깊은 우정을 담았다.

2.85 다시 목산에게 又贈牧山[1]

열흘 내내 붓을 들지 못한 채	十日不能下一筆,
문 걸고 조용히 앉았으니 가을만 소슬했네.	閉門靜坐秋蕭瑟.
감흥이 문득 비바람처럼 밀려오니	忽然興至風雨來,
붓 날고 먹 달리며 영감이 솟구쳤네.	筆飛墨走精靈出.
여린 풀 작은 벌레 미묘하게 바뀌고	小草小蟲易微妙,
오래된 바위와 구름 기세가 분방하네.	古石古雲氣奔逸.
서체는 우임금 때 종과 솥에 새긴 모양,	字作神禹鍾鼎文,[2]
구불대는 글씨들 짙은 칠로 어우러졌네.	雜以蝌蚪點濃漆.[3]
괴탄스러운 세계는 심성이 끌리는 바,	怪迂荒幻性所鍾,
세밀주도함은 배워서 조심하는 경지.	妥貼細膩學之謐.
고목 선 황량한 무덤가로 그댈 찾았을 때	訪君古樹荒墳地,
지는 낙엽, 마른 풀들, 서리가 매서웠지.	葉凋草硬霜凜栗.
열흘이나 취했어도 또한 사양치 않다가	一醉十日亦不辭,
노구교에서 말 빌려 돌아갈 길 재촉했네.	蘆溝歸馬催人疾.[4]
양주 노승 문사가 그대 생각 많이 하니	揚州老僧文思最念君,[5]
편지 한 장 보내면 만금보다 귀중하리.	一紙寄之勝千鎰.[6]

역주

1 牧山 : 圖牧山. 이름은 淸格, 호는 牧山. 앞 시 「2.84 도목산에게[贈圖牧山]」와 「2.148 절구 21수 · 圖淸格」 참고.

2 神禹鍾鼎文 : 夏禹 시대 鍾과 鼎에 새긴 글자들. 禹임금이 九鼎을 만들어 九州를 상징했다 전한다.

3 雜以蝌蚪點濃漆 : 상고 시대에는 竹簡에 옻칠로 글씨를 썼고, 그 모양이 올챙이 모양 같기에 쓴 표현이다.

4 蘆溝歸馬 : 圖牧山이 살고 있는 沙窩營과 蘆溝橋가 멀지 않은데, 판교는 돌아갈

때 여기 蘆溝橋에서 말과 사람을 빌려야 했음을 가리킨다.

5 揚州老僧文思 : 자는 熙甫, 양주 枝上村 天寧寺의 스님. 시에 능했고, 두부국을 잘 끓여 '文思豆腐'라 불렀다 한다. 『揚州畵舫錄』 참고.

6 鎰 : 옛날 도량 단위. 1鎰은 24兩.

해제

앞의 「2.84 도목산에게[贈圖牧山]」와 함께 乾隆 초 작자가 수도에 머물 때 그림 그리는 벗 圖牧山에게 써준 시이다.

2.86 도전운 노공을 전송하며送都轉運盧公[1]

휘는 견증이다.
諱見曾.[2]

양주는 예로부터 풍류의 땅이지만	揚州自古風流地,
관리로 지낼 때만은 즐겁지가 않다네.	惟有當官不自怡.
소금가마 쌀자루로 세월을 보내는데	鹽筴米囊銷歲月,[3]
언덕의 꽃, 시내의 새도 관청 깃발 피한다네.	崖花澗鳥避旌旗.
관직에 들었다가 삼년 동안 유배되고	一從吏議三年謫,[4]
회남을 읊은 시 백 수를 얻었다네.	得賦淮南百首詩.[5]
지난 날 청포 신발로 수나라 궁원 밟을 때	昨把青鞋踏隋苑,[6]
술병 가져와 바쳤던 들판 사람 있었다네.	壺漿獻出野田兒.[7]
맑은 노래는 자못 왕마힐을 닮았고	淸詞頗似王摩詰,[8]
정채로운 재능 또한 두릉을 따랐네.	復以精華學杜陵.[9]

시 읊는 소리에 가을 밤 창호지 울려 찢기고	吟撼夜窗秋紙破,
생각 모으니 찬 시내에 새벽 별 맑게 비치네.	思凝寒澗曉星澄.
누대 머리 옛 기와에 오동나무 비 성근데	樓頭古瓦疏桐雨,
담장 밖으로 청아한 노래, 놀잇배엔 등 밝혔네.	牆外清歌畫舫燈.
슬픔과 기쁨, 소란과 정적 두루 다 겪었고	歷盡悲歡並喧寂,[10]
마음의 실타래는 푸른 구름들로 이어진다.	心絲裊入碧雲層.
티끌 먼지 불어내면 또 다시 생겨나고	塵埃吹去又生塵,
긴요한 나루터 찾던 영웅들 빠져죽고 말았다네.	汨盡英雄爲要津.[11]
세상 밖 안개 노을은 어부 낚시엔 맞지 않고	世外煙霞負漁釣,
가슴 속 총애 타산은 군신에겐 부끄러운 일.	胸中寵利愧君臣.[12]
털 뽑고 목 자른 호로가 익었고	去毛折項葫蘆熟,[13]
빠진 이 까치 머리 하인들은 신실하다네.	豁齒蓬頭婢僕眞.[14]
두 세대 내내 그대 집안엔 맑은 덕 넘쳤고	兩世君家有清德,
지금의 풍아 정신 선조를 이었다네.	卽今風雅繼先民.[15]
어찌 완란 반열로 봉사하는 데 그칠까,	何限鵷鸞供奉班,[16]
시험 들고 헛되이 돌아온 난 부끄러울 뿐,	慚予引對又空還.[17]
이전의 시 불태웠으니 원고 다시 베끼고	舊詩燒盡重謄稿,
무너진 집 고쳐서 제대로 산에 살려네.	破屋修成好住山.
잠화격을 직접 써서 어린 아내 가르치고	自寫簪花教幼婦,[18]
한가롭게 옥피리로 어린 딸을 이끌리라.	閑拈玉笛引雙鬟.
부질없이 다시는 선배에게 기대지 않고	吹噓更不勞前輩,
이제부턴 강남에서 더 굳세게 살아가리.	從此江南一梗頑.

역주

1 盧見曾 : 『揚州畫舫錄』 卷十에 따르면, 자가 抱孫, 호는 雅雨山人, 山東 德州人이다. 시문에 능했고, 성격이 활달하여 작은 범절에 구애되지 않았다. 康熙 辛卯年에 擧人이 되었고, 관직은 兩淮鹽運使에 이르렀다. 판교가 양주에서 그림

을 팔며 생활할 때 함께 교유했다. 都轉運 : 전체 이름은 '都轉運鹽運使司鹽運司'로, 주요 소금생산지에 설치해 소금 사업을 관리하게 하는 관직이다. 盧見曾은 건륭 2년에 兩淮鹽運使에 부임한 후 4년에 파직되었다가 18년에 재임되었다. 묵적에 근거하면 이 시는 건륭 4년에 쓴 것이므로, 盧見曾의 파관 직후 작품일 것이다.〖王錫榮〗

2 諱見曾 : 中華書局本은 이 부분에 "묵적에 근거하면 이 4구는 건륭 4년 10월 20일에 쓴 것이다[據墨跡此四句詩作於乾隆四年十月二十日]"고 주석을 달았다.

3 鹽筴米囊 : 소금과 미곡 관장 업무. 鹽筴 : 鹽業에서의 戶口簿.

4 一從吏議三年謫 : 盧見曾이 건륭 4년에 파직된 일을 가리킨다. 그는 파직된 후 건륭 5년 변새에 나가 3년 동안 유배생활을 했다.〖王錫榮〗

5 得賦淮南百首詩 : 中華書局本은 이 구 아래에 "묵적에 근거하면 이상 두 구는 '선생의 큰 덕은 정수를 적시니, 이제는 한가하게 시 읊으며 지내네'라고 되어있다[上二句墨跡作先生德澤原淪髓, 此日寬閒好賦詩]"고 주석을 달았다.

6 昨把青鞋踏隋苑 : 隋苑은 隋煬帝가 江都 서북쪽 9리에 있는 大儀鄉에 건축한 정원으로, 西苑이라고도 한다. 中華書局本은 "'昨'이 墨跡에는 '試'로 되어있다"고 주석을 달았다.

7 壺漿獻出野田兒 : 관직을 떠난 盧見曾이 유람할 때 그의 덕치를 생각하고 술(또는 물)을 바치는 백성이 있었다는 뜻.

8 王摩詰 : 당대 시인 王維. 「1.3 의진현 강촌 찻집에서 아우에게[儀眞縣江村茶社寄舍弟]」 참고. 中華書局本은 이 구 아래에 "묵적에서는 '왕창령 운율에 이백의 필법'이라 되어있다[墨跡作龍標格韻青蓮筆]"고 주석을 달았다.

9 杜陵 : 당대 시인 杜甫를 가리킨다. 옛집이 長安 杜陵·少陵 부근에 있어 시에서 스스로를 '杜陵布衣'·'少陵野老'라 했다.

10 歷盡悲歡並喧寂 : 中華書局本은 '盡' 부분에 "묵적에서는 '徧'이라 되어있다[墨跡作徧]"고 주석을 달았다.

11 汨盡英雄爲要津 : 中華書局本은 "위 두 구를 묵적에서는 '관직에서 뒤엉킴은 결국은 티끌 먼지, 지팡이 유람길에 요직 찾아 무엇하리'라 되어있다[上二句墨跡作宦途飜覆總埃塵, 策足何須要路津]"고 주석을 달았다.

12 胸中寵利愧君臣 : 中華書局本은 "위 두 구를 묵적에서는 '세상 밖 맑은 곳이 장수의 나라, 예부터 높은 자리 영광 주지 못했네'라 되어있다[上二句墨跡作世外清標能壽國, 古來高爵不榮人]"고 주석을 달았다.

13 去毛折項葫蘆熟 : 『盧氏雜說』에 전하는 鄭餘慶의 고사를 원용했다. 鄭餘慶은 청렴하면서 덕이 깊었다. 하루는 친우들을 식사에 초대한 후 주위사람에게 말했다. "주방에 일러서 끓인 다음 털을 뽑고, 목을 비틀어 자르지 말게 하라." 손님들은 서로 마주보며 분명 거위나 오리 같은 걸 삶는다고 여겼다. 이윽고 식사가 시작되는데, 사람들마다 앞에 조밥 한 그릇, 조롱박 하나씩이 놓여 있었다.

14 豁齒蓬頭婢僕眞 : 中華書局本은 '豁齒' 부분에 "묵적에서는 '맨발'이라 했다[墨跡作赤足]"고 주석을 달았다.

15 卽今風雅繼先民 : 中華書局本은 “위 두 구를 묵적에서는 ‘이곳에서 날아올라 은하수에 이르듯, 서로 함께 선조 계승 노력한다네’라 되어있다[上二句墨跡作從此飛騰附霄漢, 相期努力繼先民]”고 주석을 달았다.

16 鵷鸞(원란) : 『唐書 · 百官志』에 따르면 武后 때 ‘仗內六閑’을 설치했는데, 네 번째를 鵷鸞이라 했다. 여기서는 조정 반열의 등급을 가리킨다.

17 慚 : 中華書局本은 “묵적에서는 ‘惟’로 되어있다[墨跡作惟]”고 주석을 달았다.

18 自寫簪花教幼婦 : 簪花는 簪花格. 서법이 아리따운 것을 가리킨다. 中華書局本은 ‘簪花’ 부분에 “묵적에서는 ‘거위떼’라 되어있다[墨跡作鵝羣]”고 주석을 달았다. ‘거위떼’는 晉의 저명한 서예가 王羲之가 특별히 거위를 좋아했기에 王羲之 또는 그의 書體를 비유한다.

해제

판교가 양주에서 그림을 팔며 생활할 때 교유했던 都轉運 盧見曾을 전송하며 쓴 시로, 墨跡에 근거하면 건륭 4년이라 했으므로 盧見曾의 파관 직후에 쓴 작품일 것이다.

2.87 이씨 작은 집李氏小園[1]

작은 뜰 열 무 정도,	小園十畝寬,
몇 칸 방들이 떨어져 있네.	落落數間屋.
봄풀에는 잡초 자라지 않았고	春草無穢滋,
추운 계절 꽃에는 향기 남았네.	寒花有餘馥.[2]
문 걸고 노모 부양하면서	閉戶養老母,
곤궁해도 고량과 고기는 산다네.	拮據市粱肉.[3]
큰 아이가 방울 달린 칼 잡고	大兒執鸞刀,[4]
이리저리 붉은 고기 자른다네.	縷縷切紅玉;[5]

둘째 아이 땔나무 주워 모아　次兒拾柴薪,
약한 불로 내내 끓이네.　細火煨陸續.
연기는 푸른 콩시렁 너머 피어오르고　煙飄豆架青,
향기가 엉성한 대울타리로 퍼져가네.　香透疏籬竹.
집이 가난해 맛있는 것 드물기에　貧家滋味薄,
이것이 훌륭한 삼발솥 죽이 된다네.　得此當鼎餗.[6]
형제에겐 무슨 먹을 게 있나,　弟兄何所餐,
저녁에 모친이 남긴 죽이 있지.　宵來母剩粥.

새벽에 일어나 헤진 옷 깁는데　晨起縫破衣,
바느질 선이 고르지 못하구나.　針線不成行.
모친 연세 일흔넷,　母年七十四,
침침한 눈에 손은 곱았다.　眼昏手又僵.
솜을 한사코 많이 넣고자 애쓰고　裝綿苦欲厚,[7]
실을 기어이 길게 잇고자 한다네.　用線苦欲長;
실이 길어야 옷 단단히 꿰매고　線長衣縫緊,
솜이 두디워야 눈과 서리 견뎌내지.　綿厚耐雪霜.
만들어진 옷과 이불, 자식들 따뜻하지만　裝成令兒暖,
모친의 옷은 얇은 홑겹, 여전히 춥다네.　母衣單薄涼.
입지 않으면 어머니 마음 거슬리고　不衣逆母懷,
그래도 입자니 마음이 슬퍼지네.　衣之情內傷.

자식 아프니 모친이 약 달이는데　兒病母煮藥,
노구에서 짓는 눈물, 화로 재를 적시네.　老淚滴爐灰.
죽은 목숨 다시 살려냈으니　幾死復得活,
모친 위해 부디 기운내야지.　爲母而再來.
끝까지 봉양하는 건 이치에 따르는 일,　終養理之順,[8]

자식 위해 통곡하는 심정 한없이 애달프네. 哭兒情至哀.
하늘이시어, 부디 불쌍히 여기시어 老天有矜憐,
다시 어미 품으로 돌아가게 해주소서. 復使歸母懷.

형이 일어나 누런 낙엽을 쓸고 兄起掃黃葉,
아우가 일어나 가을 차를 끓이네. 弟起烹秋茶.
밝은 별 아직 나무에 걸렸는데 明星猶在樹,
동녘에 가득히 아침노을 피네. 爛爛天東霞.
잔은 선덕 시절의 자기, 杯用宣德瓷,
차호는 의흥의 주사로 만든 것, 壺用宜興砂.[9]
그릇들이 금옥은 아니지만 器物非金玉,
품격 있고 정결해 광채가 절로 나네. 品潔自生華.[10]
벌레들이 차가운 뜰에 가득한데 蟲遊滿院涼,
이슬이 짙어지니 오이꼭지 떨어지네. 露濃敗蒂瓜.
가을꽃 추위에도 아름답게 피어나 秋花發冷豔,
마른 울타리를 온통 뒤덮었구나. 點綴枯籬笆
닫아둔 문 안에서 복희 시절 이루니 閉戶成羲皇,[11]
옛날 뜻이 어찌 저 먼 데 있을까! 古意何其賒![12]

역주

1 李氏小園 : 판교가 관직에 나가기 전 양주에서 살던 곳. 「2.141 양주 옛집을 그리며[懷揚州舊居]」 自註에서 "이는 곧 이씨 작은 집으로, 꽃 파는 汪髯이 지은 것이다"고 했다. 汪髯은 자가 希文, 吳지방 사람으로 노래를 잘했다. 乾隆 원년 이후 양주에 와서 枝上村에서 차를 팔았고, 李復堂·鄭板橋와 친하게 지냈다. 나중에 小園을 만들어 꽃을 심고, 정원 안에 누대와 집 20 여 칸을 세웠다. 『揚州畵舫錄·城北錄』 참고. 후에 이 정원은 이씨에게 넘겨졌기에 '李氏小園'이라 불렸다. 시 속의 아들이 어느 집안 쪽인지에 대해서는 알 수가 없다.〖王錫榮〗

2 寒花 : 가을 국화와 같이 추운 계절에 피는 꽃.

3 拮据(길거) : 살림이 궁색하다.

4 鸞刀 : 방울달린 칼. 『詩經 · 小雅 · 信南山』에 대한 孔穎達 疏에서 "鸞은 鈴을 말한다. 칼자루에 방울이 달렸고, 그 소리가 가락에 맞음을 말한다[鸞, 卽鈴也. 謂刀環有鈴, 其聲中節]"고 했다. 여기서는 주방용 칼을 가리킨다.

5 紅玉 : 비쩍 마른 고기를 가리킨다.〖王錫榮〗

6 鼎餗 : 鼎은 귀족이 사용하던 세발 달린 솥. 餗(속)은 쌀과 고기를 섞어 만든 죽. 여기서는 훌륭한 음식을 가리킨다.

7 苦欲 : 몹시 원하다. 한사코 원하다.

8 終養 : 노인을 임종 때까지 봉양하다.

9 杯用宣德瓷, 壺用宜興砂 : '宣德瓷'는 明 宣宗 宣德 연간에 관청 窯에서 만들어진 유명한 자기. '宜興砂'는 江蘇 宜興에서 만들어진 유명한 도기.

10 品潔自生華 : 비록 최고 품질의 그릇은 아니지만 광채가 절로 난다는 의미로, 여기서는 두 형제를 칭찬하는 뜻으로 쓰였다.

11 羲皇 : 伏羲氏. 여기서는 上古의 순박한 시절을 가리킨다.

12 賒(사) : 멀다, 길다.

해제

판교가 관직에 나가기 전 양주에서 살던 '李氏小園'에 같이 거처하는 세 母子의 곤궁하면서도 사랑 넘치는 생활을 담았다.

2.88 시골 노인野老

관청 세금 다 냈으니 성에 갈 일 없기에	輸罷官租不入城,[1]
가을바람에 사주(社酒)로 정담 같이 나누네.	秋風社酒各言情.[2]
내년 이월 봄이 와서 윤달이 되어서야	明年二月逢春閏,
가랑비 오는 긴 둑에서 논갈이를 보겠지.	細雨長堤看耦耕.

역주

1 輸 : 세금을 납부하다.
2 秋風社酒 : 가을에 토지신에게 드리는 제사에 쓸 술.

해제

〖華耀祥〗에 따르면, 시 내용 가운데 '윤달'을 언급했는데, 판교의 일생 가운데 윤달은 그가 세상을 떠난 1765년 봄에만 들어 있었으므로 이 시는 그가 죽기 전해인 1764년에 쓰여진 것이라 했다. 그러나 판교의 시문집은 「후각시집 서」에 의하면 유현에 재직할 때인 乾隆 十三年(1746) 전후에 이미 출간된 것으로 추정되기에 이 설명은 재고의 여지가 있다.

2.89 김농에게贈金農[1]

헝클어진 머리 묶어 글자 이루고	亂髮團成字,[2]
깊은 산 뚫어 시를 파낸다.	深山鑿出詩;[3]
그 골수는 논할 것이 없거니와	不須論骨髓,
누가 그 껍질이나 흉내 내겠나!	誰得學其皮!

역주

1 金農 : 자는 壽門・司農(1687~1764), 호는 冬心先生・稽留山民 등이고, 浙江 仁和(지금의 杭州) 사람이다. 청대 저명한 서화가로 '揚州八怪'의 한 사람, 전각과 골동 鑒定에도 빼어났으며, 오랫동안 양주에 거처했다. 博學鴻詞科에 추천을 받았으나 수도로 가서 응시하지 않았으며, 평생동안 관리가 되지 않았다. 저서

로 『冬心先生集』·『冬心雜畫題記』·『冬心齋硯銘』이 있다. 판교와는 편지를 주고받으며 사이가 매우 가까웠다.

2 亂髮團成字 : 글씨가 헝클어진 머리타래를 묶어 만든 모양이라는 뜻. 金農의 서체는 자신만의 독특한 개성을 담은 굵고 각진 모습으로 유명하다.

3 深山鑿出詩 : 金農의 「三體詩序」: "마음은 집을 벗어나 계류산에 있는 암자에 있으니, 그곳은 시끄러움을 피하는 곳이다. 암자에서의 이목을 맑게 하는 것들, 하찮은 한 가지라도 모두 시에 들어올 수가 있다.[心出家庵在稽留山, 予避喧之地也. 庵中耳目淸供, 一物之微, 皆可入詩.]"

해제

같이 시·서·화에 몰두하며 서로 친밀하게 교류했던 벗 김농 시·서의 독창적 품격을 강조하였다.

2.90 처자細君[1]

집 모퉁이 복숭아꽃 가지 꺾느라	爲折桃花屋角枝,
붉은 치마 휘날려 푸른 버들 흔들고,	紅裙飄惹綠楊絲.
괜스레 푸른 풀밭에 다시 앉으니	無端又坐靑莎上,
저 멀리 참새 잡이 그물 펼쳐있네.	遠遠張機捕雀兒.

역주

1 細君 : 아내를 가리키는 말.

해제

판교는 39세에 본처 徐씨가 세상을 떠난 후 42세에 郭씨와 재혼했고, 나중에 다시 妾 饒씨를 얻었다. 이 시는 새로 얻은 젊은 아내의 장난스런 분위기를 담았는데, 後妻 郭씨인지 妾 饒씨인지는 불분명하다. 참고로, 『華耀祥』은 후자로 보았다.

2.91 빗속에서雨中

종일 내내 응대로 힘들었다가	終日苦應酬,
흐린 날씨 이어져 문 닫아 걸었네.	連陰得閉門.
가슴 가득 청량한 기운,	淸涼滿心肺,
초목이 내게 말 걸어오네.	草木向我言.
새로 난 대나무 집 기대어 자라나서	新竹倚屋簷,
푸른 빛 창호지에 어슴푸레 비쳐드네.	綠沁窗紙昏.
서까래의 제비는 둥지에만 깃들고	梁燕坐不出,
우렁이에게는 이끼 잔뜩 끼었네.	蝸牛滿苔痕.
부드러운 모래엔 개 발자국 보이는데	犬跡踏沙軟,
진흙길에 나막신, 엎어질까 걱정이네.	躡屐恐泥翻.
이 회랑에선 산보할 수 있으니	回廊足散步,
서책 들고 거닐며 익혀 본다네.	把書行且溫.
가양주가 이미 다 익었으니	家釀亦已熟,
아이 불러 항아리 따르게 하네.	呼僮傾盎盆.
어린 아내가 이내 손님이 되어	小婦便爲客,

붉은 소매로 술잔 마주한다네. 紅袖對金樽.

해제

비가 계속되는 시기 한가한 생활을 담은 시로, 시 가운데 '어린 아내가 이내 손님이 되어[小婦便爲客]'란 대목을 통해 재혼한 후 임관 전 양주 李氏小園에서 거처할 때 쓴 게 아닌가 한다.

2.92 평산연회에서 모은 시平山宴集詩

진사 왕원형을 위해 쓰다.
爲進士王元蘅作.[1]

한가한 구름 그득히, 물결은 유유히 閑雲拍拍水悠悠,[2]
봄 성 둘러싼 나무들, 누대 에워싼 제비들. 樹繞春城燕繞樓.
이 풍경 다 사들여 한 풀고 삭이려니 買盡煙花消盡恨,
풍류라면 다름 아닌 양주에 있지. 風流無奈是揚州.

봄바람이 가랑비 뇌당로에 뿌리고 春風細雨雷塘路,[3]
솟은 해 밝은 노을 육일사에 어리네. 旭日明霞六一祠.[4]
강 위엔 떨어진 꽃 삼십 리인데 江上落花三十里,
시든 그 꽃마다 근심 가득 담겼네. 令人愁殺冷胭脂.[5]

강동 호탕한 분이 봄적삼 전당잡혀 江東豪客典春衫,[6]

비단자리 금술잔에 담소를 마련했네.　　綺席金尊索笑談.
말에 오를 때도 거듭 술을 건네시며　　臨上馬時還送酒,
까마귀 나는 해질녘까지 회남을 채웠네.　　寒鴉落日滿淮南.[7]

붉고 아름다운 들꽃, 미인의 영혼인 듯　　野花紅豔美人魂,[8]
황폐한 산 차가운 묘지에 피어났다네.　　吐出荒山冷墓門.
수나라 옛 궁전 원한이 얼마던가,　　多少隋家舊宮怨,
패옥 소리 석양 마을에 여태 울리네.　　珮環聲在夕陽村.

역주

1 平山 : 平山堂. 揚州 蜀江 大明寺에 있다. 宋 歐陽脩가 揚州太守로 있을 때 지어 연회장소로 썼다. 당 앞에 서면 멀리 강남 여러 산들이 이 건물과 같은 높이로 보인다고 해서 이런 이름을 얻었다. 당시 梅堯臣·蘇東坡 등도 이곳에서 시를 주고받았다고 한다. 청조에 와서도 문인들이 이곳에 연회를 열어 시와 술을 나누었다. 『揚州畫舫錄·蜀江錄』 참고. 王元蘅 : 江南 上元(지금의 남경) 사람. 康熙 48년 己丑年에 진사가 되었다.

2 閑雲拍拍水悠悠 : 〖王錫棨〗은 원래 '閑雲悠悠水拍拍'인데 압운 때문에 위치를 조정했다고 보았다.

3 雷塘 : 양주 북쪽에 있는 연못 이름. 「2.10 양주(揚州)」 참고.

4 六一祠 : 宋 歐陽脩의 사당. 구양수는 호가 六一居士로, 그가 揚州太守를 지냈기에 후인들이 사당을 세워 제사지냈다.

5 冷胭脂 : 낙화를 가리킨다.

6 江東豪客 : 잔치를 준비한 王元蘅을 가리킨다.

7 淮南 : 양주.

8 美人魂 : 수양제의 궁녀들이 묻혀 있는 묘지를 의미한다.

해제

진사 王元蘅이 주최한 평산당 연회의 여러 가지 즐거움을 추억하면서, 그에 대한 감사를 표현했다.

2.93 양위금에게贈梁魏金[1]

[바둑의] 국수다.
國手.

큰 나무 아래 함께 앉으니	坐我大樹下,
가을바람이 흰 수염을 날리네.	秋風飄白髭;
훤한 모습은 그야말로 신선,	朗朗神仙人,
숨 멈추고 맑은 자태 집중한다네.	閉息斂光儀.
젊은 아내 주랑에서 훔쳐보느라	小婦竊窺廊,
붉은 치마 성근 울타리에 펄럭이네.	紅裙飄疏籬.
달이던 황정 잘 익었으니	黃精煨正熟,[2]
무릎 꿇고 그에게 올려드리네.	長跪逢進之.
마시고 나서도 여전히 눈은 감은 채	食罷仍閉目,
코의 숨결이 실처럼 가늘구나.	鼻息細如絲.
석양이 나뭇가지에 오를 때	夕影上樹杪,
낙엽을 온 몸으로 마신다네.	落葉滿身吹.
마음의 변화 잡아 풀어내 녹이니	機心付冰釋,[3]
평정한 맥 함부로 뛰는 법 없네.	靜脈無橫馳.
양생에 이러한 큰 도 있으니	養生有大道,
바둑 장기만 바라볼 일 아니라네.	不獨觀奕棋.

역주

1 梁魏金 : 山陰人으로, 바둑에 빼어났다. 魏金을 魏今 · 魏京 · 魏經으로 쓰기도 한다.

2 黃精 : 식용식물. 폐를 부드럽게 하고 기를 보충해주는 효능이 있어 장기 복용하면 장수할 수 있다 한다.
3 機心 : 마음의 應變.

해제

판교의 시 가운데 바둑을 소재로 한 시는 이 작품 외에는 보이지 않는데, 그가 바둑을 즐겼는지는 확인할 수 없다. 이 작품에서는 바둑 자체보다는 國手 梁魏金의 또 하나의 장기인 양생법을 집중 묘사했다.

2.94 골동骨董

말년에 골동을 좋아하다보니	末世好骨董,
사람들에게 기꺼이 속기도 했네.	甘爲人所欺.
천금 들여 서화를 사들이고	千金買書畫,
백금 써가며 표구를 했네.	百金爲裝池.[1]
귀퉁이 깨어진 옛날 옥도장,	缺角古玉印,
거북과 교룡 새긴 구리인장.	銅章盤龜螭.
오목 책상, 동작대 기와로 만든 벼루,	烏几研銅雀,[2]
상아 침상, 사자머리 향로,	象牀燒金猊.
이런 저런 술잔들,	一杯一尊斝,
그림에 따라 관식을 판정하네.	按圖辨款儀.
갈고리바늘 깊어질수록 더 멀리서 구하고	鉤深索遠求,
늙을 때까지 미친 듯 찾는다네.	到老如狂癡.

골육끼리 소송을 벌이고	骨肉起訟獄,
친구 간에 시기와 의심 일어나네.	朋友生猜疑.
물건 값 오를 때 만나게 되면	方其富貴日,
그 가치 천금까지 나가게 되네.	價値千金奇.
물건 값 떨어질 때 만나게 되면	及其貧賤來,
떡과 바꾸려 해도 모자란다네.	不足換餠餈.
내게 커다란 옛 기물 있는데	我有大古器,
세상 사람들 한사코 모른다네.	世人苦不知.
복희께서 그리신 팔괘 그림,	伏羲畫八卦,[3]
문왕, 주공, 공자가 쓰신 「계사」,	文周孔繫辭;[4]
낙서에서 나온 책 「홍범」,	洛書著洪範,[5]
하우가 전했다는 「상기」,	夏禹傳商箕;[6]
『시경』의 「동산」과 「칠월」,	東山七月篇,[7]
얼마나 넉넉하고 광채 나는가!	斑駁何陸離;
이 모두 상고시대 나온 것들로	是皆上古物,
삼대부터 경전으로 순서 정했지.	三代卽次之.
사는 데는 한 푼 쓸 것도 없이	不用一錢買,
서가 가득 그대로 널려있다네.	滿架堆離披.
그 밑으로 가장 아래로는	乃其最下者,
한유 문장과 이백과 두보 시.	韓文李杜詩.[8]
이들로 덕행을 수양한다면	用以養德行,
수명을 백세까지 기약한다네.	壽考百歲期;
이들로 천하를 다스린다면	用以治天下,
모든 만물 순박하게 화합한다네.	百族歸淳熙.
이리 오래된 것 좋은 줄 모른 채	大古不肯好,
시류 따라 속된 것만 좇고 있다니!	逐逐流俗爲?
동쪽집 선덕 화로,	東家宣德爐,[9]

서쪽집 성화 자기,	西家成化瓷.[10]
맹인이 헌 물건 보배로 여겨	盲人寶陋物,
못날수록 고치기가 더 힘드네.	惟下愚不移.

역주

1 裝池 : 裝裱, 裝潢. 서화의 표구. 서화 가장자리를 비단으로 장식하면 본래 서화가 속에 담긴 연못과 같기에 쓰는 말.
2 研銅雀 : 銅雀臺에서 나온 기와로 만든 벼루. 銅雀臺는 삼국 시기 曹操가 지은 누대. 「2.21 업성(鄴城)」, 「2.22 동작대(銅雀臺)」 등 참고.
3 伏羲畫八卦 : 伏羲는 상고시대 성인으로 전해지는 인물. 최초로 八卦를 그려 썼다 한다.
4 文周孔繫辭 : 文 : 周 文王. 八卦를 중첩해 64卦를 만들고 이를 해석하는 卦辭를 지었다 한다. 周 : 周公 姬旦. 64卦 속의 각 爻(1卦는 6爻로 이루어짐)를 해석하는 爻辭를 지었다 한다. 孔 : 孔子. 爻辭 외에 달리 해석하는 문장 10편, 즉 「十翼」을 썼다 한다.
5 洛書著洪範 : 「洪範」은 『尙書·周書』의 한 편. 夏禹가 치수할 때 신령한 거북이 책을 업고 낙수에서 나왔는데, 그 책이 바로 「洪範」이라 전한다.
6 夏禹傳商箕 : 「洪範」은 나중에 殷 紂王의 백부 箕子에게 전해졌는데, 殷商이 멸망한 후 箕子가 이를 周 武王에게 바쳤다 한다.
7 東山七月 : 『詩經·豳風』 중의 두 시편. 周公이 지었다고 전해온다.
8 韓文李杜詩 : 唐 韓愈의 산문과 李白·杜甫의 시.
9 宣德爐 : 明 宣宗 宣德 연간에 관청 窯에서 만든, 유명한 자기화로. 「2.87 이씨 작은 집[李氏小園]」 참고.
10 成化瓷 : 明 成化 연간에 관청 窯에서 만든, 유명한 자기.

해제

세상 사람들이 골동품을 귀중히 여겨 그 수집에 몰두할 뿐 참으로 소중한 경전 문장을 좋아하지 않음을 풍자하였다. 그는 또한 「6.2.10 김농에게 보내는 편지[與金農書]」에서 "골동의 이치는 진품이 있으면 반드시 위조품이 있게 되니, 문장에 비유하자면 반드시 많은 모방작이 나오는 것과 같아 진짜를 감정하는 사람이 아니고서는 변별할 수가 없습니다.

…… 그러나 저는 또한 이렇게 말한 적이 있습니다. '세상에서 귀중한 보물로 삼을 수 있는 것은 「역상(易象)」·「시」·「서」·「춘추」·「예」·「악」일 것이니, 이들이야말로 세상 속 커다란 옛 그릇이 아니겠는가! 이들을 귀중하게 여기지 않고, 玩物喪志하니 어찌 취할 일인가!' 그러나 이는 오직 이해할 수 있는 사람에게만 말할 수 있는 거지요. 분별없고 어리석은 의견을 감히 고명하신 분께 묻고자 합니다"라고 쓴 적이 있다.

2.95 수도 가는 나그네 만나 욱종상인에게 말 전해주기를 부탁하다逢客入都寄勖宗上人口號[1]

그대 수도에 이르면 꼭 산에 가게나,	汝到京師必到山,[2]
산의 서쪽 기슭에 사원이 있다네.	山之西麓有禪關;[3]
구월에 내가 가서 머물겠으니	爲言九月吾來住,
흰 구름, 방 반 칸 준비하시라 전해주게나.	檢點白雲房半間.

역주

1 勖宗上人 : 미상.
2 山 : 勖宗上人이 머물고 있는 북경 西山을 가리킨다.
3 禪關 : 사원.

해제

이 시는 건륭 6년 가을 임관을 기다리기 위해 수도로 가기 전 쓴 것으로 보인다. 「6.2.11 욱종상인에게 보내는 편지[與勖宗上人書]」에서 "제가 전에 금대(金臺)에 있을 때 낮이면 상인(上人)과 서산(西山)을 유람하고 밤엔 등불 돋우고 차를 끓였지요. 대나무 집에서 연달아 시를 읊으면, 몸이 티끌세상에 있다는 걸 거의 잊어버린 채 그야말로 사람바다 속에 속해 있지 않은 것만 같았습니다. 이제와 생각해보면 그렇게 좋은 만남은 진정 쉽게 이루어질 수 없는 법입니다. 서늘한 가을이 돌아오면 꼭 짐 꾸려 북으로 올라갈 생각입니다. 마침 수도로 가는 인편이 있어 먼저 이 소식 전합니다. 여기 작은 시 한 편은 제 마음을 적은 것입니다"라고 했는데, 바로 이 시를 덧붙인 것이다.

2.96 가난한 선비貧士

가난한 선비 너무도 궁색한데	貧士多窘艱,
밤중에 일어나 휘장을 밀치네.	夜起披羅幃;
뜰을 배회하다 서 있으려니	徘徊立庭樹,
밝은 달 새벽빛을 흩뿌리네.	皎月墮晨輝.
좋은 옛 벗이 생각이 나니	念我故人好,
사정 알리면 거절하진 않으리.	謀告當無違.
문 나설 땐 기세 자못 당당했으나	出門氣頗壯,
반쯤 길 가다가 벌써 풀이 죽는구나.	半道神已微.
만나 보니 차가운 말만 내뱉기에	相遇作冷語,

하려던 말 삼킨 채 되돌아오네.	呑話還來歸.
돌아와 마누라와 마주하자니	歸來對妻子,
풀 죽어 위신을 세울 길 없네.	局促無儀威.
뉘 알랴, 아내는 외려 위로해주며	誰知相慰藉,
비녀 뽑고 헌옷을 전당 잡히네.	脫簪典舊衣,
부엌에 가 부서진 솥에 불 지피니	入廚燃破釜,
연기 자락 아침 햇살에 뒤엉키네.	煙光凝朝暉;
쟁반 위 어제 남은 과일과 떡을	盤中宿果餠,[1]
주린 자식들에게 고루 나누네.	分餉諸兒饑.
이 내 몸 부자 되길 고대하다가	待我富貴來,
귀밑머리 짧아지고 성글어졌네.	鬢髮短且稀;
행여 새로 나온 꽃가지 만나	莫以新花枝,
조강지처 탓하지나 말게 하소서.	誚此蘼蕪非.[2]

역주

1 宿果餠 : 지난 끼니에 남은 음식을 가리킨다.

2 莫以新花枝, 誚此蘼蕪非 : '新花枝'는 새로 만난 젊은 여성을, '蘼蕪'는 '鬢髮短且稀'의 조강지처를 비유했다. 漢代 樂府詩 : "산에 올라 고사리 따다가, 내려 올 때 옛 남편 만났다네.[上山采蘼蕪, 下山逢故夫.]"

해제

가난한 선비의 곤궁한 처지, 동반해야 하는 아내의 심정 등을 통해 두 사람의 애틋한 상황을 표현했다. 작자의 30세 이전 처지와 비슷하다.〖王錫榮〗

2.97 가는 길 어려워 3수行路難三首[1]

날 밝자 온몸에 쌓인 서리 느껴졌지만	天明始覺滿身霜,
나그네 옷깃 털고 말고삐 잡아끄네.	抖擻征衫曳馬韁.[2]
객점의 따뜻한 연기가 언 얼굴 스치고	茅店暖煙噓冷面,
비쳐드는 아침 해, 숲 속 연못 빠져나오네.	射人朝日出林塘.
험난한 산길에 늙은 말 나아가기 겁내고	關山老馬怯馳驅,
어린 종은 이제 건장한 일꾼으로 자랐네.	幼僕而今作壯夫.
만 리 길에 공명은 과연 어디 있는가?	萬里功名何處是,
그래도 청동거울에 수염을 비춰보네.	猶將靑鏡看髭鬚.
문에는 붉은 대련, 송백가지 걸렸는데	紅帖糊門掛柏枝,[3]
동풍에 길 위에서 새해를 맞는구나.	東風馬上過年時.
탁주 한 잔 걸치지만 집은 천리 밖.	一杯濁酒家千里,
객점 주인 인정 많아 설떡을 건네주네.	逆旅多情送餠糍.

역주

1 行路難 : 원래는 한대 樂府 古題로, 후대 시인들이 같은 제목으로 여행길의 험난함을 썼다.

2 抖擻(두수) : 털어내다. 정신을 진작시키다.

3 紅帖 : 春聯을 가리킨다. 새해에 한 해의 길상을 기원하며 대문에 붙이는 대련.

해제

「가는 길 어려워[行路難]」는 원래 樂府 古題이지만 여기서는 그 제목의 뜻에 따라 7언 절구 3수로 써서 나그네 생활을 묘사했다.

2.98 앞 시 기구로 다시 한 수又一首仍用前起句

날 밝자 온몸에 쌓인 서리 느껴졌지만	天明始覺滿身霜,
해 오르자 굳어진 열 손가락 펴지는구나.	日出才伸十指僵.
산색은 반쯤 개이고 반쯤은 안개 속,	山色半晴還半霧,
말머리에 붉은 낙엽, 어느 마을에 왔나?	馬頭紅葉是何莊?

2.99 광릉의 노래廣陵曲[1]

수나라 황제는 양주만 사랑하다 죽었고	隋皇只愛江都死,[2]
시녀 원랑은 붉은 눈물 흘리며 죽었다네.	袁娘淚斷紅珠子.[3]
옥구사의 흙은 연기로 변해	玉勾斜土化爲煙,[4]
동풍에 날려 들어 붉은 복사꽃 피어났네.	散入東風豔桃李.
누대에서 별을 따며 밤하늘 오를 때	樓上摘星攀夜天,[5]
북두성 환히 빛나며 어깨에 걸쳤다네.	斗珠灼灼齊人肩.[6]
뇌당의 물빛 사경에도 희게 빛나고	雷塘水光四更白,[7]
달의 자취 비스듬히 오땅 산 너머 전해지네.	月痕斜出吳山尖.[8]
새벽 누각 차가운 구름 가녀린 피리소리,	曉閣涼雲笛聲瘦,

갖은 북소리 어울려 가을콩 흩어지는 듯.	碎鼓點花撒秋豆.
온 밤 내내 즐기다가 해 뜰 무렵 잠드니	長夜歡娛日出眠,
양주는 예로부터 개운한 한낮 없다 했네.	揚州自古無清晝.[9]

역주

1 廣陵 : 옛 지명. 秦나라 때 縣을, 漢나라 때 郡·國을 설치했는데, 治所를 揚州에 두었기 때문에 양주를 廣陵이라고도 부른다.

2 隋皇只愛江都死 : 隋皇은 隋煬帝 楊廣. 江都는 揚州. 隋나라 때 江都郡 治所가 揚州에 있었다.

3 袁娘 : 隋煬帝가 총애하던 시녀로, 이름은 寶兒.

4 玉勾斜 : 江蘇省 江都縣 자락에 있는 지명. 수양제가 궁인들을 묻은 곳이라 한다. 「2.69 장초삼에게[贈張蕉衫]」 참고.

5 摘星攀夜天 : 양주성 북쪽에 있는 觀音寺는 예전에는 摘星寺라고 불렸는데, 그 절에는 摘星樓라는 누각이 있었다. 전하기로는 수양제의 迷樓가 있었던 터라고 한다. 여기서는 누각이 높음을 비유한 표현이다.

6 斗珠 : 북두칠성.

7 雷塘 : 양주에 있는 연못.

8 吳山 : 양주 맞은편(예전에 오땅에 속했던 곳)의 여러 산. 「1.3 의진현 강촌 찻집에서 아우에게[儀眞縣江村茶社寄舍弟]」 : "강에 내리던 비 막 개이니 지난밤 안개가 깨끗이 걷히고, 숲 속 꽃과 푸른 버드나무가 다들 목욕하고 아침햇살을 기다리는 듯하네. 게다가 귀여운 새들이 사람을 부르고, 미풍은 물결을 일으킨다네. 오(吳)·초(楚) 지역 푸른 산들은 환하게 아름다운 모습으로 거의 강을 건너올 것만 같군.[江雨初晴, 宿烟收盡, 林花碧柳, 皆洗沐以待朝暾; 而又嬌鳥喚人, 微風疊浪, 吳、楚諸山, 青葱明秀, 幾欲渡江而來.]"

9 長夜歡娛日出眠, 揚州自古無清晝 : 『揚州畵舫錄』 : "성안 부귀한 집은 낮에 잠자는 걸 좋아했다. 매번 아침에 잠자리에 들어 저녁이 되어서야 일어나 촛불을 밝히고 집안일을 하고, 식사하고 잔치하다가 아침이 되어서야 파했다.[城內富貴家好晝眠, 每自旦寢, 至暮始興. 燃燭治家事, 飲食燕樂, 達旦而罷.]"

해제

역사적 유래 때문에 廣陵·江都로도 불리는 揚州의 독특한 역사 배경과 생활을 담았다.

2.100 이장길 '진궁시'를 이어 쓰다秦宮詩後長吉作[1]

네모진 뜰에는 진한 향 타오르더니	方庭四角燒豔香,
술자리와 가무 끝나 등불만 휘황하네.	酒闌妓合燈煌煌;
황금 수레 비취 포장 귀인들 흩어지고	金輿翠幰貴人散,
오로지 진궁만 화려한 침소로 들어가네.	只有秦宮入畫堂.
남당 부인께서는 황금 무소 내리셨고	南堂夫人賜金兕,[2]
북당 상공께서는 자수이불 함께 덮네.	北堂相公同繡被;[3]
진궁의 한 조각 마음 알지 못해라,	未識歡哥一片心,[4]
똑같은 건지 기운 건지, 어느 쪽인지?	平分偏向知何寄.
안의 총애, 밖의 총애, 겹치고 겹쳤으니	內寵外寵重復重,
낮엔 토막 잠, 밤은 꼬박 새운다네.	晝有微眠夜無寐.
예로부터 음란한 꽃은 비바람에 흔들리나니	自古淫花蕩雨風,
해당화 사랑 얻지 못하면 초췌하게 버려지네.	海棠不得辭憔悴.
천생 흉악하고 교활한 시종 참으로 남달라	天生桀黠奴非衆,
부드럽게 교태부리다가도 거세고 날쌔다네.	柔軟嬌憨復驍勇.
지작관 승명전 백 척 담장 넘어 뛰고	鳷鵲承明百尺牆,[5]
허공을 날 때면 연적봉을 능가했다네.	斗上平翻燕赤鳳.[6]

역주

1 秦宮詩 : 中唐 시인 李賀가 쓴 시. 長吉은 李賀의 자. 「秦宮詩序」 : "진궁은 한 장군 양기가 총애하는 노비였다. 진궁이 안채에서 총애를 얻어 그 교만한 이름이 사람들에게 떠들썩했다.[秦宮, 漢將軍梁冀之嬖奴也. 秦宮得寵內舍, 故以驕名大噪於人.]" 梁冀는 동한 귀족호족 출신으로 順帝・沖帝・質帝・桓帝 등 네 황제를 모시며 大將軍을 지냈다. 그 누이가 順帝 梁皇后가 된 것을 믿고 조정을 독단하고 전횡하면서 방자하게 놀았다. 그 아내 孫壽 또한 음탕하고 방종했다. 양기는 집안 노비를 총괄하는 진궁을 총애하였고, 그 아내 또한 그와 사통했다.

진궁은 이에 "안팎으로 총애 받아 위세를 크게 떨쳤다.[內外兼寵, 威權大震.]"

2 南堂夫人 : 梁冀의 처 孫壽를 가리킨다. 金兕 : 황금으로 만든 무소 모양의 귀중한 장식품.

3 北堂相公 : 梁冀를 가리킨다.

4 歡哥 : 秦宮을 가리킨다. 이 대목은 진궁의 마음이 梁冀에게 있는지 孫壽에게 있는지, 공평하게 좋아하는지 한쪽을 편애하는지 알지 못한다는 의미이다.

5 鳷鵲承明 : 鳷鵲(지작)은 漢代의 道觀 이름. 承明은 한대의 궁전 이름.

6 燕赤鳳 : 漢 宮奴로 成帝 황후 趙飛燕이 그와 사통했다. 『飛燕外傳』에 따르면, 趙飛燕과 누이 合德이 같이 宮奴 赤鳳과 사통했는데, 그는 힘이 세고 민첩해 건물을 뛰어넘을 수 있었다 한다.

해제

중당 시인 李賀의 「秦宮詩」를 이어, 한대 노비로 梁冀 부부의 총애를 동시에 받은 진궁의 일을 묘사했다. 음란한 행적의 秦宮에 대한 비판적 시각보다는 일부 동정의 심정도 담겨 있음이 주목된다.

2.101 범현에서 요태수에게 范縣呈姚太守

휘는 홍전이다.

諱興滇.[1]

멀리 떨어져 한적한 곳, 무슨 할 일 있을까.	落落漠漠何所營,
조용하고 담담하게 스스로 즐기네.	蕭蕭澹澹自爲情.
십 년 세월 과거를 멀리했으나	十年不肯由科甲,[2]
나이 들어 하릴없이 이름 걸었네.	老去無聊掛姓名.
무명옷과 청포신으로 현령이 되고나니	布襪青鞋爲長吏,

봄날 성 안에 느릅나무와 은행나무 심는다네. 白楡文杏種春城.
몇 차례나 상관이 와서 [정사를] 물었건만, 幾回大府來相問,[3]
쟁기질 보며 밭두렁에서 한가롭게 낮잠이라네. 隴上閒眠看耦耕.

역주

1 姚興滇 : 자 介石, 安徽 桐城人. 乾隆 5년에서 12년까지 曹州知府로 있으면서 范縣을 관할했다. 『曹州府志』 참고.
2 十年不肯由科甲 : 판교가 부임 전 양주에서 그림 팔며 살던 시기.
3 大府 : 總督 · 巡撫에 대한 존칭.

해제

판교는 44세에 진사가 된 후 50세(건륭 7년)가 되어서야 范縣 현령으로 나가고, 54세에 濰縣으로 전근했는데, 이 시는 범현에서 근무할 때 曹州知府 姚興滇에게 써준 작품이다.

2.102 새하곡 3수塞下曲三首

먼 하늘 빈 산 아래 변새의 풀들 자라고 天遠山空塞草長,
일 없어 어양땅 벗어나 사냥 나가네. 太平羽獵出漁陽;[1]
젊은이 말 위에서 시 짓는 일 담론하고 少年馬上談詩事,
아득한 벌판에서 한 자락 풍류를 즐기네. 一種風流夾莽蒼.

만 갈래 천 갈래 높은 산 석양에 많아지고 萬嶂千山落日多,

장군은 사냥 끝나자 맑은 노래 고른다네.	將軍獵罷選淸歌;
오랑캐여인 취해 붉은 두 소매 펄럭이며 춤추다가	胡姬醉舞雙紅袖,
낙타에 매단 황양 가리키며 웃음 짓네.	笑指黃羊掛駱駝.[2]

춥고 힘들었던 예전의 붓끝 다 씻어버리고,	洗盡寒酸舊筆頭,
십년 동안 변방에서 봉록을 구했다네.	十年關塞覓封侯;
어깨 위엔 매, 달리는 말, 누런 가죽 바지로	臂鷹躍馬黃皮褲,
살찐 여우 활로 잡아 짧은 털옷 만들었네.	射得豐狐作短裘.[3]

역주

1 漁陽 : 옛 지명. 지금의 북경시 密雲縣 서남쪽에 있다.
2 黃羊 : 양과 비슷하지만 좀 더 큰 동물, 몸은 누렇고 배는 흰색이다.
3 豐狐 : 큰 여우.

해제

악부 古題의 하나인 「塞下曲」 형식으로 쓴 작품으로, 변방의 풍광과 유목·수렵 생활을 묘사하였다.

2.103 촌에 살며村居

숲 속 안개 자욱한 곳 까마귀 어지럽게 울어대고	霧樹溟濛叫亂鴉,
젖은 구름 금세 변하더니 아침노을 번지네.	濕雲初變早來霞.
동풍에 이른 봄풀 벌써 새파래졌고	東風已綠先春草,

가랑비에 새벽 꽃은 여전히 썰렁하다. 細雨猶寒後夜花.[1]
안개 너머 시골 배에선 오리를 불러대고 村艇隔煙呼鴨鶩,
강변 자락에 서있는 술집에선 울타리를 엮는다. 酒家依岸扎籬笆.
깊이 틀어박혀 산 지 오래라 세상 풍진 잊었으니 深居久矣忘塵世,
강물소리, 저 먼 모래톱 마을로는 보내지 말게나. 莫遣江聲入遠沙.

역주

1 後夜 : 새벽이란 뜻.

해제

판교는 26세부터 30세까지 儀徵의 江村에서 사숙을 열어 생활했는데, 이 시는 아마 그때 쓴 것으로 보인다.〖王錫榮〗 마지막 구 '莫遣江聲入遠沙'에서 江聲은 세속의 시끄러운 소리를, 遠沙는 그런 세속을 벗어나 한가하게 살아가는 강촌을 비유한다고 볼 수 있다.

2.104 무방상인을 그리며懷無方上人[1]

처음 그대 알게 된 것은 강서 땅이었으니 初識上人在西江,[2]
가는 폭포소리 가을 창가 울렸던 여산이라네. 廬山細瀑鳴秋窗.
그 후로 연·조 땅 들어가다 다시 만났지. 後遇上人入燕趙,[3]
옛 기와 무너진 묘당에 묻혀있는 옹산에서. 甕山古瓦埋荒廟.[4]
이제 그대는 효아영에 산다고 들었네. 今君聞住孝兒營,[5]

어지러운 바위에 찬 구름 일고, 가시 엉킨 곳.	亂石寒雲補棘刺;
바위 앞에 몇 칸 집 따로 짓더니	別築岩前數間屋,
그림 보내 함께 돌아와 농사짓자고 날 불렀지.	繪圖招我同歸耕.[6]
이전 띠풀 시렁에 말렸던 가을약초,	伊昔茅棚灑秋藥,
내가 저자거리 헤맬 때 그대가 심었던 것이었지.	我混屠沽君種作;[7]
절름발이 나귀를 시골 저자에 떨쳐놓고	推墮蹇驢村市中,
웃을 뿐 성내지 않는 그 마음 넓기만 하지.	笑而不怒心廖廓.
아아, 내 근래 일들은 나뭇단처럼 묶인 채	嗟我近事如束柴,[8]
사납고 흉악한 관리와 서로 어긋나게 되었네.	爪牙惡吏相推排;
뭘 위해 기뻐하고 분노하는지도 모르겠고	不知喜怒爲何事,
밤 꿈이 불길하여 소리 지르기 다반사라네.	夜夢跼蹐超喧豗.
일 년 또 일 년, 줄곧 벗어나지 못한 채	一年一年逐留滯,
그저 고상한 분께 이 쓸모없는 자 비웃게 했네.	徒使高人笑疣贅;[9]
내 마음은 이미 그대 곁으로 날아가지만	我已心魂傍爾飛,
내년에는 돌아가겠다고 저 강물에 약속드리리.	來歲不歸有如水.[10]

역주

1 無方上人 : 판교와 교류하던 스님. 호는 剩山, 속가의 성은 盧씨이며, 江西 사람이다. 불법에 조예가 깊고 시화와 전각에도 뛰어난 스님이었다. 자세한 것은 「2.25 옹산 무방상인에게 드리는 두 수[贈甕山無方上人二首]」 주석 참고. 無方上人과의 교유시는 이 밖에도 「2.78 옹산에서 무방상인에게[瓮山示無方上人]」 등이 있으며, 제화로는 「무방산인을 위해 그린 대나무[爲無方上人寫竹]」·「盆蘭을 그려 무방산인이 남쪽으로 돌아오길 권함[畵盆蘭勸無方上人南歸]」 등이 있다. 上人 : 스님에 대한 존칭.

2 西江 : 江西.

3 燕趙 : 지금의 河北 일대.

4 甕山 : 지금의 北京 頤和園 안에 있는 산. 清 乾隆 때 萬壽山이란 이름을 하사했다. 「2.25 옹산 무방상인에게 드리는 두 수[贈甕山無方上人二首]」 주석 참고.

5 孝兒營 : 미상.

6 繪圖招我同歸耕 : 작자가 나중에 찾아올 수 있도록 사는 곳의 위치를 그림으로

그려주며 불렀다는 뜻.

7 屠沽 : 푸줏간과 술집. 저자거리를 가리킨다.
8 束柴 : 몸이 비쩍 마른 상태나 일이 잘 풀리지 않음을 가리킨다.
9 疣贅(우췌) : 무용지물.
10 有如水 : 옛날사람은 물로 맹세하며 마음을 표현했다. 『左傳』 僖公24년 기록에 晋公 아들 重耳가 황하 강물을 가리키며 "외숙과 마음을 같이 하지 않을 리 있겠소? 백수(황하)에 맹세하겠소[所不與舅氏同心者, 有如白水]"라 말하는 대목이 보인다. 이런 맥락에서 이 구는 '내년에 야 어찌 돌아가지 못하겠소? (꼭 돌아갈 것을) 강물에 맹세하리다'로 새겨볼 수 있다.

해제

江西 여행길에서 무방상인과 처음 만나게 된 이래 평생 知己로 지낸 과정을 적은 후, 현재 자신의 관직생활에 대한 고통, 그리고 그 상황을 벗어나 그와 함께 歸隱하고 싶은 소망 등을 담았다. 〖王錫榮〗은 시 내용으로 보아 처음으로 범현에 부임했을 때 지은 작품으로 여겼고, 〖華耀祥〗은 마지막 구 '來歲不歸有如水'에 의거해 판교가 파관된 乾隆 18년 바로 앞 해인 乾隆 17년에 지은 것으로 보았다. 후자가 더 타당하게 여겨지지만, 이처럼 후기 작품이 어째서 시집의 '前刻' 부분에 들어갔는지 여전히 의문이 남는다.

2.105 정우신을 그리며懷程羽宸[1]

내가 실의에 빠져 강호 떠돈 지 수십 년, 오직 정자준이 천금을 내려 곤궁의 근심을 다 씻을 수 있었다. 羽宸은 그의 표자이다.

余江湖落拓數十年, 惟程三子鵕奉千金爲壽, 一洗窮愁. 羽宸是其表字.

세상 사람들 천금과 바꾼다고들 말하는데　　世人開口易千金,
정말이지 천금으로 나그네 마음과 맺어졌지.　　畢竟千金結客心.[2]
저 강서 사람 정자준과 만난 후로　　自遇西江程子鵕,[3]
지금껏 써늘한 안개 다 걷어낼 수 있었다네.　　掃開寒霧到如今.

십년 동안 편지도 통하지 못한 채　　十載音書逈不通,
여뀌꽃 핀 섬에 서풍만 부네.　　蓼花洲上有西風;
들리는 바로는 나쁜 소식 있는 것 같은데　　傳來似有非常信,[4]
며칠 밤인지 아프도록 그대 꿈 이어지네.　　幾夜酸辛屢夢公.

역주

1. 程羽宸 : 이름은 子鵕, 자가 羽宸으로, 江西人이다, 일설에는 江南 歙縣(지금의 安徽) 사람이라고도 한다. 저서로 『黃山詩卷』가 있다. 「2.68 정우신의 '황산시권'에 쓰다[題程羽宸黃山詩卷]」 참고.
2. 千金結客心 : 정우신이 판교에게 돈을 준 일은 판교의 「雜書四則卷」에 보인다. "우신이 …… 곧 오백 금을 내어 판교가 요씨를 맞기 위한 혼인자금으로 [요씨 집에] 보냈다. 다음 해 판교가 돌아오자 다시 오백 금을 내어 판교가 아내를 맞을 때의 경비로 삼았다.[羽宸 …… 卽以五百金爲板橋聘資授饒氏. 明年, 板橋歸, 復以五百金爲板橋納婦之費.]"
3. 西江 : 江西.
4. 非常信 : 나쁜 소식.

해제

곤궁할 때 자신을 흔쾌하게 도와준 바 있던 程羽宸의 소식이 소원해지자 그의 안부를 걱정하는 마음을 담았다.

2.106 강을 건너며渡江

바다에 해 떴다가 다시 지니	海日出復沒,
강 햇살 자줏빛으로 차가워지네.	江光紫而冷.
바람 잦아들자 드넓은 물결,	風平浩浩波,
돛 세우자 우뚝한 그림자.	帆定亭亭影.
과보언덕은 아득하게 사라지고	瓜步淼然去,[1]
북고산이 푸르게 빛나네.	北固蒼翠耿.[2]
금산 초산 유람할 여가는 없어	未暇遊金焦,[3]
우선 상산령에 머물기로 한다네.	先寓象山嶺.[4]

역주

1 瓜步 : 산언덕 이름. 양주 서남쪽, 장강 북쪽 강변에 있으며, 강남으로 가는 입구이다.

2 北固 : 산 이름. 鎭江 북쪽, 장강 남쪽 강변에 있다. 南·中·北 세 봉우리가 있는데 北峯은 삼면이 강과 접하면서 형세가 험준하기에 '北固'라 한다.

3 金焦 : 金山과 焦山. 金山 : 옛날 鎭江 서북 강 속에 있었으나 청말 강 사태로 모래가 쌓여 남쪽 강변과 이어졌다. 焦山 : 원 이름은 譙山 혹은 樵山. 「1.2 초산에서 독서하다가 넷째아우 묵에게[焦山讀書寄四弟墨]」, 「2.8 초산으로 독서하러 가는 벗을 보내며[送友人焦山讀書]」 등 참고.

4 象山嶺 : 象山, 일명 石公山, 형태가 두 마리 코끼리와 같기에 얻은 이름이다. 鎭江市 東北 강변에 위치해 있고, 강 건너 焦山과 마주하고 있다. 「2.8 초산으로 독서하러 가는 벗을 보내며[送友人焦山讀書]」 참고.

해제

江北 揚州에서 江南 鎭江으로 가는 길, 저녁 무렵 강을 건널 때의 느낌을 담았다.

2.107 초은사 벗을 찾다 5수招隱寺訪舊五首[1]

강변의 새가 아침 홍취 일으켜　　江鳥喚朝興,
산중으로 스님 벗을 찾아가네.　　山中訪舊僧.
샘을 만나 우선 목을 축이면서　　遇泉先解渴,
높은 산 넘는 데 문제없다 자신하네.　　濟勝漫誇能.
십리 이어지는 숲 속 굽은 길,　　十里樹中曲,
반쯤 보이는 누각 하늘 밖에 매달렸네.　　半樓天外凭.
상방은 분명 저 멀리 있으리라,　　上方應遠在,[2]
잠시 쉬고 나서 다시 올라보세.　　小歇更攀登.

먼저 샘물로 얼굴 씻고　　沃水先清面,
번거로운 예의야 따지지 않네.　　除煩更削瓜.
손님이 무례하길 참으로 여러 번,　　客眞無禮數,
스님 또한 가사를 벗어던지네.　　僧亦去袈裟.
대나무 침상에 비스듬히 누워 자고　　竹榻斜支枕,
이끼 낀 창가에 기대어 꽃을 바라보네.　　苔窗臥看花.
내일 아침 날씨 좋으면　　來朝好風日,
차근차근 안개 노을 찾아보리라.　　細細探煙霞.

선방에는 멋들어진 붓과 벼루,　　禪房精筆硯,
창문도 푸른 사창(紗窓)이로세.　　窗又碧紗糊.
먹물 적시는 정취 은근 섬세하고　　吮墨情溫細,
읊조리는 시, 그 맛이 담백하구나.　　吟詩味澹腴.
차나무 가지에서 새잎을 따고　　茶槍新摘蕊,
연잎 위 구르는 이슬방울 거두네.　　蓮露旋收珠.

작은 잔에 조금만 끓여도	小盞烹涓滴,
푸른빛이 잔잔히 우러나누나.	青光淺淺浮.

굽어보니 스님이 절로 돌아오는데	俯瞰僧歸寺,
어슴푸레 개미가 계단 오르는 모양일세.	微茫蟻附階.
다리 건널 땐 시냇물 속으로 들어간 듯 하고	過橋疑入澗,
나무숲 돌았는가 싶더니 홀연 벼랑을 오르네.	轉樹忽登崖.
짙푸른 새 과일이 광주리에 담겼고	碧綠新筐果,
노오랗게 헤진 짚신을 신었구나.	輕黃舊草鞵,
숲이 깊어 날은 저물려하고	林深天欲暮,
바람 일더니 더 어두침침해지네.	風起作陰霾.[3]

누대는 나무보다 더 높이 솟고	樓有高於樹,
나무는 누대보다 더 멀리 있네.	樹更逈於樓.
위아래로 푸르게 늘어진 가지들,	上下扶蘇碧,
날이 흐리든 맑든 문은 고즈넉하네.	陰晴戶闥幽.
새소리에 사람소리 양보하고	鳥聲人語讓,
꽃기운이 햇살을 이겨내네.	花氣日光遒.
오월이건만 산중엔 가을이 쳐들어와	五月山秋逼,
스님은 갖옷을 더 챙겨 입는구나.	僧衣裏作裘.

역주

1 招隱寺 : 江蘇 鎭江에서 남쪽으로 약 7리 떨어진 招隱山에 있는 절. 산 이름이 원래 '獸屈'이었는데, 晋宋 연간에 隱士 戴顒(대옹)이 여기에 거처하면서 招隱山으로 바뀌었다 한다. 戴顒이 죽은 후 그의 딸이 집을 佛寺로 희사해 招隱寺가 되었다. 『元和郡縣志』 참고.

2 上方 : 方丈. 주지스님이 거처하는 곳.

3 陰霾(음매) : 날이 흐리다. 어두워지다.

해제

〖王錫榮〗은 「3.36 만강홍 · 초은사[滿江紅 · 招隱寺]」가 이 절을 처음 찾았을 때의 작품이고, 이번은 다시 방문한 것이라 '訪舊'라 한 것이라 했는데, 전후 방문 시기를 확인할 수 없는 상태에서 그렇게 단정할 수는 없을 것이다. 오히려 '訪舊'의 의미는 내용 가운데 '山中訪舊僧'라는 구절에서와 같이 이 절의 아는 스님 벗을 찾아간 것으로 보는 게 자연스럽지 않을까 한다. 아는 스님이 사는 산에 오르고, 절에 이르고, 그를 선방에서 만나고, 산을 구경하며 본 과정을 쓴 다음, 마지막 수에서 사찰의 풍광과 생활로 마무리했다.

2.108 구름雲

짙은 구름, 바람에 흔들리지 않고	濃雲風不動,
엷은 안개, 금세 지나간다.	薄靄片時過.
연못 작으니 서린 안개가 적고	澤小含煙少,
산 깊으니 토해내는 기운도 많다.	山深吐氣多.
[구름은] 대지를 가득 덮고	彌漫遮大塊,
[안개는] 가벼이 여린 물결로 나아간다.	輕弱赴微波.
가벼운 재주 좋아할 뿐 묵직한 것 싫어하니	愛巧嫌癡重,
사람들의 이런 이치 어찌할거나!	人情可奈何!

해제

구름에 대한 비유적인 묘사를 통해 부박해져가는 세상 이치를 담아냈다.

2.109 유모에 대한 시乳母詩

유모 비(費)씨는 돌아가신 할머님 채(蔡)부인의 하녀였다. 나는 네 살 때 어머니를 잃게 되어 이 유모에게 양육되었다. 그때 흉년이 들어 유모는 밖에서 끼니를 해결하고, 집안에서는 부지런히 힘든 일을 해야 했다. 매일 아침 일어나면 나를 업고 저잣거리에 가서 일 전을 주고 떡 하나를 사서 손에 쥐어 준 뒤에야 다른 일을 하셨다. 어쩌다 맛있는 고기반찬이나 과일이라도 생기면 반드시 먼저 나에게 먹인 뒤에야 유모 부부와 자식들이 먹을 수 있었다. 몇 년 동안 삯도 주지 못하게 되어 그 남편이 떠날 계획을 세우자 유모는 감히 뭐라 말하지 못했으나 줄곧 눈물자국이 마르질 않았다. 날마다 할머니 헌 옷을 빨고 고쳐 꿰맸고, 물을 길어다 항아리와 옹기 가득 채웠다. 땔나무 수십 다발을 사서 부엌 아래 쌓아둔 지 며칠이 못되어 마침내 떠나게 되었다. 내가 새벽에 그 방에 들어서니 텅 빈 채 낡은 침상과 부서진 탁자만이 어지럽게 널려있는 것만 보였다. 부뚜막은 아직도 온기가 있었고, 밥그릇, 반찬사발이 솥 안에 담겨 있었다. 다름 아닌 늘상 내게 먹여주시던 것들이었다. 난 통곡하면서 아무리해도 끝내 먹을 수가 없었다. 그 뒤 삼년이 지나 다시 돌아와 할머님 시중을 들게 되자 나를 한층 더 자상히 보살펴 주셨다. 그리고 삼십사 년 후에 세상을 떠났으니 연세가 칠십육이셨다. 막 다시 돌아온 다음 해, 그 아들 준이 조강제당관이 되자 모친을 부양하기 위해 여러 차례 모시고자 했으나 끝내 가지 않으셨다. 할머님과 나 때문이었다. 내가 진사에 합격했을 때 기뻐 말씀하셨다. "내가 어린 주인 길러 이름이 나게 되었고, 자식은 팔품관이 되었으니 또 무슨 여한이 있으랴!" 마침내 아무 병도 없이 세상을 떠나셨다.

乳母費氏, 先祖母蔡太孺人之侍婢也.[1] 燮四歲失母, 育於費氏. 時値歲饑, 費自食於外, 服勞於內. 每晨起, 負燮入市中, 以一錢市一餅置燮手, 然後治他事. 間有魚飧瓜菓, 必先食燮,[2] 然後夫妻子母可得食也.[3] 數年, 費亦不支, 其夫謀去, 乳母不敢言, 然常帶淚痕. 日取太孺人舊衣濺洗補綴, 汲水盈缸滿甕; 又買薪數十束積竈下, 不數日竟去矣. 燮晨入其室, 空空然, 見破床敗几縱橫; 視其竈猶溫,有飯一盞, 菜一盂, 藏釜內, 卽常所飼燮者也. 燮痛哭, 竟亦不能食矣. 後三年, 來歸侍太孺人, 撫燮倍摯. 又三十四年而卒, 壽七十有六. 方來歸之明年, 其子俊得操江提塘官,[4] 屢迎養之, 卒不去, 以太孺人及燮故. 燮成進士, 乃喜曰:『吾撫幼主成名, 兒子作八品官,[5] 復何恨!』遂以無疾終.

평생 은혜를 갚지 못한 분,	平生所負恩,
비단 유모 한 사람만은 아니었으나	不獨一乳母.
부귀가 더뎌서 늘 한탄하다 보니	長恨富貴遲,
결국엔 오래도록 부끄럽게 되었구나.	遂令慚恧久.
황천의 길은 멀고도 먼데	黃泉路迂闊,
백발이 된 사람 늙고 추해졌네.	白髮人老醜.
봉록이 천만금일지언정	食祿千萬鍾,
손 안에 쥐어주셨던 떡만 못한 것.	不如餠在手.

역주

1 先祖母蔡太孺人 : '先'은 돌아가신 분에 대한 존칭. 孺人 : 부인에 대한 존칭. 明淸 시대에는 또한 七品官의 모친이나 아내의 封號로 쓰였다.
2 食(사) : 먹이다.
3 夫妻子母 : 유모 부부와 자식들을 가리킨다.
4 操江提塘 : 淸朝 江防隊員의 駐京傳信官.
5 八品官 : 아들 '操江提塘官'의 품계.

해제

이 시의 서문에 잘 나타나있듯 어렸을 때 자신을 따뜻하게 길러준 유모를 회상하며, 그 고마움을 제대로 갚지 못한 회한의 심정을 표현했다.

2.110 백문의 버드나무꽃白門楊柳花[1]

백문에 버들솜 훨훨 날리는데	白門楊柳花飄飄,
언덕 위 유람객 서로 보고 손짓하네.	陌上遊人互見招;
빛나는 귀고리, 비취빛 소매로 수레 안에서 손짓하고	明璫翠袖車中手,
비단 허리띠, 둥근 활로 말 위에서 허리 굽히네.	錦帶彎弓馬上腰.
소년이 어찌 꼭 알던 사람일 까닭 있으랴,	少年何必曾相識,
멋있는 새, 이름난 꽃은 천하가 아낀다네.	好鳥名花天下惜;
소첩 사는 청루는 몇 번째 집이오니	妾住青樓第幾家,
복숭아며 버들 비치는 문가에 네모조각 달렸지요.	映門桃柳方連刻.
집안 연못 정자 아래 연꽃 새로 푸르렀고	家有水亭新綠荷,
동풍이 세지 않아 여린 물결 일렁이지요.	東風不大生微波;

맑고 개인 좋은 날 고대해 願得晴明好天氣,
그대 오실 적 난간에서 맑은 노래 부를게요. 郎來倚檻流淸歌.
도령님 뜻 깊고 따뜻해 분명 서로 잘 맞겠죠. 郎意溫勤自安妥,
도령님 사랑 경박하면 뉘더러 막게 하나요? 郎情佻薄誰關鎖?
언덕 위 유람객마다 다들 절 좋아해도 陌上遊人盡愛儂,
저야 그대 사랑 없으면 안 되는 일이예요. 儂得郎憐然後可.[2]

역주

1 白門 : 六朝시대 수도 建康(지금의 남경)의 정남문인 宣陽門으로, 후에는 남경을 가리키는 말로도 쓰였다.
2 憐 : 사랑.

해제

칭루 아가씨의 젊은이에 대한 사랑을 민가 형식의 순박한 표현으로 담았다.

2.111 장간마을 소녀長干女兒[1]

장간마을 소녀는 나이가 열넷이라, 長干女兒年十四,
봄놀이에 우연히 남조 시절 절 지났네. 春遊偶過南朝寺;[2]
가녀린 귀밑머리 부처님께 곱게 절할 때 鬢髮纖鬆拜佛遲,
고개를 숙이느라 비취 금비녀 떨어트렸네. 低頭墮下金釵翠.
절 안 유람객 속 어리디 어린 소년, 寺裏遊人最少年,

한가히 거닐다가 비취 꽃비녀 주웠다네. 閑行拾得翠花鈿;
돌려주고 싶어도 뉘 것인지 알 수 없어 送還不識誰家物,
몇 번이고 향내 맡으며 멍하니 서있다네. 幾嗅香風立悵然.

역주

1 長干 : 예전 建康(지금의 남경)의 마을 이름. 秦淮河 연안에 있다.
2 南朝寺 : 南朝시대 세워진 절.

해제

남경 장간마을 소녀와 소년의 풋풋한 감정이 담긴 잔잔한 이야기가 한 폭 그림처럼 묘사되었다.

2.112 장간리長干里[1]

담장 안에 핀 꽃, 담 밖에서도 보이고 牆裏花開牆外見,
사립문은 수양버들 가지에 반쯤 가려졌네. 籬門半覆垂楊線;
문 밖으로 봄 강 한 줄기 맑게 흐르고 門外春流一派清,
푸른 산이 문 앞에 버티고 있네. 青山立在門當面.
노인네는 백 여 종 꽃을 심어 老子栽花百種多,
이른 새벽 짊어지고 앞산 아래 팔러 나가네. 清晨擔賣下前坡;
삼간 낡은 집에는 자식이 없어 三間古屋無兒女,
꽃 판 돈 생선 사서 할멈에게 건네주네. 換得鮮魚供阿婆.

실 잣고 베 짜서 수놓기는 집집마다 하는 일,	繅絲織繡家家事,
금빛 봉황 은빛 용 새겨 천자께 진상하네.	金鳳銀龍貢天子;
꽃무늬에 새로이 구름 한 자락 넣었으나	花樣新添一線雲,
낡은 베틀로는 서호의 물 담지 못하네.	舊機不用西湖水.[2]
베틀의 남자는 기술 좋은 백성이건만	機上男兒百巧民,
홑적삼 거친 베로 제 몸도 못 가리네.	單衫布褐不遮身;
중원에 백 년 동안 전쟁이 없었기에	中原百歲無爭戰,
군역을 면했으니 어찌 가난 원망하랴!	免荷干戈敢怨貧![3]

역주

1 長干里 : 예전 建康(지금의 남경)의 마을 이름. 앞 시 「2.111 장간마을 소녀[長干女兒]」 참고.

2 舊機不用西湖水 : 앞 구 '一線雲'이나 이 구의 '西湖水' 등은 베 짤 때 천에 넣는 무늬 모양을 가리킨다.

3 干戈 : 방패와 창. 여기서는 전쟁이나 軍役을 상징했다.

해제

남경 장간마을에서 꽃 팔고 베 짜서 살아가는 늙은 부부의 생활을 핍진하게 표현하였다. 백성의 고충을 담은 唐代 白居易의 新樂府 「賣炭翁」이 연상되기도 하지만 태평 시절의 곤궁이기에 오히려 다행히 여긴다는 마지막 구에서 시각의 차이가 느껴진다.

2.113 비교하는 뱀比蛇

월 땅에 뱀이 있는데, 사람들과 길고 짧음을 비교하기 좋아한다. 자기가 길면 사람을 물고, 자기가 짧으면 스스로가 죽는다. 그러나 반드시 제 얼굴을 사람에게 보이면서 하지, 몰래 비교하지는 않는다. 산길 가던 사람이 보고 양산 같은 것으로 때리면 뱀은 견디지 못하고 죽는다.

粤中有蛇,[1] 好與人比較長短, 勝則齧人, 不勝則自死, 然必面令人見, 不暗比也. 山行見者, 以傘具上沖, 蛇不勝而死.

인간과 길고 짧음 비교하기 좋아해	好向人間較短長,
숲 연못에서 나와 언덕과 길 막아선다네.	截岡要路出林塘;[2]
몸은 죽게 될지라도 곧은 모습 남기니	縱然身死猶遺直,
몰래 등 뒤에서 가늠하지는 않는다네.	不是偸從背後量.

역주

1 粤 : 廣東 지역.
2 要 : 막아서다.

해제

우열장단을 비교하는 데 생사를 거는 뱀 고사를 빌어 직접 마주대하지는 못한 채 배후에서 음해하는 인간을 풍자한 시로, 아래 「2.114 약한 뱀[脆蛇]」과 짝을 이룬다.

2.114 약한 뱀脆蛇

이 뱀은 쉽사리 끊어지기도 하고 쉽게 이어지기도 한다. 병을 치료할 수 있으며, 독은 없다. 현지인들은 이를 대통으로 유인해 들어가게 한 후 [그 구멍을] 막아 불에 구워 약으로 만든다.

是蛇易斷易續, 能治病, 無毒. 土人以竹筒誘入, 塞之, 焙以爲藥.[1]

인간의 절묘한 약을 만들기 위해	爲制人間妙藥方,
대통을 깊이 막고 말려 담장에 매단다네.	竹筒深鎖掛枯牆;
독 있는 건 잘라 죽이고 독 없는 건 먹으니	剪屠有毒餐無毒,
도대체 너희 몸을 어디에 숨겨야 할 거나?	究竟身從何處藏?

역주

1 焙(배) : 약한 불로 굽다.

해제

독이 없어 사람을 해치지도 않는 약한 뱀의 고사를 빌어 궁지를 벗어날 수 없는 사람의 처지를 풍자한 시로, 위 「2.113 비교하는 뱀[比蛇]」과 짝을 이룬다.

2.115 소흥紹興[1]

승상이 수많은 칙령 끊임없이 하달할 때	丞相紛紛詔勅多,
소흥 천자 술과 노래에만 흠뻑 취해 있었지.	紹興天子只酣歌;
금인은 휘종과 흠종 귀환시키려 했는데	金人欲送徽欽返,
어찌하여 중원은 원하지 않았단 말인가!	其奈中原不要何!

역주

1 紹興 : 宋 高宗 趙構 연호(1131~1162). 북송 靖康 2년(1127), 태상황 徽宗과 황제 欽宗이 開封에서 金人의 포로가 되었다. 같은 해 고종이 河南 商丘에서 즉위하고 연호를 建炎이라 한 후, 3년(1129) 杭州로 이궁하고 1131년 연호를 紹興으로 바꿨다. 그 뒤로 그는 일시적 편안함에 빠진 채 금인이 휘종과 흠종을 돌려보내게 되면 자신의 제위를 빼앗길까 걱정하여 간신 秦檜를 재상으로 삼고 抗金 장수들을 죽임으로써 중원 회복을 포기했다.

해제

나라의 앞날은 팽개친 채 자신의 안일만 생각했던 송 고종의 무능함을 비판하는 영사시다.

2.116 백랑산 유람遊白狼山[1]

오랜 비에 빈 산 그득 초목이 무성해져	積雨空山草木多,

산승이 새벽같이 연라(煙蘿)덩굴 자르네. 山僧晨起斫煙蘿;
절벽 앞으로 솟아나온 바위 한 덩이, 崖前露出一塊石,
솔 그늘 아래 엄숙히 앉은 게 달마를 닮았구나. 悄坐松陰似達摩.[2]

매달린 바위 작은 누각 옆 벽오동나무, 懸岩小閣碧梧桐,
허공 속에서 사람소리 들리는 듯. 似有人聲在半空;
청동문고리 아무리 두드려도 응답이 없고 百叩銅環渾不應,
온 대지엔 송홧가루, 한낮 그늘만 짙어가네. 松花滿地午陰濃.

역주

1 白狼山 : 乾隆 25년에 쓰여진 『濰縣志』에 따르면, 이곳의 雷鼓山을 수나라 때는 白狼山이라 했다 한다. 그러나 이 시는 濰縣에서 쓴 게 아닌 것으로 보인다. 江蘇 通州 直隸州(지금의 南通) 남쪽에 狼山이 있는데, 白狼이 살았다 한다. 『讀史方輿紀要』 참고. 판교가 일찍이 벗 李方膺과 이 산에 올랐던 적이 있으므로 이 시는 응당 이 산을 가리킬 것이다.〖工錫棨〗

2 達摩 : 菩提達摩. 중국 禪宗 불교의 창시자인 달마 대사.

해제

제2수의 "허공 속에서 사람소리 들리는 듯"이란 구절로 讀經하는 스님들의 존재를 암시한 후 "청동문고리 아무리 두드려도 응답이 없고"란 구절로 이음으로써 세상을 벗어난 한적한 사찰 광경을 한층 핍진하게 그려냈다.

2.117 초산 머물 때 원매부가 난을 보내와서客焦山袁梅府送蘭[1]

추란 백팔십 줄기,	秋蘭一百八十箭,[2]
초산으로 보내와 바위 사이에 피게 하였네.	送與焦山石屋開.
새벽달 아래 문 두드려 편지 전해주느라	曉月敲門傳簡帖,
안개 속 배가 어젯밤 강을 건너 왔다네.	煙帆昨夜過江來.

역주

1 焦山袁梅府: 焦山: 원래 이름은 譙山 혹은 樵山, 江蘇 鎭江市 동북쪽의 큰 강 가운데 있다. 「1.2 초산에서 독서하다가 넷째아우 묵에게[焦山讀書寄四弟墨]」 참고. 袁梅府: 미상.

2 箭: 난 줄기.

해제

옹정 십일년 판교는 會試를 준비하기 위해 초산에 가서 독서에 열중했는데, 이 시는 이때 쓴 것으로 보인다. 내용 가운데 "새벽달 아래 문 두드려 편지 전해주느라"란 구절에 원매부의 판교에 대한 깊은 관심이 잘 드러난다.

2.118 벌판 절에 머물며宿野寺

벌판의 절, 춥고 황량한데 물까지 넘쳐들고	野寺荒寒亂水侵,

긴 복도 무너진 뜰에 등 하나 박혀 있네.	長廊壞院一燈深;
파초잎 쏴아, 후두둑 오동나무 빗소리,	芭蕉淅颯梧桐雨,
수심이 일지 않는다면 그야말로 지독한 마음.	不起愁心是狠心.

해제

「6.1.5 판교 자서(板橋自敍)」에서 "판교는 문을 닫아걸고 책을 읽는 사람이 아니다. 오래된 소나무, 황폐해진 절, 너른 모래밭, 멀리 흐르는 강, 솟구친 절벽, 쓸쓸한 묘지 사이에서 오래 노닐었다(板橋非閉戶讀書者, 長遊於古松、荒寺、平沙、遠水、峭壁、墟墓之間)"고 했는데, 이 시는 작자의 그런 경험을 담고 있다.

2.119 초산을 유람하며遊焦山[1]

날마다 강가에서 산들을 살펴보니	日日江頭數萬山,
어떤 산도 이 산만큼 한가롭지 않다네.	諸山不及此山閒;
백만금으로 사려해도 그 금전 모자란데	買山百萬金錢少,[2]
외상으로 빚진들 어찌 꼭 갚아야 하리?	賒欠何曾定要還.
늙어가는데도 여전히 그저 수재일 뿐,	老去依然一秀才,
형양의 가세는 이전에 다 안배된 것.	滎陽家世舊安排;[3]
오사관모는 산 유람에 맞지 않기에	烏紗不是遊山具,
노래 반주에 쓸 딱딱이판만 가져왔다오.	攜取教歌拍板來.[4]

역주

1 焦山 : 원래 이름은 譙山. 「1.2 초산에서 독서하다가 넷째아우 묵에게[焦山讀書寄四弟墨]」 참고.

2 買山 : 『世說新語 · 排調』 : "支道林(晋나라 스님. 25세에 출가했고, 속성은 吳씨)이 사람을 시켜 深公에게 가서 印山을 사게 했다. 深公이 대답하기를 '巢父와 許由(둘 다 堯 시절의 隱士)가 산을 사서 歸隱했다는 말은 들은 적이 없소이다'고 했다.[支道林因人就深公買印山. 深公答曰 : '未聞巢、由買山而隱.']" 이후로 '買山'은 '歸隱'의 뜻으로 쓰인다.

3 滎陽家世舊安排 : 滎陽 : 옛 군명. 삼국의 위나라 때 설치했다. 치소는 지금 하남성 형양현 동북에 있었고, 정씨 집안이 유명했다. 「3.23 심원춘 · 한(沁園春 · 恨)」에서 "형양의 정씨는 / 가세를 그리워하여 노래하며 / 풍취를 걸식했다[滎陽鄭, 有慕歌家世, 乞食風情]"고 했는데, 이 부분과도 관련된다.

4 拍板 : 檀板. 노래할 때 반주하기 위해 두드리는 나무판.

해제

판교는 40세에 향시에 합격해 擧人이 되었으므로 내용 중 "老去依然一秀才"란 구절을 통해 이 시는 그의 나이가 대략 40세에 가까워질 무렵에 쓴 것으로 보인다.〖王錫榮〗

2.120 눈 개인 후雪晴

처마의 눈 겨우 녹자 해가 천천히 떠오르니	簷雪纔銷日上遲,
옛 청동화병 속 납매가지 햇볕에 내어놓네.	古銅甁曬臘梅枝.[1]
힘없이 창문에 부딪히는 어리석고 약한 파리,	觸窗無力癡蠅軟,
실의에 빠진 저 녀석을 업신여기지는 마시라.	切莫欺他失意時.

역주

1 臘梅: 蠟梅라고도 하며, 겨울에 노란 꽃이 핀다.

해제

겨울 풍경을 그리면서도 힘이 없어진 파리를 끌어들여 약소한 처지의 사람을 함부로 여기지 말자는 뜻도 담았다. 참고로, 『華耀祥』은 "실의에 빠진 저 녀석을 업신여기지는 마시라"는 마지막 구를 두고, 악한 인간이 잠시 실패했을 때는 약한 모습 보이지만, 그때만 지나면 다시 살아나 온갖 악행을 일삼기 때문에 그런 때일수록 더 조심하라는 뜻으로 풀이했다.

2.121 육조六朝[1]

한 나라 흥하면 한 나라 망하고	一國興來一國亡,
육조의 흥망은 너무나 촉급했네.	六朝興廢太匆忙.
남쪽사람들 장강 말하길 좋아해도	南人愛說長江水,
이 강물 지금껏 길어본 적 없었네.	此水從來不得長.[2]

역주

1 六朝: 서기 3세기부터 6세기까지 300년 동안 강남에서 이어진 東吳·東晋·宋·齊·梁·陳 등 여섯 조대.

2 南人愛說長江水, 此水從來不得長: 六朝 시대는 東晋이 가장 길어 103년간 유지했고, 東吳는 58년, 宋은 59년, 齊는 22년, 梁은 54년, 陳은 31년에 지나지 않았

기 때문에 '이 강물 지금껏 길어본 적 없었네'라 말한 것이다.

해제

淸初에는 문자옥이 극심해 한족 지식인을 가혹하게 박해했다. 전하는 바로는, 판교의 이 시 가운데 "이 강물 지금껏 길어본 적 없었네[此水從來不得長]" 부분이 청 조정에서 문제가 될까봐(淸朝의 '淸'엔 '水'가 들어있는데, '不得長'이라 했으므로) 당시 『板橋詩鈔』 再板本에서는 이 시를 포함한 앞 5수와 이후 9수를 함께 빼버렸고, 근래에 『鄭板橋集』을 편찬할 때 다시 복원했다 한다.〖王錫榮〗

2.122 장빈학 '서호송별도'에 붙여題張賓鶴西湖送別圖[1]

안개 낀 서호에 가을은 오지 않고	西湖煙水不成秋,
절반은 절간이고 절반은 주루라네.	半是僧樓半酒樓.
구름 밖 배 한 척 손 흔들며 떠나가니	雲外一帆揮手去,
강과 바다 보려고 하늘가에 이르리.	要看江海泊天流.[2]

역주

1 張賓鶴 : 자가 堯峰, 호는 雲汀으로, 浙江 餘抗人이다. 성격이 호탕하여 작은 범절에 구애되지 않아 당시 사람들이 '장 미치광이[張瘋]'이라 했다 한다. 시에 능하고 글씨에 빼어났다. 처음에 양주에 거처하다가 나중에 실의 속에서 북경에서 세상을 떴다. 『國朝耆獻類證 · 文藝』 · 『揚州畫舫錄 · 新城北錄』 등 참고.

2 泊 : 薄. 근접하다.

해제

제목에 보이는 바처럼 張賓鶴의 「西湖送別圖」에 붙인 제화시다. 강남에서 어렵게 활동하고 있는 화가 張賓鶴에게 더 큰 천지로 나아가 재능을 펼칠 수 있는 포부를 갖기를 바라는 심정을 담은 것으로 볼 수도 있겠다.

2.123 효렴 김조연에게贈孝廉金兆燕[1]

오 땅의 아이를 얻었는데 성은 서씨라,	買得吳兒也姓徐,
'진씨 수염' 풍류가락에 노래가 넘쳐나네.	陳髯風調滿詩餘;[2]
이 늙은이 소민 영감에겐 참으로 창피한 처지,	老大深愧巢民臾,[3]
수레 보낼 금전을 마련치 못했으니 말일세.	不得金錢送後車.[4]

역주

1 金兆燕 : 자가 鍾樾, 호는 棕亭으로, 安徽 全椒人이다. 詩詞에 능했고, 특히 元代 散曲에 정통했다. 처음에는 擧人으로 揚州書院 教授를 지냈고, 후에 進士가 되어 國子監祭酒로 승진했다. 『國朝耆獻類證 · 郎署』 · 『揚州畫舫錄 · 新城北錄』 등 참고. 孝廉 : 鄉試에 합격한 擧人의 별칭.

2 陳髯 : 陳維崧. 자는 其年, 청초 宜興人이다. 博學鴻詞 擧人으로 翰林院檢討를 지냈다. 짧은 수염을 다듬지 않은 채 스스로 호를 '陳髯'이라 했다. 詩詞에 능했고, 특히 駢體文에 빼어났다. 저서로 『湖海樓集』이 있다. 『揚州畫舫錄 · 虹橋錄』 : "徐紫雲은 자가 雲郎이며 양주사람이다. 冒辟疆 집 소년으로 영리하고 노래를 잘했는데, 陳其年과 [성적으로] 가깝게 지냈다.[徐紫雲, 字雲郎, 揚州人, 冒辟疆家青童, 儇巧善歌. 與其年狎.]"

3 巢民臾 : 즉 冒辟疆. 冒襄의 자가 辟疆, 호는 巢民, 江蘇 如皐人으로, 그 집에 水繪園이 있었다. 이들 사이와 관련해 『揚州畫舫錄 · 虹橋錄』에는 "康熙 4년 乙巳

(1665) 봄에 王士禎・陳維崧 등과 이 정원에서 모임을 가졌는데 노랫꾼 紫雲이 湘中閣에서 벼루를 받들었다"고 했다.

4 後車 : 딸린 수레. 『詩經・小雅・綿蠻』 : "저 딸린 수레에 명하여 타게 말씀하셨네.[命彼後車, 謂之載之.]" 朱熹注 : "後車, 副車."

해제

청대는 명대를 이어 '男風', 즉 동성애가 적지 않았다. 판교의 작품 가운데 몇 작품은 바로 이러한 '男色'과 관련된 내용을 담고 있어 그의 남다른 성적 취향을 말해준다. 이 내용 역시 판교와 陳維崧 등의 동성애로 얽힌 교류를 담고 있다.

2.124 초산에서 원매부에게焦山贈袁四梅府[1]

화각피리 처량하고 쇠피리 구슬퍼	畫角淒涼鐵笛哀,[2]
온 강에 가을빛, 이끼가 차갑네.	一江秋色冷莓苔.
다정하기로는 그저 원매부,	多情只有袁梅府,
열흘에 닷새는 조각배로 건너오네.	十日扁舟五去來.

역주

1 袁四梅府 : 미상. 「2.117 초산 머물 때 원매부가 난을 보내오다[客焦山袁梅府送蘭]」 참고.

2 畫角 : 관악기의 일종. 西羌에서 들어왔고, 겉에 채색을 했기에 이런 이름으로 부른다. 「2.21 업성(鄴城)」 참고.

해제

「2.117 초산 머물 때 원매부가 난을 보내오다[客焦山袁梅府送蘭]」란 시와 짝을 이루는 작품으로, 초산에서 독서하는 작자는 "화각피리 '처량하고' 쇠피리 '구슬퍼' 온 강에 가을빛, 이끼가 '차가운'" 처지인데, 난을 보내오거나 만나러 찾아오는 원매부는 그야말로 '다정하기' 그지없음을 강조했다.

2.125 비 개인 강江晴

안개 뒤덮인 산은 사라져버린 듯,	霧裏山疑失,
천둥소리 울리고 비 그칠 줄 몰랐네.	雷鳴雨未休;
석양이 반쯤 펼쳐지더니	夕陽開一半,
망강루를 토해내는구나.	吐出望江樓.
날씨 흐려 그림 그리려니	天陰作圖畫,
붓과 먹 다 젖어있구나.	紙墨俱潤澤;
한층 좋기로는 막 개인 하늘,	更愛嫩晴天,
서너번 붓칠로 쓰윽 쓱 그린다네.	寥寥三五筆.

해제

〖華耀祥〗은 제2수가 판교의 「도광암에서 송악산인을 위해 그림[韜光庵爲松岳山人作畵]」이라는 그림에 들어있는 제화시 3수 중에도 보이기 때문

에 이 시는 판교가 杭州를 유람할 때 도광암에서 머물면서 쓴 것으로 보았다. 시 속의 산은 西湖 주위의 산이고, 강은 錢塘江을 말한다는 것이다.

2.126 나은羅隱[1]

나은은 평생토록 당 배반치 않았으나	羅隱終身不負唐,
군왕은 본디 그 문장만 좋아했네.	君王原自愛文章.
신하들 전전긍긍 [번진의] 침입만 걱정하다가	諸臣瑣瑣憂輘轢,[2]
고개 돌리고 옷 바꾼 채 결국 양나라 섬겼네.	改面更衣却事梁.[3]
오월 땅 산천이 캄캄하고 적막할 때	吳越山川黤寂寥,[4]
수재 마음속엔 나무꾼 경륜 담았다네.	秀才心事有芻蕘.[5]
어찌하여 만 개 화살 강물에 쏟았을까?	如何萬弩橫江上,
주온은 쏘지 않고 조수나 쐈단 말인가!	不射朱溫却射潮?[6]

역주

1 羅隱 : 본명은 橫, 자는 昭諫으로, 唐末 新城(지금의 浙江 富陽) 사람이다. 進士 시험에 열 번이나 낙방하여 이름을 '隱'으로 고쳤다. 55세에 鎭海節度使 錢鏐(전류)에게 들어가 錢塘令·鎭海掌書記·節度判官 등 직책을 맡았다. 朱溫이 당을 이으며 諫議大夫로 불렀으나 나아가지 않았고, 錢鏐에게 군사를 일으켜 朱溫을 토벌하도록 권했다. 그의 시문은 시사에 분개하는 작품이 많다. 『懶昭諫集』이 전한다.

2 輘轢(능력) : 침입하다.

3 梁 : 五代 後梁. 朱溫이 건국한 나라. 「2.1 거록의 전투[鉅鹿之戰]」 참고.

4 吳越 : 五代 吳越王 錢鏐가 통치하던 江浙 일대 지역을 가리킨다.
5 秀才心事有芻蕘 : '秀才'는 羅隱을 가리킨다. 芻蕘 : 나무꾼. 원래는 초야의 하찮은 사람을 가리키지만, 『詩經・大雅・板』: "先民有言, 詢於芻蕘"에서와 같이 경국의 책략을 구할 수 있는 隱者를 뜻하기도 한다.
6 如何萬弩橫江上, 不射朱溫却射潮? : 錢鏐는 장사에게 명해 錢塘江 물결을 향해 활을 쏘게 해서 水神과 전쟁을 벌였다고 전한다. 唐의 叛逆臣 朱溫을 향해 쏘지 않았음을 비난한 이 구절은 羅隱의 간언을 듣지 않은 것에 대한 비판이다.

해제

唐末 羅隱의 사적을 통해 당시 정치의 무능과 혼미를 비판했다. 羅隱이 일찍이 錢鏐에게 唐의 叛逆臣 朱溫을 토벌할 것을 권했지만, 그는 羅隱의 간언을 듣지 않았고, 오히려 錢塘江 수해를 막는다고 조수에 활을 쏘아대는 일이나 벌였다는 것이다.

2.127 문장文章

당 명황제와 송 신종,	唐明皇帝宋神宗,[1]
한림원의 청련(이백)과 소장공(동파).	翰苑青蓮蘇長公.[2]
천고의 문장은 시대의 상황에 따르니	千古文章憑際遇,
뜰의 풀로 둥지 짓던 제비, 가을바람에 통곡한다네.	燕泥庭草哭秋風.

역주

1 唐明皇帝 : 당 玄宗 李隆基. 서기 712년에 즉위했다. 宋神宗 : 북송황제 趙頊의 廟號. 서기 1068년에 즉위했다.
2 翰苑 : 翰林院. 青蓮 : 唐代 대시인 李白의 호. 玄宗 天寶 초년에 이백은 吳筠 등

의 추천으로 翰林에 봉해지고 황제의 애호를 받다가 후에 張洎 등의 간언으로 멀어지게 되었다. 蘇長公 : 북송의 蘇東坡. 蘇洵의 長子라 붙여진 이름이다. 그는 神宗 때 祠部員外郎에 임명되었으나 王安石의 新法에 반대하다가 黃州로 유배되었다. 哲宗 때 翰林學士가 되었고, 관직은 禮部尙書에 이르렀다.

해제

당대 명황제와 이백, 송대 신종과 소식의 관계를 빌어 뛰어난 문인의 삶의 浮沈이 시대에 따른다는 사실을 적었다.

2.128 이상은李商隱[1]

기구함 겪지 않으면 통쾌히 펼쳐내지 못하는 법,	不歷崎嶇不暢敷,
원망의 화로, 복수의 제련이 우리를 주조해내지.	怨爐讎冶鑄吾徒.
의산이 서곤체를 빚어냈던 것,	義山逼出西昆體,[2]
저 영호 선생에게 감사할 일이네.	多謝郎君小令狐.[3]

역주

1 李商隱 : 자 義山, 호 王谿生, 선조는 懷州河內(지금의 河南省 沁陽)에 살았다. 만당의 재능 많은 시인이다. 천하를 다스리려는 정치적 웅심을 품고 번진의 할거와 환관의 전권에 반대하였다. 처음에는 牛黨의 令狐楚에게서 騈儷文을 배우고 그의 막료가 되었으나, 후에 반대당인 李黨의 王茂元의 서기가 되어 그의 딸을 아내로 맞았기 때문에 불우한 생애를 보냈다. 그의 문학이 지닌 유미주의적 경향은 이 소외감에서 비롯된 바가 크다. 저작으로 『李義山詩集』·『樊南文集』 등이 있다.

2 西昆體 : 북송초 楊億·錢惟演 등이 적극적으로 李商隱의 시풍을 모방해 전고와 수사 등 형식적 측면에 노력하며 시를 酬唱한 결과를 『西昆酬唱集』으로 엮어냈

기에 이를 '西昆體'라 부른다.

3 小令狐 : 令狐綯(영호도), 令狐楚의 아들. 당 선종 때 관직이 재상까지 올랐다.

해제

후대에 막대한 영향을 끼치게 된 이상은의 문학적 성과가 사실은 그의 불우한 삶에서 제련되어 나온 것임을 강조하였다. 판교는 「6.2.3 강빈곡 · 강우구에게 보내는 편지[與江賓谷、江禹九書]」에서 "이상은(李商隱)은 소승이었지만 대승에 들어가니 「다시 느낌이 있어[重有感]」, 「군대 따라 동으로[隨師東]」, 「안정성 누대에 올라[登安定城樓]」, 「유분에서 통곡하며[哭劉蕡]」, 「감로에 통곡하며[痛甘露]」 같은 시들은 모두 인심과 세도에 대한 근심을 담고 있기 때문이라오"라 강조한 바 있다.

2.129 금련촉金蓮燭[1]

장식한 금련촉을 근신(近臣)이라 하사했으나	畫燭金蓮賜省籤,
영호라는 이 인간은 한림원 책임 저버렸다네.	令狐小子負堂廉.[2]
큰 이름, 진짜 명사에 속하는 이로는	大名還屬眞名士,
대를 달리해 전해지는 소자섬 있지.	異代留傳蘇子瞻.[3]

역주

1 金蓮燭 : 궁정용 초, 촛대에 금빛 연화 모양이 있기에 붙여진 이름이다.

2 令狐小子負堂廉 : 『新唐書 · 令狐綯傳』에 의하면, 令狐綯가 翰林承旨로 있을 때 야간에 황제와 이야기를 나누다가 늦어지자 황제는 그가 한림원에 돌아가는 길

에 자신의 수레와 金蓮燭을 쓰게 했다고 한다. 이 구절은 令狐綯가 그럼에도 불구하고 정치를 엉망으로 하면서 翰林承旨의 책임을 다하지 못했음을 뜻한다.

3 蘇子瞻: 蘇軾. 『宋史·蘇軾傳』에 의하면, 소식이 궁중에서 야근하면서 황제의 부름에 나가 이야기를 나누다가 이때에도 역시 황제가 金蓮燭으로 한림원에 돌아가게 했다 한다. 이 구절은 같은 상황이지만 명성이 달랐던 두 사람의 경우를 대비한 것이다.

해제

시대는 다르지만 다 같이 황제에게 金蓮燭을 받는 영광을 누렸어도 명성이 달랐던 令狐綯와 蘇軾의 사적을 통해 아무리 황제의 총애가 있어도 각자의 재능과 인품에 따라 역사에 남는다는 점을 강조했다.

2.130 네 노인四皓[1]

구름에 가린 만 길 상산(商山)에 살다가	雲掩商於萬仞山,[2]
한 조정에 들어간 후 금세 돌아왔다네.	漢庭一到卽回還.
영지초는 범부가 딸 수 있는 게 아니니	靈芝不是凡夫采,[3]
천하 감당할 능력 있어도 한가히 수양한다네.	荷得乾坤養得閒.

역주

1 四皓: 秦나라 말 商山에 은거하던 東園公·綺里季夏·黃公·用里先生 등 네 노인. 그들의 머리가 모두 하얗기에 이렇게 불렀다. 漢 高祖 劉邦이 그들을 산에서 나오도록 불렀지만 듣지 않았다. 후에 劉邦이 태자 劉盈을 폐위시키고 戚姬 소생 如意를 태자로 세우려 하자 대신들이 극력 반대했지만 듣지 않았다. 張良이 계책을 세워 네 노인을 산에서 내려오게 한 후 劉邦 면전에서 劉盈의 좋

은 점을 칭찬하게 함으로써 劉邦의 생각을 바꾸게 했다.

2 商於 : 陝西 商縣과 河南 西峽縣 일대. 四皓가 은거한 商山은 商縣 동남쪽에 있다.

3 靈芝不是凡夫采 : 四皓가 商山에 은거하면서 「紫芝歌」로 영지를 따서 기아를 달랜 일을 노래했다 한다. 『古今樂錄』 참고.

해제

漢初 商山에서 은거하다가 정치적 계략에 의해 잠시 조정에 나오게 되었지만 다시 은거의 길로 돌아갔던 四皓의 사적을 담았다.

2.131 광명전에 묵으며 누 진인에게 드림宿光明殿贈婁眞人[1]

휘는 근원이다.
諱近垣.

노담과 장자와 열자는 인간 속의 신선이나	老聃莊列人中仙,[2]
백주에 하늘에 올랐다는 말은 듣지 못했네.	未聞白晝升靑天;[3]
오천 마디 오묘한 뜻 남화경에서 풀이했으니	五千妙義南華詮,[4]
고요하고 담담하게 자연으로 되돌아가자는 것.	虛靜恬澹返自然.
진시황과 한무제의 마음은 안개와 같아	秦皇漢武心如烟,[5]
어지러이 허공에 솟구쳐 끝이 없었지.	騰空飄幻無涯邊;
무릉의 나무는 여산 언덕에 이어졌지만	茂陵樹接驪山阡,[6]
양치는 녀석이나 찾아와 불로 태웠다네.	牧羊奴子來燒煎.[7]
금단 복식은 외려 생명 재촉했으니	金丹服食促壽年,

원화 대력 시절 현자나 우매한 자 구별 없었네. 元和大歷無愚賢.[8]
우리 왕조 이전의 것들 애써 씻어내 我朝力掃諸從前,
약 부뚜막 뒤집고 연단 모두 버렸다네. 踢翻藥竈流丹鉛.[9]
진인은 운기 따라 훨훨 오시어 眞人應運來翩翩.
맑은 신기 오로지 평정한 마음, 神淸氣朗心靜專,
천지를 하나로 둥글게 만들며 渾融天地爲方圓,
인의를 넘나들고 준칙을 넓혀 出入仁義恢經權,
중화와 순수 마음밭에 돌아간다네. 藏和納粹歸心田.
어찌하여 연단 굽고 공이질 하나? 有何燒鍊丹磨研?
어떻게 뱀과 매미처럼 해탈 승천하나? 有何解脫尸蛇蟬?[10]
내 오래된 이 전각에 와 잠 자노라니 我來古殿夜宿眠,
은빛 용 금빛 밧줄이 별자리 운행 흔드네. 銀龍金索搖星躔,[11]
조각한 난간 옥벽돌에 아침이슬 해맑은데 雕闌玉砌朝露鮮,
멋진 꽃 기이한 풀이 서로 함께 이어졌네. 名花異草相綿連.
수많은 백성 수만금으로 만든 이 전각, 費民千百萬金錢,[12]
명대 때 이룬 사업이 전해진 것이라네. 有明事業諸所傳.
진인이 빌려 살며 마음으로 경시하여 眞人假寓心棄捐,
부수자니 중건의 고생 생각에 그만두고 말았다네. 毁之重勞姑置焉.
천자께서 유시 내려 허락을 하셨으니 天子曰兪聊取便,
이리저리 사치하며 자만하지 말도록. 匪令逐逐還沾沾.
부유해도 가르쳐야 왕정 온전해지고 富而敎之王政全,
천하 백성 수명이 함께 늘어난다네. 萬國壽命同修延.

역주

1 光明殿 : 『宸垣識略 · 皇城二』 : "대광명전은 영우묘 서쪽 광명전 골목(지금의 북해공원 부근)에 있다. 명대의 만수궁이다. 우리 왕조 옹정 · 건륭 연간에 두 차례 수리했다.[大光明殿, 在永佑廟西光明殿胡同, 明萬壽宮也. 嘉靖重建, 本朝雍

正、乾隆年間, 兩次重修.]" 婁眞人 : 婁近垣. 자는 近垣, 법호는 三臣이고, 自號는 上淸外史. 松江 婁縣(지금의 江蘇省 婁縣) 사람. 옹정 5년에 수도로 불려와 광명전에 거처했으며, 雍正 11년(1733)에 '妙一眞人'으로 봉해졌다. '眞人'은 도사에 대한 칭호이다. 『嘯亭雜錄』 참고.

2 老聃莊列 : 老聃 : 老子. 이름은 耳, 춘추 시대 도가학파의 창시자. 저서로 『老子』(일명 『道德經』)가 있다. 莊 : 莊周. 전국시대 도가 철학가. 저서로 『莊子』(일명 『南華經』)가 있다. 列 : 列御寇. 전국시대 사람으로 장자보다 이른 시기 사람으로 전해온다. 저서로 『列子』가 있다.

3 白晝升靑天 : 도교에서는 수련이 성공하면 대낮에 하늘로 올라 신선이 된다고 한다.

4 五千妙義南華詮 : 五千妙義는 오천 자로 된 『老子』를, 南華는 『莊子』의 별칭인 『南華經』을 가리킨다.

5 秦皇漢武心如烟 : 秦始皇과 漢武帝가 道術을 신봉해 장생불로약을 구했으나 끝내 뜻을 이루지 못했다는 뜻.

6 茂陵 : 漢武帝陵. 지금의 陝西 興平縣 동북에 있다. 驪山阡 : 秦始皇陵. 지금의 陝西 臨潼縣 동남에 있다.

7 牧羊奴子來燒煎 : 전하는 바로는 진시황릉이 발굴된 후 양치는 목동이 묘 속에 촛불을 들고 들어가 양을 찾다가 관을 태워버렸다 한다.

8 元和 : 唐 憲宗 연호. 大歷 : 唐 代宗 연호. 이 두 시기에 張籍·王建·韓愈·柳宗元·白居易·劉禹錫 등 많은 인물이 나왔다. 두 시기에 도사들이 만든 금단을 불로장생의 명약이라고 여기고 먹는 사람이 늘어나고, 그것이 오히려 목숨을 단축시키는 등 그 폐해가 심각했다.

9 丹鉛 : 鉛丹. 煉丹. 「2.74 연경 잡시(燕京雜詩)」 참고.

10 解脫尸蛇蟬 : 도교에서 뱀이나 매미가 허물 벗듯 육신을 벗어나 승천하는 일.

11 星躔 : 日月星辰이 운행하는 궤도·순서.

12 費民千百萬金錢 : 백성의 피땀을 들여 수만금을 써가며 명나라 때 광명전을 건축한 것은 헛된 낭비라는 뜻.

해제

장생불로를 위해 갖은 노력을 했던 秦始皇과 漢武帝도 결국 허사였음을 강조하면서 도교 수련자이지만 연단 수련법을 별로 따르지 않았던 婁眞人의 취지에 깊은 동감을 표시하였다. 판교와 婁眞人의 관계는 「5.23 누 진인을 위해 그린 난(爲婁眞人畫蘭)」에도 보인다.

2.132 낡은 승복破衲

집안 조부 복국상인을 위해 씀.
爲從祖福國上人作.[1]

승복은 언제 낡아졌던가,	衲衣何日破,[2]
사십 년이 넘었다네.	四十有餘年;
흰 머리 되어서도 여전히 꿰매 입지만	白首仍縫綻,
젊은 시절 그때에도 구멍난 곳 기웠었네.	青春已結穿.
[구멍 많아] 시원하게 통하니 여름 지내기 좋고	透涼經夏好,
[겹쳐 기워] 솜과 같아 가을 되면 편하다네.	等絮入秋便;
옛 친구는 그러하지 않기에	故友無如此,
마주보며 서로 가련하게 여기네.	相看互有憐.

역주

1 從祖福國上人 : 판교 집안의 조부. 양주에서 출가하여 스님이 되었고, 판교가 범현에 근무할 때 찾아온 적이 있다.

2 衲衣 : 찢어지거나 헤진 곳을 기운 옷. 승려는 근검하느라 이런 옷을 입기에 '승려의 옷'을 가리킨다.

해제

『曹州府志』에 판교의 「揚州福國和尙至范, 賦二詩贈行」이 실려 있는데, 이 시 역시 福國和尙이 范縣으로 판교를 찾아왔을 때 쓴 것이다. 마지막 구 '마주보며 서로 가련하게 여기네'란 표현에 담긴 의미가 참신하다. 속세에 있는 작자는 형편없는 옷을 입은 스님을 동정하고 있지만,

그런 속세의 욕망을 초월한 스님은 오히려 이 속인을 가련히 여긴다는 것이다.

2.133 욱종상인께 3수 贈勖宗上人三首[1]

엄화계에서 머리 아직 두 갈래일 때	罨畫溪邊髫尚髽,[2]
연꽃잎 따다가 가사로 삼았네.	便拈荷葉作袈裟.
무소 한 마리 석양 너머 보이고	一條水牯斜陽外,
산머리 열 마지기 노을 속에 거뒀네.	種得山頭十畝霞.

염공은 진사공처럼 멋지게 생겨서	髯公美似晉司空,[3]
구름 사이 자줏빛 기운 서린 곳 알아냈다네.	識取雲間紫氣濃.
손에 간장 명검 들고 날마다 갈고 닦고	手把干將日磨淬,[4]
검갑에서 추수·부용 명검 빼어본다네.	匣中抽出秋芙蓉.[5]

맑은 시 담백한 구름은 다 같이 무심한데	詩清雲淡兩無心,
사람은 청춘부터 운치가 저절로 깊었네.	人自青春韻自深.
국화 피는 중양절 기다렸다가	好待菊花重九後,[6]
만산에 단풍 들 때 추위에 서로 만나리.	萬山紅葉冷相尋.[7]

역주

1 勖宗上人 : 미상. 「2.95 수도 가는 나그네 만나 욱종상인에게 말 전해주기를 부탁하다[逢客入都寄勖宗上人口號]」 참고.

2 罨畫溪 : 浙江 長興縣 서쪽에 있으며, 일명 西溪라 한다. 위에 罨畫亭이 있다.
3 髯公美似晉司空 : 髯公은 【原註】에 '謂靑崖老人'이라 했는데, 北京 香山 臥佛寺 승려 靑崖和尙을 가리킨다. 「2.79 청애화상에게[寄靑崖和尙]」 참고. 晉司空 : 張華를 가리킨다. 자가 茂先이며 西晉 惠帝 때 司空 등 직책에 있었고, 저서로 『博物志』가 있다. 전하는 바로는, 그가 북두칠성 사이에 자색 구름이 서리는 것을 보고 그 아래에 보물이 있다고 여겨 사람을 시켜 豐城 옥중에서 龍泉 · 太阿 두 명검을 파냈다 한다.
4 干將 : 명검 이름. 춘추 시대 오나라에 干將 · 莫邪(막야) 부부가 검을 잘 만들었는데, 闔閭(합려)를 위해 陰陽劍을 주조해 陽劍을 '干將', 陰劍을 '莫邪'라 했다. 「2.70 강남대방백 안 노선생께 드림[上江南大方伯晏老夫子]」 참고.
5 秋芙蓉 : 秋 : 秋水. 秋水와 芙蓉 모두 보검 또는 그 광채를 가리킨다. 「2.30 서나라 군왕 무덤[徐君墓]」 참고.
6 重九 : 9월 9일 重陽節.
7 萬山 : 북경 西山.

해제

勗宗上人에게 증여한 이 3수 가운데 첫 번째와 세 번째 수는 욱종상인과 직접 관련이 있지만, 두 번째 수는 사실상 그들의 다른 벗 靑崖和尙 이야기를 끌어들였다.〖王錫榮〗

2.134 산중 눈 내려 누워서 청애노인께山中臥雪呈靑崖老人[1]

밤새 서풍 불고 온 산에 눈 가득하니,	一夜西風雪滿山,
노승은 객 만류한 채 빗장 아니 열어주네.	老僧留客不開關.
은모래 만 리나 덮여 인적은 끊겼는데	銀沙萬里無來跡,[2]
어디서 개 짖는 소리, 마을은 한가롭네.	犬吠一聲村落閒.

역주

1 青崖老人 : 青崖和尙. 北京 香山 臥佛寺 승려. 「2.79 청애화상에게[寄青崖和尙]」·「2.133 最宗上人께 3수[贈最宗上人三首]」 참고.
2 銀沙 : 白雪을 가리킨다.

해제

이 시는 「2.79 청애화상에게[寄青崖和尙]」와 마찬가지로 작자가 49세 때 수도로 가서 임관을 기다릴 때 쓴 것으로 보인다.

2.135 범현으로 떠나기 전 자경애주인께 작별인사 드리며將之范縣拜辭紫瓊崖主人[1]

붉은 살구꽃에서 가르침 누차 주셨는데	紅杏花開應教頻,[2]
동풍 불어 말머리에 먼지를 날립니다.	東風吹動馬頭塵.
이리저리 자란 나물은 거의 맛보지 못했고	闌干苜蓿嘗來少,[3]
아름다운 시편을 새로 받들 수 있었지요.	琬琰詩篇捧去新.
양원에서 더 이상 노래 손님 되지 못한 채	莫以梁園留賦客,[4]
빈 땅 백성에게 「칠월」 노래 가르치러 갑니다.	須教七月課豳民.[5]
우리 왕조 개국한 뒤 지금까지 흥성하니	我朝開國於今烈,
문왕, 무왕, 성왕, 강왕 같은 성군의 덕입니다.	文武成康四聖人.[6]

역주

1 紫瓊崖主人 : 康熙 황제의 아들로, 이름은 允禧, 紫瓊崖道人은 自號이다. 愼靖郡王에 봉해졌고, 문집으로 『花間堂詩鈔』가 있다. 「2.03 자경애도인 신군왕 제사[紫瓊崖道人愼郡王題詞]」·「5.11 난을 그려 자경애도인께 드리며[畫蘭寄呈紫瓊崖道人]」 참고.

2 紅杏花開應教頻 : 〖王錫榮〗은 공자가 행단에서 가르침을 베풀었다는 전고(『莊子·漁父』: "공자가 검은 장막의 숲에서 노닐다가 행단 위에서 앉아 쉬었다[孔子遊乎緇帷之林, 休坐乎杏壇之上]")로 해석했으나, 이 구절의 '紅杏'을 공자의 강단인 '은행나무'로 보기 힘들기에 글자 그대로 붉은 '살구'로 새기는 게 더 자연스럽다고 생각한다.

3 闌干苜蓿嘗來少 : 작자가 紫瓊崖主人 王府에서 좋은 대접을 받느라 나물 같은 거친 음식류는 맛볼 틈이 없었다는 뜻. 闌干은 이리저리 뒤섞인 모양.

4 梁園 : 漢 景帝 황태자 劉武는 梁王에 봉해져 都城 大梁에 정원을 건축하고 빈객을 대접하니 枚乘과 司馬相如 등 많은 辭賦家가 손님이 되었다. 여기서는 紫瓊崖主人이 손님 접대한 곳을 가리킨다.

5 七月 : 『詩經·豳風』 중의 한 편. 課 : 교육. 豳民 : 여기서는 범현 백성을 가리킨다.

6 文武成康四聖人 : 주 왕조 개국 초기의 네 군주. 여기서는 淸朝 順治·康熙·雍正·乾隆 네 황제를 가리킨다.

해제

제목에서 드러나는 바와 같이 판교가 乾隆 7년(1742) 봄 처음 임관지인 范縣에 知縣으로 부임하기에 앞서 평소 자신을 극진히 대해주던 신군왕 자경애주인에게 작별을 고하며 쓴 시이다.

2.135.1 첨부 : 자경애주인이 범현령으로 떠나는 판교 정섭을 전송하며紫瓊崖主人送板橋鄭燮爲范縣令[1]

만 장 깊은 재능은 [비단] 자수로도 견주지 못할진대 萬丈才華繡不如,
구리인장에 오운체로 서명할 일에 새로 임명되었구려. 銅章新拜五雲書.[2]

조정은 이제 현명한 목민관을 얻었으나	朝廷今得鳴琴牧,[3]
양웅 살았던 그대 고향 강남은 한적해지겠구려.	江漢應閑問字居.[4]
성곽 사방의 복숭아꽃 필 때 봄비 내린 후	四廓桃花新雨後,
대나무 화분도 밤이면 추워지기 시작하리.	一缸竹葉夜涼初.[5]
집 추녀 너머로 달 질 때 아름다운 시 읊어	屋梁落月吟瓊樹,
시 담은 대통을 보내는 일 빼먹지 마시게나.	驛遞詩筒莫遣疏.

역주

1 紫瓊崖主人: 康熙 황제의 아들로, 이름은 允禧, 紫瓊崖道人은 自號이다. 愼靖郡王에 봉해졌고, 문집으로 『花間堂詩鈔』가 있다. 「2.03 자경애도인 신군왕 제사[紫瓊崖道人愼郡王題詞]」·「2.135 범현으로 떠나기 전 자경애주인께 작별인사 드리며[將之范縣拜辭紫瓊崖主人]」·「5.11 난을 그려 자경애도인께 드리며[畵蘭寄呈紫瓊崖道人]」 참고.

2 銅章: 청조 제도에 의하면 府·州·縣官은 銅印을 사용했다. 五雲書: 唐 韋陟(위척)이 郇公(순공)에 봉해진 후 侍妾이 書記를 주관하고 자신은 서명만 할 뿐이었다. 자신이 쓴 '陟'자가 구름 다섯 채와 같다고 하니 당시 사람들이 이를 '郇公 五雲體'라 불렀다 한다.

3 鳴琴牧: 『呂氏春秋·察今』: "복자천(공자 제자)이 單父를 다스리는데, 거문고를 타면서 자신은 집에서 내려오지 않아도 單父는 다스려졌다.[宓子賤治單父, 彈鳴琴, 身不下堂而單父治.]"

4 問字居: 『漢書·揚雄傳』: "유분이 일찍이 양웅에게서 기이한 글자를 배웠다. 劉棻嘗從雄學作奇字." 양웅은 蜀郡 成都人이기에 '江漢'이라 했다. 여기서는 판교의 고향 興化를 가리킨다.

5 四廓桃花新雨後, 一缸竹葉夜涼初: 사계절 변화를 봄과 가을 두 계절로 압축해 표현했다.

해제

앞 시 「2.135 범현으로 떠나기 전 자경애주인께 작별인사 드리며[將之范縣拜辭紫瓊崖主人]」에 대한 답시라 하겠다. 자경애주인은 판교가 현령으로 나아가 정치를 잘 할 것이라 기대하지만("조정은 이제 현명한 목민관을 얻었으나") 시 보내기를 잊지 말라는 마지막 대목("집 추녀 너머로 달 질 때 아름다운 시 읊어 / 시 담은 대통을 보내는 일 빼먹지 마시게나")에서 알 수 있듯이 두 사람 사이는 정치적 관계가 아닌 문학적 교유이다.

2.136 장태사 소나무 그림에 붙여 사원 벽에 쓰다僧壁題張太史畫松[1]

[장태사의] 이름은 붕충이다.
諱鵬沖.

그림 뒤편은 종이가 드러나고	畫背所揭紙,
책상엔 이미 닳아 몽그라진 붓.	案頭已敗筆;
승방에 무료하게 앉아 있다가	僧房坐無聊,
무심코 소나무 줄기를 그린다네.	偶然作松骨.
소나무 잎은 몇 개 없는데	松毛無幾許,
소나무 줄기는 한껏 위로 솟았네.	松幹頗鬱兀;
규룡이 뻣뻣하게 마른 채 드러나고	虯龍挺僵瘦,[2]
긴 뱀이 재빠르게 출몰하네.	修蛇欻出沒.
가벼운 구름 담박하여 사라질 듯 하고	輕雲淡欲無,
치달리는 우레 성내며 내리칠 것만 같네.	奔雷怒將擊.
아무런 뜻 없이 생각하는 중에	想當無意中,
정신을 문득 아득히 날린다네.	情神乍飄忽.
곁에는 가르쳐 전수할 이도,	傍無指授人,
어떤 서체로 하라는 이도 없네.	令作何體格;

가슴엔 만들어진 틀이 없으니	胸無成見拘,
모방해 본뜨면 되레 스스로를 잃는다네.	摹擬反自失.
노공의 좌위첩은	魯公坐位帖,[3]
초고를 얻어야 하는 법,	要以草藁得.
예전에 나는 본 적 없는데	我昔未嘗見,
스님은 찢어진 벽에 붙여 놓았네.	僧粘在破壁.
그 기이함에 놀라 탄식한 후에	及經驚歎奇,
천 번을 부탁해도 내게 주지 않는다네.	千求不我錫.
이 종이는 곧 헤지고 말 터이니	此紙立卽破,
표구하는 일이 아주 급하답니다.	裝潢事孔急;[4]
내 부탁이 그대를 꺾지 못했으니	吾求不汝强,
그대가 진짜 아끼는 걸 알고 말겠네.	汝當眞愛惜.

역주

1 張鵬冲 : 자가 天飛, 자호는 南華山人, 江南 嘉定人이다. 雍正 丁未年 進士로 翰林에 들어갔고, 관직은 詹事府詹事에 이르렀다. 타고난 재주가 탁월하여 시·화 모두 붓을 들면 바로 썼고 시원스레 自適하였다. 저서로 『南華詩集』이 있다. 太史 : 翰林의 별칭.

2 虯龍 : 전설 속 뿔 없는 용.

3 魯公坐位帖 : 唐 顔眞卿이 郭英義에게 쓴 초고 편지. 代宗 廣德 2년, 郭子儀가 涇陽에서 수도로 들어오니 백관이 開遠門에서 맞았다. 이때 환관 魚朝恩이 총애를 받았는데, 僕射 郭英義가 魚朝恩에게 잘 보이기 위해 특별히 그의 자리를 자신의 위에 설치하였다. 이에 안진경이 편지를 보내 따진 것이다. 편지는 7장의 초고로, 필력이 웅혼하고 기세 있게 전개되어 후세에 귀한 작품으로 평가된다.

4 裝潢 : 裝裱. 표구. 「2.94 골동(骨董)」 참고.

해제

잘 아는 스님의 거처에 그려진 張鵬冲의 그림을 보면서 '가슴엔 만들어진 구속이 없고, 다른 이를 모방해 본뜨면 되레 스스로를 잃는다'는 화론을 담았다.

시초詩鈔 범현에서 쓴 것들范縣作

해제

판교는 50세(乾隆 7년, 1742)되던 봄에 范縣 知縣(縣令)으로 처음 관리 생활을 시작하면서 그 동안 썼던 詩詞를 정리하여 『詩鈔』·『詞鈔』·『小唱』 등으로 엮어냈다. 현재의 『鄭板橋集』에는 『詩鈔』 두 번째 머리에 이 '范縣作'이라는 글자가 보이고, 뒤편 세 번째 머리에 '濰縣作'이라는 글자가 보이는데, 이 두 부분은 대략 乾隆 十三年(1746) 전후에 濰縣에서 추가 판각한 것으로 판단된다.

板橋詩鈔 范縣作
興化鄭燮克柔氏
音布
昔予老友音五哥書法峭崛含
阿郍筆鋒下插九地裂精氣上
与雲霄摩陶顏鑄柳近歐薛排
黃鑠蔡淩顛坡墨汁長傾四五斗
殘毫可載數騾馱時時作草恣怪

2.137 음포音布[1]

옛날부터 나의 오랜 벗 음포,	昔予老友音五哥,
서법이 굳세면서도 부드러움 담고 있다네.	書法峭崛含阿那.[2]
필봉을 내리 꽂으면 대지 속까지 갈라지고	筆鋒下揷九地裂,[3]
정기가 솟구쳐 구름을 어루만지네.	精氣上與雲霄摩.
안진경과 류공권을 빚어내고 구양순, 설직에 다가섰고	陶顔鑄柳近歐薛,[4]
황정견과 채양을 넘어서서 장욱과 소동파를 젖혔다네.	排黃鑠蔡淩顚坡.[5]
먹물을 장장 네다섯 말 쏟아 썼고,	墨汁長傾四五斗,
쓰다 남은 붓은 가히 낙타 몇 마리에 실을 지경.	殘毫可載數駱駝.
수시로 쓰는 초서는 마음껏 기이하게 변화하여	時時作草恣怪變,
강물 뒤엎고 용 성내며 물고기 사이로 솟구쳤네.	江翻龍怒魚騰梭.
나와 술 마시노라면 그 뜻이 조용하고 묵직하며	與予飮酒意靜重,
인물을 논할 때면 편파적인 적 없었다네.	討論人物無偏陂.
사람들마다 술로 큰 실수 많았다 말하지만	衆人皆言酒失大,
나는 결코 믿지 않고 거짓이라 화를 냈네.	予執不信嗔僞訛.
굵직하고 시원스레 법도 충분히 지녔는데	大致蕭蕭足風範,
자질구레 조잔한 걸 어찌 감당하겠는가!	細端瑣碎寧爲苛!
시골의 하찮은 인간들 갑자기 성공하면	鄕里小兒暴得志,[6]
가세를 들먹이며 과거 논하기 좋아하네.	好論家世談甲科.[7]
음포는 상관 않은 채 침 뱉고 콧방귀 뀌니	音生不顧輒嚔唾,
이런 저런 친척들마저 창칼을 겨누었네.	至親戚屬相矛戈.
늙어갈수록 곤궁해지고 울분도 더 커져	逾老逾窮逾怫鬱,
넘어지고 엎어지길 여러 번, 부질없이 지냈다네.	屢顚屢仆成蹉跎.
수재에서 제외되어 기마졸병에 충당되니	革去秀才充騎卒,
늙은 병사 건장한 장교가 서로 와서 막아주네.	老兵健校相遮羅.

모두들 선생이라 부르며 땅바닥까지 절하면서 羣呼先生拜於地,
막술과 고깃덩어리를 풀밭에 펼쳐놓네. 坌酒大肉排青莎.
음포는 보고 나서 껄껄 기쁘게 웃더니 音生瞪目大歡笑,
미친 고래처럼 마셔대니 허공엔 천 갈래 물결. 狂鯨一吸空千波.
취해서 붓과 지묵 달라 하더니 醉來索筆索紙墨,
한 번에 백 폭 글씨 큰 강을 이루었네. 一揮百幅成江河.
사람들 다투어 빼어가며 큰 옥을 얻은 듯, 羣爭衆奪若拱璧,
무지렁이들이 외려 더 아끼고 사랑하였네. 無知反得珍愛多.
어제 만난 노병, 지독히도 곤궁해 굶주렸는데 昨遇老兵劇窮餓,
뜻밖에 글씨 팔아 솥단지 덥힐 수 있었다 하네. 頗以賣字溫釜鍋.
음포의 옛날 일 말하면서 談及音生舊時事,
다리 모아 한탄하며 두 줄기 눈물 흘리네. 頓足歎恨雙涕沱.
하늘이 재인에게 좋은 재능 주셨으니 天與才人好花樣,
이러한 행장 응당 사라지지 않으리라. 如此行狀應不磨.
슬프다, 이 시 지어 원망 쓰자는 게 아니었으나 嗟予作詩非寫怨,
예전의 현자 떠났으니 이제 어쩌면 좋을까! 前賢逝矣將如何!
세상에 재능 지닌 이들 계속 이어지리니 世上才華亦不盡,
부디 경시하고 탓하며 하찮게 여기지 마시구려. 愼勿吒叱爲幺魔.
이런 사람들 당연히 조정의 재상감 아니며 此等自非公輔器,
산림에 은거하며 구름과 노을 속에 산다네. 山林點綴雲霞窩.
태산, 대산, 숭산, 화산이야 오악이라지만 泰岱嵩華自五嶽,[8]
어찌 또 높은 산과 봉우리 달리 없을까? 豈無別嶺高嵯峨.
정중하게 편장 엮어 세상에 고하였으니 大書卷帙告諸世,
다 쓰고는 하릴없이 호탕한 노래 부른다네. 書罷茫茫發浩歌.

역주

1. 音布 : 「2.148.12 음포(音布)」 : "자는 문원, 장백산인으로, 글씨에 능하다.[字聞遠, 長白山人. 善書.]"
2. 阿那 : 부드럽게 아리따운 모습.
3. 九地 : 땅의 깊은 곳.
4. 陶顏鑄柳近歐薛 : 顏眞卿・柳公權・歐陽詢・薛稷 등 당대 4대 서법가.
5. 排黃鑠蔡淩顚坡 : 黃은 黃庭堅, 蔡는 蔡襄, 蘇는 蘇東坡 등 송대 3대 서법가. 顚 : 당대 서법가 張旭은 초서를 잘 썼는데, 사람들이 '張顚'이라 불렀다.
6. 綦 : 갑자기.
7. 甲科 : 명・청 시기에 進士 시험을 甲科, 擧人 시험을 乙科라 했다.
8. 泰岱嵩華自五嶽 : 泰岱는 泰山(東嶽), 嵩은 嵩山(中嶽), 華는 華山(西嶽). 여기에 恒山(北嶽)과 衡山(南嶽)을 합해 五嶽이라 부른다.

해제

이 시를 썼을 때 음포는 이미 세상을 떠난 상태였다. 작자는 이 시를 통해 죽은 벗의 삶의 행적을 적고, 세속 사람들이 그의 예술적 재능을 알아주지 못했음을 통탄하고 있다.

2.138 범현范縣

사오십 호 가난한 집들 성곽에 붙어 있고	四五十家負郭民,
꽃 지는 관아, 티끌 없이 맑기만 하네.	落花廳事淨無塵.
쓴 쑥과 채소단은 근처 스님이 보내온 것,	苦蒿菜把隣僧送,
닳아진 소매 누더기 옷 아전은 가난하기 그지없네.	禿袖鶉衣小吏貧.[1]
아직도 다 살피기 어려운 음지가 있으니	尙有隱幽難盡燭,
언제라서 완고한 자들 두루 순화시키나.	何曾頑梗竟能馴!

한 자 관청 문이 민정을 갈라놓으니,	縣門一尺情猶隔,
하기야 임금 궁문도 자신전 너머로구나!	況是君門隔紫宸.

역주

1 秃袖鶉衣 : 의복이 짧고 헤진 모양이 메추라기 같음을 형용한 말.

2 紫宸 : 唐宋 시대 황제가 신하들이나 외국의 사신들을 접견하던 正殿의 이름.

해제

판교가 범현령으로 부임했을 때 그곳 민정을 이해해가면서 백성을 다스리는 일이 어렵다는 점을 토로했다. 「2.135 범현으로 떠나기 전 자경애주인께 작별인사 드리며[將之范縣拜辭紫瓊崖主人]」에서 임관의 흥분으로 "양원에서 더 이상 노래 손님 되지 못한 채 / 빈 땅 백성에게 「칠월」 노래 가르치러 갑니다"라고 했는데, 실제 현실을 겪고 난 후 여기서는 "아직도 다 살피기 어려운 음지가 있으니 / 언제라서 완고한 자들 두루 순화시키나" 하고 自嘆하고 있다. 이전에 "우리 왕조 개국한 뒤 지금까지 흥성하니 / 문왕, 무왕, 성왕, 강왕 같은 성군의 덕입니다"라고 강조했던 그는 이제 "한 자의 관청 문이 민정을 갈라놓으니, 하기야 임금의 궁문도 자신전 너머로구나!"라고 궁전・관청과 민심의 거리를 의식하게 되었던 것이다.

2.139 동촌의 불태운 시에 붙여 스물여덟자를 보냄寄題東村焚詩二十八字[1]

듣건대 동촌은 시가 만 수 있었으나　聞說東村萬首詩,
한 순간에 태워버려 더 이상 남지 않았다네.　一時燒去更無遺,
이 판교거사 다시 부탁의 말 전하노니　板橋居士重饒舌,
이 시가 번거롭거든 같이 태워주시게나.　詩到煩君並火之.

역주

1 東村 : 성은 石씨, 판교의 詩友. 자세한 사적은 알 수 없다. 「2.194 석동촌 '주도집'에 붙여[題石東邨鑄陶集]」 참고.

해제

詩友 石東村이 자신이 그 동안 쓴 시를 스스로 불만스럽게 여겨 다 태워버린 일을 두고 敬畏의 마음을 전했다.

2.140 초가에게寄招哥[1]

열다섯이라면 아리땁고 사랑스럽겠으나　十五娉婷嬌可憐,[2]
아직 서너 해 부족한 나이가 안쓰럽구나.　憐渠尙少四三年,[3]
관직 봉급 넉넉지 않아 부치는 편지도 얄팍해　宦囊蕭瑟音書薄,

초가, 네게 돈 조금 보내니 화장품이나 사려무나.　　略寄招哥買粉錢.

역주

1 招哥 : 수도의 어린 기녀 이름. 「6.1.16 유촌 유삼에게 써보낸 책자[劉柳邨郵冊子](殘本)」에서 "(「도정」 십 수는) 수도에 전해지면서 어린 소녀 초가가 먼저 노래했고[(道情)傳至京師, 幼女招哥首唱之]"라 했다.
2 娉婷(빙정) : 자태가 아리따운 모습.
3 尙少四三年 : 열다섯이 되기엔 아직 서너 살이 부족한 나이라는 뜻.

해제

작자가 수도에 머물 때 만났던 것으로 보이는 어린 歌妓 招哥에 대한 관심과 안쓰러운 마음을 담았다.

2.141 양주 옛집을 그리며懷揚州舊居

즉 '이씨 소원'으로, 꽃 파는 왕염이 지었다.
卽李氏小園, 賣花翁汪髥所築.[1]

누대에는 좋은 사람, 서가에는 책들 있고　　樓上佳人架上書,[2]
촛불 희미하게 차가운데 달이 막 떠올랐네.　　燭光微冷月來初.
수놓은 장막 사이로 아리따운 이 훔쳐보니　　偸開繡帳看雲鬟,[3]
책꽂이 잘라내고 책벌레 털고 있네.　　擘斷牙籤拂蠹魚.
사씨 태부 청산이 집안 정원 되었고　　謝傳青山爲院落,[4]

수나라 방초, 뜰의 채소 사이 자라네.	隋家芳草入園蔬.[5]
고향 생각에 옛날 그리며 늙음 슬퍼하노니	思鄉懷古兼傷暮,
강에 내리는 비, 강에 핀 꽃들은 여전하리라.	江雨江花爾自如.

역주

1 李氏小園 : 판교가 관직에 나가기 전 양주에서 살던 곳. 自註에서 "곧 이씨 작은 집으로, 꽃 파는 汪髯이 지은 것이다"고 했는데, 汪髯은 자가 希文이며 吳人으로 노래를 잘했다. 乾隆 원년 이후 양주에 와서 枝上村에서 차를 팔았고, 李復堂・鄭板橋와 친하게 지냈다. 나중에 小園을 만들어 꽃을 심고, 정원 안에 누대와 집 20여 칸을 세웠다. 『揚州畵舫錄・城北錄』 참고. 후에 이 정원은 이씨에게 넘겨졌기에 '李氏小園'이라 불렸다. 「2.87 이씨 작은 집[李氏小園]」 참고.

2 樓上佳人 : 판교는 진사에 합격한 다음해에 첩 饒씨를 맞아들였는데, 그녀를 가리키는 것으로 보인다.〖華耀祥〗

3 偸開繡帳看雲鬟 : 당시 45세 된 판교가 19세 된 饒씨를 맞아 총애가 깊었음을 짐작할 수 있는 구절이다.

4 謝傅青山爲院落 : '謝傅'는 謝太傅, 이름은 安, 자는 安石. 東晋 孝武帝 때 재상으로, 太傅란 직책이 더해졌다. 『揚州法雲寺志』 : "晋 寧康 3년, 사안이 양주자사로 있을 때 이곳에 집을 지었다.[晋寧康三年, 謝安領揚州刺史, 建宅於此.]" 그때의 法雲寺 舊址가 枝上村에 있었는데, 판교가 거주한 李氏小園 또한 이곳에 있었기에 이렇게 표현한 것이다. 『揚州畵舫錄・新城北錄』 참고.

5 隋家芳草入園蔬 : 옛날 수양제가 지었던 궁전도 이곳에 있었기에 이렇게 표현한 것이다.

해제

범현에서 근무할 때 임관 전 양주에서 살았던 집과 생활을 회고하며 쓴 시다. 당시 그는 오랜 고생 끝에 진사에 막 합격하고 어린 첩을 새로 맞아들여 잠시나마 한가롭고 여유로운 생활을 즐길 수 있었던 시절이었다.

2.142 감회感懷

가무 즐기는 누대 끝에 저녁 그림자 밀려오고	歌舞樓頭暮影催,
눈과 서리 날리는 집에 고운 햇살 돌아오네.	雪霜門戶豔陽回.
소진은 육국 합쳐 승상이 되었고,	蘇秦六國都丞相,[1]
나은은 서호에서 수재로 늙어갔네.	羅隱西湖老秀才.[2]
설득에도 응답 없자 제나라 저자에서 통곡했고,	遊說寂寥齊市哭,[3]
문장이 뛰어나 월나라 산에서 퍼져갔네.	文章光怪越山開.[4]
분명코 원앙금침은 한 필이었다지만	分明一匹鴛鴦錦,
옥가위 황금칼 댄 것은 결국 자신들이지.	玉剪金刀請自裁.

역주

1 蘇秦六國都丞相 : 蘇秦, 자는 季子, 전국 시대 東周 洛陽人이다. 合縱策으로 秦에 대항할 것을 趙·齊 등 6국에 유세해 6國丞相이 되었다. 都 : 총괄하다.

2 羅隱西湖老秀才 : 羅隱, 晚唐 시기 시인. 進士 시험에서 열 번이나 낙방한 후 吳越王 錢鏐 아래 들어갔다가 늙어서는 西湖에서 지냈다. 「2.126 나은(羅隱)」 참고.

3 遊說寂寥齊市哭 : 蘇秦이 후에 유세에서 실패해 齊나라 저자에서 죽었음을 가리킨다. 『史記·蘇秦列傳』 참고.

4 文章光怪越山開 : 羅隱의 문장이 吳越 지역에서 빛났음을 가리킨다.

해제

전국시대 蘇秦과 晚唐 시인 羅隱의 일생을 회고하면서, 사람의 전체적 운명은 한때의 귀천이나 곤궁·영달보다 그 결말을 보아야 하고, 그 결말은 결국 그 사람의 판단이나 처세에 따라 결정된다는 점을 표현했다.

2.143 서울 가는 진곤 수재를 전송하며 送陳坤秀才入都[1]

천태산의 재자 후가번, 天台才子侯嘉璠,[2]
서울 머물 때 서화문에서 나와 함께 술 마셨지. 與予京師飮酒西華門;[3]
가슴 열어젖힌 채 옥천수를 다 들이마시고 開懷吸盡玉泉水,[4]
두 손으로 서산의 뿌리를 뽑아 끊었네. 雙手拔斷西山根.
그때의 서울 맑게 개어 큰 거리들 깨끗했고 是時長安新晴九陌淨,[5]
은빛 쟁반 두둥실 환하게 떠올랐네. 月光爛爛升銀盆,
긴 바람 하늘로 불어 조각구름 아득하고 長風吹天片雲邈,
은빛 누대 수많은 나무들, 안개에 싸여 어른거렸네. 銀臺萬樹含煙翻,
드문 별빛 먼 등불, 방초 들판에 흔들리고 疏星遠火動芳甸,
먼 모래톱 여린 물결, 정말이지 강남 마을 같았네. 迴沙細浪酷似江南村.
그리고는 뒷날 광릉 길에서 다시 만났지, 是後相逢廣陵道,[6]
난 어깨에 짐 메고 안개 섬에 들어가는 길이었네. 予正肩舁入煙島.
왼쪽 장대엔 술 한 병, 左竿一壺酒,
오른쪽 장대엔 물고기 한 마리, 右竿一尾魚;
물고기 삶고 술 데워 마음껏 껄껄대며 얘기했네. 烹魚煮酒恣談謔,
길 근처 시골 인가를 빌려 투숙하고 道傍便借村人居.
술 마시고나서는 금세 다시 헤어졌다네. 飮罷茫茫又分去,
그대는 어디에서 후생의 이 편지를 얻었는가? 君從何處得此侯生書?
후생은 함부로 다른 이에게 마음 주지 않으니 侯生不妄許與人,
진지·이해에 사는 그대와 어찌 친하게 되었을까? 滇池洱海寧爲親;[7]
그대의 서법에 옛 뜻이 담겼고 憐君書法有古意,
우뚝 서서 명사 비난 상관치 않음을 아낀 것이겠네. 歷落不顧時賢嗔.
시 주고 글씨 써서 그대 길 안내한 후 贈詩贈字指君路,
북궐 살피며 조정에 들어간 것이겠네. 要窺北闕排勾陳.[8]

범현의 이 지현도 얼마나 다행인가? 范州知縣亦何幸?
[진 수재] 수레 돌려 이 모래먼지 땅에 오셨으니. 回車枉駕來沙塵.
황폐한 성 옛 버드나무는 석양빛에 여위고 荒城古柳夕陽瘦,
긴 둑에서는 개가 짖고 가을 무덤 새롭네. 長堤嘷犬秋墳新.
이번에 천리 길 서울로 가게 되면 此去京師一千里,
열흘이 지난 후엔 혼하 나루에 이르겠지. 十日可到渾河津.[9]
박주에 식은 차며 거친 밥으로 薄酒寒茶飯粗糲,
그대 대접했으나 내 가난 탓하지 마시길. 對人愼勿羞吾貧.
서울에는 개암자라는 스님이 있어 京師有僧介庵子,[10]
진남의 옛 마을에 살고 있다네. 是爾滇南舊閭里;
서법이 빼어난데 수려하고도 맑아 書法晶瑩秀且淸,
가을 난처럼 힘 있고 봄 복숭아처럼 멋있지. 秋蘭挺拔春桃紫.
그대 가서 따른다면 반드시 받아줄 거요. 君往從之必有倚.
게다가 옛날의 비첩 아주 많이 소장했으니 況兼古碑舊帖藏最多,
이리저리 구경하고 질문도 드려보구려. 縱橫觀之疑問彼.
그대 이번 가시면 해보시지 않겠소? 問君此去胡爲乎?
부귀와 공명은 실로 얻기 어려운 법. 功名富貴良難圖,
오직 문장만이 이 세상의 공평한 그릇, 唯有文章世公器,
석거·천록 같은 서고가 큰 도로 이끄나니, 石渠天祿開通渠.[11]
그대 보니 팔뚝 움직임에 너무 힘이 있는데 觀君運腕頗有力,
부드럽고 적당하려면 노력이 필요한 법이라네. 柔軟妥貼須工夫;
무릎 꿇고 땅바닥에 절하는 일 괘념치 마시고 莫辭長跪首泥地,[12]
한 장 종이, 조각 글씨라도 명월주로 여기시구려. 只紙片字明月珠.
서법의 대가로서 두 노인이 있으니 書法巨公二老在,
다름 아닌 법화암 주인과 양서호라오. 法華庵主梁西湖.[13]

법화주는 장공조, 양서호는 휘가 시정이다.

法華主張公照, 梁西湖諱詩正.【原註】

역주

1 陳坤 : 雲南人. 수도에 왔을 때 侯嘉璠의 소개로 범현을 거쳐 가는 길에 판교와 만났다. 이 시는 이 과정에서 쓰인 것이다.
2 侯嘉璠 : 자가 元經, 台州(지금의 浙江 臨海) 사람이다. 사부를 곧장 써내는 재능이 있었으나 과거에 여러 차례 실패했고, 나이 오십에야 江寧縣丞으로 나갔다. 「2.72 국자감학정 후가번 아우에게[贈國子學正侯嘉璠弟]」 참고.
3 西華門 : 紫禁城의 西門.
4 玉泉水 : 북경 서쪽 교외 玉泉山에서 흘러나와 皇城으로 들어간 후 紫禁城을 돌아 玉河橋로 나가 正陽門에 이른 후 동쪽으로 大通河로 들어간다.
5 長安 : 여기서는 북경을 가리킨다. 九陌 : 경성 속의 큰 거리들.
6 廣陵道 : 揚州의 길.
7 滇池 : 昆明湖. 雲南 昆明 서쪽에 있는 호수. 洱海 : 雲南 大理縣 동쪽에 있는 호수. 陳坤이 雲南人이기에 이렇게 표현했다.
8 窺北闕 : 조정에 상소 올림을 뜻한다. 北闕은 漢 未央宮의 북문 누대로, 신하가 조회를 기다리거나 상서하는 곳이다. 排勾陳 : 조정의 부름을 기다린다는 뜻. 勾陳은 북극성, 여기서는 황제나 조정을 가리킨다.
9 渾河 : 蘆溝河의 별칭. 북경 서남쪽에 있고, 지금은 永定河라 부른다.
10 介庵子 : 湛福화상의 호. 祖籍은 雲南 昆明이고, 전서・예서 등과 전각에 능했다. 당시 북경 傳經院에 머물렀다.
11 石渠天祿 : 한나라 궁중의 두 藏書閣. 여기서는 당시 조정 장서각을 가리킨다.
12 首泥地 : 땅바닥에 닿도록 머리 숙여 절하다.
13 法華庵主梁西湖 : 法華庵主 : 張公照, 자 得天, 호 涇南, 江蘇 華亭人, 康熙 進士, 雍正 연간에 관직이 刑部尙書에 이르렀다. 법률과 음악에 정통하고 서법에도 능했다. 梁西湖 : 梁詩正, 자 養仲, 호 薌林, 浙江 錢塘人. 雍正 進士, 乾隆 연간에 관직이 東閣大學士에 이르렀고, 吏部尙書를 겸직했다. 시・문・서법에 정통했다.

해제

수도에 머물 때 함께 술 마시며 포부를 나누었고, 그 후 광릉에서 다시 만나 통쾌하게 회포를 풀었던 벗 侯嘉璠의 편지를 들고 온 秀才 陳坤에게 이제 그가 서울 가면 만나보고 배우라고 몇 화가를 추천하면서 바람직한 書道를 충고했다.

2.144 악공자의 좌천鄂公子左遷[1]

휘는 용안이다.
諱容安.

진중자가 억지 해 입어 피를 토했듯이	仲子空殘嘔血,[2]
악군은 본디부터 공명 구하지 않았다네.	鄂君原不求名;
동궁첨사에서 면직이 되었지만	革去東宮詹事,
다시 국자감 선생에 초빙되었네.	來充國子先生.[3]

역주

1 鄂容安 : 자는 虛亭, 다른 자로 休如가 있다. 大學士 鄂爾泰의 장자. 乾隆 5년 詹事府小詹事 및 詹事에 제수되고, 7년 12월 비밀 上奏文 누설 사건 때문에 脫職되었다가 8년 國子監祭酒가 되었다.

2 仲子 : 陳仲子, 전국 시대 齊나라 사람. 형이 齊卿이 되자 그는 이를 불의라 여겨 楚나라로 가서 于陵에 거처하니 于陵仲子라 불렸다. 楚王이 후한 금전으로 초빙하니 아내와 같이 도망해 다른 사람의 정원관리사가 되었다. 전하는 바로는 한번은 모친이 만든 거위고기를 먹었는데, 나중에 그의 형이 보내온 것임을 알고 토해내버렸다고 한다.

3 革去東官詹事, 來充國子先生 : 鄂容安이 황태자(東宮) 일을 관장했던 詹事府詹事에서 면직되었다가 후에 國子監祭酒가 된 일을 가리킨다.

해제

鄂容安은 大學士 鄂爾泰의 장자인데, 乾隆 丙辰 會試에서 板橋가 進士에 합격할 때 鄂太傅가 시험 주관이었으므로 판교는 그를 '老師'로 부르며 「2.177 스승 악태부를 위한 만가 다섯 수[輓老師鄂太傅五首]」를 쓰기도 했다. 鄂爾泰의 아들 鄂容安과도 교유가 있었는지 이 시 외에도 「2.80 청애화상을 방문해 건너편 청람학사・허정시독의 운에 창화함[訪青崖和尙和壁間晴嵐學士盧亭侍讀原韻]」에도 鄂容安의 이름이 보인다.

2.145 십일 국화十日菊[1]

[구월] 십일의 국화 보니 한층 노랗게	十日菊花看更黃,
부서진 울타리 너머 가을 서리와 싸운다네.	破籬笆外鬥秋霜;
십 여 일 더 보아도 좋겠으니	不妨更看十餘日,
따뜻한 바람 피하면서 추위를 견디렴.	避得暖風禁得涼.

역주

1 十日 : 구월 십일. 국화 절기인 구월 구일 중양절을 보내고 난 후 시기.

해제

국화의 절정기 구월 구일 중양절을 지나 피어있는 국화에 대한 묘사를 통해 어려운 환경 속에서도 '따뜻한 바람'과 같은 권세나 이익에 빌붙지 않고 '추위', 즉 어려운 현실을 견디며 고상한 인품을 견지하는 선비의 생활을 칭송했다고 볼 수 있다. 국화를 그린 그림에 붙인 제화시가 아닌가 한다.

2.146 현에 옛날 노복 왕봉과 비슷한 하급관리가 있어 매번 볼 때마다 마음 어두워縣中小皁隸有似故僕王鳳者, 每見之黯然[1]

'길 비켜라' 소리치고 앞서 가다 문득 고개 돌리는데	喝道前行忽掉頭,[2]
그 모습이 옛날 따라다니던 종복 아닌가 싶었다.	風情疑是舊從遊;
그에게 물어보아 삼생의 한 알게 된 후,	問渠了得三生恨,[3]
가랑비 속 빈 관아는 수심 나누기 좋았다.	細雨空齋好說愁.
말 잘 따르고 성품도 온순하여	口輔依然性亦溫,
붓 적시고 먹 가는 일을 맡게 했었지.	差他吮筆墨花痕;
가련할 손, 삼년 동안 전혀 꿈에 안 뵈다가	可憐三載渾無夢,
오늘 수레 앞에 떠돌던 그 혼백 돌아왔나.	今日輿前遠近魂.
청전석 작은 인장 한 치쯤 길이인데	小印青田寸許長,[4]
글씨 베껴 옛 문장에 찍어 남겨두었지.	抄書留得舊文章;
겉으로는 삼분이 비슷하다 할지라도	縱然面上三分似,
가슴에 어찌 능히 백 권의 책 담으랴.	豈有胸中百卷藏![5]
문득 보고 놀란 뒤에 곧장 친해졌지만	乍見心驚意便親,
높이 나는 먼 곳 학처럼 의탁할 사람 아니었네.	高飛遠鶴未依人;

초왕의 그윽한 꿈 해마다 끊어지고　　楚王幽夢年年斷,
의관으로 옛날 신하 오인했을 뿐이라네.　　錯把衣冠認舊臣.[6]

역주

1 故僕王鳳 : 판교의 하인으로, 시 내용으로 볼 때 일찍 죽었다. 徐兆豊 『風月談餘錄』 卷六 : "왕봉은 자가 一鳴이고, 板橋의 하인이었다. 『北征』·『琵琶行』·『長恨歌』·『連昌宮詞』·『漢末焦仲卿妻作』 등 시편을 능히 암송할 수 있었으나 불행하게도 일찍 세상을 떠나 李復堂·潘桐岡 등도 다들 눈물을 떨구었다.[王鳳, 字一鳴, 板橋奴子也, 能誦『北征』、『琵琶行』、『長恨歌』、『連昌宮詞』及『漢末焦仲卿妻作』, 不幸早夭, 李復堂、潘桐岡皆爲墮淚.]"

2 喝道 : 예전 높은 관리가 외출할 때 아전이 앞에서 징 같은 것을 치며 길 비키라고 소리치던 일. 아래 「2.147 길 비켜라[喝道]」 참고.

3 三生 : 불교에서 말하는 前生·今生·來生.

4 小印青田 : 青田에서 난 돌로 만든 작은 도장. 青田은 浙江의 縣 중 하나로, 좋은 돌이 생산된다. 여기서는 노복 王鳳의 인장을 가리킨다. 판교는 그의 이 인장을 오랫동안 보관하며 자신의 인장 대신 쓰기도 했다 한다.

5 縱然面上三分似, 豈有胸中百卷藏! : 지금 이 아전이 王鳳과 비슷하기는 하지만, 그의 학식에는 따르지 못한다는 뜻. 徐兆豊 『風月談餘錄』에서 언급한 바와 같이 왕봉은 『北征』·『琵琶行』 등 여러 시편을 암송할 수 있는 수준을 갖추었던 하인이었기 때문이다.

6 楚王幽夢年年斷, 錯把衣冠認舊臣 : 『史記·滑稽列傳』에 따르면, 孫叔敖는 楚 莊王의 令尹이었는데, 그는 임종시 아들에게 나중에 빈곤할 때 優孟에게 가서 처지를 하소연하라 했다. 과연 아들이 優孟을 찾자 그는 손숙오의 의관으로 궁에 들어갔고, 왕이 놀라 손숙오가 부활한 게 아닌가 여겨 재상으로 삼으려 했다. 하지만 그는 이전 재상이었던 손숙오가 죽자 그의 아들은 빈곤에 빠진 상황을 들어 거절했다. 이 말에 초 장왕은 부끄럽게 여기며 손숙오의 아들에게 봉록을 내려주었다고 한다.

해제

예전에 아끼던 왕봉이라는 노복을 닮은 범현 아전을 보고 새삼 옛날 노복을 추억하며 쓴 시다. 하인 왕봉과는 主從의 관계임에도 불구하고 그가 생전에 쓰던 인장을 자신이 이어서 쓴다는 표현에서 작자의 '특별한 애정'이 드러난다는 점에서 그의 '남색(男色)' 취향을 엿볼 수 있다.

2.147 길 비켜라喝道[1]

'길 비켜라' 외치는 소리, 늘어선 아전들 제쳐두고	喝道排衙嬾不禁,[2]
짚신 신고 풍속 탐색에 수풀 깊이 들어간다네.	芒鞋問俗入林深.
깨끗한 물 한 잔을 거친 길에서 권해오니	一杯白水荒途進,
순박한 백성들 마음에 부끄럽기만 하구나.	慙愧村愚百姓心.

역주

1 喝道 : 예전 높은 관리가 외출할 때 아전이 앞에서 징 같은 것을 치며 길 비키라고 소리치던 일. 위 시 「2.146 현에 옛날 노복 왕봉과 비슷한 하급관리가 있어 매번 볼 때마다 마음 어두워[縣中小皁隸有似故僕王鳳者, 每見之黯然]」 참고.

2 排衙 : 長官이 堂에 오르면 아전들이 순서대로 양편에 늘어서는 일.

해제

관직을 수행할 때의 판교의 성격이 그대로 드러나는 작품이다. '길 비켜라'는 공식적 수행 방식을 버린 채 '짚신'으로 고을에 들어서고, 백성들이 건네주는 물 한 잔에 오히려 자신을 반성해보는 마음을 갖는 게 흔한 일은 아닐 것이다.

2.148 범현 시范縣詩

십 무 땅에 대추 심고	十畝種棗,
오 무 땅에 배 심는다.	五畝種梨;
호도와 빈파,	胡桃頻婆,[1]
능금과 감나무,	沙果柿樺.
봄꽃은 조용히 담백했지만	春花淡寂,
가을 열매는 주렁주렁.	秋實離離;[2]
시월 서리에 붉어져	十月霜紅,
튼실한 과일에 늘어진 가지.	勁果垂枝.
잘난 것 다투는 틈에서 못났었지만	爭榮謝拙,
지금에 와서는 광채가 나네.	韞采於斯;
번뇌를 없애고 갈증을 풀어주고	消煩解渴,
질병을 고치고 배고픔 해결하네.	拯疾療饑.
뽕나무 밑으로 사다리,	桑下有梯,
뽕나무 위엔 아가씨,	桑上有女;
사람은 뵈지 않고	不見其人,
뽕잎만 비 오듯 떨어지네.	葉紛如雨.
어린 여동생 바구니 들고	小妹提籠,
어린 남동생 바람처럼 달리네.	小弟趨風;
저 오디 주워봐야	掇彼桑葚,[3]
붉게 익지 않아 퍼렇고 떫기만 해.	青澀未紅.
우리 누에 길러서	既養我蠶,
우리 고치 팔지 말고,	無市我繭;
집에 있는 베틀로	杼軸在堂,

실과 솜을 짜내어서, 絲絮在撚.
노인을 따뜻하게, 아이도 보살피고자 暖老憐童,
가을바람 서늘할 때 마름질하리. 秋風裁剪.

쑥이며 고비, 維蒿維蕨,
나물 이름은 많기도 해라. 蔬百其名;
광주리와 나무통에 담아 維筐維榼,
듬뿍 정을 바친다네. 百獻其情.
우물가엔 포도, 蒲桃在井,[4]
평지에는 원추리, 萱草在坪;
대추 꽃피어 현청을 넘어오고 棗花侵縣,
보리이삭 물결, 성과 나란하다. 麥浪平城.
새끼 새 아직 날개도 없는데 小蟲未翅,
그 소리 참 아리땁구나. 窈窕厥聲;[5]
애달프게 어미새 부르며 哀呼老趙,
먹이 달라 목을 내미네. 望食延頸.

범현에서는 새끼 새[黃口]를 '小蟲'이라 하고, 먹이를 물어다가 새끼를 먹이는 어미 새를 '老趙'라 말한다.

范以黃口爲小蟲, 以銜食哺雛者爲老趙.【原註】

냄새나는 보리밭 한 뙈기, 臭麥一區,
배고픈 닭은 돌보지도 못한다. 饑雞弗顧;
달콤한 오이 오색 무늬, 甛瓜五色,
단 표주박보다 멋지다. 美于甘瓠.
풀 엮어 암자 짓고 結草爲庵,
먼 나무까지 햇살 막았다. 扶翳遠樹;

거여목이 푸르게 이어지고 苜蓿綿芊,
메밀꽃도 어우러졌다. 蕎花綿亙.
세 가지 콩이 상품이고 三豆爲上,
작은 콩은 덧붙이라, 小豆斯附;
파란 속 검은 껍질, 綠質黑皮,
매끈하게 둥글어 진주처럼 쏟아지는 듯. 勻圓如注.

범현에는 '냄새나는 보리'가 있는데, 익은 후에는 냄새가 없어진다. 노랑콩·검정콩·파랑콩 세 가지 콩이 큰 콩이고, 나머지는 다 작은 콩이다. 검정콩이면서 속이 파란 게 가장 귀하다.

范有臭麥, 成熟後則不臭. 黃、黑、綠爲三豆, 爲大豆, 餘俱小豆. 黑豆而骨青者最貴.【原註】

거위가 오리의 대장, 鵝爲鴨長,
오리를 이끌고 연못에서 헤엄친다. 率游于池;
아스라이 먼 언덕, 悠悠遠岸,
빽빽한 버드나무 가지, 漠漠楊絲.
사람과 소가 대낮에 누운 곳, 人牛晝臥,
키 큰 나무가 그늘이 되어준다. 高樹蔭之;
붉은 해가 닿지 않고 赤日不到,
맑은 바람 불어온다. 淸風來吹.

말이 이만큼 크지만 斗斯巨矣,
세 말이 한 말 더한 양인듯. 三登其一;
자가 이처럼 넓지만 尺斯廣矣,
열 자가 일곱 자 더한 길이인듯. 十加其七.
두와 구로 양을 셀 때 豆區權衡,

관리 없어도 제대로다.	不官而質.
밭엔 두렁 없어도	田無埂隴,
무의 크기 침범하는 일 없다.	畝無侵軼.
너는 네 기장 심고	爾種爾黍,
나는 내 기장 김맨다.	我耰我稷.
궁으로 크기를 재고	丈之以弓,[6]
자로 양을 헤아린다.	岔之以尺.
기장이 쑥쑥 자라	黍稷翼翼,[7]
빽빽하게 무성하네.	以蒽以鬱;
그 기장 가득 수확하여	黍稷栗栗,[8]
채워 넣고 쌓아두네.	以實以積.
구월 되어 서리꽃 피면	九月霜花,
고용살이 마치고 귀가한다네.	雇役還家;
허리엔 낫, 등에는 곡식자루 지고서	腰鎌背穀,
이슬 밟고 노을 등지고 돌아간다네.	脚露肩霞.
멀리 우리 집 손짓하며	遙指我屋,
마누라 만날 생각에 잠기는데,	思見我婦;
한 줄기 새벽 연기	一縷晨煙,
깊은 숲 너머로 피어오르네.	隔於深樹.
옷자락 당기며 과일 드리며	牽衣獻果,
어린 자식 그 아비 알아본다네.	幼兒識父.
돈 열 관에	錢十其貫,
포 두 단,	布兩其端;
사십에 마누라 얻으니	四十聘婦,
집안이 너무 가난해서네.	我家實寒.

부유한 마을에서야	亦有勝村,[9]
남녀 자식 손자들 있지.	童兒女孫;
열다섯에 예물 보내고	十五而聘,
열일곱에 혼인한다네.	十七而婚.
번영과 곤궁은 서로 다른 길,	菀枯異勢,
조화옹의 근거란 따로 없다네.	造化無根.
내가 하늘 보고자 하나	我欲望天,
사실은 머리에 물동이 이고 있다네.	我實戴盆.[10]
육십이 된 일꾼이건만	六十者傭,
처갓집이란 게 없다네.	不識妻門;
등롱 들고 가마 메고	籠燈舁彩,
평생토록 바삐 달렸건만.	終身爲走奔.

노새와 나귀, 말과 소와 양,	騾驢馬牛羊,
모아 팔려고 모여들었네.	彙賣斯爲集;
때로는 초이튿날, 닷샛날, 여드렛날,	或用二五八,
때로는 초하룻날, 나흗날, 이렛날,	或以一四七.

[장이 서기로] 기약된 날이다.

期日.【原註】

장리가 나와 세금 걷는데	長吏出收租,
백성의 고통과 아픔이라.	借問民苦疾;
노인네 관리를 알지 못하고	老人不識官,
지팡이 잡고 절하며 울어댄다.	扶杖拜且泣.
관청의 세금, 일에 맞게 부과해야지	官差分所應,[11]
관리의 요구는 얼마나 지독한가!	吏擾竟何極;[12]

붉은 문서전표가 가장 두려우니 最畏硃標簽,
그대 부디 신중히 서명해야 한다네. 請君愼點筆.
탐욕스러운 자는 세 배로 세를 받고 貪者三其租,
청렴하다는 자도 다섯 푼의 이자를 받는다네. 廉者五其息.
이때서야 관청 문서 [무서움] 깨닫게 되니 卽此悟官箴,
조용히 물러나는 게 외려 보탬 된다네. 恬退亦多得.

조가는 북쪽에 있고 朝歌在北,[13]
복수는 남쪽에 있지. 濮水在南;[14]
이곳 범현 고을은 維茲范邑,
그런 음란과 탐욕 없다네. 匪淫匪婪.
도요의 자손들, 陶堯孫子,
유루의 후예들이니 劉累庶枝,[15]
비조가 회에서 일어나 鼻祖于會,
여기서 후세를 이어갔다네. 衍世於茲.
긍지 안고 삼가는 것은 娓娓斤斤,[16]
당풍에서 내려온 바라네. 唐風所吹;[17]
근면하게 노력하여 墾墾力力,
물자와 풍토에 맞춰 산다네. 物土之宜.

역주

1 頻婆 : 오동과에 속하는 과실수. 과실은 겉은 붉고 안은 검은데, 육류와 함께 삶으면 맛이 밤과 비슷하다.
2 離離 : 번성한 모양.
3 桑葚(상심) : 뽕나무 열매, 오디.
4 蒲桃 : 葡萄.
5 窈窕 : 아름답다, 아리땁다.
6 弓 : 옛날 토지 크기를 재던 계산 기구 및 단위.

7 翼翼 : 무성한 모양.
8 栗栗 : 많은 모양.
9 勝村 : 부유한 마을.
10 我欲望天, 我實戴盆 : 한계가 있다는 뜻. 司馬遷「報任少卿書」: "저는 동이를 머리에 이고 어찌 하늘을 볼 수 있겠는가 하고 생각했습니다.[僕以爲戴盆何以望天.]"
11 官差 : 관에서 매긴 세금.
12 吏擾 : 관의 세금 외에 걷는 것을 뜻한다.
13 朝歌 : 옛날 도읍 이름. 범현 서남쪽이고, 지금의 河南 淇縣에 있다. 이 시에서 범현 북쪽에 있다고 한 것은 작자가 安養을 朝歌 舊址로 잘못 알았기 때문이다. 商나라 紂王이 여기에 별도의 수도를 세웠기 때문에 그 이름이 汚名을 안게 되었다.〖王錫榮〗
14 濮水(복수) : 옛날 강물 이름. 지금 濮城과 濮陽은 모두 범현 남쪽에 있다.『漢書·地理志』: "위 지역은 桑間·濮上이 막고 있는데, 남녀 또한 자주 모여 성색이 생겨났다.[衛地有桑間濮上之阻, 男女亦亟聚會, 聲色生焉.]"
15 陶堯孫子, 劉累庶枝 : 사료의 기재에 따르면, 堯의 후대로 陶唐씨가 있었고, 도당씨의 후예인 劉累는 용을 기를 수 있어 殷王 孔甲이 '御龍'이라는 성을 내렸다 한다. 周나라에 이르러 唐杜씨·隰씨·士씨·季씨·司空씨·趙씨 등으로 나뉘었다. 魯 文公 6년 士會가 晋中軍元帥가 되었고, 成公 18년 초 隨에 책봉된 후 다시 范에 책봉되어 范會라 불렸다.『左傳』,『潛夫論·志氏姓』등 참조. 범현에 처음 책봉된 사람이 士會이기 때문에 '周會'라 한 것이다.
16 娖娖斤斤(착착근근) : 긍지를 가지고 삼가는 모양.
17 唐風 : 唐堯의 遺風과 舊俗.

해제

자신이 근무하는 범현의 여러 전원 풍광과 농촌 생활, 다른 지방과 다른 독특한 풍물, 백성들의 힘든 생활, 그러나 여전히 순박한 풍속 등을『詩經』처럼 四言體로 생동감 있게 그려냈다. 판교는 자신의 詩文에서 여러 번『詩經·七月』을 높이 평가했는데, 이 시의 묘사 방식은「七月」과 상당히 유사한 면이 있다.

2.148 절구 21수絶句二十一首

2.148.1 고봉한高鳳翰[1]

호는 서원, 교주 수재로 해릉독패장에 천거되었다. 시화에 빼어나고, 특히 인장 전각에 능하다. 병으로 장애가 온 후에 왼쪽 팔을 쓰게 되면서 서화가 한층 특색 있다.

號西園, 膠州[2]秀才, 薦擧爲海陵督灞長. 工詩畫, 尤善印篆; 病廢後, 用左臂, 書畫更奇.

서원이 왼팔 붓으로 수문의 글씨 쓰니	西園左筆壽門書,[3]
전국의 벗들 내게 와서 그 서화 구하네.	海內朋交索向余;
크고 작은 작품들 모두 보내고 난 뒤에	短箚長箋都去盡,
이 늙은이 본 떠 만들어도 남아나지가 않네.	老夫贋作亦無餘.

역주

1 高鳳翰 : 1683~1748. 자는 西園, 호는 男村 · 南阜老人 등이 있고, 병으로 장애가 온 후에는 丁巳殘人 · 尙左生 · 因病 등 40개가 넘는 호를 사용했다. 산동 사람으로 19세에 秀才가 되었고, 서법과 전각에 능했으며 산수와 화훼 그림에 빼어났다. '揚州八怪'의 한 사람으로, 장년기에 양주에 거처하면서 판교와 우의가 깊었다. 시집으로는 『擊林集』 · 『湖海集』이 있다.

2 膠州 : 山東 서남부에 있는 지명.

3 壽門 : '揚州八怪' 중의 한 사람인 金農의 자. 「2.89 김농에게[贈金農]」 참고.

2.148.2 도청격圖清格[1]

호는 목산, 만주인으로, 부랑이다. 그림에 능한데, 석도화상에게 배웠다.

號牧山, 滿洲人, 部郎. 善畫, 學石濤和尚.[2]

인간 세상 화가노릇하기 싫증나	懶向人間作畫師,
산 아래 목동과 벗하며 오갔네.	朋遊山下牧羊兒.
절벽 앞 옛 묘당에 벽 새로 칠할 때	崖前古廟新泥壁,
바람 맞는 묵죽을 한 가지 그렸다네.	墨竹臨風寫一枝.

역주

1 圖清格 : 이름은 清格, 호는 牧山으로 만주인이다. 部郎은 관직의 하나로, 中央六部 중의 郎中・員外郎을 가리킨다. 자세한 사항은 「2.84 도목산에게[贈圖牧山]」, 「2.85 다시 목산에게[又贈牧山]」 등 참고.

2 石濤和尚 : 1630~1724. 명말 청초 '四大高僧' 중의 승려 화가. 姓은 朱이고 이름은 若極으로, 明末 藩王의 아들이다. 청의 통치를 피하기 위해 출가하여 승려가 되었으며, 法名은 原濟, 자는 石濤이다. 승려가 된 후 이름을 元濟・超濟・原濟・道濟 등으로 바꾸고, 苦瓜和尚이라 자칭했다. 별호가 많은데, 大滌子・清湘遺人・清湘陳人・靖江後人・清湘老人・瞎尊者・零丁老人 등이 있다. 일생동안 은둔자로 지내며 고국을 잃은 유랑자의 정서를 시문과 서화 속에 표출해 냈는데, 특히 산수화와 난죽화에 뛰어났다. 기존의 화풍을 탈피한 참신한 山水畫・花卉畫・人物畫 등이 중국화의 발전에 적지 않은 영향을 미쳤다. 만년에 揚州에 살며 그림으로 생계를 유지했다.

2.148.3 이선李鱓[1]

호는 복당, 홍화인으로, 효렴이다. 공봉내정을 지냈고, 후에 등현령이 되었다. 화필이 세밀하고 빼어나다. 장상공과 고사구의 제자이다.

號復堂, 興化人, 孝廉. 供奉內廷, 後爲滕縣令. 畫筆工絶. 蔣相公、高司寇弟子.[2]

과거에서 이름 두 번 지워지고 한 번은 관직 벗어	兩革科名一貶官,
쓸쓸한 백발로 거울 속이 춥구나.	蕭蕭華髮鏡中寒.[3]
고개 돌려 인황제께 통곡하고	回頭痛哭仁皇帝,[4]
오래도록 영화전 앞 버들 빛 그려본다네.	長把靈和柳色看.[5]

역주

1 李鱓 : 자는 宗揚이고 호는 復堂이며, 江蘇 興化人. 청대 저명한 화가로 '揚州八怪' 중의 한 명이다. 康熙 연간에 擧人에 합격해 康熙侍從을 지냈다. 후에 궁정에서 그림을 그렸으나 款式이 맞지 않은 일로 축출되었다. 滕縣知縣에 부임했고, 관직에서 물러난 후 양주에서 그림을 팔며 살았다. 구속되지 않은 자유로운 성격으로 花·鳥·蟲·魚 그림에 뛰어났고, 필력이 강건하여 작품에 생동감이 풍부하다. 「2.64 이복당 집에서 술 마시다가 짓고 드리다[飮李復堂宅賦贈]」 참고.

2 蔣相公 : 蔣廷錫. 자 揚孫, 호 南沙, 江蘇 常熟人. 康熙 擧人으로 供奉內廷이 되고, 進士를 하사받은 후, 文華殿大學士 등을 역임했다. 시화에 능해 '江左 15才子' 중의 하나이다. 저서로 『青桐軒集』이 있다. 高司寇 : 1660~1734. 청대의 저명한 화가 高其佩. 자가 韋之, 호는 且園·南村으로 奉天 鐵嶺人이다. 雍正 연간에 刑部侍郎(少司寇라고도 함)에 이르렀다. 처음에 인물·산수를 그리다가 만년에는 오직 指畵에 힘썼다. 산수·인물·雨中 煙樹 등이 특히 절묘했다. 李鱓이 雍正 연간에 그에게서 그림을 배운 바 있다.

3 華髮 : 머리카락이 희끗해지다.

4 仁皇帝 : 清 聖祖 康熙.

5 靈和柳 : 靈和殿 앞의 버드나무.

2.148.4 연봉蓮峯[1]

항주의 시승으로, 옹정 연간에 [조정에서 내린] 자주색 가사를 하사받았다.

杭州詩僧, 雍正間賜紫.[2]

쇠밧줄 세 가닥으로 경도로 압송되었으나 鐵索三條解上都,[3]
군왕께선 일찍이 괜한 무고임을 알았다네. 君王早爲白冤誣;
언젠가 고승전에 기록되어 들어가면 他年寫入高僧傳,
일단의 풍파는 좋은 그림이 되리라. 一段風波好畫圖.

역주

1 蓮峯 : 이름은 超源, 浙江 錢塘人. 시에 능했다. 沈德潛『淸詩別裁集』: "연봉은 세종황제에게 알려져 내정으로 불려 들어간 후 吳中의 怡賢禪寺를 관장하도록 칙명을 받았는데, 당시의 덕망 있는 주지였다. 그의 시는 王維와 孟浩然을 따랐으나 불경의 현묘함을 융화시켜 표현했기에 특별히 빈 산 얼음과 눈 같은 기상이 담겨 있다.[蓮峯見知於世宗皇上, 召入內廷, 敕主吳中怡賢禪寺, 一時尊宿也. 而其詩揣摩王、孟, 擧釋典玄妙融化出之, 殊有空山氷雪氣象.]"
2 紫 : 조정에서 하사한 자주색 가사.
3 解 : 압송되다. 上都 : 京都.

2.148.5 부문傅雯[1]

자는 개정, 여양의 포의이다. 손가락 그림에 뛰어났고, 차원선생을 본받았다.

字凱亭, 閭陽布衣, 工指頭畫,[2] 法且園先生.[3]

오랫동안 여러 왕들의 귀빈이 되었으나 長作諸王座上賓,[4]
여전히 마을 골목 곤궁한 백성 중의 하나라네. 依然委巷一窮民.
해마다 그림 팔아도 봄바람은 차갑고 年年賣畫春風冷,
언 손에 붉은 안료 제대로 묻지가 않는구나. 凍手胭脂染不勻.

역주

1 傅雯 : 자가 紫來·凱亭, 호는 香嶙·頭凱陀이며, 閭陽 사람이다. 궁정화에 뛰어났으며, 평생 관직에 나아가지 않았다. 閭陽은 옛 현으로 金나라 때 설치했고, 지금의 遼寧 北鎭縣 서남쪽에 있다.

2 指頭畫 : 붓을 쓰지 않고 손가락과 손톱·손바닥에 안료를 묻혀 그리는 그림.

3 且園先生 : 청대 화가 高其佩. 자가 韋之, 호는 且園이며, 奉天 鐵嶺人이다. 자세한 사항은 「2.148.3 이선(李鱓)」 참고.

4 長作諸王座上賓 : 傅雯은 愼郡王 允禧 등 많은 왕손의 손님으로 지낸 적이 있었다.

2.148.6 반서봉潘西鳳[1]

자는 동강, 사람들이 노동이라 부르며, 신창인이다. 대나무 새기는 일에 뛰어났는데, 복양의 중겸 이후로 일인자다.

字桐岡, 人呼爲老桐, 新昌人. 精刻竹, 濮陽仲謙以後一人.[2]

해마다 시서에 빠진 걸 한탄하면서도	年年爲恨詩書累,
사람 만날 때면 또다시 독서 권하네.	處處逢人勸讀書.[3]
반 선생 대나무 새기는 정교한 솜씨 보게 되면	試看潘郎精刻竹,
흉중에 만 권 없다면 어찌 이렇게 될 수 있으랴!	胸無萬卷待何如!

역주

1 潘西鳳 : 자가 桐岡. 浙江 新昌人으로, 대나무 판각에 뛰어났다. 양주에 살 때 판교와 알고 지냈다. 「2.57 潘桐岡에게[贈潘桐岡]」 참고.

2 濮陽仲謙 : '濮仲謙'이라고도 한다. 金陵(지금의 南京) 사람으로 대나무 판각에 뛰어나 대나무가 그의 손을 거치자마자 빼어난 그릇이 되었다 한다. 『國朝耆獻類證』 483권 「方伎」 부분 참고.

3 年年爲恨詩書累, 處處逢人勸讀書 : 자신은 시서에 빠져 곤궁하게 살게 되었다고 여기면서 과거를 위한 독서에 힘쓸 것을 권했다는 뜻.

2.148.7 손아산 선배孫峩山前輩[1]

휘는 양, 덕주인이며, 진사로 통정사우통을 지냈다. 문장이 천하에 널리 알려지고 자손이 과거 급제했음을 상관하지 않고 선생은 담담하였다.

諱勷, 德州人, 進士, 通政司右通.[2] 文章滿天下, 子孫科甲無算, 先生泊如也.[3]

자식들에게 관리되지 말 것 누차 권했으니	屢勸諸兒莫做官,
관리로 지내기 어렵고, 입신은 더욱 어렵기에.	立官難更立身難;
이 한 가문에 스스로의 천 년 업적 있으니	一門自有千秋業,
저 만석의 높은 풍격, 역사에 보인다네.	萬石高風國史看.[4]

역주

1 孫峩山 : 이름은 勷, 山東 德州人이다.
2 通政司 : 通政使司. 명대에 설치된 관청으로, 조정의 내외 章疏·復奏·封駁 등 일을 관장한다. 長官은 通政司라 부르고, 그 아래에 左右通政·左右參議 등이 있다.
3 泊如 : 욕심 없이 담박한 모습.
4 萬石 : 漢初 저명한 환관. 원래 성은 石, 이름은 奮, 관직이 太中大夫·諸侯相에 이르렀고, 네 아들과 더불어 봉록이 각기 이천 석에 달했으므로 景帝가 '萬石君'이란 호를 내렸다 한다.

2.148.8 황신黃愼[1]

자는 공무, 호는 영표. 민 지역 노화가 중의 하나.

字恭懋, 號瘿瓢. 七閩老畵師.[2]

옛 묘당의 낡은 이끼자국 살피기를 좋아하고	愛看古廟破苔痕,
거친 낭애와 어지러운 나무뿌리 즐겨 그린다.	慣寫荒崖亂樹根;
그림이 신경(神境)에 이르니 표연히 자취 없는데,	畫到情神飄沒處,
더 이상 진상(眞相)은 없고 진짜 혼만 있도다.	更無眞相有眞魂.

역주

1 黃愼 : 1687~1770. 자는 恭懋, 호는 癭瓢이며, 福建人이다. 上官周에게 배웠으며 인물화에 능했다. 오랫동안 양주에 거주하면서 만년에는 거친 필법으로 仙佛을 그렸는데, 그 길이가 한 장(丈)이나 될 정도였다. '揚州八怪' 중의 한 사람이다. 『揚州畫舫錄』 참고.

2 七閩 : 福建을 가리키는 말.

2.148.9 변유기邊維祺[1]

자는 이공, 다른 자는 수민, 산양 수재로, 기러기 그림에 뛰어나다.
字頤公, 一字壽民, 山陽秀才.[2] 工畫雁.

기러기 그림 너무 또렷해 기러기 소리 드러나고	畫雁分明見雁鳴,
비단에서 쏴아쏴아 억새며 갈대소리 들리네.	縑緗颯颯荻蘆聲;
붓끝이 어찌 차가운 가을바람에 그치랴,	筆頭何限秋風冷,
온통 관산에서 이별하는 정이라네.	盡是關山離別情.

역주

1 邊維祺 : 1684~1752. 이름은 維祺, 자는 壽民 또는 頤公, 호는 葦間居士이며, 淮安人이다. 詩詞를 잘했고, 書畫에 정통했다. 「2.19 회음 변수민의 위간서옥[淮陰邊壽民葦間書屋]」 참고.

2 山陽 : 옛 현 이름. 지금의 江蘇 淮安에 있다.

2.148.10 이개李鍇[1]

자는 매산, 다른 호는 치청산인, 색상의 사위다. 매우 박식하고 시에 빼어났으며, 요동의 귀족이다.

字梅山, 又號豸青山人, 索相子婿也.[2] 極博工詩. 遼東世冑.

낙백한 왕손, 호가 치청이라,	落魄王孫號豸青,
문장에 운명 없고, 운명에 영령 없네.	文章無命命無靈.[3]
서풍이 평진각에 차갑게 불어댈 때	西風吹冷平津閣,[4]
어디서 공작 병풍을 다시 찾을까?	何處重尋孔雀屛?[5]

역주

1 李鍇 : 자는 梅山, 다른 자는 鐵君, 호는 豸青山人이다. 조부가 顯官이었고, 李鍇 자신은 大學士 索額圖의 사위가 되어 가세가 번성했으나 榮利에 소원하고 산수를 즐겼다. 京師 근교 盤山의 豸青峯 자락에 집을 짓고 문을 걸어 잠근 채 독서에 빠져 인사를 멀리했다. 시는 예스럽고 날카롭다. 『淸史稿 · 李鍇傳』 참고.

2 索相 : 索額圖, 滿族 貴族. 곧고 시원스런 성격에 박학다재하여 문무를 겸했다.

3 文章無命 : 李鍇가 乾隆 원년 과거에서 낙방하였음을 가리킨다.

4 平津閣 : 西漢 公孫弘이 平津侯에 봉해진 후 東閣을 열어 선비를 대접했는데, 봉록을 모두 빈객에게 나눠주고 자신은 험하게 생활했다 한다. 『漢書 · 公孫弘傳』 참고. 여기서는 李鍇가 索額圖의 사위임에도 불구하고 입산하여 은거했음을 말한다.

5 孔雀屛 : 唐 高祖 李淵의 竇황후의 父 竇毅는 사위를 택할 때 구혼자로 하여금 병풍 사이에 그려진 공작새 두 마리를 활로 쏘게 해 눈을 맞힌 사람에게 결혼을 허락하겠다고 했다. 李淵이 두 개 화살로 각기 눈을 맞혀 결혼하게 되었다. 『舊唐書 · 高祖竇皇后傳』 참고. 여기서는 索額圖가 李鍇를 사위로 삼은 일을 비유했다.

2.148.11 곽원郭沅[1]

자는 남강, 양주인으로, 효렴이다. 팔고문에 능하다.
字南江, 揚州人, 孝廉.[2] 工制藝.

시서에 평점하며 만 권을 펼쳤으니 點染詩書萬卷開,
붉고 노란색은 수놓은 듯, 검은 먹은 이끼인 듯. 丹黃如繡墨如苔.
손님 찾아와 마주 대할 땐 아무 말 없으니 客來相對無言說,
문약한 서생, 소심한 수재이기에 그렇다네. 文弱書生小秀才.

역주

1 郭沅 : 자는 南江이며, 揚州人으로, 擧人이다.
2 孝廉 : 鄕試에 합격한 擧人의 별칭.
3 制藝 : 과거시험에 쓰이는 八股文.

2.148.12 음포音布[1]

자는 문원, 장백산인으로, 글씨에 능하다.
字聞遠, 長白山人. 善書.

버드나무 판자 관은 헤진 옷으로 덮었고 柳板棺材蓋破袪,
지전 몇 잎 쓸쓸히 상여수레에 걸려 있네. 紙錢蕭淡掛輀車;
[지하] 삼라가 무정한 곳만은 아닐진대 森羅未是無情地,
혹여 아는 사람이 글씨 구할까 걱정이네. 或恐知人就索書.

역주

1 音布 : 자는 聞遠, 長白山人. 「2.137 음포(音布)」 참고.
2 柳板棺材蓋破袪, 紙錢蕭淡掛輀車 : 이 시를 쓸 때 音布는 이미 세상을 떴음을 뜻한다.

2.148.13 심봉沈鳳[1]

자는 범민, 강음인이고, 우이현령을 지냈다. 왕약림 태사의 문하생으로, 전각에 능하다.

字凡民, 江陰人, 盱眙縣令, 王篛林太史門生.[2] 工篆刻.

정무는 여유롭게 하면 특별하게 된다네,	政績優遊便出奇,[3]
각박하게 하지 말고 시의에 맞아야 한다네.	不須峭削合時宜.
좋은 싹인데 우레와 번개에 놀랄까 걱정,	良苗也怕驚雷電,
화목한 바람이 자연스레 불게 해야지.	扇得和風好好吹.

역주

1 沈鳳 : 자가 凡民이며, 江陰人으로, 盱眙(우이) 縣令을 지냈다. 盱眙縣은 江蘇 서부에 있다.
2 王篛林 : 미상. 太史 : 翰林.
3 優遊 : 優猶. 여유롭다. 관대하다.

2.148.14 주경주周景柱[1]

자는 서경이고, 수안인으로, 효렴이다. 내각중서에서 조주부승이 되었다. 서법에 능하다.

字西擎, 遂安人, 孝廉. 由內閣中書爲潮州府丞.[2] 工書法.

일찍이 엄탄에 가서 낚시하며 살자 약조했었지, 曾約嚴灘去釣魚,[3]
강물에 봄바람 불 때 풀 엮어 오두막 짓자고. 春風江上草爲廬;
어찌하여 만 리 밖에서 소식이 없나? 如何萬里無消耗,
그대는 관아에 박혀 있고 나 또한 문서에 묻혔네. 君屈衙官我薄書.

역주

1 周景柱 : 자가 西擎이고, 遂安人이다, 遂安은 浙江 서쪽 淳安 경내에 있는 지방.
2 內閣中書 : 내각에서 撰擬·書寫를 관장하는 관리. 府丞 : 知府의 副手.
3 嚴灘 : 東漢 嚴光이 은거하며 낚시하던 곳. 엄광은 자가 子陵으로, 光武帝 劉秀와 동학이었다. 劉秀가 황제가 된 후 불렀으나 그는 은거하며 富春江(錢塘江 자락)에서 낚시하며 지냈다. 이에 후인들이 그가 낚시하던 곳을 '嚴灘'이라 불렀다.

2.148.15 동위업董偉業[1]

자는 치부, 호는 애강, 심양인이다. 감천을 떠돌며 살며 「양주죽지사」 99수를 지었다.

字恥夫, 號愛江, 沈陽人. 流寓甘泉,[2] 作揚州竹枝詞九十九首.

새로 지은 시 백 수, 죽지사라네. 百首新詩號竹枝,
앞 왕조 명대에 원래 요염한 노래 있었다지. 前明原有豔妖詞;[3]
합쳐 놓으면 아마도 완벽하게 될 것이니 合來方許稱完璧,
작은 해서로 베껴 써서 침실 깊숙이 가져가야지. 小楷抄謄枕秘隨.[4]

역주

1 董偉業 : 자가 恥夫이고, 호는 愛江이며, 沈陽人이다.
2 甘泉 : 옛 현 이름. 청 옹정 9년 江都縣을 나눠 설치했다.
3 前明原有豔妖詞 : 『揚州畫舫錄 · 新城北錄』 : "위업의 자는 치부로, 「죽지사」 99수가 있어 옛날 노래하던 사람들의 풍자의 뜻이 있지만 평화와 충후의 취지는 없기에 논하는 사람이 적다. 당시 또한 「양주호」라는 게 있었는데 ……, 작자는 알 수 없다.[偉字恥夫, 竹枝詞九十九首, 有古風人譏諷之意, 而無和平忠厚之旨, 論者少之. 時又有揚州好者 …… 而失作者姓氏.]" 위 시에서 말하는 '豔妖詞'는 곧 「揚州好」를 말하는 것 같다.〔王錫榮〕
4 枕秘隨 : 베개 속에 몰래 숨겨두고 애지중지한다는 뜻. 실제로 「揚州竹枝詞」 99수를 판교가 쓴 초본이 전하고 있다.〔王錫榮〕

2.148.16 보록保祿[1]

자는 우촌, 만주 사인이다. 강서 무방대사 거처에서 만났을 때 '강서의 마대사, 남국의 정도관'이란 시를 [내게] 준 적이 있다.

字雨村, 滿州筆帖式. 遇于江西無大師家,[2] 贈詩云 : "西江馬大士, 南國鄭都官."[3]

일찍이 이 판교를 도관으로 여겼는데	曾把都官目板橋,
헛된 과장, 억지 자랑임을 내 마음은 알았네.	心知誑哄又虛驕.
무방이 떠난 후 서산은 멀어졌으니	無方去後西山遠,[4]
주점의 봄 깃발을 어디에서 찾을꼬?	酒店春旗何處招?

역주

1 保祿 : 자 雨村, 滿州 筆帖式. '筆帖式'은 만주어로 '士人'이란 뜻이며, 滿漢文書奏章의 번역 작업을 전담하는 하급 관원이다.
2 無大師 : 無方和尙. 無方上人. 판교와 교류하던 스님. 호는 剩山, 속가의 성은 盧씨이며, 江西 사람이다. 처음에 강서 廬山寺의 스님이었으나 훗날 수도의 瓮山

圓靜寺에 거주하였다. 자세한 것은 「2.25 옹산 무방상인에게 드리는 두 수[贈甕山無方上人二首]」 참고. 그와 관련된 詩畫로 「2.25 옹산 무방상인에게 드리는 두 수[贈甕山無方上人二首]」, 「2.78 옹산에서 무방상인에게[甕山示無方上人]」·「2.104 무방산인을 그리며[懷無方上人]」 등이 있으며, 제화로는 「무방산인을 위해 그린 대나무[爲無方上人寫竹]」·「盆蘭을 그려 무방산인이 남쪽으로 돌아오길 권함[畫盆蘭勸無方上人南歸]」 등이 있다.

3 西江馬大士, 南國鄭都官 : 馬大士 : 당 선승 道一의 속성이 馬씨로, 馬祖·馬大師 등으로 불린다. 漢州 什邡人으로, 일찍이 江西 臨川·龔公山 등지에서 선법을 전수한 후 江西 開元精舍에 머물다가 입적했다. 불교에서는 부처나 보살을 '대사'라 부르기도 한다. 南國鄭都官 : 당 희종 때 鄭穀은 진사로 都官郎中에 임명되었기에 '鄭都官'이라 불린다. 「2.68 정우신의 '황산시권'에 쓰다[題程羽宸黃山詩卷]」 참고. 여기서는 판교를 가리킨다.〖王錫榮〗

4 西山 : 북경 서쪽 교외의 甕山.

2.148.17 이복납伊福納[1]

자는 겸오, 성은 나랍, 만주인이다. 진사로 호부랑중을 지냈다. 시에 능하다.

字兼五, 姓那拉, 滿洲人. 進士, 戶部郎中.[2] 工詩.

해마다 붉게 된 나무가 가을을 알릴 뿐,	紅樹年年只報秋,
해마다 서산을 함께 유람할 생각이었네.	西山歲歲想同遊.[3]
노승이 다 떠난 후 사미승으로 바뀌었느니	枯僧去盡沙彌換,[4]
그 시절 두 검은 머리 뉘 있어 알아보랴!	誰識當年兩黑頭.

역주

1 伊福納 : 자가 兼五, 성은 那拉이며, 滿洲人이다.

2 戶部郎中 : 청대 六部 중의 하나. 전국의 토지·부세·재정수지 등을 관장한다. 郎中은 각 司의 長官.

3 西山 : 북경 서쪽 교외의 甕山.

4 沙彌 : 十戒는 받았으나 具足戒를 아직 받지 못한 스님.

2.148.18 신보申甫[1]

호는 홀산, 관중인으로, 효렴이다. 시에 능하다.

號笏山, 關中人, 孝廉. 工詩.

남아는 싸워가며 백 천 번을 기약하니	男兒須鬥百千期,
눈 아래 하찮은 이름 어찌 특출하다 할 것인가!	眼底微名豈足奇;
강물 마르고 푸른 돌 부서지도록 오래 지나면	料得水枯青石爛,
하늘가까지 홀산의 시를 두루 암송하리라.	天涯滿誦笏山詩.

역주

1 申甫 : 호가 笏山으로, 關中(函谷關 서쪽) 사람이며, 孝廉이다. 관직은 都察院左都御史에 이르렀다. 저서로 『笏山詩集』이 있다.

2.148.19 항세준杭世駿[1]

자는 대종, 호는 근포, 항주인이다. 시에 능하다. 홍박과 거인으로 한림원편수에 제수되었다.

字大宗, 號堇浦, 杭州人. 工詩. 擧鴻博[2], 授翰林苑編修.

문 밖 푸른 산 바다 위에 외롭고	門外青山海上孤,
계단 앞 봄풀 꿈속에서 파리하다.	階前春草夢中癯;[3]
벼슬에는 흥이 없고 한적의 정 뜨거우니	宦情不及閑情熱,

밤 내내 마음 날아 감호로 들어서네.	一夜心飛入鑒湖.[4]

역주

1 杭世駿 : 자가 大宗, 호가 堇浦이며 杭州人이다. 「6.2.6 항세준에게 보낸 편지[與杭世駿書]」, 「6.2.7 항세준에게 보낸 편지[與杭世駿書]」 등 참고.
2 鴻博 : 博學鴻詞科의 약칭으로, 會試 외에 따로 마련하는 인재 선발 과거.
3 門外青山海上孤, 階前春草夢中癯 : 항세준이 수도에서 관직에 있으면서 고향 청산을 꿈꾸며 고독하다는 뜻.
4 鑒湖 : 浙江 紹興에 있는 호수.

2.148.20 방초연方超然[1]

자는 소대, 순안인으로, 글씨에 능하다. 염장대사를 지냈다.
字蘇臺, 淳安人. 工書. 爲鹽場大使.[2]

파리 대가리만한 작은 해서 너무 고르게 섰으니	蠅頭小楷太勻停,
글씨에 뛰어나 성령 다칠까 늘 걱정되네.	長恐工書損性靈;
채색종이 삼백 폭 급히 쓰라 하던데	急限彩箋三百幅,
관에서 새로이 비단 병풍 만든다네.	官中新制錦圍屛.

역주

1 方超然 : 자가 蘇臺이며 淳安(浙江 杭州 西南) 사람이다.
2 鹽場大使 : 鹽場을 관장하는 小官.

2.148.21 김사농金司農[1]

자는 수문, 전당인이다. 만물에 해박하고 시에 능하다. 박학홍사과에 추천되었으나 선발에 나아가지 않았다.

字壽門, 錢塘人. 博物工詩. 擧鴻博, 不就.[2]

아홉 자 산호는 수레만한 구슬 비출 수 있고	九尺珊瑚照乘珠,[3]
자줏빛 수염 푸른 눈은 오랑캐 상인을 모았네.	紫髯碧眼聚商胡.[4]
은하의 베틀받침돌에 관해 묻기로 한다면	銀河若問支機石,
중원의 이 노인네에게 또한 양보해야 하리.	還讓中原老匹夫.[5]

역주

1 金司農 : 자가 壽門, 호는 冬心先生・稽留山民 등이고, 浙江 仁和(지금의 杭州) 사람이다. 청대 저명한 서화가로 전각에도 빼어났다. 오랫동안 양주에 거처했고, '揚州八怪'의 한 사람이다. 저서로 『冬心先生集』이 있다. 「2.89 김농에게[贈金農]」 참고.

2 擧鴻博, 不就 : 조정의 博學鴻詞科 선발에 자격을 얻었지만 나아가지 않았다는 뜻. 鴻博은 博學鴻詞科의 약칭으로, 會試 외에 따로 마련하는 인재 선발 과거제도.

3 九尺珊瑚 : 큰 산호. 照乘珠 : 수레를 밝힐 만큼 큰 구슬. 『史記・田敬仲完世家』 : "한 치나 되는 진주가 앞뒤를 비추는 수레가 12대요, 각 수레마다 10개씩입니다.[有徑寸之珠, 照車前後各十二乘者, 十枚.]"

4 商胡 : 상업하는 胡人. 한인들은 그들이 자주 수염에 푸른 눈을 가졌기에 보물을 잘 알아본다고 여겼다.

5 銀河若問支機石 : 支機石은 전설에서 천상의 직녀 베틀을 바치는 돌. 『太平廣記』에서 인용한 『集林』 : "옛날 어떤 사람이 강의 근원을 찾다가 한 부인이 빨래하는 것을 보고 길을 묻자 그녀가 대답했다. '여기는 하늘의 강입니다.' 이에 돌 하나를 가지고 돌아와 엄군평에게 물었더니 '이것은 베틀 받치는 돌이다'고 했다.[昔有一人尋河源, 見婦人浣紗, 以問之, 曰 : '此天河也.' 乃與一石而歸, 問嚴君平, 云 : '此支機石也.']" 中原老匹夫 : 金農을 가리킨다. 은하의 支機石 알아보는 일은 보물 감정 잘하는 胡商보다 오히려 김농에게 물어야 한다는 뜻.

무릇 대인 선생에 대해서는 나라의 책에 실리고 좌우의 역사에서 전한다. 그러나 자잘하고 성공하지 못한 무리는 명성은 높지 않지만 저마다 빼어난 기예를 품고 있는 바 그 전기가 없어져버릴까 심히 걱정된다. 이에 스물여덟자로 그들의 대강을 드러내고자 했다. 아산 선생은 이 안에 포함시켜서는 아니 되겠지만 붓 가는대로 쓰다 보니 끝내 그만두지 못했다.

凡大人先生, 載之國書, 傳之左右史[1]. 而星散落拓之輩, 名位不高, 各懷絶藝, 深恐失傳, 故以二十八字標其梗槪.[2] 莪山先生不應在是列, 筆之所至, 遂不能自已.

역주

1 左右史 : 周代 史官은 左史와 右史로 나뉘어 左史는 말을 기록하고 右史는 일을 기록했다 한다.

2 二十八字 : 七言絶句로 되어 있음을 말한다.

해제

이 21수의 연작 절구시는 高鳳翰·圖淸格·李鱓·蓮峯·傅雯·潘西鳳·孫峩山·黃愼·邊維祺·李鍇·郭沅·音布·沈鳳·周景柱·董偉業·保祿·伊福納·申甫·杭世駿·方超然·金司農 등 당대 시·서·화에서 일가를 이룬 작가들의 삶과 예술활동에 대해 소개하고 평가했다. 21명의 예술가는 출신이나 관직, 나름대로의 장기 등이 매우 다양한데, 판교는 이들에 대해 자신만의 시각으로 그들의 삶과 예술적 성과의 특징을 지적했다. 참고로, 『정판교집』 原刻本의 제목은 '絶句二十三首'로 되어 있는데, 후대 重刻本에서는 2수가 삭제된 채 21수만 들어 있다. 이는 당시 문자옥과 관련된 것으로 보인다.

2.149 남조南朝

옛사람들이 진후주와 수양제를 한림으로 간주했던 것은 이 분야의 본색이기 때문이리라. 나는 또한 두목지와 온비경을 천자로 여기고자 하니, 나라와 몸을 망치기에 족했기 때문이다. 이처럼 행복 속에서 재인으로 산 경우도 있고, 불행 속에서 천자의 지위에 있었던 경우도 있으니, 때를 만나고 만나지 못함은 일반인의 눈 속에 있는 게 아니다.

昔人謂陳後主、隋煬帝作翰林,[1] 自是當家本色.[2] 燮亦謂杜牧之、溫飛卿爲天子,[3] 亦足破國亡身. 乃有幸而爲才人, 不幸而有天位者, 其遇不遇, 不在尋常眼孔中也.

가무를 즐기는 누대는 풍류객의 집,	舞榭歌樓蕩子家,
낙백한 시인이 숨어 지내는 곳이라네.	騷人落拓借扯遮.
왕관 쓰고 용포 입은 천자로서 어찌	如何冕藻山龍客,[4]
한사코 하늘거리는 꽃만을 사랑했던가!	苦戀溫柔旖旎花!
홍두의 상사의 정 꿈속까지 이어지고	紅豆有情傳夢寐,[5]
청춘은 하릴없이 안개 노을에 빠졌네.	青春無賴鬥煙霞.[6]
풍류라면 군왕의 할 일 아닐지니	風流不是君王派,[7]
왕위 내던지고 계림에 [문명(文名)] 날려야지.	請入鷄林謝翠華.[8]

역주

1 陳後主: 자가 叔寶이며, 육조 陳의 최후 황제로 시에 능했다. 張麗華·孔貴嬪 등을 총애하며 가무와 주색에 빠져 나라가 망했다. 隋煬帝: 수의 제2대 황제 楊廣(569~618), 성격이 포악하고 무자비하며 음주가무를 즐기다 망국에 이르렀다. 「2.10 양주(揚州)」 참고. 翰林: 翰林院에 소속된 관리. 여기서는 文人墨客을 가리킨다.

2 當家本色 : 어떤 기예의 진면목 또는 그런 수준을 갖춘 인물.

3 杜牧之 : 이름은 牧, 晩唐의 저명한 시인. 젊어서는 정치적 포부가 있었으나 여러 차례 좌절을 거친 후 聲色에 빠져 생활이 방탕했다. 그의 근체시는 淸麗俊爽하여 재기가 넘치고, 고시 또한 流麗豪健하여 일가를 이루었다. 저서로 『樊川文集』이 있다. 溫飛卿 : 溫庭筠. 본명은 岐, 藝名이 庭筠, 자가 飛卿, 太原 祁(지금의 山西 祁縣)사람이다. 귀족 출신이지만 방랑하며 생활했다. 晩唐의 재능 있는 시인이자 詞人으로, 그의 詩詞 풍격은 艶麗하고 기운이 맑다. 저서로 『溫飛卿集』이 있다.

4 冕藻山龍客 : 황제를 가리킨다. 冕은 황제의 면류관. 藻는 황제의 관에 옥을 매다는 오색 끈. 山龍 : 제왕 용포의 도안.

5 紅豆 : 주홍색의 작은 콩. 相思나 애정을 상징한다.

6 無賴 : 無聊. 하릴없이.

7 派 : 기질.

8 鷄林 : 신라. 여기서는 '雞林賈'를 가리킨다고 볼 수 있다. 『新唐書・白居易傳』: "백거이가 문장에 정통하여 …… 계림의 상인이 그 國相을 위해 사가면서 전체 편장을 금으로 바꾸었다.[居易於文章精切 …… 雞林行賈售其國相, 率篇易一金.]" 이후로 이 말은 문장이 빼어나서 다른 사람에게 구입해준다는 전고로 사용되었다. 여기서는 文名이 빼어남을 뜻한다. 翠華 : 황제 의장 가운데 비취색 새털로 만든 깃발. 여기서는 황제를 뜻한다.

해제

가무와 여색에 빠져 사는 일이 실의한 문인에게는 있을 수도 있는 일이겠지만, 한 나라의 제왕이 그런다면 끝내 망국에 이르고 만다는 점을 강조했다.

2.150 두루 열람하니 3수歷覽三首

명신과 간신을 두루 열람해보건대 歷覽名臣與佞臣,

독서할 땐 하나같이 옛날 현인 사모했네.　　讀書同慕古賢人.
관모를 쓰고 나니 마음 변해버리고　　烏紗略戴心情變,
누런 누각 차례로 오른 후 얼굴이 달라지네.　　黃閣旋登面目新.[1]
하찮은 학자라 그리 적막하지 오히려 비웃는데　　翻笑腐儒何寂寂,
세상의 인심 저리 구차한 게 참으로 가련하구나.　　可憐世味太津津.
그대 한가한 삶의 노래는 짓지 말게나,　　勸君莫作閑居賦,
반악은 끝내 늙은 부모 저버려야 했다네.　　潘岳終須負老親.[2]

얼음산 두루 열람하매 금세 기울고 말지만　　歷覽冰山過眼傾,
눈앞의 저 험한 산세 어느 산이 견줄까?　　眼前崒嵂有誰爭?[3]
삼천 명 비단옷 여인들 궁중 비빈으로 전해지고　　三千羅綺傳宮粉,[4]
십만 명 비휴같은 병사는 친위병을 지원하네.　　十萬貔貅擁禁兵.[5]
백발 되어서도 문호 [높일] 계책 거듭 구걸하고　　白髮更饒門戶計,
황금으로 사서에 낄 이름을 미리 매수한다네.　　黃金先買史書名.
향 피워 용문의 사관 사마천 위해 통곡하나니　　焚香痛哭龍門叟,[6]
한 글자라도 어찌 후대사람 속인 적 있었던가!　　一字何曾誑後生!

이전 왕조 빼어난 사필 두루 열람하건대　　歷覽前朝史筆殊,
얼마나 많은 영재 억울한 무고 당했던가!　　英才多少受冤誣!
한 사람 저술을 천 사람이 고치고　　一人著述千人改,
백일 애쓴 고생 하루에 덧칠하네.　　百日辛勤一日塗.
꺼려 피할 일도 본디 없애지 않았거늘　　忌諱本來無筆削,
그 어찌 역사 포폄을 구걸하여 구할까?　　乞求何得有褒誅?
입에 맞고 읽기 좋은 문장만 남긴다면　　唯餘適口文堪讀,
새로 덧붙인 그 글자들 슬프지 아니한가!　　惆悵新添者也乎.

역주

1 黃閣 : 한대부터 三公衙署는 황색으로 문을 칠했기에 '黃閣'이라 했다. 후에는 오직 재상의 관청을 가리키게 되었다.
2 潘岳終須負老親 : 潘岳은 자가 安仁으로, 西晉 문학가이다. 일찍이 河陽令・給事黃門侍郎 등 관직에 있었으나 50세에 모친의 병으로 관직을 버리고 귀가한 후 『閑居賦』를 지어 관직에서 벗어나 시골에 살면서 노모를 봉양하려는 뜻을 담았다. 그러나 후에 다시 관직에 발을 들여놓은 후 권세가에게 잘못 보여 趙王 司馬倫과 孫秀에게 피살되었다. 후인들이 편집한 『潘黃門集』이 있다.
3 崒嵂(줄률) : 산세가 험준한 모양.
4 羅綺 : 수놓은 비단. 여기서는 궁녀를 가리킨다.
5 貔貅(비휴) : 고서 속의 야수 이름. 여기서는 용맹한 군사를 가리킨다.
6 龍門叟 : 『史記』를 쓴 저명한 史家 司馬遷, 그는 龍門(지금의 陝西 韓城)에서 태어났다.

해제

사서를 두루 읽고 느낀 감상을 적은 세 수를 통해 영달한 후에는 초심을 쉽게 버려버리고, 역사 기록에서 한 글자도 함부로 손대지 않았던 사마천과는 달리 자신과 가문을 위해서라면 사적 고치기도 서슴지 않는 위선자들을 비판했다.

2.151 풍년有年[1]

홰나무 그림자 속 까마귀 울음에 한낮이 가는데	槐影鴉聲晝漏稀,
공문 결재 끝내고 아전은 돌아가네.	了除案牘吏人歸.
옛 원고 꺼내 놓고 꽃 앞에서 고치노라니	拈來舊稿花前改,
새로 심은 채소가 비 온 뒤 자랐구나.	種得新蔬雨後肥.

작은 뜰에서 어린 마부는 준마를 다루고	小院烏童調駿馬,
장식한 누대에서 여린 손이 관복을 개고 있네.	畫樓纖手疊朝衣.
산언덕 같은 조정 은혜 갚기에는 부족하나	岡陵未足酬恩造,
풍년 소식 써 올려 임금께 아뢰어야지.	大有書年報紫微.[3]

역주

1 有年 : 豊年.
2 漏 : 옛날의 물시계.
3 紫微 : 별자리 이름. 여기서는 황제를 가리킨다.

해제

판교가 범현에 부임한 후 얼마 되지 않아 풍년을 맞았을 때, 그 기쁜 심정을 담았다. 범현의 관직 생활을 다룬 시는 적지 않은데, 「2.138 범현(范縣)」에서는 "아직도 나 살피기 어려운 음지가 있는데 / 언제 다시 완고한 자들 두루 순화시키나" 하고 번민했던 반면, 「2.167 범현성 동쪽 누대에 올라(登范縣城東樓)」에서는 이 시와 비슷하게 "게다가 올해도 풍년이니 무슨 걱정이랴!" 라고 즐거움을 토로하기도 했다.

2.152 조정에 들어갈 때立朝

조정에 들어갈 때 작은 잘못 어찌 꼭 없을까,	立朝何必無纖過,
잘못됨 듣고 난 후 바로 고치는 게 중요하지.	要在聞而遽改之;
천고에 은총 믿고 고치지 않는 자들이여,	千古怙終緣寵戀,

문노니, 그 은총이 얼마나 오래 갈까? 問君戀得幾多時?

역주

1 怙終 : [악을] 믿고 종신토록 따르다.

해제

조정의 관리로서 바르게 처신해야 할 법도를 다루었다. 아래 「2.153 군신(君臣)」과 서로 연결되는 작품이라 하겠다.

2.153 군신君臣

임금은 하늘과 같이 세상 일 주관하시는 분, 君是天公辦事人,
우리들은 그 아래 두셋 작은 신하들. 吾曹臣下二三臣;[1]
전전긍긍 하늘의 뜻 지켜 따라야지 兢兢奉若穹蒼意,
우레 벽력 울린 후에야 제대로 해선 안 될 일이지. 莫待雷霆始認眞.

역주

1 吾曹 : 吾輩. 우리들.

해제

앞 시 「2.152 조정에 들어갈 때[立朝]」와 함께 조정의 관리가 되었을 때, 그리고 실제 임금을 모실 때 가져야 할 기본적인 마음가짐을 담았다.

2.155 영사詠史

벌떼처럼 여우울음 내면서 몇 번이나 봉기했던가,	蠭起狐鳴幾輩曹,[1]
참된 천자가 되어 여러 토호들을 진압한다 했었지.	是眞天子壓群豪;
이전 왕족을 어찌 꼭 괴뢰로 만들어야 했을까,	何須傀儡諸龍種,
면류관을 받아 쓴 뒤에는 칼 한 자루 디밀었다네.	拜冕垂旒贈一刀.[2]
천자의 위치는 참 주인 저절로 있는 법,	天位由來自有眞,
모름지기 옛 송죽 베어 없애선 안 될 일.	不須剗削舊松筠;
한 왕실 자제, 죄수로나마 살아남았으니	漢家子弟幽囚在,
왕망은 오히려 극악한 사람 아니었다네.	王莽猶非極惡人.[3]

역주

1 蠭起狐鳴 : 민란, 봉기. 『史記・陳涉世家』: "(진승은) 또한 吳廣에게 몰래 주둔지 나무숲에 있는 神祠에 가서 야밤에 장작불을 피워놓고 여우 울음소리로 '초나라 일어나 진승이 왕이 된다'고 외치도록 하였다.[又閒令吳廣之次所傍叢祠中, 夜篝火狐鳴, 呼曰 : '大楚興、陳勝王.']"

2 何須傀儡諸龍種, 拜冕垂旒贈一刀 : 秦末 군웅이 일어나면서 저마다 예전 山東 각국의 후예를 찾는다는 깃발을 내세웠는데, 예컨대 張平 陳餘는 趙 후예 歇을 趙王으로 세웠고, 張良은 項梁에게 韓 公子를 韓王으로 세울 것을 유세했다. 項梁은 후에 楚 懷王의 孫으로서 이미 양치기로 전락한 자를 초 회왕으로 삼았고, 후에 項羽는 다시 그를 義帝로 모셨으나 결국에는 사람을 보내 죽였다. 이처럼 허수아비 왕실을 세우는 것은 西漢末 농민봉기 때도 마찬가지였다. 예컨대, 綠林軍이 王莽軍을 격파한 뒤 西漢 종실 劉玄을 제왕으로 모셨고, 赤眉軍은 양치

기인 劉盆子를 황제로 세웠다. 동한 말년 이후에 와서야 농민군 스스로 왕이라 부르기 시작하였다.

3 王莽: 자가 巨君(B.C. 45~A.D. 23). 山東 사람이다. 漢 元帝의 왕후인 王씨 서모의 동생인 王曼의 둘째 아들로, 平帝 때 大司馬로 정치에 나섰고, 후에 漢 왕위를 찬탈하고 스스로 왕에 올라 국호를 新이라 했다. 개혁정책과 대외정책에 실패하고 호족 劉秀가 군대를 일으키는 바람에 건국 15년 만에 멸망했고, 후한이 뒤를 이었다. 그는 나라를 세운 후에도 漢 종실을 다 죽이지 않고, 劉嬰을 定安公으로 책봉하여 定安國에 종묘를 세워 살게 하였다.

해제

역대로 계속된 봉기를 살펴볼 때 봉기가 성공하면 결국 왕위 찬탈로 이어지고, 이전 왕족을 괴뢰로 만들거나 죽여 없애는 게 상례였음을 지적하고, 그런 극악한 역사를 비판적 시각으로 서술했다.

2.156 두 서생을 위한 시二生詩

송위와 유연등, 범현의 두 수재에게.
宋緯、劉連登, 范縣秀才.[1]

사마천과 굴원의 일 여러 번 물었고	腐史湘騷問幾更,
관아의 어려운 일, 두 사람이 마음 썼다네.	衙齋風雨見高情.
가난과 병 속에서 어쩌지 못함을 잘 알지만	也知貧病渾無措,
금전 보내 두 사람 괴롭게 하고 싶지는 않구려.	不敢分錢惱二生.

역주

1 宋緯 : 자는 星周, 집이 가난하였으나 끊임없이 문장을 읽고 암송했고, 판교가 금전을 제공했으나 받지 않았다 한다. 范縣 秀才, 乾隆 12년 擧人에 합격했다. 劉連登 : 范縣 秀才. 자는 獻璧. 『易』에 정통하고 그림을 잘 그렸는데, 특히 난과 죽에 뛰어났다.

2 腐史 : 『史記』 또는 이를 쓴 司馬遷. 湘騷 : 『離騷』 또는 이를 쓴 屈原. 司馬遷은 일찍이 腐刑을 당했고, 屈原은 湘水에 뛰어들어 자살했기에 이렇게 표현한 것이다.

해제

판교가 범현에서 재직하는 동안 그곳의 수재 宋緯와 劉連登 두 사람에게 어려운 상황이 있을 때면 도움을 받았던 것으로 보인다. 이 시는 두 사람이 가난하게 사는 것을 잘 알지만 오히려 사사로이 금전으로 그 고마움에 보답할 수는 없다는 작자의 심정을 전하고 있다.

2.157 이삼선을 생각하며懷李三鱓[1]

농사나 짓겠다고 곧장 소 몰러 떠나간 뒤	耕田便爾牽牛去,
여전히 붓을 놀려 그림도 그린다지.	作畫依然弄筆來.
낡은 도롱이 구름 밖에 걸어놓고	一領破蓑雲外掛,
반 장 펼쳐진 종이 술 마시며 자르네.	半張陳紙酒中裁.
푸른 봄 다가왔을 때 젊은 마음 뜨거웠건만	青春在眼童心熱,
흰 머리 어깨를 덮으니 큰 뜻을 접어버렸네.	白髮盈肩壯志灰.
순채와 농어 있어 마음껏 맛볼 수만 있다면	惟有蓴鱸堪漫吃,[2]

이 사람 또한 그 생선 맛에 벼슬을 버린다네.　下官亦爲啖魚回.

집과 농지 사고 난 후 돌아가려 했더니　待買田莊然後歸,
이승에서는 사립문에 이를 복 없나보네.　此生無分到荊扉.
그대의 십 묘 밭 빌어 차조를 심고　借君十畝堪栽秫,
삼간 집 빌어 휘장 잘 치면 되리.　賃我三間好下幃.
부드러운 버들가지, 찰랑이는 물결에　柳線軟拖波細細,
파아란 볏모, 제비는 가벼이 날아다니리.　秧針靑惹燕飛飛.
꿈 속의 긴 홍취 선생은 아시리라,　夢中長興先生會,
초막 있는 남쪽 포구 옛 낚시터 생각하네.　草閣南津舊釣磯.

역주

1　李三鱓 : 李鱓(1686~1762). 자는 宗揚, 호가 復堂이며, 江蘇 興化人이다. 청대 저명한 화가로 '揚州八怪' 중의 한 명이다. 그는 花·鳥·虫·魚의 그림에 뛰어났고 성격이 구속됨이 없었다. 집안 항렬 순서가 셋째이기에 三鱓이라 부른 것이다. 「2.64 이복당 집에서 술 마시다가 짓고 드리다[飮李復堂宅賦贈]」 주석 참고.

2　蓴鱸 : 晉人 張翰의 고사에서 나온 표현. 「2.27 전원으로 돌아가는 직방원외 손 선생을 전송하며[送職方員外孫丈歸田張翰]」 주석 참조.

3　南津 : 고향 興化에 있는 나루터.

해제

李鱓은 乾隆 5년(1740) 파관 후 고향 興化에서 揚州를 오가며 그림을 팔아 생활했다. 판교는 건륭 7년부터 10년까지 범현에서 관직에 있었는데, 이 시는 그 당시 고향 친구이자 같이 서화를 하는 李鱓에 대한 그리움을 전한 것이다.

2.158 가을 연꽃秋荷

가을 연꽃 홀로 뒤늦게 피어	秋荷獨後時,
[다른 꽃들] 떨어질 때 그 자태 드러난다.	搖落見風姿;
앞서 피고자 다툴 여력 없어서였지	無力爭先發,
더디 핀다고 특이한 멋있어서는 아니라네.	非因後出奇.

해제

내용으로 볼 때 아마 연꽃 그림에 붙인 제화시인 듯하다. 자신의 삶을 가을 연꽃에 기탁한 것으로 읽을 때, 늦게 임관한 자신의 처지에 대한 自慰와 自嘲를 함께 담은 것으로 볼 수도 있겠다.

2.159 평음 길에서平陰道上[1]

국경 강에 밤 비 내릴 때	關河夜雨,
수레와 병마 새벽 출정 나간다.	車馬晨征.
조용히 해가 떠오르고	蕭蕭日出,
드넓은 물결 고요하다.	蕩蕩波平.
산성엔 푸른 나무들,	山城樹碧,
옛 수루엔 환한 꽃들.	古戍花明.
구름은 말발굽 따라 흐르고	雲隨馬足,

바람은 수레 소리 전송한다. 風送車聲.
고기 잡는 이는 고기를 잡고, 漁者以漁,
농사짓는 이는 농사를 짓는다. 耕者以耕.
높은 언덕에 아낙네 들밥 내오고, 高原婦饁,
외로운 마을에 닭 울음소리. 墟落鷄鳴.
제왕의 사업, 帝王之業,
촌사람의 삶. 野人之情.

역주

1 平陰 : 黃河 南岸에 위치한 縣 이름. 范縣에서 서남쪽으로 약 45㎞ 정도에 있다.

해제

판교가 范縣에서 근무할 때 쓴 것으로 판단되는 시로, 平陰의 한가한 농촌 풍경을 통해 당시 태평세월의 분위기를 그렸다.

2.160 분수止足

나이 오십을 넘었으니 年過五十,
이제 아이 묻을 일 없다. 得免孩埋;[1]
기꺼운 심정, 담담한 생각, 情怡慮淡,
세월이 지나는구나. 歲月方來.
탄환처럼 작은 고을, 彈丸小邑,

재주라 할 것도 없다. 稱是非才.[2]
해 높도록 자리에 누운 채 日高猶臥,
밤에도 사립문 늘 열려있다. 夜戶長開.
풍성한 해, 날은 길고 年豊日永,
고요한 물결에 구름 맴돈다. 波淡雲回.
까마귀와 솔개 울음 즐겁고 烏鳶聲樂,
소와 말들 떼 지어 평화롭다. 牛馬群諧.
송사 법정에는 꽃이 져서 訟庭花落,
쓸어 모으니 작은 언덕 되었다. 掃積成堆.
가끔씩 그리는 그림들, 時時作畫,
제멋대로인 바위며 가을 이끼. 亂石秋苔;
간간히 써보는 글씨, 時時作字,
옛스러움과 아름다움 어우러진다. 古與媚偕;
때때로 지어보는 시들, 時時作詩,
즐거운 일 써두고 슬픈 일에 운다. 寫樂鳴哀.
규방의 젊은 여인들, 閨中少婦,
시샘 없이 즐겁게 산다. 好樂無猜;[3]
꽃그늘 아래 푸른 옷의 동자, 花下靑童,
영리하고 꾀 많아 마음에 든다. 慧黠適懷.
방에는 책들, 圖書在屋,
계단엔 향기로운 풀 그득하다. 芳草盈階.
낮엔 고기 한 점 먹고, 晝食一肉,
밤엔 술 몇 잔 마신다. 夜飮數杯.
후손이야 있든 없든 有後無後,
그저 이렇게 살다 가련다. 聽已焉哉.[4]

역주

1 孩埋 : 판교는 처 徐씨와의 사이에 아들 犉兒를 두었으나 일찍 세상을 뜨고 말았다. 그 비통한 심정을 적은 시로 「2.17 순아에 대한 통곡 다섯 수[哭犉兒五首]」가 있다.

2 彈丸小邑, 稱是非才 : 아주 작은 고을인지라 재주 없는 자신이 다스리기에 어울리는 곳이라는 뜻. '彈丸'은 아주 작은 지방을 가리킨다. 『戰國策 · 趙策三』 : "진실로 진나라 힘이 이를 수 없음을 안다면 이 작고 작은 땅도 여전히 주지 않게 될 것입니다.[誠知秦力之不至, 此彈丸之地猶不予也.]"

3 閨中少婦, 好樂無猜 : 판교 나이 39세 때 본처 徐씨가 세상을 뜬 후, 후처 郭씨를 맞았고, 다시 饒씨를 첩으로 들였다. 이들 관계를 두고 쓴 대목이다.

4 有後無後, 聽已焉哉 : 판교 나이 52세 때 첩 饒씨와의 사이에서 아들을 얻었으나 첫아들과 마찬가지로 곧 요절하고 말았다. 이 대목을 통해, 이 시는 饒씨 소생의 아들을 얻기 전에 쓴 것으로 보인다.〖王錫榮〗

해제

50세 때 范縣에 부임해 편안한 마음으로 自適하는 생활을 담담하게 적은 시이다. 이미 첫아들과 본처를 잃은 고통도 있었지만, 이제는 작은 고을의 관리로서 거의 일이라곤 없는 생활 사이에 좋아하는 글씨와 그림에 빠져보거나, 때로는 술잔을 기울이며 자족하려는 그의 심정이 드러난다.

2.161 칠석七夕[1]

천상과 인간세상 모두가 고생이라네,	天上人間盡苦辛,
오작교 비스듬히 걸린 곳 은하수 맑게 흐른다.	飛橋斜度水粼粼;
일 년에 단 한 번 만남, 나머지는 다 헤어진 날들,	一年一會多離隔,

견우님을 제대로 찬찬히 보고 싶어라. 好把牛郎覷得眞.

시간 다해 별들 사라지면 금세 다시 이별인데 漏盡星飛頃別離,
긴 밤 사랑의 마음 하염없이 말씀드리고파. 細將長夜說相思;
내년이면 다시 새로운 한과 근심 생길 텐데 明年又有新愁恨,
지난 날 원망의 말씀이야 새삼 떠올려 무엇하리. 不得重提舊怨詞.

역주

1 七夕: 神話傳說에 따르면, 天帝 孫女인 織女는 雲錦 비단을 짰는데, 은하수 건너 牛郎에게 시집간 후로는 더 이상 베를 짜지 않았다 한다. 이에 天帝가 벌로 두 사람을 갈라놓고 매년 七月 七日 은하수에서 한 차례만 만나게 했다. 이것이 바로 '七夕'이며, 그들이 만날 때면 까치가 다리를 만들어주니, 이를 '鵲橋'라 부른다. 이 고사는 『月令廣義・七月令』(南朝 梁 殷芸 『小說』 인용), 南朝 梁宗懍 『荊楚歲時記』, 『歲華紀麗』 卷三(漢 應劭 『風俗通』 인용) 등 여러 기록에 보인다.

해제

일 년에 한 번, 칠석이 되어야 서로 만나게 되는 견우・직녀의 전설을 소재로, 사랑하는 사람 사이의 사랑과 이별의 슬픔을 맑게 서술했다. 七夕을 소재로 한 역대 시가 대부분은 견우와 직녀의 애정에 초점을 두는데, 판교는 이 현상에 비판적이었다. 즉, 「1.10 범현 관아에서 아우 묵에게 보내는 네 번째 편지[范縣署中寄舍弟墨第四書]」에서 "일찍이 당나라 사람의 「칠석」 시에서 견우・직녀를 노래하면서 온통 만남과 이별의 가련한 말들로 되어 있어 실소를 금하지 못한 적이 있다네. 그 제목의 본뜻을 심히 잃었기 때문이지"라 했고, 「6.2.8 김농에게 보내는 편지[與金農書]」에서도 "보내주신 「칠석시」는 그야말로 문사와 의미가 엄정하며, 이전 사람의 틀을 완전히 벗었기에 당나라 사람이 외설스런 말로 한 유파를 만든 것과는 같지 않다고 말할 수 있겠습니다. 무릇 직녀는 옷의 원천이고 견우는 음식의 근본인지라 하늘의 별 가운데 가장 귀한데, 어찌 그런 불경한 말로 짓는단 말입니까!"라 강조했다. 이렇듯 견우·직녀 고사의 교훈성을 강조하기는 했지만, 판교 자신도 이 작품에서 두 사람의 애정을 부각시켜 다룬 것이 또한 흥미롭다.

2.162 고아의 노래孤兒行

고아가 걸음 머뭇거리며	孤兒躑躅行,
고개 숙인 채 숨을 죽이고	低頭屛息,
감히 소리도 내지 못하네.	不敢揚聲.
숙부는 대청 위에 앉아 있고	阿叔坐堂上,
숙모는 험악한 얼굴, 서슬이 퍼렇다네.	叔母臉厲秋錚錚.[1]
숙부는 죽은 형님 생각치 않고	阿叔不念兄,
숙모는 죽은 동서 상관치 않는구나.	叔母不念嫂.
기억하지 못하네. 야윈 형수 위독할 때	不記瘦嫂病危篤,
베개머리에서 머리 조아리며	枕上叩頭,
어린 고아 부탁하던 일.	孤兒幼小;
서 있던 고아 불러 무릎 꿇게 하고	立喚孤兒跪,
침상 앞에 엎드려 절 시키던 일을.	床前拜倒.
눈물 훔치며 '예예' 하면서	拭淚諾諾,
고아 잘 보살피겠다고 대답한 일들을.	孤兒是保.
응석동이는 대청 위에 앉아 있고	嬌兒坐堂上,[2]
고아는 대청 밑을 바삐 달리네.	孤兒走堂下;

응석동이는 쌀밥에 고기반찬 먹는데　　嬌兒食粱肉,
고아는 조심조심 음식 그릇을 나르며　　孤兒兢兢捧盤盂,
혹시 넘어져 욕먹고 매 맞을세라 두려워하네.　　恐傾跌, 受笞罵.
아침이면 나가서 물을 긷고　　朝出汲水,
저녁이면 꼴 베어 말을 먹이네.　　暮莝芻養馬.
꼴 베다 손가락을 베어서　　莝芻傷指,
피가 철철 흘러도　　血流瀉瀉.[3]
고아는 감히 아프단 말 못하네.　　孤兒不敢言痛,
숙부는 돌보기는커녕　　阿叔不顧視,
그저 죽은 형과 형수에게　　但詈死去兄嫂,
이런 무능한 놈 낳았다고 욕을 해대네.　　生此無能者.
응석동이는 자줏빛 갖옷을 입었는데　　嬌兒著紫裘,[4]
고아는 마냥 헤진 옷만 입는다네.　　孤兒著破衣;
응석동이 말 타고 나가는데　　嬌兒騎馬出,
고아는 문짝에 기대어 서서　　孤兒倚門扇.
고개 들어 멍하니 바라보다가　　擧頭望望,
눈물을 감추고 돌아오네.　　掩淚來歸.
낮에는 부엌에서 밥을 먹고　　晝食廚下,
밤에는 땔나무 헛간에 눕네.　　夜臥薪草房.
쌀쌀맞고 사나운 종들은　　豪奴麗僕,
먹다 버린 뼈다귀 던져　　食餘棄骨,
고아더러 주워 먹게 하더니　　孤兒拾齧,[5]
먹다 남긴 국물이나 넘겨주네.　　竝遺賸羹湯.
다 먹고 나면 설거지 시키고　　食罷濯盤浴釜,[6]
종들은 나무 아래 바람 쏘이네.　　諸奴樹下臥涼.
늙은 종 도리 없어 눈물만 마구 쏟으며　　老僕不分涕泣,[7]
노복들이 분수 모르고 살만 붙어가지고　　罵諸奴骨輕肉重,[8]

감히 어린 주인을 능멸하면서	乃敢凌幼主,
천한 몸 높은 체 한다고 욕을 해대네.	高賤軀.
숙부와 숙모도 그 소리 듣고 알건마는	阿叔阿姆聞知,
방문 걸어 닫고 소리 없이 앉아	閉房悄坐,
숨도 쉬지 않은 채	氣不得蘇,
한사코 불쌍한 저 고아 돌보지 않네.	終然不念煢煢孤.
늙은 종 종이명전 챙겨서	奴僕攜紙錢,[9]
고아의 부모 찾아가 통곡하며	出哭孤兒父母,
무덤가 나무에 머리를 찧고	頭觸墳樹,
무덤에 눈물만 뚝뚝 흘리네.	淚滴墳土.
막 태어나 핏덩이였을 적에는	當初一塊肉,
비단 포대기에 곱게 싸였었으나	羅綺包裹,
지금은 온갖 고통에 들볶이다니.	今日受煎苦.
쓸쓸히 무덤가 나무는	墓樹蕭蕭,
석양빛에 누렇게 야위었고	夕陽黃瘦,
서풍에 밤비마저 내리누나.	西風夜雨.

역주

1 秋錚錚 : 얼굴이 차갑고 험악한 모습. 錚錚(쟁쟁) : 서슬이 퍼렇게 강경한 모습.
2 嬌兒 : 여기서는 숙부의 친자식을 가리킨다.
3 瀉瀉 : 끊임없이 흐르다.
4 紫裘 : 비싸고 귀한 옷.
5 拾齧(습설) : 주워 먹다.
6 濯盤浴釜 : 그릇과 솥을 씻다. 설거지를 하다.
7 不分 : 不忿. 화도 내지 못하다.
8 骨輕 : 신분이 천하다. 骨輕肉重 : 나태함의 비유.
9 紙錢 : 죽은 이를 위해 태워주는 冥錢.

해제

고아의 고통과 비극을 담은 시로, 부모 잃은 어린 조카를 맡아 키우면서 가혹하게 학대하는 숙부 일가의 비인간성을, 나아가서는 當代 사회의 윤리도덕의 타락을 비판하고 있다. 한대 악부시의 하나인 「孤兒行」의 전통을 이은 시라 할 수 있다. 시의 전개를 좀 구체적으로 살펴보자면, 도입 부분('孤兒' 이하 7句)은 숨도 제대로 못 쉬고 사는 孤兒와 서슬 퍼런 숙부・숙모를 대치시켜 孤兒의 불행한 모습이 먼저 제시된다. 두 번째 부분('不記' 이하 7句)은 고아가 처해 있는 현실로부터 잠시 과거로 돌아가 어떻게 숙부와 같이 살게 되었는지에 대해 설명한다. 세 번째 부분('嬌兒' 이하 19句)은 도입 부분에서 암시된 虐待를 다시 구체적으로 묘사한다. 특히 과거에는 상상도 못했을 종들의 학대를 통해 고아의 절망이 한층 극대화된다. 마지막으로, '奴僕' 이하 부분에서는 늙은 종이 孤兒의 부모를 찾아가 통곡하는 모습을 통해 孤兒의 처지를 다시 한 번 확인한다. 마지막 구 '석양빛에 누렇게 야위어 무덤가에 서서 비바람을 맞고 있는 나무'는 마치 갖은 학대 끝에 비쩍 마른 孤兒 모습의 상징으로 제시되며, 죽어가는 그 나무처럼 孤兒의 앞날 역시 앞으로도 아무런 희망도 가질 수 없다는 간접적인 비유인 셈이다.

2.163 고아의 노래 속편後孤兒行

열 살에 아버지 여의고	十歲喪父,
열여섯에 어머니 여의었네.	十六喪母.
고아에게 장인이 있어	孤兒有婦翁,

패물과 금전을 그 손에 맡겼네.	珠玉金錢付其手.
부들과 갈대라도 반석에 의지해	蒲葦繫盤石,[1]
오랜 세월을 지낼 수 있다네.	可以卒長久.
남의 아들은 사랑하지 않더라도	縱不愛他人兒,
어찌 제 딸을 지키지 않겠는가?	寧不爲阿女守?
장인은 돈을 받고 돌아와서	丈丈翁,得錢歸,
쥐새끼나 이리 같은 심보 갖고	鼠心狼肺,
재산을 가로채려 이리저리 궁리하며	側目呑肥,
온갖 계략 짜서 위험에 내모네.	千謀萬算伏危機.[2]
장모는 "안돼요" 하지만	姥曰:"不可."
장인은 "뭐가 안 돼." 말하네.	翁曰:"不然."
고아더러 큰 강가 나가 물 긷게 하여	令孤兒汲水大江邊,
발 헛디뎌 강물에 빠지게 하니	失足落江水,
이웃 사람 구해주어 겨우겨우 살아났네.	鄰救得活全.
장인은 다시 살아났단 그 말을 듣고	丈丈聞知復活,
이웃집 사람에게 감사는커녕	不謝鄰舍,
속으로 실망하며 원망만 하네.	中心悵然.
아침에는 밥조차 주지 않고	朝不與食,
저녁에는 잠자리 주지 않아	暮不與棲止,[3]
고아는 세상천지 의지할 곳 없다네.	孤兒蕩蕩無倚.
밥을 빌어먹고 돌아다니다	乞求餐飯,
열흘이나 돌아오지 않았어도	旬日不返;
장인 장모 상관치도 않으니	外父外母不問
어찌 그 생사 가늠할 수 있으랴!	曷論生死!
밤이면 들판 사당에 누워 지새는데	夜宿野廟,
거친 갈대밭이 끝없이 펼쳐져 있네.	荒葦茫茫.
사람들 웃는 소리 말소리 들리더니	聞人笑語,

불빛이 점점 다가왔다네.	漸見燈光;
숲속의 도적떼들 몰려와서	綠林君子,[4]
강제로 횃불 들고 앞서게 하니	勒令把火隨行.
고아는 포악한 무리 따라야 했네.	孤兒不敢不聽從强梁.[5]
일이 터지고 도적들 잡히게 되어	事發賊得,
피해가 고아에게 같이 미치네.	累及孤兒;
도적이 그 억울함 아뢰어서	賊白寃故,
관리도 사정을 알게 되었네.	官亦廉知.[6]
악랄하고 지독한 장인이란 자,	丈丈辣心毒手,
갖은 수단으로 매수해대니	悉力買告,[7]
없는 죄 꾸며내어 도적 따라 죽게 하네.	令誣涅與賊同歸.[8]
서녘 해도 비통한 빛 가득할 때	西日慘慘,
도적들의 처형이 시작되었네.	羣盜就戮.
도적이 고아를 돌아보자니	顧此孤兒,
살결이 옥처럼 맑게 빛나네.	肌如瑩玉.
자신의 죽음은 한탄치 않고	不恨已死,
고아의 억울함에 비통해 하네.	痛孤寃毒.
망나니 눈에서도 연신 눈물 흐르네.	行刑人淚相續.

역주

1 蒲葦繫盤石 : '蒲葦'는 고아를, '盤石'은 처가를 비유하고 있다.
2 伏危機 : 해치려는 마음을 숨기다.
3 棲止 : 머물 곳. 잠자리.
4 綠林君子 : 강도에 대한 비유.
5 强梁 : 포악함. 강포함.
6 廉 : 조사하다.
7 買告 : 고소할 때 상관에게 뇌물을 주어 매수하다.
8 誣涅 : 없는 일을 만들어 죄에 빠트리다. 涅(녈) : (검게) 물들이다.

해제

이 작품 역시 「2.162 고아의 노래[孤兒行]」와 마찬가지로 고아가 겪는 절망적인 고통을 그렸지만, 편폭이 더 길고 서사성이 한층 풍부하다. 작품 내용은 크게 6단락으로 구분해 볼 수 있다. 첫 단락('十歲' 이하 8句)에서는 먼저 고아가 처가살이를 하게 된 배경을 서술했다. 그러나 '丈丈' 이하 12句의 둘째 단락에서는 고아가 재산을 가로채려는 장인의 계략에 몰려 실족사할 뻔했던 일을 서술하면서 급반전된다. 이어 '朝不' 이하 7句의 셋째 단락 역시 먹을 것과 잠자리가 없어 목숨을 부지하기도 힘든 고아의 학대받는 처지를 핍진하게 묘사하였다. '夜宿' 이하 7句의 넷째 단락에서는 고아의 수난 공간이 마을 밖으로 확대되면서 사건 전개상 의외의 전환이 일어난다. 고아는 도적떼의 무리에 강제로 휩쓸리게 되어 어쩔 수 없이 그들과 함께 행동하고, 이는 결국 그를 죽음으로 내몰게 된다. '事發' 이하 7句의 다섯째 단락에서는 장인의 악랄한 수법이 다시 등장한다. 그런데 이 과정에서 등장하는 네 인물, 즉 장인 · 관리 · 고발인 · 도적 가운데 고아의 억울함을 호소하는 쪽은 의외로 '포악한 도적'이고, 시비를 가려야할 관리는 방관자의 입장에 머물러 있을 따름이다. 孤兒의 죽음을 묘사한 마지막 단락은 비통해 하는 서녘해, 가슴 아파하는 도적, 눈물 쏟는 망나니의 모습을 통해 현실 사회에서 끝내 구원받지 못한 채 형장의 이슬로 사라지는 억울한 고아의 비극적 운명을 극대화시켰다.

2.164 진맹주의 사 뒤에 쓴 글題陳孟周詞後[1]

진맹주는 눈먼 사람이다. 내가 사 짓는 것을 듣고 그 가락을 물어오기에 그를 위해 이태백의 「보살만」과 「억진아」 두 수를 낭송해 주었다. 며칠 되지 않아 그가 벗을 위한 노래 두 곡을 지어왔는데, 또한 「억진아」 가락을 쓰고 있었다. 그 가사는 이러하였다.

세월은 쏜살같이,
봄바람에 기억하나요, 꽃 피던 그 밤을.
꽃 피던 그 밤,
빛나는 구슬 한 쌍 드렸지요.
서로 만났던 그때, 시집가기 전.

예전 갈고리처럼 매달렸던 밝은 달,
이제와 생각해도 마음 아직 두려워라.
마음 아직도 두려워.
물시계 소리 막 그치자
옥루에서 내려갔지요.

*

언제 끝날 건가요,
인연 있음이 차라리 없느니보다 못한 것을.
인연 없는 게 나은 걸.
어찌 견딜 수 있을까,
어려서부터 정 많았으니.

다시 만나도 어디서 회생초 찾을 수 있을까,

그리움 속에서 초혼의 글도 채 이루지 못하고.

초혼은 말라버리고,

달은 비록 한(恨)이 없다지만

하늘은 어찌 늙지 않을까!

나는 들으며 경탄하였고, 사람 만날 적마다 암송해 들려주었다. 모두들 청련거사 이백에게는 당연히 따르지 못하겠지만 이후주나 신가헌에게는 크게 양보할 정도가 아니라고들 했다. 내가 지은 사가 수백 수에 가깝지만 진 선생의 작품에 부끄러운지라 더 이상 남겨두지 못하게 될 처지다.

陳孟周, 瞽人也. 聞予塡詞, 問其調. 予爲誦太白[2]『菩薩蛮』、『憶秦娥』二首. 不數日, 卽爲其友塡二詞, 亦用『憶秦娥』調. 其詞曰 : 『光陰瀉, 春風記得花開夜. 花開夜, 明珠雙贈, 相逢未嫁. 舊時明月如鉤掛, 只今提起心還怕. 心還怕, 漏聲初定, 玉樓人下.』『何時了, 有緣不若無緣好. 無緣好, 怎生禁得, 多情自小. 重逢那覓回生草, 相思未創招魂稿. 招魂稿, 月雖無恨, 天何不老!』予聞而驚嘆, 逢人便誦. 咸曰青蓮自不可及, 李後主[3]、辛稼軒[4]何多讓矣. 拙詞近數百首, 因愧陳作, 遂不復存.

원교 신선은 바다 위를 날아	圓嶠仙人海上飛,[5]
바람 들이고 이슬 마시며 돌아오지 않았다네.	吸風飮露不曾歸.
우연히 먹물 적시자 뛰어난 문장 이루었고	偶然唾墨成涓滴,[6]
영험한 구름 되어 소미 별로 들어갔다네.	化作靈雲入少微.[7]
세상 곳곳마다 가련한 사랑의 마음들,	世間處處可憐情,
찬 비 처량한 바람 속에 원한의 소리 일어나네.	冷雨淒風作怨聲.
이 가락 새삼 황천까지 전해진다 해도	此調再傳黃壤去,
사랑에 빠진 그 영혼들 언제나 근심의 성에서 벗어날지?	痴魂何日出愁城?

역주

1 陳孟周 : 生平 事迹 미상.
2 太白 : 당 시인 李白(701~762). 青蓮은 그의 호.
3 李後主 : 李煜(937~978). 자가 重光, 호는 鍾隱으로, 中主 璟의 여섯 째 아들이다. 5대 10국 南唐의 後主. 음률에 정통한 詞의 작자로 유명했다. 작풍은 나라가 망하기 전의 화려한 유미적 경향인 것과, 망국 이후의 침울한 主情的 경향인 것으로 대별되지만, 詞를 서정시로 완성하는 데 결정적인 역할을 하였다.
4 辛稼軒 : 辛棄疾(1140~1207), 자가 幼安, 호는 稼軒이며 山東省 歷城 출생이다. 豪放派의 제1인자로 일컬어지는 중국 남송의 시인 겸 정치가. 문집으로 『稼軒詞』가 있다.
5 圓嶠仙人 : 여기서는 陳孟周를 가리킨다. 圓嶠는 員嶠, 동해에 있다는 신선이 사는 山. 『列子 · 湯問』 : "渤海의 동쪽 억만리나 떨어진 곳에 큰 골짜기가 있다. …… 거기에 다섯 개의 산이 있는데, 岱輿 · 員嶠 · 方壺 · 瀛洲 · 蓬萊다.[渤海之東不知其億萬里, 有大壑焉 …… 其中有五山焉 : 一曰岱輿, 二曰員嶠, 三曰方壺, 四曰瀛洲, 五曰蓬萊.]"
6 唾墨 : 문장. 여기서는 陳孟周의 詞를 가리킴.
7 少微 : 별자리 이름. 『晉書 · 天文志』 : "少微 네 별들은 太微 서쪽에 있다.[少微四星, 在太微西.]"

해제

陳孟周라는 맹인 작가의 사 작품을 소개하면서 이 작품이 李煜이나 辛稼軒에도 크게 뒤지지 않음을 강조했다. 또한, 작자는 陳씨의 이 애련한 사랑의 사에 대한 감상을 다시 시로 적어 서로 사랑하되 맺어지지 못하는 모든 이들의 고통을 위로하고자 했다.

2.165 관청에서 아우 묵에게署中示舍弟墨[1]

시 공부 이루지 못하자	學詩不成,
그만두고 글씨 쓰는 일 배웠다.	去而學寫.
글씨 쓰는 공부 이루지 못하자	學寫不成,
그만두고 그림 그리기 배웠다.	去而學畫.
날마다 그림 판 돈 백 냥,	日賣百錢,
농삿일 대신으로 삼는다.	以代耕稼;
실지로 빈곤을 벗어날 수도 있고	實救困貧,
우아한 풍류에 이름 걸 수도 있다.	托名風雅.
권력자에게 아뢸 일 없고	免謁當途.[2]
관청에 구걸할 것 없어진다.	乞求官舍;
앉은 곳엔 맑은 바람,	座有清風,[3]
문에서는 수레 소리 들리지 않는다.	門無車馬.
나이 사십에 과거시험에 이름 들었고	四十科名,
오십에 관청 깃발을 들었다.	五十旃旄;[4]
작은 성 황폐한 고을,	小城荒邑,
그 안에 백성 십만 명.	十萬編氓.
어떻게 보살피고 가르쳤는가?	何養何教,
성정(性情)에 잘 맞게 했을 뿐.	通性達情;
무엇을 일으키고 없앴는가?	何興何廢,
실질에 힘쓰고 이름뿐인 것은 버렸다.	務實辭名.
한 번 잘못 행해지면	一行不當,
백 번을 생각해도 고치기 어려운 법.	百慮難更.
젊어서 가르침 없어	少予失教,
경솔하고 급한 성격,	躁率易輕.

물 불 섞인 마음에 水衰火熾,
나이 들어 한층 평정을 잃는다. 老更不平.
낮에는 후회와 걱정, 日有悔吝,
밤 내내 두려운 마음. 終夜屛營.
처자식은 비단옷 입고 妻孥綺縠,
동복은 한 솥 국 먹으니 童僕鼎羹;
무슨 크나큰 공덕 쌓았다고 何功何德,
이 편안과 영화를 누리는 것인가? 以安以榮?
어서 속히 떠나지 않는다면 若不速去,
화와 환난이 무더기로 생겨나리. 禍患叢生.
내 벗 복당 이선은 李三復堂,[5]
붓이 정밀하고 먹이 아득하다. 筆精墨渺.
나는 난과 죽을 그리는데 予爲蘭竹,
기법이 보잘 것 없었다. 家數小小;
나 또한 고심하면서 亦有苦心,
삼십 년 연구해왔다. 卅年探討.
어서 내 벼루 싸들고 速裝我硯,
어서 내 원고 가지고 速携我稿;
양주에 가서 그림 팔며 살아야지. 賣畫揚州,
이선과 더불어 늙어가야지. 與李同老.
시 공부할 때 세 분 섬겼으니 詩學三人,
조조와 함께 했고, 老瞞與焉;[6]
뒤로 두보를, 少陵爲後,[7]
앞으로 주공(周公)을 모셨다. 姬旦爲先,[8]
글씨는 한·위 서체를 공부했고, 字學漢魏,
최원(崔瑗)·채옹(蔡邕)·종요(鍾繇)를 배웠다. 崔蔡鍾繇;[9]
고대의 부러진 비석에서 古碑斷碣,

정성껏 서체를 찾고 구했다. 刻意搜求.
오직 이 세 가지 일이 惟玆三事,
집이며 전답인 셈이다. 屋舍田疇.
관직에 있으면서 가난한 게 어찌 두려울까, 宦貧何畏,
관직에 있으면서 부자가 되는 게 무서운 일. 宦富可惴;
이 말은 곧 卽此言歸,
모자람 없이 넉넉할 정도면 된다는 뜻. 有贏不匱.
그럴 때 사람들이 흠 잡아 헐뜯지 않고 人不疵尤,
귀신도 빌미잡지 않는다. 鬼無瞰祟.
내가 탐욕부린 적 없었으니 吾旣不貪,
아우 또한 걱정할 일이 없다. 爾亦無恚.
기다리다 보면 시기를 놓칠 것이고 需則失時,
결정하고 나면 지혜롭다 말들 하리라. 決乃云智.

역주

1 舍弟墨 : 숙부 省庵公에게서 난 판교의 사촌아우. 자가 克己, 호는 五橋로, 판교보다 나이가 24세 적었다. 「1.1 옹정 10년, 항주 도광암에서 아우 묵에게[雍正十年杭州韜光庵中寄舍弟墨]」 주석 참조.
2 當途 : 當權者. 권세 잡은 사람.
3 座有淸風 : 손님이 없음을 뜻하는 표현. 『南史 · 謝譓傳』 : "내 방에 들어오는 자는 맑은 바람뿐이고, 나와 대작하는 자는 밝은 달 뿐이라.[入吾室者但有淸風, 對吾飮者惟當明月.]"
4 四十科名, 五十旃旌 : 판교는 40세에 擧人에, 44세에 진사에 합격했고, 50세에 范縣令으로 부임했다.
5 李三復堂 : 서화가로서 동향 벗인 李鱓. 「2.64 이복당 집에서 술 마시다가 짓고 드리다[飮李復堂宅賦贈]」 주석, 「2.157 이삼선을 생각하며[懷李三鱓]」 참조.
6 老瞞 : 曹操. 「2.1 거록의 전투[鉅鹿之戰]」 주석 참조.
7 少陵 : 당 시인 杜甫. 「1.11 범현 관아에서 아우 묵에게 보내는 다섯 번째 편지[范縣署中寄舍弟墨第五書]」 참조.
8 姬旦 : 周公. 『詩經 · 豳風』을 대부분 그가 지었다고 전한다.
9 崔蔡鍾繇 : 崔瑗(77~142), 동한 서예가로 초서에 뛰어났다. 蔡邕(132~192), 자

伯喈. 동한 말 문학가이자 서예가로 전서와 예서에 능했다. 鍾繇(151~230), 자 元常, 삼국시대 魏의 대신이자 서예가. 여러 서체에 능했으나 특히 예서와 해서에 뛰어나 王羲之와 더불어 '鍾王'으로 병칭된다.

해제

범현에 재직할 때 아우 묵에게 보낸 시로, 예전에 그림을 팔아 살던 과정과 현재 관직에 있으면서 생활은 나아졌지만 자못 불안한 심정이라는 점, 그리하여 기회가 있으면 사직하고 다시 자유스럽게 예술 활동을 할 수 있기를 희망하는 심정을 담았다.

2.166 무너진 집破屋

허물어진 관아의 담장 여전하여	廨破牆仍缺,[1]
인근의 닭들 구구거리며 들어온다.	隣鷄喔喔來.
뜰엔 불콩꽃 피어 있고	庭花開扁豆,
문지기는 가을 이끼 위에 누워 있다.	門子臥秋苔.
그림 장식된 북 위로 석양빛이 싸늘하고	畵鼓斜陽冷,[2]
텅 빈 복도엔 낙엽이 뒹군다.	虛廊落葉廻.
손님을 맞으려고 계단을 쓸어내니	掃階緣宴客,
오히려 제비와 까마귀가 원망하누나.	翻惹燕鴉猜.

역주

1 廨(해) : 관아.

2 畵鼓 : 테두리에 화려하게 채색한 북. 관아에서 號令을 전할 때 쓰인다.

해제

판교가 범현 현령으로 재직할 때 쓴 시로, 한적한 시골 관아의 정경이 그림처럼 묘사되고 있다. 특히, "인근의 닭들 구구거리며 들어온다"는 구절에서 '허물어진 관아'의 한가함이 여실하게 표현되었다.

2.167 범현성 동쪽 누대에 올라登范縣城東楼

가을에 혼자서 성에 올라 내려다보니	獨上秋城望,
높은 누대로 새벽안개가 피어오른다.	高樓出曉烟.
서풍은 장하(漳河)에서 불어대고	西風漳鄴水,[1]
빛나는 태양 노와 추의 하늘로 떠오른다.	旭日魯鄒天.[2]
황량한 이곳 나그네 위한 객사도 없지만	過客荒無館,
관청에는 작지만 관전(官田)이라도 있다.	供官薄有田.[3]
태평한 시절, 외진 땅인데	時平兼地僻,
올해도 풍년이니 다시 걱정 있으랴!	何況又豊年.

역주

1 漳鄴水 : 漳河. 衛河의 지류로서 河北省과 河南省 사이에 있다. 이 강물은 古鄴城을 거쳐 范縣 서북으로 빠져나가기에 이렇게 표현했다.
2 魯鄒天 : 范縣은 춘추시대 魯 나라와 鄒 나라가 있던 지역이다.
3 供官薄有田 : 당시에는 郡縣마다 약간의 官田을 내려 관아의 비용으로 쓰게 했다.

해제

范縣에 재직할 때 城 동쪽 누대에 올라 멀리 내려다보며 쓴 시이다. 눈 앞 풍경은 아무 일 없이 조용하고 평온하고, 농사도 풍년이라 별 걱정 없다는 자족을 담았다. 그렇긴 하지만 편벽한 시골에서 근무하는 작자의 적막한 분위기도 어려 있다.

2.168 악독한 시어머니姑惡

고시에 이르기를 "고악(악독한 시어머니), 고악(악독한 시어머니), 시어머니가 악독한 게 아니라 제가 박명해서지요"라 했는데, 이는 지극히 충후하여 『시 삼백 편』의 뜻을 이었다고 말할 수 있다. 그러나 시어머니 된 자가 어디 뉘우쳤던가? 이에 다시 한 수를 지어 그 상황을 아주 상세하게 묘사함으로써 권계로 삼고자 한다.

古詩云: "姑惡, 姑惡[1], 姑不惡, 妾命薄.[2]" 可謂忠厚之至, 得三百篇遺意矣! 然爲姑者, 豈有悛悔哉? 因復作一篇, 極形其狀, 以爲激勸焉.

어린 며느리 나이 열두 살,	小婦年十二,
집 떠나 시부모를 섬기네.	辭家事翁姑.[3]
아직 부부의 정을 알지 못해	未知伉儷情,
지아비를 오빠라 부르네.	以哥呼阿夫.
둘 다 어리니 마냥 부끄러워	兩小各羞態,
말 꺼내다가도 먼저 머뭇거리네.	欲言先囁嚅.[4]
시아버지는 규방에서 지내면서	翁令處閨閣,

장식매듭이나 새로 짜라 하시지만,	織作新流蘇.[5]
시어머니는 온갖 힘든 일 시키며	姑令雜作苦,[6]
칼 들고 부엌으로 들어가게 하네.	持刀入中廚.
고기를 가지런히 자르지 못해	切肉不成塊,
큰 돌덩이처럼 그릇에 오르고,	礧磈登盤簋;[7]
국은 간이 통 맞질 않아서	作羹不成味,
시고 매울 뿐 맛이라곤 없다네.	酸辣無別殊;
땔나무를 패느라 가녀린 손 터지고	析薪纖手破,
뜨거운 것 집느라 열 손가락 갈라졌네.	執熱十指枯.
시아버님 말씀,	翁曰:
"아직 나이 어리니,	"是幼小,[8]
천천히 가르쳐야지."	教導當徐徐."
시어머니 대답하네.	姑曰:
"어려서 가르치지 않으면	"幼不教,
커서 누가 단속하나요?	長大誰管拘?
저 사납고 건방진 성질 못 버리고	恃其桀傲性,
장차 늙고 쇠약한 우릴 구박할 거요.	將欺頹老軀;[9]
그 교만하고 방자한 천성 못 버려서	恃其驕縱資,
우리 아들 설설 기게 될 거라고요."	吾兒將伏蒲."[10]
오늘은 실컷 욕을 해대고	今日肆詈辱,
내일이면 마구 매질을 하네.	明日鞭撻俱.
닷새에 성한 옷 없고	五日無完衣,
열흘에 몸 성한 곳 없다네.	十日無完膚.
어두운 벽에 대고 숨을 죽이고	呑聲向暗壁,
낮은 소리로 탄식만 하네.	啾唧微歎吁.[11]
시어머닌 저주하는 소리라면서	姑云是詛咒,
몽둥이 들고 칼 잡아 쥐며 외치네.	執杖持刀語:

“네 살 아직 도려낼만한 하구나, “汝肉尙可切,
비쩍 마르지 않고 통통한 걸 보니. 頗肥未爲癯;
네 머리 아직 머리털 붙어 있구나, 汝頭尙有髮,
모조리 뽑아내어 가을 박을 만들어주마. 薅盡爲秋壺.[12]
네년이랑은 같이는 못살아, 與汝不同生,
네년 살아 있는 게 내 명 재촉하는 길이야.” 汝活吾命殂.”
늙은 모습 추하기 이를 데 없어 鳩盤老形貌,[13]
성난 눈 그야말로 흉악한 도살자라네. 努目眞兇屠.
남편이 조금이라도 보살펴주면 阿夫略顧視,
부끄러운 줄 모른다고 성을 낸다네! 便嗔羞恥無!
시아버지 잠시 격려하고 위로해주면 阿翁略勸慰,
늙은이 노망났다고 화를 퍼붓네. 便嗔昏老奴.
이웃에서 영문을 알아보려면 鄰舍略探問,
무슨 상관이냐 냅다 고함 퍼붓네. 便嗔何與渠?
아아! 가난한 집 이 딸이여, 嗟嗟貧家女,
어찌 강물에 뛰어들지 않을 수 있으리? 何不投江湖?
강물의 물고기, 자라 밥이 될지언정 江湖飽魚鼈,
이 지독한 고통은 면할 수 있으리. 免受此毒荼.
아아, 하늘이시여. 비천한 이 몸의 하소연 들어주소서. 嗟哉天聽卑,
어찌해 이 원한의 소리 들리지 않나요? 豈不聞怨呼?
사람으로 태어나 어린 아내 된 이 사람, 人間爲小婦,
원통함과 깊은 고통 가득합니다. 沈痛結冤誣.
배 채우다 단칼에 대가를 치를지라도 飽食償一刀,
차라리 소나 양이, 돼지가 되고 싶어요. 願作牛羊猪.
그 어찌 친정부모 온 적 없을까, 豈無父母來?
눈물 닦고 즐거운 척 꾸몄던 거네. 洗淚飾歡娛.
형제들이 소식 물은 적 어찌 없었나, 豈無兄弟問?

아픔 참고 시어머니 부지런함 강조하였네.　　忍痛稱姑劬.
상처 자국이야 헤진 옷으로 가리고　　疤痕掩破襟,
드문 머리카락 병 때문이라 한다네.　　禿髮云病疎.
한 마디라도 시어머니 흉을 보다간　　一言及姑惡,
이 목숨 언제 끊길지 모를 일이네!　　生命無須臾!

역주

1 姑惡 : 姑惡은 원래 새의 이름인데, 이 새는 시어머니의 학대를 받다가 죽은 며느리가 새로 변했다는 전설을 가진 새로, 그 울음소리가 '姑惡'(고악 / 꾸어) 발음처럼 들린다고 한다.
2 姑不惡, 妾命薄 : 蘇軾의 「五禽言 · 詠姑惡」 제5수 중의 한 구절이다.
3 翁姑 : 시어머니.
4 囁嚅(섭유) : 말을 하려다가 그만두는 모양.
5 流蘇 : 실로 짜서 늘어트리는 장식용 줄.
6 雜作 : 온갖 잡일을 하다.
7 礧磈(뇌외) : 돌이 쌓여 있는 모양. 簠(보) : 옛날 네모진 식기.
8 是 : 며느리를 가리키는 말.
9 頹老軀 : 시어머니가 자신을 가리키는 표현.
10 伏蒲 : 포복. '匍匐'로도 쓴다. 무릎을 꿇고 기는 모양.
11 啾唧(추즐) : 작은 소리로 슬피 부르짖다. 탄식하다.
12 秋壺 : 가을에 익은 조롱박.
13 鳩盤(구반) : 즉 鳩盤荼. 불교용어로서 형체가 보기 흉한 惡鬼의 이름. 늙어 추악하면서도 흉악한 시어머니를 빗댄 말.

해제

악독한 시어머니 아래 고통 받는 며느리의 운명을 묘사한 이 작품은 크게 6단락으로 나눌 수 있다. 첫째 단락은 '小婦' 이하 6句로, 천진난만하면서도 순박한 심성을 지닌 어린 며느리의 형상을 그리고 있다. 둘째 단락은 '翁令' 이하 10句로, 며느리가 고달프게 집안일을 배우는 과정을 서술하면서, 어설프지만 어려운 일을 마다않고 따라하는 며느리의 성격과 쉬운 일보다는 잡다하고 힘든 일만 시키는 시어머니의 성격을 드러내고 있다. 아직 본격적인 갈등은 시작되지 않았지만 시어머니의 학대를 예고하고 있는 부분이다. 셋째 단락은 '翁曰' 이하 10句로, 둘째 단락에서 보여주었던 시아버지와 시어머니의 며느리에 대한 상반되는 태도가 더욱 구체적으로 대비되고 있으며, 시어머니가 며느리를 학대하는 근본 원인이 제시되면서 갈등이 고조되고 있다. 넷째 단락은 '今日' 이하 22句로, 시어머니의 본격적인 학대를 서술했다. 다섯째 단락은 '嗟嗟' 이하 10句로, 며느리가 하늘을 향해 탄식하는 장면이다. 마지막 단락은 친정 식구에게 시어머니의 잔학상을 숨기는 부분이다. 이런 상황은 며느리의 착한 심성을 더욱 구체화하고, 이를 시어머니의 악독함과 대비시켜 며느리의 고통을 한층 두드러지게 만들려는 의도에서 설정된 부분이겠지만 시 전체의 흐름에서 볼 때 오히려 사족 같은 부분으로 여겨지기도 한다.

2.169 한단 가는 길에 2수邯鄲道上二首[1]

동작대 서북에는 다시 총대가 있고　　銅臺西北又叢臺,[2]
광활한 먼지 사막을 지수가 맴돌며 흐른다.　　泱漭塵沙泜水回.[3]
무령왕의 불행한 말로가 우습고,　　笑武靈王無末路,[4]
말 먹이 병사의 영특함이 즐겁다.　　愛厮養卒有英才.[5]
청산은 변했는데 늙은이는 오래 살아　　青山易老人長在,
백발로 힘 없지만 뜻은 식지 않았다.　　白髮無權志不灰.[6]
가장 귀감이 되는 건 장이(張耳)와 진여(陳餘),　　最是耳餘堪借鑒,

천추의 문경지우가 의심하고 시기했었다.	千秋刎頸有疑猜.[7]
여선옹(呂仙翁) 사당, 춥고 황량한 채 사람이 없고	仙館荒寒不見人,
여옹 초상엔 먼지만 그득하다.	呂翁遺像滿埃塵.[8]
오래된 비석, 이끼 벗겨 읽은 앞 문장 형편이 없고	古碑剔蘚前文陋,
이끼 낀 벽화에 담긴 환상적 이야기가 외려 새롭다.	畫壁含苔幻說新.
몇 군데 끊어진 다리는 부서진 널판을 지탱하고	幾處斷橋支破板,
한 고랑 부러진 갈대들이 가을 개구리밥에 누운 채	一溝折葦臥秋蘋.
내게 부질없는 인생사를 분명히 말해주노니	分明告我浮生事,
베개에 엎드려 꿈의 진짜 여부 따질 게 있나!	伏枕何須夢假眞.[9]

역주

1 邯鄲: 河北 남부에 있는 도시. 전국 시대 趙나라의 도읍이었으며, 華北 평원과 山西 구릉 지대를 이어 주는 교통의 요충지이다.

2 銅臺: 銅雀臺. 앞에 나온 시 「2.22 銅雀臺」 참고. 叢臺: 『漢書 · 高后紀』 注: "여러 개가 모여 있어서 叢臺라고 한다. 六國시기 趙王의 옛 누대이다.[連聚非一, 故曰叢臺. 六國時趙王故臺也.]" 전하기로는 趙나라 武靈王이 군사적인 목적 및 오락 공연을 위해 건축한 누대로서 장식이 아름답기로 유명하다. 옛터는 지금의 河北省 邯鄲 동북쪽에 있다.

3 泜水: 앞에 나온 시 「2.23 泜水」 참고.

4 武靈王: 전국 시대 趙 나라 군주. 나라를 강하게 할 뜻을 세워 전술을 개혁하고 胡服과 기마 사격 등을 실행했다. 후에 王子何(趙 惠文王)에게 왕위를 물려주고 자신은 '主父'로 자칭하며 친히 군사를 이끌고 서북 지역을 개척했다. 公子章이 난을 일으켜 패배하고 도망치자 主父가 자신의 궁전에 받아들였다. 이에 대신 公子成과 李兌 등이 그 궁전을 포위하는 바람에 主父는 나오지 못한 채 3개월 여 만에 궁 안에서 아사하고 말았다. 『史記 · 趙世家』 참고.

5 厮養卒: 『史記 · 張耳陳餘列傳』에 따르면, 趙王이 燕나라 군사에게 포로로 잡히자 燕은 趙나라 영토 반과 교환하고자 했다. 趙나라에서 수차례 사신을 파견했지만 모두 燕나라에 의해 죽임을 당하고 말았다. 趙의 將相 張耳와 陳餘 등은 어찌할 도리가 없었다. 이때 마구간에서 하찮은 일을 하는 병사가 가기를 자원했고, 그가 가서 燕나라에 형세의 이해득실을 진술하자 燕은 마침내 趙王을 돌려보냈다.

6 白髮無權志不灰: 趙나라 장군 廉頗의 고사를 가리킨다. 廉頗는 趙의 名將이었

는데, 悼襄王이 즉위한 후 樂乘을 그 대신 장군으로 삼았다. 이에 廉頗는 분노하여 魏나라로 갔는데, 魏 역시 그를 신임하지 않았다. 후에 趙王이 다시 廉頗를 기용하려고 사람을 시켜 살폈더니 그는 나이가 들었음에도 불구하고 식사 한 끼에 밥 한 말, 고기 열 근을 먹고 갑옷을 입고 말에 올라 자신이 쓸 모 있음을 과시했다 한다. 혹은, 이 대목 또한 趙 武靈王을 두고 쓴 것으로 볼 수도 있다.〖王錫榮〗

7 耳餘 : 張耳와 陳餘. 두 사람은 秦末 봉기군 수령으로, 처음에는 생사의 우정을 맺었으나 나중에 갈라서게 되었고, 陳餘는 張耳에게 죽임을 당했다. 앞에 나온 시 「2.23 泜水」 참고.

8 仙館 : 呂仙翁祀館. 唐 沈旣濟의 傳奇소설 『枕中記』에 나오는 고사와 관련된다. 唐 開元 연간에 도사 呂翁이 邯鄲으로 가는 길에 객사에 머물고 있었다. 마을의 盧生이 자신의 곤궁한 처지를 한탄하자 呂翁이 枕木을 주며 "그대가 이것을 베게 되면 뜻하는 바대로 되리라." 했다. 그때 객점 주인은 黃粱을 끓이고 있었는데, 盧生은 베개를 베자 곧 잠에 빠져들었다. 그는 꿈속에서 관직의 부침을 거듭하고 온갖 영화부귀를 맛본 다음, 나이가 80이 넘어 병으로 죽게 되었다. 깨어나 보니 黃粱이 아직 익기 전이었다. 후인들이 그 자리에 呂仙翁祀를 지었다.

9 伏枕何須夢假眞 : 『枕中記』 고사에서 盧生의 꿈과 현실의 대비를 가리킨다.

해제

邯鄲으로 향하는 여행길에서 지나치게 되는 銅爵臺·叢臺·呂仙翁 사당 등 유적지에서 관련 역사를 회고하며 쓴 시로, 이들 유적지에 얽힌 고사를 통해 얻는 귀감을 음미하면서도 '부질없는 인생사'의 변천을 탄식하였다.

2.170 어촌漁家

생선 팔아 백 푼 남짓,	賣得鮮魚百二錢,
밥 지을 양식 사서 돌아가는 배.	糴粮炊飯放歸船;

젖은 갈대 뽑아다가 불 피우기 힘들어 拔來濕葦燒難着,
오래된 해안가 버드나무에서 말리네. 曬在垂楊古岸邊.

해제

범현 임지에서 만난 어촌 풍경을 소묘한 시로, 곤궁한 어민의 생활을 매우 사실적인 그림으로 담았다.

2.171 짧은 유람小遊

항주 여성삼에게.
贈杭州余省三.[1]

항주를 떠나 撇杭越,[2]
고소로 들어갔다. 入姑蘇;[3]
진택에 빠져들어 呑震澤,[4]
서호를 멀리 보았다. 藐西湖.
전당의 물결은 십 리에 드넓고 錢塘之潮十里闊,[5]
커다란 태호의 물결은 소리도 없다. 盪以太湖波浪渾如無.[6]
혜산에서 술을 사 취하도록 마시고, 惠山買酒醉酩酊,[7]
금산을 발로 차 가루로 만들었다. 金山脚踢成齏粉.[8]
유달리 적막하고 담담해진 마음, 別有寥寥古淡心,
옷 걸치고 산발한 채 초산 꼭대기에 올랐다. 披衣散髮焦崖頂;[9]
한밤중에 예학명을 미친 듯 쓰다듬다가 半夜狂捫瘞鶴銘,[10]

추운 오경에 문왕정과 마주했다.	五更冷對文王鼎.[11]
양주를 두루 찾았으나 내가 보이지 않자	大索揚州不見我,
바람처럼 천리 길 따라 산동까지 날아왔다.	飄飄千里來山左.[12]
소매 속엔 힘센 장사의 백 근 방망이,	袖中力士百斤椎,
범속한 관리의 좁아진 양미간을 두드려 펴네.	椎開俗吏雙眉鎖.
범속한 관리의 속됨 또한 불쌍하구나,	俗吏之俗亦可憐,
그대 위해 겨우 백 천 냥 마련하다니.	爲君貸取百千錢.
곡부묘를 배알하고,	謁曲阜墓,[13]
역산의 석각을 관람하고,	觀嶧山刻,[14]
태산 마루에 올랐네.	登泰山顚.
아직 바람과 번개 가르는 준마의 발 남았으니	尙有嘶風掃電之驥足,
구름 너머 날아가듯 귀가하라 전송하네.	送君雲外飛歸鞭.
그대의 짧은 여행이 대략 이와 같으니	君之小遊略如此,
다른 날 더 큰 여행에는 나도 따라 나서리라.	壯遊他日吾從爾.

역주

1 余省三 : 生平이나 事跡을 알 수 없다.

2 杭越 : 杭州는 옛날 越 나라 땅에 속했기 때문에 이렇게 표현했다.

3 姑蘇 : 蘇州 서남쪽에 姑蘇山이 있어 蘇州를 姑蘇라 부르기도 한다.

4 震澤 : 太湖의 옛 이름. 아래 주 6항 참조.

5 錢塘之潮 : 錢塘江은 浙江省에서 가장 큰 강으로, 강의 입구가 나팔 모양으로 되어 있어 바닷물이 역류해 들어와 유명한 '錢塘의 潮水'를 형성한다. 이 조수를 유람하기 위해 많은 관광객이 찾는다. 「2.58 조수 구경 노래[觀潮行]」·「2.59 조수 타기 노래[弄潮行]」 등 참고.

6 太湖 : 옛 이름으로 震澤·具區·笠波 등이 있다. 江蘇省 남부에 있고, 면적이 2,400여 제곱미터나 된다. 호수 안에는 수십 개 섬이 있어 풍경이 매우 아름답다.

7 惠山 : 慧山 또는 惠泉山이라고도 하며, 강남 명산 가운데 하나다. 江蘇 無錫市 서쪽 교외에 있다.

8 金山 : 예전에는 鎭江 서북쪽 강 속에 있었는데, 淸末에 이르러 강의 모래가 쌓여 남쪽 강변과 이어지게 되었다. 齏粉(제분) : 잘게 부수다.

9 焦崖 : 焦山. 焦山의 원래 이름은 譙山 혹은 樵山. 「1.2 초산에서 독서하다가 넷째아우 묵에게[焦山讀書寄四弟墨]」 주석 참고.
10 瘞鶴銘 : 고대의 유명한 石刻. 원래는 초산 서쪽 기슭에 있었으나 송대 이후로 붕괴되어 강에 떨어지기에 康熙 연간에 일부를 건져 산 위로 옮겼고, 후에 定慧寺 벽에 새겨 붙였다.
11 文王鼎 : 고대의 유명한 鼎. 『宣和博古圖』 所載 '鼎銘' 부분에서 "魯公作文王尊彝"라 했고, 薛尙功의 『鍾鼎款識』에서 '魯公鼎銘'이라 쓴 것이 바로 '文王鼎'을 가리킨다.
12 山左 : 山東.
13 曲阜墓 : 曲阜에 있는 孔子 墓와 사당.
14 嶧山刻 : 嶧山의 石刻. 秦始皇이 嶧山에 올랐을 때 세운 석각으로, 그의 공적을 칭송하는 내용이다. 原石은 없어졌고, 송대 이후 模本에 근거해 重刻했다 한다.

해제

서로 상당히 가깝게 지냈던 것으로 보이는 余省三이 여행길에 판교를 찾아와 회포도 나누면서 때로 근처 명승지를 함께 찾아간 경험을 적은 시다. '飄飄千里來山左'까지 전반부는 여성삼이 범현에 오기까지의 여정을 듣고 묘사했고, 이후 끝까지는 그가 산동에 찾아왔을 때의 반가웠던 심정과, 두 사람이 함께 했던 여행을 서술했다.

2.172 강칠과 강칠江七姜七

이름은 욱과 문재이다.
名昱、名文載.[1]

양주의 강칠은 서체에서 이름 없지만	揚州江七無書名,

나는 그의 맑은 신골을 아낀다. 予獨愛其神骨淸;
구양순 바탕에 저수량(褚遂良)의 성정, 歐陽體質褚性情,[2]
막고의 빙설처럼 영롱하게 빛난다. 藐姑冰雪光瑩瑩.[3]
여고의 강칠은 그림에서 이름 없지만 如皐姜七無畵名,
나는 그의 맑고 견실하고 수려함을 아낀다. 予獨愛其堅秀明;
오동나무에 달 걸린 밤에 훤칠한 선녀, 梧桐月夜仙娥娙,[4]
그 나지막한 탄식이 들리는 듯.(그림 속 풍경) 如聞嘆息微微聲.
【畵中景】

두 사람의 재주는 원래 종횡으로 펼쳐지고 二子才思原縱橫,
두 사람의 학술은 본디 특출하고 비범하다. 二子學術原崢嶸.
남방 만 리의 여러 영재들이 天南萬里諸髦英,
고개 숙여 들어도 무슨 말이 없으리라. 俯首聽命無衡爭.
이 판교 도인은 홀로 괴이한 행동하며 板橋道人孤異行,
유별난 기호와 취미로 상식을 뒤집는다. 昌羊別嗜顚倒傾.[5]
남다르게 그 서화 추천하니 다들 눈 크게 뜨는데 獨推書畵衆目瞠,
지극한 이치에서 찾으면 결국은 평범한 노릇. 尋諸至理還平平.
묘당에서 황소를 희생으로 바치는 일과 마찬가지, 廟堂若薦犧剛騂,[6]
두 사람은 붉은 조각기둥 사이에 세워야 마땅하리라. 二子應列丹刻楹.[7]
〈대장〉 〈소소〉 〈함지〉 가락이 울리니 大章蕭韶咸池鳴,
경왕의 큰 종 무야는 내던 소리 멈춘다. 景王無射休噌吰.[8]
지금 특별난 가락으로 부는 우생 소리에 卽今別調吹竽笙,
세상에서는 비파와 쟁을 부수게 된다네. 世間破裂琵琶箏.
내 산동에 와 모래와 티끌 속에서 我來山左塵沙幷,[9]
봄바람 밤비에 이 벗들 생각한다. 春風夜雨思喬鶯.[10]
곤궁과 영달, 때 만나는 일이 어찌 구해서 될 일인가, 窮達遇合何足營,
그대들이 노력하며 고군분투하길 바랄 따름. 望君刻苦孤邁征.
강칠(江七)의 글씨, 강칠(姜七)의 그림을 문설주에 걸어놓고

	江書姜畫懸臬棖,
귀한 명검과 보옥과 향초처럼 여기리라.	歐干卞璧湘秋蘅.[11]
내 두 눈 멀어 평가를 잘못 내렸다면	或予謬鑒雙目盲,
어리석은 늙은이, 못된 인간이라 욕하시구려.	請呼老禿嗤殘傖.

역주

1 江七 : 江昱(1706~1775). 자 賓谷 또는 松泉. 江蘇 儀徵 사람. 조상은 歙縣에 거주했으나 후에 揚州 儀徵으로 이주했다. 학문을 좋아하고 가난해도 자족했다. 金石에 뛰어났고, 저서에 『尙書私學』·『韻岐』·『瀟湘聽雨錄』 등이 있다.(『國朝耆獻類證 · 經學』 참고) 양주에 거주하면서 판교와 교류했고, 판교는 濰縣에 근무할 때 그에게 「6.20 강빈곡 · 강우구에게 보내는 편지[與江賓谷 · 江禹九書]」를 쓰기도 했다. 姜七 : 姜文載. 자 在經, 命車. 호 西堤, 江蘇 如皐 사람이다. 『如皐志 · 列傳』 : "姜文載는 자가 命車이고 號가 西堤이다. 천부적인 자질이 뛰어나 어린 나이에 경사를 통달하였다. 시 · 그림 · 글씨를 좋아하였다. …… 그림에는 스승이 없었음에도 神品에 도달하였다. 평생 먹과 붓에서 떠나지 않았으며, 마음이 맑고 포부가 컸다. 향년 32세로 오래 살지는 못했다.[姜文載, 字命車, 號西堤. 天資雋上, 年未冠淹通經史. 好爲詩, 嗜畫, 工書 …… 畫無師承, 臻神品, 生平濡墨染毫, 皆飄飄有凌雲氣. 享年不永, 三十二沒.]"

2 歐陽體 : 唐初 서예가 歐陽詢(557~641)의 서체. 褚遂良(596~658) : 唐初 서예가.

3 藐姑冰雪 : 『莊子 · 逍遙遊』 : "막고야의 산에 신선이 사는데, 그 살갗이 얼음이나 눈 같고 처녀처럼 부드럽고 늘씬하다.[藐姑射之山有神人居焉, 肌膚若冰雪, 綽約若處子.]"

4 仙娥 : 仙女. 娙(형) : 키가 늘씬하여 아름답다.

5 昌羊別嗜 : 기호가 남다르다. 昌羊은 菖蒲. 『韓非子』 : "屈到는 마름을 좋아했고 文王은 창포를 좋아했는데, 일반적인 입맛은 아니다. 하지만 두 성현이 嗜好로 좋아했으니, 그 맛이 꼭 좋아서 그런 것은 아니라 하겠다.[屈到嗜芰, 文王嗜菖蒲葅, 非正味也, 而二賢尙之, 所味不必美.]"

6 犧剛騂(희강성) : 제사할 때 희생으로 바치는 붉은 털 숫소.

7 丹刻楹 : 붉은 색 칠한 기둥. 옛날 제사지낼 때 祭品을 두 기둥 사이에 진설했다.

8 大章 : 堯 임금 때의 악곡명. 蕭韶 : 순 임금 때의 악곡명. 咸池 : '大咸'이라고도 한다. 전하는 바로는 黃帝가 만든 악장이라 한다. 景王無射 : 周 景王 때 만들었다는 큰 종. 噌吰(쟁횡) : 종소리를 나타내는 의성어.

9 山左 : 山東. 구체적으로는 작자가 재임하고 있는 范縣.

10 喬鶯 : 벗을 찾다. 『詩經 · 小雅 · 伐木』 : "쩌르렁 산을 울려 나무 찍는 소리 / 앵

앵거리는 새 소리 / 깊숙한 골짜기를 날아올라 / 높은 나무 가지에 날개를 접고 / 구슬을 쪼개듯 울어대는 그것은 / 그의 벗을 부르는 소리.[伐木丁丁, 鳥鳴嚶嚶, 出自幽谷, 遷于喬木. 嚶(鶯)其鳴矣, 求其友聲.]"

11 歐干 : 춘추 시대 유명한 匠人 區冶子와 干將. 여기서는 그들이 만들었다는 명검을 뜻함. 卞璧 : 춘추 시대 楚人 卞和가 발견했다는 璧玉. 후에 국가의 보물이 되었다. 湘秋蘅 : 楚 나라에서 나는 香草. 江七의 서예와 姜七의 그림이 이런 보물들과 견줄 만큼 귀중함을 강조하기 위해 열거했다.

해제

당시 화단에서 별로 유명하지 않은 두 예술가 江七과 姜七의 독특한 성과를 오히려 높이 평가한 시다. 작자는 江七의 서예와 姜七의 그림이 저 옛날의 명검이나 옥, 향초와 그 가치를 견줄 만큼 귀중하다고 강조했다. 이러한 자신의 평가에 일반 사람들은 쉽게 동조하지 않을지 모르지만, 내 두 눈이 멀어 평가를 잘못 내렸다면 이 늙은이를 어리석고 못된 인간이라 욕해도 좋다고 강한 자부심으로 시를 맺는다.

시초詩鈔 유현에서 판각한 작품들濰縣刻

해제

판교는 50세(乾隆 7년, 1742)되던 봄에 范縣 知縣(縣令)으로 관리 생활을 시작하면서 그 동안 썼던 詩詞를 정리하여 『詩鈔』·『詞鈔』·『小唱』 등으로 엮어냈다. 현재의 『鄭板橋集』에는 『詩鈔』 두 번째 머리에 '范縣作' 이라는 글자가 보이고, 뒤편 세 번째 머리에 이 '濰縣刻'이라는 글자가 보이는데, 이 두 부분은 대략 乾隆 十三年(1746) 전후에 濰縣에서 추가 판각한 것으로 판단된다.

2.173 기황의 유랑 노래逃荒行[1]

열흘 만에 자식 하나 팔고	十日賣一兒,
닷새 만에 마누라 판다.	五日賣一婦,
다음엔 제 몸만 남아	來日賸一身,
망망한 유랑길에 오른다.	茫茫即長路.
길은 구불구불 멀기도 한데	長路迂以遠,
변경 산악엔 승냥이 호랑이 득실거린다.	關山雜豺虎;
흉년이 들어도 호랑이는 주리지 않고	天荒虎不飢,[2]
험준한 곳에서 엿보다가 사람 잡아먹는다.	肝人伺巖阻.[3]
승냥이와 이리가 대낮에도 나타나니	豺狼白晝出,
마을마다 요란스레 북을 두드린다.	諸村亂擊敲.
아! 살갗과 머리털은 생기를 잃고	嗟予皮髮焦,
뼈가 끊기고 허리며 등이 꺾어질 듯,	骨斷折腰膂.
사람을 보면 눈동자가 먼저 뒤집어지고	見人目先瞪,
음식을 먹으면 삭이지 못하고 토해버린다.	得食咽反吐.
호랑이의 주린 배도 채울 수 없을 정도,	不堪充虎餓,
호랑이도 먹지 않고 내팽개친다.	虎亦棄不取.[4]
길가에 버려진 아기가 보여	道傍見遺嬰,
가련한 마음에 짐 위에 얹는다.	憐拾置擔釜;
제 자식은 모두 팔아먹고	賣盡自家兒,

오히려 다른 자식을 보살피다니. 反爲他人撫.
같이 가던 아낙이 있어 路婦有同伴,
불쌍히 여겨 젖을 물린다. 憐而與之乳.
앵앵 품속에서 슬피 울고 咽咽懷中聲,
잉잉 입으로 옹알거린다. 呷呷口中語;
아비 어미를 부르는 듯하고 似欲呼爺娘,
말하고 웃는 모습 마음 아프다. 言笑令人楚.[5]
천리 밖 너머로 산해관, 千里山海關,
만리 밖 요양땅의 진지. 萬里遼陽戍.
경계 엄한 성곽은 이 밤 별들을 먹어 가고 嚴城嚙夜星,
마을 불빛은 가을 물가를 비춘다. 村燈照秋滸;
긴 다리 물 위에 떠 있고 長橋浮水面,
바람의 포효에 조수는 연신 솟구친다. 風號浪偏怒.
건너려 하나 감히 접근할 수 없고 欲渡不敢攖,
다리는 미끄러운데 두 발엔 신발도 없다. 橋滑足無履;
앞에서 끌고 뒤에서 당겨가며 건너지만 前牽復後曳,
한 번 헛디디면 다시는 일어날 수가 없다. 一跌不復擧.
다리를 건너 옛 사당에서 쉬는데 過橋歇古廟,
떠들썩하니 고향 사투리가 들려온다. 聒耳聞鄕語.
아낙네들은 친정과 시댁을 얘기하고 婦人敍親姻,
남정네들은 가문의 내력을 늘어놓는다. 男兒說門戶;
잠도 잊은 채 즐거이 얘기하는 것은 歡言夜不眠,
근심이나 괴로움을 잊어버리려는 게지. 似欲忘愁苦.
날이 새기도 전에 다시 길을 떠나니 未明復起行,
노을빛이 쓸쓸한 그림자를 드리운다. 霞光影踽踽.
장성(長城)은 점점 남쪽으로 멀어지고 邊牆漸以南,[6]
사막은 끝없어 집이라곤 보이지 않는다. 黃沙浩無宇.

어떤 이는 설인귀(薛仁貴) 요동 정벌 때	或云薛白衣,[7]
바로 예서 출발했다 말하고	征遼從此去;
어떤 이는 수 양제가 여기서 출정하여	或云隋煬皇,
고구려가 그 위무(威武)에 감복했다 말한다.	高麗拜雄武.[8]
처음 왔으나 예전에 와본 곳인 양	初到若夙經,
고생 중에도 다시 옛날 일을 되새기는 게다.	艱辛更談古.
다행히 새 주인을 만나	幸遇新主人,
변경의 초소에 거처를 마련했다.	區脫與眠處.[9]
긴 쟁기로 오래된 모래땅 개간하며	長犁開古磧,
가랑비 속에 봄밭을 간다.	春田耕細雨;
마소와 양도 기르게 되면서	字牧馬牛羊,[10]
석양이면 골짜기로 마리수를 헤아린다.	斜陽谷量數.[11]
몸은 편하나 마음은 오히려 슬퍼라,	身安心轉悲.
하늘 남쪽 아득한 어디가 고향이뇨?	天南渺何許.
이 모든 일 이루 다 말로 할 수 없기에	萬事不可言,
바람을 마주한 채 눈물만 줄줄 쏟아낸다.	臨風淚如注.

역주

1 逃荒行 : 乾隆 12년 山東 지방에 해를 이어 흉년이 들었다. 『淸史 · 鄭燮傳』과 『揚州府志』 · 『興化縣志 · 鄭燮條』 등에는 "濰縣에서 관직에 있던 그 해 흉년이 들어 사람들이 서로 잡아먹었고", "가을에 다시 흉년이 들었다"는 기록이 보인다. 이 시는 이때의 재난을 기록한 것으로 판단된다.

2 天荒虎不飢 : 흉년으로 유랑하거나 굶어죽은 사람들이 많아 호랑이가 먹을 것이 많다는 표현.

3 肝人 : 사람을 막아서다. 『白虎通』: "肝之爲言扞也."〖王錫榮〗 그러나 〖華耀祥〗은 盱(간), 즉 '눈을 부라리다'는 뜻으로 보았다.

4 虎亦棄不取 : 흉년으로 사람들이 굶은 탓에 비쩍 말라 호랑이조차 먹으려 들지 않는다는 표현.

5 楚 : 슬프다.

6 邊牆 : 만리장성을 가리킨다.
7 薛白衣 : 전설에 따르면 唐의 武將 薛仁貴(613~682)가 당 태종을 수행해 遼를 정벌할 때 흰 갑옷을 입었기에 '흰 갑옷 장군'이라 불렸다 한다.
8 高麗拜雄武 : 수 양제는 大業 8년부터 10년까지 고구려를 3차례 공격했다.
9 區脫 : 甌脫. 변경 초소를 가리키는 흉노족의 용어.
10 字牧 : 기르다.
11 谷量數 : 산 계곡을 단위로 수를 계산하다. 『北齊書・婁昭傳』: "소와 양은 계곡으로 셈한다. 牛羊以谷量."

해제

흉년의 참상을 묘사한 이 작품은 내용 전개상 크게 3부분으로 나누어 볼 수 있다. 즉, 흉년으로 유랑을 떠나야만 하는 상황을 설명한 도입 부분과, 유랑 중에 여러 가지 어려움을 겪고 새로운 땅에 정착하는 과정을 순차적으로 서술한 부분, 마지막으로 고향에 대한 그리움을 그린 부분이다. 작품 서술 과정은 때로는 유랑자 스스로의 언어로, 때로는 그들의 경험을 전해 서술하는 제3자적 언어로 진행하였다.

2.174 귀가의 노래還家行

죽은 이는 사막에 묻어 두고	死者葬沙漠,
산 자만이 옛 고향으로 돌아간다.	生者還舊鄉;
멀리 제로의 교외 소식 들으니	遙聞齊魯郊,[1]
곡식과 기장이 사람 키만큼 자랐다 한다.	穀黍等人長.
눈은 청대의 구름을 헤아리며	目營青岱雲,[2]
발은 요동바다 서리와 작별한다.	足辭遼海霜;[3]

무덤에 절하며 한바탕 통곡하니	拜墳一痛哭,
영영 이별이요, 다시는 마주하지 못하리.	永別無相望.
봄가을 집안 제삿날에는 제비나 기러기 편에	春秋社燕雁,
멀리서 눈물이나 보내야겠지.	封淚遠寄將.
돌아오니 무엇이 남아있던가,	歸來何所有,
텅 빈 채 네 벽만 우뚝 솟아있구나.	兀然空四牆;
부뚜막에선 개구리가 튀어나오고	井蛙跳我竈,
침상에는 여우가 누워 있구나.	狐狸據我床.
여우 몰아내고 다람쥐 구멍 틀어막고	驅狐窒鼯鼠,
뜰 청소하고 안채 열어젖히고	掃徑開堂皇;
진흙으로 낡은 벽 새로 바른다.	濕泥塗舊壁,
움 튼 새싹이 새롭게 노랗게 뒤덮이고	嫩草覆新黃.
복숭아꽃은 내가 온 것 아는지	桃花知我至,
집 모퉁이에 붉은 꽃봉오릴 터트린다.	屋角舒紅芳;
옛 제비도 내가 돌아온 것을 기뻐하며	舊燕喜我歸,
횅한 대들보 위에서 지저귄다.	呢喃話空梁;
부들 핀 연못에 봄물은 따뜻하고	蒲塘春水暖,
한 쌍의 원앙새 날고 있구나.	飛出雙鴛鴦.
옛 처자식을 생각하자니	念我故妻子,
동남장에 팔려서 매어있는 신세.	羈賣東南莊;[4]
성은이 귀속을 허락하시니	聖恩許歸贖,
돈 꾸러미에 곡식 자루 짐 지고 찾아나선다.	攜錢負橐囊.
아내는 남편이 왔다는 말 듣자마자	其妻聞夫至,
기쁨 속에서도 어쩌면 좋을지 걱정이 든다.	且喜且彷徨;
대의에 따라 옛 남편께 돌아가야겠으나	大義歸故夫,
새 남편도 나쁜 사람은 아닌데다가	新夫非不良.
젖 먹이던 아이를 떼어놓자니	摘去乳下兒,

칼 뽑아 내 창자 가르는 듯하네.　抽刀割我腸.
아이가 영영 이별이라는 걸 아는지　其兒知永絶,
목 꼭 끌어안고 엄마 연신 부르다가　抱頸索阿娘;
땅에 떨어져 몇 차례고 나뒹굴어지니　墮地幾翻覆,
얼굴 그득 온통 눈물범벅 흙범벅.　淚面塗泥漿.
대청에 올라 시부모님께 하직인사 올리니　上堂辭舅姑,
시부모님도 하염없이 눈물만 흘린다.　舅姑淚浪浪.
내게 능화거울 내려주시고　贈我菱花鏡,[5]
금박 입힌 상자도 보내주시네.　遺我泥金箱;
오래된 비녀와 귀걸이도 건네주시고　賜我舊簪珥,
비단 옷들도 두루 싸주시네.　包幷羅衣裳.
"가거든 부디 잘 살고　好好作家去,
영원히 서로 잊지나 말자꾸나."　永永無相忘.
새 남편은 나이가 젊어　後夫年正少,
비통한 마음 견디기 더 어렵다.　慚慘難禁當;
이웃집에 몸을 숨긴 채　潛身匿鄰舍,
석양 아래 큰 나무에 기대서서 바라본다.　背樹倚斜陽.
그 아내는 좁은 길 따라　其妻徑以去,
논둑 돌아 수풀 사이 연못을 지나간다.　遶隴過林塘.
새 남편은 아이를 데리고 돌아와서는　後夫攜兒歸,
텅 빈 방에 홀로 누워 밤을 새운다.　獨夜臥空房;
아이는 울어대고 아비는 잠 못 이루고　兒啼父不寐,
등잔불은 짧기만 하고, 밤은 얼마나 길고 긴지!　燈短夜何長!

역주

1　齊魯 : 옛날 齊나라와 魯나라가 있었던 山東 지역을 가리키는 말.

2 青岱 : 淸代에 山東에는 靑州府가 있었고, 境內에 名山 岱宗, 즉 泰山이 있어 山東을 靑岱라고도 불렀다.
3 遼海 : 遼寧 남부. 遼河 유역과 渤海를 끼고 있다.
4 羈賣 : 팔려 묶여 있는 처지.
5 菱花鏡 : 예전 구리거울에 햇빛이 비치는 모습이 菱花와 같다 하여 붙여진 이름.

해제

이 시는 앞 「2.173 기황의 유랑 노래[逃荒行]」 속편이라 할 수 있는 작품이다. 이 작품에서는 유랑자가 잠시 정착했던 땅에서 돌아와 아내를 찾는 과정에서 다시 겪게 되는 비극을 그려, 유랑은 「기황의 유랑 노래」에서 막을 내린 것이 아니라 귀향 뒤에도 여전히 계속되고 있음을 보여준다. 시 내용은 유랑자의 귀향, 옛집의 수리, 유랑지에서 새로운 생활을 찾았던 아내의 생이별이라는 세 단락으로 구성되고 있다. 특히 아내의 생이별 부분은 기황 과정에서 발생한 특별한 상황이라는 점에서 비극이 극대화 된다. 이 가운데 '上堂' 이하 8句는 새로운 시부모와의 이별 장면으로, 시어머니의 인물 형상과 함께 아내의 인물형상에도 구체성을 더해주는 부분이다. '後夫'부터 마지막까지는 아내를 보내는 젊은 새남편의 심정이다. 그는 아이처럼 붙잡으려고 매달리지도 않고, 시어머니처럼 선물을 주면서 곱게 보내지도 못한 채 이웃집에 몸을 숨기고 옛 남편을 따라 가는 아내의 모습을 멀리서 지켜만 볼 뿐이다. 이런 묘사 과정에서 그의 형상 또한 매우 선량하게 부각되기에 비극은 한층 배가된다.

2.175 귀향을 생각하며思歸行

산동 땅에 가뭄을 만나니	山東遇荒歲,
소나 말이 먼저 수난 당하네.	牛馬先受殃;
사람들이 열 가운데 셋은 먹어대는데	人食十之三,
가축이 먹을 것은 또 어디 있겠나.	畜食何可量.
가축을 잡아 그 고기 먹으니	殺畜食其肉,
가축 다 없어지면 사람도 없어지리.	畜盡人亦亡.
황제께서 그것을 슬퍼하시어	帝心軫念之,[1]
베푸신 덕이 하늘을 되돌리네.	佈德回穹蒼.
동으로는 요해까지 조가 퍼지고	東輾遼海粟,[2]
서로는 상수·한수로 양식 전했네.	西截湘漢糧;
구름 돛을 천진에 내려 보내니	雲帆下天津,
배마다 큰 창고 곡식 모두 실었네.	艨艟竭太倉.[3]
수백 만 금전을 두루 써가며	金錢數百萬,
상황에 적절하게 규휼하셨네.	便宜爲賑方.
어찌해 규휼하기 이전에	何以未賑前,
미리 막지는 못했던 걸까?	不能爲周防?
왜 이미 구제가 끝났는데도	何以旣賑後,
즐겁게 살도록 만들지 못할까?	不能使樂康?
어찌해 구제를 할 때	何以方賑時,
남의 이름 사칭에 사라진 사람 넣는 걸까?	冒濫兼遺忘?[4]
사실은 신의 자질이 부족한 것이지	臣也實不材,
임금께서 잘못한 것 아니랍니다.	吾君非不良.
신은 어려서부터 독서했지만	臣幼讀書史,
제멋대로 주견이라곤 없었습니다.	散漫無主張.

쓸모없는 돈꾸러미 모아 놓은 듯,	如收敗貫錢,
항구에 잘리어진 배 받쳐 놓은 듯,	如撑斷港航;
복잡하고 힘든 일 만나게 되면	所以遇煩劇,
속수무책 당황만 할 뿐입니다.	束手徒周章.[5]
신의 고향집은 강회에 있어	臣家江淮間,
새우, 소라, 물고기, 연뿌리 시골입니다.	蝦螺魚藕鄉;
헌책은 서가에 여전히 꽂혀 있고	破書猶在架,
오래된 담요도 침상에 그대로 있지요.	破氈猶在床.
죄 기다린 지 이미 십 년,	待罪已十年,[6]
공로 없는 관직생활 얼마나 오랜지요.	素餐何久長.[7]
가을 구름에 기러기 짝 짓고	秋雲雁爲伴,
봄비 속에 학 먹이 찾는 그곳.	春雨鶴謀粱;
어서 돌아가 졸박함 간직하리니	去去好藏拙,
호수 그득 순채향이 가득하리라.	滿湖蓴菜香.[8]

역주

1 軫 : 痛.

2 遼海 : 遼寧 남부. 遼河 유역과 渤海 사이 지역.

3 艨艟(몽동) : 옛날 戰船 이름. 여기서는 큰 배를 가리킨다.

4 冒濫 : 허위 이름으로 (물품을) 수령하다.

5 周章 : 두려워하다. 左思 『吳都賦』 : "쩔쩔매는 것이 오랑캐 같다.[周章猶夷.]" 劉良 注 : "두려워하여 어쩔 줄을 모르다.[恐懼不知所之也.]"

6 待罪已十年 : 판교는 乾隆 7년에 范縣令, 11년에 濰縣令이 되었는데, 12년부터 연속 3년 동안이나 자연재해가 있었고, 14년에 이르러서 조금 나아지는 형편이었다. 이 시는 16년쯤에 쓴 것으로 보이는데, 이처럼 임관 후 10년 가까운 세월 동안 백성들을 편안히 살게 하지 못한 죄를 지었다고 표현한 것이다.

7 素餐 : 별 공적 없이 봉록만 받는다는 의미다. 『詩·魏風·伐檀』 : "저 군자여, 한 일 없이 밥을 먹네.[彼君子兮, 不素餐兮.]"

8 蓴菜香 : 晋人 張翰(季鷹)의 고사와 관련되는 표현. 「2.27 전원으로 돌아가는 직방원외 손 선생을 전송하며[送職方員外孫丈歸田張翰]」 주석 참조.

해제

이 詩는「2.173 기황의 유랑 노래[逃荒行]」·「2.174 귀가의 노래[還家行]」에 이어 대략 乾隆 16년(1746) 무렵 濰縣에서 쓴 작품이다. 그 해는 마침 板橋가 임관된 지 십 년이 되던 해였다. 십 년의 관리 생활 동안 판교는 사회의 어두운 면들을 직접 목격하였고, 관직의 어려움도 깊이 체험하였다. 현실은 냉혹하고 무정하여 재난에서 인민을 구하고자 하는 꿈은 철저히 어긋났고, 남은 것은 오로지 스스로 거취를 정하는 길 밖에 없었다. 이 시는 작자의 이러한 심경을 담고 있다. 실제로 건륭 18년 봄, 판교는 마침내 7년간의 濰縣 임기를 마치고 고향에 돌아가 다시 그림을 팔아 생을 꾸려가게 된다. 이 시는 앞으로 다가올 그러한 어려운 결단을 엿볼 수 있는 작품이다.

2.176 이애산 선배를 본떠 쓰다效李艾山前輩體[1]

가을 소리 어디에서 찾을까,	秋聲何處尋,
대나무, 오동나무에 들어가 찾아보네.	尋入竹梧裏.
대나무, 오동나무 숲 그늘 한 자락,	一片竹梧陰,
어디에서 가을 소리는 일어나는지?	何處秋聲起?

역주

1 李艾山 : 興化人, 阮元『淮海英靈丁集』卷一 : "李沂의 자는 子化로, 다른 자로 艾山이 있다. 호는 壺庵이며, 興化 諸生이다. 明 太史 春芳의 四世孫으로 沛의 從弟다. 시는 晩唐을 좋아하지 않고 竟陵派를 배척하는 데 힘썼고, 中州 張鞄客

형제와 서로 조력했으므로 興化에서 시를 논하는 이들 가운데 그를 따르는 사람이 많았다. 성정이 온화하고 신선가를 좋아했다. 저서로 『鸞嘯堂集』 二卷이 있다.[李沂, 字子化, 一字艾山, 號壺庵, 興化諸生, 明太史春芳四世孫, 沛之從弟. 詩不喜晚唐, 力辟竟陵一派, 與中州張匏客兄弟相爲傾助, 于是興化論詩者多宗之. 性情和易而好神仙家言. 著『鸞嘯堂集』二卷.]"

해제

짧은 5언절구로 된 이 시에서 '秋聲'이 제1구와 제4구에, '竹梧'가 제2수와 제3수에, '尋'이 제1구와 제2구에, '何處'가 제1구와 제2구에 각각 반복되고 있다. 이 시가 본떴다는 이애산 선배의 작품이 이런 반복 형태를 취했는지, 그런 추측도 가능하겠다.

2.177 스승 악태부를 위한 만가 다섯 수 輓老師鄂太傅五首[1]

서화문 밖 무성한 풀숲,	西華門外草萋萋,
백탑과 금오교는 나무 그늘에 가렸네.	白塔金鼇樹影迷.[2]
북두성은 빛나고, 맑은 물시계 소리,	北斗有光淸漏肅,
삼태성은 힘 잃고, 새벽 구름 낮게 깔렸네.	三台無力曉雲低.[3]
상방에선 이경에 단약을 조제하고	上方乙夜調丹藥,[4]
칠교 관리는 봄바람에 조서를 발송하네.	七校春風送紫泥.[5]
어찌할거나, 상제 사자 무양 은하수 아래 내려오더니	其奈巫陽下霄漢,[6]
하늘 중앙이 내린 조서 끝내 미리 전하게 하셨네.	鈞天有詔竟先賫.
일화문 동쪽 잿빛으로 시든 소나무 고목들,	松蒼檜老日華東,[7]

처량하게 맑은 방울소리 새벽바람에 고요히 울리네.　鈴索凄淸澹曉風.
남긴 글 일찍이 태사에게 가지 못하고　遺草不曾歸太史,
좋은 계략 그저 궁전 깊숙이 고할 뿐이지.　嘉謨只是告深宮.
산하는 형상 있으되 마음으로 그려내기 어렵나니　河山有象心難畫,
주공단·소공석을 모범 삼지 않았으나 길은 같았네.　周召無模趣則同.[8]
구천에서 성인들과 함께 하시고　應向九天陪列聖,
붉은 규룡 타고 구름 속을 날으시리.　赤虬騎在白雲中.

육조의 바람과 안개 오래 전부터 아득했고　六詔風烟舊莽蒼,[9]
아홉 변방에서 부는 호각소리 밤이면 낭랑했지.　九邊吹角夜琅琅.[10]
구름 산 가을 되어 조용히 황금 갑옷 갈아입었고　雲山秋靜黃金甲,
꽃과 버들 속 녹야당에는 봄이 깊었다네.　花柳春深綠野堂.[11]
곡기 끊는 처방 찾는 일일랑 부끄럽게 여기셨고　辟穀有方羞檢閱,[12]
문 쓸어도 손님 없어 저절로 한가하고 청정했네.　掃門無客自淸涼.
성스러운 조정에서 기린각을 꾸며 주신다 해도　聖朝若畫麒麟閣,[13]
저 한(漢)의 곽광(霍光)처럼 이름 올리기 피하려 했네.　姓霍仍須諱寫光.[14]

하늘의 눈물 반짝대며 미기성 적시고　天淚皇皇濕尾箕,[15]
먼 변방 여러 땅에서도 온통 슬퍼한다네.　八荒九譯盡銜悲.
만리 가득 무공과 문덕을 겸비해 이루셨고　武功萬里兼文德,[16]
천추에 길이 제왕의 스승으로 보좌하시리.　王佐千秋實帝師.
학문은 제갈량과 같아 뛰어난 임금께 바쳤고　學並南陽還令主,[17]
공훈은 곽자의처럼 높아 훌륭한 아들로 이어지리.　勳高郭相又佳兒.[18]
인간 세상 오복을 이제 다 갖추셨으니　人間五福於今備,[19]
홍범 구주를 함께 펼쳐 조사로 삼으리.　合演洪疇作誄辭.[20]

평천의 초목은 천자께서 내려주신 별장,　平泉草木錫天家,[21]

돌난간, 소나무 문, 이어지는 대나무 길. 石檻松門竹徑賒.
조롱 속 새들 풀어줘 천지 집으로 돌아가게 했고 籠鳥放還天地囿,
연못 속 물고기 강과 바다에서 사는 듯 즐거웠다네. 池魚樂並海江涯.
나는 포의 신분에 여러 번 평진각에 누웠건만 布衣屢臥平津閣,
지금은 멀리서 두곡 땅에 꽃도 통곡도 바칠 수 없네. 遠淚難揮杜曲花.[22]
좋은 집 떠나 산언덕으로 가시니 어찌 비통만 하랴, 華屋山丘何限痛,[23]
언젠가는 그 옛날 안개 피던 댁에 가서 조문하리라. 終須來吊舊烟霞.

역주

1 鄂太傅 : 鄂爾泰(1677~1745), 자 毅庵, 滿族, 奉天(지금의 遼寧) 사람. 擧人 출신으로, 康熙 말에 雍親王(雍正)의 심복이 되었다. 雍正 즉위 후 布政使·總督을 역임하며 西南 邊疆을 다스리고, 세습 土官을 임시로 임명하는 流官으로 바꾸는 土歸流策을 실시했다. 保和殿大學士와 兵部尚書 등을 돌아가며 제수받았고, 乾隆 연간에는 總理事務軍機大臣에 太保 직이 더해졌다. 여러 차례 會試를 주관했고, 후에 병을 핑계로 사직하자 太傅 직을 더했다. 건륭 10년에 세상을 떴고, 文端이라는 諡號가 내려졌다. 乾隆 丙辰 會試에서 板橋가 進士에 합격할 때 鄂太傅가 시험 주관이었으므로 '老師'라 지칭한 것이다.

2 白塔金鰲 : 지금 北京市 北海公園의 白塔과 金鰲玉蝀橋. 당시에는 皇城 안에 있었다. 白塔은 淸 順治 八年에 세웠고, 다리는 明 世宗 때 세웠다.

3 三台 : 星官 이름. 三能·三階라고도 한다. 예전에는 '台'로 朝廷의 '三公'을 상징했기에 '三公'을 '三台'라고도 한다.

4 上方 : '尚方', 朝廷의 官署로, 주로 皇室에서 사용하는 刀·劍·兵器·玩好 등 器物을 제작하는 곳이다. 여기서는 內廷을 뜻한다. 乙夜 : 二更.

5 七校 : 원래는 漢 때 수도에 주둔하며 호위하는 일곱 校尉를 말한다. 여기서는 內廷 侍衛 관리를 뜻한다. 紫泥 : 詔書. 예전 詔書를 담은 주머니를 紫泥로 입구를 봉하고 인장을 찍었기 때문이다. 紫誥라고도 한다.

6 巫陽 : 신화전설 속의 巫醫로, 上帝의 사자이기도 하다.

7 松蒼檜老 : 鄂太傅의 서거로 松·檜도 슬퍼 빛이 바랬다는 뜻.

8 周召 : 周公旦과 召公奭. 둘 다 周初의 유명한 종실 대신.

9 六詔 : 唐代 西南 오랑캐의 烏蠻 六部, 지금 雲南과 四川 서남부 지역. 蠻語로 王을 詔라 했다. 雍正 초에 鄂太傅는 雲南·貴州·廣西總督으로 이 지역을 다스렸다.

10 九邊 : 明代에 北方 변경을 遼東·薊州·宣府·大同·山西·延綏·寧夏·固原·

甘肅 등 아홉 지구로 나누어 九邊이라 했다.

11 綠野堂: 唐 憲宗 宰相 裴度의 別墅로 洛陽 午橋에 있다.

12 辟穀: 五穀을 먹지 않는 수련 방법. 道家에서는 오곡을 먹지 않으면 그 오곡으로 살아가는 '三尸'를 제거할 수 있어 長生不老에 이를 수 있다고 본다.

13 麒麟閣: 漢初 肖何가 주관해 건축한 未央宮中의 누각. 漢 宣帝 시기 霍光 등 十一功臣像을 이 누각에 그려 넣어 그 공을 표창했다.

14 霍光: 西漢 名臣(?~B.C. 68). 자 子孟, 霍去病의 이복형제. 武帝 때 奉車都尉·光祿大夫·大司馬·大將軍 등을 역임했다. 昭帝·宣帝 두 제왕을 거치며 20년을 집정하며 공을 많이 세웠다. 麒麟閣에 像을 그릴 때 '大將軍博陸侯'라고만 했을 뿐 이름을 쓰지 않았다.

15 尾箕: 두 별 이름, 二十八宿에 속하는 青龍星. 青龍星은 모두 일곱 개인데 尾는 第六星, 箕는 第七星이다.

16 武功萬里: 鄂爾泰가 雲南·貴州·廣西總督에 있을 때 西南 苗族 上層分子의 叛亂을 평정했고, 土歸流之策 등을 실행했음을 가리킨다. 文德: 鄂爾泰가 總理事務軍機大臣 등에 있을 때 文治 방면에서 거둔 업적을 가리킨다.

17 南陽: 諸葛亮을 가리킨다. 『三國志·諸葛亮傳』 裴松之의 注에서 『漢晋春秋』를 인용해서 말하길, "제갈량의 집은 남양의 등현에 있다[亮家于南陽之鄧縣]"고 했다. 令主: 영명한 皇帝. 여기서는 雍正帝와 乾隆帝를 가리킨다.

18 郭相: 唐 肅宗 재상 郭子儀(697~781). 唐의 名將으로 華州(지금의 陝西 華縣) 사람. 兵部尚書·太尉兼中書令을 역임했으며, 安史의 亂을 평정하여 汾陽郡王에 봉해졌다. 佳兒: 鄂爾泰에게는 여섯 아들이 있었고, 네 아들 모두 고관에 올랐다. 『清史稿』 本傳 참고.

19 五福: 『尚書·洪範』: "다섯 가지 복은 장수, 부, 건강, 좋은 덕 쌓기, 나이 들어 운명하는 것 등이다.[五福: 一曰壽, 二曰富, 三曰康寧, 四曰修好德, 五曰考終命.]"

20 洪疇: '洪範九疇'의 약칭. 『尚書·洪範』에서 열거한 아홉 가지 일. 誄辭: 추도사.

21 平泉: 唐 武宗 재상 李德裕의 별장으로, 洛陽 교외에 있었다. 錫天家: 皇帝가 내려준 집. 袁枚 『鄂文端公行略』에 의하면, 清 世宗 胤禛(雍正)이 鄂府에 園圃가 없다는 말을 듣고 藩邸 小紅橋園을 내렸다 한다.

22 杜曲: 長安 東南에 있는 지명. 唐代에 杜씨가 많이 살던 곳이며, 여기서는 鄂府를 가리킨다.

23 華屋山邱: 살아서는 華屋에, 죽어서는 山丘로 간다는 뜻. 曹植詩: "살아서는 華屋에 거처하고 죽어서는 山丘로 돌아간다네.[生存華屋處, 零落歸山丘.]"

해제

乾隆 丙辰 會試에서 板橋가 進士에 합격할 때 시험 주관이었던 鄂太傅, 즉 鄂爾泰의 서거를 위해 쓴 만사이다. 제1수에서는 雍正황제가 병

사할 때 鄂太傅가 입궁했던 일을 썼고, 제2수에서는 雍正황제가 생전에 후사를 준비해 황태자를 세웠던 일을 썼다. 제3수에서는 苗族을 평정한 일 등 鄂太傅가 공적을 이루었지만 잠시 歸隱했다가 雍正황제 서거 후 다시 조정에 나아갔던 과정을 썼고, 제4수에서는 鄂太傅의 여러 공적을 강조한 후, 제5수에서는 鄂太傅에 대한 자신의 추도 심정을 담으며 전체 시를 마무리했다.

2.178 단구斷句

백구장 안추수 선배의 시에서 "□□□□□□□, □□□□□□□. (원문 7언 2구 결 : 역주)"라 했고, 또한 "남몰래 그림 모사하려니 하인이 붓을 감추고, 빗긴 햇살 애써 보고자 하는데 하녀가 누대에 기대섰네"라 했다. 만주 상건극이 쓰길, "하인이 뜻을 모르게 없애니 정신이 먼저 가로막히고, 학은 배고픈 얼굴, 날개도 형편이 없네"라 했다. 호주 반여룡의 서호시에서 쓰길, "가을바람 부는데 전왕탑에 들리는 기러기 소리, 저녁 비 내리는데 가상원에 밭가는 사람."이라 했다. 회안 정봉의가 쓰길, "천지는 의도한 듯 우리를 곤궁케 하고, 길에서 말하기 어려운 일 벗들에게 의지하네"라 했다. 이처럼 한 대목씩으로도 즐거운데, 어찌 꼭 전체를 다 말하랴.

白駒場[1]顏秋水[2]前輩詩云 : □□□□□□□, □□□□□□□. 又云 : 偸臨畫稿奴藏筆, 貪看斜陽婢倚樓. 滿洲常建極有云 : 奴潛去志神先阻, 鶴有饑容羽不修. 湖州潘汝龍西湖詩云 : 秋風雁響錢王塔,[3] 暮雨人耕賈相園.[4] 淮安程鳳衣[5]云 : 乾坤著意窮吾黨, 途路難言仗友生. 一斑可喜, 何必全豹.[6]

작고 작은 초가 서당, 낮고 낮은 울타리, 小小茅齋短短籬,
무늬 창 아래 수놓은 책상 피지(皮紙)로 단단히 발랐네. 文窗繡案緊封皮;
가을바람 부니 흰 회벽 새로 바르고 秋風白粉新泥壁,
여러 현자들의 시 구절을 꼼꼼히 붙인다네. 細貼群賢斷句詩.

역주

1 白駒場 : 鹽場 이름. 당시 江蘇 東台縣 城北과 興化縣 사이에 있었다.
2 嚴秋水 : 자가 如鑒, 浙江 余姚 사람. 康熙 4년에서 16년까지 白駒場大使를 역임했다.
3 錢王塔 : 保俶塔. 전하는 바로는 五代 吳越王 錢俶이 세웠다 한다. 杭州 西湖 북쪽 寶石山에 있다.
4 賈相園 : 南宋 理宗 때 재상 賈似道의 玉津園.
5 程風衣 : 이름은 嗣立, 자는 風衣, 호는 篁村. 淮南 貢生으로 詩에 능했고, 書畵를 잘했다. 『水南遺稿』가 있다. 沈德潛 『淸詩別裁』 참고.
6 全豹 : "관을 통해 표범을 보면 그 일부만 보게 된다[管中窺豹可見一斑]"는 말과 관련된 표현이다. 원래는 부정적 의미였지만 거꾸로 "일부만 보고도 그 전모를 알 수 있다[窺一斑而知全豹]"는 긍정적 의미로 활용되기도 한다.

해제

'斷句'란 시인들이 모여 같은 試題로 한 구절씩 써서 이어나가면서 서로 감상, 평가하는 일이다. 역대 詩史에서 이렇게 쓰인 시가 적지 않은데, 시를 통한 문인들의 교유 방식인 셈이다.

2.179 관아에서 종이가 없기에 문서 말미 수십 개에 써서 불상인에게 보내다署中無紙書狀尾數十與佛上人[1]

문서종이 말미에 편지 써 산승에 보내다 보니	開書狀尾與山僧,
폐지와 거친 마가 겹겹이 쌓이네.	亂紙荒麻疊幾層.
창 그득 환한 햇살 비쳐드는 걸 가장 즐긴다오,	最愛一窗晴日照,
이 늙은이 관아는 얼음장보다 춥거들랑.	老夫衙署冷于冰.

역주

1 佛上人 : 未詳.

해제

佛上人이라는 스님과 교유한 시로, 과장된 표현에 유머가 깃들어 있다.

2.180 영사詠史

구름 속 관문은 여섯 대문이 열리는 곳,	雲裏關門六扇開,[1]
하늘가 태화산은 새도 날다 돌아오는 곳.	天邊太華鳥飛廻.[2]
한이 어떻게 진의 왕업을 이어 받았던가?	漢家安受秦家業,
항우가 동으로 돌아간 건 재능 다했던 때문일 뿐.	項羽東歸只廢才.

이왕 제(齊)와의 동맹 등지고 자강하려 했으면	已背齊盟强自雄,
마땅히 할거하여 관중을 지켰어야 했다네.	便應割據守關中.[3]
어찌해 연회가 끝난 뒤 홍문을 떠나서	如何宴罷鴻門去,[4]
외려 하찮은 부용의 땅 팽성이나 찾았단 말인가?	却覓彭城小附庸?[5]

역주

1 關門 : 函谷關. 지금의 河南 靈寶 동북쪽에 있다. 이 시와 관련된 고사는 다음과 같다. B.C. 207년 劉邦이 咸陽을 점령해 秦을 멸망시킨다. 유방은 關中을 점거하기 위해 파병하여 函谷關을 수비하게 했지만, 項羽에게 무너지고 만다. 項羽는 入關 후 스스로 西楚霸王에 올랐고, 關中을 지키지 않은 채 동쪽 彭城으로 돌아가고자 했다. 누군가 이를 저지하며 간언하자, 그는 "부귀하게 되어 고향에 돌아가지 않으면 비단옷 입고 밤길 가는 것과 마찬가지로 누가 알아준단 말이냐![富貴不歸故鄕, 如衣繡夜行, 誰知之者!]"라고 응대했다고 한다. 자세한 내용은 『史記·項羽本紀』 참고.

2 太華 : 華山의 봉우리. 華山은 五岳 가운데 하나로, 陝西省 동쪽에 있다.

3 守關中 : B.C. 208년, 義軍이 세운 義帝가 여러 장수들과 협약하기를, 먼저 關에 들어간 사람을 왕으로 모시기로 했다. 劉邦의 군대가 먼저 入關하여 秦 京城 咸陽을 점령했다. 項羽는 이전 협약을 파기하고 劉邦을 漢王으로 봉해 漢中의 왕으로 삼았고, 자신은 西楚霸王이 되었다. 그런 뒤 지세가 雄峻하고 물산이 풍요로운 關中을 버리고 동으로 彭城으로 돌아갔다.

4 宴罷鴻門 : B.C. 206년, 項羽는 劉邦이 關中을 점거하려 한다는 말을 듣고 入關하여 劉邦의 군대를 공격하고자 했다. 劉邦이 이를 알고 친히 鴻門으로 나가 자신이 관중을 차지할 생각이 없음을 밝히고자 했다. 項羽가 잔치를 베풀어 그를 초대했는데, 이것이 저 유명한 '鴻門宴'이다.

5 附庸 : 『禮記·王制』 : "제후에 붙어 있으니 附庸이라 한다.[附于諸侯曰附庸.]" 鄭玄注 : "小城을 附庸이라고 한다.[小城曰附庸.]" 옛날 彭城은 小國이었고, 春秋시기에는 宋邑이었으므로 큰 나라 땅이 못됨을 의미한다.

해제

판교는 역사 인물 중에서도 項羽에 대해 특히 관심이 많아 「2.1 거록의 전투[鉅鹿之戰]」 「2.20 항우(項羽)」 등 여러 시에서 그의 사적을 서술하고 功過를 평가했다. 이 시에서는 項羽가 關中에 정착해 도읍을 정하지 않고 오히려 小色인 彭城으로 나아간 것이 실패의 중요한 원인이었음을 강조했다.

2.181 곤궁한 상황에서 허형주를 위해窘況爲許衡州賦[1]

반 밖에 남지 않은 사립문 두드려도 열리지 않고	半缺柴門叩不開,
돌담 벽돌 틈 사이로 퍼렇게 낀 이끼들.	石稜磚縫好蒼苔;
편벽한 곳 대나무 길은 물보다 맑은데	地偏竹徑淸于水,
차가운 비에 시 쓸 정취 매화처럼 말랐다.	雨冷詩情瘦似梅.
산의 차 살 수 없으니 국화꽃으로 대신하고	山茗未賒將菊代,
학비 낼 수 없으니 아이를 돌아오라 하였네.	學錢無措喚兒回;
서당 선생 또한 정과 생각 많은지라	塾師亦復多情思,
표점 찍은 경서를 손수 보내오셨네.	破點經書手送來.[2]
만 리 서풍에 기러기떼 슬피 우니	萬里西風雁陣哀,
오경의 서리 속 달빛에 일어나 배회하네.	五更霜月起徘徊.
내 거친 밭에 해마다 씨 뿌렸으나	薄田累我年年種,
추수마다 온갖 일들 생겨난다네.	秋稼登場事事來.
임차 문서, 관청 세금, 이전 빚까지	私劵官租紛夙欠,[3]
딸애 치마며 아들 갈포옷도 새로 지어야겠지.	女裙兒褐待新裁.
노부모 연세 팔십에도 식욕 여전하시니	老親八十豪情在,[4]
쌀 한 말로 선달 술 빚기 거를 수야 있겠는가!	斗米焉能廢臘醅![5]

역주

1 許衡州 : 眞州 江村에서 사숙을 열었을 때 學生의 부형으로 보인다. 「2.32 허형산에게[寄許衡山]」 참고.
2 破點經書 : 古書는 標點이 없어서 독자가 직접 표점을 찍어가며 읽어야 했다. 이를 '破點'이라 한다.
3 私券 : 개인 사이에 재물 관계 때문에 만든 서류 문서.
4 豪情 : 여기서는 입맛이 왕성함을 가리키는 표현.
5 臘醅(납배) : 선달에 새해를 쇠기 위해 담그는 탁주.

해제

許衡州는 판교가 眞州 江村에서 사숙을 열었을 때 서당 선생과 學生의 부형 사이로 알게 된 사람이다. 이 시는 許衡州의 곤궁한 처지를 그의 입장에서 묘사한 흥미로운 작품이다. 즉, 작품 속에 나오는 '塾師'가 판교이고, '我'는 작자가 아니라 許衡州인 것이다.

2.182 호수 마을의 추억憶湖村[1]

도리깨 소리 간간이 송라 넘어 전해오고	數聲桄桔隔烟蘿,[2]
서풍에 곳곳에서 벼들이 눕는다.	是處西風壓稻禾.
억새풀은 동쪽 들판 비를 반쯤 머금었고	荻筆半含東墅雨,
해오라기는 석양 물결에 우두커니 서 있다.	鷺鷥遙立夕陽波.
고기 사는 사람들 다리 근처 저자에서 시끌벅적,	買魚人鬧橋邊市,
술 마련해 돌아오는 배, 달빛 아래서 노래 부른다.	得酒船歸月下歌.
호숫가 쪽에 가을 집 지으려 한다면	擬向湖干築秋舍,

국화 울타리 단풍 길 가까운 곳 어떠하겠소?	菊籬楓徑近如何!

역주

1 湖村 : 구체적으로 어느 곳인지 알 수 없지만, 시 내용으로 보아 판교의 고향 興化를 가리키는 게 아닌가 한다.

2 桄桔(광길) : 곡식을 탈곡하는 도리깨. 『王錫榮』은 우물에 나뭇대를 가로 질러 놓고 물을 긷는 도르래로 풀이했다. 烟蘿 : 女蘿. 松蘿. 소나무겨우살이.

해제

판교의 옛집은 興化 동쪽 성밖에 있었는데, 집 너머로 호수가 이어졌기 때문에 '湖村'이라 한 것으로 보인다. 호수 풍경이 아름다워 明 宰相 高谷이 '昭陽八景'으로 꼽았는데, 6景이 성 동쪽이었다. 판교의 이 작품에서도 이곳의 풍광과 생활이 그림처럼 펼쳐져 있다.

2.183 고 상공이 산동에서 구휼하는 중에 반가운 비를 만나고, 오일에는 생일을 맞아 자축한 작품에 화창함和高相公給賑山東道中喜雨並五日自壽之作

[고 상공의] 휘는 빈, 호는 동헌이다.
諱斌, 號東軒.[1]

상공이 조서를 받들고 동으로 오시니	相公捧詔視東方,

백만의 식량을 창고에서 연신 방출했다네.	百萬陳因下太倉.[2]
천자께서 때 맞게 전해 백성 먹이라 하시매	天語播時人盡飫,[3]
좋은 봄바람 불어오니 날은 갈수록 길어졌네.	好風吹處日俱長.
마을마다 뻐꾸기는 신록을 재촉하고	村村布穀催新綠,
석양의 나무들은 서늘한 저녁 이루네.	樹樹斜陽送晩凉.
서남쪽에 구름 한 조각 참으로 감사해라,	多謝西南雲一片,
문득 연일 내리는 비에 뽕이 듬뿍 자랐네.	頓教霖雨徧耕桑.[4]

오일 날 생신을 길 위에서 지내시니	五日生辰道上過,[5]
산마루 낮은 구름 물도 맑아라.	山根雲脚水羅羅.
진흙 묻은 종자(粽子)를 쇠진한 노인이 바치고	衝泥角黍蕢翁獻,[6]
창포술 건강에 좋다고 술동이가 쌓이네.	介壽蒲尊瓦盎多.[7]
말 위의 깃발은 발해에서 아득하고	馬上旌旗迷渤海,[8]
버들 옆 가마 덮개는 유 땅 강에서 펄럭이네.	柳邊輿蓋拂濰河.
백성들 이 분 끌어당기며 그저 부탁하기를,	愚民攀拽無他囑,
농사 잘 지어 임금 은혜 보답코자 한다네.	爲報君王有瑞禾.[9]

역주

1 高斌: 자는 右文, 호는 東軒으로, 만주 鑲黃旗人이다. 布政使·總督 등의 직책을 역임했으며, 건륭 12년 文淵閣大學士를 제수 받았다. 13년 左圖御史 劉統勛과 함께 산동에 가서 재난을 구재했다. 相公은 재상을 뜻하는데, 大學士의 지위는 재상에 해당한다.

2 陳因: 곡식이 쌓여 있는 모양. 여기서는 양식을 뜻함.

3 天語: 조서에 쓰인 황제의 지시. 播時는 원래 '때 맞춰 파종하다'는 뜻이지만, 여기서는 전후 맥락을 고려해 '규휼 양곡을 때 맞춰 백성에게 전하다'는 뜻으로 새겼다.

4 霖雨: 연일 계속되는 비.

5 五日生辰: 오월 오일 단오날, 高斌의 생일.

6 角黍: 粽子.

7 介壽 : 수명에 도움을 줌. 蒲尊 : 창포술. 옛날에는 단오에 창포잎을 문 위에 걸어두면 액을 물리칠 수 있다고 믿었다. 그래서 오월을 蒲月, 단오를 蒲節이라고도 한다.
8 渤海 : 濰縣은 발해 萊州灣 남쪽에 위치해 있음.
9 瑞禾 : 상서로운 벼. 한 줄기에 이삭이 두 개 달려 상서롭게 여긴다.

해제

판교가 濰縣 知縣으로 있을 때 산동에 대기근이 들었다. 건륭 13년 조정에서는 大學士 高斌 등을 파견하여 구휼 상황을 감독하게 하였다. (『淸史稿 · 高宗本紀』 참조) 그들이 유현에 도착한 후 판교는 순시를 수행하면서 이 작품을 지어 화답하였다.

2.184 학사자 우전원 선생께서 내려주신 시에 화답함和學使者于殿元枉贈之作[1]

휘는 민중이다.
諱敏中.

양주에서 십 년 세월 화가로 살았는데 十載揚州作畫師,
오랫동안 검붉은 색으로 연지를 대신했네. 長將赭墨代胭脂.[2]
그려놓은 대나무며 측백나무 때깔이 없어 寫來竹柏無顏色,
동풍에 내놓아도 시류 맞지 않았네. 賣與東風不合時.

초라하게 산동의 칠품관이 된 후로 潦倒山東七品官,[3]

몇 년이나 밤이면 강물소리 못 들었네. 幾年不聽夜江湍.[4]
어제는 과주의 나루터 얘기 나눴더니 昨來話到瓜洲渡,[5]
꿈속에 금산 노닐다 새벽녘엔 썰렁했네. 夢繞金山曉日寒.[6]

삼백 사람 중에 가장 젊은 사람, 三百人中最後生,[7]
한림원에 밤마다 글 읽는 소리 들렸다네. 玉堂時聽夜書聲.[8]
그대 항아의 갈망 고쳐주실 수 있었으나 知君療得嫦娥渴,[9]
그런 풍류 없이도 정련된 문장 이루었네. 不爲風流爲老成.

산동의 과거 시험장 시원하고 맑아 山東鎖院自淸涼,[10]
호수의 구름이 시험장에 들어왔다네. 湖水湖雲入檻長.
우리 집안 맥문동을 잘라와 엮어 剪取吾家書帶草,[11]
그대 위해 비단 시주머니 만들어 드리리. 爲君結束錦詩囊.

역주

1 學使者 : '督學使者' 혹은 '提督學政'이라고도 한다. 중앙에서 각 省의 學官으로 파견하는데, 進士 출신의 관원 중에서 선발한다. 殿元 : 장원의 별칭. 殿試의 일등에서 유래한 명칭이다. 于敏中 : 자는 叔子이며 江蘇 金壇人이다. 건륭 丁巳年 장원으로, 翰林修撰에 제수되었다. 侍講·學政·侍郎·尙書 등을 역임하고, 건륭 33년 太子太保에, 38년 晋文華殿大學士가 되었다.

2 赭墨 : 검붉은 색.

3 七品官 : 淸의 관제에서 知縣은 七品官임.

4 湍 : 급류.

5 瓜洲渡 : 양주에서 鎭江으로 가는 나루터. 장강 북쪽 기슭에 있다.

6 金山 : 淸初 江蘇省 鎭江 서북쪽에 있었던 지명. 瓜洲와 마주하고 있다.

7 三百人 : 會試의 급제자를 가리킨다. 最後生 : 가장 나이가 적은 사람.

8 玉堂 : 漢 侍中에 玉堂署가 있었는데, 宋初에 翰林院으로 바뀌었다.

9 嫦娥渴 : 『淮南子』에 羿가 西王母로부터 불사약을 구해오자 그의 아내 嫦娥가 그 불사약을 훔쳐 달로 달아나 두꺼비가 되었다는 이야기가 있다. 옛사람의 시속에서 嫦娥는 대개 사랑의 불만족 때문에 달로 날아갔다는 식으로 여겨지기에 이렇게 표현한 것이다. 이 때문에 곧이어 '풍류'라는 말을 썼다.

10 鎖院 : 명・청의 과거에서 주 감독관이 시험장에 들어선 후 문을 안팎으로 모두 잠가 부정행위를 막았다. 그래서 고사장을 鎖院이라고도 한다.

11 書帶草 : 맥문동. 『三齊紀略』: 鄭康成이 교학하던 곳에 염교(薤)와 같은 풀이 있어서, 속칭 '鄭康成書帶'라고 불렀다. 판교와 정강성은 같은 성씨이므로 '吾家'라 한 것이며, 그 이름에 '書帶'라는 글자가 있어 '시 담는 주머니'로 연결시킨 듯하다.

해제

于敏中은 두 차례 山東學政으로 부임했는데, 1차는 건륭 9년(『濟南府誌』에는 10년으로 기록됨) 12월이고, 2차는 18년 9월이다. 판교가 그와 唱和한 이 시를 쓴 것은 1차 시기로 보인다. 이 시 전후에 있는 몇 수의 화답시는 대개 판교가 건륭 연간 范縣과 濰縣 知縣으로 부임했을 당시에 지은 것들이다.

2.185 제남 시험장에서 궁첨 덕 주사께서 내려주신 시에 화답함 濟南試院奉和宮詹德大主師枉贈之作[1]

[덕 주사의] 휘는 보다.
諱保.

서풍 부는 과거장에 화각 소리 맑은데	鎖院西風畫角淸,[2]
엷은 구름 외로운 기러기 제남성에 날아가네.	淡雲疏雁濟南城.
[급제의] 월계화는 달에서 꺾어올 필요 없고	桂花不用月中折,[3]
[문장 주관] 규성이 또렷이 하늘을 운행하네.	奎閣儼如天上行.[4]

법도를 황금 주조틀처럼 이미 펼쳐보이셨건만	模範已看金在鑄,[5]
단련해도 여전히 옥 되지 못해 부끄럽다네.	洗磨終愧玉無成.[6]
다른 책산・화산의 무리는 어린 청춘일 뿐,	饒他嶕山華青青色,[7]
저 큰 태산과 같은 선생에는 미치지 못한다네.	還讓先生泰岱横.[8]

역주

1 德保 : 자는 仲容, 호는 定圃이며, 만주 正白旗人이다. 건륭 2년(丁巳)에 進士가 되어 庶吉士에 임명되었고, 관직은 禮部尙書에 이르렀다. 건륭 12년(丁卯) 7월 侍講學士로 山東鄉試의 주시험관을 지냈다. 宮詹 : 詹事府는 원래 翰林院에 속해 있었으나 나중에 분리되었다. 詹事府詹事(正三品)가 가장 높은 지위이며, 그 아래로 詹事府少詹事(正四品) 등이 있다. 덕보는 侍講學士(正四品)를 지내 少詹의 지위와 같기 때문에 宮詹이라고 한 것이다. 大主師 : 鄉試의 주시험관.

2 鎖院 : 명청 시대 과거 시험장. 앞 시 「2.180 학사자 우전원 선생께서 내려주신 시에 화답함[和學使者于殿元枉贈之作]」 참고. 畫角 : 옛날 군대에서 쓰던, 대나무나 가죽 따위로 만든 나팔.

3 桂花 : 과거의 장원급제를 가리킨다. 이전 장원급제한 사람에게 계수나무 가지를 꺾어준 데서 나온 표현이다.

4 奎閣 : 奎星. 별자리 二十八宿의 하나. 예전에는 文運을 주관하는 신으로 모셔 사당을 짓고 제사지냈는데 이를 '奎閣'이라 했다. 여기서는 덕보의 문장이 뛰어남을 비유했다.

5 模範 : 철기를 주조하는 모양틀. 師道에 비유됨. 揚子 『法言』 : "스승은 사람들의 모범이다.[師者, 人之模範也.]"

6 洗磨終愧玉無成 : 작자가 과거에는 이미 급제했지만 여전히 부족하다는 겸양의 표현이다.

7 嶕華 : 濟南 부근에 있는 嶕山과 華山.

8 泰岱 : 山東에 있는 泰山. 五岳 중의 하나로, 岱宗이라고도 불린다.

해제

德保의 『樂賢堂詩鈔』에 "중추절에 산동 시험장에서 동료 몇 사람을 초대해 잠시 술을 마셨는데, 이 자리에서 정대윤 판교에게 [시를] 증여했다[中秋日山左闈中招同事諸公小酌, 卽席贈鄭大尹板橋]"고 했는데, 판교가 이 시로 화답한 것으로 보인다. 인재를 배양하고 선발하는 중책을 가진 덕보를 태산에 비유하며 칭송하고 있다.

2.186 작은 정원小園

달빛이 청초하게 누대로 쏟아지고	月光淸峭射樓台,
이른 밤 사립문은 아직 반쯤 열렸구나.	淺夜籬門尙半開.
나무 사이 등불에 객이 온 줄 알아채고	樹裏燈行知客到,
대나무 숲에 연기 피우며 차 가져오라 부르네.	竹間煙起喚茶來.
가끔씩 개 짖는 소리에 가을별 떨어지고	數聲犬吠秋星落,
이따금 바람 불어 구슬픈 피리소리 멀리서 전해오네.	幾陣風傳遠笛哀.
오래 앉아 얘기 깊어가니 먼동이 터오고	坐久談深天漸曙,
붉은 아침놀 찬 이슬이 이끼 위에 가득하네.	紅霞冷露滿蒼苔.

해제

판교가 濰縣 知縣으로 있을 때 유현의 명사 郭씨의 南園에 자주 머물렀다. 「6.3.8 남원 총죽도에 써서 질전 선생 넷째아우 운정 선생과의 이별에 드림 2수[題南園叢竹圖留別質田先生四弟芸亭先生二首]」에서 "칠 년 동안 봄바람 맞으며 유현에서 머물며, 곽선생 정원에서 긴 대나무 즐겨 보았네[七載春風住濰縣, 愛看修竹郭家園]"라 했는데, 이 시의 '小園'은 곧 곽씨 南園을 말한다.

2.187 젊은 곤녕·곤예 두 효렴에게寄小徒崑寧坤豫二孝廉[1] 아울러 영사 최운서 선생께 드림兼呈令師崔雲墅先生[2]

판교라는 이 사람 머리 이미 희었는데	板橋頭髮已蒼蒼,[3]
그대들 어찌하여 늙은 광인 배우려는가?	爾輩何須學老狂?
예전에 초빙했던 최록사나 기억하게나,	記取舊延崔錄事,[4]
자고새 무슨 수로 원앙에 견주겠는가!	鷓鴣那得及鴛鴦![5]

역주

1 崑寧坤豫二孝廉 : 미상.
2 令師崔雲墅先生 : 미상.
3 蒼蒼 : 灰白色 또는 深青色. 여기서는 전자로 보았다.
4 舊延 : 예전에 초빙함. 崔錄事 : 崔雲墅를 이름. 錄事는 과거 관아에서 문서를 관리하던 낮은 관리.
4 鷓鴣 : 자고새. 唐 시인 鄭谷은 「鷓鴣詩」로 유명하여 '鄭鷓鴣'로 불렸다. 같은 鄭씨인 판교 역시 자칭 '鷓鴣'라 하였다. 「2.68 정우신의 '황산시권'에 쓰다[題程羽宸黃山詩卷]」 참고. 鴛鴦 : 원앙. 唐 崔珏에게 「和友人鴛鴦之什」 3수가 있다. 여기서는 같은 崔씨인 崔雲墅를 가리킴.

해제

유현의 젊은 효렴 崑寧·坤豫가 판교에게 가르침을 구했을 때 쓴 시로 보인다. 자신을 자고새에 비유하고 崔雲墅는 원앙에 비유하여 자신이 崔雲墅에 미치지 못하니 오히려 그를 찾아가 가르침을 구하라는 겸양을 담았다.

2.188 어사 심초원 선생이 남지를 새로 수리하고 소릉서원을 세운 후 잡극을 신에 바치며 세시 가무로 제사함에 御史沈椒園先生新修南池建少陵書院並作雜劇侑神令歲時歌舞以祀[1]

심 선생의 휘는 정방이다.
沈諱廷芳.

어사의 총마가 산동으로 행차하니	御史驄馬行山東,[2]
말발굽 닿는 곳마다 은혜가 가득하네.	馬蹄到處膏露濃.[3]
태산을 정화하고 추역을 정비하시니	洗排泰岱礪鄒嶧,[4]
한무제 측백과 진시황의 소나무도 푸르러지네.	吹青漢柏秦皇松.[5]
두보의 남지, 오랜 세월 적막하게 텅 비인 채	少陵南池久寂泬,[6]
황량한 조수가 석양 속에 처량하게 붉었네.	夕陽慘淡荒波紅.
사당 세워 신주 모시고 벽 칠하고 상 세워서	廟之祏之繪而塑,[7]
희생제물 바치고 종과 정에도 주조하였네.	牢之餮之鼎以鍾.[8]
물고기와 새 조각하여 종틀을 옮겨 세우니	雕鐫鱗羽動筍虡,[9]
대들보 서까래가 날개처럼 솟구쳤네.	梁桷翬翮相飄沖.[10]
먹을 묻혀 휘갈겨서 비문을 만드는데	揮毫蘸墨作碑版,
한 글자가 백금인양 애써 공을 들이네.	百金一字尤堅工.
이 사람 판교거사 읽어도 물리질 않아	板橋居士讀不厭,
가을풀 깔고 앉아 삼일이나 쳐다보네.	臥看三日鋪秋茸.[11]
듣건대 세시에는 정성으로 제사 모시고	頗聞歲時虔禱祀,
돼지와 꿩 잡고 새우·전어 진설한다네.	蕩豬割雉陳蝦鱅.
임평의 배, 청주 복숭아, 청해의 노루,	茌梨青桃海獐鹿,[12]
딸기며 귤, 남방의 감꾸러미 두루 바치네.	楊梅橘柚南柑封.

그 사이 여가에 잡극을 벌이는데	以其餘閑作雜劇,
연희, 월녀, 황낭의 유풍이 펼쳐진다네.	燕姬越女黃娘蹤.[13]
궁전 비단옷 입었던 이태백 경우처럼	相隨太白著宮錦,[14]
노주의 별가에서 손수 국을 맛본다네.	潞洲別駕調羹壅.[15]
금·원 원본은 오래 전에 물러갔고	金元院本久退舍,[16]
진의 퉁소, 상수 거문고 어룡을 맑게 하네.	秦簫湘瑟淸魚龍.[17]
표표히 나는 신령들 즐겁게 기뻐하며	神靈飄飄侑而喜,
갈대꽃 너머 먼 구름 속에서 오시네.	葦花之外雲之中.
선생께 바라기로는 부디 이 잡극 공연하여	願從先生乞是劇,
배우 뽑아 신선 궁전에 두루 전해주시기를.	選伶遍譜琳琅宮.[18]

역주

1 沈廷芳 : 자는 畹叔, 호는 椒園으로, 浙江 仁和人이다. 건륭 원년 監生으로 博學鴻詞科에 급제하여 御史가 되었다. 후에 山東青萊登道를 거쳐 河南按察使를 지냈다. 어려서 方苞에게 수학하였고 시는 查愼行에게 배웠다. 저서로는 『隱拙齋集』이 있다. 南池 : 『履園叢話』에 "山東 濟寧州 성 아래에 南池가 있다. 『杜少陵集』에 「與任城許主薄游南池」가 있는데 이 시가 바로 南池의 명칭 유래이다. 그래서 지금 그곳 동편 작은 집에 두보의 상을 세우고 許主薄도 옆에 함께 하게 했다"고 하였다.

2 御史 : 監察御史를 가리킨다. 驄馬 : 漢 桓典이 侍御史가 되어 늘 驄馬(청백색 말)를 타고 다녔으므로 사람들이 '驄馬史'라 불렀다 한다.

3 膏露 : 은혜라는 뜻.

4 泰岱·鄒嶧 : 山東의 큰 산들. 여기서는 산동을 가리킨다.

5 漢柏秦皇松 : 秦始皇과 漢武帝가 泰山과 鄒嶧을 巡遊했을 때 심은 송백.

6 少陵 : 杜甫. 南池는 두보의 시 「與任城許主薄游南池」에 나오는 연못.

7 廟之祏之 : 사당을 세우고 신주를 모시다.

8 牢 : 제사용 희생. 饕 : 饕餮. 전설상의 흉악하고 탐식하는 야수로, 주로 鐘과 鼎에 주조되어 있다. 여기서는 두 글자 모두 동사로 쓰였다. 以 : 與.

9 筍虡 : 종을 거는 틀.

10 翬翮(휘핵) : 야생 닭의 날개. 여기서는 천정 서까래의 형태를 말함.

11 臥看三日 : 『隋唐佳話』 : "구양순이 길 가다가 索靖이 쓴 옛날 비문을 보고 말을 멈추고 살피더니 한참 뒤에서야 떠나갔다. 몇 걸음도 가지 않아 다시 돌아와서

는 말에서 내려 선 채 보았다. 피곤하자 담요를 깔고 앉아 보더니, 이어 그 옆에서 숙박하였고, 3일 뒤에야 떠나갔다.[歐陽詢行見索靖所書古碑, 駐馬觀之, 良久而去, 數步復還, 下馬佇立, 疲則布毯坐觀, 因宿其傍, 三日乃得去.]"

12 茌梨 : 산동 茌平에서 생산된 배. 靑桃 : 靑州의 복숭아. 海獐鹿 : 靑海의 노루.

13 燕姬越女 : 燕姬와 越女는 가무에 능한 것으로 유명하다. 黃娘 : 黃은 춘추시기의 나라 이름으로, 지금의 河南 潢州이다.

14 相隨太白著宮錦 : 『新唐書 · 李白傳』 : "황제께서 금을 내려 돌아오게 했다. …… 일찌기 달밤에 최종지와 더불어 채석에서 금릉까지 갔는데 궁정 비단 도포를 입고 배 안에 방약무인의 모습으로 앉아 있었다.[帝賜金還. …… 嘗乘月與崔宗之自采石至金陵, 著宮錦袍坐舟中, 傍若無人.]" 「1.3 의진현 강촌 찻집에서 아우에게[儀眞縣江村茶社寄舍弟]」 참고.

15 潞洲別駕調羹壅 : 李陽冰 『草堂集序』에 따르면, 이백이 長安에 이르자 당 현종은 七寶床에 음식을 내리고, 御手로 친히 국간을 맞춰 식사하게 했다 한다. 「1.3 의진현 강촌 찻집에서 아우에게[儀眞縣江村茶社寄舍弟]」 참고. 여기서 潞洲別駕는 玄宗을 가리킴. 別駕는 관직명으로, 玄宗 李隆基는 즉위 전 潞州에서 3년 동안 別駕를 맡았다.

16 院本 : 송 잡극에서 원 잡극으로 넘어가는 과도기의 희곡 각본 형식.

17 秦簫湘瑟 : 秦 穆公이 불던 퉁소와 湘水의 여신이 타던 거문고.

18 琳琅宮 : 신선이 사는 도읍의 명칭.

해제

沈廷芳은 건륭 15년부터 18년까지 山東靑萊登道로 부임했고, 어사는 이 일을 맡기 전의 직책이므로 이 시는 건륭 14년 혹은 그 약간 전, 판교가 유현령으로 있을 때 쓴 것으로 보인다. 御史驄馬 이하 4구는 沈廷芳이 산동에 새로운 바람을 몰고 왔다고 칭송하였고, 少陵南池 이하 10구는 구체적으로 남지의 사당과 비문을 새우는 일을 묘사하였다. 이어 '頗聞歲時虔禱祀' 이하 14구는 온갖 제수용품을 마련하고 잡극을 공연해 신을 즐겁게 했던 사적을 제시했다.

2.189 과주에서 밤에 머물며瓜州夜泊[1]

백설 같은 갈대꽃밭 너머 서있는 누대,	葦花如雪隔樓臺,
금산이 지척인데 안개 걷히질 않는다.	咫尺金山霧不開.[2]
저 멀리 처량한 가을 등불 깜박이는 어촌,	慘淡秋燈魚舍遠,
밤새 속삭이는 얘기 아득히 객선을 맴돈다.	朦朧夜話客船偎.
쏴아쏴아 바람소리 사이로 새벽 닭 소리,	風吹隱隱荒雞唱,[3]
도도히 흐르는 강물 위로 북두칠성 돌아간다.	江動洶洶北斗回.
오와 초의 요충지 철옹성을 가로지르며	吳楚咽喉橫鐵甕,[4]
간간히 맑은 호각소리에 오경이 애달프다.	數聲淸角五更哀.[5]

역주

1 瓜州 : 양주에서 鎭江으로 가는 곳. 장강 북쪽 기슭에 있다. 「2.180 학사사 우선원 선생께서 내려주신 시에 화답함[和學使者于殿元枉贈之作]」 참고.
2 金山 : 江蘇省 鎭江 서북쪽에 있던 지명. 瓜洲와 마주하고 있다.
3 荒雞 : 三更 이전 새벽에 때를 모르고 우는 닭. 대개 상서롭지 않게 여긴다.
4 鐵甕 : 옛날 江蘇 鎭江城을 '鐵甕'이라고도 불렀다. 『鎭江府志』 : "자성은 오 대제가 지은 것으로, 내외를 벽돌로 쌓아 '철옹성'이라 불렀다.[子城, 吳大帝所築, 內外甃以甓, 號鐵甕城.]" 鎭江은 장강 남쪽 연안에 위치하여, 淮水에서 강을 건널 때는 반드시 거쳐야하는 요충지였다.
5 角 : 胡角. 吹樂器의 일종.

해제

판교는 유현으로 파견되기 전에 고향에 간 적이 있다. 귀향길 瓜州의 가을 풍광을 담은 이 시는 그때 혹은 그 약간 후에 지은 것으로 보인다.

2.190 우연히 짓다偶然作

문장은 천하를 감동시켜서 　　文章動天地,
모든 사람들 서로 화합시켜야 한다. 　　百族相綢繆;
천지는 말을 할 수 없어서 　　天地不能言,
성현을 그 목소리로 삼는다. 　　聖賢爲嚨喉.
어찌하여 나약한 소인배들이 　　奈何纖小夫,
화려한 수사 장식만 가득 채우나. 　　雕飾金翠稠.
입으로는 '자허부'를 읽어대며 　　口讀子虛賦,[1]
몸에는 비단, 담비가죽 걸치네. 　　身著貂錦裘;
열여섯 아리따운 소녀가 시중을 들고 　　佳人二八侍,[2]
밝은 별이 높은 누대에 찬란하다네. 　　明星燦高樓;
이름난 술이며 황양탕 안주, 　　名酒黃羊羹,
화려한 등불에 수정구슬 빛나네. 　　華燈水晶球.
간혹 붓 한 번 휘두르면 　　偶然一命筆,
천금 재화가 그대로 들어오네. 　　幣帛千金收;
왕족 사는 골목에 노랫소리 끊이질 않으니 　　歌鍾連戚里,[3]
그 시구들 하나같이 왕상 제후 찬송하는 것. 　　詩句欽王侯;
방자하게 재자란 이름 등에 업은 채 　　浪膺才子稱,
질곡 속 백성들 어찌 구하지 않는가! 　　何與民瘼求!
그러니 저 두소릉 시인의 　　所以杜少陵,
통곡소리 언제나 끝나겠나! 　　痛哭何時休!
가을추위 가득한 방 솜이불 없고 　　秋寒室無絮,
봄비에 밭 갈려도 소가 없는 상황. 　　春雨耕無牛;
사랑하는 자식은 풍년에도 배 주리고 　　嬌兒樂歲饑,[4]
병든 아내 긴긴 밤을 시름하고 있는 모습. 　　病婦長夜愁.

노점상의 속내를 진심으로 이해하고 推心擔販腹,
산자락 바닷가 사람들 두루 생각했었지. 結想山海陬.
의관 갖춘 관료와 도적들까지 衣冠兼盜賊,
변경 군대, 죄수들 두루 담았네. 征戍雜累囚.
사가는 실록에서 부족한 것을 史家欠實錄,
이것으로 바탕삼고 교정한다네. 借本資校讎.[5]
그 작품 가져다가 왕께 바쳐서 持以奉吾君,
오래오래 거울로 삼게 한다네. 藻鑒橫千秋.[6]
조식 · 유정 · 심약 · 사령운의 재주, 曹劉沈謝才,[7]
서능 · 유신 · 강엄 · 포조와 견준다면서 徐庾江鮑儔,[8]
스스로 화려한 필치를 떠들지만 自云黼黻筆,[9]
내 보기엔 거지근성 그 뿐이네. 吾謂乞兒謀.

역주

1 子虛賦 : 漢 司馬相如의 작품. 제후가 천자와 사냥하고 노니는 일을 노래한 것으로 문장이 화려한 수식으로 가득하여 「上林賦」와 함께 賦의 대표적인 작품으로 손꼽힌다.
2 二八 : 열여섯. 『左傳 · 襄公十一年』에 "여자악사 열여섯[女樂二八]"(杜預 注 : "十六人")이라는 대목이 보인다.
3 戚里 : 왕의 친인척이 사는 골목.
4 樂歲 : 풍년 든 해.
5 校讎(교수) : 교정.
6 藻鑒 : 거울. 고대 청동 거울 뒷면에는 화려한 문양이 있었기 때문에 붙여진 이름이다.
7 曹劉沈謝 : 위진남북조 시기의 문인 曹植 · 劉楨 · 沈約 · 謝靈運.
8 徐庾江鮑 : 위진남북조 시기의 문인 徐陵 · 庾信 · 江淹 · 鮑照.
9 黼黻(보불) : 원래 예복 위에 수놓인 화려한 문양을 가리키지만, 후대에는 주로 문체가 화려함을 비유하는 데 쓰인다.

해제

시란 모름지기 민중의 고통에 관심을 가져 사가의 실록이 되어야함을 강조하면서, 화려하게 꾸미고 장식함으로써 권력에만 아부하는 문장에 반대하였다. 이런 의미에서 위진남북조 시기 화려한 文風에 속했던 여러 작가들과 달리 민중의 고통을 시가 속에 충실히 담았던 두보를 극찬하였다. 이 시와 같은 제목의 「2.7 우연히 짓다[偶然作]」에서도 문장 쓰는 법도에 대해 다룬 바 있는데, 두 시에서 공통적으로 제시된 판교의 시각은 문학의 사회적 기능을 강조하는 유가적 문학관이다.

2.191 혜초에 기대선 난 화분 그림에 부쳐題盆蘭倚蕙圖

봄 난 채 지지 않았건만 여름 난 피어나니	春蘭未了夏蘭開,
그림 속 그 모양 바보라 불러야 딱 맞겠네.	畫裏分明喚阿呆.
꽃 피고 지는 것을 다 보았던 이 화분,	閱盡榮枯是盆盎,
몇 번이나 들어내고 몇 차례나 심었던가!	幾回拔去幾回栽.

해제

난초와 혜초를 그린 그림에 붙인 제화시로, 온갖 영고를 겪은 난초 화분의 시각에 빗대어 서로 앞 다투며 투쟁하느라 榮枯盛衰가 반복되는 인간사를 비유해낸 것으로 볼 수도 있겠다.

2.192 깨진 분 속 난꽃 그림에 부쳐題破盆蘭花圖

봄비 봄바람이 고운 모습 길러냈건만	春雨春風寫妙顔,
그윽한 심성 고상한 정취 속세로 떨어졌네.	幽情逸韻落人間.
지금껏 날 알아주는 이 끝내 없는 세상이니	而今究竟無知已,
검은 화분 깨부수고 산으로 다시 돌아가려네.	打破烏盆更入山.

해제

역시 난 그림에 붙인 제화시로, 자연에서 길러진 고상한 품성을 지키기 위해 자신을 가둔 화분을 깨트리고 원래의 산에 돌아가고자 하는 난의 뜻에 빗대어 속세의 고독한 志士의 은거에 대한 바람을 담았다.

2.193 절벽 난꽃 그림에 부쳐題嶠壁蘭花圖

산꼭대기 난초는 일치감치 피었고	山頂蘭花早早開,
산허리 어린 줄기는 아직 꽃봉오리 머금었네.	山腰小箭尚含胎.
화가는 공들여 꽃 머금은 그대로 그렸는데	畫工立意教停蓄,
어찌 저 봄바람은 한사코 매파 되려는가?	何苦東風好作媒.

해제

봉오리 상태의 청순한 모습으로 남고자 하는 난을 속세의 매파와 같은 봄바람이 기어코 피워내고자 한다는 우화적 의미를 담은 제화시다.

2.194 화분 반쯤 나온 난꽃술 그린 그림에 부쳐題半盆蘭蕊圖

화분은 반쯤 감추어 그리고	盆畫半藏,
난초도 반쯤 머금은 모습이네.	蘭畫半含;
모두 드러내지 않고자 하니	不求發泄,
시들어 떨어질 것 걱정하지 않아도 되네.	不畏凋零.

해제

이 작품도 위 「2.193 절벽 난꽃 그림에 부쳐[題峭壁蘭花圖]」와 같은 맥락에서 봉오리 상태의 청순한 모습으로 남고자 하는 난의 바람을 비유적으로 표현했다.

2.195 굴옹산 시집과 석도·석혜·팔대산인 산수화 소폭, 백정의 묵란을 함께 묶은 한 권에 부쳐題屈翁山詩札、石濤石谿八大山人山水小幅、並白丁墨蘭共一卷[1]

나라 집안 망하니 살쩍 모두 희어진 채	國破家亡鬢總皤,

시와 그림 한 자루로 다들 승려가 되었다네.	一囊詩畫作頭陀.[2]
가로 세로 칠하고 바르기 수 천 폭이 되건만	橫塗竪抹千千幅,
먹물 점은 많지 않고 눈물 점이 더 많구나.	墨點無多淚點多.

역주

1 翁山 : 이름은 大鈞, 廣東 番禺人이다. 명말 生員으로, 廣州에서 反淸운동에 참가했다가 실패한 후 삭발하고 출가했으나 얼마 후 환속함. 그의 시는 풍격이 淸健하고 時事에 대한 감상이 많다. 저서로는 『翁山詩外』가 있다. 내용 가운데 滿淸에 대해 거리낌 없는 부분이 적지 않아 死後 문자옥을 당해 후손은 福建으로 추방되고 그의 시문은 禁毁되었다. 石濤 : 淸初 화가. 姓은 朱, 이름은 若極, 明末 藩王의 아들로 출가하여 승려가 되었으며, 만년에 揚州에 살며 그림으로 생계를 유지했다. 「2.148.2 도청격(圖淸格)」 주석 참조. 石谿 : 본래 姓은 劉, 湖南武陵人, 명말에 출생하여 청이 들어서자 출가하여 승려가 되었다. 자는 介丘, 호는 石谿 · 石道人 등이 있다. 명산을 유람하여 산수화에 독특한 일가를 이뤄 石濤와 함께 '二石'으로 불린다. 八大山人 : 1626~1705. 본명은 朱耷(朱由桵), 明江寧 獻王 朱權의 9대손으로 南昌(지금의 江西에 속함) 사람이며, 明末 淸初의 저명한 화가이다. 명이 멸망하자 승려가 되었다가 후에 환속하여 도사가 되었다. 별호로는 雪個 · 個山 · 人屋 · 驢漢 · 驢屋驢 등이 있다. 만년에 八大山人라는 호를 취하여 오래도록 사용하였다. 산수화와 화조화에서 강렬한 개성과 풍격으로 수준 높은 예술적 성취를 이루어냈다. 白丁 : 자는 過峰 · 行民 · 民道人, 雲南 사람이다. 明 楚藩의 후예로 승려가 되었다. 명이 멸망하자 머리를 깎고 정처 없이 떠돌다가 80여 세에 昆明에서 세상을 떠났다. 난 그림에 특히 뛰어났다.

2 頭陀 : 승려. 이 구는 이 화첩에 수록한 여러 화가들이 明末淸初라는 왕조의 교체 상황에서 하나같이 승려가 되었음을 가리킨 것이다.

해제

시인 屈翁山, 화가 石濤 · 石谿 · 八大山人 · 白丁 등 5인은 모두 明의 遺民으로, 출가한 경험이 있고 애국사상이 강하다는 공통점이 있다. 이 시는 이들 망국의 예술가들에 대한 깊은 동정을 표현했다. 屈翁山의 시문은 雍正 8년에 이미 금지되긴 했지만 판교가 이 시를 쓴 건륭 16년 이전에는 그에 관한 문자옥은 아직 없었을 때였기 때문에 이런 詩題가 가능했을 것이다. 이후 판교의 시문을 重印할 때는 '屈翁山' 3자를 삭제했다.

2.196 요 태수 집안에 소장된 운남전의 매화와 국화 그림 두 폭에 부쳐題姚太守家藏惲南田梅菊二軸[1]

요 태수의 휘는 홍전이다.
姚諱興滇.

오늘에야 비로소 운수평을 알았는데	今日方知惲壽平,
석전의 필묵이고 십주의 취향이다.	石田筆墨十洲情.[2]
이십년 모조품에 서로 진위 알지 못해	廿年贗本相疑信,
부질없이 이전 현인들이 후생 비웃게 하였네.	徒使前賢笑後生.

역주

1 姚興滇 : 자가 介石, 安徽 桐城人이다. 乾隆 5년에서 12년까지 曹州知府로 있으면서 范縣을 관할했다. 「2.101 범현에서 요태수에게[范縣呈姚太守]」 참고. 惲南田 : 清初 화가. 자는 壽平이며 후에 正叔으로 고침. 호는 南田. 江蘇 武進人. 처음에는 산수화에 능했으나 나중에는 화훼를 많이 그렸고, 시 · 서 · 화 三絶로 불렸다.

2 石田 : 沈周. 明 화가로 자는 啓南, 호가 石田. 산수화는 풍격이 침착하고 웅장하며, 花鳥畵는 필묵이 연하다. 인물화도 능하여 吳門畵派의 창시자가 되었다. 十洲 : 仇英. 자는 實甫, 호가 十洲이다. 明 화가로 미인인물도와 산수화 및 화조화에 능했다.

해제

이 제화시는 그림의 내용과 연결시켜 쓴 앞부분의 제화시들과는 달리 惲南田의 진품 그림을 감상한 후 그의 풍격이 "석전의 필묵이고 십주의 취향"이라는 점을 인식하게 된 과정을 적었다.

2.197 지란자극도를 그려 채 태사에게 드리며畫芝蘭棘刺圖寄蔡太史[1]

[채 태사의] 휘는 시전이다.
諱時田.

지초 난초를 그리고 나니 봄기운 가득하여	寫得芝蘭滿幅春,
그 옆으로 뒤엉킨 관목 몇 가지 덧붙였네.	傍添幾筆亂荊榛.[2]
세간의 미추(美醜)를 두루 다 수용하며	世間美惡俱容納,
온화하고 가슴 넓은 사람됨을 생각하네.	想見溫馨淡遠人.

역주

1 芝蘭 : 지초와 난초. 蔡時田 : 미상. 太史 : 清代 翰林을 가리킴.
2 荊榛 : 두 종류의 관목.

해제

「6.4.3 난, 대나무, 바위 그림에 쓴 글 24종[題蘭竹石二十四則]」 가운데

'석교 노형'이라는 사람에게 써준 글 중에 "그림 전체가 다 군자인데, 그 뒤에 가시나무로 마감했으니 무슨 까닭인가? 대저 군자는 능히 소인을 받아들이고, 소인이 없으면 또한 군자로 완성될 수 없음이다. 그런고로 가시나무 가운데 난은 그 꽃이 한층 크고 무성하다"는 내용이 보이는데, 이 시도 이와 같은 맥락에 있다.

2.198 석동촌 주도집에 부쳐題石東邨鑄陶集[1]

이 시인 늙어가며 흥취 줄곧 호탕하더니	詩人老去興偏豪,
천 편을 불사르고 도연명 따라 새로 빚었네.	燒盡千篇又鑄陶;[2]
이제부턴 한유 따를까, 두보를 빚어낼까,	從此鑄韓還鑄杜,[3]
아님 더 거슬러서 삼대의 노래를 이을까.	更於三代鑄風騷.[4]

역주

1 石東邨 : 판교의 詩友. 자신이 썼던 옛 시를 다 불태워 없앤 적이 있다. 「2.139 동촌의 불태운 시에 붙여 스물여덟 자를 보냄[寄題東村焚詩二十八字]」 참고.

2 鑄陶 : 陶淵明을 존숭해 그의 시풍에 따라 시를 짓는다는 뜻. 이런 의미에서 이 詩題에 나오는 '鑄陶集'은 실제 東村의 시집 이름이 아니라 그 내용이 도연명 시풍의 시집이라는 점을 강조하는 것일 수도 있다.

3 從此鑄韓還鑄杜 : 韓과 杜는 당대 저명한 문인 韓愈와 杜甫.

4 更於三代鑄風騷 : 三代는 夏·殷·周 시기. 風騷는 三代 시기 민간시가를 담은 『詩經』의 풍격을 가리킨다.

해제

판교의 詩友로 보이는 石東邨은 자신이 그동안 썼던 시를 불태워 없애버리기도 했던 시인으로, 이 일은 「2.139 동촌의 불태운 시에 붙여 스물여덟 자를 보냄[寄題東村焚詩二十八字]」에 보인다. 石東邨의 시집에 붙인 이 시는 그의 시풍이 도연명을 따랐고, 앞으로는 또한 한유나 두보, 『시경』의 유풍을 이을 것임을 제시했다.

2.199 연주태수께서 차를 보내주셔서家兗州太守贈茶

[연주태수의] 휘는 방곤이다.
諱方坤.

질 높은 팔병건계차를　　　　頭綱八餅建溪茶,[2]
만 리 멀리 떨어진 산동까지 보내주셨네.　　　　萬里山東道路賒.
이것은 채양·정위가 황제께 진상했던 명품,　　　　此是蔡丁天上貢,[3]
어찌 나 같은 시골사람이 기대할 수 있었으랴!　　　　何期分賜野人家!

역주

1 家: 당시에는 관습적으로 同姓인 사람에게 '家'를 붙여 불렀다. 鄭方坤: 자는 則厚, 福建 建寧人이다. 雍正 元年에 진사에 합격하여 山東 登州·沂州·武定·兗州知府를 역임했다. 시에 능했으며, 『國朝詩人小傳』이 있다.

2 頭綱: 상등품의 물건. 옛날에 이름난 화물 대량 운송조직을 '綱'이라 하였는데, 茶綱·鹽綱·花石綱 등이 있었다. 八餅: 唐宋 시기 차 제조법. 싱싱한 찻잎을 쪄서 찧어 부수어 떡처럼 만든 다음 노끈으로 꿰어서 불에 말리는데, 이것을 餅

茶라 한다. 宋 葉夢得『石林燕語』: "건주의 매년 조공품은 대용봉단차 각 2근, 8병을 한 근으로 삼는다.[建州歲貢大龍鳳團茶各二斤, 以八餠爲斤.]" 建溪 : 餠茶는 원래 福建 浦城縣에서 생산되는데, 이것이 다른 현을 거쳐 建陽 지역에 이르면 建溪 혹은 建陽溪라고 불린다.

3 蔡 : 蔡襄. 북송 서예가로, 자는 君謨, 福州 지방관을 지냈다. 丁 : 宋 眞宗 때의 재상 丁謂.

해제

兗州知府 鄭方坤이 차를 보내온 것에 대해 감사를 표시한 시이다. 〔華耀祥〕은 내용 가운데 작자 자신을 '野人'이라 표현한 대목을 두고 '관직을 내놓고 아직 유현을 떠나지 않았을 때' 쓴 시로 판단했는데, 이 단어는 그저 시골에서 근무하는 관리라는 謙辭로 본다면 지나친 추측일 수 있다.

2.200 유현의 고뇌惱濰縣

청산을 다 지나고 나니 유현이요,	行盡青山是濰縣,
유현을 다 지나니 다시 청산이라.	過完濰縣又青山.
관직 책무에 시 성정 헛되이 저버렸으니	宰官枉負詩情性,
지척에 숲을 두고도 노닐지 못함이로세.	不得林巒指顧間.

해제

유현에서 근무할 때 쓴 시로, 관직 업무의 부담 때문에 산수 자연에서 시를 읊으며 즐기지 못하는 애석한 마음을 담았다.

2.201 시를 청하기에饒詩

손님으로 찾아와서 장기 자주 두지만	客來頗有一盤棋,
손님 떠나는 건 술 몇 잔 없어서가 아니라네.	客去非無酒數巵.[1]
나이 들고 관아 바쁘고 몸 또한 병들어서인데	髮短官忙身又病,[2]
그대는 이런 내게 시 한 수를 청하는구려.	倩君饒我一篇詩.[3]
흥으로야 천 편이라도 많지 않지만	興到千篇未是多,
수심 많아 한 자도 읊어내기 어렵네.	愁來一字懶吟哦.
시 짓는 일 오늘부터 접는 건 아니로되	非云此事從今絶,
혹여 건강 좋아지면 그 때를 기다려보세.	脫復佳時待體和.[4]

여주

1 巵(치) : 고대의 술잔.
2 髮短 : 머리가 성글어지다. 나이가 들다. 두보 「春望」: "흰 머리 성글고 짧아져 비녀조차 꽂기 힘드네.[白髮搔更短, 渾欲不勝簪.]"
3 倩(천) : 請. 요청하다.
4 脫 : 혹은.

해제

시 지어주기를 요구하는 벗의 청을 거절하는 시로, 내용 가운데 "나이 들고 관아 일 바쁘고 몸 또한 병들어서"라 하여 관직 생활의 번뇌[愁]를 핑계로 삼았으니 앞의 시 「2.200 유현의 고뇌[惱]」와 내면적으로 짝을 이룬다 하겠다.

2.202 진제청에게贈陳際青[1]

과주의 밤, 강 물결은 잔잔하기만 했지.	瓜洲江水夜潮平,[2]
가을 논에 가득 찬 달, 청아한 학 울음소리.	月滿秋田鶴唳淸.[3]
기억하는지? 조각배에 앉아 함께 듣던	記得扁舟同臥聽,
이삼경 알리던 금산사의 운판소리를.	金山雲板二三更.[4]

역주

1 陳際青 : 미상.
2 瓜州 : 양주에서 鎭江으로 가는 곳. 장강 북쪽 기슭에 있다. 「2.180 학사자 우전원 선생께서 내려주신 시에 화답함[和學使者于殿元枉贈之作]」 참고.
3 唳 : 울음소리.
4 金山雲板 : 金山은 金山寺. 雲板은 구름모양으로 만든 판으로, 관아나 절에서 일이나 시간을 알리는 데 쓰인다.

해제

어느 해 가을, 벗 陳際青과 瓜洲에서 조각배에 함께 누워 밤을 보냈던 정겨운 추억을 담았다. '이삼경'을 알리는 운판소리가 들릴 때까지 내내 정담을 나누었던 우정이 스며있다.

2.203 진주 잡시 8수, 좌우 강가 현을 아울러 쓰다 眞州雜詩八首 幷及左右江縣[1]

봄바람이 꾀꼬리 소리 십 리 너머 전하고	春風十里送啼鶯,
강산에 푸르른 신록이 온 성을 뒤덮었네.	山色江光翠滿城.
굽은 언덕 붉은 장미 시내에 맑게 비치고	曲岸紅薇明澗水,
낮은 창호지 틈새로는 글 읽는 소리 퍼지네.	矮窓白紙出書聲.
관아에선 콩을 심고 관리는 일 없으니	衙齋種豆官無事,
문서 담당 관리는 시나 지어 유명해지네.	刀筆題詩吏有名.[2]
어제저녁 마을에 등 걸고 어시장이 섰는데	昨夜村燈魚藕市,
푸른 주렴 주막의 진한 술 인정이 담겼어라.	青簾醇酒見人情.[3]
시골마을 뻐꾸기 현에 와서 울어대고	村中布穀縣中啼,
뽕나무와 낮은 처마, 보리밭이 고르구나.	桑柘低簷麥隴齊.
막 따온 새 죽순엔 흙이 아직 그대로,	新筍斸來泥未洗,[4]
강에서 물고기 사고 술을 차고 돌아온다네.	江魚買得酒還攜.
비에 흠뻑 젖은 산꽃들 모두가 웃음 머금고	山花雨足皆含笑,
봄 깊어지니 솜저고리를 명주옷으로 갈아입네.	絮襖春深欲換綈.
농가의 힘든 일이야 어디 끝이 있다던가,	何限農家辛苦事,
논둑에 젊은이들 점차 가득 느는구나.	漸看兒女滿町畦.
겨울옷 새로 다려 대충대충 접어두자니	寒衣新熨摺參差,
한번만 웃어대도 갖옷 털이 떨어지네.	一笑裘毛落許時.
비장이 점점 쇠해 죽으로만 견디는데	脾土漸衰唯食粥,[5]
회포는 줄지 않아 여전히 사 다듬네.	風情不減尚填詞.

소나무 서 있는 눈 속의 문산묘,	雪中松樹文山廟,[6]
비 갠 뒤 복사꽃 피어난 완녀사.	雨後桃花浣女祠.[7]
최고로 좋아라, 높은 누각 발 걷으면	最愛卷簾高閣上,
맑고 푸른 장강에 저녁 안개 스며드네.	楚江晴碧晩煙遲.[8]
밝은 달 아래 조수 밀려와 출렁거리며	月白潮生野水潺,
천리를 흐르다가 초 땅을 휩쓰네.	上遊千里控荊蠻.[9]
적벽의 불탄 흔적 깨끗이 씻어내고	洗淘赤壁無遺燎,[10]
금릉에서 넘실대다 종산 남겨놓았네.	溶漾金陵有剩山.[11]
안개 속 수루 깃발 가을 이슬에 촉촉하고	煙裏戍旗秋露濕,[12]
강변의 전함은 석양에 한가롭네.	沙邊戰艦夕陽閑.
진주 두고 작고 작은 땅이라 비웃어대지만	眞州漫笑彈丸地,[13]
예로부터 영웅들이 끝없이 오간 곳이라네.	從古英雄盡往還.
오와 월의 요새였던 철옹성,	吳越咽喉鐵甕城,[14]
강 너머 마주한 채 아침 안개 자욱하네.	隔江相望曉煙橫.
저 멀리 높은 담이 산 따라 늘어서고	高檣逈與山排列,
흐려진 물결, 바다와 시끄럽게 다투네.	濁浪喧同海鬪爭.
바람에 말리는 갈대꽃은 진정 눈보라인 듯,	卷去蘆花渾雪意,
날아오는 고각소리 온통 가을 소리네.	飄來鼓角盡秋聲.
중원 만리에 봉화불 끊긴 지 오래,	中原萬里無烽燧,
쇠잔한 지팡이 노인조차 병사 본 적 없다네.	扶杖衰翁未見兵.
남국의 단풍이 결기루에 떨어지니	南國楓凋結綺樓,[15]
뇌당의 가을은 여뀌꽃 따라 북으로 가네.	雷塘北去蓼花秋.[16]
붉은 눈물 물들은 연지도 젖었는데	染成紅淚胭脂濕,
새로 내린 서리 맞아 초목마다 근심일세.	蘸破新霜草木愁.

두 곳의 전쟁이야 한 순간의 일이지만	兩地幹戈才轉瞬,[17]
똑같이 패했으니 돌아볼 일 아니리라.	一般成敗莫回頭.
후주의 〈후정화〉 가락 강변에서 이어지고	後庭遺曲江邊唱,[18]
수나라 〈청야유곡〉도 같이 들려오누나.	又聽隋家清夜遊.[19]
청산을 지나니 또 산이 나서고	行過青山又一山,[20]
황장군 무덤 그 사이에 볼록하게 솟았네.	黃將軍墓兀其間.[21]
깎아지른 벼랑 끝에 홀로 선 저 소나무,	懸崖斷處孤松出,
임종 때 거친 조수가 피눈물 되어 돌아왔네.	駭浪崩時血淚還.
강북의 여러 장수들 하나같이 항쟁의 무리,	江上諸藩皆逆類,[22]
내각의 노인 홀로 노쇠한 얼굴이었네.	樞中一老復頹顏.[23]
한 손으로 하늘 받드니 무슨 소용 있었으랴,	抵天隻手終何益,[24]
운이 가고 마음 메말라 상황 끝내 어려웠네.	運去心枯事總艱.
어찌하여 추풍 속에 문 내내 닫아걸었나?	何事秋風只杜門,
새벽이슬 내린 자리, 꽃이 내내 걱정이네.	護花長怕曉霜痕.
성세에 관직 벗은 건 본디 재주 부족한 탓,	卦冠盛世才原拙,[25]
타향에서 글씨 팔며 어찌 자존 얘기하랴.	賣字他鄉道豈尊?
산에 비가 막 개이니 목욕을 하고난 듯,	山雨乍晴如洗沐,
강 안개 피어오르니 다시 또 황혼이네.	江煙一起又黃昏.
오직 그대 시흥만 맑고 호방한 기세로	惟君詩興清豪在,[26]
동남쪽 나그네 혼을 불러 깨워주는구려.	喚醒東南旅客魂.[27]

장중론의 시 한 수에 화창하였다.
和張仲蕭一首.【原註】

역주

1 眞州 : 州名. 오늘날의 江蘇省 儀徵縣. 長江 北岸에 위치해 東南 水運의 요충지로서 송나라 때는 양주보다 더 번성했다 한다. 「2.11 새벽 진주 가는 길에[曉行眞州道中]」 참고.

2 刀筆 : 옛날에는 글씨를 죽간에 칼로 새겼고, 종이가 발명되자 붓을 사용했다.

3 青簾 : 푸른 주렴이 걸린 주점을 가리킨다.

4 劚(촉) : 깎다, 베다.

5 脾土 : 중의학에서는 五行으로 인체의 五臟을 분류하는데, 脾臟은 소화를 담당하므로 土에 속한다.

6 文山廟 : 道光刊本 『儀徵縣誌』에 의하면, 성문 밖 水關의 오른쪽에 커다란 충절사가 있는데, 宋 丞相 文天祥(자 文山)을 모시는 곳으로, 明 成化 23년에 창건했다고 한다.

7 浣女祠 : 『儀徵縣誌』 : "옛날 현 서쪽 40리에 있었다. 이전 현지에 따르면, 오원이 초가 망할 때 이곳을 지나다가 한 빨래하는 여인을 보고 부탁하길, '뒤에 추격병이 오면 절대 알려주지 마시오'라 했다. 이에 여인은 곧장 강에 뛰어들어 緘口의 의지를 보였다. …… 진주 사람들이 그 의리를 추모해 세운 사당이 황폐하게 되어 지금 성 서쪽 2리 밖 강가로 옮겨 세웠다. 민간에서는 '낭낭묘'라 한다. [舊在縣西四十里. 舊誌云 : 伍員亡楚過此, 見一女子浣沙, 因囑之曰 : '後有追兵至, 切勿言.' 女遂赴水以示絶口 …… 眞人慕義, 立廟寢廢, 今移建于城西二里許外河之涯, 俗名娘娘廟.]"

8 楚江 : 장강. 전국시기에는 장강의 하류가 초나라 땅이었으므로, 초강이라고 했다.

9 上遊 : 眞州는 西長江 상류이다.

10 荊蠻 : 초나라. 춘추전국 시기 楚를 荊蠻으로 칭했다. 赤壁 : 삼국 시대 周瑜가 曹操 군대를 火攻했던 곳. 지금 湖北 蒲圻 서북쪽 赤壁山에 있다. 遺燎 : 불에 탄 흔적.

11 山 : 金陵(남경)의 鍾山.

12 戍旗 : 戍樓에 걸어놓은 군기.

13 彈丸地 : 지방이 협소함을 비유한 말. 「2.160 분수[止足]」 참고.

14 鐵甕城 : 鎭江城을 가리킴. 「2.185 과주에서 밤에 머물며[瓜州夜泊]」 참고.

15 結綺樓 : 結綺閣. 六朝 陳 後主 至德 연간에 지은 三閣(結綺 · 臨春 · 望山)중의 하나로, 귀비 張麗華가 거처했다. 여기서는 金陵을 가리킴.

16 雷塘 : 양주의 연못. 여기서는 양주를 가리킴. 「2.10 양주(揚州)」 참고.

17 兩地幹戈 : 陳 後主 때와 隋 煬帝 때의 망국의 싸움. 才轉瞬 : 두 전쟁이 일어난 시기가 가까워 마치 한 순간 같다는 의미로, 앞 전쟁을 살펴보지 않았기 때문에 다시 실패했다는 뜻이다.

18 後庭遺曲 : 陳 後主가 불렀던 「玉樹後庭花」. 망국의 노래를 상징한다.

19 隋家淸夜遊 : 隋 煬帝가 불렀던 「淸夜遊曲」. 역시 망국의 노래를 상징한다.
20 青山 : 『儀徵縣誌』 : "청산은 현 서남쪽 25리에 있다.[青山, 在縣西南卄五里.]"
21 黃將軍 : 이름은 得功, 자는 虎山. 明 弘光 시기 高杰・劉良佐・劉澤淸과 함께 강북 4鎭을 수비했다. 청의 군사가 강을 건너자 나머지 세 사람들은 모두 항복했으나 得功만은 끝까지 저항하였다. 나중에 간신의 화살을 맞아 죽었고, 方山의 모친 묘 옆에 묻혔다. 생전에 자칭 '黃將軍'이라 했기 때문에 후세인들도 이렇게 부른다.
22 江上諸藩 : 明末 長江을 지키고자 淸兵에 항쟁했던 高杰・劉良佐・劉澤淸 등을 말한다. 이들은 후에 내분으로 피살되거나 청에 투항했다.
23 樞中一老 : 명말 史可法을 가리킨다. 史可法(1602~1645)은 崇禎 시기 南京兵部尙書를 지냈는데, 福王 弘光이 즉위하면서 東閣大學士까지 추가로 내려주었으므로 史閣部라 불린다. 樞中은 내각을 뜻한다. 참고로, 이 부분을 『華耀祥』은 內閣大學士의 위치에서 무능하면서도 권력을 농간했던 馬士英을 가리키는 것으로 보고, '頹顏'은 그의 모습을 형용한 말이라 했다.
24 抵天隻手 : 당시 조정 안에서는 馬士英과 阮大鋮이 권력을 농간했고, 외부에서는 劉良佐・劉澤淸 등이 발호하였는데 황장군이 외롭게 구국에 힘쓴 것은 혼자 힘으로 하늘을 떠받드는 것처럼 성사될 수 없었다는 의미.
25 卦冠 : 辭官.
26 君 : 張仲蕎을 가리킨다. 그의 사적은 알 수 없다.
27 東南旅客 : 작자 판교를 가리킨다. 판교의 고향 興化가 나라의 동남쪽에 있기에 쓴 말이다.

해제

판교는 임관 전후 몇 차례 眞州에서 살았던 적이 있었는데, 이 8수와 아래 「2.204 진주 8수에 화창이 분분하여 모두 즐거워하매 늙어 추함을 생각지 않고 다시 앞 운에 맞춰 쓰다[眞州八首, 屬和紛紛, 皆可喜, 不辭老醜, 再疊前韻]」는 이곳과 근처 현의 풍광・고적을 자세히 묘사하였다.

2.204 진주 8수에 화창이 분분하여 모두 즐거워하매 늙어 추함을 생각지 않고 다시 앞 운에 맞춰 쓰다眞州八首, 屬和紛紛, 皆可喜, 不辭老醜, 再疊前韻

강가에 제비 지저귀고 꾀꼬리 소리 뒤섞이고	江頭語燕雜啼鶯,
뿌연 안개 자욱하여 수놓은 듯 아름다운 성,	淡淡煙籠繡畫城.[1]
모래 언덕 버들에서 말 탄 나그네 드러나고	沙岸柳托騎馬客,
푸른 누대에선 발 걷어 올린 채 꽃 파는 소리.	翠樓簾卷賣花聲.
삼동설한의 냉이는 의외로 감칠맛 나고	三冬薺菜偏饒味,
아홉 번 찐 앵두가 가장 유명하다네.	九熟櫻桃最有名.
청아한 흥취는 여러 술벗 모자람 없어	淸興不辜諸酒伴,
타향에 온 느낌을 아예 잊게 만드누나.	令人忘却異鄕情.

張仲蕭 · 鮑匡溪 · 米舊山 · 方竹樓 등 여러 벗들을 말한다.
謂張仲蕭 · 鮑匡溪 · 米舊山 · 方竹樓諸子.[2]【原註】

자욱한 안개비 숲속 새벽 까마귀 울고	滿林煙雨曙鴉啼,
봄날 강은 소리 없이 언덕 따라 흐르네.	脈脈春流與岸齊.
일꾼은 새우와 야채 어깨 반쯤 둘러맸고	蝦菜半肩奴子荷,
노인은 꽃가지 하나 꺾어들었네.	花枝一剪老夫攜.
번뇌를 떨치려고 신선한 물에 차 끓이고	除煩苦茗煎新水,
날씨 풀려 옛날 물들인 얇은 비단옷 꺼내 입네.	破暖輕衫染舊綈.[3]
한가할 틈 전혀 없는 늙은 농부는	最是老農閑不住,
집모퉁이 담장 옆에 부추두둑 치고 있네.	牆邊屋角韭爲畦.

밭두둑마다 신록이니 제비들도 들락날락, 滿塍新綠燕參差,
다름 아닌 모이파리 물을 치고 나올 때네. 正是秧針刺水時.
두둑에서 술병으로 부지런히 술 권하고 陌上壺漿酬力作,
논 가운데 소고로 맹인의 가락 노래하네. 田中么鼓唱盲辭.[4]
태평성세에 때맞춰 비가 내려 땅 적시고 霂霖聖世唯沾塊,[5]
묘신 호신 옛 풍속으로 새회를 마련하네. 貓虎先型有賽祠.[6]
시골노인 그 어찌 배부른 즐거움 알련마는 野老何知含哺樂,[7]
유유자적 평안할 날은 참으로 더디구나. 優遊化日向來遲.[8]

이별의 근심 가득한 강물 유유히 흐르는데 一江離思水潺潺,
푸른 술에 붉은 정자에서 기녀를 원망하네. 綠酒紅亭怨小蠻.[9]
방초가 고향 먼 길 가린 적이 없었고 芳草不曾遮遠道,
뜬구름이 애오라지 청산을 등졌을 뿐. 浮雲只是負青山.
실 잣는 것도 힘이 없어 봄누에는 늙어가고 繰絲無力春蠶老,
오색실로 팔 묶는 것도 무슨 재미가 있겠는가. 系臂何心綵縷閑.
지척의 고향집이 천 리나 떨어진 듯 咫尺鄉園千里闊,
돌아갈 날 채우지 못했으니 언제나 돌아갈까? 大刀頭缺幾時還?[10]

망망한 산의 성곽은 강변 성으로 이어지고 莽莽山城接水城,
천년 패업은 오로지 종횡의 힘이 최고였네. 千年霸業尚縱橫.
불리가 떠난 후에 전쟁이 멈추었다가 佛狸去後馳戎馬,[11]
후경이 왔을 때는 전쟁이 일어났다네. 侯景來時釀戰爭.[12]
남조의 군주와 재상, 막사 제비집처럼 불안했고 君相南朝同燕幕,[13]
육대의 문장은 줄곧 개구리울음처럼 비속했네. 文章六代總蛙聲.[14]
우리 청조에 와서 의관예악이 흥성하니 衣冠禮樂吾朝盛,
수렵이 아니고는 병기 움직일 일 없다네. 除卻蒐苗未點兵.[15]

오자서 재상의 사당 백 척 높이 누각이고　伍相祠高百尺樓,[16]
유둔전의 옛 묘지도 천추가 흘렀다네.　屯田遺墓也千秋.[17]
시내에선 봄비에 젖은 꽃들 떨어지고　溪邊花落三春雨,
강 물결 위로는 만고의 근심 흐르네.　江上潮來萬古愁.
주인 없는 진흙신상 묘당에 붙어살고　無主泥神常趁廟,[18]
실의에 빠진 재자만 머리를 조아리네.　失群才子且低頭.[19]
반쯤 부서진 장식배에 드문드문 남은 판자,　畫船半破零星板,
석양에 배를 저어 적막하게 노니누나.　一棹殘陽寂寞遊.

짚신 신고 돌아다니며 산중을 유람하노니　踏遍芒鞋爲買山,[20]
어느 집 작은 누각인지 숲 속에 잠겨 있네.　誰家小閣樹中間?
흰 구름이 막는 그 곳 문은 오래 잠겨 있고　白雲封處門長閉,
아침 해가 중천이건만 단잠 속에 빠져있네.　紅日高時夢未還.
육조의 화류 생활, 그런 망념 사라졌고　六代煙花銷妄念,[21]
금빛 단장한 양주 여인들 젊은 사람 차지라네.　揚州金粉付朱顔.
이 여생 애오라지 어부, 나무꾼 친구 한 둘과　惟餘一二漁樵侶,
빗속에 낚시, 구름 아래 나무하며 한가히 지내려네.　釣雨擔雲事未艱.

오구목 단풍가지가 고요히 문 가린 곳,　栢葉楓枝靜掩門,
누운 채 서리 속 기러기 창공의 자취 바라보네.　臥看霜雁碧天痕.
평생을 나라 떠나 살았던 노나라의 공자님,　一生去國魯司寇,[22]
만고토록 집을 버렸던 불가의 석가모니.　萬古辭家佛世尊.[23]
말 재촉할 마음 있어도 채찍 이미 끊어졌고　策馬有心鞭已折,
책 베껴 쓸 힘도 없고 눈이 온통 침침하네.　抄書無力眼全昏.
지금은 깨어있다 해도 깨어있는 게 아니고　而今說醒雖非醒,
과거의 일이야 모두 다 나비의 꿈이었네.　前此具爲蝶夢魂.[24]

역주

1 繡畫城 : 수놓은 것처럼 아름다운 성의 풍경. 여기서는 儀徵을 가리킴.
2 張仲蓊·鮑匡溪 : 미상. 米舊山 : 이름은 玉麟, 上元人. 方竹樓 : 이름은 元鹿, 儀徵人.
3 破暖 : 날씨가 방금 따뜻해졌다는 뜻. 染舊綈 : 옛날 비단을 염색해 만든 옷.
4 幺鼓 : 소고. 盲辭 : 옛날에 맹인들은 주로 고사를 노래하는 것을 업으로 삼았다.
5 霂霖(목림) : 때맞춰 오는 비.
6 貓虎 : 猫神과 虎神. 묘신은 밭의 쥐를 잡아먹고, 호신은 멧돼지를 잡아먹는다고 한다. 賽祠 : 儀仗·鼓樂·雜戲를 써서 신을 맞는 잔치[迎神賽會]를 벌이는 옛 풍속.
7 含哺樂 : 배부르게 먹고 근심걱정 없는 태평성세의 생활.
8 化日 : 『潛夫論』 : "나라가 평안한 날이 길게 열리다.[化國之日舒以長.]"
9 綠酒紅亭 : 타향 땅에서 연회가 많음을 말한다. 小蠻 : 원래는 당대 白居易의 歌妓 이름. 여기서는 가무하는 기녀의 총칭.
10 大刀頭 : '還'자의 隱語로 쓰임.
11 佛狸 : 北魏 太武帝 拓跋燾(408~452)의 字. 그가 瓜州까지 남침한 적이 있었는데, 아직도 瓜步山에 佛狸祠가 남아있다. 戎馬 : 兵馬. 전쟁.
12 侯景 : 北魏 朔方人. 처음엔 後魏에서 관료였으나 나중에 梁의 권신이 됨. 반란을 일으켜 建康(지금의 남경)을 에워싼 뒤 梁武帝를 궁중에 유폐하고 음식을 주지 않아 굶어죽게 만들었다.
13 燕幕 : 막사 위에 친 제비집처럼 위치가 불안정함을 뜻한다.
14 蛙聲 : 문장의 격조가 비속함을 가리킨다.
15 蒐苗(수묘) : 수렵.
16 伍相祠 : 춘추시기 吳나라 재상 伍子胥의 사당.
17 屯田遺墓 : 北宋의 저명한 문인 柳永은 屯田員外郎을 지내서 柳屯田이라 불리는데, 그의 묘지가 眞州 仙人掌에 있다고 한다.
18 無主泥神 : 제사 지낼 사람 없는 진흙 신상. 趁廟 : 다른 묘의 향불에 달라붙는다는 뜻.
19 失群才子 : 실의에 빠진 곤궁한 才子.
20 買山 : 劉義慶 『世說新語·排調』 : "支道林이 사람을 통해 深公에게서 因山을 사려하자 深公이 대답하기를, '許由가 산을 사서 은거했다는 말을 들은 적은 없다'고 했다.[支道林(遁)因人就深公買印山, 深公答曰 : 未聞許由買山而隱.]" 이런 맥락에서 은거 또는 유람의 뜻을 나타낸다.
21 六代煙花 : 육조 시대 문인들이 기녀들과 음주가무를 즐겼던 일. 이 구는 작자가 이미 나이 들어 그런 풍류를 즐길 생각이 사라졌다는 뜻이다.
22 一生去國魯司寇 : 공자가 고국 노나라를 떠나 주유천하하던 일. 魯司寇 : 공자는 50세에 노나라 司寇를 지낸 적이 있다.

23 萬古辭家佛世尊 : 佛世尊, 즉 석가모니는 29세에 집을 떠나 도를 배운 후 4,50년간 밖에서 전도를 하다가 80세에 입적하였다.

24 蝶夢 : 『莊子・齊物論』에서 장자가 꿈에 나비가 되었다는 우언 고사에서 나온 전고.

해제

앞 시 「2.203 진주 잡시 8수, 좌우 강가 현을 아울러 쓰다眞州雜詩八首倂及左右江縣」에 이어 眞州와 근처 현의 풍광과 고적을 묘사하였다. 제1수에서는 진주의 봄날 풍경과 사람들의 정을, 제2수에서는 진주에서 보낸 작자의 한가롭던 생활을, 제3수에서는 농촌 농번기의 고락을, 제4수에서는 나그네의 고향 그리는 심정을, 제5수에서는 양주와 남경 일대 역사에 대한 회고를, 제6수에서는 배를 타고 오자서 사당과 유영의 묘를 유람하던 일을, 제7수에서는 주색을 떠나 산하에 은거하려는 심사를, 제8수에서는 자신의 평생을 되돌아보면서 갖게 되는 심정을 담았다.

2.205 아우산인 홍교수계에 화창함和雅雨山人紅橋修禊[1]

노 선생의 휘는 견증이다.
盧諱見曾.

사초 제방 이어진 곳에 일엽편주 흐르고 一線莎堤一葉舟,
짙푸른 버들 낭랑한 꾀꼬리 소리 한껏 어우러지네. 柳濃鶯脆恣淹留.
비가 개니 작약이 강변 고을에 가득한데 雨晴芍藥彌江縣,[2]
진회 같은 긴 강물이 장주산 아래인가 여겨지네. 水長秦淮似蔣州.[3]

야박한 봄볕은 너무 쉽게 져버리는데　　薄倖春光容易老,
미뤄 둔 시의 빚은 언제나 다 갚을까?　　遷延詩債幾時酬?[4]
사군의 높은 가락 안연지와 사령운 능가하니　　使君高唱淩顔謝,[5]
오 지역 산봉우리에 홀로 우뚝 선다네.　　獨立吳山頂上頭.[6]

해마다 내려오는 수계 올해로 이어지니　　年來修禊讓今年,
태액지와 곤명지가 눈앞에 펼쳐졌네.　　太液昆池在眼前.[7]
굽이진 물길은 멀리 누대 돌아 흐르고　　迥起樓台回水曲,
산꼭대기 이르도록 황금과 비취 펼쳐낸 듯.　　直鋪金翠到山巔.
꽃은 이슬 머금어 나비를 머물게 하고　　花因露重留蝴蝶,
피리는 떠나는 봄 애태우며 화선을 그리워하네.　　笛怕春歸戀畫船.
서남쪽에 매달린 초승달이 얼마나 감사한가,　　多謝西南新月掛,
갈고리같은 달 맑은 그림자가 어둠 속에 둥글구나.　　一鉤淸影暗中圓.

십리 밖 정자와 연못이 한 물길로 통하여　　十里亭池一水通,
동쪽 햇살을 선명히 여는 은빛 열쇠로다.　　儼開銀鑰日華東.[8]
굽이굽이 푸른 풀들이 장양길로 이어지고　　逶迤碧草長楊道,[9]
상림원 주렴 위로 부는 고요한 바람,　　靜悄朱簾上苑風.[10]
맑은 하늘 수놓은 비단 같은 구름,　　天淨有雲皆錦繡,
깊은 숲은 비도 없이 어슴푸레 하다네.　　樹深無雨亦溟濛.
「감천」과 「우렵」의 노래는 당연지사고　　甘泉羽獵應須賦,[11]
「대아」와 「소아」도 계첩에 먼저 올렸네.　　雅什先排禊帖中.[12]

풀잎 끝에 해 비치니 이슬방울 영롱하고　　草頭初日露華明,
놀잇배에선 벌써부터 노랫소리 흥겹네.　　已有遊船歌板聲.
문인사객이 천리 산하에서 모인 자리,　　詞客關河千里至,[13]
사군의 풍채는 평생토록 청아하시네.　　使君風度百年淸.

청산에는 준마와 깃발 세운 부대,	青山駿馬旌旗隊,
아름다운 옷에 화려한 수레, 그림 같은 성,	翠袖香車繡畫城.
십이홍루에 기대어 취하고 말았으니	十二紅樓都倚醉,[14]
밤에 돌아와 경양루 종소릴 듣기나 하겠는지.	夜歸疑聽景陽更.[15]

역주

1 雅雨山人 : 盧見曾. 『揚州畫舫錄』 卷十에 따르면, 자가 抱孫, 호는 雅雨山人, 山東 德州人이다. 시문에 능했고, 성격이 활달하여 작은 범절에 구애되지 않았다. 康熙 辛卯年에 擧人이 되었고, 관직은 兩淮鹽運使에 이르렀다. 판교가 양주에서 그림을 팔며 생활할 때 함께 교유했다. 「2.86 都轉運 盧公을 전송하며[送都轉運盧公]」 참고. 紅橋 : 虹橋라고도 한다. 揚州 북문 밖 保障湖에 있다. 원명은 炮山河이며, 성을 보호하기 위한 호수다. 修禊 : 원래 周代의 오래된 풍습으로 음력 三月 上巳日에 사람들이 물가에서 목욕하고 씻음으로써 사악한 기운을 몰아내고 재앙을 막는다는 의미를 지니고 있다. 옛날에는 '祓禊(불계)'라고 불렀으나, 훗날 문인들이 飮酒賦詩하는 집회도 修禊라고 칭했다.

2 彌 : 滿. 가득 차다.

3 水長秦淮似蔣州 : 揚州 虹橋의 풍경이 마치 南京의 秦淮河 같다는 의미. 秦淮는 강 이름으로 동쪽은 句容縣 大茅山에서 발원하고, 남쪽은 溧水縣 東廬山에서 발원하여 秣陵關 부근에서 淮와 합류하여 북으로 흘러 남경시내를 거쳐 장강으로 유입된다. 蔣州 : 蔣山으로 인해 생긴 이름으로 石頭城 관할이며, 여기서는 남경을 가리킨다.

4 詩債 : 남에게 시를 선사받고 아직 답례를 하지 못한 빚.

5 使君 : 漢나라 때 太守 혹은 刺使의 칭호. 盧見曾이 鹽運使에 任職했기 때문에 使君이라고 말한 것임. 顔謝 : 顔延之와 謝靈運. 顔延之(384~456)는 육조시대 송나라의 문인. 儒・佛에 통달해 '三世因果說'을 주장했고, 子弟에게 처세의 길을 가르치는 데 세심하고 성실했다. 中書侍郎・永嘉太守 등을 역임했다. 주요 저서로 『庭誥』・『顔光祿集』 등이 있다. 謝靈運(385~433)은 東晋・宋의 시인. 본적은 陳郡이나 晋의 南都 이후 會稽로 본거지를 옮긴 명문 출신이다. 조부 玄이 회비의 싸움(383)에서 대공을 세워 康樂公에 책봉되었다. 부친이 일찍 죽었고, 젊어서 조부의 뒤를 이었기 때문에 謝康樂이라고 칭해졌다. 명문 출신이었으므로 정치에 야심을 품고 있었으나, 진이 멸망하고 송이 서자 작위를 강등당한 후 중요한 관직을 맡지 못했기에 항상 불만을 가지고 있었다. 그 불만의 표출로 會稽와 永嘉의 아름다운 산수에 마음을 두고 많은 산수시를 남겼다. 최후에는 모반의 죄를 쓰고 처형되었다. 『文選』에 시 40수가 수록되어 있다.

6 吳山 : 江蘇 일대의 산들.

7 太液昆池 : 太液池와 昆明池. 모두 漢武帝 때 만든 호수로, 하나는 지금의 西安市 서북쪽에, 하나는 서남쪽에 있었다. 여기서는 保障湖를 비유함.
8 銀鑰 : 은색의 열쇠. 역시 保障湖를 형용함.
9 長楊 : 秦의 옛 궁전으로 漢 시기에는 修葺(수즙)이라 했다. 궁중의 수양버들 때문에 이렇게 불렀다.
10 上苑 : 上林苑. 漢 황제의 식물원과 동물원. 隋煬帝는 江都 서북 9리에 위치한 大儀鄉에 西苑을 짓고 上林이라 칭했다.
11 甘泉·羽獵 : 漢 揚雄의 賦.
12 雅什 : 『詩經』 大雅와 小雅는 모두 10편씩을 권으로 삼아서 雅什으로 칭한다. 여기서는 修禊 때 불렀던 시를 뜻함. 禊帖 : 修禊 때 詩賦를 기록한 帖子.
13 詞客關河千里至 : 『揚州畵舫錄』에 의하면, 수계 때 盧雅雨 시에 화창한 문인이 7천여 명에 달했다고 한다. 關河는 山河의 뜻.
14 十二紅樓 : 양주의 유명한 기루.
15 景陽更 : 『南齊書』에 의하면 齊 武帝 蕭賾이 궁 안에 景陽鍾樓를 세우고, 궁인들에게 종소리를 들으며 단장하라 했다고 한다.

해제

『揚州畵舫錄』에 따르면 乾隆 22년 丁丑年에 당시 都轉運職에 있던 盧雅雨가 주최하는 修禊가 揚州 紅橋에서 열렸는데, 그가 지은 칠언율시에 화창한 문인이 7,000명이 넘었다 하니 그 규모를 짐작할 수 있다. 판교의 이 작품도 그 중의 한 편이다.

2.206 노아우에게 다시 화창하는 네 수再和盧雅雨四首[1]

광릉에서 사흘 동안 가벼운 배 띄울 적,	廣陵三日放輕舟,[2]
점차 시들던 봄빛 조금밖에 안 남았었네.	漸老春光尙小留.
재자가 새로 지은 시들 백거이보다 더 낫고	才子新詩高白傅,[3]

옛 정원은 산동 청주의 명주로 가득 찼네.　故園名酒載靑州.[4]
꽃들마저 가까이 하려고 한사코 가지 기울였고　花因近席枝偏亞,[5]
사람들 난간에 기댄 채 시구 응수할 틈 없다네.　人有憑欄句未酬.
강기슭 건너 빨래하던 여인들이　隔岸湔裙諸女伴,[6]
다 함께 고개 돌려 재밌다는 듯 쳐다보네.　一時欣望盡回頭.

젊은이라고 노인을 비웃지 말게나,　莫以靑年笑老年,
노인들 호방함이 두 배로 늘었다네.　老懷豪宕倍從前.
연회 열어 술내기하며 밤 지샐 수도 있고　張筵賭酒還通夕,
말 몰아 곧바로 산정상에 이른다네.　策馬登山直到巓.
석양의 맑은 노을 강가 나무에 어릴 때　落日澄霞江外樹,
월나라 배에서 신선한 물고기로 저녁을 먹는다네.　鮮魚晩飯越中船.
풍경이 이리 좋으니 응당 행락을 즐겨야 하리,　風光可樂須行樂,
푸릇푸릇 콩만한 매실알이 벌써 차올랐구나.　梅豆靑靑漸已圓.

돋아난 항구 붉은 다리 이리저리 통하고　別港朱橋面面通,
화선은 서편으로 갔다 동쪽으로 돌아온다.　畫船西去又還東.
굽이지고 또 굽이지는 한구의 물길,　曲而又曲邗溝水,[7]
따사롭고 따사로운 삼월 상삿날 바람.　溫且微溫上巳風.[8]
오리 노니는 모래둔덕엔 안개가 자욱하고　放鴨洲邊煙漠漠,
꽃 파는 소리 가랑비 속에 들려오네.　賣花聲裏雨濛濛.
백성의 아픔 걱정하며 위안코자 하니　關心民瘼尤堪慰,
푸르른 보리이랑이 눈으로 들어오네.　麥隴靑葱入望中.

고요한 초승달빛 한 줄기 환히 빛나는데　新月微微一線明,
깊은 산중 낮은 나무 옆에서 노래 부르네.　啣山低樹傍歌聲.
안개 자욱한 하늘엔 봄별이 희미하고　煙橫碧落春星淡,[9]

이슬 가득한 궁중 누대엔 밤기운이 청아하네.	露滿宮樓夜氣清.
관아의 아전도 종이 위 시 구절 이해하고	皁隸解吟箋上句,
하인들은 성 안 버드나무 옆에서 만취했다네.	輿臺沾醉柳邊城.[10]
귀갓길에 걸핏하면 함부로 소리치지 말게,	歸途莫漫頻吆喝,
딩동거리는 꽃시계가 이미 이경이라네.	花漏東丁已二更.[11]

역주

1 盧雅雨 : 盧見曾. 자는 抱孫, 호는 雅雨山人, 山東 德州人이다. 「2.86 都轉運 盧公을 전송하며[送都轉運盧公]」와 앞 시 「2.205 아우산인 홍교수계에 화창함[和雅雨山人紅橋修禊]」 참고.

2 廣陵 : 옛 지명. 秦나라 때 縣을, 漢나라 때 郡·國을 설치했는데, 治所를 揚州에 두었기 때문에 양주를 廣陵이라고도 부른다. 魏晋南北朝 시기 長江 북쪽의 요충지. 春秋시기 말엽, 吳는 이곳에 邗溝를 건설해 江淮와 통하고 中原을 재패하였다. 秦은 縣으로 지정하고, 西漢은 廣陵國으로, 東漢 때 廣陵郡으로 고쳤으며, 지금의 江蘇 揚州市에 고적이 있다. 「2.99 광릉의 노래[廣陵曲]」 참고.

3 白傅 : 당대 시인 白居易. 생전에 太子少傅를 지냈으므로 사후에 太傅 칭호를 받았다.

4 青州 : 예전의 州이름, 지금의 山東 동부이다. 【原註】에서 "공은 산동사람이다[公山東人]"고 했다. 예전에 좋은 술을 '青州從事'라 하였는데, 從事는 고대 관직명이다. 이 시에서 青州는 盧雅雨의 고향 특산인 좋은 술을 뜻한다.

5 亞 : 壓의 뜻.

6 湔 : 세탁하다.

7 邗溝 : 長江과 淮河를 연결하는 고대 운하. 춘추시기 吳王 夫差가 B.C. 486~484년에 공사했는데, 남으로 邗城(지금의 揚州) 이남의 長江, 북으로 樊梁湖(지금의 高郵 부근)을 경유하고 동북쪽으로 굽어져서 射陽湖로 유입되며, 다시 서북쪽으로 淮安을 경유하고 淮河로 유입된다. 「2.10 양주(揚州)」 참고.

8 上巳 : 음력 3월 상순의 巳日. 수계를 개최한 날을 가리킨다.

9 碧落 : 하늘.

10 皁隸解吟箋上句, 輿臺沾醉柳邊城 : 皁隸·輿臺는 옛날 지위가 비천한 하급 관노나 비천한 일에 종사하던 사람들. 훗날에는 관아의 아전을 칭했다. 霑醉 : 술에 흠씬 취함. 술에 취하다 보면 가슴 부분의 옷이 젖기에 나온 표현이다.

11 花漏 : 원래는 달빛에 비치는 꽃 그림자의 이동으로 시간을 재는 것을 뜻하지만, 여기서는 물시계를 이용해 시간을 알리는 것을 뜻한다.

해제

이 작품도 앞 「2.201 아우산인 홍교수계에 화창함[和雅雨山人紅橋修禊]」과 마찬가지로 乾隆 22년 丁丑年에 盧雅雨가 주최한 修禊에서 쓴 시다. 제1수에서는 수계에 참석한 문인들이 시를 주고받는 광경을, 제2수에서는 나이가 들었지만 젊은이들 못지않게 호방하게 놀고자 하는 시인들의 심정을, 제3수에서는 배를 타고 양주를 유람하는 정경을, 제4수에서는 이 잔치를 마음껏 즐기다가 밤이 이슥해 돌아가는 모습을 담았다.

2.207 남새 심는 노래 후편後種菜歌

역시 상연령 공을 위해 썼다.
仍爲常公延齡作.[1]

채소잎 파랗게 나왔는데	菜葉青,
서리와 눈이 내리네.	霜雪零;
채소잎 시들더니	菜葉落,
복숭아와 오얏이 활짝 피었네.	桃李灼.
춥고 더운 차이는 오직 스스로만 알 뿐이니	別有寒暄只自知,
그 골개는 소나무보다 약하지 않았다네.	骨頭不比松枝弱.
도르래의 은물병 줄은 너무 당겨 끊어졌고	轆轤牽斷銀瓶綆,[2]
나라 망친 연지정이야 메워버리고 말았다네.	塡瞎胭脂亡國井.[3]
가뭄 든 밭두둑에서 이파리 갉던 벌레들,	畦乾蟲蠹葉如沙,
효릉 속에 파고들어 담장마다 흰 가루 투성이.	蠹入孝陵牆上粉.[4]

무너진 기린과 호랑이 석상, 석양의 소나무 소리 들을 때 碎麟殘虎暮松聲,[5]

쓸리는 낙엽들이 묘지의 구멍, 모래로 채우네. 掃葉塡沙隧道傾.[6]

해마다 한식에는 밥 한 그릇 모셔놓고 年年寒食一盞飯,

외로운 신하는 그 옛날의 야채국을 바친다네. 來享孤臣舊菜羹.

역주

1 常公延齡 : 자는 喬若, 號는 蒼谷, 明 개국공신으로 開平王에 봉해졌던 常遇春의 十二世孫이다. 明末 기우는 나라를 위해 상소를 올리는 등 여러 가지로 노력했으나 福王이 들어선 후 馬士英과 阮大鋮의 탄핵을 받자 金陵에 숨어 살다가 죽었다. 「2.2 남새 심는 노래[種菜歌]」 참고.

2 轆轤(녹로) : 도르래. 銀瓶 : 우물에서 물을 떠올리는 병 모양 그릇.

3 胭脂亡國井 : 589년 隋나라 병사가 陳의 수도 建康을 침입하자 後主 陳叔寶와 嬪妃 張麗華 등이 胭脂井으로 들어가 숨었다가 포로가 되었다. 「3.30.8 연지정(胭脂井)」 참고.

4 孝陵 : 명 태조 朱元璋의 묘.

5 麟・虎 : 효릉 앞의 석상.

6 隧道 : 묘에 파인 구멍.

해제

앞 「2.2 남새 심는 노래[種菜歌]」에서 명말의 의로운 신하 常延齡의 삶을 조명한 후, 이 속편에서는 망국의 비애 속에서 명 건국 태조의 무덤이건만 돌보는 이 없이 퇴락해버린 孝陵을 끝까지 지켰던 그의 삶을 묘사했다.

2.208 이어 · 우문준 · 장빈학 · 왕문치와 모여 술 마시다李御、于文濬、張賓鶴、王文治會飮[1]

황금이 원수처럼 나를 피해가고	黃金避我竟如仇,
강호의 영웅들은 자유롭지 못하다네.	湖海英雄不自由.[2]
오늘 한 잔하고 내일이면 이별인데,	今日一杯明日別,
은거해 물새와 살자는 약속 어찌 맺을까!	訂盟何得及沙鷗![3]

역주

1 李御 : 江蘇 丹徒人으로 자는 琴夫, 호는 蘿村, 晩號는 小花樵長. 詩와 書에 능하고 과거를 경시한 채 유람을 즐겼으나 만년에는 빈곤하여 늘 사찰이나 도원에서 기거하였다. 문집으로 『小花詩集』이 있다. 于文濬 : 미상. 張賓鶴 : 자 堯峰, 호 雲汀, 浙江 餘抗人. 성격이 호탕하여 작은 범절에 구애되지 않아 당시 사람들이 '장 미치광이[張瘋]'이라 했다 한다. 시에 능하고 글씨에 빼어났다. 처음에 양주에 거처하다가 나중에 실의 속에서 京師에서 세상을 떴다. 「2.122 장빈학 서호송별도에 붙여[題張賓鶴西湖送別圖]」 참고. 王文治 : 자는 禹卿 · 夢樓이고 江蘇 丹徒人. 시에 능했으며, 특히 서법에 정통하였다. 乾隆 25년 進士가 되어 編修 · 侍讀 · 知府 등을 역임했다.

2 湖海英雄 : 모임에 모인 사람들을 가리킨다.

3 鷗盟 : 갈매기와 함께 둥지를 틀고 안분자족하며 산다는 뜻. 관직에 나가지 않고 은거함을 비유했다.

해제

「5.27 난과 대와 돌에 '매화 한 가지' 가락을 곁들인 그림에 붙여[題蘭竹石調寄一剪梅]」 내용에 따르면, 건륭 21년 2월 3일에 판교 주최로 竹西亭에서 程綿莊 · 黃癭瓢 · 鄭燮 · 李禦 · 王文治 · 于文濬 · 金兆燕 · 張賓鶴 · 朱文震 등 9인이 모여 함께 술을 즐기며 그림을 그렸다 했다. 이 시는 바로 이 모임에서 쓴 것으로 보인다.

2.209 작은 옛거울, 동년 김 전원을 위해小古鏡爲同年金殿元作[1]

[김 전원의] 휘는 덕영이다.
諱德英.

흙에 부식되어 교룡무늬는 떨어져나갔으나	土花剝蝕蛟龍缺,
맑고 깊은 가을 물, 바다 속의 달이로세.	秋水澄泓海月殘;[2]
그대 마음 바로 이 거울과 같을지니	料得君心如此鏡,
고대의 청빈함을 옥당 높이 걸어야겠네.	玉堂高掛古清寒.[3]

역주

1 金殿元 : 金德英을 가리킨다. 자가 汝白이고, 浙江 仁和(지금의 杭州) 사람. 乾隆 丙辰年에 장원을 하고 修撰에 제수되었다. 수차례 향시 고시관을 지냈고, 후에 左都御史를 역임했다. 同年 : 같은 해에 과거에 합격한 사람을 일컫는 말. 판교와 金德英은 함께 乾隆 元年(丙辰)에 進士에 합격했다. 殿元 : 殿試의 장원.
2 海月 : 거울에 새겨진 문양을 가리킨다.
3 玉堂 : 한림원의 별칭.

해제

金德英의 옛날 거울을 소재로 삼아, 그가 관직에서 이 거울처럼 청렴하기를 축원하였다. 시 속에서 '玉堂(翰林院)'이란 말을 쓴 것을 보아 金德英이 翰林修撰에 있을 때 쓴 것으로 여겨진다.

2.210 원매에게贈袁枚[1]

방안에 미녀 숨겨두니 이웃이 그 미모 칭찬하듯	室藏美婦鄰誇豔,
그대의 특별한 재능에 내가 부족함 없게 되네.	君有奇才我不貧.

역주

1 袁枚 : (1716~1797). 자가 子才, 호는 簡齋로 浙江 錢塘人이다. 乾隆 4년(氣味)에 進士·庶吉士가 되었고, 知溧水·江寧等縣事로 나갔다가 40세에 병으로 귀가했다. 江寧 小倉山 아래 집을 짓고, 호를 隨園이라 했다. '性靈說'을 주장해 복고주의적 사조에 반대하고, 시는 性情이 流露하는 대로 자유롭게 노래해야 하며 古人이나 기교에 얽매여서는 안 된다고 주장했다. 저서로 『小倉山房文集』·『隨園詩話』 등이 있다.

해제

당시 文名을 크게 떨쳤던 袁枚에게 쓴 시다. 판교가 1693년에, 원매는 1716년에 각각 출생했으니 두 사람은 20여 년의 나이 차이가 났지만, 판교는 원매의 재능을 무척 흠모했다. 그가 관직에 있던 어느 날, 원매가 죽었다는 오보를 전해 듣고 통곡한 적이 있다고 한다. 훗날 서로 상봉했을 때 원매는 판교에게 「投板橋明府」라는 시를 지어 증여했다.